NATHAN WINTER

Die Alchemie des kalten Feuers

Autor

Nathan Winter ist das Pseudonym eines deutschen Autors. Er wurde im Emsland (Niedersachsen) geboren und lebt seit seinem Universitätsabschluss in Archäologie und Skandinavistik in Münster.

NATHAN WINTER

DIE ALCHEMIE DES KALTEN FEUERS

Roman

blanvalet

Sollte diese Publikation Links auf Webseiten Dritter enthalten, so übernehmen wir für deren Inhalte keine Haftung, da wir uns diese nicht zu eigen machen, sondern lediglich auf deren Stand zum Zeitpunkt der Erstveröffentlichung verweisen.

Dieses Buch ist auch als E-Book erhältlich.

FSC www.fsc.org MIX Papier aus verantwortungsvollen Quellen FSC® C014496

Verlagsgruppe Random House FSC® N001967

1. Auflage

in der Verlagsgruppe Random House GmbH,
Neumarkter Straße 28, 81673 München
Dieses Werk wurde vermittelt durch die
AVA international GmbH Autoren- und Verlagsagentur, München.
www.ava-international.de
Redaktion: Peter Thannisch
Umschlaggestaltung und -illustration:
© Max Meinzold, www.meinzold.de,
unter Verwendung eines Motivs von MysticaLink/Shutterstock.com
HK · Herstellung: sam
Satz: GGP Media GmbH, Pößneck
Druck und Bindung: GGP Media GmbH, Pößneck
Printed in Germany
ISBN 978-3-7341-0801-3

www.blanvalet.de

Aus den Aufzeichnungen des Ritters:

Nun, da die Stunde meines Todes naht, spüre ich den Drang, die Dinge, die sich bis zu diesem Punkt zugetragen haben, zu Papier zu bringen. Ich fürchte mich nicht, noch bedauere ich die gewichtigen Entscheidungen, die mich bis zu diesem letzten, unvermeidlichen Augenblick geführt haben.

Mir war ein langes Leben vergönnt. Es hätte weitaus früher enden können, in Schande und in Blindheit – arm und hungernd in den Straßen von Aliador oder Verantis. Beinahe wäre dies das auch. In den Gassen Doranthars, um Almosen bettelnd.

Doch mein Herr rettete mich, und das zu einer Zeit, als er selbst noch ein halbes Kind war – er bewahrte mich davor, meine Tage in Hunger und Not fristen zu müssen, aller Würde beraubt.

Jahre nach den Ereignissen ist es an mir, seinen Namen vor der üblen Nachrede zu bewahren, die das endlose Heer seiner Feinde betreiben wird, um sein Andenken zu besudeln.

Mein Herr, wenngleich noch immer ein junger Mann, weder frei von Fehlern noch von schlechten Entscheidungen, führte uns nicht freiwillig ins Exil. Da aber schon bald Historiker ihre Stimmen erheben werden, die ihn und seinen Charakter infrage stellen, will ich ihnen mit dieser Schrift in aller gebotenen Vehemenz widersprechen.

Ich hätte sterben sollen, doch stattdessen war es mir vergönnt – manche mögen sagen, ich sei verdammt gewesen – Ereignisse zu bezeugen, die den Zweiten Kontinent auf Syriatis für immer verändern sollten.

Der folgende Bericht ist meine Zeugenschaft. Mit all dem Gewicht meiner Bürde und jener Ämter, die mir im Leben übertragen wurden, verbürge ich mich für jedes einzelne Wort, das hier geschrieben steht. Ich spüre, wie die Gewissheit des nahenden Verhängnisses nach meinem Fleisch und meinen Gebeinen greift, während zugleich mein Herz vor Trauer brennt. Die Schatten in den Winkeln meiner Kammer werden länger, die Kälte ist kaum zu ertragen. Mir bleiben nur Stunden, diesen Bericht zu verfassen, bevor meine Häscher mich holen. Das Mädchen, die Frau und mich.

Möge jenen, die meinen Herrn in Misskredit zu bringen trachten und an seiner Aufrichtigkeit und Güte Zweifel säen, die Zunge im Munde verfaulen.

Jedes Wort, das ich hier niederschreibe, ist wahr.

Ich wandelte im Licht des größten Geistes unserer Zeit, auch in jenen Momenten, da die Dunkelheit es zu verschlingen drohte.

Diese Dunkelheit war nahe, als mein Herr von der Notlage erfuhr, die unser Leben für immer ändern sollte. Ich will es an dieser Stelle gestehen: Er wandelte zu jener Zeit auf einem Pfad, der weit abseits der Tugend lag.

Jedes Wort, das ich hier niederschreibe, ist wahr.

Mein Herr ist ein Genie. Doch er ist auch ein Dieb, und es war dieses Straucheln auf seinem Pfad, das den Ausschlag geben sollte.

1

Es war das zweite Mal in seinem Leben, dass Menschen den Sohn des Tsharen zu töten versuchten. Dass dies den Armbrustschützen bislang nicht gelungen war, lag keineswegs an ihrem mangelnden Eifer, sondern an der Dunkelheit.

Man konnte den Herren von Doranthars Halle der Gelehrten vieles vorwerfen, nicht aber Nachlässigkeit, wenn es darum ging, gutes Personal anzuheuern. Die vereidigten Kustoden der Großen Bibliothek versahen ihren Dienst mit fanatischem Eifer – und sie waren versierte Schützen.

Mit einem hohlen Klacken prallte der nächste Bolzen nur eine Handspanne von Oslics Kopf entfernt von der Brust einer marmornen Schönheit ab.

»Gib auf und komm raus!«, rief eine Wächterin in die Dunkelheit. »Dir wird nichts geschehen!«

Einer ihrer Kameraden untermalte das Versprechen mit jener unnachahmlichen Humorlosigkeit, die nur Berufssoldaten im Wachdienst zu eigen war. Eine Stahlsehne schnalzte, ein Bolzen mit der Wucht von hundert Pfund Spannkraft rasierte einen gusseisernen Kerzenständer.

Für Oslics Gehör klang der Aufprall des Eisens auf dem Marmorboden, als stürze die Welt ein.

Er wimmerte vor Schmerz, hob die Hände an den Kopf – und zog sie genauso schnell zurück, als seine kalte Rechte auf die Ohrmuschel klatschte. Es fehlte der Hand an Feingefühl. Hatte er sich das Ohr zerquetscht? Keine Zeit, es zu prüfen.

Die Narbe auf seiner Wange brannte vor Schmerz – das Fleisch erinnerte sich auch nach fünf Jahren, wie weh so ein Armbrustbolzen tat.

»Widersacher noch eins!«, fluchte der dritte Prinz von Carchadon, Sohn des Tsharen, in unhöfischer Manier.

Gleich darauf verfluchte er sich. Nicht nur dass Armbrustbolzen wie wütende Hornissen aus Stahl und Holz auf ihn niedergingen, die Häscher der Administration setzten sich auch wieder in Bewegung – sie hatten begriffen, dass der Einbrecher im Giftschrank der Halle der Zensoren kein Doranthani war. Sie wollten ihn um jeden Preis fassen – oder zumindest töten.

»Leuchtsteine her! Ich will den Dreckskerl sehen!«, befahl die harte weibliche Stimme.

Oslic wusste, wenn sie ihn erkannten, war es aus. Sobald sie sahen, wer er war, wäre das ein gefundenes Fressen für den Dekan und seine Lakaien.

»Ich habe Euch gesagt, dass es eine hundsmiserable Idee ist«, hörte Oslic Vargens Stimme so deutlich, als hocke der Ritter mit ihm hier im Dunkel.

»Du hast gesagt, es sei eine verdammt schlechte Idee«, raunte der Sohn des Tsharen. Ihm war, als wäre es ein Jahr her, dass Vargen ihn gewarnt hatte, dabei war es erst gestern gewesen.

Wie um seine Gedanken zu unterstreichen, bohrte sich ein Bolzen über Oslics Kopf in die Seite des Regals, in dem er sich verbarg.

»He, das sind unersetzbare Originale«, beschwerte er sich.

Trotz seiner Ohrenschmerzen konnte er hören, wie sie sich von den Seiten nährten. Zwei Männer. Sie machten sich bereit, ihn im Dunkel in die Zange zu nehmen. Das wäre das Ende seiner Flucht.

Es war nicht, als hätte er nicht damit gerechnet, dass er entdeckt werden könnte. Er hatte nur nicht erwartet, dass es so rasch passieren würde. Hatte ihn jemand verraten?

Der schwere Geruch von Leder und Waffenöl kroch näher und vermengte sich mit dem in der Luft flirrenden Gesteins- und Holzmehl von den Geschosseinschlägen. Sie waren bis auf wenige Schritte an ihn heran – wenn sie ihre Laternen entzündeten, würden sie ihn blenden. Das durfte nicht geschehen.

Er legte die gesunde Hand um das Reagenzfläschchen in seiner Manteltasche, spürte, wie sich das makellose Glas wie Babyhaut an seine Finger schmiegte. Er hielt sich an dem Gefühl fest, an der Textur, der Ordnung der Stoffe, der Welt, die er verstand.

Oslic schloss die Augen.

Drei.

Sie kamen näher, hoben ihre Armbrüste, umrundeten das Regal.

Zwei.

Der erste Mann zielte, konnte in der Finsternis bereits die Umrisse des Tsharensohns ausmachen. Oslic hörte, wie er heranpirschte. Die Füße des Kustoden erzeugten bei jedem Kontakt mit den umherliegenden Trümmerstücken ein Knacken, wenn er auf die Marmorsplitter trat.

Eins.

Von der anderen Seite näherte sich im Einklang mit ihm der Kamerad des Mannes. Eingespielte, erfahrene Kämpfer.

Oslic konzentrierte sich auf sein Gehör, bemühte sich, den Lärm und das Chaos auszublenden.

Da war es.

Er vernahm, wie die Männer erwartungsvoll die Luft einsogen. Oslic tat es ihnen nach, schloss die Augen und warf sich in dem Moment nach vorn, als eine Stimme »Jetzt!« brüllte.

Eine Schwertklinge aus Helligkeit fraß sich in das Archiv. Rot flammte es hinter Oslics Lidern auf, doch er war vorbereitet. Der junge Tshar hechtete dem Lichtstrahl entgegen, verließ sich darauf, dass die Soldaten an der Tür ihn genauso wenig erkennen konnten wie er sie.

Er folgte den Stimmen, den Geräuschen zum einzigen Ausgang des Archivs.

»Du hast nur eine Möglichkeit zu entkommen«, hörte er Vargens Stimme in seinem Kopf.

Er warf das Fläschchen. Glas klirrte, die Phiole zerbrach. Ebenso wie das kleinere Behältnis in ihrem Inneren. Die Inhalte vermischten sich.

Den Rest besorgte die Laterne.

Oslic warf sich zu Boden. Er schlitterte über den Marmor, zwischen den Beinen der überraschten Kustoden hindurch. Er verbarg sein maskiertes Gesicht zusätzlich mit den Unterarmen und sog Luft in seine Lunge.

Dann entfaltete das Mittel seine Wirkung.

2

Die Wachen schrien. Oslic hörte, wie die gepanzerten Knie der Kustoden hinter ihm auf dem Boden aufschlugen.

»Götter, was ist das für ein Mief?« In der Stimme des Sprechers schwang maßloses Entsetzen mit. Das war nicht überraschend, hatte er doch wohl nie zuvor etwas so Fürchterliches gerochen. Oslic war stolz auf seine kleine Erfindung. Alchemie war etwas Wunderbares.

Männer wie Frauen ächzten. Panzerplatten und Kürasse scharrten über das Gestein, während der Sohn des Tsharen vorbeistürmte. Der erste Soldat erbrach sich, das Geräusch, mit dem der Strahl gegen die Brustplatte eines Kameraden prasselte, klang, als würde jemand einen Topf Erbsensuppe über einen Amboss leeren.

Das war der Anfang vom Ende der professionellen Selbstbeherrschung.

»Fasst … fasst ihn, o ihr Götter, ich …«

»Helft mir, helft mir, ich will nicht!«

»Was hast du … o Gnade, nein, ich sterbe …!«

Oslic stürmte durch den Korridor des Archivs. Seine Füße wussten, wohin sie ihn zu tragen hatten. Mit einem raschen Blick versicherte er sich, dass das Objekt, weswegen er sich überhaupt erst in diese Situation gebracht hatte, in seinem Gürtel steckte. Obwohl er das Gewicht des Schriftrollenbehälters spürte, musste er ihn mit eigenen Augen sehen.

Erst da gestattete sich der Sohn des Tsharen ein Grinsen, während die Kakophonie hinter ihm ihren Zenit aus Plätschern, hilflosem Herumrutschen und Gnadengesuchen an die Götter erreichte.

Oslic III. Boulanthus preschte zur Tür des Treppenhauses. Verschlossen. Wie erwartet hatten die Kustoden sie verriegelt, um dem Einbrecher den Fluchtweg zu nehmen.

Sie konnten nicht wissen, dass dieser Fassadenkletterer einen Schlüssel zum Flügel der Halle der Gelehrten bei sich trug.

Oslic entriegelte das Portal. Er schlüpfte in das spärlich beleuchtete Treppenhaus. Einen Moment hielt er inne, lauschte ein letztes Mal mit spitzbübischem Kichern dem Elend der Kustoden.

Die Mixtur war nicht wirklich gefährlich. Doch atmete man sie ein, stellte sie unterhaltsame Dinge mit den menschlichen Eingeweiden an. Oslic riss sich von dem Spektakel los. Er musste zusehen, dass er nach Hause kam. Im Turm waren die nötigen Reagenzien, um den Gestank abzuwaschen, der auch an ihm haftete.

Er gönnte sich einen Augenblick, damit sich sein rasender Puls beruhigte. Selbst durch die verschlossene Tür war zu hören, dass die Männer und Frauen oben auf dem Korridor noch längst nicht alles gegeben hatten, was ihre Mägen zu geben hatten.

Vorsichtig huschte Oslic die gewundene Treppe hinab. Nur wenige, in Nischen eingelassene Laternen erhellten die Stufen.

Im zweiten Stock blieb Oslic vor einer Tür stehen und lauschte. Er presste das Ohr gegen das Holz.

Niemand war auf der anderen Seite zu hören.

Vorsichtig schlüpfte er durch die Tür und schloss sie hinter sich. Dies war der Korridor für die Lehrkräfte, wie Oslic III. Boulanthus nur zu gut wusste. Dann erreichte er die vertraute Tür.

Es war sein Name, der auf dem Schild neben dem reich verzierten und mit Leder bezogenen Portal prangte: »Professor Boulanthus, Magister der Alchemie und der Hohen Künste«. Oder wie andere es nannten: Universalgelehrter.

Rasch glitt Oslic in sein Büro, schloss die Tür und lehnte sich mit dem Rücken dagegen. Er glaubte zu spüren, wie sein Herz gegen seine Rippen und das Leder der Tür wummerte.

Erst hier, in der Sicherheit und Stille seiner Schreibstube, umgeben von Büchern, Regalen voller Artefakte und ominöser Gegenstände, konnte der Sohn des Tsharen wieder durchatmen.

Von draußen sickerte Mondlicht durch die Bleiglasrauten des Fensters und hüllte den Raum in silbriges Zwielicht. Das Licht tanzte über eine Vielzahl von Artefakten, Exponaten und Absonderlichkeiten. Brach sich an den Balsaholzflügeln von Oslics vielleicht eigentümlichster Erfindung. Das Modell des Schraubfliegers, der einst in voller Größe einen Menschen durch die Lüfte tragen sollte, drehte sich sanft an der Schnur, mit der er an der Decke befestigt war. Der Sohn des Tsharen hatte die Idee schließlich verworfen – das Konstrukt hatte sich bisher als zu teuer erwiesen. Doch mit dem, was der Zylinder enthielt, mochte sich das ändern.

Oslic zog den Schal vom Gesicht und schlug die Kapuze

zurück. Er wandte den Kopf nach links, wo ein halb blinder Messingspiegel stand. Der hochgewachsene junge Mann, der Oslic als verzerrte Reflexion anblickte, hatte so gar nichts mit dem Lehrer gemein, der hier bei Tag Scholaren unterwies.

Er trug das vor seiner Zeit ergraute Haar zu einem Knoten gebunden oben auf der Schädelplatte, während der Kopf an den Seiten kahl rasiert war. In seiner Lederrüstung und mit der Kapuze und dem Dolch hatte der Sohn des Tsharen mehr von einem Schurken als von einem Gelehrten.

»Weil ich einer bin«, murmelte Oslic. »Ein Dieb.« Er wartete darauf, dass ihm diese Erkenntnis einen Stich versetzte – stattdessen wanderte seine gesunde Hand zu dem Behälter an seinem Gürtel. Er mochte ein Dieb sein, doch das, was er an sich gebracht hatte, fegte alle Gewissensbisse hinweg.

Der Oslic im Spiegel grinste breit und metallisch verzerrt, als sein reales Gegenüber angesichts der Beute ins Schwärmen geriet. Er rief sich zur Ruhe. Er konnte sich keinen Fehler leisten – nicht hier, nicht jetzt. Zeit zum Feiern würde später sein.

Als wollte er das Verlangen, den Zylinder zu öffnen und den Inhalt zu studieren, damit vertreiben, schüttelte Oslic unwirsch den Kopf. Nun galt es, den Ort auf die gleiche Weise zu verlassen, wie er gekommen war.

Der Sohn des Tsharen verharrte und nahm sich einige Herzschläge Zeit, seine Gedanken zu ordnen, so wie es ihn seine Mutter im Kindesalter gelehrt hatte. Er schloss die Augen, atmete dreimal tief durch die Nase ein und langsam durch fast geschlossene Lippen wieder aus.

Beinahe augenblicklich, konditioniert durch die vertraute

Übung, beruhigten sich seine Gedanken. Ordnung kam in das Chaos, Struktur in den Fluss.

Schlüssel. Abschließen. Dein Büro war abgeschlossen, bevor du eingedrungen bist. Nach Hause. In den Turm. Die Reagenzien zurück in die Behälter. Den Gestank abwaschen. Morgen früh zu den üblichen Pflichten erscheinen. Nichts anmerken lassen. Gedanken an heute Nacht vertreiben.

Oslic nahm jeden einzelnen dieser Gedankenfunken und fügte sie in seinem Kopf zusammen, gab ihnen eine Reihenfolge und Struktur – ebenfalls Teil der mentalen Routine, die er in den vergangenen zweieinhalb Jahrzehnten verinnerlicht hatte.

In seinem Geist war er wieder dort, in seiner Heimat. Im Sommer. Eine Kolonne Ameisen wanderte im allgegenwärtigen Duft von Harz und Hitze über den Boden der carchadonischen Fichtenwälder. Er sah sie deutlich vor sich, die segmentierten Körper, glänzend wie Öl, Beute in den Beißzangen. Winzige Klauen, die sich in modriges Laub und Tannennadeln krallten, während sie Elle um Elle Boden gutmachten, um schließlich in ihrem Bau zu verschwinden.

Die Gedankenameisen des Gelehrten wanderten ebenfalls eine nach der anderen in die Tiefe seines Geistes, um dort in dem organisierten Gedankenbau ihre jeweilige Aufgabe zu übernehmen. Er würde keine einzige davon vergessen. Er vergaß selten.

»Sieht man einmal davon ab, dass du dir Wachs in die Ohren stopfen solltest, bevor du zu so einem Wagnis aufbrichst«, murmelte Oslic. »Beinahe hätten sie dich erwischt, weil dich der Bolzenhagel und der Lärm in die Besinnungslosigkeit befördert hätten.«

Es half nichts, über die Fehler der Vergangenheit nachzusinnen. Erst musste er hier raus, dann galt es, neue Dummheiten zu vermeiden.

Oslic wandte sich dem Balkon seines Arbeitszimmers zu. Er öffnete die doppelflügelige Tür und trat nach draußen. Unter ihm erstreckte sich die hochgelegene Terrasse der Akademie über den Weinbergen Doranthars. Wie ein Samttuch legte sich die Decke aus würzig-süßen Düften, dem lauen Nachtwind und dem Zirpen der Zikaden auf sein Gemüt.

Tief sog Oslic den Duft ein, der eine zarte Note von einsetzendem Verfall mit sich trug – der Herbst im südwestlich gelegenen Doranthar unterschied sich kaum vom Sommer.

Oslic vergewisserte sich, dass auf den Balkonen und Terrassen zu beiden Seiten niemand war. Erst dann trat er hinaus, schloss die Türen hinter sich und verriegelte sie.

Er band sich den Schal wieder vors Gesicht und schob die Kapuze hoch.

Er verweilte im Schatten der wuchtigen Marmorgeländer, betrachtete das Band der Monde im Nordosten. Ein Atoll im endlosen Ozean der Sterne.

Durch die sanften Eindrücke kam sein gepeinigtes Gehör zur Ruhe, und das Protestfiepen verstummte. Er spürte den Drang, ein wenig länger hier zu stehen und über die letzten Stunden nachzusinnen.

Stattdessen riss er sich zusammen. Er eilte zu einem der massiven Blumenkübel auf den Steinplatten des Balkons. Er nahm das dort versteckte Seil sowie die daran befestigte dünnere Schnur an sich. Nachdem er sich mit einem Blick in den Lustgarten der Akademie vergewissert hatte, dass dieser wächterfrei war, ließ er das Seil sanft in die Tiefe gleiten. Ein leiser Seufzer des Bedauerns kam über seine Lippen. Zu gerne hätte er den Gleitflügel auf der Flucht erprobt, den er für bergige Regionen ersonnen hatte – doch so ein Balkon war eben nicht hoch genug. So musste geflochtener Hanf genügen.

Sein Herz fing an, abermals wild zu pochen. Oslic war nie ein großer Kletterer, Jäger oder Krieger gewesen – anders als sein Vater und seine Brüder. Er hasste, was nun kam. Er war zu groß, um sich bei ausgefallenen athletischen Herausforderungen wohlzufühlen – abgesehen davon, dass er sie als Zeitverschwendung erachtete.

»Wenigstens diese eine gute Sache hast du mir gebracht, Alheefa«, murmelte er. Er stellte sich rücklings an das Geländer und ergriff dann mit der Hand des Arms, den er nur »den anderen Teil von mir« nannte, das Seil.

Das Metall der Prothese blitzte im Licht des Mondes auf, obwohl er es mit Kohlestaub geschwärzt hatte. Oslic schloss die Faust der mechanischen Hand so fest um das Seil, dass die Knöchel einer echten Extremität weiß hervorgetreten wären. Mit einem Ruck aus der Schulter verankerte sich die Gliedmaße. Seine Ohren vernahmen, wie Drähte und Zahnräder im Inneren der Prothese arbeiteten.

Auf sie war Verlass. Er musste es wissen.

Der dritte Sohn des Tsharen hatte diesen Arm selbst gebaut. Erst jetzt, als er sich sicher war, volle Kontrolle über sein gesamtes Körpergewicht und seinen Schwerpunkt zu haben, ließ er die Beine über das Geländer baumeln, ergriff mit der gesunden Linken das Seil.

Was für ein Unterschied es für seine Sinne war, seit er die Rechte verloren hatte! Er ertastete jede Faser aus Hanf, jede

Unebenheit des Stricks unter dem dünnen Leder seines Handschuhs, während er rechts nichts als Schmerzen spürte. Dort, wo das künstliche Schultergelenk der Prothese mit Schrauben im Knochen verankert war.

Mit jener Bedachtheit, die hochgewachsenen, hageren Menschen zu eigen ist, ließ sich Oslic III. Boulanthus in die Tiefe herab.

Der würzige Geruch der Spätsommernacht umarmte ihn. Blütenbeladener Oleander säumte Plattenwege, die Leiber marmorner Büsten und Vogelbäder leuchteten grellweiß im Licht der Monde.

Oslic ruckte an der Schnur – und der Knoten des Seils löste sich. Seil und Schnur fielen ihm entgegen. Er zuckte bei dem Klatschen zusammen, mit dem sie sich wie zwei müde Schlangen zu seinen Füßen zusammenrollten.

Ich bin zu laut, schalt sich Oslic.

Er knirschte mit den Zähnen, hob Seil und Schnur auf und warf sie sich über die gesunde Schulter. Dann pirschte er, so leise er konnte, zum Rand des Gartens – und warf die Gegenstände über eine marmorne Brüstung.

Diesmal ertönte das Klatschen viel später und weitaus leiser. Im Mondlicht war deutlich zu sehen, wie das Bündel die steile Neigung eines Weinbergs herunterkullerte und sich weiter unten an den Reben verfing.

Oslic wandte sich dem Ausgang zu. Lauschte. Warum hatte noch niemand Alarm gegeben? Sollten nicht sämtliche Wachen der Akademie unterwegs sein wie ein Wespenschwarm, um den Eindringling zu erhaschen? Hatte die stinkende Säure so gründlich gewirkt, dass sämtliche Kustoden das Bewusstsein verloren hatten?

Nein, diese erfahrenen Spürhunde würden anders vorgehen, den Eindringling suchen, sich dabei jedoch leise verhalten, um ihn nicht zu warnen.

Es gab einen einfachen Weg, seine Theorie zu prüfen. Er vergewisserte sich, dass der alte Nachtwächter der Akademie, beileibe kein Kustode oder Berufssoldat, in seinem Torhäuschen noch immer so tief schlief wie zu dem Zeitpunkt, als der Sohn des Tsharen seinen Raubzug angetreten hatte.

Oslic stieß einen unhörbaren Fluch aus. Es stimmte also, niemand hatte den Alten geweckt. Was bedeuten mochte, dass sie ihm draußen vielleicht eine Falle stellten, um seine Flucht im letzten Moment zu vereiteln. Doch welche Wahl hatte er? Er musste von hier fort.

Mit einem unguten Gefühl und pochendem Herzen pirschte er unter dem geschwungenen Torbogen der Universität hindurch, durchquerte den Zwinger aus Hecken – und hielt inne, kurz bevor sein Fuß die Straße berührte.

3

Was war das für ein Geräusch?

Er verharrte und lauschte, hörte das Rauschen des Blutes in seinen Ohren. Ein gutes Stück entfernt vernahm er zwischen den Gesängen der Grillen und Zikaden die Kampfschreie zweier Katzen. Ihr dämonisches Gefauche jagte ihm ein Rinnsal gefrorener Stecknadeln den Rücken hinab.

Auf dem Platz der Fünffaltigkeit plätscherte die jahrhundertealte Bernsteinfontäne. Leander Vartoshki hatte sie dem Kirchenrat von Doranthar vor 117 Jahren anlässlich der Rettung des sidhisidischen Handelsprinzen durch den Orden der Eulenritter gestiftet. Oslic schärfte seine Sinne, filterte Nachtinsekten und Wasser aus der Wahrnehmung seines absoluten Gehörs aus – und da war es!

Atemzüge. Scharrende Füße. Vier Personen, Männer und Frauen. Ein Rascheln. Ein Seil? Ein Netz? Wie hatten sie es geschafft, vor ihm hier zu sein?

Die Kustoden waren gut, das musste er ihnen lassen. Verdammt. Was nun? In ihm stieg Panik auf. Der Drang, einfach loszurennen, zurück auf das Gelände, und sich im Büro zu verbergen, war übermächtig. Doch es half nichts, wenn Flucht, dann nach vorn.

Jetzt oder nie. Oslic schoss vor und machte sich dabei klein, indem er den Kopf zwischen die Schultern zog und den Rücken krümmte.

Die Augen ließ er geschlossen, verließ sich auf sein Gehör. Die Luft zu seiner Rechten rauschte, jemand sprang vor, um ihn zu packen. Er hechtete nach links und rollte sich über die Schulter ab. Sein Rücken schrie auf.

Verdammt, er war aus der Übung! Doch keine Zeit zum Klagen. Sein Körper schnellte nach vorn wie eine Stahlsehne. In dem Moment blitzte eine Klinge hinter ihm auf, fuhr auf Kopfsteine herab. Glockenklang. Weiter. Vorwärts.

Ein Schemen löste sich aus dem Schatten der Hecke, floss auf ihn zu. Keine Zeit zum Ausweichen. Sie versuchten, ihn zu töten, warum sollte er sich also zurückhalten? Er ballte die gesunde Linke zur Faust. Als der Kustode vor ihm die Waffe hob, legte Oslic seinen Vorwärtsschwung in den Schlag.

Er hämmerte die Faust in den Magen des Angreifers. Dessen Kettenhemd mochte ihn vor Klingen schützen, aber nicht vor der Schlagwucht eines laufenden Mannes. Die Gestalt gab ein Pfeifen von sich, brach zusammen. Ihr Schwert klackerte über das Pflaster. Funken stoben, die Nacht flackerte.

So rasch ihn seine Beine trugen, rannte der Sohn des Tsharen vorwärts. Hinter sich hörte er seine Verfolger. Erst blieben sie hinter ihm zurück, aber dann vernahm Oslic das Klappern beschlagener Hufe.

Zwei der Kustoden hatten Pferde – und sie holten rasch auf. Er preschte an den Gebäuden vorbei, die die Universität belieferten und Studenten und Lehrern all das boten, was diese für ihren Alltag benötigten: Schenken zur Zerstreuung, Buchhändler für Lehrmittel und zur Erbauung, Geschäfte, in denen Tinte und Schreibwaren verkauft wurden.

Er sah die Türen der Fachwerkhäuser, Gassen gähnten einladend, als sie an ihm vorüberflogen. Aber die Sichtlinie der Verfolger war zu gut, als dass er einfach in einer davon verschwinden konnte. Zumal die meisten der Etablissements seit geraumer Zeit geschlossen hatten.

Seine Lunge brannte, er war definitiv außer Form. Hinter seinen Rippen machte sich ein Gefühl breit, als würde jemand das Knochenfell mit einem Schabeisen bearbeiten. Ein metallener Geschmack breitete sich in der trockenen Höhlung seines Mundes aus.

Das lief nicht nach Plan. Wie hatten sie so rasch reagieren können? Wie hatten ihn die Kustoden überholt, ohne dass er es bemerkt hatte? Warum hatte er nicht gehört, wie sie an ihm vorbeigerannt waren?

Keine Zeit, sich darüber Gedanken zu machen. Er musste zu dem Hinterhof gelangen, in dem er seine Versicherung zurückgelassen hatte. Damit würden sie nicht rechnen.

Er holte das Letzte aus seinem Körper heraus, zwang sich, die Techniken umzusetzen, die Waffenmeisterin Cerrunna ihn als Kind gelehrt hatte. Hätte er doch besser auf die alte Schwertmeisterin gehört.

Allem Ohrensausen zum Trotz wurde er des Schnalzens der Metallsehne gewahr, als der Schuss abgegeben wurde. Der Sohn des Tsharen warf sich zur Seite, und einen Herzschlag später prallte der Bolzen von der Straße ab. Brennender Phantomschmerz breitete sich in Erinnerung an durchlittene Qualen in seiner Wange aus.

Mit einem letzten, verzweifelten Satz erreichte Oslic die Gasse, die zu jenem Hinterhof führte. Dort hatte er den Eimer mit dem Phosphor, dem Steinmehl und den Metallspänen verborgen. Im Lauf griff er an seinen Gürtel und fingerte nach der Schutzbrille. Er rannte unter einem hölzernen Türbogen hindurch. Sein Blendwerk war ein netter Trick – zu wenig, um eine echte Erfindung genannt zu werden, aber genug, um es diesen Grobianen zu zeigen.

Dann lief er mit voller Wucht gegen das Hindernis. Das Wenige, was er an Luft bekam, wurde mit der Gewalt eines angreifenden Stieres aus seinen Lungenflügeln gepresst. Er wollte aufheulen, aber da war nichts, keine Luft, mit der er dem Schmerz Ausdruck verleihen konnte. Hart schlug er auf dem Boden des Hinterhofes auf. Er schnappte nach Luft wie ein Karpfen auf dem Steg – und der Teil seines Geistes, der nicht mit Atmen überfordert war, lieferte ihm ein Bild dazu.

Mit einem befriedigten Lächeln schauten eine grobschlächtige Frau und vier Männer in den Rüstungen der Kustoden auf ihn herab.

Im blieb nichts übrig, als weiter nach Atem zu ringen. Sterne tanzten vor seinen Augen. Der an ihnen haftende Geruch der Stinkbombe stieg ihm in die Nase.

»Du erkennst uns, deine Augen verraten dich, Dieb«, sagte die kurzhaarige Blondine. Ein tückisches Lächeln hob eine Seite ihres Mundwinkels an, dann verpasste sie Oslic einen Fußtritt. »Hast du echt geglaubt, du kämst uns davon? Wir haben dich. Hoch mit ihm!«

Der Befehl klang schneidend. Laternenlicht bohrte sich schmerzhaft in seine Augen.

Arme packten ihn. Er wurde in die Höhe gerissen, auf die Knie. Sein Schultergelenk protestierte gegen die grobe Behandlung. Zu seinem Glück trugen die Männer so dicke Handschuhe, dass sie die Prothese nicht ertasteten.

Jeder in der Stadt kannte den einarmigen Gelehrten.

Die Sergeantin machte einen Schritt auf ihn zu, bereit, Kapuze und Schal zu beseitigen.

Oslic stöhnte. Wenn sie ihn erkannte, war es aus. Er würde alles verlieren – und seine ganze Mission wäre gescheitert.

Er sammelte so viel Luft, wie er konnte, um eine Antwort herauszupressen. Er musste sich Zeit erkaufen.

»Was … Was hat mich verraten?«, fragte Oslic mit verstellter Stimme.

»Nicht was. Wer«, sagte die Kustodin. »Wir waren auf dich vorbereitet.«

Ihre Aussage erwischte ihn kalt. Offenbar spiegelte sich der Schreck auf seinem Gesicht, denn ihr Lächeln wurde eine ganze Ecke grausamer. »Ja, damit scheinst du nicht gerechnet zu haben, was?«

Oslic antwortete nicht. Seine Gedanken rasten. Außer Vargen und Testri wusste niemand, dass er vorgehabt hatte, in den Giftschrank einzubrechen. Und den beiden gegenüber hatte er vehement behauptet, den Wahnsinnsplan verworfen zu haben. *Ich will niemanden gefährden*, hatte er gesagt – und es gemeint. Was er verschwiegen hatte, war: niemanden außer sich selbst.

Der Fund, die Entdeckung, war zu wichtig, um wegen ein paar überkommener Gesetze ignoriert zu werden. War es seine Schuld, dass Männer, die den Wert dessen, was sie als gefährlich erachteten, nicht begriffen, profundes Wissen gegen jede Vernunft von der Welt fernhielten?

Nein, es war seine verdammte Pflicht gewesen, zu handeln und sich die Schrift anzueignen. Er spürte das Verlangen in sich, die Rolle zu sichern, sie zu umklammern. Er musste mit aller Macht verhindern, dass die Hand zu dem Beutegut wanderte und dadurch das Geheimnis preisgab.

Wer hatte ihn verraten? Weder Vargen noch Testri kamen infrage. Beide waren ihm gegenüber treu und zu klug, um sich zu verplappern.

»Ja, jetzt überlegst du: Wer hat mich verschachert? Was, Bursche?« Die Truppführerin kostete den Moment aus.

Der Sohn des Tsharen blickte zu ihr auf, suchte in dem Gesicht nach der Antwort, die ihm die höhnische Sergeantin mit Vergnügen schuldig blieb.

»Ich bin tatsächlich überfragt«, raunte er durch das Tuch vor seinem Mund.

Was sollte es, in wenigen Herzschlägen würde sie wissen, wen sie da vor sich hatte. Dann war alles gelaufen. Vorbei. Alles dahin.

Doch zu seiner Überraschung senkte sie die Hand. Sie schien das Gefühl der Überlegenheit noch eine Weile lang auskosten zu wollen. »Lass dir so viel gesagt sein, Ratte. Man kam zu uns und hat uns informiert, dass ein Anschlag auf den Giftschrank bevorstand – und lieferte uns sogar einen Beweis.«

»Und was für Beweise sollen das gewesen sein?«

»Unser Informant teilte uns mit, dass der Einbrecher, der sich an den verbotenen Büchern vergreifen wolle, bereits am Vortag ein Seil auf dem Balkon von Professor Boulanthus deponiert hat.«

Oslic musste gegen den Drang ankämpfen, durch zusammengebissene Zähne zu fluchen, dabei war er kein Mensch, der zu solchen Äußerungen neigte.

Sollte das möglich sein? War sie so niederträchtig, nach ihrem Scheitern zu solchen Mitteln zu greifen?

»Wenn ihr wusstet, welchen Zugang ich nehmen würde, warum habt ihr dann nicht direkt auf dem Balkon von Professor Boulanthus zugeschlagen?«, fragte er. »Wäre es euch nicht ein Leichtes gewesen, mich dort abzupassen?«

»In der Tat. Doch wir wollen wissen, wer deine Hintermänner sind.« Während ihre Soldaten ihn festhielten, drehte sie sich in aller Ruhe eine Zigarette, leckte das Maispapier und hob Feuerstein und Stahl. Es knisterte, als die Spitze im Halbdunkel aufglomm. Der Tabakgeruch konnte den Gestank, der noch immer ihrer Kleidung anhaftete, nicht übertünchen.

»Wir sind gut in dem, was wir tun. Es ist offenkundig, dass dir jemand innerhalb der Akademie geholfen hat. Wir vermuten, dass es einer der Sekretäre oder ein Mitarbeiter war. Vielleicht sogar Professor Boulanthus selbst. Schließlich bist du auch Carchadone, genau wie er, nicht wahr?«

Sie hatten es sich so weit zusammengereimt, wie es ihnen möglich war – das Einzige, was sie nicht ahnten, war, dass Professor Boulanthus persönlich hier vor ihnen auf den Knien hockte.

Schöne Scheiße.

Er schloss die Augen und dachte über ihre Worte nach. Das Knistern ihrer Zigarette dröhnte in seinen überempfindlichen Ohren.

Kurz war er wieder sieben Jahre jung, sank auf den Grund des vereisten Sees. Das Knacken, mit dem das Eis unter seinen Füßen brach, hallte in seinen Ohren.

In der Stille, unterbrochen vom Zirpen der Zikaden und den Atemzügen der Soldaten, klang die brennende Spitze ihres Glimmstängels so laut wie einst das Rauschen des Blutes und des Wassers.

Damals waren es die Hände seines besten Freundes gewesen, die ihn im letzten Moment aus der eisigen Umarmung der Schwärze nach oben gerissen hatten. Bevor alles außer Kontrolle geraten war. Vor dem Angriff des Bären.

Schwärze. Atemzüge.

Er riss die Augen auf und realisierte erst jetzt, dass zwei Männer fehlten. Sie waren noch da, er hörte ihren Atem, jedoch leiser, flacher, weiter entfernt. Die beiden übrigen Wachen standen noch hinter ihm und hielten ihn fest. Ihre Griffe verstärkten sich.

»Haskeer? Brinth?«, fragte einer. Sein Timbre vibrierte.

Die grinsende Sergeantin nahm einen Zug und studierte ihren Fang.

Jetzt oder nie!

Oslic stemmte sich in die Höhe und warf sich mit seinem ganzen Gewicht nach vorn, um sich von den Wächtern loszureißen und an ihr vorbeizukommen. Einen Herzschlag später erkannte er, dass das unnötig gewesen war.

Unvermittelt rasselten hinter ihm Leder und Kettengeflecht, und ein Schatten fiel auf die beiden Männer. Zwei von schwarzen Kettenringen gepanzerte Arme legten sich um die Hälse der Kustoden. Oslic flog an der Sergeantin vorbei und wirbelte herum.

Er sah, wie der dunkle Schemen die beiden Soldaten nach hinten riss und mit den Helmen gegeneinanderschlug. Ein schweres Geräusch erklang, als würden Töpfe aus einem Regal auf einen Fuß fallen. Körper sackten in der Dunkelheit zusammen.

Die Anführerin ließ den Glimmstängel fallen – ihre Hand schoss zum Schwert.

Oslic verabscheute Gewalt, aber wieder blieb ihm keine Wahl. Seine rechte Faust zuckte vor – der Stahl der Prothese erwischte sie am Kinn.

»Gute Nacht«, murmelte der Sohn des Tsharen. Um sein schlechtes Gewissen zu beruhigen, ging er in die Hocke, legte Zeige- und Mittelfinger seiner gesunden Hand an ihre Halsbeuge.

»Sie werden es überleben«, sagte eine tiefe, ebenso altersweise wie altersmüde Stimme aus dem Schatten des Weinlaubs.

4

Vargen hatte ihn gerettet.

Oslic betrachtete den Leibwächter. Die mattschwarzen Kettenringe hatten den Ritter ebenso verborgen wie dessen dunkle Hautfarbe. Der alte Soldat trug die ergrauten Aschelocken wie üblich mit einer Schnur hinter dem Kopf gebändigt und zog in diesem Moment ein Tuch von Mund und Nase, ließ es um seinen Hals flattern.

Der Veteran bebte vor Zorn. Die Leberflecken auf jeder seiner Wangen bildeten kleine Dreiecke. Der Sohn des Tsharen schrumpfte unter dem Blick des Ritters, der inmitten der Tintenlinien wie Metall glomm. Die so vertraute Eulenschädeltätowierung wirkte plötzlich unheimlich.

Ihm wurde wieder einmal klar, warum der Ritterorden seines Beschützers in der ganzen Welt gefürchtet wurde.

»Ihr habt es wirklich getan«, stellte der Ritter fest und klang wenig überrascht. Es gelang ihm nicht, seine Enttäuschung zu verbergen.

»Jep. Sieht so aus«, sagte Oslic, während er an Vargen vorbeiging und nacheinander sämtliche Soldaten einer kurzen Leibesschau unterzog. Das Letzte, was er wollte, war, dass sein Beutezug in einer Tragödie endete.

Vargen trat neben ihn. »Ihr habt mir versprochen, auf Euch achtzugeben.«

Oslic entging nicht, dass der Veteran die altgediente Streitaxt offen am Gürtel trug. Obwohl der Kämpe bedeutend kleiner war als sein Herr – wenn auch in seiner Rüstung mit den Schulterplatten weitaus breiter –, vollbrachte der Ritter wieder einmal das Kunststück, wie der größere Mann zu erscheinen.

Nicht nur in körperlicher Hinsicht.

»Hatten wir uns nicht geeinigt, dass Ihr es nicht tun würdet?«, fragte Vargen.

Oslic verzog das Gesicht. »Wenn du weißt, dass ich hier bin – hat Testri auch etwas mitbekommen?«

»Wann hätten wir je etwas vor ihr verheimlichen können?« Ein resignierter Seufzer. Vargen zog sich die Kapuze seines Umhangs über den Kopf. Er packte einen Wächter nach dem anderen unter den Armen und zog sie an einen der Pfeiler der Weinterrasse. Ihre Stiefel schleiften Muster in den Kies.

»Aber du warst klug genug, dich nicht von ihr verfolgen zu lassen – geschweige denn, sie mitzubringen?« Oslic hob in gespieltem Tadel den künstlichen Finger seiner Prothese.

Vargens Auge brannte. »Ich weiß nicht, Herr. Wart Ihr klug genug zu verhindern, dass jemand merkt, dass Ihr ein Seil auf dem Balkon an der Stätte Eures Wirkens für eine solche nächtliche Aktion verborgen habt?«

»Gut gekontert. Aber ich bin kein Narr. Natürlich hat das niemand gesehen. Außer dir.« Oslic betrachtete die bewusstlosen Soldaten. Die Kustoden waren nicht schwer verletzt. Aber sie bluteten und würden Schmerzen haben, wenn sie erwachten. Schamgefühle meldeten sich in ihm.

»Da waren welche hoch zu Ross hinter mir her.« Oslic blickte in Richtung der Akademie.

»Ja«, antwortete Vargen. »Das waren sie wohl.«

Sie schwiegen.

Zikaden zirpten. Bewusstlose atmeten.

»Gehen wir nach Hause. Solange ich noch eins habe«, sagte der Sohn des Tsharen.

5

Sie gingen eine Zeit lang nebeneinander her. Ihre Schritte hallten auf dem Pflaster der oberen Kommerzia von Doranthar wider. In Oslics Ohren klingelte es leise, wenn der warme Nachtwind über das Kettengeflecht von Vargens Rüstung strich.

Gemeinsam mit dem Geräusch ihrer ledernen Stiefel, dem Wallen ihrer Umhänge und dem Schaben, mit dem sich Vargens Streitaxt im steten Rhythmus am Schenkel des Ritters rieb, bildete das Säuseln des Windes einen einlullenden Klang. Erst jetzt merkte der Sohn des Tsharen, wie sehr ihn die Ereignisse der Nacht geschafft hatten.

Dennoch entging ihm nicht, dass etwas zwischen ihnen beiden stand. Ein Schweigen, lauter als jeder Wasserfall. Irgendwann ertrug Oslic es nicht mehr.

»Na, das war ja was.« Er kaute auf seiner Unterlippe. Gespräche waren nicht seine Stärke – schon gar nicht unter Druck.

»Nette Untertreibung«, brummte Vargen. »Was hättet Ihr getan, wäre ich nicht aufgetaucht?«

»Aber du bist ja aufgetaucht, das ist doch der Punkt, Vargen.« Oslic lächelte den Freund an. »Du kommst eben immer zum richtigen Zeitpunkt.«

Oslic konnte förmlich hören, was für gesalzene Entgegnungen dem Beschützer auf der Zunge lagen, obwohl dieser sie nicht aussprach. Man sah es Vargen nicht an – aber er kochte. Irgendwie musste der Sohn des Tsharen das Gespräch in eine andere Bahn lenken. Was nicht leicht war, denn seine Gedanken rasten.

Er wendete die mentalen Techniken an, die ihm seit frühester Kindheit halfen zu ebnen, was ungerade war – vergeblich.

»Ich weiß, was Euch Eure Mutter bedeutet hat, Herr«, ergriff Vargen endlich wieder das Wort. »Ihr habt es oft genug betont. Aber diese Suche nach Geborgenheit ist nichts, was sich für einen erwachsenen Mann geziemt.« Er schüttelte traurig den Kopf. »Ich werde nicht immer da sein, wisst Ihr?«

»Red keinen Unfug, alter Freund. Wir wissen beide, dass dich nichts umbringen kann, was dir dieses Leben entgegenwirft.«

»Für jeden Krieger kommt der Augenblick, da er besiegt wird – entweder von einem Feind, der ihm überlegen ist, oder vom Leben selbst.«

Oslic hob die Hand. »Nein, nein, mein Lieber. Keine weitere Lektion aus der zerlesenen Kladde deines Ordens. Du weißt genau, dass ich dieses religiöse Kauderwelsch nicht mag.«

Der alte Ritter schüttelte den Kopf, wobei sich einige der Aschelocken aus ihrer Umklammerung lösten und ihm mit einem Geräusch wie rieselndes Salz über die gepanzerten Schultern fielen. »Herr, Ihr vergesst Euch. Und Ihr vergesst, wo wir sind. Keine Blasphemie im Herzen der Fünf.«

Sie erreichten das Ende der oberen Kommerzia. Von ihnen führten Treppen hangabwärts auf die unteren Hügel Doranthars. Im Licht der späten Monde, die sich für das Finale der Nacht herabzusenken begannen, lagen die Wasser des lichtlosen Sees wie ein schwarzer Spiegel. Das gewaltige Aquädukt, das sich auf steinernen Pfeilern aus seiner Tiefe erhob, übte auch nach einem Jahrzehnt in dieser Stadt seine Faszination auf Oslic aus. Neben einer Fontäne verspielter Marmornymphen blieb er stehen. Er blickte über die Dächer der Stadt hinweg und betrachtete das Gewässer.

»Wer hat sie gebaut? Die Brücke zur Opferstelle, meine ich?«, fragte Oslic.

Vargen verzog das Gesicht. »Wollen wir noch länger um dieses Feuer tanzen, ohne uns an die Flammen zu setzen? Wir wissen beide, was Euch wirklich bewegt, Herr.«

Oslic hob eine Augenbraue, doch er musste einräumen, dass Vargen ein besserer Menschenkenner war als er. Geschult darin, ein Gespräch zu führen – oder zu erkennen, wenn man ein Geheimnis vor ihm verbarg.

Der Sohn des Tsharen seufzte. »Du willst wissen, was ich über das denke, was die Sergeantin gesagt hat, nicht wahr?«

»Ich weiß längst, was Ihr denkt, Herr.«

»Spielen wir noch einen Augenblick lang ein Spiel, bei dem wir so tun, du wüsstest es nicht. Was meinst du denn, was ich denke?«

»Ihr wisst, dass *sie* es war, Herr. Wer sollte es sonst gewesen sein?« Vargen lehnte sich neben Oslic gegen ein verschnörkeltes Geländer und blickte mit ihm in die Ferne. Wie die meisten Menschen aus Sidhisid hatte der Ritter einen stechenden Blick, was vor allem an den exotischen Augenfarben der Bewohner jenes Reichs lag. Im Mondlicht war das Violett seines verbliebenen Auges klar und wach. Das andere war bleich und milchig. »Dass ich dies hier tun darf, Herr, verdanke ich nur Euch. Ich wäre Euch ein schlechter Diener, wenn ich Euch noch mehr rügte. Was für ein Dank wäre das gegenüber meinem Retter?«

»Dich einzuschmeicheln wird dich auch nicht weiterbringen, weißt du.« Ein Grinsen stahl sich auf Oslics Gesicht. Vargen schaffte es stets, ihn auf den Boden der Tatsachen zurückzuholen – selbst dann, wenn sein Geist längst die Schwingen gespreizt hatte. »Warum sollte *sie* so etwas tun, lange nachdem sie gescheitert ist?«, fragte er nach einer Weile des Schweigens.

Er genoss, wie der Wind sein Gesicht streichelte, der die Gerüche der Bäckereien aus der Stadt zu ihm hinauftrug. Dort unten begann das Leben, und diese frühesten aller Handwerker machten sich an ihr Tagwerk. Trotz der Müdigkeit knurrte Oslics Magen. Ein klares Signal, dass er mal wieder das Essen vergessen hatte.

Wann hatte er zuletzt etwas zu sich genommen?

»Ich kann über ihre Gründe nur mutmaßen wie Ihr, Herr. Aber ich sehe an Eurem Gesicht, dass Ihr wisst, dass ich die Wahrheit spreche.« Die alte Traurigkeit des Eulenritters lag wieder auf seinen tätowierten Zügen. Sie schien in stets dann zu erfüllen, wenn sie dieses eine Thema anschnitten.

»Sie ist genauso dein wunder Punkt wie meiner, alter Freund. Sie hat uns beide kalt erwischt, oder willst du da widersprechen?« Oslics Wange und der Armstumpf pochten. Ein Teil von ihm wollte es auf den Wind schieben – es war der einzige Anteil, der sich dann und wann eine Dummheit gestattete.

Vargen schnaubte und schüttelte den Kopf. Er blickte lange

auf seine Hände, bevor er antwortete. »Sie war gut. Sehr gut«, sagte er schließlich.

»Und du hasst sie dafür?«

Vargen wandte seinem Herrn das Gesicht zu. Der Größenunterschied zwischen ihnen zwang ihn, den Blick seines Auges zu heben. »Ist das Euer Ernst?«

Oslic legte die Stirn in Falten. »Ich habe gesehen, wie ihr gekämpft habt. War das kein Hass in deinem Blick?«

»Natürlich«, sagte Vargen. »In dem Moment. Ich habe getan, was Ihr nicht konntet. Gefühlt, was Ihr nicht konntet. Und *sie* gehasst, ja. In dem Augenblick. Nicht darüber hinaus.« Er blickte wieder über die Stadt.

»Jetzt nicht mehr?«, fragte der Sohn des Tsharen. Es gelang ihm nicht, den Unglauben aus seiner Stimme zu halten.

»Verachte ich das Mädchen für das, was es getan hat? Persönlich? Ganz sicher. Aber hasse ich sie? Nein. Sie ist eine Kriegerin. So wie ich einer bin. Wir tun unsere Pflicht. Sie erfüllt uns mit Stolz.«

»Ich weiß nicht, ob ich das je begreifen werde«, gab Oslic zu.

»Ihr seid kein Krieger, Herr. Und ich danke Horne jeden Morgen beim Waffengang dafür«, entgegnete Vargen mit einem Achselzucken. »Sie hat versucht, Euch zu töten. Weil es ihre Pflicht war. Und sie ist gescheitert. Das muss sie schmerzen. Auch heute noch.«

Oslic sog die Luft tief ein, versuchte, das Chaos der aufkeimenden Gefühle zu beherrschen. Er atmete lange und kontrolliert aus.

»Es wird spät, Herr. Oder früh, das ist Ansichtssache. Wir sollten heimgehen.«

Sie stiegen die Treppen in die untere Kommerzia hinab und überquerten die gewaltige Zunge der Götter. Die in komplexen Bogen gespannte Marmorbrücke verband den Hügel des Händlerviertels mit dem der Handwerker.

Oslic liebte das Bauwerk. In den ersten Wochen seines unfreiwilligen Aufenthalts in Doranthar hatte er viel Zeit dort verbracht und das Spiel der Zugkräfte studiert, die den monumentalen Koloss in der Schwebe hielten. Er stoppte an einer der vielen Beobachtungsplattformen in der Brückenmauer, um in das Tal zu blicken, das sich Hunderte Schritte unter ihm erstreckte. Ein früher Greifvogel kreiste unter ihnen auf der Suche nach einer vorwitzigen Feldmaus oder einem schläfrigen Karnickel.

Die Brücke war eine architektonische Meisterleistung von Severins von Trophonis, die an Hexerei grenzte, da sich das Konstrukt bis auf vier Befestigungspunkte an den Hügeln nahezu selbst trug.

Beim Gedanken an den Urvater der universellen Gesetze der Gelehrsamkeit langte Oslic unwillkürlich nach dem geraubten Dokumentenzylinder. Dem Sohn des Tsharen entging der Seitenblick seines Beschützers nicht.

»Ich fürchte, was Ihr heute Nacht getan habt, wird nicht ohne Folgen bleiben, Herr.«

»Weil die kleine Testri mir den Kopf abreißen wird?«, fragte Oslic. »Oder machst du dir Sorgen um meine aufkeimende akademische Karriere?«

»Für die Menschen von Doranthar seid Ihr etwas Besonderes.« Vargen schnaubte. »Ihr hättet so etwas niemals tun dürfen.«

»Die Menschen von Doranthar«, erinnerte ihn Oslic, »sind

es, die von diesem Tun profitieren werden. Ich verschaffe ihnen nur, was andere vor uns und vor ihnen verborgen halten wollten.« Der Sohn des Tsharen räusperte sich. »Mal abgesehen davon, dass die Kirchenväter von meinen Neuerungen und Ideen die Nase mehr als voll haben.«

Bei der Erwähnung der Kirche der Fünfgötter, die ihn einst in den Ritterstand erhoben hatte, zuckte Vargen zusammen. »Gewiss nicht alle, Herr. Wenn Ihr keine Unterstützer hättet, wäret Ihr wohl nie so weit gekommen.«

»Muss ich dich erinnern, wem ich das hier verdanke?« Oslics fleischliche Hand fuhr zu der Narbe, die wie eine sattgefressene Viper auf seiner Wange lag und mit der Schwanzspitze nach dem fehlenden Ohrläppchen tastete. Der Sohn des Tsharen verzog bei der Erinnerung an die gleißende Pein das Gesicht. »Es waren meine Feinde in der Kirche, die Alheefa geschickt haben. Davon bin ich überzeugt.«

»Das wisst Ihr nicht, Herr. Ihr vermutet es, doch wir haben keine Gewissheit.«

Oslic winkte ab und gab ein missbilligendes Schnauben von sich. »Wer soll es denn sonst gewesen sein, alter Freund? Und komm nicht wieder mit meiner Familie.«

»Euer Onkel hasst Euch, nach allem, was Ihr mir so oft geschildert habt. Er würde …«

Oslic schnitt ihm das Wort ab. »Genug davon. Ich weiß, in welche Lage ich dich bringe. Ich kann nicht von dir verlangen, ein schlechtes Wort über die Kirche zu äußern. Nicht, da doch Periadne im Gegensatz zu dir noch immer Teil ihres Apparats ist.«

Bei der Erwähnung seiner Tochter fuhr Vargen erneut zusammen.

Oslic begriff, dass er zu weit gegangen war. Rasch wechselte er das Thema. »Was ich sagen will, ist, mein Onkel Talladeen mag mich stets zum Gegenstand seines Hasses gemacht haben, und das aus gutem Grunde, aber er liebt auch meinen Vater und ist ihm treu ergeben. Nie würde er Hand an einen Sohn des Tsharen legen. Nein, alter Freund, diesmal irrst du. Ich bin mir sicher, dass mir meine zahlreichen Feinde in der Akademie Alheefa auf den Hals gehetzt haben.«

»Das kann ich mir nicht vorstellen, Herr. Die Kirche ist die Mutter der Wahrheit, die Fünfgötter haben den Widersacher seiner Mäntel beraubt und zurück in die Ältere Dunkelheit verstoßen, aus der die Mutter der Lügen ihn einst hervorgezogen hat.« Vargen schlug das Zeichen der Fünf, indem er nacheinander mit der Faust Stirn, Augen, Ohren, Lippen und Herz berührte.

»Dein Vertrauen in allen Ehren und Respekt vor der makellosen Rezitation der Quintessentiellen Liturgie. Aber darf ich höflich daran erinnern, dass wir von derselben Kirche reden, die mich als politische Geisel hier hält und dich als alten Mann auf der Straße hat sitzen lassen – unverschuldet, wie ich betonen möchte!«

»Wir reden von der Kirche, Herr, die Euch ein neues Leben geschenkt hat. Die Euch als Geisel mehr Rechte als üblich eingeräumt hat – ohne sie hättet Ihr heute nichts von dem, was Ihr liebt. Nicht den Lehrstuhl. Nicht den Turm. Keine Finanzierung Eurer Forschungen. Ihr würdet in einem Garten sitzen, umstellt von Soldaten, und zeichnen.«

Oslic setzte zu einer Entgegnung an, klappte den Mund jedoch wieder zu. Es kam selten vor, dass ihm der Geist den

Dienst versagte. Umso mehr erschütterte es ihn, wenn es geschah. Er beschloss, es dabei zu belassen.

Während sie still dahingingen, betrachtete der Sohn des Tsharen das Erwachen des Stadtstaates. Oslic erwog, bei einem Bäcker etwas zu erwerben. Knusprig frisches Brot erfüllte die Straßen mit dem Duft seiner Krume. Vargen riet ihm davon ab. »Wir sollten uns beeilen, wieder in den Turm zu kommen, bevor es richtig hell wird.«

»Ich glaube, ich habe echt Mist gebaut, oder?«, fragte Oslic unvermittelt.

»Hm?«, fragte Vargen, der offenbar eigenen Gedanken nachgehangen hatte. Oslic konnte es ihm nicht verdenken – er selbst war todmüde und konnte sich ausmalen, wie es einem Mann gehen mochte, der mehr als doppelt so alt war wie er.

»Den Einbruch, meine ich. Ich weiß, oft heiligt der Zweck die Mittel, aber ich bin kein Berufsverbrecher.« Unvermittelt schlug sich der Sohn des Tsharen mit der gesunden Hand gegen die Stirn. »Wie konnte ich nur auf eine so törichte Idee kommen. Ich hätte jemanden anheuern sollen.«

»Lasst das bitte, Herr. Ihr seid viel zu bekannt. Schlussendlich hätte Euer Auftragnehmer Euch erkannt, und es wäre am Ende auf das Gleiche hinausgelaufen. So wissen die Kustoden lediglich, dass sie einem verhüllten Dieb aus Carchadon gegenüberstanden, der sich recht ungeschickt angestellt hat.«

Oslic bedachte ihn mit einem säuerlichen Blick. »Ich hatte alles durchdacht. Die Gewandung, den Weg hinein und hinaus, die Stinkbombe, meine Blendmischung im Innenhof – dabei fällt mir ein, die müssen wir nachher bergen.«

»Das übernehme besser ich, Herr. Doch lasst mich sagen:

Kein Plan, und sei er noch so gut, überlebt den Kontakt mit dem Feind. Schon gar nicht ein solcher, geschmiedet von einem Mann, der keinen Zoll von einem Verbrecher im Leibe hat.«

Ein väterliches Lächeln huschte über Vargens Züge. Der Anblick schnürte Oslic die Kehle zu. Nur ein solcher Blick seines echten Erzeugers hätte vieles in seinem Leben geändert.

Er räusperte sich und wandte sich ab, tat so, als würde er eine Gruppe Schreiber beobachten, die sich auf den Weg zum Marktplatz machte, um ihre Dienste feilzubieten. Vargen zog Oslic an der Schulter zurück, und sie drückten sich in den Schatten einer Unterführung. Es gab keinen Grund, auf dem letzten Stück ihres Weges aufzufallen.

»Hattest du einen Plan?«, fragte Oslic. »Für deine Schwertprobe damals, als du ein junger Mann warst?« Sie hatten den Turm beinahe erreicht.

Vargen blieb stehen und musterte seinen Dienstherrn. »Ihr wisst, dass ich Euch …«

»… keine Frage beantworten kann, ja. Ich erkundige mich ja nicht nach dem, was damals in eurem Heiligen Hain passiert ist, sondern danach, wie du dich gefühlt hast.«

Vargen haderte mit sich. Langsam ging er weiter. »Ich hatte Angst. Blankes Grauen trifft es eher«, sagte er.

»Angst vor dem, was im Wald passieren würde? Davor, worauf dich die Ritter als Knappen vorbereitet hatten?«

»Angst vor dem Unbekannten. Es gibt schlicht nichts, was auf das vorbereiten kann, was ein Eulenritter in unserem Hain erlebt – zumal wir untereinander nicht über das reden, was jedem von uns dort widerfahren ist. Das gehört dem Ritter und seinem Schwert. Wer den Rang eines Kauzes in der Komturei erringen will, muss sich der Probe stellen.«

Bevor Oslic nachhaken konnte, kam der Turm in Sicht. Er schälte sich aus dem Dunst des erwachenden Morgens, ein graues Zepter aus grob behauenem Stein, von ebenjener Farbe, die der aufkeimende Tag an das Firmament malte. Die moosbewachsene Felsenkruste des Baus wirkte merkwürdig deplatziert zwischen den bejahrten Villen aus Marmor und der von unzähligen Füßen polierten Oberfläche des Kopfsteinpflasters.

Es war der älteste Wachturm des Viertels, zugunsten modernerer Bastionen aufgegeben. Als es darum gegangen war, der carchadonischen Geisel eine Wohnstatt zu geben, hatte sich der junge Gelehrte das Gebäude erbeten. Es erinnerte ihn an seine Heimat, äußerlich schroff und wehrhaft, mit verborgenen inneren Werten.

Oslic blieb an einer Unterführung hinter einer bauchigen Säule stehen und lugte um die Ecke. Erste Passanten gingen auf der ausladenden Allee an ihm vorbei. Der Eingang des Turms aber war frei. Keine Wachen. Und was wichtiger war: »Zu früh für die übliche Meute an Bittstellern«, murmelte der Sohn des Tsharen. »Würdest du mir die Ehre erweisen?«

6

Vargen lief los und sicherte den Weg zum Tor des Turmes vor neugierigen Augen. Er gab Oslic ein Zeichen, als niemand mehr zugegen war.

»Euer Ruhm ist ein Fluch, Herr«, raunte der alte Ritter, als er Oslic die schwere Eingangstür aufhielt und dabei die geschlossenen Fensterläden der Umgebung im Blick behielt.

Oslic warf einen Blick über die Schulter, als er eintrat, und erkannte zu seiner Freude, dass noch keiner seiner Nachbarn wach war. Zumindest dieser Teil seines nächtlichen Abenteuers war unbemerkt geblieben.

»Aber auch ein Segen, alter Freund. Wie du sagtest, ich hätte nichts von alldem und könnte nicht forschen, wenn ich nicht meine treue Schar von Verehrern hätte.«

»Verrückte trifft es eher.«

Oslic antwortete nicht, sondern tippte sich lediglich mit der gesunden Hand ans Ohr und zwinkerte seinem Leibwächter zu.

Vargen schloss die Tür zum Vorraum des ehemaligen Wachturms hinter ihnen. Einst hatte diese Kammer die Aufgabe eines Zwingers im Falle einer Belagerung erfüllt. Eindringlinge, denen es gelang, das erste schwere Tor zu durchbrechen, wären hier auf ein zweites gestoßen – Mordlöcher in den Wänden offenbarten, wie sie dann mit Lanzen traktiert worden wären. Jedes Mal, wenn er sie sah, schauderte Oslic. »Ich hätte die längst zumauern müssen.«

Er öffnete die Eingangstür, die in die ehemalige Wachstube des Turms führte, die jetzt sein Empfangsraum war.

Doch noch bevor er dazu kam, sich den Umhang abzustreifen, explodierte das Sofa vor ihm in einem Wirbel aus Kissen und Decken. Etwas traf ihn gegen den Bauch, ehe sich kleine Hände wie Stahlklammern um seine Nierengegend schlangen.

Eine Weile standen sie da, und Testris Gestalt klammerte sich an ihn. Als sie sich schließlich von Oslic löste, ging sie einen betonten Schritt zurück und stemmte die Fäuste in die Hüften. Sie blickte zu ihm empor und brachte es ebenso wie Vargen zustande, größer zu wirken als er; der Blick, mit dem sie ihn maß, ließ ihn schrumpfen.

Oslic hatte keine Kinder, und einmal mehr wurde ihm bewusst, wie wenig er von ihnen verstand, wie ihn die Direktheit ihrer Gefühle überforderte. Sie schafften es oft mit einer einzigen Geste oder Handlung, dass er sich wie ein Idiot vorkam. Hier stand er vor einem Mädchen, das gerade elf Sommer zählte, und ertappte sich dabei, dass er ein schlechtes Gewissen hatte.

»Hast du eine Ahnung, was wir uns für Sorgen gemacht haben?«, schalt sie ihn.

Oslic verbiss sich eine Bemerkung – kurz nachdem er und Vargen Testri kennengelernt hatten, hatte er lernen müssen, dass dies die beste Strategie war.

Testris grüne Augen hatten den gleichen Farbton wie eine stürmische See. Sie waren ähnlich wild und passten hervorragend zu den Tüchern, Schals und Röcken, die sie im Laufe der Jahre gehamstert und zu Kleidungsstücken verwoben hatte.

Sie maßen Oslic über ein neckisches Band aus Sommersprossen hinweg, das sich von einer Wange über den Nasenrücken zur anderen zog, was dem Mädchen etwas von einem Waschbären gab. Allerdings war ihr Gesicht zu ernst, die Miene wirkte zu erwachsen. Ein Ausdruck lag darauf, den Menschen mit dem Vierfachen ihrer Jahre nicht zur Schau stellen konnten.

Der Sohn des Tsharen saß in der Tinte, wenn Testri dieses Gesicht aufsetzte. Sie hatte nicht nur die Hände in die Hüften gestemmt, sondern tappte in stetem Rhythmus mit einem Fuß auf den Holzdielen der Wohnstube.

»Onkel Eule musste losgehen und dich retten.« Sie klang bei ihrer Feststellung wie eine Mutter, die ihrem Dreikäsehoch eine Standpauke hielt. »Was hättet ihr gemacht, hätten sie euch in den Kerker gesteckt?«

Bevor Oslic antworten konnte, hob Testri in einer schulmeisterlichen Geste den Finger und brachte ihn damit zum Schweigen. Achselzuckend ließ er es über sich ergehen und schälte sich aus der ungewohnten Diebeskluft. Er zog den Kapuzenumhang und die Rüstung aus und warf beides auf die wahllos im Raum verteilten Diwane seiner behaglichen Wohnstube.

»Ich sage es dir«, giftete Testri indes. »Vargen wäre zurechtgekommen, aber dich hätten sie verhauen. Oder Schlimmeres«, fügte sie hinzu, während ein Ausdruck von Sorge über ihr Gesicht huschte und ihre Augen schwammen.

Oslic zuckte bei dem Anblick zusammen. Er erhaschte aus den Augenwinkeln, wie Vargen die Kleidungsstücke aufklaubte und sorgfältig zusammenlegte. Der Ritter mied ihren Blick. »Sie hat recht, Herr.« Er verschwand in der Küche.

Oslic hörte ihn beim Herd hantieren.

Testri verschränkte die Arme vor der mageren Brust. Ihre Unterlippe bebte. »Du hättest draufgehen können.«

Etwas in ihm riss den jungen Gelehrten von einer Seite zur anderen. Der größere, bessere Teil von ihm wollte alles tun, damit das Kind, das er und Vargen einst gerettet hatten, niemals wieder mit solchen Augen in die Welt blicken musste. Sie sollte Syriatis sehen wie Oslic. Als Ansammlung von Wundern und Rätseln.

Doch da war der andere Teil von ihm. Der, der keinen Schlaf bekommen, der die Nacht auf der Flucht vor bewaffneten Wächtern verbracht hatte. Der Teil, der alles riskiert hatte, um den einen Fund, den er vor einigen Wochen in einem Brevier entdeckt hatte, der Umklammerung des Giftschranks zu entreißen, koste es, was es wolle.

Dieser Teil von ihm hatte weitaus weniger Geduld. Und mit jedem Satz des vorwitzigen Mädchens und seines Leibwächters kämpfte sich der übernächtigte, wütende Oslic an die Oberfläche.

Das wollte er nicht zulassen. Also zückte er den Zylinder, um ihr zu zeigen, warum er sein Leben auf diese Weise riskiert hatte. »Ich habe ihn bekommen.«

Testri reagierte, wie man es von einem Straßenkind erwarten durfte. Sie zog die Nase hoch und beäugte den Gegenstand. »Was ist das wert?« Skepsis färbte ihre Stimme.

»Wert?« Es fiel Oslic schwer, den Unglauben zu verhehlen.

»Jedenfalls nicht das Leben eines Sohnes des carchadonischen Tsharen.« Dies sagte Vargen. Er kam aus der Küche zurück und stellte eine Holzplatte mit belegten Broten vor Oslic und Testri ab, ehe er sich auf einen der Diwane setzte. Mit einem Ächzen zog der alte Ritter erst einen, dann den anderen Stiefel aus.

Oslic spürte, wie aus dem Kloß in seinem Hals etwas anderes wurde. Wie eine Schlange, die sich häutete, wandelte sich sein Mitgefühl in Zorn. Er ballte die gesunde Faust so stark um den Dokumentenzylinder, dass der Schmerz in seinen Fingern seinen Zorn noch steigerte.

»Das ist die Formel«, sagte er voller Ehrfurcht. Konnten sie nicht begreifen, warum er den Diebstahl hatte riskieren müssen? Oder wollten sie nicht? »Habt ihr irgendeine Vorstellung, warum ich das Ganze gemacht habe?«, fragte er dann auch ganz direkt.

»Weil du der Welt ein Geschenk machen willst«, schnappte Testri. »Aber was ist mit uns? Was haben wir davon, wenn du tot in der Gosse liegst oder im Kerker verrottest?«

»Das wäre nicht passiert«, behauptete Oslic und merkte, dass er lauter sprach als beabsichtigt. Er kam in Fahrt und wusste nicht, ob er sich zu zügeln vermochte. Mehr noch, er war sich nicht einmal sicher, dass er es wollte. Testris Stimme kam ihm mit einem Mal schrill vor und schmerzte sein empfindsames Gehör.

»Das hast du nicht wissen können!« Testri stampfte mit dem Fuß auf. Das Geräusch ihres Absatzes auf der Diele war wie ein Donnerschlag.

Er verzog das Gesicht. »Du fragst nach Wert? Die Formel, die auf diesem Dokument steht, ist hundert meiner Leben wert!«

»Nicht für mich!«

»Genug davon.« Er wollte das Thema beenden. »Es war eine lange Nacht, ich habe nicht vor, den ganzen Morgen herumzustehen und mit dir zu streiten. Ich muss mich hinlegen; heute Mittag werde ich eine Vorlesung halten.« Oslic wandte sich mit einem Blick, der »Sag doch auch mal etwas« bedeutete, zu Vargen.

Der alte Ritter war nach hinten gesunken, lehnte in einem Kissen und hatte die Augen geschlossen. Der Sohn des Tsharen spürte, wie sein Zorn verrauchte. Er war so müde.

»Hör mal, wie wäre es, wenn wir nachher in Ruhe sprechen? Dann erkläre ich alles.« Oslic hob die leeren Handflächen, als er sich wieder zu Testri drehte.

Doch das Mädchen war fort.

»Wie macht sie das bloß?«, fragte der Sohn des Tsharen das stille Zimmer.

»Dass Ihr sie nicht hört, wenn sie sich bewegt, obwohl Eure Ohren so gut sind?« Vargens Augen waren noch immer geschlossen. »Oder meint Ihr ihre Fähigkeit, Euch mit zwei Sätzen in den Wahnsinn zu treiben? Das Zweite kann ich Euch erklären, Herr.«

»Du schläfst gar nicht«, stellte Oslic fest.

Der Veteran öffnete sein gutes Auge »Wie man's nimmt. Ich tue es wie die Raubtiere. Mit einem offenen Auge, Herr.«

»Diese Art von Humor steht dir nicht, alter Freund. Ich nehme an, du verstehst, was Testri da tut? Wo du doch Vater bist, ›Onkel Eule‹?«

Der Leibwächter ließ ein Glucksen hören. »Herr, wenn ich Euch eins sagen kann, ist es dies: Kein Mann auf dieser Welt kann verstehen noch aufhalten, was sich ein kleines Mädchen in den Kopf gesetzt hat.«

»Nicht einmal du?« Oslic klang entgeistert. »Wie alt ist Periadne jetzt? Ist sie nicht schon Priesterin oder so etwas?«

»Ganz besonders nicht ich«, entgegnete Vargen. Bei der Erwähnung seiner Tochter lächelte er versonnen. »Herr, Ihr seid der klügste Mann, den ich kenne. Vielleicht sogar der klügste, der je geboren wurde. Doch der Tag kommt, da Ihr erkennen werdet, dass es Gesetze gibt, die sich Eurem Wissen entziehen. Eines davon ist, dass unsere Töchter immer das am meisten gehegte und am wenigsten erforschte Geheimnis unseres Lebens bleiben werden.« Der alte Ritter streckte sich.

Oslics Mund klappte auf und wieder zu – er hatte Fragen, aber der Anblick, den der sich streckende Vargen bot, gepaart mit den ploppenden Geräuschen seiner Gelenke und dem Gähnen reichte ihm. Er brauchte Schlaf. Bloß wollte er es nicht auf dieser Note bewenden lassen.

»Ich hätte nicht allein losziehen dürfen, oder?«, fragte der Sohn des Tsharen.

Vargen maß ihn mit einem schwer zu deutenden Blick. »Ihr müsst ihr Zeit geben, Herr. Sie wird sich wieder berappeln. Dass Ihr dort eingebrochen seid, geschah gegen Testris Rat. Und gegen meinen, wenn ich so frei sein darf.«

»Rat? Sie ist noch ein Kind.«

»Sie ist ein Leben auf der Straße gewohnt, Herr. Sie beherrscht Spielregeln, die weder Ihr noch ich kennen. Schrecken, die uns unvertraut sind. Manchmal habe ich den Eindruck …«

»Manchmal hast du den Eindruck, dass sie älter, reifer und weiser ist als ich«, sagte Oslic, als der Ritter verstummte, »trotz ihrer jungen Jahre. Wer wäre ich, dir zu widersprechen. Mir geht es genauso.« Der junge Gelehrte war zu müde, um die Resignation aus seiner Stimme herauszuhalten. »Du musst mich nicht daran erinnern, was sie durchgemacht und überstanden hat. Wer könnte dieses Höllenloch je vergessen.« Bei der Erinnerung an das Haus der Roten Zunft, zu dessen verdammten Hallen Oslics Nachforschungen ihn vor einigen Jahren getrieben hatten, dorthin, wo er Testri gefunden hatte, schauderte er.

Er dachte daran, was die Klientel dieser verruchten Gilde dem Mädchen und den anderen Kindern angetan hatte, und merkte, dass er die Zähne so hart aufeinanderbiss, dass es fast knirschte. Die Hintermänner des Etablissements waren am Galgen geendet, dafür hatte Oslic gesorgt. Doch immer noch waren viele der Kunden auf freiem Fuß. Er hatte damals so hart darum kämpfen müssen, seinen Prinzipien von Vernunft und Gewaltlosigkeit treu zu bleiben – und es dennoch beinahe nicht geschafft. Vargen war eingeschritten und hatte getan, wozu der Sohn des Tsharen nicht in der Lage gewesen war.

»Denkst du, sie ist sauer auf mich?«

»Gebt ihr Zeit, Herr. Sie hat sich fürchterliche Sorgen um Euch gemacht. Ihr seid für sie wie ein großer Bruder.« Vargen erhob sich mit einem Ächzen.

Oslic antwortete nicht. Er lugte durch eine der verglasten Schießscharten des Untergeschosses. Die Sonne kroch über den Horizont und tauchte die Welt in die Farben von Malven und Orangen. Er sah vom Buntglas verzerrte Gestalten. Eine, die kleinste, kannte er.

Testri stand auf dem Pflaster. Sie sprach mit einem Boten, der einen gehetzten Eindruck machte. Betreten sah der Meldereiter sich um, blickte zum Turm herüber. Testri schüttelte vehement den Kopf und deutete die Straße hinunter.

»Mit wem redet sie da?« Oslic wandte sich seinem Leibwächter zu.

»Hm?« Vargen ging zum Fenster. »Ich sehe niemanden, Herr.« Er gähnte, dass ihm das gesunde Auge tränte. »Wenn Ihr mich entschuldigt, ich muss zurück zum Weingarten. Eure Vorkehrungen von gestern Nacht entfernen – und ich will mich umhören, was die Wache erzählt. Wenn die Kleine nicht längst beides getan hat. Es schmerzt mich, das zuzugeben, aber sie ist mehr auf Zack als ich.«

Als Oslic seinem Blick folgte, sah er, dass niemand mehr im Schatten des Turmes stand. Testri war verschwunden. Nach einem Schulterzucken ging er mit Vargen zur Tür. »Sicher, dass du dir das zumuten kannst, alter Freund? Du siehst so müde aus, wie ich mich fühle. Und ich habe das Gefühl, jemand hätte mir Mühlsteine an jedes Gelenk gebunden.«

»Ein Grund mehr, Herr, dass Ihr ins Bett kommt. Ich bin alt, ich komme mit weniger Schlaf aus. Sonst kann ich ruhen, während Ihr Eure Seminare abhaltet. Das wäre auch heute so.« Er zog die Kapuze tief ins Gesicht und nahm sich den schweren Drachenschild, auf dem das Wappentier des Eulenordens prangte. Seine schwieligen Finger verschwanden in Panzerhandschuhen. Erst dann öffnete er die Tür. Auf der Straße war er bloß ein weiterer Eulenritter. Ein Ordenskrieger mehr oder weniger im gewaltigen Stadtstaat machte für die Passanten keinen Unterschied.

Der Sohn des Tsharen betrachtete den Schild. Er fand, dass es die bösartigste, beeindruckendste Darstellung einer Schädeleule war, die er je gesehen hatte. Er kannte die Paradewaffe seit Jahren, konnte sie aber stundenlang betrachten. Der Künstler, der dieses Stück Heraldik geschaffen hatte, war ein Meister seines Faches.

»Du tust so, als ob ich nicht Mist gebaut hätte, den du und Testri jetzt wegwischen müsst«, sagte Oslic. Er gähnte so heftig, dass die Kiefergelenke knackten. Das Geräusch setzte sich schmerzhaft bis in sein empfindsames Gehör fort.

Vargen tat einen Schritt durch die Tür und sah Oslic über die Schulter an. »Seid Ihr sicher, dass Ihr heute an die Akademie gehen wollt, Herr? Wir könnten die Stadt verlassen. Ihr habt, was Ihr wolltet.«

»Ohne Doranthar habe ich nicht die Mittel, den Inhalt dieses Zylinders zu erforschen, Vargen. Und selbst wenn – die Häscher derer, die meine Stimme zum Verstummen bringen wollen, warten nur auf einen Moment, wo ich meine öffentliche Stellung aufgebe. Ich befürchte, wir kämen keine zehn Meilen aus der Stadt, bevor sie uns erwischen. Mal abgesehen davon, dass ich politisch betrachtet nach wie vor eine Geisel des Stadtstaats bin. Vater und der Hierophant mögen Frieden geschlossen haben, doch soweit ich informiert bin, ist meine diplomatische Funktion in Doranthar immer noch dieselbe.«

Oslic konnte seinem Leibwächter ansehen, dass dem nicht gefiel, was er sagte. Doch auf den tätowierten Zügen unter der Kapuze zeichnete sich die Akzeptanz eines Mannes ab, der im Gegensatz zu Oslic Hunderte Male vor weitaus härteren Entscheidungen gestanden hatte. Der Ritter nickte grimmig, wünschte seinem Herrn eine gute Nacht und ging.

Oslic ging durch ein Seitenportal zur schweren Eisenholztür, die zur Wendeltreppe des Turms führte. Für einen Augenblick verharrte er vor der Pforte zum Labor und erwog, den Zylinder dort abzustellen, verwarf den Gedanken aber.

Der Sohn des Tsharen stieß die Tür zu seinem Schlafgemach auf. Es knisterte, als ein daran angehefteter Bauplan auf Pauspapier wie eine gebrochene Schwinge Luft fing. Es kam häufiger vor, dass Oslic von Geistesblitzen übermannt wurde und an Ort und Stelle plante. Ebenso häufig verlegte er die Ergebnisse dieser Gedanken – und fand sie dann auf spontane Weise an den unmöglichsten Orten.

Er schaffte es noch, die Fensterläden zu öffnen. So würde ihm der Wind den Klang der Tempelglocken zutragen und ihn hoffentlich gegen Mittag wecken. Mit letzter Kraft stopfte er den Zylinder unters Kopfkissen – dann umfing ihn Schwärze.

Sie wurde ersetzt durch das Dunkel unter dem Eis. Ein Teil von ihm wusste, dass es der wiederkehrende Albtraum war, der ihn bis ans Ende seiner Tage plagen würde. In der Dunkelheit unter den Wassern bewegte sich etwas. Es wartete, wie es seit dem Anfang aller Zeiten gewartet hatte.

Als er die Augen aufschlug, fühlte er sich zerschlagener als zuvor. Schmatzend erhob Oslic sich, suchte im Gold der Mittagssonne, die durch das offene Fenster in den Turm fiel, nach einem Orientierungspunkt.

Irgendetwas hatte ihn geweckt – der Sohn des Tsharen brauchte trotz der bis in die Knochen reichenden Erschöpfung nicht lange, um zu realisieren, was es war. Stimmengewirr erscholl bis in sein Turmzimmer.

»O nein, nicht schon wieder«, murmelte Oslic. Er hatte eine sehr gute Vorstellung, was der Aufruhr vor seinem Turm zu bedeuten hatte. Er schmatzte und betastete sein

Gesicht. Wie Kleister pappte trockener Speichel an Bartstoppeln.

Am liebsten hätte er losgelacht. Gut, dass sein Vater den adeligen Sohn, den dritten Erben des Throns von Carchadon, so nicht sah, belagert von einer Schar von Anhängern, Gönnern und Bittstellern, in einem alten Wachturm hausend, den er zur Werkstatt umgewandelt hatte, nächtlichen Diebereien nachgehend und das Antlitz verkrustet mit Speichel.

Oslic stellte sich vor einen Spiegel, musterte sein Gesicht. Seine hochgewachsene Gestalt, gekleidet in ein dunkles, zerknittertes Hemd, das in einer von Goldfäden durchwirkten, engen Lederhose steckte, war das Einzige an ihm, was noch gerade so als herrschaftlich durchging. Da, wo der Knoten auf seinem Kopf das zu früh ergraute Haar zusammenhalten sollte – eine Laune der Natur, wie die Heiler dem Vater damals versichert hatten –, lag strähniges Gewirr auf dem fürstlichen Haupt.

Oslics Mundpartie erinnerte an die eines Knaben, der mit dem Gesicht in einem Topf Milchreis gelandet war. Die rechte Schulter schmerzte höllisch. Er hatte wohl zu lange darauf geschlafen – und war zu müde gewesen, die Prothese vor dem Zubettgehen abzunehmen.

Er öffnete die Lederbänder und Flügelmuttern. Mit der Linken zog er den mit Zahnrädern und komplexen Seilzügen gefüllten Arm einer Ritterrüstung ab und legte ihn aufs Bett. Er begutachtete das geschundene Fleisch. Wie zu erwarten hatten sich Druckstellen an den Teilen seiner Schulter gebildet, wo die Schraubverbindungen in die Metallanker im Knochen übergingen. Sorgfältig rieb er die Stellen mit Melkfett ein.

Was für einen erbärmlichen Anblick er bot, besudelt, wirr und einarmig.

»Habt ihr am Ende gar recht behalten, Aelfric und Roderic?« Oslic reinigte und fettete die Prothese, bevor er sie wieder anlegte.

Den Sohn einer ausländischen Hure hatten ihn seine Brüder stets geschimpft. Nach dem Tod ihrer Mutter hatte sich Tshar Emerric Boulanthus von Carchadon im Zuge besserer diplomatischer Verhältnisse nach einer neuen Gattin umgesehen. Nitama vom Stamm der Tsouraki, eine Tochter aus dem Volke der Mardiroi, der Steppenreiter der westlichen Grasebenen.

Die Entscheidung des carchadonischen Herrschers hatte weder bei Emmerics Bruder Talladeen noch bei seinen beiden Söhnen Wohlgefallen gefunden.

Beim Gedanken an seine Mutter wurde Oslic das Herz schwer. Auch dieser Frau des Tsharen war kein glückliches Schicksal vergönnt gewesen. Für Aelfric und Roderic mochte ihr Tod kein Verlust gewesen sein, doch Oslic schnürte es bei der Erinnerung an das liebe Gesicht mit den Mandelaugen die Kehle zu.

Er ging zum Hocker neben dem Bett, auf dem die Waschschüssel stand. Wie zu erwarten hatte Vargen dafür gesorgt, dass kaltes Wasser zum Wecken vorhanden war. Brocken aus angetautem Eis trieben darin. Der Sohn des Tsharen tunkte den Kopf unter. Das Blut rauschte in seinen Ohren, unerträglich laut war jeder einzelne Tropfen, der beim Schwappen des Schüsselinhalts auf die Holzdielen aufschlug.

Oslic ließ den Eindruck auf sich wirken, schlagartig wieder an jenen Tag seiner Kindheit zurückversetzt. Er blieb einige

Herzschläge verkrümmt mit dem Gesicht in der Schüssel stehen, bevor er sich erhob, Luft in die Lunge sog und sich abtrocknete.

Der frostige Kuss hatte ihn in die Welt der Lebenden zurückgeholt. Nachdem er sich gründlich gewaschen hatte, zog er frische Kleider an.

Er gürtete sich das carchadonische Bastardschwert, das Symbol seines Standes, auf den Rücken, wo er es seit dem Vorfall mit Alheefa tragen musste. Er war Rechtshänder gewesen, aber mit der Prothese hatte er nie wieder an die Fechtkunst anknüpfen können, die ihn die von seinem Vater angeheuerte Meisterin von Kindesbeinen an gelehrt hatte.

Halbwegs erfrischt, den Anderthalbhänder auf dem Rücken, wandte er sich den täglichen Pflichten zu. Er musste zur Akademie, doch bei dem Gedanken daran, unter Zeitgenossen zu wandeln, die sich über den nächtlichen Einbruch unterhielten, überkam ihn ein mulmiges Gefühl.

Er hatte schon jetzt das Gefühl, seine Schuld würde ihm ins Gesicht geschrieben stehen – wie sollte er so unter Leute gehen?

Es half nichts, er musste sich zusammenreißen. Mit zwei, drei Schritten durchmaß Oslic das Schlafgemach. Er öffnete den Nachttisch und entnahm ihm ein Holzkästchen, das er mit Umsicht öffnete.

Er entnahm dem schwarzen Samt, mit dem es ausgekleidet war, eines der drei Arzneifläschchen. Peritus. Seine eigene Erfindung. Er nahm einen Löffel des Pulvergemischs in den Mund und spülte es mit einem Schluck aus einer Karaffe hinunter.

Der bittere, widerliche Geschmack war alles andere als angenehm – doch einen Augenblick später setzte die Wirkung ein. Nicht nur die Schmerzen in der Schulter verebbten, auch die unsäglichen Kopfschmerzen und das ablenkende Potenzial seines geschärften Gehörs wurden erträglicher.

Oslic fühlte sich so bereit für den Tag, wie es ging.

Er wusste nicht, wie falsch er damit lag.

7

Vorsichtig zog Oslic den Zylinder aus dem Kopfkissen, um sich zu vergewissern, dass der Schatz, der Grund seiner nächtlichen Wahnsinnstat, noch da war.

Er wog das kostbare Ding in seinen Händen, und auf einmal war die Müdigkeit verflogen. Er betrachtete es, während die Finger der Mittagssonne auf dem Metall und seinem Gesicht tanzten. Schweren Herzens steckte Oslic den Fang zurück.

»Erst einmal diesen Tag überstehen, dann sehen wir weiter«, murmelte der Sohn des Tsharen und ging nach unten. Als er an seiner Werkstatt vorbeikam, überkam ihn eine Schwermut, wie er sie seit der »Trennung« von Alheefa nicht mehr verspürt hatte. Er öffnete die Tür zum Allerheiligsten, und sein Blick wanderte über die vertrauten, im Laufe von drei Jahren mit größter Sorgfalt zusammengetragenen Gegenstände.

Da war sein Sekretär, günstig erstanden von einem Trödler aus Sidhisid – massive Wehrbuche aus Hearne. Der Baum des Kriegsgottes Horne, weil die Hearniten in den Epochen vor dem Stahl ihre Schilde aus diesem Holz gefertigt hatten und bis heute Burgtore und Türen daraus zimmerten. Der Händler hatte Oslic seinerzeit versichert, dass nichts und niemand diesem Holz beikommen könnte.

Man sah dem Sekretär an, dass Oslic dem Trödler nicht geglaubt hatte. Unzählige Schmauch- und Brandspuren sowie Löcher verunstalteten die Oberfläche des schweren Möbels und zeigten, dass Oslic die Widerstandsfähigkeit des Holzes mit den unterschiedlichsten Methoden auf die Probe gestellt hatte. Doch bislang war es dem Sohn des Tsharen tatsächlich nicht gelungen, mit konventionellen Mitteln an das Innere des Sekretärs zu gelangen. Beinahe so sicher wie ein Tresor. Kurz liebäugelte Oslic damit, den Zylinder zu holen und ihn hineinzulegen, verwarf den Gedanken aber wieder.

Da waren die beiden Alchemietische, die in Form eines L an der Nordwand standen. Unzählige Gerätschaften, alembische Spiralen und gläserne Kolben standen darauf. Es war länger her, dass Oslic sich dem liebsten Handwerk der Geomanten gewidmet hatte. Unter den Tischen hielten wahllos verteilte Fässchen, Säckel und Behälter die Grundzutaten der hohen Kunst bereit.

In der Mitte des Raums befand sich die schwere Steinplatte mit den Blutrinnen, auf der er im Laufe der Jahre den einen oder anderen Eingriff vorgenommen hatte. Mit jedem Menschen, den man zu ihm gebracht, den er geheilt hatte, hatte sich Frustration wie ein schwarzer Samen, der langsam keimte, in seinem Herzen breitgemacht. Denn wo er einen heilte, starben zwei andere.

Er riss den Blick von dem Tisch und betrachtete die von Drähten zusammengehaltenen Gerippe von Vögeln und Flugechsen unter der Decke. Er hatte sie im Laufe der Zeit gesammelt, liebevoll restauriert und auf eine Weise aufgehängt, dass ihre Körper beinahe lebendig wirkten.

Im Licht, das von draußen durch die Butzenscheiben fiel, warfen die Gerippe tanzende Schatten auf den Steinboden.

Einer nostalgischen Anwandlung folgend, betrat Oslic den Raum und strich im Vorbeigehen mit der Hand über den Operationstisch. Das Klacken von Metall auf Stein fuhr ihm als unangenehmes Ziehen bis in Schultergelenk und Ohr.

Augenblicklich antwortete sein Körper mit Erinnerungen aus Schmerz, die sich in seiner frisch vom Peritus betäubten Schulter ausbreiteten. Vor dem geistigen Auge begannen sich die Wände seines Gedankenpalastes zu erheben, projizierten eine Erinnerung, die er von außen nie so gesehen haben konnte.

Vargens Hände, die auf seine Brust drückten, während sich Oslic mit blutendem Armstumpf auf dem Tisch wand, die Enttäuschung über Alheefas Verrat noch schlimmer als die unfassbaren Qualen der Verstümmelung. Oslics Arm, der nach dem tiefen Sturz wie eine makabere Trophäe in seinem Schoß ruhte.

Er vertrieb die unerwünschten Erinnerungen mit einem Schnauben und wandte sich dem Amboss zu. Auch hier klopfte er mit der Prothese gegen die Oberfläche. Das Metall des Armes sang im Einklang mit dem Stahl.

Hier habe ich dich gemacht. Oslic streichelte die Prothese. *Und hier werde ich in den nächsten Monaten, wenn heute in der Akademie alles gut geht und nichts dazwischenkommt, das Geheimnis der Formel enträtseln und sie erproben. Auf diesem Amboss, der mir die verlorene Hand zurückgab, werde ich der Welt Syriatis auch etwas für ihre Wunden geben.*

Er wandte sich um und zwinkerte den Gerippen zu, die von der Decke hingen. Kurz wollte er sich dafür schämen, dass er mit toten Gegenständen sprach. Andererseits: Welcher Erfinder, der dem Alten das Neue zuführen wollte, war nicht wunderlich?

Bei dem Gedanken an die Verbesserungen, die er mit dem Inhalt des Zylinders endlich würde umsetzen können, fiel sein Blick auf das Reißbrett neben der Eingangstür zum Labor. Die Fläche aus Kork bog sich unter der Vielzahl der Pergamente, Zeichnungen und Abschriften antiker Texte.

Obenauf hafteten, mit Nadeln befestigt, Konstruktionspläne all der Wasserspiralen, Mühlengetriebe, optimierter Flaschenzüge und anderer Wunder, die er allein in den letzten Jahren seiner Heimat Carchadon geschenkt hatte. Mit diesen Gaben hatte er das Verhältnis zu Brüdern und Onkel zwar nicht besser gemacht, wohl aber das zu seinem Vater, dem Tsharen.

Oslic wandte sich der Tür zu. Er warf einen letzten Blick in den Raum, in dem er so lange nahezu pausenlos gearbeitet hatte. Der Fund der Formel markierte den letzten Streich. Er musste bloß den heutigen Tag überstehen und alles würde sich zum Besseren wenden.

Nur noch ein Tag in der Akademie – und er hätte die Zeit und Muße, der Menschheit zurückzugeben, was ihr vor so langer Zeit verloren gegangen war. *Was ihr geraubt worden war,* berichtigte er sich in Gedanken.

Mit einem Seufzer schloss Oslic die Tür und ging die Treppe hinab. Er durchmaß die Wohnstube und begab sich in die Küche. Auf einem Holzteller neben einer Schale mit Früchten lag Hammelbraten in einer Lache aus Fett. Ohne großes Vergnügen schlang der Sohn des Tsharen ein paar Bissen hinunter, aß zwei große Stücke Weißbrot dazu. Er schmeckte kaum, was er aß. *Wer weiß, wann ich das nächste Mal etwas bekomme. Falls ich auffliege, kann ich Braten Lebewohl sagen.*

Er schnallte sich das Schwert auf den Rücken, das Vargen an einen Schirmständer neben der Tür gehängt hatte. Dann zog er sich den mit kunstvollen Samtlilien bestickten Mantel über, der im Laufe der Jahre sein Markenzeichen geworden war.

Als Oslic die Hand auf den Türring legte, fragte er sich, ob er etwas vergessen hatte. Ihm fiel nichts ein, also zog er die Pforte auf und trat ins Mittagslicht – als er seinen Fehler erkannte, war es bereits zu spät.

Die Menschenmenge! Penetrant wie eh und je hatten die Bittsteller vor dem Turm seiner geharrt, waren leise geworden, als sie ihn in der Küche rumoren gehört hatten. Nun stand er mitten unter ihnen.

Von einer Sekunde zur anderen explodierte die Menge in rastloser Aktivität. Gerade noch stille Gesichter verwandelten sich in brüllende Fratzen. Hände legten sich auf seinen Mantel, streckten ihm Dinge entgegen: zerbrochene Kleinodien, Landkarten, optische Gerätschaften. Irgendjemand hob einen schreienden Säugling vor Oslics Gesicht, der dringend frische Windeln benötigte.

Die Kakophonie aus Tönen, Geräuschen und Gerüchen traf den Sohn des Tsharen wie eine Faust. Die Welt begann, sich vor seinen Augen zu drehen. Gesichter, Haare und Gewänder verschmolzen zu einer einzigen schlierigen Bahn. Die Stimmen hämmerten wie das Prasseln von Tausenden Stahlkugeln auf sein Gehirn ein.

Augenblicklich reagierte sein Körper mit jenem Widerwillen, der in seit den Kindertagen geißelte. Oslic wankte, die Hände auf die Ohren gepresst. Er sackte gegen eine Wand, rutschte daran herab. Er wollte die Fäuste in die Augen bohren, um den Sturm aus Lichtern, Schmerzen und zuckenden Blitzen hinter der Stirn einzudämmen, doch gegen einen solchen Ansturm von Sinneseindrücken nutzte auch das Peritus nicht.

»Testri«, flüsterte Oslic. Sonst waren Vargen und das Mädchen da, um die Menge vom Turm fernzuhalten, Bitten zu organisieren. Doch heute war da niemand.

»Ruhe, er will uns etwas mitteilen!«, blökte jemand. Für den Bruchteil eines Augenblicks wurde der Mob still.

Dann greinte das Baby – und die Menschenmenge krakeelte umso lauter.

»Ihr müsst Euch diese Karte ansehen, die mein Großvater hinterlassen hat, Meister Oslic!«

»Was ist diese Halskette wert? Meine Base schwört, sie hätte zwölf Doranthen dafür bezahlt, aber das kann gar nicht sein!«

»Mumpitz, sage ich, blanker Unfug! Eure These von einer Welt, die sich um die Sonne dreht, ist eine Blasphemie gegen die Fünf! Ihr glaubt, weil Euer Vater der Herrscher eines fremden Landes ist, könntet Ihr Euch alles erlauben!«

»Mein Bruder meint, es seien die Koliken, und deshalb schreit Estramir so. Könnt Ihr nicht einmal nach ihm sehen, Meister? Mein Bruder hilft nämlich dem Fleischer aus beim Wetzen – und der sagt, Kühe, denen der Wanst schmerzt, schreien genauso wie Bälger.«

»Helfen!«

»Unfug!«

»Ansehen?«

Ihm war so übel! Die ganze Welt drehte sich, die Sinneseindrücke wurden zu einem einzigen bunten Strudel. Das Peritus versagte seinen Dienst, und Oslic verlor jedes Gefühl für Zeit und Raum. Worte und Töne wurden zu Farben wurden zu Gerüchen wurden zu Klängen – wurden zu Gedanken.

»Platz da, Gesindel!«, bellte jemand, und der Kakophonie von Tönen gesellte sich das satte Klatschen hinzu, mit dem Gerten auf Körper niederfuhren.

Am Rand seiner überlasteten Wahrnehmung konnte Oslic hören, wie sich die Menge zerstreute.

»Vargen«, hauchte er. »Du hast mich gefunden.«

Jemand fasste ihn an der Schulter, zog ihn in die Höhe.

»Was für ein Pack! Habt Ihr denn keinen, der Euch solchen Unrat vom Halse schafft?«, fragte Oslics Retter.

»Du weißt doch, dass Testri das sonst tut. Und nenne die Leute nicht Pack, viele brauchen Hilfe. Sie können nichts dafür, dass ich bereits so oft gute Arbeit geleistet habe. Wer will ihnen verdenken, hier nach Hilfe zu suchen?«

Der Sohn des Tsharen blinzelte, doch es half nichts, eine Aura aus schillerndem Weiß lag über seinem Blickfeld. Das linke Ohr fiepte mit einem fürchterlichen Ton. In seinem Mund kroch säuerlicher Geschmack empor wie Quecksilber im Thermometer.

»Ihr müsst mich verwechseln, Magister Oslic«, sagte die Stimme, und erst da begriff der Sohn des Tsharen, dass es nicht Vargen war, der ihn gerettet hatte. »Ich bin bloß ein einfacher Gardist, nicht Euer hochgeborener Beschützer.«

»So oder so, du hast meinen Dank, Soldat.« Der Sohn des Tsharen fühlte sich besser, jetzt, da er wieder aufrecht stehen konnte. Er blinzelte immer noch, doch das Flirren weigerte sich hartnäckig zu verschwinden. Er hasste es, wenn das geschah.

»Du musst verzeihen. Wenn meine Sinne überfordert werden, bin ich hilflos wie ein neugeborenes Kätzchen.« Oslic deutete in Richtung des Turmes. »Da drüben direkt an der Wand, dort ist eine Bank. Ob du die Güte hättest, mich dorthin zu führen? Ich muss mich etwas ausruhen, damit ich besser sehen kann.«

»Ich fürchte, dazu bleibt uns keine Zeit, Herr«, sagte eine zweite Stimme. Weiblich. Schneidend und höhnisch. Bei ihrem Klang verkrampfte sich Oslic.

Er kannte dieses Organ – trotz seiner Verwirrung und der Tatsache, dass die Stimme belegter klang, wusste er sofort, wem sie gehörte.

Die Kustodin von letzter Nacht!

Beinahe wäre ihm ein überraschtes »Sergeantin« entfahren, das er nur mit Mühe und Not zurückhalten konnte. Der Schreck saß ihm gehörig in den Gliedern. Er meinte, ihren Blick auf sich brennen zu spüren.

»Ihr könnt von Glück sagen, dass wir zur rechten Zeit zur Stelle waren, Herr Magister.« Er hörte sie zwei Schritte näher treten. Unter seiner kalten, mechanischen Achsel konnte der Sohn des Tsharen spüren, wie der Arm des Soldaten, der ihm aufgeholfen hatte, sich straffte.

»Aber, aber, Herr Magister. Der Pöbel hat Euren Mantel ganz dreckig gemacht. Wartet, ich werde ihn für Euch richten.« Bevor Oslic zurückweichen konnte, hatte die Kustodin seinen Kragen ergriffen. Sie rückte seine Gewandung zurecht, klopfte sie ab und zog die Ärmel straff.

Ein metallischer Widerhall setzte sich bis in seine Schulter fort, als der Panzerhandschuh der Soldatin gegen die Prothese schlug.

Oslics Augen mochten noch immer geblendet sein, doch sein Gehör hatte sich so weit beruhigt, dass er vernahm, wie die Sergeantin scharf die Luft einsog und dann durch zusammengebissene Zähne ausatmete. Beinahe augenblicklich stand ihm wieder ihre grinsende Fratze von gestern Nacht vor Augen.

Sie weiß es, dachte er und verfluchte sich im selben Moment. Ihm war klar, dass er ein miserabler Lügner war – was immer sie vermuten mochte, stand ihm in diesem Augenblick ins Gesicht geschrieben.

»Ihr werdet erwartet, Magister Oslic.« Jetzt gab es am Hohn in ihrer Stimme keinen Zweifel mehr.

Testri, dachte Oslic. *Warum hast du mir diese Leute nicht vom Leib gehalten?* Wenig verwunderlich blieb man ihm die Antwort schuldig.

8

Das Spiel mit ihrer Beute hielt sich verblüffend in Grenzen. Während sie unterwegs waren, kam die Anführerin der Kustoden augenblicklich auf den Punkt.

»Wisst Ihr, *Magister* Oslic, ich hatte so eine Vermutung.« Sie flötete die Worte mit dem hörbaren Vergnügen eines Schulmädchens, das eine Nebenbuhlerin verpfiff. »Hab einige Kämpfe im Leben gehabt und musste noch nie einen Schwinger einstecken, der so hart war, dass er durch ein verschissenes Kettenhemd ging. Ein Pfund, dass einem die Galle hochsteigt.«

Mit jeder Sekunde kehrte mehr von Oslics Sehkraft zurück. Er sah nun, was seine Ohren ihm schon verraten hatten. Bei dem Anblick sank sein Mut.

Er ging mit einer Eskorte von vier Kustoden. Jeder dieser Männer war Teil der Einheit, die sich gestern mit ihm die Verfolgungsjagd geliefert hatte. Fast alle trugen Kopfverbände und hatten Platzwunden oder blaue Flecke. Schlimmer anzusehen war jedoch die grimmige Befriedigung auf ihren Zügen. Selbst der Wächter, der Oslic gerettet hatte, wirkte nun eher bedrohlich.

»Wohin bringt ihr mich? Was habt ihr mit Testri und Vargen gemacht?« Oslic mühte sich zu verhindern, dass seine Stimme kippte. Die Wut über das untreue Verhalten des Straßenmädchens machte tiefer Sorge Platz. Wenn sie in die Hände dieses Dragoners geraten war, blühte der rechtlosen Waise nichts Gutes.

»Der Herr Dekan und sein Rat werden zu gegebener Zeit entscheiden, wie mit Euch zu verfahren ist. Wir haben lediglich den Befehl, Euch zu seiner Eminenz zu bringen. Doch keine Sorge, ich werde mich Eurer Freunde persönlich annehmen, Nachgeburt. Bis dahin wird weder Euch noch ihnen ein Haar gekrümmt.«

Bei ihren Worten sank Oslic der Magen in die Kniekehlen. Er schwankte, aber sein Retter verhinderte, dass er fiel. Er hatte nicht auf Testri und Vargen gehört – das war die Quittung. Sämtliche Konsequenzen seiner Tat, die er sich ausgemalt hatte, verblassten vor der Wirklichkeit.

»Damals, als sie Euch freigegeben haben, war mir klar, was für ein närrischer Fehler das war«, fuhr die Kustodin fort. »Eine ausländische Geisel, noch dazu ein Sohn des Tsharen von Carchadon. Verfluchte Nordling-Barbaren, Kriegstreiber seid ihr und Gotteslästerer. Hab gehört, in Hearne beten sie nur zu Horne und tun, als gäbe es die anderen der Fünf nicht. Und von den Ketzertsharen in eurem Hinterwäldlerreich fangen wir besser gar nicht erst an.«

Oslic wollte etwas auf ihre beleidigenden Worte über seine Heimat erwidern, doch er musste feststellen, dass sein Mund so trocken war, dass er schmerzte. Was man von seinen Achselhöhlen nicht behaupten konnte; klebriger Schweiß sammelte sich dort.

»Alle haben behauptet, Ihr wäret so eine Art Universalgelehrter.« Sie schnaubte. »Ein Genie und Erfinder. Ihr habt gedacht, Ihr könnt die guten Leute von Doranthar aufs Glatteis führen, indem ihr ein Balg gesund pflegt und ein wenig schlau tut. Als wir gehört haben, dass sie Euch statt einer Zelle ein Büro in der Akademie geben, haben wir geflucht. Wir haben die Fünf angefleht, uns den Sinn darin zu zeigen, einem hochgeborenen Hundskrüppel wie Euch, dem von Geburt an alles in den Arsch geschoben wurde, nun auch noch so den Weg zu ebnen.«

»Ihr wart augenscheinlich nicht bei meiner Kindheit dabei«, murmelte Oslic.

Falls sie seinen Hinweis auf die Härten seiner Jugend mitbekommen hatte, ließ sich die Kustodin dies nicht anmerken. »Einen Wachturm haben sie Euch gegeben. Eine Werkstatt und einen Arbeitsplatz. Doch wir haben Euch im Auge behalten. Stimmt doch, Jungs?«

Die anderen Kustoden murmelten Zustimmung.

Waren diese Leute wirklich glücklich, ihn fallen zu sehen? Er öffnete den Mund, um etwas zu entgegnen, doch brachte er erneut nicht mehr als ein Krächzen zustande. Gab es so etwas? Menschen, die es genossen, wenn andere strauchelten? Sahen sie nicht, wie gut er es mit ihnen meinte?

»Genie! So ein Schwachsinn. Ein ausgemachter Narr seid Ihr. Ein Kind, nicht besser als ein frisch von der Zitze entwöhnter Balg. Wie dumm muss einer sein zu glauben, dass es keinen Verdacht auf ihn wirft, wenn er als einstiges Unterpfand ausgerechnet nach den Büchern im Giftschrank fragt?«

Der Sohn des Tsharen konnte nicht widersprechen.

9

»Ihr habt die Vorwürfe gehört, Magister. Die Beweislast ist erdrückend. Wie bekennt Ihr Euch?«

Die Worte geisterten ihm auf dem Rückweg zum Turm noch immer durch den Kopf, und der war so schwer, dass Oslic das Gefühl hatte, er müsste ihm von den Schultern rollen. Er bewegte die Beine wie fremdgesteuert. Die Sergeantin und ihre Männer schleppten ihn regelrecht durch die Straßen.

Nur am Rand seiner Wahrnehmung erfasste er, dass jene Passanten, die erkannten, wer da umringt von bewaffneten Kustoden durch die Stadt getragen wurde, hinter vorgehaltener Hand tuschelten.

»Ihr werdet selbstverständlich noch außerhalb dieser geweihten Hallen der Gelehrsamkeit Euer gerechtes Urteil durch die Heilige Hand der Fünf und den Panzerhandschuh Ihrer Gerichtsbarkeit erfahren. Vorerst verhänge ich als Euer Dekan und unmittelbarer Weisungsbefugter den Hausarrest über Euch. Möge Euch die Milde, die Euch dieses Tribunal zuteilwerden lässt, die Schändlichkeit Eurer Tat umso bewusster werden lassen. Es wäre uns ein Leichtes, Euch in den Kerker werfen zu lassen – doch habt Ihr Euch um diese Akademie verdient gemacht. Bevor Ihr nun den Hausarrest antretet, werdet Ihr Sergeantin Maelith übergeben, was Ihr geraubt habt.«

Fäuste, die auf Holz klopfen. Pfiffe und Buhrufe. Professoren, Assistenten und Studenten füllten den größten der Hörsäle der Akademie des Wissens. Das gesamte Amphitheater hatte gebrummt, als man Oslic hineinführte. Er hatte sich bei seinem Gang durch ihre Reihen bei dem Gedanken ertappt, er läge immer noch übermüdet im Turm, und dies alles wäre nur ein Albtraum.

Doch dies war die Realität. Abgeurteilt, in Schande der Akademie verwiesen und von bewaffneten Soldaten flankiert, wankte der Sohn des Tsharen zu seinem Turm. Der Stadtstaat Doranthar, oberster Sitz der Kirche der Fünf und ihrer göttlichen und weltlichen Gewalt, statuierte an Gegnern stets ein Exempel.

Eine Tatsache, der sich Oslic nur zu bewusst war. Doch der Inhalt des Zylinders schien sein klares Denken außer Kraft gesetzt zu haben. Alles hatte seit dem Moment, in dem er das Auditorium betreten hatte, eine unwirkliche Qualität angenommen.

Das konnte, durfte nicht wahr sein.

Er hatte sich wegen der uralten Schrift mit Testri zerstritten und seinen ältesten und besten Freund in Gefahr gebracht – und das für nichts und wieder nichts. Was er errungen hatte, musste er zurückgeben; die Geheimnisse der Schrift würden auf ewig in den Archiven der Akademie als verbotenes Wissen vermodern.

»Wenn Ihr schon glaubt, dass Ihr hart bestraft wurdet, wartet erst einmal die Gerichtsverhandlung ab.« Maeliths Stimme troff vor rechtschaffener Befriedigung. »Der Schmerz, Euren Arm zu verlieren, dürfte sich dagegen ausnehmen wie ein Ausflug mit der Liebsten.«

»Und wieder versteht Ihr nichts von dem, worüber Ihr da sprecht. Aber wie auch, Ihr habt meine einstige Gefährtin ja nie kennengelernt.« Seine Worte waren nicht viel mehr als ein Nuscheln, aber die Sergeantin hörte ihn dennoch.

»Werd nicht frech, Köter. Du meinst, weil du aus einer dahergelaufenen Landadligen in deinem Hinterhof von Land geflutscht bist, kannst du hier das Maul aufreißen?«

Oslics trauriges Lächeln gefror. Er konnte sich nicht erinnern, wann und ob je ein Mensch außerhalb seiner Familie so mit ihm gesprochen hatte. Da war er wieder, dieser Zorn, den er aus Kindertagen nur allzu gut kannte. Damals waren es seine Brüder und sein Onkel gewesen, die ihn mit ihren Worten derart aufgebracht hatten. Gegen seinen Willen spannte sich sein Körper an. Die Nägel seiner gesunden Faust gruben sich in seine Handfläche.

Es wurde zu viel. Das Summen in Oslic's Ohren schwoll an, Schmerzen gruben ihre rostigen Klauen in das Innere seines Kopfes.

»Ihr verabscheut mich.« Der Sohn des Tsharen musste die Worte durch zusammengebissene Zähne pressen. »Was an mir ist so schlimm, dass es Euch so persönlich beleidigt?«

Zwar ließ seine Menschenkenntnis häufig zu wünschen übrig, doch selbst Oslic bemerkte, dass er mit dieser Bemerkung ins Schwarze getroffen hatte. Die Haltung der Doranthani zur weit entfernten Tsharei Carchadon war weithin bekannt. Ähnlich wie deren Nachbarland Hearne legte man dort den Glauben an die Fünf großzügig aus. Etliche Kriege und Feldzüge zwischen dem Kirchenstaat und seinen Ritterorden auf der einen und Oslics Heimatland auf der anderen Seite hatten bei den Menschen ihre Spuren hinterlassen, und offenbar zählte die Sergeantin zu jenen, die nicht vergessen konnten.

Er wagte einen Seitenblick und sah, dass die Frau, die in ihrer schweren Rüstung neben seinen Wächtern über das Kopfsteinpflaster marschierte, mit den Kiefermuskeln mahlte. Alles an ihr verströmte altes doranthanisches Militär. War sie eine Knappin gewesen, die der sagenumwobenen Prüfung der Eulen in deren Heiligem Hain nicht standgehalten hatte? Entstammte sie einer langen Reihe Offiziere, doch weil sie eine Frau war, hatte man sie von der Front ferngehalten und stattdessen zum Dienst als Kustodin verdammt?

Noch bevor die Sergeantin antworten konnte, kam Oslics Turm in Sicht.

Mein Gefängnis, verbesserte sich Oslic in Gedanken. Minuten, dann würde er den Zylinder und mit ihm das so lange gesuchte Geheimnis abgeben müssen. Die Migräne wütete durch seinen Schädel. Ihm war übel, und sein ganzer Körper versteifte sich vor Verzweiflung. Ein Korsett aus Stahlriemen, das sich um seine Brust legte und ihm den Atem abschnürte.

Konnte es noch schlimmer werden? Er musste irgendetwas unternehmen, bevor es zu spät war.

»Ihr habt mich erkannt, Sergeantin Maelith. Es ist eindeutig, dass Ihr Euer Handwerk beherrscht«, sagte Oslic. Er kämpfte gegen die Schmerzen an, hob den Kopf und sah ihr in die Augen.

Maelith blieb stehen und erwiderte den Blick. Die Tücke war nicht aus ihrem harten Antlitz verschwunden, ihr Blick bohrte sich um den Nasenschutz ihres Helms vorbei so tief in seine Augen, als wollte er sich zu Oslics Hinterkopf herausbrennen.

»Bist ein hübscher Bursche, wenn auch etwas nachlässig, was deine Form angeht.« Er vermochte ihren Tonfall nicht zu deuten.

Er hasste es, wenn Frauen ihn so ansahen. Er wusste nie, wie er sich dann verhalten sollte. Also tat Oslic, was er immer tat, wenn die Menschen und ihre komplizierten Gefühle ihn verwirrten: Er lächelte.

»Bin mir sicher, deine Masche hat dir den Weg zwischen die Beine so manches Weibes geebnet, hm, Hochwohlgeboren?«

»Ich habe schon oft mit Soldaten wie Euch zu tun gehabt.« Oslic hielt ihrem Blick stand. Er meinte jedes Wort ernst. »Von Karrieristen und inkompetenten Vorgesetzten kleiner gehalten, als es Euch zusteht, Maelith.«

Sie legte den Kopf schief, und Oslic sprach weiter. »Ich bin ein wohlhabender Mann«, log der verarmte Sohn des Tsharen und verschwieg, dass er seit Jahren auf Gönner angewiesen war, um seinen Lebensstandard zu halten. »Ich könnte dafür sorgen, dass Ihr bekommt, was Euch zusteht. Natürlich hier in Doranthar, nicht in meiner Heimat, die Ihr so verabscheut.«

Dass er einen Fehler begangen hatte, entnahm er wie oft in solchen Lagen nicht dem Ausdruck auf dem Gesicht des Gegenübers. Es war die Liebkosung ihrer Faust in der Magengrube, mit jener Wucht, mit der sie ihn schon gestern Nacht bearbeitet hatte, die ihm den entscheidenden Hinweis gab. Irgendwie war die Welt urplötzlich zur Seite gefallen, und Oslic zog die Knie auf dem Pflaster liegend so nah zum Körper, dass sie fast seine Brust berührten.

»Der saß«, ächzte er. Die Kopfschmerzen waren vergessen

und wichen Explosionen hinter seinem Solarplexus. Irgendwer versetzte ihm einen Fußtritt gegen die Rippen, den er jedoch kaum wahrnahm.

Etwas Warmes traf ihn ins Gesicht, und er brauchte einen Moment, um zu begreifen, dass Maelith oder einer ihrer Männer ihn angespuckt hatte. »Kaufen willst du mich, du Aas, du Stück Scheiße, dumme Sau, du dreckige? Mich? Kaufen! Dir werde ich es besorgen, dass dir Hören und Sehen vergeht!«

Hieb um Hieb prasselte auf Oslic nieder. Jeder saß. Maelith hielt ihr Versprechen. Sie war eine Meisterin im Bereiten von Schmerz. Jeder Treffer ihrer Stiefelspitze war wohl platziert und zündete Feuerblüten aus weißer Pein.

»Ihm wurde gewährt, dass ihm kein Haar gekrümmt wird, Truppführerin!« Eine Stimme irgendwo am Rand von Oslics Wahrnehmung. Sie wurde wie mit einem Fallbeil von einer schallenden Ohrfeige gekappt.

»Ich brauche keine Erklärung, wie ich mit Hundescheiße zu verfahren habe, in die ich getreten bin«, kanzelte Maelith ihren Mann ab. Jemand zog Oslic brutal wieder auf die Beine. Er schwankte. »Der Herr Oslic ist schlimm gestürzt, als wir die Treppen zum Viertel herabgestiegen sind, das ist alles. Bedauerlich.« Mit metallischem Klang stießen Panzerhandschuhe im Salut gegen behelmte Stirnen.

Keiner dieser Menschen war auf seiner Seite. Niemand würde zu seinen Gunsten aussagen, selbst wenn es zu einer Anhörung käme. Nicht dass sich der Sohn des Tsharen darum scherte. Viel schlimmer, als geschlagen zu werden, war die Schande, nichts dagegen tun zu können. Das, was er heute verloren hatte, würde Oslic niemals zurückerhalten.

Er konnte sich nicht erinnern, in seinem Leben je derart schwarze Gedanken durchlitten zu haben. Nahezu blind und taub war er, und doch ging es vorwärts. Jemand hinter ihm schob den Sohn des Tsharen vorwärts in Richtung Turm.

»Wie gewonnen, so zerronnen«, höhnte Maelith. »Natürlich müssen wir Euer Zuhause gründlich durchsuchen, um zu prüfen, ob Ihr bei Euren Missetaten nicht weitere Kleinodien entwendet habt, wofür Ihr wohl Verständnis haben werdet, hoher Herr.«

»Keine Sorge, wir werden schon aufpassen, dass Ihr Eure Pflicht mit der gebotenen Sorgfalt durchführt.« Die Stimme erklang zu seiner Rechten. Müde blinzelte Oslic in die Richtung.

Sein Herz tat einen schmerzhaften Sprung. Das Licht der Nachmittagssonne tanzte auf den teils blanken Stellen eines geschwärzten Kettenhemds, und weiße Zähne blitzten inmitten tätowierter Gesichtshaut wie bei einem Hai kurz vor dem Angriff.

Mit vor Wut eiskalten Mienen stapften Vargen und Testri auf die Sergeantin und ihren Trupp zu.

»Sergeantin«, sagte Vargen knapp, als er vor der Offizierin und ihren Männern stehen blieb. Er maß die Gruppe vor sich, bevor sein Blick zu Oslic ging. »Alles in Ordnung, Herr?«

Die Haltung der Kustoden spannte sich. Hände wanderten zu den Waffen. Den Männern war nicht entgangen, dass der Veteran nicht nur einen Gürtel mit Wurfmessern über dem Kettenhemd und den Drachenschild trug, sondern auch die Streitaxt in seinem Wehrgehänge.

Der Eulenritter musste nach der Maßgabe von Soldaten in der Blüte ihres Lebens ein alter Mann sein. Doch Oslic wusste, dass die Gerüchte über die beinahe übernatürliche Kampfkraft der frommen Ordensmänner wahr waren. Er hatte Vargen zwar selten im Kampf erlebt, aber jedes der Scharmützel hatte nachhaltigen Eindruck hinterlassen. Zum letzten Mal, als er Oslic vor den Zuwendungen Alheefas bewahrt hatte.

»Es geht schon.« Der Sohn des Tsharen keuchte mehr, als dass er sprach.

»Alles in Ordnung hier, Mylord.« Maelith antwortete, bevor Oslic mehr sagen konnte. Nicht dass er das vorgehabt hätte; das Letzte, was er auf dem Gewissen haben wollte, war ein Blutbad. Vargen war schnell. Verflucht schnell. Oslic glaubte nicht, dass diese Männer ihre Waffen überhaupt ziehen konnten, sollte der Leibwächter sich entschließen, seinen Zorn über ihnen zu entladen.

»Ich bin hingefallen, und meine Gesandtschaft hier war so freundlich, mir wieder auf die Beine zu helfen«, sagte Oslic mit so viel Überzeugungskraft, wie er aufbringen konnte.

Vargens Blick machte deutlich, wie wenig das war.

»Krötenscheiße!« Testris loses Mundwerk sorgte dafür, dass den Kustoden sämtlich die Gesichtszüge entgleisten. Ihr Dasein als Schutztruppe einer Bibliothek brachte sie nicht oft mit der lockeren Zunge einer Straßengöre in Kontakt. »Die Trachtenträger da haben dir ordentlich eingeschenkt, hab's doch gesehen. Vor allem die Maulhure dort! Barbier der mal tüchtig den Wirsing, Onkel Eule!«

Die Sergeantin brannte vor Hass. Sie malte mit den Zähnen, ihrer Hand fuhr zum Schwert – doch ehe sie eine Dummheit begehen konnte, räusperte sich Vargen und veränderte seine Körperhaltung ein wenig. Oslic war kein geborener Krieger, hatte aber als Adelsspross Fechtunterricht erhalten, von einer der größten Meisterinnen, die die Welt je hervorgebracht hatte. Er wusste, wann der Veteran es ernst meinte.

Die Kustoden begriffen es offenbar auch.

Maelith maß den alten Ritter mit einem Blick, wie um ihre Chancen abzuschätzen.

Testris Hand wanderte unter ihre Gewänder. Oslic wusste, dass sie dort ihre Wurfmesser verbarg. Nach seiner Rettung hatte das Mädchen höchsten Wert darauf gelegt, dass »Onkel Eule« ihr beibrachte, wie man sich verteidigte.

Sie war gut, das wusste der Sohn des Tsharen – und auf diese Entfernung war sie absolut treffsicher. Das kleine Gesicht war hart und kantig, und in ihrem Blick lag ein tödliches Versprechen.

»Wir sollten uns alle beruhigen.« Oslic räusperte die letzten Anflüge von Atemnot fort. »Vargen, Testri, begleitet uns doch bitte zum Turm. Ich wurde unter Hausarrest gestellt.« Der Sohn des Tsharen straffte sich, soweit ihm das mit Rippen, die sich anfühlten, als würden sie mit Stahlwolle gescheuert, möglich war.

An ihren eigentlichen Auftrag erinnert, wandte sich die Kommandantin ab. »Mitkommen!«, befahl sie barsch.

Oslics flehender Blick flog zu den beiden Freunden, die einander ihrerseits ansahen. Testri kaute auf ihrer Unterlippe, sie scharrte mit den Füßen wie der kleinste Kampfstier der Welt.

Schließlich nickte sie.

Vargen blieb wachsam. Er deutete eine höfische Verbeugung an, indem er die linke Hand flach auf dem Herzen platzierte und mit der rechten die Straße hinunter in Richtung Turm deutete. »Nach Euch, Truppführerin. Wir bleiben direkt hinter Eurer Gruppe. Nicht dass unser Herr noch einmal stolpert.«

Kaum dass sie sich wieder in Bewegung gesetzt hatten, kehrte die Wut zurück. Oslic hatte den Eindruck, ihm müsste jeden Moment der Kopf platzen.

Ein Teil von ihm verfluchte sich, dass er Vargen und Testri nicht einfach erlaubt hatte, die Kustoden anzugreifen. Hätten sie sie überwältigt, wäre der Zylinder sicher.

Er brauchte einen Moment mit Vargen und Testri. Irgendwie musste er die Dragonerin und deren Kustoden so lange ablenken, dass er das Mädchen damit betrauen konnte, den Zylinder fortzuschaffen – Vargen und er würden schon mit den Soldaten fertig.

Seine Entscheidung war gefallen. Die Situation zwischen seiner Heimat und Doranthar hatte sich merklich entspannt. Selbst wenn er einen diplomatischen Zwischenfall riskierte, war der Zylinder das nicht wert?

Doch seine Bewacher wussten, zu welch bösen Überraschungen er und seine Verbündeten fähig waren. Sie ließen ihn zu keiner Sekunde aus den Augen.

Vor Oslic ragte der Turm auf – und zum ersten Mal kam ihm die so lieb gewordene Heimstatt nicht wie ein wunderschönes Refugium vor. Der Sohn des Tsharen begriff, dass ein solches Bauwerk wie alle Dinge aus verschiedenen Perspektiven betrachtet werden konnte. Was des einen sichere Heimat war, deren dicke Steinmauern das Leben darin behüteten, konnte dem anderen ein Kerker sein.

Der Schatten des trutzigen Bauwerks fiel in der allmählich sterbenden Nachmittagssonne auf Oslic. Er hatte urplötzlich das Gefühl, nicht mehr atmen zu können. Eine Springflut aus

Ängsten drohte ihn fortzureißen, alles in seinem Kopf drehte sich. Sie würden diese Männer und ihre sadistische Anführerin nicht besiegen.

Plötzlich erklang eine Stimme.

Oslic, Vargen und Testri wandten sich dem Neuankömmling ebenso zu wie die Soldaten. Die zogen ihre Waffen, als ein Fremder, der Kleidung nach ein Bote, aus einer Tavernentür stürmte und auf ihre Gruppe zuhielt.

Der Mann scherte sich nicht um ihre Waffen.

Er war alt, sein Gesicht hatte die Beschaffenheit von abgewetztem Leder, von der Sonne und den Elementen gegerbt. Er war nach seinen Verbänden zu schließen in den letzten Wochen dutzendfach verletzt worden.

Oslic kannte den Mann. Es war Grainac, der oberste Bote seines Vaters.

Und das Gewicht seiner Kunde sollte die Welt, in der der Sohn des Tsharen lebte, für immer aus den Angeln heben.

Aus den Aufzeichnungen des Ritters:

Ich hatte tagelang ein schlechtes Gefühl. Eine Vorahnung, ein Schatten, der wie die Schwingen eines jagenden Raubvogels über meine Seele glitt. Ich hätte eher begreifen müssen, dass es ein Omen war.

Eine Ankündigung des Grauens, das sich unser aller bemächtigen würde. Verglichen mit dem, was vor ihm lag, mit den Schmerzen, dem Verlust, aber auch den unglaublichen Erlebnissen, war das, was mein Herr wegen seines unbedachten Diebstahls durchmachen musste, eine Kleinigkeit.

Als der Mann aus Carchadon auf uns zurannte, hätte ich entschiedener handeln müssen. Doch ich sah mich außerstande. Ich ging fehl in meinen Pflichten und lud damit Schande auf mich.

Ja, ich war nicht mehr so jung wie in den besten Tagen. Aber ich war ein Ritter, ein Kauz der Grünen Wacht.

Eine Nacht ohne Schlaf und ein ereignisreicher Morgen sind keine Entschuldigung dafür, dass ich zu spät kam. Keine Rechtfertigung, dass ich mit der Axt sparte, wo sie gebraucht wurde – und erst zur Waffe griff, als der Schaden entstanden war.

Ich bin ein alter Mann, aber ich bin auch ein Verteidiger der Fünf. Ich bin ein Ritter Doranthars, doch ich habe in meinen Pflichten versagt. Der werte Leser mag mutmaßen, dass sich meine Worte einzig auf mein Zögern an diesem Tage beziehen, als der Bote wie von Sinnen auf uns zuhielt.

Doch dem ist nicht so.

Mein Versagen besteht in der Stille und den Gelöbnissen, die meinem Orden so heilig sind. Denn ich schwieg, als ich hätte reden sollen. Nie offenbarte ich meinem Herrn, dass der Ritus des Hains einem jeden Eulenritter einen winzigen Splitter der Gabe der Vorsehung und den Blick des dritten Auges der Erkenntnis verleiht.

Nie berichtete ich ihm von meinem Traum, den ich nur Mondesläufe vor der Begegnung mit dem Boten durchlebt hatte. Wie ich schweißnass inmitten der Nacht erwacht war, ob der Finsternis, die sich erhob in diesem Traum, erweckt vom Feuer eines gefallenen Sterns.

Ich habe versagt – und ob dieser Schuld zahlen die Frau, das Mädchen und das Volk meines Herrn einen fürchterlichen Preis …

10

Grainac taumelte auf ihre Gruppe zu, von der langen Reise mitgenommen. Die Kustoden verstellten ihm den Weg. Maelith zog ohne Zögern ihr Schwert und trat dem Boten aus Carchadon drohend entgegen.

»Herr Oslic! Den ganzen Tag habe ich Euch gesucht. Gegen Eure Pforte gehämmert!« Falls der Bote bemerkte, dass sich ein halbes Dutzend Bewaffneter darauf vorbereitete, ihn in Stücke zu hauen, ließ er es sich nicht anmerken. »Herr, Vaistopol ist gefallen! Die Âshkulim. Sie haben die Kraterlande verlassen!«

Ungläubig riss Oslic die Augen auf.

»Es reicht!« Speicheltropfen flogen aus Maeliths Mund.

Grainac hatte die Gruppe beinahe erreicht und humpelte auf seinen Herrn zu. Ihm war arg zugesetzt worden, und er fletschte die Zähne und rollte mit den Augen. Grainac, so schien es, hatte den Verstand verloren.

Einen Schritt von den Männern und der Frau entfernt, die ihn jede Sekunde töten mochten, blieb er stehen.

»Ich kenne den Mann!«, rief Oslic. »Der alte Bote meines Vaters. Lasst ihn passieren!«

»Seit wann geben Gefangene hier die Befehle? Das Einzige, was hier gleich passiert, ist, dass ich diesen Tattergreis von einem nordischen Pelzjäger in Eisen legen lasse.« Sie wirbelte zu Oslic herum. »Hältst dich wohl für ganz schlau, was, Bursche? Du bist mit allen Wassern gewaschen, das muss man dir lassen. Sogar für den Fall, dass wir dir auf die Schliche kommen, hast du eine Ablenkung vorbereitet. Was hast du diesem Tunichtgut aus der Gosse bezahlt, damit er hier den greisen Leibdiener gibt? Was für eine Posse!«

Oslic wandte den Blick zu Vargen, in der Hoffnung, dass der Ritter es vermochte, der Anführerin des Trupps Vernunft beizubringen. Der Veteran tat einen Schritt am Trupp vorbei auf den alten Boten zu und hob die Hände, um den Alten zu beschwichtigen.

Doch bewirkte seine Geste genau das Gegenteil. Grainac wich einen halben Schritt zurück und blickte den Eulenritter an, als habe er ein Monster vor sich. Sein Zeigefinger zuckte in die Höhe und deutete auf die Eulenschädeltätowierung im Gesicht des Veteranen. »Teufel aus Asche und Rauch, aus Feuer und Glut! Die Farbe in ihren Fratzen! Sie kamen aus der grauen Flugasche, ragen auf wie Türme! Der Himmel brennt! Der Himmel brennt! Der Stern! Der Stern ist gefallen und hat den Tempel der Fünf hinweggefegt. Die Drei haben ihn gerufen!«

Ein Ring aus Passanten bildete sich um die Gruppe. Immer mehr Schaulustige gesellten sich hinzu, um zu sehen, wer da solche Reden führte.

Oslic fragte sich, was dem armen Boten zugestoßen sein mochte. Wovon redete Grainac da? Die Worte des Greises beunruhigten den Sohn des Tsharen.

»Ein Komet? Sagst du, ein Komet hat Vaistopol getroffen? Antworte! Was ist mit Vater? Mit meinen Brüdern?« Oslic musste gegen den Impuls ankämpfen, auf den alten Boten loszugehen. Er wollte ihn an den Schultern packen und ihn schütteln, damit er endlich etwas sagte, das einem Sinn ergab.

Bevor Grainac antworten konnte, trat Maelith an ihn heran. Sie hatte weniger Skrupel als Oslic, packte den Alten am Kragen und schubste ihn einen Schritt zurück. »Pack dich, du Lump!«

Das war zu viel.

Vargens fremdländisches Aussehen hatte irgendetwas in Grainac geweckt. Nun kam die Gewalt der Truppführerin hinzu. Testri hatte die Hand wieder an den Wurfmessern, die Soldaten legten ihre Panzerhandschuhe an die Schwerter.

»Bitte, beruhigt euch alle.« Oslic unternahm einen letzten Versuch, die Lage zu entschärfen.

Doch Grainac kreischte, starrte mit riesigen Augen Maelith an. Ein Dolch lag plötzlich in seiner Hand.

»Weg vom jungen Herren, Teufel!«, brüllte der alte Bote und schoss mit überraschender Geschwindigkeit nach vorn. »Ihn bekommt ihr nicht auch noch! Nicht ihn! Sie hat mich eingeschworen, dass er ihr Erbe antreten muss!«

Der Stahl von Maeliths Schwert beschrieb eine blauschwarze Kreisbahn. Knochen splitterte, Blut spritze. Grainac taumelte zur Seite, die altersmüde Waffenhand nur noch ein Stumpf. Er blickte im Schock auf den Strom aus Leben, der daraus hervorschoss.

Irgendjemand schrie schrecklich schrill. Oslic brauchte einige Herzschläge, um zu realisieren, dass er es war. Das Scheitern, die Sorgen dieses Tages, eine Nacht ohne Schlaf und die Unzahl von Eindrücken, die seine Sinne überrollten. Nun der Bote mit der verwirrenden Kunde aus der Heimat, dessen Treue ihm mit Gewalt vergolten worden war.

Die Sergeantin deutete auf Vargen und Testri. »Festnehmen! Bei Widerstand töten!«

Das war zu viel.

Etwas im Sohn des Tsharen brach.

Oslic warf sich nach vorn. Mit einem gellenden Schrei ließ er die Prothese wie einen Windmühlenflügel kreisen, um sich Raum zu verschaffen. Er traf einen der Wächter am Kopf, was ein hässliches Knirschen hervorrief und den Kustoden zu Boden schickte.

Die Menschenmenge um sie geriet in Panik. Maelith wirbelte herum, doch da war Oslic bereits bei ihr. Er zog den Kopf zwischen die Schulterblätter und rammte ihr die gepanzerte Schulter in den Bauch.

Weg mit ihr von Grainac. Er musste ihn retten!

Urplötzlich fand er sich inmitten eines Wirbels aus Körperteilen wieder. Schmerzen durchzuckten seinen Leib.

»Hört auf, hört auf, ihr bringt ihn ja um! Onkel Eule!« Sein Körper zuckte unter den Schlägen, wurde wie etwas Schwereloses von rechts nach links geworfen. Wie aus weiter Ferne drangen Testris Worte in sein Bewusstsein.

»Nein, Kind!«, befahl jemand. Vargen?

Dann endeten die Tritte plötzlich. Auf dem Kopfsteinpflaster liegend, blickte Oslic auf. Einem der Kustoden ragte etwas aus dem Handgelenk seiner Waffenhand.

Es war der Griff eines Wurfmessers.

Das Schwert des Bibliothekswächters fiel auf das Kopfsteinpflaster, die Schneide zitterte und lag dann still. In Oslics fieberndem Hirn klang es wie das Tönen von hundert Tempelglocken. Auf dem Boden liegend, sah er, wie der Soldat mit fassungslos geweiteten Augen auf die Waffe in seinem Fleisch starrte. Er sah Maelith, deren Blick von der Verletzung zu ihrem Ursprung wanderte.

Oslic folgte ihrem Blick.

Dort stand, die Zähne gefleckt wie ein Wolfsjunges, Testri, das nächste Messer in der Hand. Wurfbereit.

Und dann explodierte der Nachmittag in Stahl und Schreien.

Ein Körper stützte sich auf ihn. Oslic rollte zur Seite. Neben ihm sauste die Faust eines Kustoden auf das Pflaster statt auf seinen Kopf nieder. Ein Schatten erschien zwischen den Männern und ihrer Anführerin.

Vargen schob Testri hinter sich. Dann fuhr er unter die Wächter wie ein Wolf in eine Schafherde. Er schwang die Kriegsaxt, schlug jedoch nur mit der flachen Seite zu. Mit Wucht ließ er sie auf die Handgelenke zweier Kustoden niederfahren, als diese sich anschickten, ihre Schwerter zu ziehen. Unmenschlich schnelle Schläge – ausgeführt mit beinahe übernatürlicher Wucht.

Nicht zum ersten Mal dachte Oslic, dass er Vargen gerne als jungen Mann erlebt hätte. Die Wächter wälzten sich auf dem Boden, bleich vor Schock, Unterarme umklammernd, die in den unmöglichsten Winkeln abstanden.

Vargen setzte über das Duo hinweg. Sein Umhang rauschte hinter ihm durch die Luft wie Eulenschwingen.

Oslic stemmte sich in die Höhe. Zu spät bemerkte er den Mann in seiner Flanke. Er versuchte auszuweichen, wusste aber bereits, dass er nicht schnell genug sein würde. Da war Vargen plötzlich über ihm und schmetterte dem Kustoden die flache Seite des Axtblatts mit solcher Wucht in den Rücken, dass der Mann augenblicklich wieder zu Boden ging.

Hinter sich vernahm Oslic ein Brüllen. Ein Laut, so voll Hass und Zorn, dass er eher nach einem verletzten Raubtier klang als nach einem Menschen. Einem Impuls folgend, warf sich der Sohn des Tsharen zur Seite.

Eine Schwertklinge zerteilte neben seinem Kopf die Luft, streifte seinen Oberarm und zerschnitt den Mantel. Funken stoben, als der Stahl über die Legierung der Prothese schrammte.

Nun endlich setzten die Reflexe ein, antrainiert während der Lektionen seiner Kindheit. Oslic konnte sich nicht erinnern, den Anderthalbhänder gezogen zu haben, doch nun ruhte er in seiner gesunden Hand.

Der Sohn des Tsharen wandte sich dem Angreifer zu. Maelith starrte ihn an. Die Luft pfiff, als sie ihr Schwert von der Rechten in die Linke und wieder zurückwarf und dabei einen Wirbel von Stahl in der Sonne entfesselte.

In den Augen der Sergeantin lag kein Zorn, bloß blankes, bösartiges Vergnügen. »Ich sollte der kleinen Metze danken. Durch ihren feigen Angriff hat sie mir die Entschuldigung gegeben, nach der ich seit gestern Nacht suche.« Ihre Hand streifte unwillkürlich den flachen Bauch, wo Oslics Faust sie unter dem Pavillon erwischt hatte.

Ohne weiteres Geplänkel ging sie auf ihn los. Oslic riss das Bastardschwert zu einer Parade hoch. Nur mit Mühe und Not schaffte er es, ihre Hiebe abzuwehren. Sogleich trat ihm Schweiß auf die Stirn.

Aus den Augenwinkeln sah er, dass Vargen nun mit zwei Kustoden zu tun hatte. Im Gegensatz zu dem Ritter, der versuchte, Menschenleben zu schonen, hielten sie sich nicht zurück. Sie setzten dem Veteranen von beiden Seiten zu.

Der letzte Mann der Gruppe ging auf Testri zu. Den Dolch hatte er aus dem Handgelenk gezogen und hielt die blutbefleckte Waffe drohend auf das Mädchen gerichtet, das fauchte wie eine Wildkatze.

Ich muss irgendetwas tun!

Doch Oslic blieb keine Zeit.

Maelith deutete eine Finte an, auf die er prompt hereinfiel – und stach nach seinem Hals. In ihren Augen lag die Gewissheit seines Todes, doch wieder waren es die Reflexe einer Ausbildung als Adelsspross, die ihm das Leben retteten.

Oslics künstliche Hand schoss vor und packte die Schneide der Klinge. Zahnräder und Stahldrähte ächzten, als er mit Mühe und Not den Kurs des Stahls vom Kehlkopf weg an seinem Ohr vorbeilenkte.

Er nutzte die Sekunde, die ihm dieses Manöver verschafft hatte, und schlug nach Maelith. Die wollte parieren, doch er schloss die Faust um die Schneide und packte mit aller Kraft zu.

Nun war es der Stahl des Kustodenschwerts, der unter der Belastung ächzte und sang. Die Sergeantin stierte einen Herzschlag lang überrascht. Dann tauchte sie ab und warf sich zu Boden. Sie war der erfahrenere Soldat – und sie beide wussten es. Statt weiter mit dem Schwert gegen ihn zu kämpfen, senkte sie den Kopf wie ein Stier und rammte ihn dem Sohn des Tsharen mit Anlauf in den Magen.

Oslic hatte geglaubt, sein bisheriger Tag sei mies gewesen – doch in diesem Augenblick wurde ihm klar, wie sehr er sich getäuscht hatte.

Er sank auf die Knie. Irgendwo hörte er Testri schreien, doch war er unfähig, ihr zu helfen. Die drohende Ohnmacht lief durch jede Faser seines Körpers. »Vargen. Hilf … Testri, wir müssen …«

Ein Schatten fiel auf ihn. Er blickte nach oben. Siegesgewiss grinste Maelith auf ihn herab, das Schwert erhoben. Seine eigene Klinge glitt ihm aus den Fingern.

In dem Moment traf etwas sie im Kreuz.

Oslic mobilisierte seine letzten Kraftreserven und zwang sich auf die Beine. Ihm bot sich ein bizarres Schauspiel, das die Unwirklichkeit dieses Tages noch weiter verstärkte. Grainac war Maelith in den Rücken gefallen, hatte sie mit seinem gesunden Arm an der Taille umfasst und aufs Pflaster gezwungen. Nun hockte er mit den Knien auf ihrem Ellenbogen, während sie schrie wie eine Furie.

Der Greis brüllte wie im Wahn von Teufeln und Dämonen und wurde von ihren Befreiungsversuchen hin und her geschleudert. Dabei spritzte das Blut aus seinem verstümmelten Handgelenk.

Er musste Grainac helfen, da war so viel Blut.

Blut. Gewalt.

Testri.

Er wirbelte herum, wobei ihn neue Wellen aus Übelkeit durchliefen. Er sah, dass der verletzte Kustode das Mädchen entwaffnet hatte. Am ausgestreckten Arm hielt er das Kind in die Höhe und fuchtelte ihr mit dem blutigen Wurfmesser vor den Augen herum. An das Straßenmädchen war dieser Einschüchterungsversuch jedoch vergeudet, sie zappelte wie eine Berglöwin und versuchte, den Wächter zu beißen.

Wie ein Besessener, dazu verdammt, durch das Fenster seiner Augen Dinge zu beobachten, die er seinem Leib nie zu tun befohlen hatte, ging der Sohn des Tsharen auf den Mann zu.

Bilder aus seiner Erinnerung überlagerten die Szene vor ihm. Ungebetene, verstörende Bilder.

Die Kammer. Der nackte Quästor, fett und aufgedunsen wie eine Schnecke, die Hände auf dem bebenden kleinen Körper der nackten Waise. Das flackernde Kerzenlicht, der Gestank nach Fahlkraut und Opiaten. Vargen, der den Freier im Nacken packt. Vargen, dessen Panzerhandschuh das Gesicht des Monstrums auslöscht.

Jetzt war es Oslic, dessen gepanzerte Faust Daumen und Zeigefinger in der Schlüsselbeingrube des Soldaten versenkte. Oslic, der seine Prothese anspannte und ihre Kräfte entfesselte. Ein hässliches Knacken. Der Kustode ließ Testri fallen, brüllte vor Schmerz. Dieser Laut war der Windhauch, der die Kerze von Oslics klarem Denken verlöschen ließ.

Er packte den Soldaten mit beiden Händen, riss ihn in die Höhe und schleuderte ihn mit Macht von sich. Der Kustode flog einige Schritte weit und schlug hart auf, wobei sein Nacken den erhöhten Bordstein traf. Dann lag er still.

»Dafür stirbst du, du Kanaille!«

Langsam, wie betäubt, wandte sich Oslic um und erblickte Maelith. Blanke Mordlust stand in ihren Augen. Vargen war mit seinen Gegnern beschäftigt. Über die Schulter der Truppführerin hinweg sah Oslic, dass der treue Grainac in der Gosse lag. Vielleicht bewusstlos. Vielleicht bereits verblutet.

»Du hast ihn umgebracht.« Maelith deutete auf den Wächter am Rinnstein. Langsam folgte Oslic dem Fingerzeig, und das Grauen der Erkenntnis breitete sich in ihm aus. *Umgebracht?* Er wollte etwas entgegnen, doch seine Stimme versagte ihm den Dienst.

»Hast ihn ermordet«, zischte die Kustodin. »Dafür mach

ich dich kalt, Bursche. Aber erst lass ich dich zuschauen, wie diese kleine Hure hier kriegt, was sie verdient.«

»Oslic?« Testris Stimme bebte vor Angst und Zorn. Sie hockte dort auf dem Boden, wo sie hingefallen war, die Hände in die Pflasterfugen gekrallt, die Lippe blutig.

»Nein«, sagte er schwach und vermochte nicht zu sagen, ob er Maelith gerade anflehte, es nicht zu tun, oder Testri auf diesem Weg eine Absage erteilte. Hilflos musste er mit ansehen, wie die Sergeantin sich dem Mädchen zuwandte und das Schwert hob.

»Mach's gut, Straßenköter. Bedank dich bei deinem Freund, dem Dieb und Mörder.« Sie setzte zum tödlichen Stich an.

Oslic zuckte zusammen und schloss voller Ekel vor seiner Feigheit die Augen, als er das Geräusch hörte, mit dem sich Stahl durch Fleisch und Knochen grub. Ein Körper fiel schwer zu Boden. Der Sohn des Tsharen wollte schreien, aber ihm fehlte die Kraft.

Er sank auf die Knie.

Er wollte weinen, schreien, sich die Haare ausreißen, aber er war wie betäubt.

Irgendwo hinter sich hörte er, wie Vargen seine beiden letzten Gegner niederschlug.

Doch welche Rolle spielte das noch? Es war vorbei. Er hatte einen Menschen auf dem Gewissen und einen anderen verloren. Er konnte nur hoffen, dass der tödliche Streich von Maeliths Hand seine erbärmliche Existenz schnell beenden würde.

Eine Hand legte sich auf seine Schulter.

»Oslic? Was hast du denn? Mach die Augen auf.«

Ungläubig kam der Sohn des Tsharen der Aufforderung nach. Ein kleiner Körper warf sich gegen seine Brust. Dürre Ärmchen umklammerten seinen schmerzenden Leib so fest, dass Oslic kaum atmen konnte. Testri!

Heiße Tränen rannen beiden übers Gesicht.

»Aber … wie?«, stammelte er. Er barg den Kopf des Kindes in der gesunden Hand, während Testri ihre laufende Nase in seine Halsbeuge bohrte. Hinter ihr sah er eine Gestalt auf den Knien hocken, an die Wand gelehnt wie ein müder Trinker, der sich übergeben musste.

Es war Maelith.

Quer durch ihren Hals zog sich ein Fremdkörper, aus dessen Eintritts- und Austrittswunde Blut quoll.

Es war ein Armbrustbolzen.

11

Unter den Ärzten von Syriatis, seinen Heilern und jenen Priestern der Göttin Perustas, der Allmutter, die sich auf die Heilkunst verstanden, galt es als ungeschriebenes Gesetz: Die, die aus einer Ohnmacht erwachten, waren orientierungslos, befanden sich im Zustand der Verwirrung.

Nicht so Oslic.

Er schoss in die Höhe, sein Herz raste. Bilder von Gewalt, von Bewegung und Lärm überfielen sein Bewusstsein. Er saß aufrecht, bevor seine Augen sich öffneten und er die wirkliche Welt wahrnahm.

»Er ist tot. Ich habe ihn umgebracht. Ich bin ein Mörder!«

Er war in seinem Turm. Lag im Eingangsbereich. Testri musterte Oslic. Sorge und Furcht sprachen aus den Zügen des Mädchens, das Band aus Sommersprossen zuckte. Die Augen darüber wanderten unstet umher. Er meinte, Verunsicherung und Enttäuschung auf ihrer Miene zu lesen. Er hatte gezögert, vor Angst gewimmert, statt ihr zu helfen.

Die Waise stand in einer Raute aus Licht mit der Farbe von Rosenblüten, die von der untergehenden Sonne durch die Butzenscheiben geworfen wurde. Der Tag war noch nicht um, es konnten erst Minuten vergangen sein, seit Oslic das Bewusstsein verloren hatte.

Aus dem Obergeschoss hörte er Rumoren. Als der Sohn

des Tsharen aufstand, kam Vargen mit drei Lederranzen, Feldflaschen und einem Beutel für Kleidungsstücke die Treppe herunter.

Oslic blickte in die ernste Miene seines ältesten Vertrauten. »Er ist tot. Ich habe ihn umgebracht«, wiederholte er. Der Sohn des Tsharen fröstelte, als er den Klang der eigenen Stimme vernahm. Sie kam ihm fremd vor. Wie etwas, das von jenseits der Schwelle des Grabes erklang.

»Die Mistkuh ist aber auch hin.« Testris Züge verhärteten sich bei der Erinnerung an Maelith und das, was die Frau mit ihr vorgehabt hatte. Doch die Stimme des Mädchens klang, als würde es mit jemandem über das Wetter reden. Es war eine Feststellung von Tatsachen: Es regnet. Ich habe Durst. Die Mistkuh ist tot.

»Der Armbrustbolzen«, murmelte Oslic. »Woher kam er?« Er stand auf und blickte Vargen an, der bepackt am Treppenaufgang wartete. Zu schnell. Oslics Kopf drehte sich abermals. Wogen von Schwindel zwangen ihn auf den Diwan zurück.

»Verzeiht, Herr, wir haben keine Zeit für Mutmaßungen. Ich habe fortgeschafft, was in der Kürze ging, doch alle haben mitbekommen, was auf der Straße passiert ist. Wir müssen los.« Vargen hielt Testri einen der Ranzen hin. Sie nahm ihn kommentarlos und wuchtete ihn sich auf den Rücken.

»Los?« Oslic schüttelte den Kopf, in der Hoffnung, Schwindel und Verwirrung vertreiben zu können.

»Herr, Ihr habt ein Mitglied der Kustoden getötet. Ein weiteres, noch dazu ein Offizier, wurde erschossen.«

»Das eine war ein Unfall, Onkel Eule!«, begehrte Testri auf. »Und die Mistkuh geht doch gar nicht auf Oslics Konto!«

Das Zimmer begann zu vibrieren, eine Theaterbühne, an der jemand schaukelte. Unwirklich und unstet. Er sah den Kustoden vor sich. Der überraschte Blick, mit dem er zum Himmel aufstarrte, nachdem Oslic ihn gepackt und auf den Bordstein geschleudert hatte.

Oslic, der sein Genick gebrochen hatte.

Vargen stand plötzlich neben dem Sohn des Tsharen, ohne dass der sich entsann, wie der Leibwächter durch den Raum gegangen war.

»Ich habe ihn umgebracht, Vargen. Ich habe einen Menschen getötet. Ich habe mir geschworen, den Leuten zu helfen. Was mache ich jetzt nur?«

Statt zu antworten, zog der alte Ritter ihn in die Höhe.

Oslic blickte Vargen in die Augen. Das verlorene war grau wie ein Kiesel, das gesunde von der Farbe eines frisch der Erde entrissenen Amethysts.

»Was mache ich denn jetzt, Vargen?« Oslics Blick verschwamm, seine Stimme brach, und in seinem Magen wurde es so kalt, dass das Eis ihm bis in die Finger kroch. Die Erkenntnis seines Tuns drohte ihm abermals die Sinne zu rauben.

Er musste hierbleiben. Darauf warten, dass die Lexmagister, die Gesetzeshüter Doranthars, ihr Urteil über Oslic III. Boulanthus von Carchadon fällten. Über den Mörder.

Er sah an sich herab und stellte zu seiner Verblüffung fest, dass seine linke Hand blutete. Fingernägel hatten sich in das Fleisch der Handfläche gegraben, so stark hatte er die Faust geballt. Der Sohn des Tsharen fühlte sich wie ein zum Bersten gespannter Draht, am absoluten Bruchpunkt. In wenigen Sekunden würde es ihn einfach in zwei Teile reißen, davon war er überzeugt.

Er hob den Blick, wartete auf Vargens Antwort.

Sie kam. Doch sie fiel anders aus, als Oslic erwartet hatte.

Das Klatschen war so laut, dass Testri zusammenzuckte und Oslic sich einbildete, die Turmfenster klingeln zu hören. Nur langsam ging ihm auf, dass es nicht die Fenster waren, sondern sein Ohr. Und erst als die Hitze sich in seiner Wange ausbreitete, begriff er.

»Du hast mich geschlagen!« Seine Stimme war nicht mehr brüchig, reine Fassungslosigkeit färbte sie. »Du hast mir eine Ohrfeige verpasst!« Er wollte schimpfen, doch mit dem Schmerz in seiner Wange kehrte die Schärfe seiner Wahrnehmung ebenso zurück wie die Fähigkeit, klar zu denken.

»Herr, wir müssen hier weg.« Vargens Gesichtszüge hatten die Farbe von lasiertem Holz, und die erste Weichheit des Alters zeigte sich unter dem Grau der Barthaare. Jetzt waren die Züge des Ritters so hart, wie sie während der Feldzüge seiner Jugend gegen die Mardiroi gewesen sein mochten. Er wartete auf keine Antwort, sondern stieß den Ranzen gegen Oslics Brust.

»Wir können nicht die Straßen nehmen«, gab Testri zu bedenken. »Viel zu viel los. Und jeder kennt euch beide.«

»Ich nehme an, du kennst einen Weg, der uns diskret aus der Stadt bringen kann?«, fragte Vargen.

Testri nickte, presste jedoch die Lippen zusammen. Was immer sie für Schleichwege kannte, sie zu nutzen barg Gefahren.

»Ich kann hier nicht weg, Vargen«, sagte Oslic.

»Ihr habt keine Wahl. Ihr müsst aufwachen, junger Herr. Ihr müsst aufwachen und Euch erinnern.«

Da verstand der Sohn des Tsharen. In der Hitze des Gefechts hatte er vollkommen vergessen, was er vor der fürchterlichen Gewalttat erfahren hatte.

Vor meinem Mord, berichtigte sich Oslic in Gedanken, und neue Schauer des Unglaubens durchfuhren ihn.

»Grainac«, hauchte Oslic und erschrak vor der Tonlosigkeit seiner Stimme. Mit dem Namen kehrte die Erinnerung an die Worte des Boten zurück. »Der fallende Stern. Vaistopol! Ich muss nach Hause. Ich muss herausfinden, was geschehen ist!«

»Eben«, sagte Vargen. »Zudem steigt mit jedem Sandkorn in der Uhr, das wir länger hierbleiben, die Wahrscheinlichkeit, dass hier Wächter auftauchen. Ich habe einen Eid geleistet, Euch zu schützen, junger Herr. Ich werde ihn einhalten, auch wenn es bedeutet, Blut zu vergießen. Denn ich bezweifle, dass ich einer weiteren Gruppe Feinde in meinem Alter noch Herr werde, ohne die scharfe Seite meiner Klinge zu benutzen.«

Der Ritter legte mit Nachdruck die Hand an den Axtstiel, der Blick seines intakten Auges fixierte die Eingangspforte zum Turm. Oslic begriff. Jeden Kirchendiener, der in den nächsten Minuten durch die Tür trat, würde Vargen erschlagen – bis man sie beide schließlich überwältigte. Er wusste, wie ernst der alte Ritter das Thema Eide nahm. Der Veteran spielte keine Spielchen.

Vargen schien die Erkenntnis in Oslics Blick bemerkt zu haben. »Haben wir alles, Kind?«, fragte er über die Schulter hinweg, ohne Oslic und den Eingang aus dem Blick zu lassen.

Testri nickte.

»Nicht alles«, sagte Oslic. »Eine Sache fehlt noch.« Er trat mit einem raschen Schritt an Vargen vorbei und eilte die Treppe hinauf. Mit jeder Stufe, die er nahm, wurde sein Kopf klarer.

Er eilte ins Schlafzimmer, riss das Kissen auf und zerrte den Dokumentenzylinder aus dem Federwirbel. Der Behälter wog schwer in seiner Hand.

Als der Sohn des Tsharen auf dem Weg zurück nach unten an seiner Erfinderwerkstatt vorbeikam, übermannte ihn Wehmut. Ein letzter Blick! Er öffnete die Pforte zu seinem Allerheiligsten und trat ein.

Mit einem Gefühl von unendlicher Traurigkeit ließ er den Blick über all die liebgewonnenen Dinge schweifen. Wie viel Zeit und Mühe hatte es ihn gekostet, sie zusammenzutragen!

Er griff seine Werkzeugtasche und die Rollen, in denen sich leere Konstruktionspläne befanden.

So ausgestattet kehrte Oslic in die Eingangshalle zurück. Vargen und Testri nahmen ihm einen Teil der Ausrüstung ab. Der Sohn des Tsharen ließ es widerstandslos geschehen. Der Veteran hielt ihm im Austausch das Wehrgehänge hin. Darin ruhte Oslics Anderthalbhänder. Der Ritter musste ihn geborgen haben.

Oslic blickte auf die Waffe und schüttelte langsam den Kopf. Sein Leibwächter zuckte mit den Achseln und schnallte sich die Klinge unter seinem Schild auf den Rücken.

Bewaffnet und mit dem Nötigsten bepackt, verließ das Trio den Turm.

Der Sohn des Tsharen schritt durch die Pforte seines Zuhauses und schloss sie.

Ob er je zurückkehren würde?

Aus den Aufzeichnungen des Ritters:

Er war nicht mehr derselbe.

In diesem Testament meiner Schande und der Zeugenschaft der großen Dinge, die mir mitzuerleben vergönnt war, soll auch diese Wahrheit ausgeschrieben werden.

Seit dem Tage, an dem mein Herr und ich Testri aus diesem Höllenloch holten und die anderen Kinder befreiten, hatte ich ihn nicht mehr so erschüttert gesehen wie in den Wochen, die auf unsere Flucht folgten.

Und auch das Kind hat sich an diesem Punkt unserer Reise verändert.

Sie war noch stärker in sich gekehrt als ohnehin. Wenn sie konnte, blieb sie für sich. Spielte mit ihrem Anhänger. Mit dem einzigen Besitz, der ihr nie genommen worden war.

Seltsam, wie sich manches wiederholt und anderes doch anders verläuft. Periadne durfte ein Leben führen, in dem solcher Schrecken keinen Platz hatte, und ich danke jeden Morgen bei der Schwertweihe den Fünf dafür. Wo sie jetzt wohl ist? Wurde sie für die Sünden ihres alten Vaters getadelt? Gelte ich ob dessen, was in Doranthar geschah, dem Tempel als Verräter?

Testri hingegen hat in den wenigen Jahren ihres Lebens bereits mehr gesehen als viele gestandene Männer. Ich weiß, wovon ich spreche. Ich sah in dem Krieg gegen die Stämme der Mardiroi Ritter, die nach ihrer Mutter rufend ohne Hände versuchten, das Gekröse in die

Leiber ihrer aufgeschlitzten Pferde zurückzustopfen. Ich sah Offiziere, härter als Stahl, die auf Befehl der Kirche Zeltstädte der Mardiroi den Flammen übergaben. Die Schreie brennender Familien der Steppenreiter rissen Stücke aus ihren Seelen. Den Rest soffen sie zu Tode.

Doch selbst ich vermag nicht zu sagen, will mir nicht vorstellen, was Testri in den frühen Jahren an dem Ort, der ihre Kindheit verheerte, erlebt hat.

Nun haben uns jene, die uns hier gefangen halten, getrennt. Ich kann nicht sagen, wo das Mädchen ist. Ich weiß nicht, wo die Frau ist. Vielleicht sind beide tot.

Vielleicht bin ich es auch schon – und die Fünf gewähren mir nur noch die Gnade, die Geschichte meines Herrn zu Ende zu schreiben.

Meine Kerkermeister sind nicht gnädig.

Ich will dem geneigten Leser weitere Beschreibungen des Grauens ersparen und entschuldige mich, sollten die Schilderungen eines alten Veteranen zu weit gegangen sein.

Aber zurück zu Testri. Nachdem es uns gelungen war, dem Zugriff Doranthars zu entrinnen, hatte ich nur eine einzige Aufgabe und versah sie mit aller Kraft: zu flicken, was zwischen Testri und meinem Herrn Schaden genommen hatte. Ich wollte die Hoffnung nicht aufgeben, dass bei all dem, was Herr Oslic bei seinen Erlebnissen in Doranthar durchgemacht hatte – und all dem, was ich zu jenem Zeitpunkt befürchtete, das vor ihm lag –, noch etwas zu retten sei.

Ich wollte – und der Leser möge mir an dieser Stelle verzeihen, dass ich allzu poetisch werde – aus zerbrochenen Träumen und vergossenem Blut eine Kette schmieden, die sich unzerreißbar zwischen uns spannte.

Doch letztlich fiel nicht mir diese Leistung zu.

So will ich denn von den Tagen unserer Ankunft in Carchadon berichten.

12

Die Jahre in der immerwährenden paradiesischen Wärme von Doranthar hatten Oslic vergessen lassen, welch große Rolle die Jahreszeiten einst in seinem Leben gespielt haben. Welchen Einfluss sie auf das Leben der Leute in den anderen Landen von Syriatis hatten.

Der Herbst hatte eingesetzt, als sie jene Grenze zwischen Carchadon und Hearne erreichten, die die Bewohner dieses unsicheren Landstriches den Kummerbund nannten. Die ebenso verhärmten wie misstrauischen Menschen dieser Gegend bestritten ihr Leben fast ausschließlich als Torfstecher, Pelztierjäger oder Ausgestoßene, als Flussschiffer oder Treidelknechte.

Der Sohn des Tsharen trat aus dem verräucherten Zwielicht im Inneren des Schiffsbauches auf das Deck. Die *Schilfbraut* war jedoch nicht mit der Schönheit einer jungen Frau im Ehekleid gesegnet. Auch die Bezeichnung »Schiff« war hochtrabend gewählt.

Der Flusskahn war im Prinzip ein schwimmender Holzbarren. Mit der schwerfälligen Langsamkeit eines bäuchlings treibenden, toten Wales dümpelte das Lastschiff dahin. Das Wasser des ebenso träge dahinfließenden Dobronov, der die Grenze zwischen den eisernen Landen des Horne-Kultes von Hearne und der Tsharei Carchadon markierte, war so bleigrau wie der Himmel. An dieser Stelle war der Fluss breit wie ein Meerbusen, die hearnische Küste war in dem trüben Wetter kaum auszumachen.

Oslic trat in den Nieselregen und zog den Kragen aus Fuchspelz zu. Der Regen war eher eine konstante Ansammlung von Myriaden schwereloser Tröpfchen in der Luft, die wie winzige Nadelstiche auf seine Augenbrauen und Lider niederfuhren und das Atmen erschwerten.

Einige Matrosen – eine ebenso hochtrabende Bezeichnung für die Besatzung dieses Kahns wie das Wort Schiff für deren Arbeitsplatz – wandten den Kopf. Sie nickten Oslic zu, bevor sie sich wieder ihren Tätigkeiten zuwandten. Sie wussten nicht, dass er der jüngste Sohn ihres Tsharen war. Vargen hatte Oslic und den anderen eingeschärft, dass sie ihre wahren Identitäten, so gut es ging, verschleiern mussten.

Nach allem, was diese Männer und ihr Kapitän über den gut zahlenden Passagier wussten, war er Lugoj von Sunadhko. Sohn und einer der vielen Erben des wohlhabenden Wiatr von Sunadhko – eines Pelzhändlers, dessen zweifelhafter Ruhm bis weit über die carchadonischen Grenzen hinausreichte. Dem Mann wurde nachgesagt, dass er auf seinen zahllosen Reisen und exzessiven Feiern mehr Kinder gezeugt habe, als ein Nerz Haare im Pelz hatte.

Oslic hatte Vargen die Legende vor Jahren erzählt. Nun hatte sein Leibwächter sie hervorgekramt und hielt einen Auftritt als einer der im ganzen Land umherreisenden Söhne des Pfeffersacks für eine mehr als passable Tarnung.

Bislang hatte sie gehalten. Widerwillig hatte der Sohn des Tsharen auch den Anderthalbhänder wieder angelegt, um seinen Rang als Spross eines Patriziers zu unterstreichen.

Oslic stapfte über das Deck, wobei er sich in den Herbstwind lehnen musste. Zerfaserte graue Wolken fegten über das Land. Eine Schar Gänse zog in der Form einer Pfeilspitze über die *Schilfbraut* hinweg. Da erbebte der Schilfgürtel in einer Dissonanz. Schaum spritzte, als ein Hecht eine Entenfamilie um ein Mitglied ärmer machte.

»Noch zwei Tage, Bruder, dann werden wir unsere Heuer verprassen«, hörte Oslic einen der Matrosen sagen, der einem Kameraden auf die Schulter schlug.

Nachdem seine Lähmung wegen der Ereignisse vor dem Turm abgeklungen war, hatte der Sohn des Tsharen die Nähe der Männer gesucht. Er hatte sich über das informiert, was sie über die Vorgänge in Vaistopol wussten – was nicht viel war. Er hatte ihre Sorgen und Nöte gehört, die sich in wenig von denen der Menschen in Doranthar unterschieden. Er hatte ihnen Trost spenden wollen, doch seine Lippen blieben versiegelt, um seine Tarnung nicht zu gefährden. Und weil Oslic nicht wusste, was er sagen sollte, wo er sich doch selbst so hilflos fühlte.

»Nein, Bruder«, antwortete der andere Mann, der dabei war, einen Stapel Treideltaue zu einem Bündel Schlingen auf dem Deck zusammenzulegen. »Ich spare noch immer.«

»Meinst du nicht, Ljenkos Mädchen hat allmählich genug Hilfe? Die Zunft hat doch auch zusammengelegt.«

»Es ist nicht nur für sie. Es ist für den Gisweiger.«

Bei der Erwähnung dieses Namens spuckte der andere Matrose aus und beschrieb eine abergläubische Geste mit den Händen. Als dem Fünfglauben verbundener Carchadone schlug er das Zeichen des Horne mit abgespreiztem kleinen Finger und Daumen. Er hoffte, der Gott des Eisens und des Krieges würde ihn beschützen. Dann schickte er sicherheitshalber noch einen Schwur an die Geister des Landes hinterher, die entgegen den kirchlichen Vorgaben von vielen in Carchadon verehrt wurden.

»Bei den Geistern von Luft, Land und Wasser, Pahvel Warikotkoij, bist du von Sinnen? Du willst dich mit einem der Schwarzen Hunde abgeben? Du weißt, was sie über diese Jäger sagen. Dass sie nicht sterben.«

Bei der Erwähnung des Aberglaubens, den die Menschen mit den Bestienjägern der Letzten Burg in Verbindung brachten, rollte Oslic unwillkürlich mit den Augen. Er hielt weiter auf den Bug zu, wo eine in Decken gehüllte Gestalt in das Wasser starrte.

»Du weißt, dass Ljenko nicht einfach bloß gestorben ist«, raunte Pahvel mit belegter Stimme. Er konnte nicht ahnen, dass Oslic ihn selbst bei diesem Wetter verstand, als stünde er direkt neben ihm. »Er ist in einen Wisperflecken geraten. Was, wenn er wiederkommt und sie besucht? Ich will Klarheit für sie.«

»Unter ihren Rock willste«, feixte der andere Matrose und boxte Pahvel sanft gegen die Schulter, bevor es böses Blut gab.

»Reden die immer noch über den verzauberten Fluss und ihren toten Freund?«, fragte Testri, als Oslic sich neben sie an den Bug stellte und auf die Ödnis aus schlammigem Blei hinausblickte. »Jedes Kind weiß, dass es keine Rettung für einen Menschen gibt, der in einen Wisperflecken geraten ist.«

Er fühlte sich versucht, ihr von seiner Kindheit zu erzählen. Von dem Tag, an dem er dem Bären begegnet war. Dem Tag, an dem sein bester Freund gestorben war. Doch Testri hatte nie eine Kindheit gehabt. Er fand es nicht gerecht, ihr nach allem, was sie durchlitten hatte, Geschichten einer höfischen Jugend in Sicherheit und Wohlstand – zumindest größtenteils – aufzutischen.

»Du solltest nicht hier sein«, stellte der Sohn des Tsharen fest.

»Onkel Eule hat gesagt, dass ich Luft schnappen gehen kann. Ich bin kein Kind mehr.« Testri blies sich eine widerspenstige Haarsträhne aus dem Gesicht, die der Wind sofort wieder dorthin beförderte. In diesem Moment sah sie so sehr wie ein kleines Mädchen aus, dass es Oslic die Brust zusammenzog.

Er senkte die Stimme so weit, dass ihn die Matrosen nicht hören konnten. »Das meine ich nicht, und das weißt du. Ich spreche von unserer Flucht aus Doranthar. Wir hätten eine Unterkunft für dich gefunden. So eine Reise ist gefährlich.«

»Hm. Und davon verstehst du so viel, Oslic. Weil du im Leben so weit rumgekommen bist.« Sie blickte ihn noch immer nicht an.

Das saß. Er sah zu Testri hinunter und merkte, dass sie schmunzelte. Es lag keine Bösartigkeit darin. Was gut war. Er wusste, dass sie durchaus hämisch sein konnte, wenn sie Lust dazu hatte.

Er legte die Hände auf das Tau, das hier als Reling diente. Die Kälte wanderte den künstlichen Arm hinauf.

»Ich bin nicht der beste Menschenkenner.« Es war ein ungelenker Neuansatz.

»Nein, bist du nicht.« Wieder eine Antwort, die man nicht aus dem Munde eines Kindes erwartete. Er ließ sich davon nicht beirren.

»Selbst ich merke, wenn ich Mist gebaut habe. Du bist wütend auf mich. Du vertraust mir nicht mehr. Selbst wenn mir meine Werkstatt vertrauter sein mag als Menschen – ich bin trotzdem nicht blind.«

»Klar vertraue ich dir.« Testri schüttelte traurig den Kopf. Sie klang selbst alles andere als überzeugt, und Oslic hatte das Gefühl, dass er ins Schwarze getroffen hatte. »Ich bin nicht still, weil ich dir böse bin oder weil ich glaube, dass ich mich nicht mehr auf dich verlassen könnte. Das ist Ochsenscheiße.«

»Du hast zu viel gesehen«, stellte er fest. »Ich hätte dich dem niemals aussetzen dürfen. Du hast zudem viel durchgemacht, und jetzt musstest du abermals miterleben, wie ein Mensch stirbt.« Er wandte sich ihr zu und lehnte sich mit der Hüfte gegen das Tau. Das feuchte, vollgesogene Hanfseil gab ein beunruhigendes Ächzen von sich.

»Du denkst echt, das war erst der zweite Kalte, den ich gesehen hab?« Endlich löste Testri den Blick vom Wasser und sah ihm fest in die Augen.

Er konnte sehen, dass ihre rechte Hand unter der Fibel des Wollmantels, den ihr Vargen gekauft hatte, arbeitete. Er wusste, dass sie mit dem Anhänger herumspielte. Das Einzige, was sie aus dem Sündenpfuhl, aus dem sie gerettet worden war, in ihr neues Leben mitgenommen hatte. Sie ballte die andere Hand zur Faust, öffnete sie, schloss sie wieder. Er hatte beinahe den Eindruck, als wolle sie auf ihn losgehen.

Doch dann trat sie einen Schritt auf ihn zu, legte ihm die Hände um die Hüften und presste ihr Gesicht gegen seinen Bauch. Noch bevor er die Arme heben und sie umfassen konnte, hatte sie sich auch schon wieder von ihm gelöst.

»Was ist es dann?« Oslic missfiel, wie verzweifelt seine Stimme klang. Sobald ihre Gespräche das Thema ihrer Flucht berührten, begann sich seine Stimme zu überschlagen.

Testri schüttelte traurig den Kopf, wandte sich ab und ging ohne einen weiteren Blick unter Deck. Tieftraurig blickte Oslic dem Mädchen hinterher, bis sich die Luke hinter ihm schloss.

Die Matrosen gaben sich betont beschäftigt und vermittelten einen Eindruck reger Betriebsamkeit. Keiner von ihnen schaute den Sohn des Tsharen an, aber er konnte ihr Grinsen sehen. Wahrscheinlich hielten sie ihn für einen solchen Gecken, dass er sich eine Kindermätresse halten musste, um überhaupt weibliche Gesellschaft zu haben.

»Sie haben zumindest damit recht, dass sie die einzige weibliche Gesellschaft ist, die ich noch ertragen kann«, murmelte Oslic.

Mit dem Gedanken barst die kostbare Illusion der Normalität. Er hatte sich wenigstens heute ein paar Stunden lang einreden können, die Lüge, die er an Bord dieses Seelenverkäufers lebte, wäre irgendwie sein Leben. Doch die kurze Konfrontation mit Testri und den Erinnerungen, die sie auslöste, genügte. Da waren die Bilder wieder. Das Knacken des Genicks auf dem Rinnstein, der Seufzer, mit dem Maelith ihr Leben aushauchte, als der Bolzen ihr Rückgrat durchschlug. Er ahnte, woher er gekommen war.

»Alheefa«, murmelte Oslic und schlug den Kragen hoch. Der eisige Wind frischte auf und brachte die Kleidung ebenso zum Flattern wie das von Flicken übersäte Segel über ihm.

Der Kragen, der ihn eigentlich vor den Elementen beschützen sollte, drohte ihn zu ersticken. Er mochte sich noch so sehr einreden, dass das Wasser in seinen Augen bloß durch die Wetterfühligkeit seiner überscharfen Sinne hervorgerufen wurde. Er belog sich damit nur selbst.

Er betrachtete die Luke im Schiffsdeck. Dort unten, wenige Schritte von ihm entfernt, saßen die besten Freunde, die er in diesem Leben hatte. Sein nächtlicher Ausflug war es gewesen, der sie in Konflikt mit dem Gesetz gebracht hatte. Seinetwegen waren sie beinahe gestorben. Jetzt hockten sie hier mit ihm, mutterseelenallein in der Fremde. In einem Land, das er seit langer Zeit nicht mehr betreten hatte.

Oslic ließ den Blick über das carchadonische Ufer schweifen. Eine endlose Ebene der verwaisten Taiga, wo sich verkrüppelte Kiefern und windgepeitschtes Gras in den Böen wiegten, so weit das Auge reichte. Ein Milan kämpfte auf der Hatz nach einer Feldmaus gegen Hunger und widrige Umstände, während die Winde seine schlanke Form hin und her trieben.

Der Sohn des Tsharen trat in den Windschutz des Mastes. Hier peitschten nicht unentwegt Kälte und wässrige Nadelstiche auf seine Sinne ein. Er verfolgte den einsamen Greifvogel mit seinem Blick. Sein Herzschlag, das Chaos der Gefühle und das Nagen der Schuld beruhigten sich. Er verharrte in diesem Augenblick und hoffte, er würde niemals enden.

Da stieß der Raubvogel herab. Einen Moment später erhob er sich in die Lüfte, etwas Zappelndes – vielleicht ein Karnickel – in den Klauen. Oslic kam nicht umhin, das Beutetier zu bedauern. Dann waren Jäger und Beute am Horizont verschwunden und der kurze Moment der Ruhe vorbei.

Als er sich auf den Weg zurück in den Bauch des Schiffes machen wollte, fiel sein Blick auf etwas, das ihm bislang entgangen war. Die *Schilfbraut* war nicht allein unterwegs.

Sie hatte ein Beiboot.

Der Sohn des Tsharen betrachtete, wie das Ruderboot nur wenige Schritte versetzt hinter dem Lastkahn an einem Seil über die Brühe des Dobronov tanzte. Sein Blick pendelte zwischen dem stummen Begleiter des Schiffes und der Luke, in der Testri verschwunden war.

Er hob den Blick zu dem Punkt am Himmel, an dem er den Milan zum ersten Mal entdeckt hatte.

Der Sohn des Tsharen wusste, was er zu tun hatte.

13

»Hier ist Euer Tier, edler Herr.« Der Walrossschnurrbart des Pferdehändlers hob sich und gab den Blick auf makellose Zähne frei. Für einen Moment ertappte sich Oslic dabei, wie er darüber nachdachte, wie es dem Mann an einem Ort wie diesem gelungen war, seine Zähne zu erhalten.

Tristrye war ein Marktflecken, umfriedet von dunklen Nadelwäldern und brachliegenden Äckern und Feldern. Der Ort machte seinem Namen alle Ehre. Ein paar hingewürfelte Häuschen, windschief und zugig. Dazwischen erhob sich die Markthalle. Hier kam einmal pro Mondgürtel das Vieh aus der Umgebung unter den Hammer. Straßen gab es keine, der konstante Regen der letzten Tage hatte die Wege in Schlammrutschen verwandelt.

Sie hatten bereits einen von Oslics Stiefeln gefordert, es war ihm nur mit viel Mühe gelungen, ihn freizubekommen und passabel zu reinigen.

»Danke.« Der Sohn des Tsharen nahm die Zügel des Pferdes entgegen und musterte den kleinen Fuchs skeptisch. Oslic gab sich wortkarg; es war über eineinhalb Dekaden her, dass er mit einem Landsmann in seiner Muttersprache gesprochen hatte. Er fürchtete, wenn er zu viel sagte, könnte sein doranthanischer Dialekt Aufmerksamkeit erregen.

»Und wohin geht es, wenn man fragen darf?« Der Pferdehändler sattelte mit tausend Mal geübten Handgriffen das Tier und legte das Zaumzeug an.

Oslic prägte sich die Bewegungen ein. Er konnte sich nicht erinnern, wann er zuletzt Hand an ein Pferd hatte legen müssen.

»Vaistopol.« Seit der Sohn des Tsharen vor drei Tagen das Boot ins Schilf gezogen und sich auf eigene Faust auf den Weg gemacht hatte, waren ihm einige Leute begegnet. Die meisten davon hatten ihn mit einer Mischung aus unhaltbaren, teils wahnsinnig klingenden Geschichten über das abgespeist, was in der Hauptstadt Carchadons geschehen sei.

Manche behaupteten, ein fallender Stern sei direkt auf den Tsharenpalast niedergegangen. Die Strafe der Götter für das liederliche und lästerliche Leben, das Tshar Emerric Boulanthus und seine Söhne führten. Andere schworen Stein und Bein, es sei kein Komet gewesen, der nahe der Stadt eingeschlagen war, sondern die Geschosse hearnischer Katapulte. Sie beharrten darauf, dass sich Carchadon im Krieg mit dem Erbfeind im Westen befände. Wieder andere hatten nichts von dem mitbekommen, was sich im Norden des Landes und der Hauptstadt ereignet hatte.

Der Pferdehändler gehörte offenkundig nicht dazu. Er hielt mit seiner Arbeit inne und nahm den jungen Patrizier in Augenschein, der ihm mit einer verdächtig knappen Barschaft ein Pferd abgekauft hatte. »Da wollt Ihr nicht hin«, sagte der Mann, und zum ersten Mal, seit der junge Herr »Lugoj von Sunadhko« sein Geschäft betreten hatte, erlosch sein Grinsen.

»Was ist vorgefallen?« Das Gesicht des Händlers verriet Oslic, dass er jemanden vor sich hatte, der wusste, wovon er sprach. Die letzten Tage hatten aus nichts als Selbstzweifeln und Einsamkeit bestanden. Seit dem Tod seiner Mutter, seit er den Palast seiner Familie verlassen hatte, von seinem Vater als Geisel an Doranthar ausgeliefert, hatte er sich nicht mehr so hilflos gefühlt. Bekam er hier endlich die Antworten, die er so dringend benötigte?

»Man weiß wenig Genaues, junger Herr Lugoj.« Der Händler steckte die Hand in einen Bauchbeutel aus Rindsleder und zog Streifen getrockneten Hammelfleisches hervor. Beiläufig bot er Oslic einen an, der lehnte ab. Der Mann zuckte mit den Achseln, biss ein großzügiges Stück ab und begann mit einer solchen Intensität zu kauen, als müsste er sich im Geiste für seine Erzählung in den Krieg begeben.

»Die Âshkulim«, sagte er dann. »Die Brandhorden haben den Großen Krater verlassen und sind in den Norden eingefallen.« Er betrachtete Oslic und dessen Reaktion.

Der Sohn des Tsharen machte sich keine Mühe zu verbergen, wie sein Mut sank. Also hatte der alte Grainac die Wahrheit gesagt? Das konnte doch nicht sein.

»Unmöglich!« Oslic schüttelte vehement den Kopf. »Jeder weiß, dass die grauen Horden die Grenze der Kraterlande und die Taiga niemals überwinden könnten. Zu viele Wisperflecken, um mehr als ein paar Dutzend Krieger zu bewegen – und selbst von denen kommt bloß eine Handvoll auf der anderen Seite an.«

Mit Schrecken erkannte Oslic, dass er soeben seinen Onkel zitiert hatte. Während der Ausbildung der Erben des Tsharen hatte Talladeen Boulanthus ihnen dieses Dogma eingehämmert. Wie hatte sein Onkel doch immer betont? »Eher kommt ein Wolf ohne Zähne durch den Winter, als dass sich die Aschehorden je wieder erheben«, zitierte Oslic.

»Geben die Fünf, dass Ihr recht habt, junger Herr Lugoj«, erwiderte der Pferdehändler. »Doch wetten mag ich drauf nicht, wenn Ihr es hören wollt.«

»Woher willst du wissen, was in Vaistopol geschehen ist?« Der Sohn des Tsharen spürte plötzlich Zorn in sich aufsteigen.

Der Mann hob beschwichtigend die Hände. »Ich weiß nichts darüber, junger Herr Lugoj. Wohl aber die Kämpen von Baron Raumir und ein Dutzend Junker, die mit ihren Mannen an seiner Seite nach Norden ritten. Ich habe ihre Pferde beschlagen und dabei mit den Soldaten gesprochen. Sie wussten ... einiges zu berichten. Sie kehrten sogar zurück, das hat mir meine Base erzählt. Und Baron Raumir soll die Grafen und Fürsten ersucht haben, den Landruf zu verkünden.«

»Und was haben die ach so gelehrten Soldaten dir sonst noch so Wichtiges verraten?« Der Sohn des Tsharen wusste, dass seine herablassende Art den freundlichen und ehrlichen Pferdehändler vor den Kopf stieß. Doch nach der Sorge und dem Schrecken der letzten Wochen, die Einsamkeit der Tage, seit er von der *Schilfbraut* geflohen war, fühlte er sich wie ein Mann, der auf einem durchgehenden Pferd einen schlammigen Berg herunterraste.

»Zum Beispiel eine Erklärung, junger Herr, wie es den Âshkulim gelungen sein soll, die Wisperflecken der östlichen Ebenen zu überwinden.«

»Heraus damit. Halte mich nicht länger hin.«

Der Tonfall des Pferdehändlers wurde verschwörerisch. Er verengte die Augen und raunte. »Weil sie drei Hexenmeistern folgen, Herr.«

Oslics Gedankenchaos kam abrupt zum Stillstand. Sein Mund klappte auf, um irgendetwas auf diesen hanebüchenen Blödsinn zu entgegnen, doch ihm versagte die Stimme.

Auf den Zügen des Händlers zeigte sich jener Ausdruck, den Oslic nur zu gut von einfachen Menschen kannte: *Seht Ihr, ich habe es Euch ja gesagt. Ich weiß mehr, als ihr mir zugebilligt habt.*

Der Sohn des Tsharen wusste nicht, ob er lachen oder davonstürmen sollte. Seine Heimatstadt war irgendeinem Wahnsinn zum Opfer gefallen. Grainac hatte sein Leben gegeben, um ihm die Kunde zuzutragen. Oslic hatte Vargen und Testri aus einem sicheren Dasein im warmen Doranthar hierher verschleppt, nur um sie im Nirgendwo des Kummerbundes sitzen zu lassen. Und jetzt wollte dieser Mann ihm hier ein Märchen auftischen.

»Ich kann dir nicht einmal böse deswegen sein«, murmelte der Sohn des Tsharen und schüttelte traurig den Kopf.

»Wie meinen, Herr?«

»Du willst mir allen Ernstes erzählen, dass es drei Alchemisten oder Geomanten gelungen ist, sämtliche Wisperflecken rund um den Großen Krater zum Schweigen zu bringen? Dass sie nicht nur eine solche wissenschaftliche Großtat vollbracht haben, zu der wohl einhundert Gisweiger nicht in der Lage wären, sondern auch, dass sich die Âshkulim, die bleichen Horden, in ihrem Glauben an das reinigende Feuer ihnen angeschlossen haben? Mehr noch: all das, nachdem ein Stern vom Himmel gefallen und in die Hauptstadt eingeschlagen ist?«

»Nicht Alchemisten, junger Herr. Echte Hexenmeister. Wahre Magick. Zauberkünste aus der feurigen Nachödnis des Widersachers, Herr. Höllenkräfte.«

Der Sohn des Tsharen nahm dem Mann die Zügel aus der Hand und führte seinen neu erworbenen Fuchs aus dem Stall. Er hörte den Händler hinter sich lamentieren.

Er hatte sich zu sehr auf das verlassen, was ihm andere sagten. Sein Beschluss, sich auf eigene Faust nach Hause durchzuschlagen, wurde stärker und gewann mit jeder vergehenden Minute an Gewicht.

Wie betäubt stieg der Sohn des Tsharen aufs Pferd. Sein Körper führte selbstständig die in seiner Jugend erlernten Handgriffe und Bewegungen aus, während Oslic mit den Gedanken an einem gänzlich anderen Ort weilte.

Hexenmeister. So ein Unfug! Doch wenn die Angreifer wirklich die Âshkulim waren – und danach sah es aus, denn die Aussagen des Händlers deckten sich mit der von Grainac –, wie war es ihnen gelungen, der Kateröde zu entkommen? Und selbst falls dieser Blödsinn stimmen sollte: Die gewaltige Taiga des Ostens zu überwinden dauerte Monate. Dort gab es nicht nur von Wisperflecken veränderte Bestien, die einen Menschen als verlockenden Imbiss betrachteten. Dort waren auch Trapper und Pelzjäger, die Kundschafter der carchadonischen Barone und ihre Bojare genannten Großbauern und Gutseigner beheimatet. Wie sollte es möglich sein, eine Armee Barbaren durch den Osten in das Land zu schleusen, ohne einen Alarm auszulösen?

Soweit Oslic informiert war, verabscheuten die Âshkulim Pferde und Reittiere aller Art. Für die Kinder der Asche waren sie oft zu klein, denn nach allem, was man sich erzählte, waren die Barbaren Giganten. Zudem hieß es, dass sie Menschen als schwach verachteten, die sich von einem Tier tragen ließen, statt die eigenen Beine zu gebrauchen.

Oslic schüttelte den Kopf. Er hatte zu wenige grundlegende Informationen, um ein Fazit oder weitere Erkenntnisse aus dem ziehen zu können, was er bisher erfahren hatte.

Ob es ihm gefiel oder nicht, er musste mehr Zeugen befragen. Umfangreiche Nachforschungen anstellen. Doch kaum dass er zu diesem Schluss gekommen war, griffen Panik und Unruhe nach ihm. Was, wenn sein Vater und seine Brüder diese Zeit nicht hatten?

Er musste nach Norden. Und zu Pferde waren es noch zwei Wochen bis nach Vaistopol.

14

Er hatte sich vorgenommen, sich auf eigene Faust durchzuschlagen. Selbst herauszufinden, was in seiner Heimat geschehen war, sich den Schrecken allein zu stellen. Vargen und Testri hatten seinetwegen genug durchgemacht. Er war sich nobel vorgekommen. Edelmütig.

Stattdessen hockte er durchnässt im Sattel eines Pferdes, das er nicht kontrollieren konnte. Oder füttern, denn bei seinem überstürzten Aufbruch aus den Stallungen hatte er nicht daran gedacht, Hafer für das Tier mitzunehmen. Oder Vorräte für sich. Oder Kleidung, die für dieses Wetter geeignet war. Oder besser noch: einen ortskundigen Führer.

Er war nicht oft im Süden Carchadons gewesen – zuletzt als Kind in Begleitung seines Vaters, seiner Brüder und seines Onkels.

Doch etwas in ihm weigerte sich nachzugeben. Aufzugeben. Er war es seinen Eltern schuldig zurückzukehren. Wenn auch nur im Ansatz stimmte, was man ihm über die Schrecken erzählte, die in Vaistopol gewütet hatten, handelte er richtig, davon war Oslic überzeugt.

Oder nicht?

Die Sonne sank dem Horizont entgegen, und der Herbstwind peitschte über das Land. Die Landstraße unter den Hufen seines widerspenstigen Reittiers war eine Ansammlung schlammiger Löcher, der immer dunkler werdende Himmel über ihm wirkte grau und trostlos.

Der Wind biss derart heftig, dass Oslics kalte, klebrige Kleidung flatterte. Halbhohe verkrüppelte Nadelbäume, natürliche Grenzmarkierungen zwischen brachliegenden Feldern, ächzten und schwankten in den Böen.

Ich brauche einen Unterschlupf! Der Sohn des Tsharen ließ den Blick über das Land schweifen und erblickte einen Unterstand gut eine halbe Meile entfernt auf einem Feld. Weniger eine echte Scheune als vielmehr ein Überdach, unter dem Strohballen lagen. Tief darin mochte es noch trocken und windgeschützt sein.

»Wollen wir mal sehen, ob wir nicht wenigstens für dich was Leckeres finden«, flüsterte der Sohn des Tsharen dem Fuchs ins Ohr und klopfte ihm sanft gegen den Hals.

Das Pferd rollte mit den Augen und versuchte, seinen Reiter zu beißen.

Das Innere des Unterstands war tatsächlich gemütlicher, als der Sohn des Tsharen zu hoffen gewagt hatte. Das stabile Holzgerippe bot Schutz vor den Elementen, und das Stroh im hintersten Winkel war ebenso warm wie trocken. Es duftete heimelig, und Oslic entwich ein geradezu kindliches Jauchzen, als er sich hineinfallen ließ.

Er hatte den Fuchs in sicherer Entfernung angebunden und mit einer herumstehenden Heugabel einen Haufen vor dem Tier aufgeschichtet. Bislang hatte das Pferd ihn nicht angerührt, und Oslic fragte sich, was dem störrischen Biest denn nun wieder nicht passte.

Er war sich sicher, dass ihm der Rittmeister seines Vaters einst erklärt hatte, dass Pferde Stroh fraßen. Doch wie beinahe alles, was ihm an Lehren des Adels vermittelt worden war, hatte auch diese Lektion mit den Jahren in eines der hinteren Zimmer seines Gedankenpalastes umziehen müssen. Zu viele neue, interessantere Dinge hatten sie verdrängt.

Nun ja, das Pferd würde schon fressen, wenn sein Hunger groß genug wurde. Egal, ob es nun Stroh verabscheute oder nicht.

Der Wind nahm an Stärke zu, und aus dem penetranten Niesen wurde ein wahrer Sturzregen. Der Sohn des Tsharen nahm einen letzten Rest Wurst aus seinem Proviant, den er mit dünner Weinschorle aus dem Schlauch hinunterspülte. Man konnte nicht behaupten, dass diese Mahlzeit ihn sättigte. Doch es war besser als nichts.

Er verstaute sein Zeug, ließ sich im Stroh zurücksinken und grub sich ein. Er lauschte dem Heulen des Windes. Der Regen prasselte unentwegt gegen das Holz und lief im Halbdunkel vor dem Unterstand in Bahnen und Pfützen zusammen. Das vergehende Licht des Tages spiegelte sich darin wie in einer Lache aus Quecksilber.

Oslic kämpfte gegen die Müdigkeit an, aber die Strapazen der letzten Zeit forderten ihren Tribut.

Seine Augen fielen zu.

Es gab noch so viel, worüber er nachdenken wollte. Doch das Prasseln des Regens auf dem Holz des Unterstandes und die Wärme des Heus vertrieben jeden klaren Gedanken.

So gemütlich …

Wie damals, als er als Kind neben seiner Mutter gesessen hatte, während sie in der Nähecke ihrer Kemenate Handarbeiten vornahm und ihm dabei Geschichten aus ihrer Heimat erzählte. Aus Mardiros. Von den Ruinen der Träumenden

Götter, die lange vor den Fünf gewesen waren. Von den Drachen, die sie zu Wächtern über die Welt erkoren hatten. Und von den Rössern der Steppenreiter der Mardiroi.

Davon, dass Pferde in freier Wildbahn beständig umherzogen. Davon, dass ihr Inneres durch das Wirken der Götter so beschaffen war, dass sie aus der kargen Ödnis und harten Gräsern Nahrung zu ziehen vermochten.

War da nicht noch mehr gewesen, während sie am prasselnden Kaminfeuer gesessen hatten und der Regen sein Lied gegen Rauten aus Bernstein getrommelt hatte?

15

Der Sohn des Tsharen schrak hoch und riss die Augen auf. Er musste kurz eingenickt sein. Noch immer war der Schemen des Pferds im Zwielicht auszumachen. Doch es war unruhiger als vorher – und gefressen hatte es auch nicht.

Spüren Pferde Gefahr, fressen sie nichts. Sie nehmen die Gefühle der Menschen um sie herum wahr und noch so viele andere Dinge, die uns entgehen.

Er hörte die Worte seiner Mutter so deutlich, als stünde sie neben ihm.

Irgendwo in der Ferne heulte ein Wolf.

Es war ewig her, dass Oslic das einst so vertraute Geräusch gehört hatte. Wild begann sein Herz zu pochen. Er sank tiefer ins Stroh und lauschte.

Was immer der Grund für die Unruhe des Pferdes war – der Ruf des Rudeljägers war es nicht.

Zu den Gefühlen von Scham, Schande und Unfähigkeit gesellte sich Furcht. Oslic wurde sich mit einem Mal bewusst, wie wenig er über das Leben in der Wildnis wusste. Er hatte kein Lager an einem verborgenen Ort aufgeschlagen, sondern mit absoluter Selbstverständlichkeit einen Unterschlupf aufgesucht, den andere Menschen errichtet hatten.

Er war so verdammt müde und hatte es die ganze Zeit ignoriert. Er hatte sich immer weiter getrieben, anstatt seine

Kräfte einzuteilen. Und ausgerechnet jetzt, da er seine Sinnesschärfe brauchte, schlug die Erschöpfung zu. Er kam sich vor wie ein Mann, der versuchte, einen Berg zu heben, als er seinen Körper aus dem Stroh hochstemmte.

So leise, wie er es vermochte, zog er das Schwert. Das Scharren, mit dem der Stahl aus der Scheide glitt, klang für seine empfindlichen Ohren dennoch wie Kreischen. Um ein Haar hätte er den Anderthalbhänder fallen lassen. Er achtete sorgsam darauf, dass kein Licht von draußen auf den Stahl fiel. Im Halbdunkel vermochte er zu erkennen, wie die Schwertspitze sacht im Puls seines Herzens zitterte.

Er lauschte, verließ sich einzig auf die Schärfe seines Gehörs. Was war dort draußen? Ein Raubtier? Etwas, das ein Wisperflecken geboren hatte? Innerlich verfluchte er sich, dass er den Lektionen der Lehrer bei Hof nicht aufmerksamer gelauscht hatte.

Ein Junker mochte weniger gebildet sein als Oslic III. Boulanthus und nicht wissen, wie herum man ein Buch zu halten hatte. Doch hätte der wenigstens gewusst, was in einer solchen Lage zu tun war.

Innerlich schalt sich Oslic, weil er sich nie ein besseres Beispiel an Vargen genommen hatte. Sein Freund war ein Gelehrter – und ein Krieger.

Ein Ast knackte in den Tannen jenseits der Rückwand des Unterstands. Oslic hielt die Luft an. Wartete. Lauschte. Der Wind wisperte durch die Ritzen des Wetterdaches. Die Blätter vereinzelter Laubbäume rauschten. Regen prasselte. Alles, was Oslic bislang als einlullend vernommen hatte, war jetzt eine Bedrohung.

Kein weiteres Knacken war mehr zu vernehmen.

Ich schwöre, wenn ich das hier überlebe, kaufe ich bei der nächstbesten Möglichkeit alles, was ich brauche, um in der Wildnis klarzukommen. Zum Beispiel einen Bogen.

Mit einer Fernwaffe in der Hand wäre ihm deutlich wohler gewesen.

Er schlich auf die offene Vorderseite des Unterstandes zu, erreichte das Ende der Seitenwand. Das Schlucken fiel ihm schwer, der Kloß im Hals schmerzte, doch er nahm zusammen, was von seinem Mut übrig war. Er verkrampfte die gesunde Linke um das Schwert. Dann murmelte er ein Stoßgebet und lugte um die Ecke.

Nichts. Da war nichts.

Weder bei der Schonung, die jenseits des Unterstands wie eine Prozession schwankender grauer Gestalten aufragte, noch am Unterstand selbst.

Gegen seinen Willen drückte sich der Sohn des Tsharen an der vorderen Kante des Wetterdachs vorbei. In dem wenigen Licht des verstreichenden Tages prüfte er den Boden der Umgebung auf Spuren. Doch es gab keine.

Langsam beruhigte sich Oslic. Er pirschte um den Unterstand herum, lauschte nach Geräuschen, die über das allgegenwärtige Konzert des Regenwetters hinausgingen. Seine Blicke huschten über den Schlamm, suchten zwischen den Getreideresten und Furchen des Ackers nach der Fährte eines Besuchers.

Nichts.

Schließlich kam der Sohn des Tsharen wieder auf der Vorderseite an.

Voller Unglauben fiel sein Blick auf den Fuchs. Der Bastard von einem Gaul fraß das verdammte Stroh. Das Vieh stieß ein

Schnauben aus, als Oslic den Schlupfwinkel betrat. Für den Sohn des Tsharen klang es, als würde es lachen.

Kopfschüttelnd nahm er seinen Platz im Stroh wieder ein. Er setzte sich und lehnte den Rücken gegen die Scheunenwand, das Schwert legte er sich auf die Knie.

So würde er hier Wache halten. Er wollte verdammt sein, wenn er sich von einem vorwitzigen Pferd und ein paar Geräuschen noch einmal ins Bockshorn jagen ließ.

Sollten sie nur kommen. Er war bereit.

Er war der Sohn des Tsharen.

Er war eingeschlafen, bevor das Pferd mit dem Stroh fertig war und ein paar Äpfel fallen ließ. Es war zufrieden.

Es wusste, dass sie in Sicherheit waren.

16

Oslic tunkte sein Gesicht in einen Wassertrog neben dem Unterstand. Nach der Nacht im Stroh fühlte er sich nicht ausgeruht, sondern noch immer ausgelaugt und müde.

Erschwerend kam hinzu, dass sich sein Vorrat an Peritus dem Ende neigte. Ihm fehlten die Möglichkeiten, die Arznei neu zu mischen, und er konnte nur hoffen, dass er in Vaistopol an die entsprechenden Zutaten kommen würde.

Der Sohn des Tsharen stand einige Minuten da und haderte mit sich. Der kühle Herbstwind roch immer noch feucht, doch in der Nacht hatte es zu regnen aufgehört. Jetzt strich die Brise über Oslics nasses Gesicht und biss in das ohnehin schmerzende Schultergelenk. Er wusste, dass es über den Tag schlimmer werden würde.

Schweren Herzens entschloss er sich, bloß eine halbe Dosis der Arznei zu nehmen. Der Schmerz am Anker der Prothese musste auf ein erträgliches Maß gedrückt werden. Mehr war nicht drin, wenn er nicht alles verbrauchen wollte.

Er spülte die Arznei mit einem Schluck Schorle hinunter und aß, was von seinem Reiseproviant an kümmerlichen Resten übrig geblieben war.

Nachdem er die Flasche verstaut hatte, ging Oslic einer Eingebung folgend nicht in die Scheune zurück. Stattdessen überwand er den Acker und machte sich auf den Weg zu der Schonung. Die Gedanken an die vergangene Nacht kreisten in seinem Hirn. Er mochte nicht gesehen haben, was da los gewesen war. Doch war er sicher, dass er etwas gehört hatte.

Der Magen sackte ihm ein Stück weit in die Knie, als er zwischen den Bäumen anlangte, die im Morgenwind wogten. Das Wenige, was er von dem alten Wissen aus dem Jagdunterricht im Kopf hatte, genügte, um die deutlichen Spuren zu lesen, die im Schlamm verblieben waren.

Ein Pferd, ein einzelner Reiter. Er war nicht abgestiegen, doch sein Reittier war eindeutig mehrfach getänzelt und auf der Stelle getreten. Jemand hatte länger hier gestanden, und die Richtung der Hufspuren war unmissverständlich: Derjenige hatte die Scheune beobachtet.

Vielleicht ein Kundschafter des Landstreffs. Jemand, der das Land im Auge behält, falls sich die Horden, so es sie denn gibt, entschließen, den Rest von Carchadon heimzusuchen.

Der Sohn des Tsharen hob den Blick und suchte den Horizont ab. Nichts. Da war kein Reiter, niemand, der ihn beobachtete, nur Morgendunst, den der Wind wie Rauch über das Land und tote Getreidestoppeln fegte. Dazwischen setzte die eine oder andere noch nicht verblühte Heide einen Farbtupfer. Bald würde der Winter kommen.

Oslic sog tief die Luft ein. Die feuchte Kühle beruhigte die Nerven. Er vergewisserte sich mit einem prüfenden Griff zur Schulter, dass sein Schwert da war. Gleichzeitig verfluchte er die Umstände, die ihn zu so etwas zwangen. Vor wenigen Wochen hatte er einen respektablen Posten bekleidet, hatte Menschen geholfen und mit seinen Werken an einer besseren Welt gearbeitet.

»Stattdessen stehe ich jetzt auf einem verdammten Stoppelacker, der nach altem Mist stinkt, kann vor Schmerzen kaum klar denken und führe Selbstgespräche.« Zugleich wurde ihm mit erschreckender Klarheit etwas bewusst.

Er stand frei und war ein leichtes Ziel für jeden, der einen Bogen mit sich führte.

Die Erkenntnis fuhr ihm in die Glieder. Geduckt wetzte Oslic zurück zur Scheune und kam sich zugleich wie ein Idiot vor.

Was, wenn der nächtliche Reiter bloß der Bauer war, der eine Bewegungen auf seinen Feldern gesehen und dies hatte kontrollieren wollen, schalt er sich. *Doch wenn dem so war, wo steht dann sein Haus?*

Oslic kannte die Antwort längst. Es gab keines.

Er kam nicht umhin, sich der Tatsache zu stellen, dass der nächtliche Besucher gewusst hatte, dass er hier war und irgendetwas im Schilde führte. Vielleicht hatte der Beobachter trotz Oslics Bemühungen von der Position in der Schonung aus eine Reflexion auf seiner Klinge gesehen. Möglicherweise hatte er die Beute in dem Unterstand deswegen verschont. Vorerst.

Es brachte nichts, sich weiter den Kopf darüber zu zerbrechen. Stattdessen fasste der Sohn des Tsharen einen Plan, bevor er sein Pferd wieder sattelte und es bestieg.

Sobald ich den ersten halbwegs zivilisierten Ort erreiche, nehme ich mir ein Zimmer. Und in Vaistopol frische ich mein Wissen über Jagd und Schwertkunst auf. Ich habe das viel zu lange vernachlässigt.

Er drückte die Schenkel gegen die Flanken des Fuchses, und widerwillig setzte sich das Pferd in Bewegung.

Es wäre viel lieber bei dem anderen Zweibeiner geblieben. Dem, der sich im Stroh verbarg und ihm eine Mohrrübe gegeben hatte.

17

Skupjew war ein typischer Ort, wie es sie in der Taiga von Carchadon dutzendweise gab. Hinter einer hohen Palisade standen eigentümliche runde Häuser mit Dächern, die eher an Regenschirme als an Schindeln erinnerten. Sie gruppierten sich in der Regel um das Haus des Dorfältesten. Ein Baum nebst Ruhebänken sowie eine Schwitzhütte komplettierten das Bild.

Das vereinsamte Holzgewächs in solchen Dörfern war ein Überbleibsel aus einer längst vergangenen Zeit, als die Carchadonen einzig die Geister des Landes verehrt hatten. Einst hatte man angenommen, dass die Baumgeister als einige der ältesten und mächtigsten Geister über denen des Windes, des Wassers und der Tiere standen. Nur die Geister des Steins und der Erde waren älter und mächtiger.

Eine Weltsicht, die die alten Carchadonen mit dem heutigen Glauben der Geomanten und Alchemisten verband.

Für Oslic war das Ganze ebenso Unfug wie der allgemeine Götterglaube.

Weit weniger kritisch war der Sohn des Tsharen, wenn es um die Schwitzhütten der Heimat ging. Diese waren eine echte Wohltat. Doch ihm fehlte die Zeit, seinem müden Körper dieses Labsal zu gönnen.

Unter der falschen Identität, die ihm bislang gute Dienste

geleistet hatte, mietete er sich im Gasthof von Skupjew ein. Er aß, was er sich von seiner Barschaft leisten konnte, und zog sich auf sein Zimmer zurück.

Während des zweitägigen Ritts vom Unterstand bis hierher hatte er Zeit zum Nachdenken gehabt. Seine Nächte waren von Unruhe und Anspannung geprägt und hatten ihn viel Kraft gekostet.

Er hatte keine weiteren Spuren eines Verfolgers gefunden und hoffte daher, dass der unbekannte Reiter ihm nicht nachstellte. Ein Teil von ihm hatte zeitweise angenommen, es könnte sich um Vargen handeln. Dass der Ritter sich mit Testri ein Pferd teilte und ihn aus dem Schatten beschützte, um sein Selbstbewusstsein nicht zu untergraben, ähnlich wie es sein Beschützer früher getan hatte.

Doch hatte er den Gedanken wieder verworfen. Er wusste, dass Vargen mit der Ausrüstung und den Waffen, noch dazu mit einem Mädchen in Testris Alter zu viel Gewicht auf den Sattel brachte. Zu viel, um Spuren solch geringer Tiefe zu hinterlassen.

Er ließ sich auf dem schlichten Bett zurückfallen und verschränkte die Finger hinter dem Kopf. Das Holz ächzte und knarrte. Nicht nur das des Bettes, der ganze Gasthof offenbarte seine Abneigung gegen das Wetter.

Unnachgiebiger Wind peitschte Nieselregen gegen das Fenster. Der Baum auf dem Dorfplatz schwankte, die Schatten seiner Äste und des kargen Blattwerks huschten über die Wand des dunklen Zimmers.

Nein, jemand anders war bei diesem Acker gewesen, da war sich Oslic sicher. Dem Sohn des Tsharen war in den letzten beiden Nächten eine schmerzliche Erkenntnis gekommen; in den Stunden, in denen er gehungert und gefroren und den Geräuschen in der Dunkelheit gelauscht hatte.

Er war nicht fähig, dort draußen allein zu überleben. Es mangelte ihm schlicht am nötigen Wissen.

Er musste seine Übungen vornehmen, sobald es die Zeit erlaubte. Er musste seinen Gedankenpalast aufsuchen, die ältesten Kammern aufstoßen. Jene Orte der Kindheit, an denen der Sachverstand schlummerte, den er zu lange nicht angezapft hatte. Die Kenntnisse von Jagd und Überleben, die er in frühester Jugend erlangt hatte.

Doch der Sohn des Tsharen zögerte. Zu viel lauerte in den Schatten der Vergangenheit. Er wollte nicht zurückkehren zu jenem Tag, an dem sein bester Freund gestorben war. Sich nicht an den unausgesprochenen Vorwurf in den Augen Onkel Talladeens erinnern. Nicht aufs Neue den Schrecken erleben, den es bedeutete, hilflos vor der Bestie zu stehen.

Allein der Gedanke, sich ein weiteres Mal mit dem Angriff auseinandersetzen zu müssen, ließ prompt jene verdrängten Erinnerungen an die Oberfläche brodeln wie einen Leichnam vom Grunde eines vergessenen Sumpfes.

Während er so dalag, die Augen halb geschlossen und vor sich hin dämmernd, meinte der Sohn des Tsharen, den Bären zu riechen. Den Atem der Bestie, ihr räudiges, von Pockennarben und Geschwüren übersätes Fleisch. Sie war urgewaltig, auf widernatürliche Weise vergrößert durch den Einfluss des Wisperfleckens, die Klauen lang wie Dolche.

Die Wildheit des Angriffs. Wie viel Zeit sich der Bär genommen hatte, damit Oslic ja nicht entging, wie Espen sterben musste. Zähne, die sich um den Kopf des Jungen schlossen. Beinahe liebkosend. Espens Augen wie weiße Feuer im

Dunkel des Waldes, deren Blick sich flehend auf Oslic richtete. Das Wimmern, bevor der Kieferdruck den Schädel zerdrückte wie eine Eierschale, ehe das Fressen begann und der Sohn des Tsharen nie wieder Frieden unter dem Dach seiner Familie verspüren sollte.

Mit rasendem Herzen schoss er in die Höhe. Er ließ den Blick durch den Raum schweifen. Hatte sich da etwas am Fenster bewegt?

Er schnaubte. Die unerbetene Reise in seine Heimat war zugleich ein Aufbruch in die Schatten seiner Vergangenheit. Es war nicht verwunderlich, dass er aufgekratzt war.

Der Sohn des Tsharen schluckte eine Prise Peritus, sank in die Kissen zurück und wartete, bis die Wirkung einsetzte. Dieses Mal war sein Schlaf traumlos.

Die Gestalt am Fenster beobachtete den Sohn des Tsharen eine Weile, bevor sie ebenso heimlich verschwand, wie sie erschienen war.

18

Am nächsten Tag verließ Oslic den Ort Skupjew.

Anderthalb Wochen vergingen, in denen der Sohn des Tsharen mehr als einmal von dem Gefühl geplagt wurde, verfolgt zu werden. Die Tage waren ein Albtraum aus eiskaltem Herbstwind, klammer Kleidung, einer schwindenden Barschaft, zur Neige gehender Vorräte und zunehmender Schmerzen, und die Nächte standen ihnen in Sachen Angst und Entbehrung in nichts nach.

In den Tagen seiner Kindheit war Carchadon ein wildes Land gewesen. In den Jahren seiner Abwesenheit hatte sich daran nichts geändert. Eine endlose Weite, hier und dort von ausladenden, nachtschwarzen Nadelwäldern und Hügelketten durchbrochen.

Vereinzelt traf Oslic auf Wanderer: Pilzsammler, Kesselflicker oder Hirten. Er kam durch kleinere und größere Ortschaften und hielt, wann immer er es vermochte, an Gehöften, um mit den Bewohnern zu sprechen. Alle, egal, ob Vagabunden oder Ansässige, berichteten das Gleiche: Vaistopol war in der Hand der Âshkulim. Es drangen so gut wie keine Nachrichten darüber nach außen, was in der Stadt vorgefallen war. Händler, die die Enklave betraten, kehrten nicht zurück.

»Hatte niemand außer Baron Raumir den Mut, nach dem

Rechten zu sehen?«, fragte Oslic vom Sattel aus einen wandernden Bänkelsänger. »Er hat doch die Barone der Tsharei verständigt und den Landruf verkündet?«

Die Gewänder des Minnesängers waren so bunt wie die Auswahl an Unflat, die er auf die Frage hin ausstieß. Es war offenkundig, dass er von seinen adeligen Mäzenen keine hohe Meinung hatte. »Ach die! Die Köpfe schlagen sie sich ein, um zu bestimmen, wem die Ehre zufallen soll, den Tsharen zu befreien. Oder besser noch, ihn und seine Söhne tot vorzufinden. Die Hände würden sie sich reiben, wenn die nicht fortwährend um die Hälse ihrer Widersacher lägen. Keiner weiß, was in Vaistopol los ist.«

Die wenigen Worte des Barden genügten, um Oslics Sorgen aufs Neue zu entfachen, die Furcht um seinen Vater und selbst die missliebigen Brüder. »Ich nehme nicht an, dass du dort warst?«, fragte er, ohne sich Hoffnungen zu machen.

»Hundert Bären mit tausend Ketten bräuchte es, um mich zur Tsharenstadt zu schleifen, Herr«, antwortete der Barde und beließ es dabei.

Oslic bedankte sich matt bei dem Wanderer und setzte die Reise fort. Er hockte mit hängenden Schultern im Sattel. Er spürte nicht mehr, wie klamm seine Kleider waren. Er hatte das Gefühl zu verschwinden, sich aufzulösen. Seit dem verhängnisvollen Tag, an dem Grainac auf die Gruppe der Kustoden zugestürmt war, schien sich alles auf unwirkliche Weise verändert zu haben.

Die Sinne schienen plötzlich ebenso erlahmt wie sein Körper ausgelaugt. Oslic entging, dass er nicht mehr weit von seinem Ziel entfernt war. Wie er auch übersah, dass er in die Haine einritt, in denen er in seiner Kindheit gespielt hatte.

Er ignorierte die Warnungen, die ihm ermattete Instinkte zuriefen. Er ahnte nichts von der Gestalt, die auf dem Rücken eines Rappen auf seinen Spuren folgte, seit er den Flusskahn verlassen hatte.

Erst als er abends am Feuer saß – das er unter Zuhilfenahme der selbst ersonnenen »Zündhölzer« entfacht hatte, von den alten Herren der Akademie als »Hexenwerk« abgetan –, riss ihn das Heulen der Wölfe aus der Starre. Hätte Oslic das Leben in der Natur nicht verlernt, er hätte rasch begriffen, dass echte Wölfe so nicht heulten.

Der Angriff erfolgte in den grauen Stunden, kurz bevor die Sonne über den Horizont blinzelte. Oslic schreckte aus einem Albtraum hoch, nur um in einem neuen zu erwachen. Noch ehe er die Augen geöffnet hatte, legte sich etwas um seine Kehle.

Er bekam keine Luft, wurde in die Höhe gerissen. Er wollte schreien, doch er konnte nicht.

Sein Puls hämmerte gegen den eisenharten Griff um seine Kehle an, und Sterne tanzten im Rhythmus des jagenden Herzens vor seinen Augen. Sein Rücken wurde mit brutaler Gewalt gegen den Stamm einer Tanne gehämmert. Die tanzenden Sterne explodierten.

Sein Blick verschwamm, und das wenige Licht, das es bis in den Wald schaffte, zeigte graue und rote Schemen, die Oslics ganzes Blickfeld ausfüllten. Einer davon riss der Länge nach auf und entblößte feuchtes Gelb. Bevor der Sohn des Tsharen begriff, dass es Gesichter waren, die sich über ihn beugten, drosch ihn eine ungeheure Kraft ein weiteres Mal gegen den Baum. Sein Kopf wurde taub – und die Welt neigte sich zur Seite und ging abermals zur Ruhe.

Als Oslic die Augen aufschlug, war das Erste, was ihn begrüßte, eine Welle von Übelkeit. Die Wirklichkeit war ein Strudel aus Bewegungen, ein Taumel aus Schlieren und Farben, der auf und ab wackelte. Er übergab sich und fiel in das sich drehende Kaleidoskop, das ihn mit ausgebreiteten Armen empfing und in die Dunkelheit zurückbrachte, der er eben erst entkommen war.

Als er das nächste Mal die Augen aufschlug, hatte die Welt aufgehört, sich zu drehen, und war ein gutes Stück dunkler geworden. Sie roch nach Erbrochenem und bestand aus dem Himmel, der sich bleifarben über ihm spannte – und aus Schmerzen, die seinen Schädel geißelten.

Nachdem er ein paar Herzschläge gebraucht hatte, um sich zu orientieren, begriff der Sohn des Tsharen, dass man ihn nicht nur gefesselt hatte, sondern an den Fußknöcheln durch die Wildnis zog. Anscheinend seit längerer Zeit, so taub, wie sein Rücken war.

So sacht er konnte, versuchte er, den Nacken zu bewegen und zu erspähen, in was für eine Lage er da geraten war. Er hob den Kopf und spähte in eine herbstliche Waldlandschaft, die an ihm vorüberzog wie ein bewegliches Bühnengemälde. Offenkundig stand die Sonne abermals kurz vor dem Untergang und blinzelte mit der Farbe schwach glühenden Kupfers durch die Bäume. Oslic roch die nach dem vergangenen Regen kühle, klare Luft.

Dem Sohn des Tsharen blieb keine Zeit, sich daran zu erfreuen, dass die alte Sinnesschärfe wieder zurückgekehrt war. Er erspähte den Rücken desjenigen, der ihn da durch die Wälder schleifte – und dessen Begleiter.

Der Anblick genügte, seiner geschwächten Konstitution einen weiteren Schlag zu versetzen. Abermals versank der Sohn des Tsharen in einer Ohnmacht.

Beim dritten Mal war es derbes Lachen, das ihn hochschrecken ließ. Wobei dies das falsche Wort für die Bewegung war, zu der sein Körper noch fähig war. Als Oslic die Augen aufriss, war es Nacht, und die Welt stand auf dem Kopf. Seine Beine schmerzten mit jener Art von Taubheit, die ihm klarmachte, dass Blutgefäße seit geraumer Zeit abgeschnürt waren. Man hatte ihn an einen Ast gehängt – mit dem Kopf nach unten!

Er mühte sich, die aufkeimende Panik niederzukämpfen. Der Umgebung gewahr zu werden, in der er sich befand. Ein Feuer beträchtlicher Größe prasselte in der Mitte einer Lichtung, um die eine Handvoll gewaltiger Gestalten hockte. Es waren Männer und Frauen, jeder von ihnen mehr als zwei Köpfe größer als er. Ihre Haut wirkte nicht nur durch das schwache Mondlicht im herbstlichen Wald grau wie alte Herdasche. Trotz der Kälte trugen sie nur Lendenschurz und lederne Wehrgehänge und hockten barfuß um die Flammen. Ihre Zehen gruben sich ins feuchte Herbstlaub wie Raubtierklauen.

Oslics Herz begann zu rasen, als eine Erinnerung aus seiner Kindheit so klar vor seinen Augen stand, als säße er gerade erst mit der Mutter über dem Buch, das sie ihm gezeigt hatte: ein Holzschnitt von grauen Riesen mit gewaltigen Muskelbergen, das Fleisch am ganzen Körper von seltsamen Brandnarben in Form von Klüften und Zauberzeichen bedeckt, die Zungen gespalten, die Augen schwarz wie Kohle. Er erinnerte sich, mit was für einer Meisterhand der Holzschnitt gefertigt gewesen war, wie der Künstler die Gestalt zwischen den grauen Riesen eingefangen hatte: einen x-förmig zwischen Bäumen aufgehängten Mann, den Kopf nach unten, der von einem der Kolosse mit einer Säge vom Schritt bis zum Hals halbiert wurde und dabei wie am Spieß schrie. Das Gekröse, das aus dem Schnitt quoll.

Als er aus der Erinnerung zurück in die Wirklichkeit gelangte, erblickte er einen Hünen abseits der anderen Gestalten am Feuer. Wie seine Begleiter hatte auch dieser Koloss kein einziges Körperhaar, und wie sie war sein vernarbtes Fleisch grau von der Asche, mit der es eingetrieben worden war. Blutrote Tätowierungen verliefen zwischen den spiraligen Brandnarben über das Grau.

Der Mann teilte die dünnen Lippen zu einem Grinsen, ganz so, wie er es getan hatte, als er Oslic am Morgen niedergeschlagen hatte. Er entblößte zwei Reihen gelblicher, zu Speerspitzen gefeilter Zähne und zog eine höhnische Fratze, bei der er die gespaltene Zunge herausstreckte. In den Ohren des Hünen steckten Röhren, die aus hohlen Unterarmknochen bestanden.

Der Sohn das Tsharen registrierte all diese Details seiner Entführer nur beiläufig. Sein wacher Blick galt der Klinge, die der Hüne mit einem Wetzstein und Spucke schärfte.

Es war ein Ausbeinmesser, wie man es nutzte, um Filets vom Knochen zu trennen.

Oslic hatte die Âshkulim gefunden.

Gegen seinen Willen begannen erst seine Beine zu strampeln und dann der ganze Leib in frenetischer Aktivität zu zucken. Er mühte sich, seinen rasenden Körper im Zaum zu halten, doch ebenso wie sein klares Denken hatte sich jede Kontrolle über seine Gliedmaßen verabschiedet. Alles machte sich selbstständig vor Furcht.

Das höhnische Grinsen des Schlächters wurde noch breiter, und er zeigte die Sägezähne inmitten der Landschaft aus Brandnarben, die sein Gesicht waren. Oslic konnte den Blick nicht davon abwenden. Dort hinein würde sein Fleisch verschwinden, wenn sie ihn fraßen, wenn sie sich an ihm labten, wie sich der Bär an Espen gelabt hatte. In den schwarzen Augen des Aschebarbaren glomm die mörderische Freude einer Katze, die einer Maus aus reinem Spieltrieb das Kreuz zertrümmerte und ihr beim Sterben zusah.

Auch die anderen Âshkulim am Feuer bemerkten, dass ihr Fang zu zappeln begonnen hatte. Sie wendeten sich Oslic zu und grinsten mit dem gleichen Glimmen in ihren Haifischaugen.

Oslic kannte diesen Blick. Nach einer zu langen Schicht in der Werkstatt musste er einen ähnlichen Anblick bieten, wenn er ein Stück saftiges Rinderfilet betrachtete.

Dann war es mit dem klaren Denken wieder vorbei. Der Aschebarbar mit dem Messer kam langsam auf ihn zu. Mit sichtlichem Genuss weidete er sich daran, wie das Opfer vergeblich am Strick zappelte und dabei hin und her schwang.

Dann stand er vor dem Sohn des Tsharen. Mit einem geübten Handgriff schlug er gegen das straffe Seil, das Oslics Knöchel hielt. Augenblicklich setzte sich eine schmerzhafte Schockwelle durch den Körper fort. Der Sohn des Tsharen wurde schlagartig ruhig. Er starrte nach schräg oben, zu seinem Mörder hinauf.

Der ging in die Knie, sodass sie beinahe auf Augenhöhe waren, ihre Gesichter so nah, dass Oslic den süßlichen Geruch von faulem Fleisch wahrnehmen konnte, der von den

Zähnen des Mannes ausging. Gleichzeitig roch der Rest von ihm wie ein verkohltes Holzscheit.

»Kunesh ghirat? Shkedu athmalu, Voresh!«, stieß der Âshkulim hervor.

»Bitte? Was?«, stammelte der Sohn des Tsharen, perplex, dass ein solches Monstrum eine Form von Sprache beherrschen sollte.

»Varkhar ereshtu, bishtu ghirokhat! Essenthe?« Der Blick des Wilden wurde fragend. Wäre seine Situation nicht so verzweifelt, Oslic hätte bei dem Anblick, den dieses schwarzäugige Narbenmonstrum bot, wenn es in diesem neugierigen Tonfall sprach, laut losgelacht.

»Ich verstehe kein Wort!«

Die Âshkulim wieherten. Er hörte sich an wie ein Schaf, das man zur Schlachtbank führte.

»Mein Voreshtar will wissen, wie du deinen schwachen Götzen im Niederfrost begegnen willst. Aufgetrennt und brüllend wie der Ghiri, der sich dem Skulth gestellt hat und mit aufgeschlitztem Wanst im Schwefeldunst verendet? Oder mit sauber durchschnittener Gurgel, wie es eure Fleischer mit dem Vieh tun?«

Oslic musste gegen die Schwerkraft schlucken. Er zwang sich, den Blick von dem Schlächter loszureißen und auf die Âshkulim zu richten, die sich am Feuer erhoben hatte. Dass es eine Frau war, war auch ohne Kopfhaare, Wimpern und Augenbrauen unverkennbar. »Voreshtar? Ghiri? Skulth?«, stammelte er.

»Klauenführer. Wolf. Bär. Soll heißen: Er will wissen, ob er deinem Leben langsam und ehrenvoll ein Ende setzen soll oder schnell und schmachvoll.«

Weil Oslic nicht antwortete, zuckte die Frau mit den Schultern. Sie sagte irgendetwas Grausames – zumindest nahm er das an, denn die anderen bellten vor Lachen, als sie sich setzte.

Oslic hörte das Reißen von Stoff. Mit geübten Bewegungen pellte der Koloss den Sohn des Tsharen aus seiner Oberbekleidung. Oslic hatte nicht mehr die Energie zu protestieren. In ihm breitete sich die tödliche Gewissheit aus, dass sein Weg hier enden würde – und damit eine geradezu unnatürliche Ruhe, die im Kontrast zu allem stand, was er bisher gefühlt hatte. Dies sollte wohl sein Schicksal sein.

Wenigstens habe ich Vargen und Testri nicht bei mir. Diese eine Sache habe ich nicht versaut. Er schloss die Augen, auf den tödlichen Schnitt gefasst, der sein Leben beenden würde.

Stattdessen hörte er erst Gemurmel und dann aufgeregte Diskussionen zwischen den Âshkulim. Er schlug die Augen auf und sah, dass sein Schlächter zwei Schritte zurückgegangen war. Der Koloss kam wieder vorsichtig auf Oslic zu und tippte mit der Spitze seiner Knochenklinge gegen das Metall von Oslics Brustanker. Ein Fächer aus Stahl und Drahtzügen, dessen Krallen die Prothese an Brust und Schulter mit den Knochen des Oberkörpers verbanden.

Fassungslos starrten die anderen Schwarzaugen den Arm an. Der Voreshtar ihres Trupps wandte sich den anderen zu und stellte einige Fragen. Die Frau, die für Oslic übersetzt hatte, stand auf und antwortete. Aus dem Tonfall des Klauenführers war zu vernehmen, dass er nicht überzeugt war. Er bellte ihr einen barschen Befehl zu. Deutete auf die prasselnden Flammen in ihrer Mitte.

Die Barbarin zögerte keine Sekunde. Sie stieß ihre Hand in

die Glut und wiederholte den Satz, den sie zuletzt gesagt hatte.

Erst da schien der Anführer zufriedengestellt. Er nickte grimmig, während der Rest seiner Krieger abermals Platz nahm. Dabei haftete ihr Blick wie festgenagelt an Oslics Prothese, auf der Flammen auf dem Stahl tanzten.

Der Sohn des Tsharen war unfähig, sich zu bewegen. Er hing mittlerweile schon so lange mit dem Kopf nach unten, dass er die Welt durch einen Schleier aus Rot sah. Mit Schrecken stellte er fest, dass er zu atmen vergessen hatte, und sog gierig die Luft ein.

Der Voreshtar hob das Messer und wandte sich wieder Oslic zu. Anscheinend waren sie zu einer Einigung gekommen, wie sie mit dem Mann mit dem Metallarm verfahren würden.

Oslic sah dem Koloss in die schwarzen Augen und fügte sich in sein Schicksal.

Dies war das Ende.

Die Klinge sauste herab. Es gab einen peitschenden Knall, als Sehnen durchtrennt wurden. Dann schoss ein entsetzlicher Schmerz von Oslics Kopf und Rücken bis zur Hüfte hinauf, und die Welt drehte sich, bevor sie in Finsternis versank.

19

Es war nicht das Ende, wenngleich sich ein Teil von Oslic wünschte, es wäre so.

Die Schmerzen in Kopf und Schultern brachten ihn um den Verstand. Der Koloss hatte die Sehnen durchtrennt, mit denen man ihn am Baum aufgehängt hatte. Niemand hatte seinen Fall aufgefangen, und so war Oslic auf den Waldboden geprallt.

Seine Füße waren taub, er zitterte am ganzen Körper, während er zwischen dem Âshkulim-Trupp und seinem Anführer einen Wildpfad hinunterwankte. Der Morgen graute so trist und klamm wie in den letzten Tagen – doch da war Oslic wenigstens im Besitz seiner Oberbekleidung, von Stiefeln und eines Pferdes gewesen.

Letzteres begleitete ihn noch immer. Bei dem Anblick wurde dem Sohn des Tsharen das Herz schwer. Die Âshkulim hatten das treue Tier an seiner statt geschlachtet und zerlegt. Teile des Fuchses waren an einige der Krieger gebunden. Wann immer einer aus ihrer Gruppe Hunger verspürte, riss er oder sie sich ein Stück Fleisch ab und verschlang es roh.

Immer wenn Oslic zu langsam ging, traf ihn ein brutaler Stoß im unteren Rücken, und er wurde in der Sprache der Aschebarbaren angebrüllt. Sie hatten ihn entwaffnet, aber nicht gefesselt. Er wusste nicht, warum, nahm aber an, dass es mit ihrem Überlegenheitsdenken gegenüber den Schwächlingen aus der Zivilisation zu tun hatte. Sie waren einfach nicht in der Lage, sich vorzustellen, dass er eine Gefahr für sie darstellen könnte.

Warum hatten sie ihn leben lassen? Er konnte sich keinen Reim darauf machen, sosehr er sich auch das Hirn darüber zermarterte. Wollten sie ihn später verschlingen? Angeblich glaubten die bleichen Riesen nicht an Götter, sondern an ein Pantheon aus Feuergeistern, die sie die Efreeti nannten.

Wollten sie ihn rituell verbrennen? Dann kam ihm ein anderer Gedanke. Wenn dies die Krieger waren, die als Teil der Armee Vaistopol eingenommen hatten, so hatten sie vielleicht vom Sohn des Tsharen gehört, der einen Metallarm trug.

Womit ich wieder eine politische Geisel wäre. Wundervoll.

Andererseits brachte man ihn auf diese Weise vielleicht zum Palast des Tsharen, wo er Antworten auf seine brennenden Fragen erhalten und seine Familie sehen würde.

Oder diese kannibalischen Bleichlinge würden ihn einfach später fressen.

Um sich auf andere Gedanken zu bringen, langte der Sohn des Tsharen nach seinem Gürtel. In all den Wochen der Reise, zwischen all den Sorgen, hatte er sich nicht mit dem Zylinder befasst. Ausgerechnet jetzt, da seine Reise wohl bald vorbei sein würde, fiel ihm das vermaledeite Teil wieder ein.

Das Dokumentenrohr war keine Waffe, und die Âshkulim hatten keine kohärente Schriftsprache – zumindest war dies der Forschungsstand. Sie hatten keine Verwendung für das Metallrohr, Oslics Mehrzweckgürtel oder seine Werkzeugtasche gehabt. Sie interessierten sich überhaupt nicht für Kleidung oder Ausrüstung als Konzept.

Vorsichtig blickte er auf, um zu sehen, ob seine Häscher auf ihn achteten. Aber nein, sie gingen gelöst und entspannt durch die Wälder Carchadons, scherten sich nicht um mögliche Gefahren und verströmten zu jeder Sekunde das Selbstbewusstsein von Menschen, die absolute Herren der Lage sind.

Niemand achtete auf den Sohn des Tsharen, wohl wissend, dass ein einzelner Wurf mit einem Knochenspeer oder ein Bogenschuss ihn töten würde, bevor er zehn Schritte Abstand überwunden hätte.

Langsam wanderten Oslics Hände zu dem Zylinder und brachen das Siegel. Dann fischte er den Inhalt heraus. Ihm war klar, dass die Umstände kaum ideal waren – doch er wollte das Ding, das ihn zum Dieb gemacht und damit seine Karriere beendet hatte, wenigstens studieren. Sich damit befassen, bevor ihn abergläubische Wilde bei lebendigem Leib auffraßen.

Er entrollte das Pergament. Sein Blick wanderte über die Schriftzeichen der Formel, huschte über die komplizierten Symbole und geometrischen Formen, die in einem wilden Tanz aus Notizen, zusätzlichen Eintragungen und Anmerkungen überall auf dem Dokument ertranken. Der Sohn des Tsharen riss die Augen auf. Dann kniff er sie zusammen.

Als er fertig war, ließ er das Blatt sinken. Widerwille und Wut brodelten aus der Tiefe seines Wesens empor. Dann ballte er die Hand um das Dokument. Das Kleinod landete als Knäuel zwischen Tannennadeln und Farn.

Betäubt stolperte der Sohn des Tsharen zwischen den Âshkulim vorwärts. Was hatte er sich gedacht? Dass er auf dem Pergament etwas finden würde, das all seine Probleme löste, ihn wie durch ein Wunder aus dieser Lage befreite? Etwas, das den Boten lebendig, den Gewaltausbruch in Doranthar vergessen machen würde?

»Nichts als dummer Aberglaube«, murmelte Oslic und schüttelte den Kopf. Doch sosehr er sich bemühte, er bekam ihn nicht klar. Er ballte die gesunde Hand zur Faust, hämmerte sie sich gegen die Stirn. Wie hatte er so töricht sein können zu glauben, dass die Akademie des Stadtstaats ein Schriftstück unter Bann stellen würde, das technisches Wissen enthielt?

Er hatte seine Karriere weggeworfen. Und wofür?

Hinter ihm nahten Schritte. Es war die Âshkulim, die für ihn übersetzt hatte. Sie grinste so breit, als würde sie die Zähne fletschen.

Ihre Hand umklammerte das Pergament. In ihren Augen lag Erstaunen.

»Warum wirfst du das weg, Ereshtu?«

»Weil es nutzloser Tand ist!« Die Wände seiner Welt stürzten von allen Seiten auf ihn ein. »Weil ich ein ganzes Leben fortgeworfen habe, um das dort zu bekommen. Menschen sind gestorben, damit ich es mir aneignen konnte.«

Die Kriegerin zuckte mit den Achseln. »Menschen sterben. Es ist das Los des Fleisches, in der Glut des Lebens zu vergehen und als Asche neu zu erstehen.«

»Du klingst wie ein Hornite aus Hearne«, spie Oslic aus. »Die Anhänger des Kriegsgottes schwätzen auch von nichts anderem. Leben werden geschmiedet, wer für unwert befunden wird, landet wieder in der Esse des Einen-der-aus-Eisenist.« Mit grabesschwerer Miene äffte er den Tonfall eines der Horne-Masken tragenden Kleriker der Fünf nach.

»Du benutzt seltsame Wörter, kleiner Mann.«

»Ob du es glaubst oder nicht, das hat man mir schon öfter gesagt.« Oslic war nicht in der Stimmung für eine Unterhaltung. Nicht jetzt und mit einer Wilden, die ihn wohin auch immer verschleppte.

»Sag mir, Ereshtu, warum wirfst du es fort? Wenn es nutzlos ist, wieso hast du es dann in einem Rohr aufbewahrt? Wieso wirfst du dein Leben weg für ein Stück Tierhaut, um es am Ende dem Wald zu schenken?« Sie zog den Zylinder aus Oslics Gürtel.

»Ich sagte doch – Tand!«

»Kein Zauber?« Sie legte einen ihrer Finger auf einen siebenzackigen Stern mitten im Pergament, der mit Runen und Glyphen beschriftet war. »Ich sehe die Zeichen! Großer Shurtekh. Zauber. Machtvoll! Wie in den Worten und Taten der Drei!« Voller Ehrfurcht rollte sie das Dokument wieder zusammen und schob es in das Rohr.

»Das ist das Problem.« Oslic presste die Worte derart leise hervor, dass sie gezwungen war, näher zu rücken. Ihr Aschegeruch erfüllte nicht nur die Sinne. Auch sein Denken barg nichts mehr als verbrannte Erde. Selbst dass eine Frau, noch dazu so gut wie nackt, ihm nahe kam, drang nicht durch den Nebel der Enttäuschung. Der letzte Rest Hoffnung sickerte aus seinem Körper wie Sand aus einem geborstenen Stundenglas.

»Es ist gleich. Alles egal«, sagte er. »Ich kann dir sagen, um was es geht. Diese Formel sollte die Welt der Ingenieurskunst revolutionieren. Nicht dass du davon etwas verstehen würdest. Angeblich ist es die alchemistische Rezeptur für eine Legierung, vielfach härter als Stahl und so leicht wie dünne Lagen aus Balsaholz. Federstahl, ein Mythos. Kaltfeuer-Eisen, so nannten es die Völker aus dem alten Varsothyn angeblich wegen seiner Farbe. Weißt du, sie sollen schon Jahrhunderte, vielleicht Jahrtausende vor den Hearniten und der Prophezeiung durch Epikast das Geheimnis der Stahlschmelze gekannt haben – bevor es wieder verloren ging.«

Er hielt inne, als er begriff, dass er einer Barbarin referierte.

Sie schüttelte den Kopf. Stirnrunzelnd verschloss sie den Zylinder, wofür sie drei Anläufe brauchte. Dann schob sie ihn in ihren Wehrgürtel. »Du sagst, du glaubst, dass Eisen in diesem Stück Haut wohnt? Ich sah starken Zauber – und doch bist du wütend! Ist es nicht, was du gesucht hast?«

»Nicht, was ich … Ob ich wütend bin!?« Er warf in hilflosem Zorn die Arme in die Höhe und ließ die Hände schmerzhaft gegen seine unterkühlten Oberschenkel klatschen. Er vergaß, wo er war. Er vergaß, mit wem er da redete. Sein Mund bewegte sich ohne sein Zutun. »Ich erwarte nicht, dass eine primitive Hinterwäldlerin wie du das begreift. Aber ja, das ist verdammt noch mal das Problem! Dass abergläubischer Mumpitz auf dem Schrieb steht! Magie! Unwissenschaftlicher Unfug für Wilde wie deinesgleichen! Noch dazu unvollständig und vollgekritzelt mit Codierungen und Anmerkungen!«

Er stapfte auf einen der Bäume zu, löste sich aus der Reihe der Âshkulim, die ihn verdutzt passieren ließen.

»Menschen sind hierfür krepiert!« Er hämmerte die Faust seiner Prothese gegen die Rinde. Sie splitterte, und der Duft von Harz breitete sich aus. »Ich habe meine Freunde zurückgelassen und muss darauf vertrauen, dass sie sicher wieder nach Hause kommen!« Ein neuerlicher Schlag. »Ein Feind hat meine Heimat überrannt. Ich habe keine Ahnung, wie es meinem Vater geht. Meinen Brüdern! Jeder Knochen schmerzt, mir ist bitterkalt, ich habe Kopfweh, dass ich kotzen könnte, und ihr verdammten Monster habt mir meinen letzten Rest Peritus weggenommen. Ich kann nicht mehr. Ich will nicht mehr!« Er versetzte dem Baumriesen einen finalen Schlag und lehnte sich wie in einer Umarmung gegen den Stamm. Harz klebte an seiner Schulter. Vor Wut mahlte er mit den Zähnen, atmete stoßweise.

Plötzlich packte ihn jemand am Oberarm und drehte ihn herum. Es war die Âshkulim. Ihr Knie bohrte sich ebenso unerwartet wie schmerzhaft in seinen Unterleib.

Sie schleppten ihn zwischen sich. Oslic ließ die Füße über den Boden schleifen. Sein Zopf hatte sich gelöst, die Haare hingen ihm in die Stirn. Sein Blick war verschleiert. Ihm war einerlei, wo sie ihn hinbrachten oder was mit ihm geschah. Seine Kraftreserven waren aufgebraucht.

Grob wurde er zu Boden gestoßen. Ein weiterer Tritt folgte. »Steh auf, Ereshtu!«, befahl die Wilde.

Gegen jeden Willen, jede Vernunft wurde er trotzig. »Lasst mich liegen. Ich bin fertig!«

»Dann nützt du uns nichts«, erwiderte die Âshkulim. Der Anführer bellte einen Befehl. Auf einmal schwebte die Feuersteinspitze eines Speeres dicht vor Oslics Augen. Die Klinge biss zu, senkte sich kurz vorher und ritzte die Haut an seinem Adamsapfel.

Er schluckte. Es war leicht, vom Abtreten zu sprechen und

in großer Geste seine Todesverachtung hinauszuschreien, wenn man glaubte, man hätte nichts mehr zu verlieren. Mit einer Klinge am Hals sah das plötzlich ganz anders aus.

»Wir werden dich nicht tragen, Ereshtu. Das ist Arbeit für Sklaven. Niemand hier wird sich vor den Efreeti erniedrigen, den Fleischpreis für dich zu zahlen, weil er dich geschleift hat. Wir können deinen Körper tot zu den Drei bringen. Aber dann wirst du zerlegt!«

Er hob den Blick und ertrank beinahe in der mitleidlosen Finsternis ihrer Augen. Wenn es stimmte, was die Gottesgelehrten des Fünfglaubens und ihre Zoologien sagten, hatten die Götter dem Menschen als einzigem Geschöpf der Welt weiße Augäpfel verliehen, damit sie einander auch im Zwielicht ansehen und gemeinsam jagen konnten. Damit ein jeder sah, wohin der andere blickte, ob auf Beute oder Gefahr.

Die Augen der Âshkulim gaben nichts preis. Dennoch – oder gerade deswegen – bezweifelte Oslic zu keiner Zeit, dass die Frau ihre Worte ernst meinte.

Wie um seine Gedanken zu untermauern, wurde mehr Druck auf den Speerschaft ausgeübt. Feuerstein bohrte sich in Knorpel, es kitzelte, als Blut der Biegung seines Halses folgte.

Der Sohn des Tsharen erhob sich. Sein Instinkt siegte über den Widerwillen, sich zu beugen.

Mit hängenden Schultern nahm er seine Wanderung durch den Herbstwald wieder auf. Er fror. Er hatte alles und jeden verloren. Einen Fuß vor den anderen zu setzen kostete ihn mehr Kraft, als er sich je hätte vorstellen können. Es war, als steckten seine nackten Füße in Fangeisen, an denen Bleigewichte befestigt waren. Zugleich kochte eine Mischung aus

Schmach, Wut und Verzweiflung in ihm, schlimmer als jene Empfindungen, die von ihm Besitz ergriffen hatten, als Alheefa ihn hintergangen hatte.

Beinahe ebenso viel Kraft kostete es ihn, den Kopf zu heben. Sich umzuschauen. Der Wald lichtete sich. Fassungslos erkannte der Sohn des Tsharen, dass ihm dieser Teil von Carchadon wohlvertraut war.

Sie hatten ihn nur Stunden vor Vaistopol geschnappt! Was war er doch für ein Idiot.

20

Sie durchbrachen den Waldrand und traten auf ein brachliegendes Feld hinaus. Ein Schwarm Krähen platzte protestierend auseinander. Mit lautem Krächzen flogen die Aasvögel davon, gaben den Blick auf einen aufgedunsenen Kuhkadaver preis. Die Zunge hing heraus, war ebenso freigelegt und aufgepickt wie die Rippen der Kuh.

Zum ersten Mal hatte der Sohn des Tsharen keinen Blick für die anatomischen Details und den Aufbau des Lebens. Er starrte über die Weiden und Vorhügel von Vaistopol hinweg. Auf die Silhouette des Ortes seiner Geburt.

Auf den vergoldeten Zwiebelturm, von dem aus sein Vater, das mächtigste Familienoberhaupt des Landes, Carchadon regierte. Auf die dahinterliegenden Kiefer des Bären, jene beiden Gebirgszüge, die sich wie ein Halbkrater um Vaistopol schlossen. In ihrem Zentrum der Weltenfang, der höchste Berg von ganz Syriatis.

Selbst hier, inmitten von feindlichen Barbaren, auf einem Acker neben verfaulendem Aas, verfehlte der Anblick seine Wirkung nicht. Die mächtige Schneekoppe, ihre Zinnen von Höhennebeln und Wolken umrankt. Gefrorene, glitzernde Flüsse und Gletscherkuppen darunter, die sich tiefer im Tal als Tauwasser in gischtenden Wasserfällen über schroffe Kanten ergossen.

Einen Atemzug lang vergaß der Sohn des Tsharen alles um sich herum und sog den Anblick in sich auf.

Dann holte ihn die Wirklichkeit ein.

Zu Füßen des Thrones, abseits des Tsharenpalastes, erhoben sich vereinzelte Rauchsäulen aus den Behausungen Vaistopols. Die Gebäude waren jenseits der Mauern gut zu erkennen – gegen die eisernen Winter bauten Vaistopols Einwohner Häuser, deren steile Dächer an Pfeilspitzen erinnerten, damit sie nicht unter der Schneelast einsackten.

In etlichen der bunt bemalten und mit Schnitzereien von Rentieren und menschlichen Gestalten verzierten Gebäude klafften gewaltige Löcher. Der Geruch des Regens vermochte nicht, den Brandgestank zu vertreiben, der über allem lag.

Einer der Âshkulim stieß Oslic vorwärts. Es ging weiter. Sie stapften über harten Boden. Der erste Nachtfrost verhinderte, dass die Regenfälle der letzten Tage abfließen konnten. Überall standen Pfützen auf den Feldern. Wie um Oslics Lage zu verhöhnen, glitten Enten und Wasserhühner frei und verspielt über deren Oberfläche und zerschnitten mit Schwimmbewegungen den grauen Himmel, der sich im Wasser spiegelte.

Kein Mensch war zu sehen, und der Wind fegte beißend über das Land, heulte hier und dort um einen Kiefernstamm. Irgendwo in der Ferne schrie ein Seetaucher, und das Bellen eines verwaisten Hundes antwortete ihm. Oslic hatte vergessen, wie sehr der klagende Ruf des Vogels einem an die Nieren ging.

Die Bleifarbe des Firmaments, die eisige Luft, die bis auf die Knochen ging, die verstörend leere Umgebung mit den verlassenen Vororten und Gehöften, aus deren Schornsteinen kein Rauch stieg. Oslics monströse Begleiter und die surreale Kontrastwirkung zwischen den bunten Häusern und der an Ölschiefer erinnernden Landschaft, all das setzte ihm zu. Am Horizont thronte der Weltenfang über allem. Mit seiner charakteristischen Form versinnbildlichte er die Raubtiernatur dieses Landes. Die im Frost träumende Spitze war durch gewaltige Nebelbänke verhüllt.

Soweit er zurückdenken konnte, hatte Oslic noch nie mit solchem Grauen, solch einer Klarheit der Erkenntnis auf den Berg geblickt. Auf das, wofür der Name des Gipfels stand. Wie ein mitleidloser Gott der Wildnis ragte er über allem empor, taub für die Gebete und das Gewinsel derer, die in seinem Schatten litten.

Er schauderte.

Es war ein kriechendes Gefühl, etwas, das nach hundertjähriger Verbannung aus einem moosigen Brunnen an die Oberfläche kroch, sich Zoll um Zoll mit Spinnenkrallen aus dem Schatten nach oben zog, dem Licht und dem Leben entgegen.

Wie nannten die Diener und Anhänger des Fünfglaubens jene Hölle, aus der ihr Widersachergott, Ophidion, der Feind ihrer Fünf stammte? Die Ältere Dunkelheit. Der Sohn des Tsharen war sich sicher, dass er nie ein passenderes Wort gehört hatte, um zu beschreiben, was da eimerweise vereiste Nadeln über seinen Nacken rieseln ließ. Was immer diese Ältere Dunkelheit auch war, dies Vorland seiner Heimatstadt wirkte wie ihr Vorhof.

Je näher sie kamen, desto stärker wurde der Gestank von verbranntem Holz, durchmengt mit süßlichen Noten, die der Sohn des Tsharen nicht recht einzuordnen wusste. Der

Schärfe seiner Sinne waren Grenzen gesetzt, wenn es um unbekannte Gerüche ging. Mit jedem Schritt, den er unsicher und auf tauben Füßen auf seinen Heimatort zuging, wuchs das Grauen.

Er war von Menschen umgeben – wenn man die Barbaren so nennen wollte. Dennoch ertappte er sich dabei, wie er sich hektisch umsah, als stünde etwas hinter ihm, das ihm Aasgeruch in den Nacken blies. Die Âshkulim schienen von alldem nichts zu spüren. Soweit Oslic die Körpersprache der Ascheriesen lesen konnte, waren sie entspannt. Amüsiert. Er nahm an, dass sie ihn für einen Weichling hielten.

Schließlich erreichten sie die Stadtgrenze Vaistopols. Die Stadtmauern waren leer, Oslic sah keine einzige der Wachen. Katapulte und Ballisten auf den Wehrtürmen der Stadtmauer waren unbemannt und teils zerschlagen. Banner flappten wie trunkene Tänzer im Wind, in den meisten Fällen zerrissen.

Entsetzt starrte Oslic auf den urgewaltigen Krater, der jenseits des Tsharenpalastes klaffte, dort, wo eigentlich eine halbe Stadt hätte sein sollen. Bevor er auch nur im Ansatz erfassen konnte, was er da sah, hatte er die Quelle des Geruchs gefunden, den er zuvor nicht hatte einordnen können.

Hunderte Körper lagen auf dem Platz hinter dem südlichen Stadttor der Metropole. Wie Klafter von Feuerholz waren sie zu hoch aufragenden Meilern geschichtet worden. Sie ruhten auf gewaltigen Betten aus Asche, mussten seit Tagen, wenn nicht Wochen brennen. Oslics Beine wurden weich.

Er kreuzte beide Hände vor dem Mund, die Augen so weit aufgerissen, dass es schmerzte.

Ein Karren näherte sich.

Zwei Einwohner Carchadons zogen das hölzerne Gefährt. Darauf lagen menschliche Körper. Männer. Frauen. Kinder. Nackt und von Brandwunden entstellt. Die Arbeiter trugen wie Oslic nur ein Minimum an Kleidung und zitterten in der Kälte. Ihre Leiber waren knochig und abgemagert.

Die Beine sackten ihm weg. Derbe Hände packten ihn, richteten ihn auf.

»Das ist nicht euer Ernst!« Er wollte brüllen, doch es drang nur ein kraftloses Krächzen aus seiner Kehle.

»Ereshtu«, sagte einer der Âshkulim. Er bleckte die Zähne wie ein Hai, denen die Bleichen so sehr glichen, und deutete auf die Körper, die in diesem Moment von dem Karren auf einen der Haufen gekippt wurden.

»Opfer für die Efreeti«, erklärte die Kriegerin, die neben sie getreten war.

Oslic hörte sie kaum. Ihre Stimme drang nicht durch die Taubheit seines Kopfes. Er versuchte, sich zu erinnern, was ihm sein Vater, sein Onkel und Schwertmeisterin Cerrunna in Kindertagen über den Krieg mit dem Nachbarreich Hearne berichtet hatten. Darüber, wie die Diener des Eisengottes, eigentlich einer der Fünf, dem sie aber ihr ganzes Land geweiht hatten, mit Gefangenen umgingen.

Geiseln und ein schneller Tod, wenn er notwendig war – das waren die Stichworte, an die Oslic sich erinnerte. Die Fechtkämpfe mit seiner Mentorin, bei denen stets Wörter wie Ehre und Respekt vor dem Gegner im Mittelpunkt standen.

Oslics Onkel Talladeen hatte ihm berichtet, dass es auch andere Arten gab, mit Kriegsgefangenen umzugehen. Er hatte ihm schreckliche Dinge erzählt. Doch nichts davon hatte Oslic auf das vorbereitet, was hinter den Mauern der Heimatstadt auf ihn wartete.

Ohne ihm eine Gelegenheit zu geben, den Anblick zu verarbeiten, drängten seine Häscher ihn weiter.

Die Frau grub ihre Hand in seine Schulter und schob ihn voran. Die, die ihn stützten, ließen abrupt los. Er taumelte nach vorn.

Kaum eine Tür, an der er vorbeikam, war heil. An fast jedem Haus, in Treppenaufgängen, auf Butzenscheiben und getünchten Wänden, klebten braune Flecken. Pfeile steckten im Verputz. Jene Gebäude, die intakt waren, hatte man mit seltsamen Zeichen aus Asche markiert. Hinter ihren Scheiben oder dort, wo Löcher gähnten, in denen sich einst Glas befunden hatte, zuckten Gestalten zusammen. Vaistopols Einwohner krochen von Todesangst erfüllt bei den Schritten ihrer Peiniger tiefer in die trügerische Sicherheit ihrer Behausungen.

Die Gruppe blieb stehen. Ein kurzer Austausch von Worten mit dem Anführer, gefolgt von einem gönnerhaften Nicken seinerseits, dann verließen zwei der Âshkulim den Jagdtrupp und verschwanden in einem dieser Häuser.

Oslics Puls schoss in die Höhe, noch bevor er eine Frau und ihre Kinder kreischen hörte. »Was tut ihr da? Was tun sie da?« Die Stimme klang nicht wie seine eigene. Fremdartig, zu hoch und so überschnappend, dass sie einfach jemand anders gehören musste.

Diesmal antwortete ihm niemand. Mit einem harten Schlag wurde er vorwärtsgetrieben, weg von dem Haus. Doch die Schärfe seiner Sinne, jene Eigenschaft, für die er einst so dankbar gewesen war, wurde nun zum Fluch. Er hörte, was in dem Gebäude hinter ihm vorging. Die Schreie, das Geräusch, als würde man ein Kotelett in zwei Teile reißen, und das Kreischen der Frau, nun von einer Klangfarbe, die Oslic bis zum Tage seines Todes nicht vergessen sollte.

Sie schleiften ihn durch Straßen, die er nicht wiedererkannte, während er hilflos vor sich hin brabbelte.

Aus ganzen Baumstämmen geschnitzte, verkohlte Totempfähle ragten hier und dort zwischen den Gebäuden Vaistopols auf. Sie stellten aufeinanderhockende Teufel mit Wolfs-, Fuchs- und Waschbärschädeln dar. Ihre Fratzen grienten, dass es Oslic in seinem Schock vorkam, als starrten sie auf den Grund seiner Seele. In den Augenhöhlen glommen glühende Kohlen. Rauch kräuselte sich aus den Augenlöchern, was den Eindruck, vor Dämonen zu stehen, vervollständigte. Die verbrannten Strukturen waren verkrustet von gestocktem Blut.

»Die Efreeti sehen unser Werk. Sie sind hungrig, immer hungrig wegen der Kälte, aber mit jeder Speisung mehren wir ihren Ruhm und wärmen sie«, erklang die Stimme von Oslics Dolmetscherin.

Er brauchte einen Moment, um in die Wirklichkeit zurückzufinden. »Was habt ihr mit meiner Stadt gemacht? Mit meinem Volk?«

Anstatt ihm zu antworten, zuckte die Âshkulim mit den Achseln. Es war offenkundig, dass sie nicht erwartete, dass er begriff. Für einen Moment stand die Tatsache so klar vor seinen Augen, dass es ihm vor Fassungslosigkeit den Atem verschlug. Für diese Frau und die verabscheuenswürdige Kultur, der sie entstammte, war er, Oslic III. Boulanthus, der Barbar.

Sie presste ihre Hand auf das Idol, auf eines der beiden Augen, die Handfläche auf der Glut. Sie knirschte vor Schmerz mit den Zähnen. Unter der Hand der Âshkulim hervor ertönte ein Geräusch wie von Speck in einer Gusseisenpfanne.

Als sie den Arm zurückzog und den anderen ihre Handfläche zeigte, war dort ein weiterer Halbmond aus Blasen und nässendem Gewebe hinzugekommen.

»Kein Wunder, dass die Leute aus unserem Nachbarland Hearne euch verabscheuen. Ihre Reifeprüfungen und Gottesurteile mit glühenden Eisenstangen und das, was ihr hier in meiner Heimat macht – es muss ein köstlicher Scherz für diese sogenannten Fünfgötter sein, dass Carchadon zwischen zwei solchen Reichen eingezwängt ist.« Oslic spuckte aus.

Als die Frau fertig war, wandten sich die anderen Krieger den Idolen zu, so als hätte diese sie mit ihrem Tun herausgefordert. Jeder von ihnen legte Wert darauf, seine Hand noch ein wenig länger an der Glut zu belassen als sein Vorgänger.

Oslic stand daneben und wusste nichts mehr zu sagen. Sein Kopf war leer.

Die Leichenberge.

Die Brandopfer.

»Mein Vater. Meine Brüder. Was habt ihr ihnen angetan?«, fragte er. Er klang wie ein Mann, der eine Überdosis Mohnmilch getrunken hatte. Die Vorstellung, seine Verwandten, gleichwohl, was er von ihnen gehalten hatte, könnten als verkohlte Kadaver auf den Meilern am Stadttor geendet sein, war unerträglich.

Die Kriegerin der Âshkulim neigte den Kopf und betrachtete ihn, sagte aber nichts. Dann war der letzte Barbar mit dem Brandritual fertig. Er wandte sich dem Sohn des Tsharen zu. Wenngleich es wegen der schwarzen Augen schwer zu erkennen war, spürte Oslic doch, dass sich ihre Blicke kreuzten. Der Âshkulim vollführte eine auffordernde Geste.

Nach einer gefühlten Ewigkeit begriff Oslic. Er starrte auf den Totempfahl, in die glühenden Teufelsaugen des Waschbäridols. Dann blickte er seine gesunde Hand an. Der verrückte Gedanke stand ihm klar vor Augen. Diese Kreaturen würden ihn respektieren, ihn ernst nehmen, wenn er sich an ihrem primitiven Akt beteiligte.

Doch in ihm war nichts als Abscheu vor einer solchen Idee. Er wollte irgendetwas Gerissenes entgegnen, doch kein Ton kam ihm über die Lippen. Stattdessen schüttelte er den Kopf.

Für die Barbaren war damit alles gesagt. Auf die mittlerweile vertraute Weise stieß ihm jemand den Speerschaft in den Rücken, und er taumelte weiter.

Mit jedem Schritt ging es weiter auf den Palast seiner Familie zu.

Jeder Schritt brachte ihn der Wahrheit ein Stück näher.

Oslic wollte aufbegehren. Schreien. Um sich schlagen. Doch für all das fehlte ihm die Kraft.

In ihm war nur ein Gedanke:

Ich will zurück nach Doranthar!

21

Er hatte keine Erinnerung, wie und wann er den Palast betreten hatte. Er nahm die Zeit wahr wie damals, nachdem der Armbrustbolzen seiner großen Liebe seinen Schädelknochen gestreift und sein Ohrläppchen gekappt hatte. Er war von einem bewussten Moment in den nächsten geglitten, ohne gemerkt zu haben, dass zwischen ihnen Wochen der Dunkelheit gelegen hatten.

So stand Oslic gerade noch auf der Allee, die zwischen den vielfarbigen Giebelhäusern hindurch und am bauchigen Naturfels der Wachtürme vorbei auf den Palast des Tsharen zuführte – und plötzlich war er im leeren Thronsaal seines Vaters, einer lang gezogenen Halle, mit von Holzfeuern und vielen Jahren des Rauchs verfärbter Vertäfelung.

Eine Unzahl an Jagdtrophäen stierte von den Wänden auf jeden herab, der über den Teppich des Saals auf den Thron zuging. Zeugnisse von normalen Tieren wie auch von solchen, die in Wisperflecken geraten und abnorm verändert worden waren. Hirsche mit rasiermesserscharfen Geweihen aus Materialien wie Metall. Steinböcke mit Reißzähnen. Ein Wolfsschädel, groß wie ein Wagenrad.

Hier und dort waren vereinzelte Spuren von Gewalt zu sehen. Blutspritzer auf dem Teppich, der durch die Mitte der Halle auf den Thron zuführte. Eine Scharte in den kunstvollen Drechselarbeiten des Sitzmöbels. Jagdtrophäen, denen ein verirrter Pfeil einen Zahn ausgeschossen hatte oder in einem der Augen steckte. Eine abgebrochene Schwertklinge ruhte wie von einem Schmied in der Esse vergessen in einem der Feuerbecken, die den Läufer flankierten.

Aber weder eine Spur von Oslics Vater, seinen Brüdern oder dem Onkel.

Doch wenn der Tshar und dessen Truppen einer feindlichen Übermacht zum Opfer gefallen waren, wieso waren bis auf den Einschlagskrater des Meteors so wenige Verwüstungen angerichtet? Wo waren all die Soldaten, die in den Straßen gekämpft hatten? Hatte man alle getötet und ihre Leichen verbrannt? Schmachteten sie in Zellen, harrten der Befreiung und waren bereit, ihre Heimat dann zu verteidigen, wenn sie jemand in den Kampf führte? Wo war der Landstreff? Wieso hatten die Barone und Grafen unter Raumirs Führung die Barbaren nicht längst hinweggefegt?

Er wagte nicht, die Fragen laut auszusprechen. Auch die Âshkulim schwiegen. Jetzt waren sie nur noch zu viert. Hätten sie ihm sein Schwert gelassen, Oslic hätte sein Glück versucht. Eine bessere Gelegenheit zur Flucht würde er nicht erhalten. Verzweifelt sah er sich um.

Es war, als würde die Dolmetscherin mit ihren schwarzen Augen jede seiner Absichten lesen. Plötzlich trat ihm die Riesin von hinten in die Kniekehle, und er ging zu Boden, als wäre er von einem Stier umgerannt worden.

»Du kannst dich glücklich schätzen, Ereshtu.« Die Âshkulim klang, als meinte sie es als Kompliment. »Die Drei werden dich betrachten. Sie sind begierig zu erfahren, wer du bist!«

»Wann wollt ihr ihnen von mir berichtet haben? Ihr wart doch die ganze Zeit bei mir.«

»Sie sind immer hier bei uns.« Sie tippte sich an den Kopf. »Sie blicken durch unsere Augen.« Ihre Arme beschrieben einen Kreis. »Die Tiere von Wald und Steppe, die Geister von Erde und Wurzel und Bach – sie alle sind ihnen zu Diensten.«

»Unfug.« Oslic hatte genug von diesen Barbaren und ihrem Irrsinn.

Er wollte einfach nur weg von hier, weg von dem, was hier noch auf ihn wartete. Fort vom Grauen. Bevor er wirklich erfuhr, was mit dem Vater und den Brüdern geschehen war, ehe der Moment kam, ab dem es kein Zurück mehr gab.

»Bist du sicher, dass du die Meister verhöhnen willst?« Sie sagte es aufrichtig besorgt, was ihn mit noch mehr Wut erfüllte. »Sie wissen, wer du bist, Oslic Boulanthus.«

In diesem Moment öffnete sich die Tür hinter einem Vorhang neben dem Thron des Tsharen.

Oslic rechnete mit dem Schlimmsten. Sein Körper spannte sich wie eine Stahlfeder.

Seine Erwartungen wurden übertroffen.

Onkel Talladeen zog den Vorhang beiseite. Seine hünenhafte Gestalt stand denen der Âshkulim im Raum in nichts nach. Er trug dasselbe Kettenhemd wie in Oslics frühsten Erinnerungen. Dies traf auch zu für den ungepflegten Vollbart und den wuchtigen Streitkolben zu, den Talladeen seit den Tagen der Verghourn-Kampagne bevorzugte. Zudem trug er sein schweres Lederwams, das einer Kriegsschürze gleichkam.

Auf Oslic hatte das alte Schlachtross seit jeher wie ein Fremdkörper am Hofe von Tshar Emerric Boulanthus gewirkt. Das Verhalten seines Onkels dem »Sohn einer fremdländischen Hure« gegenüber, wie er Oslic nach jenem grauenhaften Tag in den Wäldern zu nennen pflegte, hatte sein Übriges getan, eine unüberbrückbare Kluft zwischen ihnen zu schaffen.

Oslics Blick blieb an dem Streitkolben am Gürtelhaken des Onkels hängen.

Welchem Gefangenen ließ man seine Waffen?

Oslics Hirn fieberte und pochte im nagenden Gleichklang mit dem Peritusentzug, und er hatte das Gefühl, die Anker, die seine Prothese am Knochen hielten, stünden in Flammen.

Wieso tat sein Onkel nichts?

Talladeen setzte sich in aller Gemütsruhe auf den Thron des Tsharen. Er betrachtete die Versammelten. Die Âshkulim erhoben sich, und Oslic wurde klar, dass sie jemand anders erwartet hatten. Der Respekt, den sie ausgestrahlt hatten, wich nicht vollständig, wurde aber durch eine herablassende Art von Unterwürfigkeit ersetzt; selbst ein Mann, der sein halbes Leben in Laboren und Schreibstuben verbracht hatte, konnte das erkennen. Diese Barbaren waren Wölfe, und ein Bär war in ihre Mitte getreten.

Der Blick seines Onkels fiel auf Oslic. Talladeens Kiefer mahlten. Offenkundig hatte er nicht mit ihm gerechnet.

»Onkel. Was geht hier vor? Wo ist Vater?«

Die Augen des Älteren weiteten sich, dann spaltete ein kaltes Grinsen sein Gesicht. »Der junge Oslic.« Talladeens Stimme klang, wie er es in Erinnerung hatte. Ein hartes Mahlen. »Was für eine Ehre. Beehrst du deine Heimat tatsächlich mit deiner Anwesenheit?«

Hat er den Verstand verloren?, dachte der Sohn des Tsharen.

Er betrachtete das zu einer Grimasse erstarrte Gesicht seines Onkels.

»Haben sich dero Gnaden herabgelassen, die Lippen von den Zitzen von Dirnen und den schlaffen Pimmeln von Klerikern und Speichelleckern zu lösen, um hier nach dem Rechten zu sehen?« Talladeen erhob sich und trat zwei Schritte auf den zu Boden gehaltenen Oslic zu. »Sei unbesorgt, Neffe, hier steht alles zum Besten. Vaistopol ist ein geradezu magischer Ort.« Er legte den Kopf in den Nacken und lachte schallend. Die Gesichter der Âshkulim blieben unbewegt.

»Wo ist Vater, Talladeen? Wo sind meine Brüder? Was ist hier los! Antworte mir!«

Talladeen Boulanthus zog seinen Neffen mit einer einzigen kraftvollen Bewegung in die Höhe. Er nahm Oslic in eine Umarmung, drückte mit Macht zu. Der Gestank von Pfefferschnaps und berauschenden Kräutern vermengte sich mit dem Waffenöl auf dem altgedienten Kettenhemd, dem Geruch eines ungepflegten Vollbarts und altem Schweiß. Ein säuerlicher, ganz und gar abstoßender Hauch.

Plötzlich trat der Onkel einen Schritt zurück, ließ den Blick über den Sohn des Tsharen wandern, als wolle er den Mann einschätzen, zu dem dieser geworden war. Er klopfte mit zitternden Händen auf Oslics Schultern, als zupfe er Kleidung zurecht, wo keine war. Betastete das Metall und nuschelte in seinen Bart, die Lippen bebten wie im Wahn, als er unhörbar flüsterte.

Bevor Oslic reagieren konnte, ballte Talladeen Boulanthus die Rechte zur Faust und hämmerte sie ihm mit Wucht in den Magen. Schlagartig wich sämtliche Luft aus ihm. Oslics Kinn sank an die gepanzerte Schulter des Onkels. Seine Beine gaben nach, doch Talladeens anderer Arm hielt ihn unerbittlich aufrecht.

Er klopfte dem Neffen auf den Rücken, eine Mischung aus Trost und der Linderung schlimmen Hustens – doch ebenso abrupt, wie er ihn in die Arme geschlossen hatte, ließ er den Sohn des Tsharen fallen. Hart schlug Oslic auf den Dielen auf.

»Kommst her und willst mir Befehle erteilen, Pissflitsche? Dir werde ich beibringen, mich zu respektieren, Krüppel.«

Oslic konnte nicht antworten. Wie ein Steinbutt, an einem Haken ins Fischerboot gehievt, lag er auf den Brettern und japste. Doch die kostbare Luft wollte einfach nicht in seine Lunge.

Talladeen betrachtete ihn. Durch Tränenschleier konnte Oslic sehen, wie sehr der Onkel den Schlag genossen hatte, das Gesicht war zu einer Fratze hämischer Freude verzerrt.

»Die Dinge haben sich geändert, Neffe.« Er setzte sich wieder auf den Thron, ließ ein Bein über die Armlehne baumeln und betrachtete seine Fingernägel, als sähe er die zum ersten Mal. »Alles, was wir bisher über unsere Heimat dachten, steht infrage, weißt du das? Ach Scheiße, alles über die Natur der Welt! Nein, natürlich weißt du es nicht. Wie auch, bist ja kein echter Carchadone. Bist nie einer gewesen, wirst nie einer sein.« Er winkte plötzlich ab, schien durch Oslic hindurchzusehen. Der Blick seiner wässrigen Augen verlor sich in der Ferne. »Nein. Wie auch, da du ein Bastard bist. Keine Sorge, ich zürne dir dafür nicht. Wer wäre wütend mit dem verwachsenen Welpen, hm? Kann das arme Ding ja nichts dafür, dass es als Krüppel in dieses Leben geschissen wurde.

Wie oft habe ich versucht, Emerric zu warnen!? Heirat aus diplomatischen Gründen, nannte er es.«

Oslic war nach wie vor damit beschäftigt, die Kunst des Atmens neu zu erlernen. Warum musste eigentlich jeder auf die gleiche Stelle prügeln?

Als sich sein Onkel vorbeugte und seinen Kopf packte, traf ihn das ebenso unvorbereitet wie der letzte Angriff. Er hatte keine Chance auszuweichen. Talladeen Boulanthus zerriss das Band, das Oslics Haarknoten über den rasierten Flanken zusammenhielt. Er nahm den kurzen Zopf in die Hand und zog ihn nach vorn.

»Sag mir, Neffe, was für eine Missgeburt hat als Kind eine graue Mähne? Genau wie deine Mutter, diese Steppenhure.« Er verzog das Gesicht. Wieder schweifte der Blick des alten Kriegers ab. Unvermittelt ließ er Oslics Kopf los und sank in den Thron zurück. »Das alte Blut der Winterklingen. Dass ich nicht lache. Legenden und Mummenschanz, das Geschwätz alter Mägde, die sich am Küchenfeuer wärmen, den Geruch ihrer Fürze in der Nase. Ha! Ein Lied, das man über Stricknadeln singt, wenn man den Winter des Lebens in den Knochen spürt, ja, ja!«

»Wovon redest du da? Was ist nur mit dir los?« Oslic schüttelte den Kopf. Er wusste, dass Talladeen seine Mutter von Anfang an verachtet hatte, aber das hier? Der Mann vor ihm war eindeutig sein Onkel, doch irgendetwas war mit ihm geschehen. Er hatte den Verstand verloren – oder war zumindest auf dem besten Weg dorthin.

Talladeen sah aufrichtig traurig aus, als er weitersprach, und das immer noch in einem Tonfall, der eher nach Selbstgesprächen klang. »Die Futt aus fremden Ländern hat ihm den Kopf verdreht. Deinem Vater. Hat ihn in ihr Bett gelockt und das gute Blut carchadonischer Erde in ihrer Kluft gesät. Und wie die Alraune aus mordgetränktem Boden kriecht, hat ihre Pflaume dich Bankert ausgeschissen!«

Es reichte. Mit dem, was ihm nach den Strapazen der letzten Wochen an Kraft geblieben war, schoss Oslic nach vorn. Die Metallfaust raste auf Talladeens Kinn zu.

Die Âshkulim reagierten so schnell, dass sie Oslic gepackt und wieder zu Boden gezwungen hatten, bevor er registrierte, dass er eben auf seinen Onkel losgegangen war.

Der schien nicht gemerkt zu haben, was geschehen war, sondern plapperte einfach weiter. »Ich habe ihn gewarnt, und er wollte nicht hören. Die alten Geister von Wald und Erde lassen sich nicht verhöhnen. Das Blut des Tsharen darf nicht verwässert werden, niemals. Blut, ja! Wie wir geblutet, all die Schlachten, die wir zusammen durchgestanden haben. Nicht einen Tag habe ich ihm den Thron geneidet. Nicht einen! Hab alles gegeben für meinen Bruder.« Er knirschte mit den Zähnen. Plötzlich wurde sein Blick klar, und er richtete ihn mit der Schärfe einer Degenspitze auf den Neffen. »Und dann kommst du Bastard daher und nimmst mir meinen Jungen.«

Oslic stemmte sich in die Höhe, doch die Âshkulim drückten ihn mit mächtigen Pranken zurück auf den Boden. »Talladeen, ich konnte nichts dafür, dass der Bär Espen getötet hat! Denkst du nicht, ich wäre lieber an seiner statt gestorben?« Heiße Tränen traten Oslic in die Augen, doch er kämpfte gegen den Schmerz an. »Sag mir bitte endlich, was ist hier los? Wo ist Vater? Wo sind Aelfric und Roderic?«

Bei der Erwähnung der Brüder vertiefte sich der Hohn auf Talladeens Miene. »Die helfen dir nicht, Junge.«

»Sie leben! Und Vater? Wo ist er! Halten die Bleichen ihn als Geisel?«

Talladeen zuckte mit den Achseln. »Ich wusste, du würdest der Gelegenheit nicht widerstehen. Ich habe den Aschetieren gesagt, dass sie den alten Grainac ziehen lassen sollen, weißt du. Hab so gehofft, dass du herkommen würdest. Und die Drei haben großes Interesse an dir. Also scheiß drauf, habe ich mir gedacht.«

Falls die Âshkulim sich durch die Worte seines Onkels beleidigt fühlten, ließen sie es sich nicht anmerken.

Oslic wurde hellhörig. »Wer sind diese ›Drei‹? Häuptlinge? Stammesführer oder etwas in der Art?«

Bei diesen Worten wieherte Talladeen Boulanthus so laut, dass sein Oberkörper bebte und der Thron unter seiner Masse zu zittern schien. »Du willst mir doch nicht sagen, dass du verschissener Bücherwurm keine Ahnung davon hast, was hier geschehen ist? Oder sollte es doch so sein? Hast dir Papis Geld für eine bequeme Reise geschnappt und beschlossen, dass du hier einmarschierst und den Tag rettest, was?«

Oslic ließ die Schultern sinken. Mit seinen Worten hatte Talladeen ins Schwarze getroffen. Ja, so war es im Grunde gewesen. Jetzt war er in der Gewalt von Verrückten und Bestien. Er zwang sich, den Blick zu heben und den Onkel anzusehen.

»Scheiße!«, sagte der, als er die Wahrheit in Oslics Augen erkannte. »Ich glaub es nicht. Junge, ich wusste, dass du ein verwöhntes Scheißhäufchen bist – nie was anderes warst. Aber das? Wie dumm kann einer sein?«

Bevor Oslic antworten konnte, vernahm er Schritte jenseits der Wand. Kurz darauf bewegte sich der Vorhang neben dem Thron. Zwei junge Männer traten ein.

Aelfric und Roderic kamen mehr nach Vaters Seite als Oslic. Wo Aelfric schlaksig war und etwas von einem zu durchtrainierten Gockel hatte, hatte Roderic in den Jahren, die Oslic die Brüder nicht gesehen hatte, offenkundig die Finger nicht von Süßspeisen lassen können. Er wirkte wie eine fette jüngere Version von Onkel Talladeen, nur dass sein Bart aussah, als hätte er die Räude.

Beide trugen mit Goldrauten durchwirkte Wämser, dunkle Lederhosen und Armschienen und gingen in vollem Wehrgehänge und leichtem Kettenhemd.

Mehr noch als ihre unvertraute Erscheinung nahm den Sohn des Tsharen der Anblick ihrer Gesichter gefangen. Er konnte den Blick kaum davon lösen.

Beiden fehlte ein Auge – Aelfric das linke und Roderic das rechte. Zumindest schloss Oslic das aus den Augenklappen, die seine Brüder trugen. Das, was man an Gewebe darunter sehen konnte, wirkte frisch abgeheilt. Es war nicht lange her, dass sie jeweils eins ihrer Augen verloren hatten.

Oslic registrierte mit einer Mischung aus Verblüffung und Bestürzung, dass sie nach mehr als einer Dekade sehr wohl zu erkennen schienen, wer er war, jedoch ohne entsprechend zu reagierten. Stattdessen bedachten sie Talladeen mit einem warnenden Blick und gaben dem Bruder des Tsharen einen Wink.

»Einer von ihnen kommt«, flüsterte Roderic.

22

Es war, als hätte man allen im Thronsaal auf einen Schlag die Kniesehnen gekappt. Die Âshkulim gingen mit solcher Wucht zu Boden, dass man das Gefühl hatte, die Holzdielen im Raum würden erbeben. Talladeen räumte den Thron, trat neben Oslic und sank ebenfalls nieder. Roderic und Aelfric taten es ihm gleich.

Der Sohn des Tsharen konnte sein Glück nicht fassen. Hier war die Möglichkeit, auf die er seit der Gefangennahme gehofft hatte. Er konnte fliehen, auch wenn er dafür alles auf eine Karte setzen musste.

Dennoch war er neugierig, wer da durch diese Tür treten würde. Nach dem Verhalten der verkommenen Verwandtschaft und der Aschebrut zu schließen, steckte diese Person hinter dem Angriff auf seine Heimatstadt.

Oslics Brüder und sein Onkel knieten nah genug, um sich mit einem einzigen Griff ihrer Waffen zu bemächtigen. Wenn er den Neuankömmling als Geisel nehmen könnte …

Ja, das wäre sein Weg hier raus. Er würde den Anführer dieser Invasion überwältigen.

Doch wenn es so einfach war, warum hatten seine Verwandten es dann nicht längst getan? Talladeen und seine Brüder waren bewaffnet. Und doch knieten sie hier. Oder hatten sie es versucht, und der Verlust des Auges war der

Preis, den sie dafür bezahlt hatten, sich gegen die Unterdrücker zu erheben?

Oslic war verunsichert. In seiner Verfassung, von Schmerzen gebeutelt und ohne Peritus war er wohl nicht in der Lage, einen erwachsenen Mann, noch dazu einen Heerführer, zu überwältigen. Er sah sich schon umstellt, die Speere der Âshkulim am Hals, von den Verwandten verhöhnt. Nein, die Genugtuung würde er dem Gesindel nicht gönnen.

Nie wieder.

So gab sich Oslic unterwürfig, ließ die Schultern hängen und wartete, den Blick starr auf den Vorhang neben dem Thron gerichtet.

Nichts. Niemand kam.

Stattdessen registrierte der Sohn des Tsharen etwas anderes. Die Temperatur im Raum sank rapide. Die Stelle, an der die Prothese mit seiner Schulter verschraubt war, begann zu schmerzen. Oslic gewahrte auch den Geruch von jener Süße wie verbrennender Zucker.

Dann kam das Summen, das immer intensiver wurde, bis seine Gehörknöchelchen vibrierten und seine Zähne klapperten.

Die Luft vor dem Thron waberte in einer Vielzahl verstörender Farben, so als blicke man durch eine mit Petroleum verschmierte Linse. Mit jedem Ausdehnen und Zusammenziehen gewann die schillernde Blase vor dem noblen Möbel an Kontur und Form.

Und dann stand plötzlich eine Gestalt davor. Der Geruch nach Brandzucker ging von ihr aus. Gebannt starrte Oslic sie an. Hätte der Sohn des Tsharen nicht gekniet, er wäre an Ort und Stelle zusammengebrochen. Nun hatte er also endlich einen dieser Trisketen vor sich.

Die Haut des Mannes – denn als solcher war die dürre Gestalt nun erkennbar – hatte die Farbe von Raureif auf totem Geäst. Das Geschöpf trug fußlange Gewänder, in groben Bahnen mit Sehnen genäht und aus einem schwach gemaserten Leder und einen spitzen Hut mit breiter Krempe aus dem gleichen Material, wie Oslic ihn schon bei wandernden Wahrsagern und Zauberkünstlern gesehen hatte. Wie einen Gehstock hielt der Fremde ein überlanges Fleischerbeil in der Klauenhand. Es war von Rostflecken übersät.

Dicke Eisenketten zogen sich in die Sinne verwirrenden Mustern über die Gewänder des Geschöpfes. Ebenso rostige Fleischerhaken hingen daran, klimperten bei jeder Bewegung. Mindestens an der Hälfte von ihnen baumelten Totenschädel verschiedener Größe, bar jeden Fleisches und durch Augenhöhlen und Ohrlöcher auf das Eisen aufgezogen wie Perlen.

Das Gesicht des Neuankömmlings war flach. Die Nasenlöcher waren Schlitze, was dem Antlitz etwas von einer Schlange verlieh. Zwischen den Zähnen zuckte eine schwarze, gespaltene Zunge hin und her.

Das Schlimmste aber waren die Augen. Nie zuvor hatte der Sohn des Tsharen solche Augen gesehen. Sie stierten mit einer Intensität wie arktische Sonnen, blutunterlaufene Kugeln aus wässrigem Eis mit Schlitzpupillen, die sich in ihr Gegenüber bohrten. Sie blinzelten nicht – wie auch, hatte der Fremde doch keine erkennbaren Augenlider. Sein ganzer Körper schien zudem vollkommen haarlos zu sein.

Oslic senkte den Kopf. Sein Herz stolperte schmerzhaft,

ein seltsamer Geschmack breitete sich in seinem Mund aus. Er starrte auf die Füße des Fremden, nackt, schmutzig und ohne Schuhwerk. Krallen sprossen aus vier Zehen, eine fünfte wuchs wie bei einem Raubvogel mitten aus der Ferse und klickte auf den Holzdielen.

»Na, was habt ihr uns da Feines gebracht? Fleischpreis? Seelenpreis? Nein, der hier ist ein wenig mehr, nicht wahr?«

Oslic schielte auf den Mund des Geschöpfes, als es zu sprechen begann. Die Stimme drang eher aus dem Hals empor wie etwas, das zu fliehen versuchte, als dass der Fremde Worte formen würde. Womit auch, so etwas wie Lippen konnte Oslic am Schlitz seines Mundes nicht ausmachen. Jede Silbe klang wie das Knarren, mit dem der Strick an einer Folterbank ächzte.

»Lord Zorathus. Mein Neffe, wie Euer Bruder geweissagt hat.« Der Hochmut war aus Talladeens Tonfall gewichen.

Oslic erinnerte sich dumpf an seinen Fluchtplan, der ihm vor einer Minute oder weniger wie ein glorreiches Unterfangen vorgekommen war. Doch den hatte er vollständig verworfen.

»Wir sehen.« Das Wesen kappte den aufkeimenden Wortschwall Talladeens mit einer einzigen Handbewegung.

Ein Teil von Oslics Vernunft schrie angesichts der Szenerie auf, heulte wie tausend entfesselte Hunde. Hexenmeister. Es musste eine Erklärung geben für all das hier. Für die seltsame Ankunft des Fremden, diesen Aufzug, den Effekt, den er auf seine Umgebung hatte, die Stimme, die Haut. Das konnte unmöglich echt sein. Dies war ein Mummenschanz, Lug und Trug, um Leichtgläubige zu narren.

Warum liegst du dann ebenso auf den Knien wie diese Heiden?, fragte der andere Anteil seines Verstandes.

Aus den Augenwinkeln sah Oslic rechts und links die Âshkulim. Die Krieger, eine stete Quelle der Furcht, seit sie ihn gefangen genommen hatten und er mit ihrer barbarischen Lebensweise konfrontiert war, lagen auf dem Boden und winselten unter dem Blick des Neuankömmlings.

Wo war er hier nur hineingeraten?

Zorathus schwieg. Beobachtete.

Oslic spürte, wie er unter dem Schlangenblick schrumpfte. Er floh nach vorn. »Wo ist mein Vater?«, stieß er hervor. »Was ist ihm widerfahren?«

Er rechnete mit einem Schlag ins Gesicht oder einer anderen Bestrafung dafür, dass er ohne entsprechende Aufforderung das Wort ergriffen hatte.

Stattdessen legte der Fremde den Kopf schief. Er antwortete nicht sofort. Seine freie Hand fuhr wie etwas Bleiches, Blindes mit zu vielen Beinen über die Ketten. Dabei nahm er zu keiner Zeit den Blick von Oslic. Mit einer Langsamkeit, die an Ehrfurcht grenzte, ertastete Zorathus einen der zahlreichen Totenschädel an den Haken. Er ließ die Klauen über Schädeldach und Knochennähte fahren, sie wanderten über die Stirn und die Zähne. Es klickte, wo die krallenartigen Nägel den Knochen berührten.

Mit einer einzigen Bewegung löste das Wesen namens Zorathus den entfleischten Schädel. Er streckte die Hand aus und hielt ihn dem Sohn des Tsharen hin.

Obwohl ihm Fürchterliches schwante, schüttelte Oslic den Kopf. Das konnte nicht sein. Durfte nicht sein.

»Er hat den Fleischpreis bezahlt«, sagte der Fremde und ließ den Schädel mit solchem Nachdruck vorzucken, dass Oslic nicht anders konnte, als zuzugreifen.

»Das ist gelogen«, hauchte der Sohn des Tsharen wider besseres Wissen. Er hatte das Gefühl, dass ihm jeden Moment die Augen aus den Höhlen platzen mussten. »Das ist nicht Vater.« Sein Blick verschwamm. Eine einzelne Träne rann ihm über die Wange.

»Es ist wahr.« Talladeen flüsterte neben ihm, die Stimme ganz heiser. »Der Narr hat sich widersetzt. Mein Bruder war schon immer dickköpfig.«

»Wie man sehen kann«, kicherte Aelfric.

»Was seid ihr nur für Kreaturen?«, wisperte Oslic. Er wusste nicht, wen in diesem Raum er unerträglicher fand. Die brutalen Barbaren folgten nur ihrer Natur – aber sein Onkel und seine Brüder? Welcher Wahn hatte von ihnen Besitz ergriffen? Waren sie schon immer so gewesen? Mit der unaufhaltsamen Gewalt eines Lavastroms wurden Trauer und Verwirrung zu Zorn. »Ihr habt es zugelassen! Warum?«

Niemand antwortete ihm. Keiner seiner Brüder schaute betroffen oder schuldbewusst drein. Einzig Talladeen seufzte.

Zorathus studierte die ganze Szene mit dem Abstand eines Kerkermeisters zu seinen Gefangenen. Er blickte auf den am Boden hockenden Oslic herab und leckte sich über die Fänge. Holzdielen klickten hinter dem Fremden, als sich der Vorhang teilte und ein anderes Geschöpf neben ihn trottete. Es ähnelte einer Mischung aus Katze, Wolf und Echse, war groß wie eine Dogge und hatte eine Mähne aus ledrigen Hornzöpfen.

Die Schlitzpupillen des Wesens richteten sich auf Oslic, der dasaß, den Schädel des Vaters in den Händen. Ledrige Lefzen teilten sich. Aasgeruch schlug Oslic ins Gesicht, als es grollte und schauerliche Fänge zur Schau stellte.

»Wie wollt ihr nun mit ihm verfahren, mein Lord? Ist es, wie Onkel gesagt hat? Ist er vom Blut der Sieben?« Aelfrics nach Aufmerksamkeit heischender Tonfall war ekelerregend.

»Das Blut der Sieben? Was faselst du? Hat hier ausnahmslos jeder den Verstand verloren?« Es fehlte nicht viel, und der Sohn des Tsharen hätte sich auf seinen Bruder gestürzt.

Zorathus antwortete Aelfric nicht. Unverwandt starrte er den Gefangenen an.

»Er hatte das hier bei sich, Aschefürst«, sagte Oslics Dolmetscherin unvermittelt und hielt ihrem bleichen Heerführer den Zylinder hin.

Statt ihn anzunehmen, gab Zorathus dem Echsenwolf einen Wink. Mit zwei Sätzen war das Geschöpf bei der Kriegerin. Es apportierte den Behälter und warf sich vor dem Meister auf den Boden.

Zorathus ging in die Hocke. In der zum Schneiden dicken Atmosphäre des Raumes war das Knacken seiner Gelenke deutlich zu vernehmen. Der bleiche Fremde zog mit zwei Klauen das Dokument heraus. Zum ersten Mal löste er den Blick von Oslic.

Die Frostkugeln in den Augenhöhlen wanderten über die Runen und Glyphen. Oslic meinte, etwas wie Neugierde darin auszumachen, doch vielleicht war es auch nur Gier nach Besitz, Hunger nach mehr. Nach allem.

Er gab einem der Âshkulim einen Wink, der sich erhob und mit gesenktem Haupt herantrat.

»Bring das zu den anderen Beutestücken«, knarrte Zorathus. »Vielleicht vermag einer meiner Brüder etwas damit anzufangen.« Er wandte sich wieder Oslic zu. »Was den da betrifft ... Ja, Aelfric Boulanthus, er hat mehr als einen Hauch der alten Macht an sich, ohne Frage. Ich kann sie wittern. Er wird uns nützlich sein bei dem, was vor uns liegt.«

»Mein Lord, sagtet Ihr nicht, Ihr würdet spüren, wie sich die Macht der Sieben schart und Eure Grenzen überquert?«, fragte Aelfric. Er wirkte auf verstörende Weise zufrieden inmitten dieser bizarren Szenerie und strahlte über das ganze Gesicht.

Oslic starrte auf den Schädel des Tsharen in seinen Händen. Starrte in die leeren Augenhöhlen. Ein Teil von ihm fragte sich, wann der Blick seines Vaters zuletzt auf ihm geruht hatte. Dieser Teil von Oslic verstand nichts mehr. Seit er die Grenzen seiner alten Heimat überschritten hatte, schien er vom Wahnsinn verschlungen zu sein.

Der andere Teil, jener, der Dinge erfand und den Menschen half, dessen Geistesleistungen in seiner zweiten Heimat zur Legende geworden waren, wollte handeln. Berechnen, welche Kraft es benötigen würde, rücklings über einen der Barbaren hinter ihm zu rollen und sich abzustoßen. Kalkulieren, wie lange er brauchen würde, um von dort aus zur Tür zu gelangen. Wie viele Schritte es vom Eingang des Thronsaals bis zum Palasttor waren, wie viele Feinde ihm theoretisch den Weg dorthin verstellen mochten.

Dieser Teil gab ihm Halt und Struktur in diesem Grauen und bewahrte ihn davor, den Verstand zu verlieren.

Da pikten plötzlich zwei eiskalte Nadeln in sein Kinn, rissen den Sohn des Tsharen grob aus seinen Gedanken. Zorathus hatte seinen Kiefer so gepackt, dass sich die Klauen des Wesens schmerzhaft in Oslics Haut gruben.

»Sperrt ihn zu dem anderen Fleisch. Er wird den Preis zahlen, der für die große Unternehmung vonnöten ist. Er wird für uns das Tor des Shibolleth aufstoßen. Es werden seine Hände sein, die uns zum Erfolg verhelfen. So haben wir es gesehen.«

»So war das nicht vereinbart!«, begehrte Talladeen Boulanthus auf, und Oslic vernahm in dessen Stimme wieder etwas von dem alten Raubein, das seinem Vater einst so treu gedient hatte. »Solange er lebt, stellt er eine Gefahr für die Erbfolge dar. Und für seine Brüder.«

»Dein Versagen ist nicht unser Belang, Knecht«, zischte der Bleiche, und sein Blick fiel wie der einer Klapperschlange auf Oslics Onkel. »Wären deine Bemühungen vor Jahren von Erfolg gekrönt gewesen, hätten wir nicht erst durch diese Tore marschieren müssen, um das Fleisch zu brechen, das hier haust, nicht wahr? Du hättest uns das Muttertier des Burschen gegeben, und wir hätten den Akt der Befreiung mit seinem Blute vollführt.«

Talladeen schien gekränkt. »Das war nicht leicht, Herr. Sie wurde nie aus den Augen gelassen, und es war nicht meine Schuld, dass sie krank wurde, bevor ich …«

Mit einer Geste entzog ihm das Wesen das Wort. »Nun aber ist es gekommen, wie es gekommen ist. Vielleicht möchtest du die Lage statt mit mir mit meinen Brüdern erörtern? Sollen wir sie wecken? Gemeinsam? Vor der Zeit? Du weißt, wie sie das lieben.«

Talladeen verstummte und senkte den Blick. Sein eben noch tiefrotes Gesicht wurde so farblos und bleich, dass Oslic für einen von Scham erfüllten Moment darauf zu hoffen wagte, dass seinem Onkel das Herz versagte. Was meinte diese Abscheulichkeit, wenn sie von den Bemühungen vor Jahren sprach? Von welcher Frau war die Rede?

Mutter?

Es waren die Gedanken an seine Eltern, die Oslic die Kraft zum Widerstand raubten und ihn gnadenlos gepackt hielten, sicherer als die Klauen des Monsters.

Zorathus trat einen Schritt zurück. Er strahlte nichts als Genugtuung aus, als Talladeen Boulanthus zurücksteckte. Das Wesen gab ein Geräusch von sich, das wie der Biss einer von Rost zerfressenen Säge auf einem dicken Eiszapfen klang. Es dauerte einen Moment, bis Oslic aufging, dass es sich dabei um ein Kichern handelte.

Er deutete auf Oslic, ließ die Klaue des Zeigefingers in einer gebieterischen Geste kreisen. »Warum ist dieser noch hier? Sagte ich nicht, er soll zu dem anderen Fleisch, bis die Zeit kommt?«

Willenlos ließ sich der Sohn des Tsharen in die Höhe zerren. Starke Hände entwanden ihm den Schädel. Er sah seinen Onkel und seine Brüder an und hoffte, bei ihnen zumindest einen Anflug von Reue zu erblicken. Ein Anzeichen dafür, dass ihre Tücke nur eine List war, um diese angeblichen Hexer zu täuschen.

Doch in Talladeens Augen sah er nichts als Verachtung, vermengt mit Genugtuung. In dem Blick seiner Brüder tanzten Hohn und blankes Vergnügen.

Es gab keine Hoffnung, keine Erklärungen für das, was hier geschah. Alles, was ihm noch blieb, war die Erleichterung darüber, dass Vargen und Testri nicht in die Klauen dieser Monster geraten waren. Während er durch verwaiste Korridore des Geisterhauses geschleift wurde, in das sich sein Stammsitz verwandelt hatte, brach die Welt, wie er sie gekannt hatte, in sich zusammen.

23

In Carchadon wusste man, dass ein Mann schlimmere Feinde kannte als die Angst oder die Finsternis: die Kälte und seine eigenen Gedanken.

Die Carchadonen errichteten Stockzwinger auf Pfählen am Rand ihrer Städte. Jenseits der Sicherheit und des Schutzes der Mauern, in den Vororten. Sie dienten nicht als Abschreckung und Pranger, sondern als letzte Station, die das Leben eines Verbrechers nahm.

Die Nacht lag über dem Kerkerfeld, herbstlich und bitterkalt. Die Feuer der Aschebarbaren peitschten in eisernen Körben. Anderswo waren Gruben ins Pflaster geschlagen worden, über denen hier und dort Fleisch briet.

Âshkulim-Wächter strichen wie Schakale um die Käfige herum, verhöhnten dann und wann aus Langeweile und Grausamkeit ihre Opfer. Nicht dass diese nicht genug litten. Die Stabkerker waren so niedrig, dass ein Gefangener nur sitzen konnte. In der Sommerhitze wurden die Insassen darin geradezu gebacken, jetzt aber nagte der Wind an ihren Gebeinen.

Oslic fand sich inmitten eines ganzen Waldes aus Käfigen wieder. Die Dunkelheit der Herbstnacht war erfüllt vom Wimmern und Wehklagen, vom Zähneklappern der Frierenden.

Wann immer der Wind über die Käfige ging, trug er den Gestank von Angst, Schweiß und menschlicher Notdurft mit sich. So viele winselten hier in der Dunkelheit, dass ihre Stimmen zu einem unaufhörlichen, nie abreißenden Hintergrundgeräusch wurden. Zugleich bewahrte man sie zu weit voneinander getrennt auf, als dass ihre Körper einander Wärme oder Schutz bieten konnten.

Oslic saß in verkrümmter Haltung da wie der Rest von ihnen. Im Gegensatz zu den meisten anderen war er ein Mann von hochgewachsener Statur. Wenige Stunden genügten, um ihn vor Rückenschmerzen halb wahnsinnig zu machen, und immer dann, wenn er seinen Rücken in eine vorübergehend erträgliche Position zu bringen versuchte, schwoll der pochende Dauerschmerz in der Schulter zu einem glühenden Reißen an. Er brauchte dringend Peritus, oder er würde den Verstand verlieren.

Dies hier war das Ende.

Er spürte die Gewissheit, wann immer seine Lage ihm gestattete, auch nur einen klaren Gedanken zu fassen. Er würde an diesem Ort sterben. In Schande, vergessen, ohne eine Antwort auf seine brennenden Fragen und vor Schmerzen schreiend.

Weit mehr als sein Körper schmerzte den Sohn des Tsharen, dass Talladeen in seinem unauslöschlichen Hass recht hatte. Oslic war ein naiver Idiot. Er war losgestürmt in dem Glauben, er könne die Probleme in seiner Heimat mit einem Streich lösen.

Er dachte an den verhängnisvollen Moment, in dem er zum ersten Mal von der Schriftrolle gelesen hatte – in Schriften, die unter Verschluss lagen und nur den Magistern zugänglich waren. Darüber, wie sie vor Jahrzehnten von einem der Kreuzzüge Doranthars gegen die Mardiroi aus den Ruinen der Träumenden Götter geborgen worden war, dass deren Inhalt als schwarze Hexerei gebrandmarkt wurde und der damalige Hierophant, Quintarch Varhisius, der Akademie befohlen hatte, sie zu vernichten.

Oslic hatte nichts darauf gegeben. Er wusste, dass Vettra, der seinerzeit amtierende Dekan der Akademie, seinen Zeitgenossen als liberaler Mann gegolten hatte. Der Sohn des Tsharen hatte sich nicht vorstellen können, dass der Hochgelehrte der Akademie solches Wissen ausgelöscht hatte.

Oslic war seinem Bauchgefühl gefolgt. Er hatte die Umstände des sechsten Feldzugs zwischen Doranthar und Mardiros studiert. Vornehmlich galten diese wie alle vorausgegangenen Angriffe des Kirchenstaats auf das Territorium der Steppenfürsten als Akte der Grenzsicherung und der Ausrottung des Irrglaubens an die Träumenden Götter, als heiliger Krieg gegen die Anbeter jener vorzeitlichen Geschöpfe von den Sternen, als deren Nachfahren sich die Mardiroi-Speerkämpfer betrachteten. Die Einwohner von Mardiros sammelten sich seit Jahrhunderten um die an gewaltige Termitenhügel aus Glas erinnernden Städte dieser Götter und hüteten deren Geheimnisse ohne Rücksicht auf das eigene Leben.

Oslic hatte tief gegraben und die Fäden verknüpft. Die eroberten Gebiete waren reich an Eisenvorkommen, die Doranthars Kirchenväter umgehend mit Beschlag belegten. Nicht um sie auszubeuten, dazu hatte außerhalb der Eisenlande von Hearne seinerzeit das nötige Wissen gefehlt.

Nein, es ging darum, ein Druckmittel gegen die Hearniten zu haben. Ritter zu bewaffnen war kostspielig, und den Eisernen mitteilen zu können, dass man über eigene Metallvorkommen und hochwertiges Eisenerz verfügte, sollte bei Auseinandersetzungen das Blatt wenden. Vor allem in der Frage, warum sich Hearnes Kult weigerte, die anderen vier Götter zu den Ehren kommen zu lassen, die ihnen zustanden, waren doranthanische Minen ein gutes Druckmittel. Zumindest war dies die Strategie der Kirchenältesten unter dem damaligen Quintarchen Varhisius gewesen.

Mit derlei Erkenntnissen hatte Oslic seine Suche nach dem Pergament noch intensiviert. Er hatte unbedingt wissen wollen, was es enthielt, dass es neben all den anderen Vorwürfen der Hexerei und des Aberglaubens, die man den Mardiroi seit Jahrhunderten machte, eine so viel schlimmere Ketzerei darstellen sollte.

So forschte der Sohn des Tsharen und fand heraus, dass es eine vergessene Rezeptur enthalten sollte, wie man ein Metall schmiedete, leichter als Stahl und hart wie Diamant. Federstahl.

Seit er dies gelesen hatte, war Oslic von der Idee besessen gewesen, dieses Wissen zu erlangen. Es der Welt zu schenken. Medizinische Werkzeuge aus diesem Material konnten immense Fortschritte in der Behandlung von Verletzungen ermöglichen. Mit ihm verbesserte Ackergeräte den härtesten Boden urbar machen. Und Verteidiger des Guten mochten in Rüstungen aus diesem Stahl unaufhaltsam sein.

Was für ein kindischer, vom blinden Idealismus beherrschter Narr er doch gewesen war!

Jetzt war er in der Wirklichkeit angekommen und roch Scheiße und Blut. Blut, das den Unschuldigen geraubt und von Monstern mit einer Haut aus Asche vergossen wurde.

Oslic tröstete sich damit, dass sich der Inhalt der Rolle als Unfug erwiesen hatte. Als Lüge, die auf dem großen Schwindel so vieler Blender, falscher Orakel und wandernder Scharlatane fußte: Magie. Aberglauben und Hokuspokus.

Syriatis litt unter den falschen Abgöttern. Ohne ihren Irrglauben an erfundene Feuergeister wären die Aschebarbaren aus dem Krater niemals dem Wahn verfallen, den Rest der Welt in Brand stecken zu müssen. Auch die Mardiroi hätten erkannt, dass es vernünftiger wäre, sich der kultivierten und fortschrittlichen Lebensweise der anderen Länder anzupassen, anstatt Kriege zum Schutz der Geheimnisse einer weit entfernten Vergangenheit zu führen.

Eine neuerliche Schmerzwelle riss Oslic unsanft aus seinen Gedanken. Die Muskelbänder neben seiner Wirbelsäule versteiften. Die Schmerzen zogen vom Steiß bis in den verdrehten Nacken, die Schulter brannte schlimmer als je zuvor. Die Finger der rechten Hand pochten – Finger, die er vor geraumer Zeit verloren hatte.

Hätten die Barbaren doch nicht seinen Arm blockiert. Doch selbst diese Tiere hatten begriffen, dass ein paar Holzkeile an den richtigen Stellen dazu genügten. Andernfalls wäre es ihm gelungen, sich aus dem Käfig zu befreien.

Er hielt inne. Lauschte. War da ein Geräusch? Etwas, das über das raue Lachen und die Schritte seine Wächter sowie das allgegenwärtige Wimmern der Eingekerkerten hinausging?

Da war es wieder. Ein sachtes Rascheln von Kleidung. Ein Atemzug, nahezu unhörbar.

Jemand stand neben seinem Käfig, außerhalb von Oslics Blickfeld, eine Armeslänge entfernt.

Wer?

Eine wilde Hoffnung ergriff ihn. Konnte es wahr sein? Gegen jede Vernunft entfuhr ihm ein erleichtertes Seufzen. Hatte sie wieder einmal nicht auf ihn gehört?

»Testri.« Der Sohn des Tsharen wisperte. »Noch nie war ich so erleichtert, dass du so schlecht erzogen bist.«

»Beinahe. Haderst du wieder mit dir, mein Prinz?«, antwortete eine Stimme. Weiblich, mit dem volltönenden Timbre des Südens.

Oslic erschauderte. Zu den Schmerzen im Körper gesellte sich ein Brennen, das sich wie glühendes Metall durch die Wange fraß. Die Narbe pochte ebenso wie die Stelle, wo sein Ohrläppchen fehlte.

Dort, wo ihn der Armbrustbolzen gezeichnet hatte.

»Alheefa.« Seine Stimme klang wie ein raues Keuchen. Die widerstrebenden Gefühle, die es auslöste, nur ihren Namen zu sagen, führten ihn gemeinsam mit den Schmerzen an den Rand seines Verstandes.

Habe ich Halluzinationen?, fragte sich Oslic. Er hatte einen Punkt erreicht, an dem nichts mehr sicher zu sein schien. Vielleicht lag er ja schon im Sterben, und sein Geist flüchtete sich in die Vergangenheit.

Sie trat aus dem Schatten, ein Schemen, geboren aus Nacht und Zwielicht. Das enganliegende Gewand verschmolz vor den Augen zu einem Gemenge aus Anthrazit und Schwarz. Die Kapuze der Meuchlerin verhüllte ihr Haar, ein Tuch Mund- und Nasenpartie. Die Augen waren das Einzige, was sie von sich preisgab, umrahmt von Kohlenstaub und mit dem Gelb von Butterblumen.

Oslic konnte den Blick nicht von diesen Augen wenden.

Wie Vargen stammte Alheefa aus Sidhisid. Der helle Braunton ihrer Haut verriet, dass sie im Gegensatz zu seinem Leibwächter ein Mischling war – doch hatte sie eine der eigentümlichen Irisfarben der Südlinge geerbt.

Diese Augen, die ihn einst voller Liebe angesehen hatten, waren nun hart wie polierte Murmeln. Alheefa hob den Arm. Ein matter Schimmer glomm in der Dunkelheit, hob sich in einer vagen Silhouette von ihrem Unterarm ab.

Oslic erkannte die Mechanik der geschwärzten Stahlzüge an der Schiene aus Messing und Leder, die parallel zum Vorderarm verliefen. Schließlich war er es gewesen, der die Konstruktion ersonnen hatte, um die Jagdarmbrust der Geliebten zu verbessern.

Alheefa richtete die Reinkarnation dieser Waffe in Form einer Handgelenksarmbrust auf ihn. Die Spitze des Bolzens zielte auf seinen Hals.

»Du sollst doch nicht schmollen, Oslic. Das macht Falten.« Es war unüberhörbar, wie seine Lage sie amüsierte. Mühsam löste er den Blick von ihren Augen. Die Bolzenspitze schien zu wachsen und sein ganzes Blickfeld einzunehmen.

»Wir machen einen Ausflug, du und ich.« Die Kälte in ihrer Stimme ließ ihn den Nachtfrost vergessen.

Ohne eine Antwort abzuwarten, zückte die Meuchlerin Dietriche aus den Schnüren, mit denen ihr Gewand und ihre Lederrüstung verschnürt waren, um Flattern und Knarzen zu vermeiden. Das Vorhängeschloss seines Käfigs schnappte auf. Alheefa öffnete die Tür, wobei sie darauf achtete, keine verräterischen Laute zu erzeugen. Zu sehen war sie im diesigen Flackern zwischen den Stabkerkern so gut wie nicht.

Bevor er reagieren konnte, langte Alheefa in sein Gefängnis. Er hatte vergessen, welche Kraft in der Ebenmäßigkeit ihres Körpers verborgen lag. Sie zog ihn so mühelos ins Freie, als wäre er nicht schwerer als ein Kätzchen. Die Beine rutschten in der Parodie einer Steißgeburt zuerst heraus. Kaum dass seine Füße den Boden berührten, knickte er weg.

Sie stützte ihn mit einer Hand, bis er sich halbwegs selbst halten konnte. Das Prickeln in seinem Körper, als die Muskeln nach Stunden wieder mit Blut versorgt wurden, war unerträglich.

Kaum dass sich Oslic von dem Schock ihrer Anwesenheit an diesem Ort erholt hatte, erlebte er die nächste böse Überraschung. Die Spitze eines Armbrustbolzens bohrte sich mit Nachdruck durch die Kleidung in sein Fleisch.

»Keine Tricks.« Ihr Tonfall ließ keinen Widerspruch zu.

Oslic ließ den Kopf und die Schultern hängen. Es war nicht nur ein Zeichen, dass er ihr keine Scherereien bereiten würde. Es war schlicht kein Kampfeswille mehr in ihm. Wann immer er das Gefühl hatte, dass sich die Dinge zum Besseren wandten, walzte die nächste Katastrophe über seine Bestrebungen hinweg, sich einen Funken Optimismus zu bewahren.

Er schüttelte den Kopf, als Alheefa ihn mit einer Hand auf der Schulter vor sich herschob. Geschickt lotste sie ihn zwischen den Käfigen hindurch. Weder Wächter noch Gefangene wurden auf das Duo aufmerksam. Dunkelheit und Nieselregen verbargen ihre Bewegungen – den Rest besorgte der Zustand, in dem die armen Teufel sich befanden.

Am Rand des Prangerplatzes floss Regenwasser in Bächen über das Kopfsteinpflaster und sammelte sich in Abwassergräben. Mit einem Gurgeln verschwanden die Wassermassen im Schlund eines Gullys.

Am Eingang einer Gasse standen zwei Pferde mit Sattel und Zaumzeug. Die Hufe waren zur Dämpfung mit Tüchern umwickelt. Sie tänzelten unruhig. Als Alheefa und Oslic sich den Tieren näherten, sah er auch, warum. Halb vom Schatten der Gasse verborgen, saß eine Gestalt mit dem Rücken zu einer Hauswand, den Kopf in den Nacken gelegt. Sie war leidlich mit alten Säcken kaschiert. Blutgetränkten Säcken.

»Haben scharfe Sinne, diese Ascheteufel«, presste Alheefa durch die Zähne. »Der da hat sich an mich herangeschlichen. Hätte mich fast erwischt.«

»Fast.« Oslic musterte den Toten und schürzte die Lippen.

»Ihr Carchadonen macht es einem leicht, jemanden aus dem Kerker zu holen«, sagte Alheefa. Sie deutete auf das Pferd, verlieh der Geste mit einem Zucken des Kopfes und einem Wink mit der Waffe den entsprechenden Nachdruck. »Vor allem weil es keinen Kerker gibt.«

Nur mühsam löste Oslic den Blick von dem Toten. Der alte Grainac in Doranthar. Die Kustoden. Sein Vater. Die Bewohner Carchadons auf den Scheiterhaufen. Jetzt dieser Âshkulim. Bestand die Welt nur noch aus Tod?

Er riss sich los, schob einen Fuß in den Steigbügel und stieg auf. Es kostete ihn Kraft. Zudem waren seine Hände noch immer gefesselt, sein künstlicher Arm blockiert und damit bewegungsunfähig. Er benötigte drei Anläufe, um in den Sattel zu gelangen.

Schließlich trabten sie los. Er musste sich am Sattelknauf festklammern, um nicht abzurutschen.

»Was für eine Stadtverteidigung ist das, die man mit einer Handvoll Zurückgebliebener mit Steinäxten einnehmen kann?«, fragte die Meuchlerin. »Ich dachte, dein Land wäre der Erzfeind von Hearne – einer Kultur, die für nichts als Eisen und Krieg lebt. Und glaube mir, ich habe gegen Horne-Diener gekämpft. Es sind Kriegsmaschinen auf Beinen. Wie habt ihr euch gegen die gehalten, wenn ein paar bleiche Kraterbruten einfach eure Hauptstadt erobern können?«

»Das ist eine der Antworten, die ich mit ins Grab nehmen werde.« Oslics Grenze war erreicht, er war am Ende.

»Du hattest schon immer einen Hang zum Melodramatischen«, sagte die Meuchlerin.

»Und du schon immer dazu, Leute zu verraten und sie umzubringen!« Es war ein Eingeständnis seiner Machtlosigkeit.

Er senkte den Blick und ritt mit seiner einstigen großen Liebe fort von Vaistopol, hinein in Nacht und Ungewissheit.

24

»Sie müssen sie vollkommen überrascht haben. Die Stadt- und Palastwachen, meine ich«, sagte Oslic nach einer Weile des Schweigens.

Sie waren aus den Vororten heraus und ritten durch finstere Wildnis. Der Wind pfiff und ließ die Bäume schwanken. Das ölschwarze Holz wogte hin und her und gemahnte an eine Mauer aus dämonischen Klauen, die ihnen beim Vorbeireiten zuwinkte. Hohes Gras rauschte, dann und wann geisterte das Wehklagen eines Seetauchers auf dem Wind.

»In den Orten, durch die ich gekommen bin, hat alle Welt von dem Kometen geredet, der eingeschlagen ist.« Alheefa sah ihn nicht an, während sie sprach, sondern sondierte unablässig das Terrain.

»Vielleicht ist das die Antwort«, meinte Oslic. »Der Punkt, um den es geht.« Er warf der Meuchlerin aus dem Sattel einen Seitenblick zu. Der Sohn des Tsharen war froh, über das Phänomen nachdenken zu können; das lenkte ihn von dem ab, was er in ihrer Gegenwart empfand. »Man konnte sehen, dass der Brocken in Vaistopol verheerenden Schaden angerichtet hat. Ich war nicht da, möglicherweise hat er die Olegsondr-Kaserne getroffen und damit Stadt- und Palastwache weitgehend ausgelöscht. Vielleicht haben sie sich auf den Straßen versammelt, als der Himmel auf einmal in Flammen stand.« Er hielt im Satz inne. »Du machst es schon wieder. Genau wie früher. Wenn dir nicht gefällt, was ich zu sagen habe, gibst du mir was, mit dem mein Geist eine Zeit lang beschäftigt ist, bis ich den Faden verliere.« Er war verblüfft, dass diese Taktik immer noch funktionierte.

Hier war er und ritt mit der einstigen großen Liebe, floh aus seiner von einer Naturkatastrophe und einer Horde Barbaren zerstörten Heimatstadt. Ritt in die Nacht, damit sie ihn an einem verschwiegenen Ort mit seiner eigenen Armbrusterfindung in den Kopf schießen konnte.

Er wollte verdammt sein, wenn er das zuließ.

Unvermittelt trieb er sein Pferd an, preschte davon. Es war eine reine Trotzreaktion. Kaum dass der Gaul Tempo aufnahm, ging ihm auf, dass seine Hände gefesselt waren, die denkbar ungünstigsten Voraussetzungen, um ein Wettreiten gegen eine ausgebildete Assassinin aus Sidhisid für sich zu entscheiden.

Der Atem des Tieres erfüllte Oslics Ohren, die Flankenmuskeln pressten gegen seine Schenkel, wenn es gierig Luft einsog und ausstieß. Der Wind trieb dem Sohn des Tsharen die Tränen in die Augen, während er sich am Knauf festklammerte. Das Pferd raste über den Feldweg, an der Baumgrenze entlang.

Der Sohn des Tsharen wusste, dass Pferde die Unruhe des Menschen spürten. Oslics Verwirrung, Furcht und sein Zorn über die letzten Wochen und die Behandlung durch Alheefa, gemischt mit einer gesunden Dosis Todesangst, übertrugen sich auf das Reittier.

Oslic brauchte nicht lange auf das Resultat seiner Dummheiten zu warten. Nur mit dem Schenkeldruck und gefesselten Händen konnte er sich bei diesem mörderischen Tempo nicht lange im Sattel halten.

Er rutschte zur Seite weg, und das Pferd scheute, einseitig mit Gewicht belastet, und trat im Lauf aus.

Oslic schrie auf, als er auf den Feldweg prallte. Ein brutaler Ruck ging durch sein Bein, das sich im Steigbügel verdrehte – das Pferd schleifte ihn mit sich. Erbarmungslos wurde er durch Pfützen und über Wurzeln gerissen. Scharfkantige Steine schnitten ihm ins Fleisch. Ohne sein Lederwams, das ihm die Barbaren genommen hatten, hatte er keinen Schutz.

So blieb ihm nichts, als zu schreien, den Kopf einzuziehen, die Ellenbogen schützend an die Stirn zu reißen und zu beten. In diesem Moment traf ihn etwas Hartes mit solcher Wucht am Kopf, dass seine Zähne schmerzhaft aufeinanderschlugen.

Der Steigbügel löste sich. Oslic blieb benommen liegen, schnappte nach Luft. Erst jetzt wallte scharfer Schmerz durch seinen Hinterkopf, erfüllte sein Denken und sein Sichtfeld – wie Blutschwaden, die sich nach einem Haiangriff im Wasser ausbreiteten. Dann fiel er der Dunkelheit und dem Rot entgegen. Es gab den Tsharensohn nicht mehr, nur noch den Frieden in der traumlosen Finsternis des Vergessens.

Die Crux daran, sich darauf zu verstehen, ein Arzt zu sein, war, bestimmte Wirklichkeiten des menschlichen Körpers zu kennen. Schmerz war ein Signal, dass etwas im Argen lag – wie auch ein Hinweis, dass man unter den Lebenden weilte.

Wenn es danach ging, war Oslic nicht nur äußerst lebendig, sondern auch jede Menge im Argen. Sein ganzer Körper pochte, sang und biss. Was ihn verblüffte, war, wie klar er sich zugleich fühlte. Körperlich wie gedanklich war er voll da.

»Na, wach?«, fragte eine vertraute Stimme. Alheefa.

Oslic krächzte. »War es also doch kein Traum.« Seine Kehle war trocken wie Sandpapier. Er versuchte, sich in der Dunkelheit aufzusetzen, sank aber sofort wieder zurück. Alles drehte sich.

»Du musst liegen bleiben, bis das Mittel wirkt.« Irrte er sich, oder vernahm er etwas von der alten Sorge um ihn in ihrer Stimme?

Oslic schloss die linke Hand zur Faust und spürte trockenes Stroh, wo er eben noch auf einem Feldweg zwischen Schlamm und Feldsteinen gelegen hatte. Er öffnete die Augen. Es war stockdunkel. »Wo … wo sind wir?«

»Eine Scheune. Einige Meilen vor den Stadttoren. Wir sind die halbe Nacht durchgeritten. Ich habe unsere Spuren verwischt, so gut ich konnte. Da war ein Bachbett, wegen des Regens der letzten Tage nahezu randvoll. Ich habe die Tiere eine Zeit lang da durchgeführt, das sollte Hunde vorerst ablenken. Wenn man die Kreaturen der Bleichen denn so nennen will.«

»Ich bin ein verdammter Idiot«, sagte Oslic.

Alheefa schmunzelte. »Wenn es darum geht, eine Situation zu analysieren, macht dir keiner was vor.«

»Nein, im Ernst. Ich meine es so. Ich habe irgendwo in Doranthar meinen Verstand verloren, glaube ich. Die ganzen Toten, Vargen und Testri in Gefahr, Vaistopol … es war zu viel.« Nun war Oslic es, der innehielt. »Verzeih, ich rede von diesen Sachen, dabei hast du keine Ahnung, was mir widerfahren ist. Bestimmt auch kein Interesse, es zu hören. Tust du mir einen Gefallen?«

»Kommt darauf an«, sagte die Meuchlerin.

»Kannst du mir eines verraten? Wieso lebe ich noch? Warum hast du riskiert, mich aus dem Käfig zu befreien? Mein Leben gerettet?«

»Nicht zum ersten Mal.« Da war wieder dieser Klang in ihrer Stimme. Ein intimer Scherz, ein ungesehenes Schmunzeln, das sich aus dem Tonfall erahnen ließ. »Da war noch die Sache auf der Straße in Doranthar.«

»Also doch.« Oslic nickte. Etwas Warmes kribbelte in seiner Magengrube. Ein Nachklang der alten Gefühle? Oder eine Nebenwirkung von was auch immer Alheefa ihm verabreicht hatte?

»Ich konnte nicht zulassen, dass sie euch erschlägt.« Er hörte im Dunkeln, wie sie mit den Achseln zuckte, ihre Kluft dabei leise raschelte. Eines der Pferde schnaubte ein paar Schritte entfernt, so als missbillige es, was die Assassinin sagte. »Dein Leben gehört nämlich mir, und du schuldest mir einen Tod, Oslic Boulanthus.«

Er wusste nicht, was er auf eine solche Aussage antworten sollte. Er erinnerte sich an diesen Satz – »Dein Leben gehört mir!« –, kurz bevor sie abgedrückt hatte. Damals.

Alheefas Stimme wurde kalt wie der Nordwind. »Sie hatte es auf Testri abgesehen. Das konnte ich kaum zulassen.«

»Du weißt von Testri?« Das überraschte Oslic. »Das war nach deiner Zeit.«

Es lag Traurigkeit in ihrer Stimme, als sie antwortete: »Ich lasse meine Beute nie aus den Augen. Niemals. So wurden wir geboren, weißt du?«

Oslic hörte, wie sie das Wort betonte. *Geboren*. Es lag ein seltsamer Hauch unter den Silben. Er konnte ihren Atem leise flattern hören, als sie sprach. Große Aufregung. Es war offenkundig, dass das ganze Thema ihr zusetzte. Er kannte natürlich die Gerüchte über die Meuchlerkulte im Reich der Handelsprinzen von Sidhisid. Dunkle Legenden, dass diese Mörder nicht von Frauen geboren wurden, sondern durch unaussprechliche Akte auf die Welt kamen. Oslic hatte solche Behauptungen stets ins Land der Mythen verbannt, jetzt war er sich nicht mehr sicher.

Was immer Alheefa mit ihm vorhatte, noch lebte er. Er war mehr er selbst als in den letzten Wochen, schöpfte Kraft. Was sie ihm auch verabreicht haben mochte, es schenkte ihm Konzentration und innere Ruhe, und er konnte dem Schmerz besser widerstehen.

»Ich war im Turm, weißt du? Mir war klar, dass dir nicht die Zeit geblieben war, mehr als das Nötigste zu packen. Du warst in Panik – und Vargen beschäftigt, eure Spuren zu verwischen. Für Kleinigkeiten blieb euch keine Zeit.«

Er hörte, wie sie in der Dunkelheit lederne Schlaufen aus Metallschnallen zog. Eine Tasche wurde geöffnet. Sie griff hinein, es raschelte. Dann war ein Klicken zu hören, wie von Hunderten kleinen Perlen in einer Röhre aus Metall oder Glas. Sie prasselten gegen einen Korken.

»Du hast mein Peritus mitgebracht?« Blanker Unglaube lag in seiner Stimme.

»Schlechtes Gewissen.« Sie zuckte erneut hörbar mit den Achseln. »Meiner Zunft ist es strikt verboten, dass die Beute leidet.«

Sein Mut sank bei diesen Worten. Für einen Augenblick

hatte er sich eingeredet, sie hätte ihn gerettet, weil ihr an seinem Wohlergehen läge. Das Flattern in seiner Brust erstarb.

»Dein Sturz war meine Schuld.« Falls sie merkte, was in ihm vorging, verriet ihr Tonfall es nicht. »Statt dir einen sauberen Tod zu schenken, habe ich dich versehrt. Statt dich zu entleiben, wurdest du verstümmelt. Durch meine Ungeschicklichkeit.« Etwas klopfte im Dunkeln gegen das Metall der Prothese – die Berührung setzte sich in seine Schulter fort. »Meinetwegen leidest du unter den Qualen in deinen Knochen. Meinetwegen musstest du den Eingriff vornehmen. Das war nicht geplant, und ich habe vor, das irgendwie wiedergutzumachen. Deswegen bin ich hier.«

Abermals schob er sich in die Höhe, dieses Mal mit mehr Ruhe. Die Übelkeit blieb aus, das Peritus dämpfte die Schmerzen auf ein erträgliches Maß, ebenso wie die Dunkelheit und die Arznei dabei halfen, seine überfrachteten Sinne zu beruhigen. Sein Hirn arbeitete endlich mit der unfehlbaren Präzision, die er zeitlebens gewohnt war. Er fügte ihre Worte zusammen, füllte Lücken.

»Das warst du. Bei der Scheune vor Wochen. Die Spuren, die ich gefunden habe. Kein Wildpferd. Beschlagene Hufe, tief in Schlamm eingesunken. Jemand hat die Scheune beobachtet. Du bist mir bis nach Carchadon nachgeritten, hast dich aber nicht zu erkennen gegeben.«

Wieder ein Achselzucken in der Dunkelheit. Sanfte, weiche Hände, die über Knie und Schenkel in Lederhosen rieben, um etwas zu tun, während man dasaß und sprach.

»Du solltest dich ausruhen, Oslic III. Boulanthus. Du hast einiges abbekommen in den letzten Tagen.« Sie stand auf.

Oslic wusste, dass er ihre Bewegungen in der Finsternis

nur hören konnte, weil sie es zuließ. Ihr Tonfall verbarg jeden Widerspruch – es war der resolute Klang einer weiblichen Stimme, die etwas besser wusste und für jemanden eine Entscheidung traf, egal, wie sehr demjenigen diese nicht schmecken mochte.

Obwohl Oslic vor Neugierde brannte, schossen die Feuer seines misshandelten Körpers noch immer als dumpfe Signale durch Fleisch und Knochen. Er wusste, was er einem Patienten in dieser Verfassung geraten hätte. Sich auszuruhen, um die überreizten Nerven zu erholen und dem Leib zu erlauben, Blessuren zu heilen und Schnitte zu verschließen. Sie hatte ihn bisher nicht umgebracht – im Gegenteil, sie hatte ihm die Medizin gegeben, nach der er sich seit Tagen gesehnt hatte. Er fühlte sich endlich wieder wie er selbst – und war hundemüde.

Er ließ sich zurücksinken und war kurz davor davonzugleiten. Doch eine Sache ließ ihm keine Ruhe. »Hast du damals mit Absicht vorbeigeschossen?«

Niemand antwortete ihm. Alheefa war also nicht mehr in der Scheune, sondern hielt Wache.

Er bekam nicht mit, dass sie ihren Posten an seiner Seite nicht aufgegeben hatte. Er spürte den Handrücken nicht, der ihm eine graue Strähne aus den Augen strich.

25

Er erwachte in einem Zustand, als wäre er von einem schlechtgelaunten Kyklopen aus den Legenden der Mardiroi in einen Sack gesteckt und ein paarmal gegen Felsen geschlagen worden, nur um danach in eine laufende Wassermühle geworfen zu werden.

Oslic erhob sich, so vorsichtig er konnte.

Der Morgen graute, und Lichtfinger blinzelten durch das Scheunendach. Einer davon fing sich an den blanken Stellen einer Sense und traf sein Auge. Er betastete sich, sah an sich herab. Alheefa hatte ihn in der Nacht angekleidet. Irgendwie war es ihr gelungen, seine Sachen zu beschaffen.

Er wollte nach ihr rufen, da legte sich eine Hand auf Oslics Mundpartie. Er wandte den Blick. Die Meuchlerin schüttelte langsam den Kopf. Sie war fast vollständig von Stroh bedeckt, verborgen in einem Haufen. Sie deutete mit den Augen auf den Scheunenausgang.

Oslic folgte der Bewegung. Sie sah ihn unverwandt an, eine Hand an ihrem Ohr.

Der Sohn des Tsharen begriff. Er hielt sich reglos und lauschte. Von draußen drangen rachitische Atemzüge heran. Die seltsame Echsenkreatur des selbsternannten Hexenmeisters hatte so geklungen.

Plötzlich fiel ihm das Schlucken schwer. Ein Kloß in der

Kehle, säuerlicher Geschmack. Sein Puls beschleunigte sich.

Alheefa wusste, wie gut seine Ohren waren. Über das Mundtuch hinweg bohrte sich ihr Blick in seine Augen. Sie wollte etwas, hob die Finger ans Ohr. Ihre andere Hand erschien aus dem Stroh, deutete ein Abzählen an.

Oslic nickte. Er lauschte mit äußerster Konzentration, nutzte sämtliche Techniken zur Schärfung seiner Wahrnehmung. Schließlich hob er vier Finger. Zufrieden, dass sie offenbar verstanden hatte, deutete er danach mit Zeige- und Mittelfinger seiner gesunden Hand zwei Beine an, bevor er der Meuchlerin die Menge anzeigte.

Zwei Menschen, zwei der Kreaturen. Viel zu nahe. Er spürte sein Herz gegen die Rippenbogen pochen.

Bevor er zaudern oder in Panik geraten konnte, bohrte Alheefa den Daumen in die Grube unter seinem Schlüsselbein – gerade genug, dass es ihn aus den Gedanken holte. Einmal mehr folgte Oslic ihrem Blick und sah, dass zwei Ellen entfernt an einem Holzpfeiler sein Anderthalbhänder lehnte.

Er nickte zur Bekräftigung, und sie gab ihm mit einem letzten Hinweis zu verstehen, dass sein Arm wieder frei war. Erst jetzt bemerkte der Sohn des Tsharen, dass sie die Splinte und Keile der Prothese über Nacht entfernt haben musste.

Mit diesem Wissen kehrte etwas von seiner Zuversicht zurück. Genug, dass er grimmig die Zähne zeigte. Er wollte ihr einen tapferen Blick zuwerfen, mehr, um sich selbst zu bestätigen, doch Alheefa war wieder im Stroh abgetaucht.

Oslic unterdrückte ein Fluchen. So leise er konnte, rollte er aus dem Strohlager und kroch auf sein Schwert zu. Er bezweifelte, dass man mit den Bleichen dort draußen reden konnte. Er legte die Linke an die Waffe.

Etwas blitzte zwischen den Spalten im Scheunenholz auf. Es pfiff.

Die Schwertkampfreflexe aus Oslics Jugend ließen ihn reagieren, ohne dass ihm das bewusst wurde.

Holzsplitter explodierten nach innen, wo sein Schädel gerade noch gewesen war. Der Kopf eines Streitkolbens aus einem Feldstein und Hirschsehnen. Krude, aber absolut tödlich.

Wie ein Schlangenbiss war die Waffe vorgezuckt. Ebenso rasch machte sie Platz. Eine gewaltige Gestalt füllte das zersplitterte Loch. Ein Âshkulim, das Gesicht zur Unkenntlichkeit vernarbt. Er bleckte Reißzähne, als er Oslic am Boden liegen sah.

Oslic stemmte sich in die Höhe und riss mit zitternder Hand das Schwert aus der Scheide. Der Koloss war drei Köpfe größer als er und doppelt so breit. Er stieß ein raues Lachen blanker Vorfreude aus.

Der Bleiche verlor keine Zeit. Statt sich durch das Loch zu zwängen, schloss sich seine von Aschekruste bedeckte Faust um die Holzlatten. Er riss sie nach außen und hatte die Öffnung erweitert, ehe Oslic eine Entscheidung treffen konnte.

Mit trügerischer Langsamkeit stieg der Barbar hindurch, wog dabei die Steinkeule in der Hand.

Der Sohn des Tsharen tat einen Schritt zurück. In diesem Moment barst das Scheunentor. Metall sang, als der Riegel durch die Luft wirbelte und von einem Holzpfeiler abprallte.

Zwei Echsenwölfe trotteten in gesenkter Pose langsam durch das Portal. Sie bleckten die Fänge ebenso wie ihre Besitzerin hinter ihnen, die mit einem Speer mit Feuersteinklinge bewaffnet war und dem mit dem Streitkolben etwas zurief. Im Gegensatz zu ihrer Herrin waren die Tiere auf unheimliche Weise geräuschlos.

Oslics Blick zuckte zwischen gleich vier Gefahren hin und her. Er musste fliehen, doch wohin? Kämpfen, aber wie? Er wollte nicht töten. Er wollte nicht sterben! Warum tat Alheefa nichts?

Sie ist fort, hat mich im Stich gelassen! Panik wallte in ihm auf.

Mit jedem Moment, mit dem die Verzweiflung wuchs, nahm die Selbstsicherheit der beiden Barbaren zu. Sie näherten sich. Stumm fletschten ihre Monster die Zähne. Die Âshkulim grinsten. Offenkundig genossen sie das Spiel. Der Mann und seine Gefährtin richteten Waffen auf ihn, murmelten sich Dinge zu, deuteten Gesten an. Schneidend, zerrend, beißend.

Ihm blieb keine Wahl. Die Gewissheit, diesen Ort nicht wieder verlassen zu können, ergriff von Oslic Besitz. Er war zwischen ihnen gefangen.

Oslic hob das Schwert. »Kommt. Wenn ihr es haben wollt, wenn ihr nur diese Sprache sprecht, nur her mit euch!« Er hasste den Klang seiner Stimme, panisch, sich überschlagend.

Sie grinsten breiter, wussten, dass ihnen der Gegner nicht gewachsen war. Es lag Jahre zurück, dass er ernsthaft so oft hatte kämpfen müssen. Damals war sein Waffenarm intakt gewesen.

Ein seltsamer Zischlaut ließ Oslic innehalten. Er wirbelte herum. Eine der Echsen machte einen Schritt nach vorn, torkelte auf ihn zu – und brach zusammen. Ein Schaft ragte aus ihrem Auge, bis zur Befiederung eingedrungen. Klare Flüssigkeit und Blut sickerten durch die Kanäle zwischen den Kopfschuppen.

Für eine Sekunde schien alle Zeit zu gefrieren. Da brüllten die Âshkulim auf. Preschten auf Oslic zu.

Er sah eine Bewegung aus den Augenwinkeln – Alheefa schoss in einem Wirbel aus Stroh und Heumehl auf die Bestienführerin und die zweite Echse zu. Stein, Holz und Stahl prallten aufeinander.

Dem Sohn des Tsharen blieb keine Zeit zum Beobachten. Der Streitkolben raste mit entsetzlicher Gewalt heran. Oslic folgte einem Reflex, sprang zur Seite, statt zu parieren. Die Waffe schmetterte auf festgetretene Erde, wurde emporgerissen.

Der Sohn des Tsharen machte einen Satz zurück, stieß gegen etwas Hartes, das ihn wieder nach vorn stieß – die Barbarin. Mit einem Fluch flog er auf den wartenden Gegner zu. Er konnte mit Mühe und Not ausweichen, krachte gegen die Holzwand und drückte sich im letzten Augenblick ab.

Etwas pfiff durch die Luft neben seinem Kopf, rasierte ihm fast das Ohr ab. Der Streitkolben biss eine Schneise in die Scheunenwand. Er fuhr durch das morsche Holz wie eine Pflugschar durch taufeuchtes Gras und Erde. Splitter und Holzwürmer sprühten in einer Explosion aus Mehlstaub durch den Raum. Es stank nach Schimmel.

Der Staub legte sich auf Lippen und Lunge, ließ ihn würgen. Falls es dem Barbaren zusetzte, ließ er es sich nicht anmerken. Bevor Oslic sich erholt hatte, drang der Koloss erneut auf ihn ein. Beinahe in die Ecke der Scheune gedrängt, einen Strohballen in den Kniekehlen, konnte der Sohn des Tsharen nicht mehr ausweichen.

Mit Mühe und Not parierte er den Wuchthieb. Schlagartig wurde sein Arm taub. Nur knapp gelang es ihm, die Klinge festzuhalten.

Sein Gegner war alles andere als ermattet. Der Âshkulim riss den Streitkolben aufs Neue in die Höhe. Er zielte auf den Schädel des Erfinders.

»Oslic!«, rief Alheefa. »Steh nicht rum! Wehr dich!«

Wellen aus heißer Wut trübten Oslics Bewusstsein. Wieder zwangen ihn die Umstände zur Gewalt. Bilder flackerten vor seinem Geist auf. Der Ort, an dem er Testri gefunden hatte. Die Augen der Männer, die im Kreis um das Bett standen. Die Kette. Der Halsring.

Er nahm die Wut, wie es ihn Cerrunna gelehrt hatte – und verwandelte sie in methodische Kälte.

Eine Finte überraschte den Barbaren. Der taube Schwertarm kam hoch, doch er war nicht der wahre Angriff. Der Aschekrieger parierte die Attacke mit verächtlicher Leichtigkeit – und ging Oslic damit in die Falle. Der Sohn des Tsharen schrie seine Wut heraus und legte alles, was er hatte, in seinen echten Streich.

Die Prothese schoss vor, umklammerte die Spitze des Bastardschwerts – aus der Schneide wurde ein Speer, geführt mit der Kraft von zwei Armen. Er nutzte das Metallglied als Führhand und zuckte vor. Ein kräftiger Widerstand aus Fleisch, der nachgab. Oslic wurde übel, als er den Stahl mit der kundigen Hand des Heilers mühelos wie ein Lotse durch Knorpel und durch Knochen führte.

Der Gesichtsausdruck des reißzahnbewehrten Barbaren hatte beinahe etwas Komisches, als er begriff. Der Hüne sah an sich herab, die Schwertspitze im Herzen. Ein Pfeiflaut drang aus der Kehle, Blut sickerte durch die Rinne in Oslics Schwert.

Er zog die Klinge heraus. Es klang wie ein Schlürfen, als der Sterbende Luft in die Wunde sog. Mit einem Seufzer brach der Blick seiner kohlschwarzen Augen. Er war tot, bevor sein Körper auf dem Boden aufschlug.

Oslic wandte sich der Meuchlerin zu. Sie stand über den toten Echsenhunden und der Leiche der Barbarin. Der Kopf der Frau fehlte, dampfend rote Schübe pumpten aus dem Halsstumpf. Mit geweiteten Augen, den Atem schwer wie der eines Hundertjährigen, starrte der Sohn des Tsharen Alheefa an.

Die Assassinin wischte ihr Halbmondschwert am Lendenschurz der zuckenden Leiche ab. Scham stieg in Oslic auf. In der Zeit, in der er es mit Mühe und Not geschafft hatte, einen Gegner auf Abstand zu halten, hatte sie hinter ihm ein tödliches Ballett geführt. Die junge Frau, die für ihn einst die schönste Schreiberin der Welt gewesen war, hatte für die zwei Monster und die Jägerin nicht länger gebraucht, als ein Stoßgebet dauerte.

Ihm wurde anders. Die Enthauptete, der noch zappelnde Mann, dem er den Garaus gemacht hatte, der Menageriegestank der beiden toten Echsenwesen … Mord und Totschlag, wo er hinsah.

»Ich habe gegen meinen Schwur verstoßen«, murmelte Oslic. Er saß plötzlich im Stroh, hatte keine Ahnung, wie er dorthin gekommen war. Vor seinem linken Auge war ein Flimmern, das ihm die Sicht raubte. Kopfschmerzen marterten ihn. »Schon wieder. Ich habe jemanden ermordet.«

»Red nicht so einen Unsinn. Verteidigt hast du dich!«

Alheefa spuckte auf die Kopflose. »Hör auf, die Umstände zu verdrehen, wie es dir passt.«

»Weil mir was passt?« Er sah zu ihr auf, die Kopfbewegung bereitete ihm solchen Schädeldruck, dass er sich am liebsten übergeben hätte.

»Weil du darin einen perfekten Grund siehst aufzugeben.« Sie verschränkte die Arme unter den Brüsten.

Er zuckte zusammen. »Nimm erst mal die Maske ab, bevor du so mit mir sprichst.« Es langte ihm, auf diese Weise behandelt zu werden. Außerdem bekam er das untrügliche Gefühl, dass die Meuchlerin einem Kern der Wahrheit zu nahekam, den er selbst nicht sehen wollte. Er wusste nichts zu entgegnen, was sie entkräften konnte.

Es überrumpelte ihn, dass sie der Aufforderung nachkam. Alheefa schlug zum ersten Mal, seit sie den Käfig geöffnet hatte, die Kapuze zurück und zog den Schal vom Gesicht.

Er blickte sie durch das Migräneflimmern an. Sie war noch immer so schön, wie er sie in den schmerzlichen einsamen Nächten vor seinem geistigen Auge wachgerufen hatte, wenn selbst das faszinierendste Projekt den Verlust nicht wiedergutmachen konnte. Ihre Figur athletisch, ohne es dabei an femininer Grazie mangeln zu lassen. Die schulterlangen Haare mit Bändern zu einem Zopf gebändigt, von der Farbe von dunklem Honig, ebenso wie die Haut. Die Züge einer Falkin, unterstrichen durch die gelben Augen. Die Unterlippe einen Strich zu voll und die oberen Schneidezähne einen Tick zu breit, als dass Alheefa eine klassische Schönheit darstellte.

Er konnte sich an ihren kleinen Makeln nicht sattsehen, wie sie so dastand, die langsam emporkriechende Morgensonne im Rücken, die Hände in die Kurven der Sanduhr ihres Körpers gestemmt.

Sie richtete ihre Waffenscheide auf dem Rücken ihrer Lederrüstung, prüfte, ob die Dolche in ihren Scheiden an den Schaftstiefeln steckten. Schließlich rückte sie den breiten Gürtel mit Wurfmessern und anderen Objekten zurecht. Es war offenkundig, dass ihr seine Musterung Unbehagen bereitete. Dennoch hielt Alheefa Oslics Blick stand.

Er hatte sie oft genug mit diesen Waffen üben sehen. Damals, als sie ihnen weisgemacht hatte, sie würde nur zum Vergnügen lernen wollen. Vargen hatte sie alles gelehrt. Sie hatte von Anfang an gelogen, war mit den Messern stets besser gewesen als der alte Ritter.

Alheefa band den Pferden Hafersäcke um. Oslic ließ sie nicht aus den Augen.

Die Stille wurde unbehaglich, nur unterbrochen von den Kaugeräuschen, mit denen die Tiere voller Gleichmut ihr Mahl vertilgten.

Er riss sich zusammen und hockte sich neben eine der toten Kreaturen. »Was sind das für Geschöpfe? Ich habe gelesen, dass die Wisperflecken verändern, was sie berühren. Tiere werden stärker, gerissener, aggressiver. Aber das da? Das ist keine Spezies, die mir bekannt wäre.«

Alheefa betrachtete angewidert die Echsenhunde. Sie zog den Armbrustbolzen aus dem Auge der Kreatur, die sie niedergeschossen hatte. Er löste sich mit einem satten Schmatzen aus der Augenhöhle. Fäden aus klarem Schleim troffen. Gedankenverloren schob sie das Geschoss unter die Lefzen der Bestie und zog mit dem Widerhaken das schuppige Fleisch in die Höhe.

»Giftzähne. Wir hatten Glück.« Sie deutete auf die Fänge im rosigen Zahngewebe. Der Tsharensohn betrachtete sie voller Neugierde. An den Flanken der beiden hauerartigen Eckzähne klafften Rinnen wie bei einer Viper.

Oslic nahm jedes Detail der Kreatur mit einer Mischung aus Faszination und Abscheu in sich auf, während er sprach. »Warum hast du mir geholfen? Kannst du die Scharte sonst nicht mehr auswetzen, wenn nicht du es bist, die mein Leben nimmt? Im Stroh warst du sicher!«

Sie schüttelte den Kopf, stand noch immer mit dem Rücken zu ihm.

»Sie haben dir nicht vergeben, nicht wahr?« Er legte eine Kunstpause ein, bevor er Feuer an die Lunte legte: »Die Söhne der Spinne, meine ich.«

Die Assassinin zuckte merklich zusammen.

»Du weißt davon?« Langsam drehte sie sich zu ihm um.

»Ich bin ein miserabler Schwertkämpfer, aber ich kann recherchieren.« Oslic erhob sich und verschränkte die Arme. »Die Gerüchte darüber, dass sich hinter den Handelsprinzen von Sidhisid mehr verbirgt, als sie nach außen dringen lassen, sind nicht totzukriegen. Ich habe mich mit den alten Religionen des Subkontinents befasst, in der Akademie.«

»Warum?«

Da war es wieder. Ein neuer Stich ging durch seine Brust. Wie sie ihre Vorderzähne auf die Unterlippe legte und daran sog. Er musste sich zwingen, der eigenen Verwirrung nicht nachzugeben. Dem Impuls, sie zu umarmen.

Sie hat versucht, dich zu ermorden, mahnte er sich.

Aber sie hatte es nicht durchgezogen. Bedeutete das nichts?

Der Phantomschmerz in seiner Hand kehrte zurück.

»Vargen hat nach unserem … nach dieser Nacht erklärt, dass du wie keine Kriegerin kämpfst, die er kennt«, sagte er. »Er ist Eulenritter, wie du sehr wohl weißt. Die werden von Kindesbeinen an darauf gedrillt, jeden Stil zu erkennen. Er sagte, deine Art zu kämpfen sei ein Tanz, der Elemente der Speerkunst der Mardiroi mit dem Jiddah'daoe kreuzt, dem Säbelkampf der alten Varghee-Kultur Sidhisids.«

»Für einen Mann, der beinahe erblindet wäre, hat der alte Uhu verdammt gute Augen!« Sie schnaubte, konnte aber nicht verhindern, dass sich ein Schmunzeln auf ihre Lippen stahl. Ihre Augen blitzten. »Jetzt muss ich dich erst recht töten. Du weißt zu viel. Der Alte und das Mädchen genauso.«

Oslic schluckte. Er packte das Schwert mit so viel Kraft, wie er vermochte. Die Logik diktierte, dass sie ihn längst getötet hätte, wenn sie es wollte. Doch welcher Mann verstand schon wirklich, was in einer Frau vorging. Vor allem wenn die, von der man jahrelang annahm, sie wäre eine einfache Schreiberin vom Marktplatz, diese Frau, die man geliebt hatte, sich als Auftragsmörderin erwies.

»Wir haben später Zeit, Fragen zu klären«, sagte sie. »Das hier werden nicht die Letzten von denen gewesen sein.«

»Ich glaube nicht, dass draußen noch mehr sind.« Oslic richtete den Blick wieder auf die toten Barbaren, sog sich an grausigen Details fest.

Es klatschte, unvermittelt brannte sein Gesicht. Seine Hand fuhr zur Wange. »He! Was sollte das!?« Wollte eigentlich jeder seine Aufmerksamkeit dadurch erringen, dass er ihn zusammenschlug!?

»Ich habe dich zurückgeholt«, sagte Alheefa. »Ich habe mein Leben riskiert, um dir hinterherzureisen, dich zu befreien und hier an deiner Seite zu kämpfen. Du wirst das ehren, indem du die Klappe hältst, aufstehst und mit mir hier fortreitest, bevor wir eine weitere böse Überraschung erleben. Kapiert?«

Er öffnete den Mund, um etwas zu entgegnen, klappte ihn aber wieder zu.

Sie wandte sich ab, löste die Hafersäcke und sattelte ihre Pferde. Bevor er die Fassung wiedererlangen konnte, entzog sich Alheefa und führte die Tiere vor die Tür.

Ratlos blickte Oslic ihr hinterher. Er warf einen Seitenblick auf die Leichen und folgte der Meuchlerin nach draußen. Er wollte nicht noch einmal in eine solche Lage geraten. Doch er würde seine Antworten erhalten, das schwor sich der Sohn des Tsharen.

26

Er trat in den Morgen hinaus. Der Wind roch gut. Erfrischend. Zum ersten Mal, seit Oslic in die Heimat zurückgekehrt war, empfand er den Geruch als etwas Schönes. Erdig. Kraftvoll. Der Himmel hatte aufgeklart und kündete vom Blau des beginnenden Winters.

»Also?«, fragte Alheefa. »Wohin?«

»Du meintest doch, wir reiten fort.«

»In welche Richtung? Willst du immer noch heim nach Doranthar? Ich habe dich winseln gehört, weißt du? In deinem Käfig.« Sie hielt die Zügel locker umfangen. Sah ihn voller Erwartung an, den Zug von Spott um die Lippen.

»Wohin sonst? Ich bezweifle, dass ich hier etwas ausrichten kann.« Er besah das Land und ließ die Eindrücke auf sich wirken. Aus umliegenden Dörfern stiegen kleine Rauchfahnen auf. Vielleicht waren es Kamine, vielleicht brannten auch Überreste, es war schwer zu sagen. Greifvögel kreisten.

»In Richtung Heimat geht es hier lang.« Mit leichtem Schenkeldruck und einem geschnalzten Kommando ließ sie ihr Reittier antraben.

Der Sohn des Tsharen folgte ihr. »Du hast mir noch nicht gesagt, warum du mir hinterhergekommen bist. Wenn nicht, um mich zu töten, wieso dann?«

Alheefa blieb ihm die Antwort schuldig. Stattdessen trieb sie ihr Pferd weiter an. Sie schoss von der Weide durch die Waldkante, sodass Oslic Mühe hatte, sie nicht aus dem Blick zu verlieren. Als er sie eingeholt hatte, fand er sie auf einer Lichtung wieder. Der Weg gabelte sich. Alheefa saß im Sattel, von der Morgensonne beleuchtet, die durch taufeuchte Nadeln fiel. Sie hielt die Augen geschlossen, den Kopf leicht in den Nacken gelegt, das Licht auf den Wangen.

Oslic lenkte sein Pferd auf die Lichtung. Ein alter Wegweiser lehnte, von toten Brombeeren überwuchert, an der Flanke eines Baumes. Er wirkte wie ein Wanderer, der sich an der moosigen Borke ausruhte.

Die Meuchlerin langte in ihre Satteltasche und händigte Oslic ein ledernes Bündel aus.

Er ritt an ihre Seite, nahm es an. Als Oslic die Rolle aus weichem Kalbsleder aufschlug, staunte er.

»Wie hast du das geschafft?«, fragte er. Die Korkflasche mit Peritus befand sich darin. Und ein Gegenstand, den er am wenigsten erwartet hätte.

Als Alheefa nicht antwortete, nahm Oslic den Gegenstand und hielt ihn ihr mit einer nachdrücklichen Geste hin.

Es war der Dokumentenzylinder. Er spürte am Gewicht und am fehlenden Geräusch bei der Bewegung des Behälters, dass das Pergament nicht darin war. Seine Finger glitten über die Reliefs von Berittenen und Sternbildern auf dem Metall. Dann steckte er den Zylinder ein und nahm von dem Peritus. Die Trisketen hatten sich also die Formel genommen. War sie am Ende doch mehr wert, als er dem abergläubischen Gekrakel zubilligen wollte?

Die Meuchlerin zuckte mit den Schultern. Sie beobachtete

mit einem schwer zu deutenden Blick, wie er seine Arznei schluckte. Tätschelte den Hals ihres Pferdes, wie um von sich abzulenken. »Du hast in Doranthar alles für das Ding riskiert. Es erschien mir falsch, es in den Händen von diesem Hexer zu lassen.«

»Du hast ihn gesehen?« Der Unglaube ließ seine Stimme kippen. Wie war sie in den Thronsaal gelangt?

»Gesehen. Gerochen.« Sie stieß einen schweren Seufzer aus. »Gespürt, in gewisser Weise.«

»Gespürt?«

»Willst du mir erzählen, du hättest ihn nicht wahrgenommen? Da oben?« Sie tippte sich gegen die Stirn.

Oslic wusste, was sie meinte. Das Summen. Der Druck. Der Gestank nach verbranntem Zucker.

»Wie in den Legenden.« Ihre Miene verfinsterte sich. Mit salbungsvoller Stimme rezitierte sie: »Wehe euch, wo sie schwelt in den Orten, die da vergessen und trunken sind von der Einsamkeit, wo der Donner wispert und Tier und Mensch verformet …«

»… dort, hinter den Bäumen, kriecht die Ältere Dunkelheit«, setzte Oslic den Psalm aus der Litanei der Fünf fort. Er blickte sich verstohlen um. Selbst in der Morgensonne kam ihm der Tannenwald nun mehr wie ein fremdartiger Ort vor, an dem Menschen unerwünschte Eindringlinge waren. Irgendwo in der Ferne nahm ein Specht das Handwerk des Tages auf. »Alheefa, das sind Legenden. Religiöse Texte, Aphorismen und Moralpredigten.«

»In Doranthar vielleicht, weil die Kirche dort ihren Ursprung hat«, entgegnete sie. »Äußerst passend, da jeder weiß, dass der Stadtstaat noch nie auch nur einen der Wisperflecken gesehen hat. Angeblich weil die Fünf ihr Heiliges Land schützen.«

»Agamman, der Brudervater, erster unter den Fünfgöttern, hat es so gefügt. Sagen die Kleriker. Du willst mir doch nicht erzählen …«

»Ich will gar nichts«, schnitt sie ihm das Wort ab. »Aber in den Dschungeln Sidhisids haben die Menschen eine andere Beziehung zum Dunkel, das durch die Baumreihen pirscht. Der Hochmut, mit dem die Doranthani den alten Wahrheiten von Syriatis begegnen, wird eines Tages ihr Untergang sein. Du bist ein Nordling, deine Heimat kennt Geister – du solltest es also besser wissen.«

»Jetzt wirst du dramatisch – und persönlich«, fügte er hinzu. »Ich habe das Gefühl, hier geht es um weit mehr, als ich begreife.«

»Eigentlich ist es einfach. Du musst dich entscheiden. Jetzt und hier. Dort entlang« – sie deutete in die eine Richtung – »geht es zurück in Richtung Heimat. Du kannst in Egjefska einen Kahn nach Doranthar nehmen. Oder aber du nimmst die andere Route.« Sie zeigte auf den Wegweiser.

»Tshuleskhu? Was soll ich dort? Die Stadt ist eine Gedenkstätte. Im ersten Krieg gegen Hearne drangen die Ritter des Eisenpakts bis dort vor. Tsharin Ravnika enthauptete ihren damaligen Anführer, den Kerfalk Vondhire.« Er wusste dies aus Talladeens früherem Geschichtsunterricht. Bei dem Gedanken an den Verräter knirschte er mit den Zähnen, und die frischen Wunden in seiner Seele brachen wieder auf. »Dieser Teufel trägt den Kopf meines Vaters an einem Haken.«

»Ja. Ich war dort. Ich habe dich gesehen.« Alheefa betrachtete ihn. Sie zog die Stirn in Falten, presste die Lippen aufeinander.

Sorgte sie sich um ihn? Sie, die versucht hatte, ihn zu töten? Alles in ihm schrie danach, sich zu verkriechen. Sich ein warmes Bett zu suchen, Peritus zu schlucken und den Sturm abzuwarten, bis sich die Wolken verzogen hatten.

»Er wird nicht weiterziehen«, sagte sie unvermittelt. Las sie seine Gedanken? Oslic zuckte zusammen. »Der Heerzug dieser drei Monster, meine ich. Der wird nicht einfach enden. Sie planen etwas in deinem Vaistopol, weißt du?«

»Es ist nicht *mein* Vaistopol.« Er wusste im Moment, da er sprach, dass er unrecht hatte.

»Du bist der einzige legitime Sohn des Tsharen von Carchadon, der kein Verräter ist«, widersprach Alheefa. »Eine fremde Macht hat die Stadt in Besitz. Das Geschlecht deines Vaters wurde hintergangen. Hunderte sind tot. Tausende befinden sich in der Gewalt der Âshkulim und dieser drei Hexer, ob du jetzt an sie glauben willst oder nicht. Das bedeutet, dass du dich entscheiden musst. Darum sind wir hier.« Sie deutete abermals in beide Richtungen und sah ihn an.

Verzweiflung pirschte sich aus dem Unterholz seines Bewusstseins an ihn an wie eine Raubkatze. Er stand vor vollendeten Tatsachen und hatte das höhnische Grinsen seiner Brüder vor Augen. Die Verachtung des Onkels. Hatte er Vater verraten, weil er »dem Sohn einer fremdländischen Hure« die Schuld an Espens Tod gab?

»Das hier überfordert mich«, gestand der Sohn des Tsharen. »Die Dinge haben normalerweise ihre Ordnung für mich. Struktur und Vernunft.« Er senkte den Blick zum Sattelknauf. Erst jetzt stellte er fest, dass er mit den Händen gerungen hatte. Die Prothese hatte seine fleischlichen Finger taub gemacht.

»Das Leben nimmt nicht immer Rücksicht darauf, wie wir es gern hätten. Dinge passieren, die sich unserer Kontrolle entziehen. Wichtig ist, mit den neuen Umständen umgehen zu lernen.« Alheefa hob ganz leicht die Mundwinkel, die Hände auf den Schenkeln.

Der Sohn des Tsharen wusste, dass die Meuchlerin recht hatte. »Ich kann sie nicht mit dem davonkommen lassen, was sie getan haben. Ich bin kein gewalttätiger Mann, auch nicht rachsüchtig. Meine Brüder, Vater, mein Onkel ... Du verstehst das sicher nicht, du bist nicht adelig. Aber ich habe ihnen nie viel bedeutet. Fast die Hälfte meines Lebens kenne ich diese Menschen nicht mehr.«

»Dennoch kannst du nicht ignorieren, was hier geschehen ist«, sprach Alheefa seine Gedanken aus.

Oslic nickte. Er spürte Ruhe in sich einkehren, die Unsicherheit wurde mit jedem gesprochenen Wort zurückgedrängt. »Ich habe Angst. Aber ich habe auch Fragen.«

»Du willst wissen, was hier geschehen ist. Ob wirklich ein Stern vom Himmel fiel. Wer diese drei Monster sind, die die Âshkulim anführen.«

Wie verdammt noch mal machte sie das?

Oslic nickte. »Aber eine Frage bleibt: Warum bist du hier?« Er sah ihr tief in die Augen.

Sie hielt dem Blick stand.

Schweigen. Alheefas Pferd schlackerte mit den Ohren.

Bevor er etwas Gefühlsduseliges sagen konnte, langte sie abermals in die Satteltasche. Diesmal beförderte sie ein Schriftstück zutage. Eine seltsame Sekunde lang hoffte ein

Teil von ihm, dass es das Pergament war. Jetzt, da er ruhiger war, hätte er sich liebend gerne noch einmal mit dem Text beschäftigt, für den er alles riskiert hatte. Nur um auf Nummer sicher zu gehen.

Doch sie beförderte etwas anderes zutage. Es war ein Dokument, das in den schnörkeligen Glyphen Sidhisids beschriftet war. Es war nicht versiegelt, wohl aber unterschrieben. Bevor er entziffern konnte, wessen Unterschrift es war, entzog sie es seinem Blick.

»Was ist das?«

»Das, mein Lieber, ist ein Kontrakt.«

»Ein Vertrag deiner Zunft?«, fragte er voller Unglauben. »Erst hat die Kirche dich seinerzeit angeheuert, um mich zu umgarnen und dann umzubringen – und jetzt bezahlt jemand dafür, dass du mich am Leben hältst?«

Daraufhin war sie es, die ungläubig dreinschaute. »Wovon redest du, Oslic? Welche Kirche soll mich wann wo gedungen haben?«

Der Zorn kam schlagartig. »Wer stellt sich hier dumm? Das Attentat auf mich! Im Auftrag der Alten Herren der Akademie und der Kirchenväter. Sie waren meiner technischen Ketzereien überdrüssig und bereit, alles zu tun, um mir den verdienten Aufstieg in die Hallen des Wissens nicht nur abspenstig zu machen, sondern mich komplett aus dem Weg zu räumen!«

Alheefa schüttelte traurig den Kopf, während Oslics Gedanken rasten. Auf ihrem Gesicht las er die Antwort, die Vargen ihm vor Jahren gegeben hatte und die er nie hatte wahrhaben wollen. Doch nach dem, was sich in den letzten Tagen ereignet hatte, gab es kein Davonlaufen vor der Wahrheit mehr. Nicht die Kirche war die Auftraggeberin gewesen.

»Talladeen Boulanthus«, hauchte Oslic.

Alheefa verzog das Gesicht, als hätte sie etwas Bitteres im Mund. »Ich mag mit der Zunft gebrochen haben, weil ich gescheitert bin. Doch das bedeutet nicht, dass ich Regeln übertrete und Schwüre breche, die mein Leben bestimmen. Ich spreche nicht über Auftraggeber. Weder bestätige ich, noch dementiere ich, was du da gerade gesagt hast.«

Er warf in einer theatralischen Geste die Arme in die Luft, was sein Pferd schnauben und ihn wie einen zweitklassigen Mimen aussehen ließ. »Ihr Götter, ich stehe mitten im Wald meiner einstigen Heimat, verfolgt von einer Horde Barbaren und den Missgestalten, die sie anführen – und die einzige Verbündete ist eine Verflossene, die mich erst umbringen wollte und nun im Auftrag eines geheimen Klienten beschützen soll?« Ein hysterisches Kichern brach sich Bahn. »Sogar den Schädel meines Vaters hielt ich in Händen – wie Prinz Homleath von Dunmermarkh den Totenkopf seines Narren! Kann der Tag noch schlimmer werden?«

Alheefa rollte mit den Augen. »Bist du fertig mit dem melodramatischen Blödsinn, Tshar? Und ja, er kann. Und er wird. Auf dich wartet in Tshuleskhu eine Standpauke – ich würde nicht in deiner Haut stecken wollen.«

Oslic ließ die Arme sinken und verschränkte sie. »Von wem? Und überhaupt, ich habe noch gar nicht entschieden, ob ich wirklich dorthin reite. Vielleicht will ich ja nicht.«

»Es ist *deine* Beerdigung.« Alheefa schenkte ihm ein geheimnisvolles Lächeln. Sie wendete ihr Reittier in Richtung Tshuleskhu und trieb es an.

»Hey!«, rief Oslic. Er warf einen letzten Blick zum Wegweiser. Das Hämmern des Spechts klang wie Hohngelächter.

27

»Idiot!« Das Trommelfeuer der kleinen Fäuste ließ Feuerblumen und Sterne aus Schmerz hinter seinen Augenlidern erblühen.

»Hey, es ist gut. Schhh!« Oslic schloss die Arme um die kleine Gestalt, die weiter auf ihn einschlug, unvermittelt damit aufhörte und in seiner Umarmung erbebte. »Ich geh nicht wieder weg!«

Testri hob den Kopf, die Augen verweint, das sommersprossige Gesicht mit Rotz verkleistert. »Schwör es, Scheißkerl!«, forderte sie mit schwacher Stimme und dem Klang gespielter Beleidigung.

Er warf einen hilfesuchenden Blick durch das Zimmer. Wie alle ihre Räume im Gasthof von Tshuleskhu war die Unterbringung spartanisch.

Doch von seinen erwachsenen Begleitern durfte der Sohn des Tsharen keine Unterstützung erwarten.

Alheefa lehnte an einer Wand, einen Fuß entspannt gegen die Tünche gestemmt, die Arme verschränkt. Sie ließ Vargen nicht aus den Augen, der neben der Tür stand, den Schild bereit und die Führhand an der Streitaxt am Riemen. Es hatte Oslic sämtliche Überzeugungskraft gekostet, damit der Veteran die Waffe wegsteckte, nachdem dieser Alheefa erblickt hatte.

Die freundliche Gemütlichkeit war von den dunklen Zügen des alten Ritters gewichen. Er trug die Aschelocken zum Kampf gebunden, das Perlweiß der Zähne war in wölfischer Wut gefletscht. Die Dreiecke aus Leberflecken auf den Wangen erbebten.

Oslic hatte den Mentor und Freund selten in solcher Verfassung gesehen, nur dann, wenn Vargens Tochter Periadne oder Testri Gefahr drohte. Der Sohn des Tsharen wusste, dass Vargen kurz davor stand, etwas Resolutes zu tun.

»Beruhigt euch, beide!« Oslic bereute den Ausbruch im selben Moment, als sich die zornigen Blicke der beiden auf ihn richteten.

Testri zog sich aus seiner Umarmung. Mit jener pragmatischen Direktheit, die Kindern zu eigen ist, benutzte sie ihren Ärmel als Rotzfahne. Sie schniefte noch einmal dramatisch, und der Sohn des Tsharen war sich sicher, dass sie es diesmal tat, um die Anspannung im Raum zu mindern.

Bei Vargen, den sie normalerweise um den Finger wickeln konnte, war sie diesmal machtlos. »Was tut die Mörderin hier, Herr?«, zischte er.

»Weil du die Axt an deinem Gürtel ja auch bloß zum Bäumefällen hast, alter Uhu.« Die Kälte in Alheefas Stimme verwandelte den Raum in etwas, das jeder mit Verstand freiwillig gegen den Sturz in eine Gletscherspalte getauscht hätte.

»Ich bin ein Ritter – mein Stahl verteidigt die Schwachen.« Vargen schnaubte. »Das willst du wohl kaum vergleichen.«

»Und du kaum verhehlen, wie viele Leben diese Waffe im Laufe deiner Karriere genommen hat, alter Mann.« Alheefa kreuzte die Arme vor dem Bauch und ergriff ihren linken Unterarm mit der Rechten.

»Und gleich füge ich noch eins hinzu.« Der Ritter tat einen Schritt nach vorn.

»Genug!« Oslic war über seinen gebieterischen Tonfall selbst erschrocken. Er hatte in den letzten Wochen zu viel durchgemacht, und seine Geduld für Sperenzchen war erschöpft.

Klinge ich wirklich wie mein eigener Vater?, wunderte sich der Sohn des Tsharen.

Der Tshar, korrigierte er sich.

Zu seiner Verblüffung zuckten die beiden Streithähne nicht nur zusammen, sondern hörten tatsächlich mit dem Gezanke auf.

»Wir klären das jetzt.« Oslic hörte mehr Selbstbewusstsein in seiner Stimme, als er empfand. »Jemand hat Alheefa angeheuert, um mich zu verteidigen, Uhu. Also hör auf, sie zu bedrohen – zumindest vorläufig.« Vargen wirkte in seinem Stolz verletzt, trat aber einen respektvollen Schritt zurück. »Und was dich betrifft, Alheefa: Wenn man dich wirklich in meine Dienste überstellt hat, hörst du sofort auf, Vargen zu provozieren.«

»Ich stehe nicht in deinen Diensten.« Alheefa antwortete mit berufsmäßiger Kaltschnäuzigkeit. »Soll bloß auf dich aufpassen und …«

»… auf eine Gelegenheit warten, den Herrn kalt zu erwischen«, beendete Vargen ihren Satz.

»Hätte ich gewollt, dass er stirbt, würden wir nicht hier stehen«, sagte Alheefa.

Der alte Ritter wollte erneut aufbegehren, als eine leise Stimme erklang.

»Ich habe sie bezahlt.« Testri.

Sämtliche Streitigkeiten im Raum endeten schlagartig. Die beiden Männer ruckten ungläubig zu dem Straßenmädchen herum.

Oslic fand seine Stimme als Erster wieder. »Bitte? Du hast *was*?«

»Ich habe sie bezahlt. Dass sie auf dich aufpasst. Kannste ja selber nicht.«

Der Sohn des Tsharen wollte etwas auf diese Enthüllung entgegnen. Er setzte an, schloss den Mund aber wieder. Öffnete ihn erneut, schloss ihn. »Warum?«, brachte er schließlich hervor.

Testri zuckte mit den Achseln. »Wegen des dummen Dings da!« Sie deutete auf den Dokumentenzylinder an Oslics Gürtel. »Ich wusste, du würdest dir jede Menge Ärger einhandeln. Also hab ich Alheefa aufgesucht.«

Oslic schüttelte den Kopf. Er musste erst verarbeiten, was er da zu hören bekam. »Du hast gewusst, wo sie sich aufhält?«, fragte er dann. »Wie das? Und wie lange schon?«

Vargen trat vor, ging vor Testri auf ein Knie nieder und legte die Hände auf die Schultern des Mädchens. »Du wusstest die ganze Zeit, wo sich die Meuchlerin verborgen hält, oder?«

Testri blickte über Vargens Schulter zu Oslic, und ihre Unterlippe bebte leicht. »Ihr wart immer so wütend, als ihr von ihr geredet habt. Beide. Ich dachte, ich mach mich nützlich, Onkel Eule. Ich bin durch die Unterstadt und die Katakomben, hab mit Leuten gesprochen, die ich kenne.«

Der Sohn des Tsharen hasste es, sie so zu sehen.

»Sie hat so lange gestochert, bis ich auf sie aufmerksam geworden bin«, sagte Alheefa. »Es hat mich interessiert, wer da nach mir fragt. Testri war verstohlen, aber nicht genug. Ich fand sie.«

»Gewiss, um sie zum Schweigen zu bringen.« Der Blick von Vargens verbliebenem Auge wurde zu Stahl.

Alheefa hob abwehrend beide Hände. »Ich bin davon ausgegangen, du oder Oslic hätte spitzgekriegt, dass ich noch in Doranthar bin. Dass ihr zum Abschluss bringen wolltet, was wir drei angefangen haben.«

»Ich habe gar nichts angefangen.« Ihre Worte trafen Oslic härter, als er sich eingestehen wollte. Was dachte sich Alheefa denn? Dass er die Frau, die er geliebt hatte, verfolgen und abschlachten würde? Sie war die ganze Zeit im Stadtstaat gewesen. Die Narben und der Armstumpf unter der Prothese pochten.

Oslic versuchte, die fahrigen Bewegungen unter Kontrolle zu bekommen, doch es misslang. Er friemelte das Peritus hervor und nahm eine Dosis. Schmerzen und Nerven beruhigten sich etwas. Doch vor seinen Augen flimmerte es noch immer. Die Metallfaust krachte gegen einen Pfeiler.

Vargen drückte Testri an sich. Das Mädchen hatte angesichts von Oslics Reaktion zu zittern begonnen – plötzlich kam sich der Sohn des Tsharen wie ein Idiot vor. Alheefa warf ihm einen bösen Blick zu.

Vargen hielt das Kind, bis es sich beruhigt hatte. Schließlich erhob er sich und ächzte dabei, ließ Testris Schultern aber nicht los. Oslic vermutete, dass sich die Knie des Ritters in dem nasskalten Klima Carchadons meldeten. Er wollte ihm Peritus anbieten, wusste jedoch, dass Vargen ablehnen würde.

»Kind. Wie hast du sie denn bezahlt?«, fragte Vargen schließlich, nachdem Testri und Oslic sich beruhigt hatten.

Statt zu antworten, warf Testri Alheefa einen Blick zu. Die lächelte geheimnisvoll und schüttelte den Kopf.

»Das ist ein Geheimnis.« Das Straßenmädchen erwiderte das Lächeln und nickte bekräftigend. »Unter Frauen nämlich.«

Vargen sah über Testris Schulter, fasste Alheefa ins Auge. Sein Blick nagelte sie förmlich an die Wand. Oslic hätte nicht in ihrer Haut stecken wollen. Der Ritter sagte nichts, das war auch nicht nötig. Selbst der Sohn des Tsharen, der sein Labor stets dem Kontakt zu Menschen vorgezogen, der lieber den Vogelflug als die Wege seiner Mitmenschen studiert hatte, wusste, was der Blick zu bedeuten hatte: *Gefährdet euer Geheimnis die Kleine, werde ich dich töten*, stand es überdeutlich in Vargens Auge.

Alheefa schüttelte sanft den Kopf und verschränkte die Arme vor der Brust.

Einmal mehr musste der Sohn des Tsharen erkennen, wie sehr er sich damals in ihr getäuscht hatte. Diese Frau war härter und belastbarer als Stahl. Sie ließ sich nicht einschüchtern. Wer war Alheefa? Wie viel von dem, was ihm die »Schreiberin« vom Marktplatz Doranthars offenbart hatte, war reine Erfindung?

Der Widerstreit der Gefühle, die Lage, in der sie sich befanden, all das war ein Kessel, der abermals hochzukochen begann. Oslic vollzog eine seiner Atemübungen. Er fasste sich. Alles war gesagt, es brachte nichts, Testri weiter zu löchern. Sie hatte es gut gemeint. Und wenn er ehrlich war, musste er zugeben, dass der Anblick Alheefas, aufwühlend wie er auch sein mochte, schöne Erinnerungen weckte. Sie zu betrachten war ihm willkommen – eine Tatsache, die ihn zugleich verwirrte.

»Wir reden ein andermal weiter darüber.« Oslic ging an Testri vorbei, verwuschelte ihr dabei das Haar. »Morgen ist Markttag hier in Tshuleskhu. Es werden nicht nur Bauern aus dem Umland da sein, sondern mit Sicherheit auch die Bojaren, die für die Barone meines Vaters … für meine Barone die Ländereien verwalten.«

Testri machte mit Lippen und Zunge ein unflätiges Geräusch und brachte ihre Mähne wieder in Ordnung.

»Bojaren?«, fragte Vargen. »Ist das so etwas wie ein Radscha?«

»In etwa, ja. Es sind Großgrundbesitzer und wohlhabende Bauern von Rang und Namen, oftmals Bastarde oder durch Heirat von schwach adeligem Geblüt. Das, was durch ihre Adern fließt, ist nicht dick genug, um ihnen Zugang zum oder gar Mitspracherecht im Landstreff zu gewähren. Aber sie sind einflussreich.«

»Viel wichtiger ist: Sind sie loyal?« Alheefa blickte skeptisch.

Vargen schickte sich an, etwas zu entgegnen, was ihre eigene Loyalität betraf, doch Oslic hob in einer gebieterischen Geste die Hand, bevor die beiden wieder loslegen konnten.

»Lehen können wieder aberkannt werden, und ich bin – zumindest vorerst – der Tshar«, sagte er. »Das Geschlecht der Boulanthus hat nicht nur Neider, sondern auch einige Freunde im Land. Zumindest war das so, als ich noch hier weilte. Mein Vater ist … war … ein geschickter Stratege. Er hat sich als Herrscher während der Seelentau-Aufstände in meiner Kindheit ebenso verdient gemacht wie als Obrist während der Schlacht von Waidenveldt im zweiten Hearne-Feldzug. Hat vielen Menschen das Leben gerettet.«

»Seelentau?«, fragte Testri.

»Das ist eine Weile her«, antwortete Oslic. »Es ist ein Pilz, der das Getreide befällt. Andere nennen ihn Mutterkorn. Er vergiftet alle, die Brot aus diesem Getreide essen. Geißelt den Körper mit scheußlichen Schmerzen, die Glieder sterben ab, zugleich hat man das Gefühl zu verbrennen. Die Opfer haben oft Wahnvorstellungen, sehen die Götter, meinen, in ihrem Sinne zu handeln, wenn sie auf andere losgehen.«

»Das Feuer der Fünf«, sagte Vargen, der sich an etwas zu erinnern schien.

»Ja«, antwortete Oslic. »Die Krankheit wird durch das Pilzgift ausgelöst. Das wussten meine Kollegen in Doranthar schon lange, aber in Carchadon hatte man davon keine Ahnung. Der Eisenvater, der zweite Herrscher von Hearne neben dem Kerfalk, ist traditionell nicht an die gleichen Regeln ehrbarer Kriegsführung gebunden wie der Rest seines Volkes.«

»Man ließ die carchadonischen Kornspeicher mit dem Getreidepilz vergiften«, folgerte Alheefa, ganz die Assassinin.

»Ja«, bestätigte Oslic. »Tausende wurden irre. Das Land war wie im Wahn, alle faselten von den Geistern des Landes, ja selbst von den Göttern, ihrem Zorn und allen möglichen widersprüchlichen Visionen. So viele waren krank und hatten Ausschläge, dass die Gesunden sich von der Hysterie anstecken ließen. Auch im Adel. Gerede von Hexen kam auf. Mein Vater sorgte dafür, dass die Aufstände maßvoll und ohne ausuferndes Blutvergießen beendet wurden.«

»Nicht allein, nicht wahr?«, fragte Testri, die gebannt gelauscht hatte. Geschichten von Rittern und Schlachten hatten sie schon immer mehr begeistert, als Oslic für angemessen hielt.

»Nein, nicht allein.« Der Sohn des Tsharen schmunzelte. »Es war kurz bevor mein Onkel und Vater beschlossen, mich Doranthar als politische Geisel zu überantworten, um das Schisma zwischen dem Fünfglauben und den eher aufgeklärten Tendenzen der Boulanthus zu glätten. Wäre Talladeen nicht Truchsess gewesen, sondern Tshar, wäre das nie geschehen – er war nie ein Diplomat.« Oslics Miene wurde so säuerlich wie der Geschmack, den er bei Erwähnung des Verräters auf der Zunge hatte. »Jedenfalls war ich schon damals belesen. Ich half dem Leibarzt der Boulanthus zu ermitteln, was das Volk plagte – und wir fanden ein Gegenmittel.«

Oslic klopfte auf die Tasche, in der er das Peritus aufbewahrte. »Jedes Gift kann in der richtigen Dosis heilsam sein, in Sidhisid weiß man das seit Langem – viele Spinnen und Schlangen dort.« Sowohl Alheefa als auch Vargen nickten. »Der Seelentau ist ein wichtiger Bestandteil meiner Nervenmedizin. In gewisser Weise verdanken wir all dem Leid der Vergangenheit immer eine Lektion, das ist der Lauf der Geschichte. Hätte es die Seelentau-Aufstände nicht gegeben, hätte ich nie entdeckt, dass sich schwache Dosen des Pilzes auf das Befinden und vor allem auf Kopfschmerzen auswirken.«

Sie schwiegen und dachten über seine Worte nach.

Es war Vargen, der das Schweigen brach. »Es dürften noch etliche dieser Bauern und Bojaren wissen, dass es der junge Herr war, der mithilfe der Ärzte des Tsharen ein Mittel fand, um ihre Familien zu retten.«

»Darauf hoffe ich.« Oslic verschränkte die Arme hinter dem Rücken und blickte aus dem Fenster der Dachstube. Regentropfen zogen Spuren über das Bleiglas. Die Wege von

Tshuleskhu waren zu Schlammgräben geworden, es dunkelte. »Viele der Bojaren sind gebildete Männer, nicht nur nach den Maßstäben von Bauern. Einige teilten die Meinung meines Vaters, dass der Glaube zu viel Einfluss in Carchadon gewonnen hat. Die Predigten der Kleriker der Fünf sind manchen von ihnen ein Dorn im Auge.«

Vargen schnaubte. Es war klar, dass er solche Rede missbilligte.

Oslic drehte sich nicht zu den anderen um, als er fortfuhr: »An diesen Stand appelliere ich. Diese Männer lassen sich seit den Tagen des Feuers der Fünf nicht mehr vom Aberglauben leiten. Ihre Schilderungen werden Licht ins Dunkel bringen und uns offenbaren, was vorgefallen ist.«

Mit jedem Wort, das Oslic sprach, kehrte etwas von seiner Zuversicht zurück. Er würde der Sache irgendwie Herr, würde Brüder und Onkel zur Rechenschaft ziehen. Das war er Vater schuldig. Und seiner Mutter. Er hatte lange genug geduldet, dass dieses Pack ihren Namen besudelte.

»Diese Männer finden wir also auf dem Markt?« Alheefa verließ ihren Standort an der Wand, und ein gefährlicher Glanz trat in ihre Falkenaugen.

»Einige von ihnen, ja, mit Sicherheit. Sie werden uns nicht nur sagen können, was vorgefallen ist, sondern vor allem, warum niemand etwas unternimmt.«

Alheefa und Vargen nickten. Abermals im Einklang. Wie früher. Oslic musste schmunzeln. Die Zurschaustellung von Einigkeit weckte bittersüße Erinnerungen.

»Morgen früh also«, sagte er.

28

Sie aßen etwas Leichtes zu Abend, unten, in der Schankstube. Die Gastwirtin war eine rundliche Frau mit hängenden Wangen und einer mütterlichen Art. Sie briet Scheiben von Knoblauchwurst, reichte derbes Graubrot und kalte Reibekuchen dazu. Für Oslic war es ein Festmahl.

Schweigend saßen Vargen, Testri und Oslic beisammen in der ansonsten leeren Schankstube, hingen ihren Gedanken nach. Alheefa nahm ein paar Bissen und zog sich dann für die Nacht zurück. Testri gähnte ausgelassen und ging ebenfalls zu Bett.

Der Ritter zückte eine Pfeife, stopfte sie und schmauchte vor sich hin. »Herr.« Seine Stimme klang belegt.

Oslic schüttelte den Kopf. »Fang bitte nicht an, Uhu. Für mich ist es noch schwerer. Wusstest du, dass sie nicht nach Sidhisid zurückgekehrt ist?«

»Ich nahm es an. Die geheimen Kulte dieses Landes haben ihre eigene Art, mit Versagern wie Alheefa umzuspringen.«

»Du sprichst, als stammtest du nicht selbst von dort, Vargen.«

»Ich bin Doranthani, Herr. Eulenritter, seit man mich befreit hat. Ich mag das Blut Sidhisids in den Adern haben, etwas über das Land wissen, doch mein Herz ist in Doranthar, wie Ihr sehr wohl wisst.«

Oslic nickte. Er bestellte bei der Hauswirtin Soddekh, einen scharfen Pfefferschnaps, was ihm einen fragenden Blick Vargens einbrachte. Normalerweise war der Sohn des Tsharen solchen Genüssen nicht zugetan, doch Oslic hatte das Gefühl, dass er nun einen vertragen konnte.

»Du hast nie von deiner Kindheit erzählt, Uhu. Deshalb meine Frage.«

Der Veteran sah auf die Tischplatte. Er ließ den Blick über das lasierte Holz und seine Hände mit der Pfeife wandern, drehte sie in den Fingern. »Es war keine Kindheit, Herr. Da gibt es wenig zu erzählen. Meine Eltern waren Reisbauern, wir waren zu viele Kinder. Ich war zu jung, konnte noch nicht arbeiten. Da verkauften sie mich an die Sklavenhändler.« Sein Blick schweifte in die Ferne. Er nahm einen tiefen Zug, wie um die Gedanken einzusaugen und in den Tiefen des Körpers zu begraben.

Oslic gönnte sich einen Schluck Soddekh. Es war, als hätte er verdünntes Magma getrunken. Eine verzögerte Brennladung entflammte erst in seinem Rachen, dann explodierte sie im Magen. Er hustete, die Augen tränten. Dennoch wagte er noch einen Schluck.

»Ich wurde nach Doranthar gebracht und eine Weile ausgebildet«, fuhr Vargen fort. »Man merkte, dass ich Talent für das Kriegshandwerk hatte, und trotz meiner durchschnittlichen Größe wurde ich entsprechend ausgebildet. Als Entmannter sollte ich Edeldamen schützen.«

Oslic prustete den Pfefferschnaps beinahe über den Tisch. »Du? Ein Eunuch?«, hustete er.

Vargen zog die Braue über dem toten Auge hoch – ein Mienenspiel, das seine Missbilligung deutlich machte. »Ich würde es begrüßen, wenn Ihr das als Tatsache hinnehmt, Herr.«

»Sicher, sicher. Es ist nur … deine Tochter. Ich weiß, wie viel sie dir bedeutet. Wie sehr du deine Frau geliebt hast. Es ist schwer vorstellbar … Ein Mann wie du, dem Familie so am Herzen liegt, weißt du, als Eunuch. Das ist alles.«

»Es war an einem warmen Sommermorgen, ich weiß es bis heute«, erzählte Vargen. »Die Luft schwanger von Honigtau, Kolibris an den Blüten. Der Park war wunderschön. Der Ausbilder hatte uns dorthin mitgenommen, und wir vollführten Übungen, um Körper und Seele zu stärken. Ein Würdenträger der Kirche tauchte auf. Mein Meister und er unterhielten sich. Sie waren Freunde.«

»Was geschah dann?«

»Der Rest ist rasch erzählt. Der Mann hatte kein hohes, aber einflussreiches Amt inne. Einige seiner Entscheidungen hatten einem Patrizier der doranthanischen Oberschicht nicht behagt. Ich war der Einzige, der das Attentat in dem Moment kommen sah – man hätte es später meinem Besitzer in die Schuhe geschoben. Ein politischer Winkelzug: Verschlagener Pfeffersack aus Sidhisid lässt Kleriker beiseiteschaffen. Man kennt das.«

»Aber dazu kam es nicht«, sagte Oslic und bestellte noch einen. Ein weiterer missbilligender Blick von Vargen. »Das ist der Letzte. Wirklich«, versprach der junge Tshar.

Der Ritter fuhr fort: »Der Mörder war gut, aber er hatte nicht damit gerechnet, wie weit unsere Ausbildung gediehen war. Ich ging dazwischen, als er sein Versteck zwischen Oleanderbüschen verließ. Ich habe es bis heute vor Augen: ein rosa Blütenmeer, blitzende Klingen, wehender Umhang.«

Oslic begriff, woher die Wut über Alheefas Verrat rührte. Sicher, Vargen war ein Familienmensch voller Empathie. Er wusste, wie sehr sie Oslic das Herz gebrochen hatte. Doch in der Vergangenheit des Ritters schien ein Grund für seine besondere Wut auf Meuchler begründet zu sein, die darüber hinausging.

»Wie hast du ihn besiegt?«, fragte Oslic.

Vargen antwortete nicht. Er hob stattdessen Waffenrock und Kettenhemd an, sodass der untersetzte Rumpf des Veteranen zum Vorschein kam. Da waren etliche Narben, doch keine so tief oder wulstig wie eine dreieckige Erhebung, breit wie drei Finger.

»Khukridolch«, sagte Vargen. »Vergiftet. Ich fing ihn mit meinem Bauch, weil der Kirchenmann ein Freund des Meisters war. Er kaufte mich frei, kam für meine Behandlung auf. Es stand Monate auf Messers Schneide. Spinnengift. Doch man wollte mich für die selbstlose Tat entlohnen.«

»Ritterstand also statt Eunuchentum«, folgerte Oslic.

»Ja, ich wurde Nestling bei den Eulen. Knappe. Der Rest ist Geschichte.« Vargen klopfte die Pfeife an einem Tontiegel aus. Asche und Funken regneten. »Wir sollten zu Bett gehen, Herr. Es wird ein langer Tag morgen. Ihr habt viel vor.«

Oslic starrte gedankenverloren auf die rieselnde Glut. Wie sie sich auf der Asche im Tiegel niederlegte. »Wo sind sie hergekommen, Vargen?«

»Herr?«

»Diese Trisketen. Ich habe nie zuvor von denen gehört. Was sind das für Gestalten? Ich habe einen von ihnen gesehen.« Er schüttelte sich vor Grausen. Mit der Klarheit des Denkens kehrte die Brillanz der Erinnerungen zurück. Oslic hätte gerne darauf verzichtet. »So etwas hast selbst du noch nicht gesehen, Vargen, darauf möchte ich wetten.«

»Herr, bei allem Respekt, ich bin Eulenritter. Dieses Auge hat Dinge erblickt, die wenige begreifen könnten.«

Doch der Sohn des Tsharen hörte ihn nicht. Sein Blick wand sich nach innen. Eine Einkehr zu dem Erlebten. »Ich hätte schwören können, er hat nur geatmet, um zu sprechen. Sonst nicht. Was ein Ding der Unmöglichkeit wäre; ohne den Odem fehlt es dem Corpus an Energie, die vier Säfte zu lenken. Das ist bewiesen.«

»Corpus, Herr?«

»Der menschliche oder tierische Körper«, murmelte Oslic gedankenverloren. »Er kann ohne Atemluft nicht bestehen.« Er riss den Blick aus seinen Erinnerungen und sah zu Vargen empor, der aufgestanden war. »Er trägt die Schädel von Ermordeten an Ketten, Uhu. Verstehst du? Den Kopf meines Vaters. Er war es, ich habe die Bruchnarbe einer alten Kriegsverletzung gesehen. Sie berührt.«

Oslic nahm den Tonkrug und ließ die zitternden Finger über das Gefäß fahren. Sein Blick verschwamm, ein Seufzer entrang sich ihm.

»Ich weiß nicht, warum es mich so mitnimmt. Vater hatte nie ein gutes Wort für mich übrig. Bei der ersten Gelegenheit hat er auf den Rat von Onkel Talladeen gehört und mich nach Carchadon abgeschoben, weil es politisch bequem war. Ich glaube, er hat mir Mutters Tod nie verziehen. Es ist oft so, wenn Menschen an einer Krankheit sterben, dass die Hinterbliebenen in anderen einen Schuldigen suchen.«

»Es ist normal, dass Ihr Trauer verspürt. Er war Euer Vater.« Bevor Oslic etwas antworten konnte, fügte Vargen hinzu: »Fasst diese Worte bitte nicht als Zeugnis mangelnden Respekts auf. Ihr wisst, wie dankbar ich Euch für alles bin, was Ihr für mich getan habt.« Der Veteran nahm den Kerzenhalter vom Tisch und blies die Flammen aus. »Ihr müsst den Schmerz vorerst auf seinen Platz verweisen. Trauerarbeit ist wichtig, niemand weiß das besser als Ihr, Herr. Doch wenn Ihr plant, diese Gestalten und ihre Knechte zu bekämpfen, braucht Ihr Eure volle Aufmerksamkeit.«

Oslics Miene verfinsterte sich. »Denkst du, daran lasse ich es mangeln?«

»Das meine ich nicht, Herr, und das wisst Ihr. Ich spreche davon, dass das, was Ihr vorhabt, ein Handwerk ist, von dem Ihr bislang recht wenig versteht, wenn ich so frei sprechen darf. Ihr zieht in den Krieg.«

»Glaubst du, dass Alheefa hier ist, um Testri und mir zu schaden?«

»Ich bin enttäuscht von ihr, doch meine Wut ist unaufrichtig. Eigentlich bin ich wütend auf mich selbst. Weil ich damals versagt habe. Ich hätte früher erkennen müssen, was sie ist. Und weil ich jetzt nicht gemerkt habe, dass sie uns gefolgt ist.«

Oslic nickte, er machte sich ähnliche Vorwürfe. »Aber sie will uns aufrichtig helfen?«, fragte er.

»Sie wurde dafür bezahlt. Meuchler ehren solche Verträge.« Der Veteran räusperte sich. »Herr, mit Eurer Erlaubnis …«

»Sicher, gehen wir zu Bett.« Oslic konnte es kaum erwarten, dem Wachsein zu entfliehen. Er erhob sich und wünschte Vargen eine gute Nacht.

Der junge Tshar stieg die enge Treppenstiege empor und

strich gedankenverloren mit der gesunden Hand über Vertäfelung und Geländerseile, die Kiefer arbeiteten. Selbst die mentalen Übungen fruchteten nichts.

Oben im Gasthof kam er an dem Zimmer vorbei, das Alheefa bezogen hatte. Seine Schritte wurden merklich langsamer, dann blieb Oslic stehen. Beinahe mechanisch hob er die Faust, um zu klopfen, tat es aber nicht, sondern lauschte. Hinter der Tür bewegte sich Alheefa auf nackten Füßen, stand auf der anderen Seite der Tür. Sie schwieg.

Er ließ die Hand wieder sinken, schüttelte den Kopf und ging. Er schloss die Tür seines Zimmers hinter sich und lehnte sich mit dem Rücken dagegen. Nicht nur sein Herz pochte. Schließlich kroch er ins Bett.

Obwohl er sich sehr darauf gefreut hatte und gerädert war, sollte es noch lange dauern, bis er Schlaf fand.

Nach einem kurzen Frühstück gingen sie auf den Markt. Der Platz im Zentrum der Kleinstadt brummte geradezu. Der Lärm, mit dem in den dunklen Morgenstunden die Stände und Buden errichtet worden waren, hatte sie früh geweckt. Gerüche von frisch gebackenem Brot und heißen Süßspeisen vermengten sich mit dem metallischen Geruch von Schlachtungen und dem von Frischfisch. Das Gewimmel aus Leibern, die Duftwässer von Männern und Frauen und der Dunst von mit Lavendel gegen Motten behandelten Mänteln vermengten sich mit dem Wind des Herbsttages zu einer wahren Kakophonie aus Düften. Der Schall, das Stimmengewirr und die Rufe der Marktschreier taten ihr Übriges, dass sich der junge Tshar überfordert fühlte.

Alheefa hatte eine Laune wie eine Pantherin mit einem rostigen Nagel im Fuß und Testri Ringe unter den Augen. Vargen ächzte, weil ihm seine Knochenschmerzen zu schaffen machten. Oslic hatte einen Kater von dem Soddekh. Das Teufelszeug machte einen Kopf, gegen den nicht einmal Peritus half, und der Schlafmangel tat sein Übriges. Leider war das Wetter gut. Die Herbstsonne stach ihn in die Augen.

Es war Testri, die die Bojaren als Erste im Gewimmel entdeckte. »Die da sehen wohlhabend aus.« Der untrügliche Instinkt einer Diebin sprach aus ihr. Subtil deutete sie auf eine Gruppe Männer und eine Bäuerin mit gewaltigen graublonden Zöpfen, die im Schatten einer Auktionsbühne standen. Sie trugen Gewänder aus Brokat, die Finger waren geschmückt mit Siegelringen und anderem Geschmeide, und die Männer stellten gewaltige Bärte zur Schau, waren mehr als nur wohlbeleibt und trugen auf die Schulter überhängende Barettmützen, verziert mit den Federn edelster Vögel. Amtsketten mit dem Gegenwert kleiner Ländereien gruben sich in Stiernacken, Familienwappen pendelten vor der Brust.

Die Zöpfe der Frau waren zu einer eigentümlichen, selbst nach carchadonischen Maßstäben veralteten Frisur geformt. An ihrem Kopf klebten zwei an Nester erinnernd Zopfrollen, mit Nadeln fixiert. Gesicht und Augen brannten vor Hochmut und Macht.

»Die stehen ganz schön entspannt da in diesem Kaff«, meinte Alheefa. »Keine dreißig Meilen entfernt wird ihre Hauptstadt belagert, und die tun hier, als wäre nichts.«

»Irgendwo in Carchadon ist immer Krieg«, sagte Vargen.

Alle blickten ihn überrascht an. So einen flapsigen Spruch hatte niemand erwartet. Nicht von ihm.

»Du kennst das Sprichwort?«, fragte Oslic überrascht. Zu oft vergaß er, dass sein Beschützer auf seine Art ein hochgebildeter Mann war.

»Ich lese gerne.« Vargen hob entschuldigend die Schultern.

»Selbst wenn die sich in diesem Hinterland von einer Nation dauernd an die Gurgel gehen …«, setzte Alheefa an.

»Hey!«, machte Oslic und grinste breit. »Beleidige *meine* Heimat nicht.«

»Selbst wenn in dieser leuchtenden Perle von Kultur, Weisheit und architektonischen Wundern öfter mal ein Konflikt ausbricht«, fuhr sie fort, »ist es doch seltsam, dass hier kein Alarmzustand herrscht. Es waren ja keine Streitigkeiten zwischen Großbauern und ihren Soldaten oder so was. Es sind Âshkulim. Wir haben in Sidhisid wenig mit dem Kratervolk zu tun, aber selbst zu uns ist der Ruf dieser Pest vorgedrungen.«

Oslic wurde schlagartig ernst. »Ja, die Frage stellt sich schon. Wir liegen im Streit mit den Barbaren, seit ich denken kann. Normalerweise begehrt alles auf, wenn sie sich erheben.«

»Jetzt wirkt es fast, als hätte keiner was mitgekriegt.« Testri warf sich eines ihrer Tücher in einer Geste über die Schultern, die etwas Nobles hatte.

»Doch das kann nicht sein«, meinte Oslic. »Auf meiner Reise haben mir viele berichtet, dass sie Gerüchte vom Angriff der Aschebarbaren gehört haben. Und das war im Süden, weit entfernt von hier. Es ist also unmöglich, dass die hier nichts mitbekommen haben.«

Sie tauschten beunruhigte Blicke.

»Es sind böse Zauberer«, lieferte Testri die Erklärung eines Kindes. »Ist doch klar, dass sie die Leute verhext haben.«

»Es gibt keine Zauberei«, sagte Oslic und blickte die Erwachsenen an. Er heischte nach Zustimmung. Als er ihre Gesichter sah, verschlug es ihm für einen Moment die Sprache. Weder Alheefa noch Vargen pflichteten ihm bei.

»Das ist nicht euer Ernst!« Doch bevor Oslic jemand antworten konnte, hatten sie das Grüppchen der Bojaren erreicht.

Die Frau wandte sich ihnen als Erste zu. Ihr Blick fiel zuerst auf Alheefa und Vargen. Wenig verwunderlich, ihresgleichen sah man selten so weit oben im Norden. Dann erst schien sie Oslics hochgewachsene Gestalt zu bemerken. Sofort straffte er sich, um einen imposanteren Anblick zu bieten, als er sich innerlich fühlte. Als Letztes richteten sich die Augen der Bojarin auf Testri, die zwischen Oslic und Vargen Schutz suchte wie ein Nager, der den Augen des Bussards zu entgehen sucht.

Die Männer hinter ihr brummten. Buschige Brauen legten sich in Falten, Augen verengten sich. Die mächtigen Vollbärte erbebten, Schnurrbärte verzogen sich auf eine Weise, die auch dem Letzten klarmachte, dass sie sich bei einer Unterhaltung gestört fühlten.

»Der junge Prinz Boulanthus«, sagte die Großbäuerin, und obwohl ihre Stimme freundlich klang, lag darunter eine Härte wie von verborgenem Packeis. Bei dem Namen wurde die Anspannung der Handvoll Großbauern deutlicher. Scheinbar unbewusst bildeten sie einen Halbmond vor Oslic und seinen Freunden.

Aus den Augenwinkeln sah der Tshar, dass sich sowohl

Alheefa als auch Vargen strafften. Sie alle rochen den Ärger, der hier ihrer harrte.

Oslic war es, als wäre er gegen eine Mauer gelaufen. »Ihr kennt mich, Yubovnisha?«, fragte er und verwendete bewusst den Ehrentitel Herrin.

»Es gibt Hinweise«, sagte sie und lächelte mit der falschen Freundlichkeit der lebenslangen Lügnerin. Sie entblößte dabei Zähne, so massiv und von Tabaksaft verfärbt, dass sie wie gewachsene Grabsteine erschienen. Sie deutete auf die Metallhand. Bevor Oslic etwas erwidern konnte, stellte sie ihre Runde vor, nannte sich zuletzt. »Ihr habt die Ehre mit Vertisha Olegsondr Vishki.«

Oslic deutete eine weitere Verbeugung an, achtete aber darauf, nicht tiefer zu sinken, als es sein Stand gebot. Ihm entging nicht, dass Vishki den Namen ihres Mannes als zweiten Vornamen gewählt hatte. Sie war eine Witwe.

Vargen war dies auch nicht entgangen. »Unser aufrichtiges Beileid, Yubovnisha«, sagte er und führte eine formvollendete höfische Verbeugung aus.

»Aber nicht doch!« Die Bojarenwitwe winkte ab. »Mein Olegsondr ruht so lange im Schoßschlummer auf Tranquils Weiden, dass er dort oben Moos angesetzt haben dürfte.« Die anderen Bojaren lachten.

Oslic befürchtete schon, sein Leibwächter könnte auf die Lästerung etwas Unbedachtes sagen, aber der Ritter hatte sich perfekt im Griff und trat einen Schritt zurück. Angesichts der Reaktion der Großbauern war eindeutig, wer hier das Sagen hatte. Vor dieser Frau musste man sich in Acht nehmen.

Der junge Tshar öffnete den Mund, aber Vertisha Vishki kam ihm abermals zuvor: »Ihr seid hier, weil Ihr unsere Hilfe braucht, *Prinz* Oslic. Ihr findet den Landstreff nicht, Euch fehlt das Wissen, wo er tagt und die Lage bespricht. Ihr erhofftet Euch, Baron Raumir zu finden, doch weil der Landstreff nie an einem festen, sondern an wechselnden geheimen Orten stattfindet, in Hainen und in vergessenen Ruinen, dachtet Ihr Euch: Die Bojaren sind die nächstbessere Lösung. Sie können mir gewisslich zur Seite stehen. Habe ich es in etwa richtig zusammengefasst?«

Oslic räusperte sich verlegen.

»Wir sollten uns nicht hier besprechen«, warf einer der Großbauern ein. »Zu viele Augen.« Er deutete zum Himmel.

Oslic folgte dem Fingerzeig mit seinem Blick. Dort kreiste eine Rohrweihe. Oder war es ein Bussard? Greifvögel sah man häufig über den Wäldern und Äckern der Taiga, und beide Arten ähnelten sich beim Fliegen.

Vargen nickte, was Oslic noch mehr irritierte.

»Möchte mich jemand aufklären?«, fragte der junge Tshar.

»Ich lade euch alle in meine Datschija ein«, sagte die Witwe Vishki. »Fürst Borodni hat sie mir vermacht – mögen die Geister über sein Andenken wachen –, ein Freund Eures Vaters, Prinz Oslic. Sie wird Euch gefallen. Kommt mich heute Abend dort besuchen.« Sie ließ den Blick auf eigentümlich betonte Weise in die Höhe wandern, sodass er sich direkt auf den Vogel richtete.

Oslic kannte keinen Fürsten dieses Namens, wohl aber die alte Ausprägung der carchadonischen Sprache, die er als Kind studiert hatte. Borodni bedeutete so viel wie feindseliger Beobachter. Oslic ließ den Blick über den Platz schweifen – es mussten Knechte dieser Besatzer auf dem Marktplatz unterwegs sein.

»Die will ich gern annehmen«, antwortete er und hauchte einen Kuss auf einen Nerzhandschuh der Bojarin.

Das Quintett entschuldigte sich. Die Großbauern hatten Verpflichtungen – mit den Schenkungen und Ländereien, die sie von Fürsten und dem Tsharen erhalten hatten, ging die Aufgabe einher, die Bauern anzuhören. Oslic beneidete sie nicht darum. Als Kind war er dabei gewesen, hatte den Beschwerden und Grenzstreitigkeiten all der Landleute zugehört, die auf dem Boden eines Bojaren lebten. Ermüdend.

Der junge Tshar bemerkte plötzlich, dass Vargen dem Greifvogel nachsah. Das Gesicht des Ritters hatte eine ungesunde Tönung, die Stirn lag in Falten. Sein verbliebenes Auge glich einer Kompassnadel. Der Blick des Ritters war so intensiv, dass Oslic befürchtete, er könne sich jede Sekunde einen Bogen vom nahegelegenen Turnierplatz schnappen und den Raubvogel abschießen.

»Alles in Ordnung, Uhu? Du siehst aus, als sei der Widersacher dir in Fleisch und Blut erschienen – wenn du mir den arg prosaischen Vergleich nachsehen magst.«

Vargens Kiefermuskeln mahlten. Die Sorge, die er ausstrahlte, war beinahe körperlich zu fühlen.

»Stimmt etwas nicht mit dem Vogel, Onkel Eule?«, fragte auch Testri, die Vargens Blick mit dem ihren folgte. Aus ihren Augen strahlte nichts als Neugierde.

Oslics Seitenblick auf Alheefa war ebenso unergiebig wie die Frage an Vargen. Die Meuchlerin zuckte mit den Schultern.

»Ich bin mir nicht sicher, Kind.« Die Finger des Veteranen glitten über den Griff der Streitaxt. Bevor er das Ziel weiterer Fragen werden konnte, riss er sich von dem Anblick los.

Voller Skepsis betrachtete Oslic seinen Vertrauten. Vargen hatte nie gelogen, seit sie sich kannten. Doch er wich ihnen aus – und Oslic kannte die Intensität, die er in Vargens Blick sah, hatte sie zu so wenigen Anlässen erlebt, dass er sie an den Fingern abzählen konnte. So blickte Vargen im Kampf mit einem ebenbürtigen Gegner. Im Alltag hingegen war dieser Blick für nur eine Angelegenheit reserviert: wann immer das Thema auf die Jahre als Eulentempler und die Geheimnisse ihres Glaubens kam.

Der junge Tshar musste es wissen. Er hatte einst bei Vargen nachgebohrt und keine Ruhe gegeben, weil seine Natur ein ungelöstes Geheimnis als Affront auffasste. Doch mit seiner Fragerei hatte er die aufkeimenden Bande ihrer Freundschaft beinahe wieder gekappt.

Fragen danach, was bei ihrer Prüfung im Heiligen Hain ihres Ordens tatsächlich geschah.

Aus den Aufzeichnungen des Ritters:

Es ist für mich eine untragbare Schande, die ich in mein Grab mitnehmen werde. Bis dieser Moment gekommen ist, scheint es nicht mehr lange zu dauern. Ich frage mich dies seit vielen Wochen, noch bevor wir in die Berge gehen mussten und mein Herr alles unternahm, um die Macht der drei Hexer zu untergraben und ihnen Schläge zuzufügen, die sich als nicht mehr als Nadelstiche erweisen sollten: Hätte ich es verhindern können, indem ich an diesem Tag ehrlich gewesen wäre? Indem ich offenbart hätte, was meine Vermutung war, welche Macht hinter dem Beobachter stand? Hätten sie mir geglaubt? Ich fürchte, dass nicht.

Das Gefühl, das ich hatte, war auf verstörende Weise so dermaßen vertraut. Ich bin mir sicher, ich stand in diesem Moment auf diesem Marktplatz unter Schock. Mir war klar, dass mein Herr nicht begreifen konnte, was die Bojarin gemeint hatte. Er ist, wer er ist, Oslic III. Boulanthus. Ein Mann der Wissenschaft. Ein Produkt von Skepsis und Vernunft. Ein Sinnbild moderner Zeiten, in denen die Schrecken der Älteren Dunkelheit selbst beim abergläubischen einfachen Volk in Vergessenheit geraten sind.

Ich aber erkannte in all dem, was wir bis zu diesem Punkt erlebt hatten, eine Handschrift. Wie lange versuchte ich nach dem verhängnisvollen Tag, der uns viel später bis in die Berge und somit meinen Herrn Oslic an den verdammten See führen würde, ihn zu warnen.

Zu spät, zu spät! Doch das ist der Sinn und die Natur eines Gelübdes, zumal wenn es mit einem ritterlichen Eid einhergeht und so bindet, als trüge man der Ketten zwei.

Ich ließ zu, dass Frömmigkeit und Glaube jene in Gefahr brachten, die zu verteidigen ich geschworen hatte. Ein unauflösliches Paradoxon, ein Widerspruch in sich.

Was tut ein Ritter, der schwört, die Schwachen zu schützen, zu jedweder Zeit für die Wahrheit einzutreten und doch die Geheimnisse seiner Zunft zu bewahren, bis seine Gebeine Schlamm und Erde und Asche im Wind sind?

Was tut ein Ritter, wenn er an einem Punkt anlangt, an dem diese Verantwortlichkeiten miteinander in Konflikt geraten?

Die Kirche hatte mich seinerzeit verstoßen. Ich fristete ein Dasein auf der Straße. In meiner Schande hatte ich mich von meinem Weib und meiner Tochter abgewandt, begann das Saufen, während meine Welt in Schlieren versank und mein Augenlicht erlosch.

Oslic III. Boulanthus gab mir drei Dinge zurück. Er schenkte mir einen Sinn, den ich aufgegeben hatte, führte mich zu meiner Familie zurück und erfüllte mein Dasein mit einem Zweck.

Ich hätte sagen können, was meine Gedanken waren, auf dem Marktplatz in Tshuleskhu. Ich habe geschwiegen, als die Bojarin meinem Herrn die Natur der geheimen Welt hinter der Welt andeutete, deren Wirken in Carchadon zu spüren ist – so weit fort von Doranthar und unseren zivilisierten Göttern.

Doch ich schwieg. Darüber, was der Beobachter und welcher Natur die Macht war, die ihn lenkte. Darüber, welche schwere Bürde Testri trug, von der sie selbst nichts ahnte, nichts ahnen konnte. Davon, warum ich damals darauf bestand, den wahren Grund, warum ich wollte, dass wir das Kinderbordell ausräuchern und dieses Mädchen unter unsere Fittiche nahmen.

Hier soll nun das Ungesagte niedergeschrieben werden, auf dass andere aus dem Fehler des Schweigens lernen: An dem Tag, an dem mein Herr einen der Trisketen beschrieb und ich später den Bussard erblickte, wusste ich, dass das älteste aller Übel sein Haupt erhob.

Der Patron meines Ordens hatte mich auf die Aufgabe vorbereitet, nach jenen zu suchen, die den Schrecken und seine Brut in die Schranken weisen konnten.

Jene mit dem Blut der Winterklingen.

Doch ich habe versagt an jenem Tage und immerdar. Möge der Älteste der Eulen mir beistehen. Möge Horne mir Macht verleihen und meinen Schwertarm stärken, wenn ich in das lange Dunkel schreite. Ich habe sie alle im Stich gelassen, und was seitdem geschah, ist meine Verantwortung.

29

Die Datschija war ein gewaltiges Gestüt, knapp zehn Meilen südlich von Vaistopol. Nicht nur die felsige Landschaft, die das Gut mit ihren Seen und Katarakten umfriedete und die Wildpferdeherden raubten den vier den Atem. Das Haus hatte mit seinen gedrechselten Säulenarbeiten und den Ertürmchen mehr von einem Tempel aus grauer Vorzeit. Geschmackvolle Wandgemälde rundeten das Bild ab. Es ruhte in der Landschaft, als hätte eine eitle Riesin ihr Diadem an diesem Ort verloren.

»Bauern haben in eurem Land solche Häuser?« Testri staunte nicht schlecht.

Oslic zuckte mit den Schultern. »Wenn man sie ihnen schenkt.«

Sie erreichten die Vorderfront. Zwischen Hecken und Schmuckbädern für Vögel waren Kiesel in Schwarz und Weiß zu Wegen und Plätzen eingelegt worden. Sie zeigten Motive von ländlichen Arbeitsgeräten, Pflug und Sensen. Es standen nicht nur Hausdiener vor dem Gebäude, um Oslic und seine Schar in Empfang zu nehmen. Kutschen mit losgeschirrten Pferden sowie Reitpferde sammelten sich vor dem Haus und bei den nahegelegenen Stallungen.

»Scheint, als wären wir nicht die einzigen Gäste.« Vargen musterte die Umgebung mit wachen Sinnen.

»Kann man diesen Leuten trauen?«, fragte Alheefa, während sie die Wappen an den Kutschentüren betrachtete.

»Würdest du es, wenn ich Ja sagte?«, fragte Oslic zurück.

Die Meuchlerin schnaubte.

Sie übergaben den Bediensteten ihre Reittiere. Ein Diener in voller Livree führte sie durch das Haupthaus. Trotz der enormen Ausmaße waren die Gänge eng, damit es im Winter nicht kalt wurde. Sie waren vollvertäfelt und mit derart vielen Schnitzarbeiten verziert, sodass nicht immer zu erkennen war, wo eine Szene des Landlebens endete und die nächste begann. Auch hier sah der junge Tshar überall Jagdtrophäen aus seiner Heimat. Bernstein war überall, ob als künstliche Augen für die ausgestopften Jagdvögel, die an den hohen Wänden saßen, oder in Form von Kleinodien, die diese hier und dort verzierten.

Aus Metallgittern strömte warme Luft. Der Kaminofen des Hauses verbreitete Wärme bis in den letzten Winkel. Der Duft von ätherischen Ölen, von Tanne und Lavendel, sorgte für eine Raumnote, die die Behaglichkeit vervollkommnete.

Der Diener stieß ein Portal auf. Hinter den Türflügeln lag ein Jagdzimmer. Die Wärme hier war noch intensiver, der gekachelte Kaminofen röhrte mit offener Luke. Es roch nach Brand und Branntwein. Das Hauspersonal hatte gleich mehrere Tafeln zu einem endlos langen Tisch zusammengeschoben. Am Kopfende saß die Witwe Vishki in einem mit Pailletten bestickten Kleid aus schwarzem Samt und mit einer prächtigen Pelzkappe aus weißem Marderhaar. Oslic erkannte zwei der Großbauern vom Marktplatz, die ihm kurz zunickten.

Die anderen Männer und Frauen, die sich an der Tafel versammelt hatten, machten einen weit weniger prunkvollen Eindruck, wenngleich erkennbar war, dass sie sich für den Anlass in Schale geworfen hatten, so gut es ihr Stand zuließ. Es waren Dorfälteste und die Vorsteher von Bauernräten, Vögte und Steuereintreiber hohen Ranges, Jäger, Fallensteller und Förster. Alle blickten den Neuankömmlingen mit einer Mischung aus Neugier und Anspannung entgegen.

»Oslic III. Boulanthus nebst Gefolge«, verkündete eine Stimme zu ihrer Rechten, als Oslic, Alheefa und Testri eintraten, »dritter Sohn des Tsharen, Kronprinz von Carchadon.«

Dem jungen Tsharen entging nicht, dass ihn der Herold der Witwe noch immer unter diesem Titel führte. Sollte er nicht als Tshar angesprochen werden, da doch sein Onkel und seine Brüder nachweislich Verräter an der Krone waren? Wussten die Menschen hier überhaupt, was in Vaistopol vorgefallen war?

»Vargen Delreth Ohnehaus, Kauz des Ordens der Hainritter zu Doranthar, Myrmidon des Hochkomturs, Waffenmeister zu drei Blättern, Eingeweihter des Sanktums«, spulte der Domestike die Vorstellung mit jener professionellen Eintönigkeit herunter, die allen Herolden zu eigen war.

Falls Vargen beeindruckt war, dass die Liste seiner Titel in Carchadon bekannt war, ließ er es sich nicht anmerken.

Oslic verspürte zunehmenden Respekt vor der Witwe. Sie hatte nach der kurzen Vorstellungsrunde auf dem Marktplatz Erkundigungen über Oslics Begleiter eingeholt. Wahrscheinlich hatte sie ein aktuelles Adelsregister aufgespürt und die Herkunft des Ritters in allen Details recherchiert. Der Herold hatte Titel aufgeführt, von denen der junge Tshar gar nicht gewusst hatte, dass sein Freund sie führte.

»Waffenmeister zu drei Blättern?«, fragte er.

Vargen räusperte sich lediglich.

Testri und Alheefa war die Aufmerksamkeit unangenehm, das Mädchen griff instinktiv Oslics und Vargens Hand und drückte sie. Die Frauen nahmen den Wink der Witwe, sich an die Tafel zu setzen, mit sichtlicher Erleichterung hin. Oslic beneidete die beiden. Niemand hörte auf, ihn und seinen Leibwächter anzugaffen. Der junge Tshar konnte sich ausmalen, wie es dem Ritter erst gehen musste. Ein doranthanischer Templer, noch dazu ein Exot.

Die Carchadonen waren für vieles bekannt, doch Kosmopoliten waren sie nicht, und so hatte es in der Vorzeit unschöne Reibereien mit der Händlernation aus dem Süden und Pogrome gegen die reichen Knechte der sidhisidischen Handelsprinzen und ihre Bediensteten gegeben.

Manchen Bauern stand die Ablehnung offen ins Gesicht geschrieben, doch galt sie mitnichten nur der Hautfarbe seines Freundes. Einige Amtmänner und Dorfvorsteher starrten den jungen Tsharen mit unverhohlenem Misstrauen an.

Oslic und Vargen setzten sich. Man goss Honigwein in verschnörkelte Glaspokale. Alheefa kostete für Oslic vor, bevor er nach dem Gefäß greifen konnte, was ihr weitere böse Blicke einbrachte. Alle nippten höflich, nachdem ein Trinkspruch ausgebracht war. Bevor Oslic etwas zu seiner Anwesenheit vorbringen konnte, erhob sich die Witwe Vishki und brachte die murmelnde Versammlung mit einer Handbewegung zum Verstummen.

»Prinz Boulanthus ist hier, zurückgekehrt aus dem Exil im fernen Doranthar, fortgerissen aus dem Schoß der Fünf Götter, um der Heimat in Zeiten der Not beizustehen.« Sie beschrieb mit den Händen ausladende Gesten, um jede Silbe zu unterstreichen.

Der junge Tshar erhob sich, deutete eine Verbeugung an und nahm wieder Platz. Oslic hoffte, damit dem Protokoll Genüge getan zu haben. Es war lange her, dass seine höfischen Kompetenzen in irgendeiner Form gefordert waren. Nicht nur Testri hatte ein knallrotes Gesicht, auch Oslic stieg die Hitze in die Wangen.

Die Witwe fuhr fort. »Prinz Oslic ist meiner Einladung hierher gefolgt. Er wünscht zu erfahren, was vorgefallen ist. Carchadon hat nicht vergessen, was der dritte Sohn des Tsharen in den letzten Jahren für das Land getan hat.«

Zustimmendes Gemurmel bei vielen der Anwesenden. Doch der Blick mancher Dorfvorsteher und anderer höhergestellter Persönlichkeiten aus der Landbevölkerung wurde noch finsterer. Bei manchen arbeiteten die Kiefermuskeln, andere bissen sich auf die Lippe.

Was habe ich diesen Leuten getan?, wunderte sich Oslic.

»Seine Pumpen und Ackergeräte haben uns geholfen, so mancher Sommerdürre und Winterhärte zu trotzen. Kanäle und Entwässerungsgräben nach seinen Plänen haben die Lage für viele verbessert.«

»Und anderen die Grundlagen geraubt!«, begehrte ein Mann mit einer Messernarbe auf der linken Wange auf, der mehr von einem Bären als einem Menschen hatte.

»Wir alle wissen, warum du schimpfst, Andrzjek Vithnikuw«, spottete einer der Vögte, der nur wenig älter schien als Oslic. »Hast vorher gut an den Brunnen auf deinem Land verdient, mit denen du deine Leute jeden Sommer geschröpft hast. Doch kaum waren Oslics Wasserschnecken gebaut, blieb der Erntesegen für die Truhen der Vithnikuws aus, was?«

Andrzjek grollte, was den Eindruck noch verstärkte, dass ein Bär am Tische saß. »Reiß dein Maul doch mal so auf, wenn du nicht den Brustpanzer und die Wappen die Barons trägst, Ilja Ilaewitsch! Oder lege hier und jetzt des Amtszeichen ab und komm mit mir vor die Tür, dann wollen wir sehen, ob du beißen kannst, wie du bellst, du kleiner Spritzer!« Vithnikuw legte die Hand an ein gewaltiges Messer, das in einem anderen Leben ein Kurzschwert hatte werden wollen.

»Meine Herren«, sagte die Witwe. »Wir sind zivilisierte Leute und wollen vor einem Ritter aus Doranthar und Sidhisid doch nicht die Vorstellungen bedienen, die man solcherorts vom Landadel in Carchadon hegt?«

Die beiden Streithähne grummelten noch und schossen mit den Augen Brandpfeile über den Tisch. Dann wandte Bojar Andrzjek Vithnikuw den Kopf und starrte Oslic mit unverhohlenem Hass an.

Als fiele ihm erst jetzt ein, dass er noch nicht abgelegt hatte, löste Vargen sein Wehrgehänge und lehnte die massige Streitaxt betont an seinen Stuhl, wobei er den Blick auf Andrzjek gerichtet ließ.

Der Bauer schluckte, während Ilja Ilaewitsch über die Breite seines blonden Schnauzers grinste.

»Jedenfalls«, sprach die Witwe, »hat sich der Prinz gefragt, warum bislang niemand etwas gegen die Eindringlinge aus der Kraterödnis unternommen hat. Ich versprach ihm Aufklärung dieser Missverständnisse. Hier, an einem Ort, weit weg von den neugierigen Ohren und Augen unserer neuen Herren.«

Als hätte Vertisha Vishki einen unsichtbaren Hebel umgelegt, schlug die Stimmung im Raum um. Die offene Wut und die kleinen und großen Fehden verschiedener Dörfer, Vorsteher und Vögte schienen wie weggeblasen. Die Männer und Frauen wechselten unsichere Blicke. Manch einer sah furchtsam über seine Schulter.

War ich so lange von daheim fort, dass mir diese Leute und ihr Gebaren fremder sind als die Doranthani?, fragte sich der junge Tshar.

»Möchte niemand Prinz Oslic sagen, warum wir nicht längst den Aufstand gegen die Invasoren proben? Warum der Landstreff wie eine Horde Waschweiber schwätzt? Warum die hohen Herren vor Furcht ihre Hosen tränken, statt mit dem Stahl in der Hand gegen die Aschebrut und die drei Schlangen zu ziehen, die vor ihrem Heerwurm kriechen?« Die Witwe stemmte beide Fäuste auf den Tisch. Ihr gewaltiger Busen wogte, Schnapsgläser und winzige Kaffeetassen tanzten auf poliertem Holz. »Nein? So will ich es tun!«

Oslic tauschte einen verwirrten Blick mit seinen Freunden. Ihm entging nicht, dass Vargen die Grabesmiene vom Marktplatz abermals zur Schau stellte.

»Wir können nicht gegen sie vorgehen, weil sie Hexenmeister sind«, sagte der junge Vogt Ilja Ilaewitsch, und ein kollektiver Seufzer ging durch den Raum.

»Unfug!« Oslic merkte im gleichen Moment, dass der Ausruf ein Fehler war. »Hexenmeister! So etwas gibt es nicht. Das sind Ammenmärchen aus grauer Vorzeit. Ich verhehle nicht, dass der eine, dem ich gegenüberstand, eine unheimliche Gestalt war, aber …«

»Herr!« Einer der Dorfvorsteher betonte das Wort auf eine Weise, dass Oslic klar wurde, dass der Mann ihn ganz und gar nicht als solchen erachtete. »Ihr versteht von diesen Dingen nichts.«

Der junge Tshar wollte dem Mann eine geharnischte Antwort geben, als Andrzjek Vithnikuws Stimme erneut durch den Raum grollte. »Das Land gehorcht ihnen, Boulanthus. Scholle und Wind, Strauch und Grind!« Die Worte des Alten Glaubens. Die Versammelten raunten und nickten zustimmend.

»Der Vogel.« Die alten Männer, jungen Vögte und Weisen Frauen wandten sich Testri zu. Sie schien nicht zu bemerken, dass man sie hörte, denn sie hatte sich Alheefa zugewandt. »Der Greifvogel heute Mittag. Frau Vishki wollte nichts sagen. Ich habe überall auf dem Markt nach neugierigen Augen geschaut, die uns bespitzeln, weil die Witwe es gesagt hat, aber da war keiner. Sie muss den Vogel gemeint haben.«

Langsam wandte Testri den Kopf, und endlich begriff sie, dass der ganze Raum sie angaffte. Vargen legte ihr eine Hand auf das Schulterblatt, wie um sie zu stützen.

»Das Kind hat mehr Verstand als der ach so gebildete Springinsfeld hier«, murmelte einer der Bauern.

»Vorsicht«, mahnte Vargen.

»Schon gut«, raunte Oslic ihm zu. »Wir werden sie nicht ändern.«

»Wie äußert sich die Macht dieser Hexenmeister?«, fragte Alheefa und tat interessiert, damit die Lage nicht außer Kontrolle geriet.

»Sie beherrschen die Geister des Landes, junge Dame«, sagte eine Dorfvorsteherin, den Gewändern voller Knöchelchen und Vogelfüße nach eine kräuterweise Muhme und Hebamme. »Sie lassen Sterne vom Himmel fallen.«

»Sie gebieten Echse und Wolf«, raunte ein anderer. Oslic und Alheefa tauschten bei diesen Worten und einen vielsagenden Blick.

»Sie schauen durch die Augen von finsterem Getier«, fügte einer hinzu.

»Das ist nicht euer Ernst?« Oslic biss sich augenblicklich auf die Lippe. Er wollte diese Menschen für sich gewinnen, um Vaistopol zurückzuerobern, aber mit jedem Wort, das er sprach, brachte er sie mehr gegen sich auf. Dies waren die Leute, die er seinen Freunden gegenüber als aufgeklärte Carchadonen beschrieben hatte. Was war mit ihnen geschehen?

»Ihr versteht davon nichts, Prinz.« Ein älterer Amtmann mit einer Stimme, die durch eine alte Schwertnarbe am Hals klang wie das Knarren einer wurmstichigen Pforte, erhob sich. »Ihr wart zu lange weg. Ihr habt über den ewigen Sommer in Doranthar vergessen, dass der Frost auf den Schwingen der Älteren Dunkelheit über das Land fliegt, bis die Geister erwachen.«

»Kurz gesagt«, ergriff Ilja Ilaewitsch wieder das Wort, »wir wagen keinen Angriff auf die Trisketen, weil sie uns schon von Weitem kommen sehen und uns mit der Macht des Landes verheeren würden, wenn wir den Aufstand proben.« Er schüttelte traurig den Kopf. »Denkt Ihr wirklich, Prinz Oslic, wir hätten es nicht versucht?«

»Gib dir keine Mühe, der ist nur der Bastard eines echten Tsharen«, sagte Andrzjek Vithnikuw. »Selbst du hast mehr Heimat in deinen Adern als er. Was einiges sagt.« Er blickte in die Runde und deutete auf Oslic. »Seine Mutter war aus Mardiros, eine Speerreiterin.«

»Darauf will ich wetten, dass sie den Speer geritten hat!«, rief einer aus dem Schutz der Versammelten. Die Männer grölten.

Die Witwe sah sich missbilligend um.

Vargen wollte sich erheben, doch Oslic legte ihm die Hand auf die Brust. Er selbst spürte den Zorn in sich. Zwar war er nicht der Staatsmann, der sein Vater gewesen war, doch wollte er seine Heimat bewahren, musste er das Vertrauen dieser Menschen gewinnen und durfte sie nicht abermals vor den Kopf stoßen. Und erst recht musste er verhindern, dass sein Leibwächter den einen oder anderen von ihnen erschlug.

Alheefa stieß ihn mit dem Ellenbogen an und flüsterte ihm etwas zu. Oslic spürte die Röte in seinen Wangen aufsteigen und starrte Alheefa entgeistert an. Doch der Gesichtsausdruck der Assassinin gestattete keinen Zweifel. Er sollte antworten, was sie eben gesagt hatte. Der junge Tshar fürchtete, sein Kopf könnte verglühen, als er die Worte für die Menge wiederholte.

»Männer, die mit Zahnstochern bewaffnet sind, sollten kein Urteil über Speerträger fällen.« Während er dies sagte, fürchtete er, seine Stimme würde davonflattern. War er zu leise gewesen? Hatte er den falschen Ton angeschlagen?

Die Menge starrte den jungen Tsharen an. Andrzjek Vithnikuw fletschte die Zähne.

Oslic schluckte.

Da wieherte der erste Mann los und klopfte sich auf die Schenkel. Die Menge verfiel abermals ins Grölen. »Andrzjek Vithnikuw, ein Bastard mag er sein, aber offenbar weiß er, wovon er redet!«, rief jemand. Ein anderer schlug dem Opfer von Oslics Retourkutsche auf die Schulter.

Andrzjek blieb nichts übrig, als gute Miene zum bösen Spiel zu machen. Er grinste, aber was ein Lächeln sein sollte, erreichte seine Augen nicht.

So schnell die gute Laune den Saal ergriff, so rasch verflog sie auch wieder.

Doch nun hatte Oslic das Gehör dieser Menschen, alle Augen waren auf ihn gerichtet. »Woher kommen sie? Aus dem Krater, ja. Aber haben sie Forderungen gestellt? Sie müssen etwas wollen, nicht wahr? Gesetzt den Fall, ihr alle habt recht, und sie sind wirklich … Zauberer.«

»Ihnen muss klar sein, dass sich irgendwann Widerstand regen wird«, ergänzte Vargen. »Sie haben zu wenige Krieger, um Vaistopol zu halten. Oder irgendeine Stadt dieser Größe.« Sein Doggengesicht wirkte konzentriert und energisch, während er die Versammelten betrachtete.

Vogt Ilja Ilaewitsch erhob sich, und die Menge starrte ihn an. Es war ersichtlich, dass er bei den meisten hier enormes Ansehen genoss – und das trotz seiner Jugend und des ungeliebten Amtes als Steuereintreiber und Gewaltorgan eines Barons.

Oslic spürte Neid in sich aufsteigen. Die Rüstung, die Erscheinung – obwohl der Mann kleiner war als er, verkörperte er alles, was Oslics Vater gern in seinem Sohn gesehen hätte. Die reich verzierte Brustplatte mit den Verdienstorden und Ilaewitschs Prunksäbel taten ihr Übriges. Für solche Männer war das Wort »schneidig« erfunden worden.

Ilja blickte erst die Menge und dann Oslic und dessen Getreue an. »Nichts, Prinz Oslic. Keine Forderungen, keine Auslöse, nichts. Sie wollen keinen Silberpreis, kein Wergeld, sie verlangen keine Sklaven, keine Güter oder sonstigen Tribut. Sie kamen, nahmen Vaistopol ein und hocken seitdem dort.«

»Wenn ich dein Wappen richtig deute, stehst du in Diensten von Baron Raumir, Vogt Ilja.« Auf dem Wappenrock des Vogts prangte ein Schneeleopard, der sich auf den Hinterläufen vor zwei Kreuzleitern und geviertem Hintergrund erhob. »Was unternimmt dein Lehnsherr gegen die Besatzer?«

Ilja Ilaewitsch biss sich auf die Unterlippe. Sein Schnurrbart zuckte. »Baron Raumir«, sagte er schließlich mit Überwindung, »ist nicht mehr derselbe, seit er zu den Trisketen ritt, um ihnen ein Ultimatum zu stellen. Er und seine Junker kamen verändert zurück.«

Die Witwe hatte sich erhoben. »Wir wissen nichts über diesen Feind. Alle unsere Spione wurden entweder getötet oder verloren den Verstand. Das Wenige, was wir wissen, ist jedoch im höchsten Maße beunruhigend.«

»Und was wissen wir?«, fragte Oslic. »Außer dass drei selbsternannte Hexenmeister eine Bande von Aschebarbaren anführen und meine Familie entweder ermordet oder auf ihre Seite gezogen haben? Außer dass das ganze Land keinen Finger rührt, weil ›Magick‹ allen die Sinne verdreht und vor Carchadon verborgen hält, was hier geschieht? Zumindest ihr alle hier wisst doch, was vorgefallen ist. Warum tut ihr nichts? Was wollen die Trisketen hier? Was tun sie in Vaistopol?«

Die Witwe wollte gerade antworten, als Andrzjek Vithnikuw mit der Faust auf den Tisch schlug, sodass sich alle Blicke auf ihn richteten. »Es hat ihm also keiner gesagt? Er ist völlig unwissend!«

Die Stimmung im Raum schlug um. Die Anwesenden tauschten unsichere Blicke.

»Was gesagt?«, fragte Oslic. Eine düstere Vorahnung ergriff ihn. Götter, wie gern er jetzt eine Prise Peritus gehabt hätte. Neben sich hörte er Alheefa scharf Luft holen. Aus dem Augenwinkel sah er, wie sich Testri anspannte. Beide machten sich offenbar auf eine weitere üble Neuigkeit gefasst.

»Andrzjek Vithnikuw, hüte dich!«, mahnte die Witwe.

»Dass sie dein Familiengrab geöffnet haben, Prinzlein. Um die Asche deiner Fremdländer-Mutter auszubuddeln.« Der Bojar grinste selbstzufrieden.

Oslic fühlte die Worte wie den Schlag eines Zitteraals durch seinen Körper wandern.

Er sah rot.

Vithnikuws Triumphgrinsen verblasste, als der junge Tshar aufstand. Er begriff, dass er zu weit gegangen war.

Oslic konnte sich nicht erinnern, wie das Schwert in seine Hand gekommen war. Er hatte auch keine Vorstellung, wann er die Finger der Prothese auf eine Weise so weit ausgefahren hatte, dass die experimentellen Kletterklauen, die er darin eingebaut hatte, hervorschnappten. Er stand auf dem Tisch, ohne zu wissen, wie er dorthin gekommen war, die Schwertspitze auf Andrzjek Vithnikuws Kehle gerichtet.

Auch andere Männer hielten plötzlich Waffen in den Händen. Vargen hatte sich erhoben und versuchte, Oslic von hinten zurückzuziehen.

Die Witwe rief zur Ordnung, doch niemand gehorchte.

In diesem Moment sagte Testri: »Hört ihr das?«

Sie hatte leise gesprochen und doch mit so viel Nachdruck, dass ein Wunder geschah und jeder im Raum innehielt.

Da war tatsächlich etwas. Ein Rauschen in der Luft, beinahe pfeifend. Und ein Kreischen, wie Oslic nie zuvor eines vernommen hatte.

Er dachte an die Monate seiner Ausbildung zurück. Auf den Mauern Doranthars. Bei den Artilleristen. Welches Geräusch ein Katapultgeschoss von sich gab, wenn es durch die Luft pfiff.

Sein Kopf flog herum, er starrte Vargen an.

Der begriff.

»Deckung! Auseinander!«, bellte der Ritter die Versammlung an.

Seine Worte gingen im Donner unter.

30

Trümmer und Rauch. Kaskaden aus Splittern und Fetzen von Jagdtrophäen schossen durch den Saal und warfen einen Mann nieder. Er presste die Hände auf die Ruine seines Gesichts, Blut quoll zwischen den Fingern hervor.

Da wallte Staub wie Nebel im Raum auf, wie die Geburtswehen einer Sturmwolke. Gestalten irrten im Chaos umher. Husten, Stöhnen und Schreie erfüllten die Luft.

Oslic lag auf der Seite. Das Pfeifen in seinen Ohren überlagerte die Kakophonie aus aufgeregten Rufen und dem bellenden Staubhusten.

Vargen. Testri! Alheefa.

Der junge Tshar stemmte die Arme auf das Parkett und wandte den Kopf auf der Suche nach seinen Freunden, konnte aber kaum etwas erkennen. Der Tisch war in der Mitte gespalten. Die Abendsonne blinzelte durch ein gewaltiges Loch in der Mauerflanke des fensterlosen Kaminsaals. Von Andrzjek Vithnikuw sah er kaum mehr als Arme und Beine. Sie ragten im merkwürdigen Winkel verdreht unter dem Geschoss hervor, das in den Raum gekracht war.

Der gebrochene Kadaver eines Pferdes hatte eine Schneise der Verwüstung durch das Zimmer gezogen, Körper zerbrochen und den Bojaren unter sich begraben.

Von draußen ertönten kehlige Rufe. Das Krächzen Hunderter Raben erstickte sie beinahe unter sich. Aus dem Nichts schienen Schwärme der Aasvögel um das Haus zu kreisen.

»Âshkulim. Sie sind hier!«, gellte eine Stimme außerhalb des Raums durch das Haus. Alarmrufe und das Hämmern einer Warnglocke drangen herein, dazu Waffenklirren und wildes Geheul.

Bevor sich jemand in der Staubhölle des Kaminzimmers gefasst hatte, quoll der gewaltige Mauerspalt auf. Gestalten zwängten sich ins Innere, ihre von Asche verkrusteten Körper im Staubflirren wie ausgezehrte, hochgewachsene Gespenster.

Oslic hatte sich eben erst auf die Beine gestemmt, nun kostete ihn der Anblick beinahe erneut den Stand.

Wo war sein Anderthalbhänder? Er hatte doch – in einem anderen Leben, so schien es – ein Schwert in der Hand gehalten?

Er war einer der Ersten, die standen. Somit bot er eines der ersten Ziele. Aus dem Pulk brach einer der Hünen hervor, wie aus einem Albtraum ausgespien. Gelbe Feilzähne glommen, Speichel sprühte. Die Luft pfiff an der Schneide einer Steinaxt entlang.

Oslic reagierte wie im Schlaf. Er hob die Prothese und fing den Hieb des Riesen mit der Klaue ab. Stahl schloss sich um spröden Feuerstein und zerbröselte ihn. Kabel und Drähte sangen, als Zahnräder die vierfache Kraft eines Menschen übertrugen und den Griff zu Splittern verarbeiteten.

Der Riese starrte für einen Herzschlag auf den Überrest seiner Bewaffnung, ein von Staub umflorter Schrecken, der nicht so unverwundbar war, wie der Terrorangriff der Âshkulim nahelegen wollte.

Eine Gestalt wirbelte aus den Staubwolken heran. Es war Vargen. Anders als Oslic war er Ritter. Es gab kein Zögern, keine Gnade. Das Blatt seiner Streitaxt grub sich mit solcher Wucht in den Rücken des Hünen, dass die Schneide durch das Brustbein glatt austrat. Der Veteran riss die Waffe mit einem saugenden Laut aus der Wunde. Der Aschekrieger ging in die Knie. Der Eulenritter hieb ihm das Schädeldach über den Ohren ab.

»Herr. Herr!«

Oslic erwachte aus seinem seltsamen Dämmer.

»Bleibt hinter mir, Herr Oslic!«

Der junge Tshar nickte betäubt, handelte aber nicht. Er starrte auf die brutale Gewalt, die sich ringsum entfesselte. Bauern wurden von Âshkulim niedergehackt, die Arme der Männer und Frauen in die Höhe gerissen und dann wie Schlachtvieh zerteilt. Ein Barbar zerfetzte die Kehle eines Bewusstlosen mit den Feilzähnen. Amtmänner drangen mit Breitschwertern und Prachtsäbeln auf die Hünen ein, Dorfvorsteher hieben mit Stecken zu. Einige versuchten zu fliehen und boten den Speeren der Bleichen ein leichtes Ziel.

Weitere Âshkulim quollen durch den Spalt hinein. Die Luft stank nach dem Eisen des Blutes und trockenem Gips.

Ein schweres Krachen erklang, als Vargens Drachenschild den Hieb eines Kriegszepters parierte. Ein unnachgiebiger Koloss setzte dem Ritter mit Wuchthieben zu.

Oslic starrte auf sein Schwert, das auf dem Boden zwischen ihnen lag.

»Herr! Testri! Verdammt, sie braucht Hilfe!«

Der Name traf Oslic wie ein Faustschlag. Er löste sich aus seiner Erstarrung und ergriff das Bastardschwert mit Hand und Klaue. Durchstieß mit scharfen Sinnen den Raum und mühte sich, das Chaos aus Lärm, Licht und Staub auszusperren.

Auf der anderen Seite des Getümmels vernahm er den Schrei des Kindes.

Der junge Tshar preschte in den Wirbel, hämmerte den Schwertgriff gegen Gestalten, die ihm entgegentaumelten oder auf ihn eindrangen, um sich Platz zu verschaffen. Sein Körper funktionierte auch ohne Oslics Geistesgaben. Die Sorge um das Straßenkind setzte vergessene Reflexe aus dem Muskelgedächtnis eines Adelssprosses frei.

Er ließ sich vom Instinkt leiten, tauchte unter Hieben ab und tänzelte an Tritten vorbei.

Alheefa stand mit dem Rücken zur Wand. Sie blutete aus einer Schnittwunde am Oberarm, hatte die Zähne gefletscht wie eine Leopardin. Testri und die Witwe pressten sich hinter ihr gegen das Gemäuer. Zwei der Wurfmesser des Mädchens steckten in der Brust einer Barbarin, die Alheefa mit ihrem Speer zusetzte, ohne sich an den Klingen zu stören.

Die Meuchlerin fand keine Lücke in der Verteidigung der Wilden.

»Hey!«, rief Oslic. »Leg dich mit jemandem in deiner Größe an!« Er verdammte sich im selben Augenblick, als das Weib sich zu ihm umdrehte und breit grinste.

Alheefa schoss vor, stieß sich an einem umgestürzten Stuhl ab und landete im Rücken ihrer Gegnerin.

Bevor die reagieren konnte, riss die Meuchlerin den Parierknauf aus dem Griff ihres Talwars. Es sirrte, als sich eine verborgene Spule aus Eisendraht abwickelte. Die im Mondsäbel versteckte Würgeschlinge legte sich um die Gurgel der Barbarin. Augen quollen hervor.

Oslic wandte den Blick von der Szene ab und stapfte zu Testri herüber. Die Geräusche im Rücken auszublenden fiel ihm alles andere als leicht. Die Kriegerin fand kein sanftes Ende, strampelte in Alheefas Griff.

Oslic barg Testri in seinen Armen und nahm ihr die Sicht auf das Gemetzel im Raum. Er nickte der Witwe zu, die dankbar brummte und den Speer der toten Wilden aufhob.

Ein Brüllen von draußen erschütterte den Raum, ein heiserer Klang einer wunden, unnatürlich großen Kehle. Es klang wie der Schrei einer Kreatur, die unerträgliche Qualen litt und sich deswegen in reiner Bosheit erging.

Der Spalt wurde aufgerissen, als gewaltige Arme ins Innere langten. Sie waren von schlohweißem Fell überwuchert. Das Wesen quetschte sich nicht in den Raum, sondern verschaffte sich Platz, indem es Mauerwerk zerriss wie Papier. Dann lugte der missgestaltete Schädel hinein. Der Rest folgte.

Ein Albtraum ragte im Saal auf. Er glich in Asche und Brandzeichen einem Âshkulim, nur war er zweimal so breit und groß wie ein Fuhrwerk. Zottiges Fell mit der Farbe von Schneematsch, durchzogen von roten Schlieren. Der Kopf war verlängert, hatte etwas von einem Wolf, den man mit den grausamen Pavianen Sidhisids gekreuzt hatte. Das Ding war eine Unmöglichkeit, bei der zwei Bestien in einen arktischen Wisperflecken hinein-, doch nur eine mit den Eigenschaften beider wieder hinausgeraten war.

Oslic wusste, dass selbst normale Schimpansen und Paviane ein Vielfaches der Kraft eines Menschen hatten. Mit einem Mal begriff er, woher das Pferd gekommen war.

Die Bestie röhrte einen heiseren Laut, der wie ein Husten in einem Ofenrohr klang. Sie langte nach dem erstbesten Bauern, der auf dem Boden darum kämpfte, das Bewusstsein wiederzuerlangen.

Ein kurzer Schrei, erstickt von einer gewaltigen Pranke, die den Schädel umschloss.

Mit einer beiläufigen Geste, so wie ein Mensch eine Feder aus einer toten Gans ziehen mochte, rupfte das Monster dem Mann den Kopf ab und trank, was aus dem zuckenden Körper sprudelte.

Testri hatte in ihrem Leben mehr gesehen, als jedes Kind ertragen konnte. Sie war hart. Doch jetzt schrie sie nach Leibeskräften. Einmal mehr hatte Oslic das Gefühl, sein Schädel würde durch einen Schrei des Mädchens gespalten. Der kleine Schmetterlingsflügel um Testris Hals tanzte förmlich in dem unerträglichen Laut.

Für einen Augenblick meinte der junge Tshar zu sehen, wie das Amulett von einem Glimmen umspielt wurde.

Ihm blieb keine Zeit, sich weiterhin damit zu befassen. Die gewaltige Kreatur warf die Überreste des Bauern beiseite wie ein Kind, welches das Interesse an einer kaputten Puppe verlor. Augen mit dem aktinischen Glühen von Gletscherspalten durchmaßen den Raum, als suchten sie etwas. Oslics Blick traf den des Monstrums.

Eine scheußliche Gewissheit keimte in ihm auf.

Hinter dem tumben Blick der Vorzeitkreatur glomm eine teuflische Intelligenz, die nicht ihre eigene war. So als wurde sie gelenkt.

Wie um Oslics Verdacht zu bestätigen, erscholl eine Stimme von draußen, beißend wie der Klang einer rostigen Säge auf

Schieferplatten. Er traute seinen Augen nicht. Auf verstörende Weise bewegte die Wolfsaffenfratze des Ungetüms dazu die Lippen. »Ihr dachtet, uns würden eure Ränke entgehen? Uns entgeht nichts! Doch wir werden euch verschonen – gebt uns nur den Boulanthus und seine Weibchen – und das Sterben endet.«

Das Monster hielt inne, als wäre ein Hebel umgelegt worden. Es richtete sich auf, die Arme untätig an den Flanken. Atmete seinen Gestank aus, von den Krallen troff Blut. Die Âshkulim senkten die Waffen und lauerten, wie das Landvolk reagieren würde.

Oslic sah die Witwe an, deren Augen vor Wut auf die Eindringlinge geweitet waren. Einige der Bojaren und Amtmänner tauschten unschlüssige Blicke. Vargen stand da, den Schild voll frischer Scharten. Von seiner Axt tropfte Blut wie Siegelwachs auf das Parkett. Alheefa wickelte ihre Garotte vom Hals der Kriegerin.

Ein Blick in die Augen der beiden Kämpfer sagte Oslic, was er wissen musste. Jede Sekunde mochte die Stimmung kippen. Würden diese Menschen sich wirklich in einen Mob verwandeln, sie packen, nach draußen werfen und den Âshkulim übergeben? Noch vor Wochen hätte Oslic eine solche Frage mit Nein beantwortet – er hatte Patienten und Gönner gehabt, die ihm ihr Leben schuldeten.

Doch diesen Leuten bedeutete er nichts, für die meisten von ihnen war er ein Fremder. Ein Bastard, der das Land verlassen hatte, wenn auch unfreiwillig, ein Ausländer. Das Volk von Vaistopol und seiner Umgebung litt – wenn es einen Weg gab, die Tyrannen zufriedenzustellen, wer würde zögern, ihn im wahrsten Sinne zu ergreifen?

Einmal mehr war es Vargen, der das Blatt wendete und tat, was getan werden musste.

Der Ritter war darin ausgebildet, jede Kampfsituation zum Besseren zu wenden, hatte ein Leben als Leibwächter verbracht und in Kreuzzügen gekämpft. Er konnte jede Schwäche eines Gegners in einen Vorteil verwandeln, wenn sich diese bot.

Voller Unglauben starrten die Bauern und Oslic, als der Veteran unvermittelt nach vorn preschte. Er sprang auf die untätig dastehende Bestie zu, die den Blick zu keiner Sekunde vom jungen Tsharen genommen hatte.

Die Âshkulim zischten und setzten ihm nach, doch zu spät.

Die Kreatur reagierte selbst dann nicht, als der Veteran sich mit dem Schildarm in dem dichten Pelz verkrallte und sich auf die Schulter des Monstrums zog. Wie ein Holzfäller, der mit einem widerspenstigen Stück Wurzel abrechnete, riss Vargen die Axt empor und ließ sie mit Gewalt auf den Nacken der Chimäre herabsausen.

Die Bestie gab ein Keckern von sich wie ein übergroßer Truthahn. Ein Schwall von Blut schoss wie Platzregen aus dem grässlichen Spalt, der nun im Genick des Ungeheuers klaffte. Es langte nach dem Winzling, der ihm solche Pein zugefügt hatte, doch Vargen war längst davon. Er hackte auf die Beine des Monstrums ein, bevor die Âshkulim ihn stellten.

Der Ausschlag war gegeben. Es war die Witwe, die an Alheefa und Testri vorbei mit aller Macht nach vorn rannte und den feuergehärteten Speer mit Wucht im Schmerbauch des Affenwolfes vergrub. Eine Rückhand der heulenden Bestie streifte die Frau – hart genug, um sie durch den Saal und gegen eine Wand zu schleudern, wo sie reglos liegen blieb.

Der Koloss taumelte, und alle im Raum begriffen mit einem Mal, dass selbst solch ein Geschöpf nicht unbesiegbar war. Alheefa stellte sich neben Vargen, und seine Streitaxt und ihr Talwar hielten Ernte unter den Aschekriegern.

Vögte und Bauern setzten den Barbaren zu. Die Türen des Kaminsaals flogen auf – Knechte der Witwe, abgekämpft und von Verletzungen gezeichnet, die sie draußen erlitten haben mussten, preschten mit Forken, Hacken und Holzfälleräxten bewaffnet hinein, um ihren Hof zu verteidigen.

Selbst die hünenhaften Bleichen mussten klein beigeben, wenn sie gegen eine Übermacht standen. Die Versammelten drängten die Âshkulim langsam zu dem Mauerspalt zurück. Niemand wagte, sich in die Reichweite der Kreatur zu begeben.

Der Raum erbebte, wann immer die Pranken des Affenwolfs niederfuhren und Parkett und Mobiliar zu Splittern verarbeiteten. Sie bekam Vargen nicht zu packen. In diesem Moment wagte einer der Aschebarbaren einen Ausfall und schleuderte seinen Speer nach dem Ritter.

Der Veteran riss den Schild hoch und vermochte knapp, den Angriff zu blocken. Doch die reine Kraft des Aschekriegers brachte Vargen aus der Balance.

Mehr brauchte das Monstrum nicht. Mit einem von Schmerzen verzerrten, allzu menschlichen Grinsen, aus dem keine Spur fremden Willens mehr sprach, bleckte es die Fänge. Die Bestie langte zu und packte ein Bein des Veteranen, riss ihn kopfüber in die Höhe.

»Onkel Eule! Onkel Eule!«

Testris Stimme löste Oslics Erstarrung. Das Herz pochte ihm bis zum Hals, doch wenn er jetzt nichts tat, war es um Vargen geschehen. Er packte das Bastardschwert mit aller Macht, ließ es von der linken Führhand in die Prothese wandern und legte dann die gesunde Linke auf den Griff. Wohl wissend, dass es ihm so an Finesse fehlte, doch das machte er durch schiere Kraft wett.

Als das Monster ansetzte, den Ritter zu töten, stürmte Oslic auf das Ungetüm zu. Er sah aus den Augenwinkeln, dass Knechte zu den Jagdtrophäen an den Wänden rannten.

Keine Zeit. Er atmete, wie seine Mutter es ihn gelehrt hatte. Verengte die Wahrnehmung, ja den ganzen Augenblick zu einem Tunnel. Es gab nur noch ihn und den Arm, an dem Vargen hing.

Das Monster holte aus.

Oslic holte aus.

Der Ruck, der durch seine Schultern ging, war so mörderisch, dass er sich in die Zunge biss. Heißes Kupfer füllte seinen Mund, als sich der Anderthalbhänder, von der Metallhand geführt, in den Unterarm des Monsters grub. Knochen, dick wie Jungbäume, brachen. Vargen fiel. Oslic stürzte. Der Vorderarm des Monsters war durchtrennt.

Das Ungeheuer selbst gab einen gequälten, beinahe fragenden Laut von sich, einem Kind nicht unähnlich, das geprügelt wurde. Die rotschaumigen Zähne gefletscht, starrte der Affenwolf auf den Stumpf, während Oslic hinter ihn rollte.

Ein halbes Dutzend Knechte und Bauern hatte sich mittlerweile mit Saufedern bewaffnet – lange Eichenholzspeere mit Klingen für die Wildschweinjagd. Wie Tanzende um einen

Frühlingsfestbaum bildeten sie einen Ring um das tödlich verwundete Ungetüm und stießen mit den Eberspeeren in das Zentrum vor.

In einem Blutnebel ging die Missgeburt zu Boden und rasselte mit einem letzten Atemzug ihr Dasein aus.

Der junge Tshar versuchte, sich in die Höhe zu stemmen. Schmerz schoss ihm durch den linken Arm.

Ausgekugelt.

Nach Atem ringend, blieb er liegen und sah zu, wie Vargen die Überlebenden koordinierte und Alheefa mit verwundeten Barbaren kurzen Prozess machte.

Er wandte den Kopf, sah zum Spalt. Gestalten zogen sich im Abendnebel in die umliegenden Felder zurück. Oslics Augen weiteten sich voller Unglauben. Zwischen ihnen, in einer Blase aus flimmernder Wärme, schien ein Schemen mitten in der Luft zu stehen. Er glitt über den Köpfen der Âshkulim entlang, ohne die Beine zu bewegen. Wie ein Bühnenschausteller, der auf einer von Drähten gezogenen Plattform thronte – nur dass es hier weder eine Bühne noch Kabelzüge gab.

Die Gestalt starrte ihn über Hunderte Schritte Entfernung an wie er sie. Sie ähnelte dem Geschöpf, dem er im Thronsaal gegenübergestanden hatte, wie ein Zwilling. Roben, Schädelketten und Eisenhaken. Doch war dieser Trisket mit einem Speer mit einer Eisenklinge bewaffnet, die einer rostigen Flamme glich. Seine Augen glühten in einem arktischen Blau, und statt eines Spitzhutes trug er den Schädel und das prächtige Geweih eines Hirschs als Maske.

Oslic versuchte einzuordnen, was er dort sah, und die rettungslos driftenden Schollen seines Weltbildes zusammenzuhalten. Es misslang. Schmerz und Unglaube drangen als Laute aus dem zur Untätigkeit verdammten Körper, der sich weigerte, seinem Willen zu gehorchen.

Der schwebende Hexer legte einen Klauenfinger unter die Augenhöhle des Tierschädels und richtete ihn dann auf den jungen Tsharen.

Ich sehe dich, sagte diese Geste. *Wir sehen uns.*

Oslic stöhnte, scharrte vor hilflosem Schmerz mit den Füßen. Diese Pein. Dieses Geschöpf.

»So etwas darf nicht sein!«, presste er hervor.

Niemand antwortete ihm. Die Kämpfer im Raum machten kurzen Prozess mit den letzten Barbaren. Jubelrufe erschollen.

Testri und Alheefa beugten sich über Oslic. Die Miene des Straßenkindes war vor Sorge verzerrt, und er meinte, auch in der Alheefas einen solchen Ausdruck zu erkennen.

»Oslic?«, hörte er Testri fragen, doch sein Bewusstsein driftete davon. Fort. Fort von diesem Albtraum. Fort von den Schmerzen und dem Grauen.

Der alte Ritter trat auf ihn zu. »Herr?«

Das Letzte, was Oslic sah, waren die Bauern, die Vargen gegen dessen Protest von Oslic fortzogen, ihn auf die Schultern nahmen und hochleben ließen.

31

»Sie hätten gar nicht erst angegriffen, wenn sie nichts zu befürchten hätten«, sagte die Witwe. Ihr bandagierter Körper bebte noch immer vor Wut, Stunden nach dem Angriff.

Zustimmendes Gemurmel. Vargen nickte.

Oslic bekam so gut wie nichts vom Kriegsrat der Überlebenden mit.

Sie hatten den Saal gewechselt. Die Mittagssonne fiel durch ein Butzenfenster und zauberte bunte Schemen auf den Teppich. Das Licht wärmte die Haut, doch das registrierte der junge Tshar nur beiläufig, ebenso den Schmerz in seiner Schulter, den er durch eine Dosis Peritus gemildert hatte, nachdem sie ihm wieder eingerenkt worden war.

Obwohl die Arznei sein Denken schärfte, fühlte er sich benommen.

Und auch betrogen. Dies war nicht die Welt, die er verstand. Eine einzige Begegnung hatte alle Karten eines Spiels, das er seit dem ersten Tag spielte, neu gemischt und sein Blatt im Leben zunichtegemacht.

»Wo bist du gerade?«, flüsterte Alheefa leise, um die Ausführungen der Witwe nicht zu stören.

Oslic brauchte einige Augenblicke, bis er registrierte, dass er angesprochen worden war.

»Hm?«

Sie schnippte leise vor seinen Augen.

»Lass das!«, zischte er.

»Was macht dir so zu schaffen? Wir haben ihnen eine Schlappe bereitet und diesen Menschen damit bewiesen, dass sie zu besiegen sind – und du machst ein Gesicht, als wäre das Gegenteil der Fall.«

»… also ist es an der Zeit, dass wir Prinz Oslics Ersuchen nachkommen«, schloss die Witwe ihre Ausführungen. »Wenn der Landstreff nicht handelt, müssen wir uns eben selbst helfen.«

Vogt Ilja Ilaewitsch erhob sich. »Als Amtmann von Baron Raumir stimme ich der ehrenwerten Frau Vertisha Olegsondr Vishki zu. Unser Sieg hat uns offenbart, dass wir diese Gegner besiegen können. Wir müssen die Dorf- und Stadtmilizen verstärken und einen Widerstand formieren.«

Oslic richtete sich auf und ergriff das Wort. »Wir müssen vor allem mehr über die Gestalten lernen. Wir können nicht bezwingen, was wir nicht verstehen.«

Obwohl es zustimmendes Gemurmel gab, sah er auch Skepsis. Auch entging ihm nicht, wie viele Augenpaare sich von ihm lösten und nicht nur zu Vargen blickten, sondern auch zu Alheefa.

Die Leute hatten gesehen, wie er kämpfte – doch die Meuchlerin und der Ritter hatten sich im Waffengang bewiesen. Obwohl es Oslics letzter Hieb gewesen war, der der Bestie den Untergang gebracht hatte, hatte er zu lange gezögert, vor Unsicherheit wie gelähmt.

Das Treffen war vorbei. Hände wurden geschüttelt, Unterarme ergriffen. Die überlebenden Dorfvorsteher und Vögte würden zu den Siedlungen im Umland zurückkehren und berichten. Sie würden nach Art der Carchadonen ihre Milizen formieren, so wie sie es seit Jahrhunderten gegen den Nachbarn Hearne taten. Sie würden versteckte Lager in den umliegenden Waldstücken nutzen und ihren Untergrundkrieg vorbereiten.

Nachdem die Versammlung geendet hatte, übernachtete Oslic mit den Getreuen am Hof der Bojarin. Sein Schlaf war trotz der Strapazen und seiner Arznei von Unruhe gebeutelt. In seinen Träumen war er ein Fischer, der zugleich versuchte, die Stränge von fünf Reusen auf einmal festzuhalten. Es misslang, und er stürzte in die Fluten, wo eine gewaltige Macht ihre Kiefer aufriss und seinen Körper verschlang.

Er erwachte viel zu früh mit dem Gefühl, unter eine der Wildpferdeherden der Witwe geraten zu sein. Seine Laken waren durchgeschwitzt, die Haare klebten ihm am Kopf.

Er ging nach unten und beschloss, einer Eingebung folgend vor dem Haus mit dem Schwert zu üben. Nur mit einer Hose bekleidet, trat er hinter einen der Pferdeställe, nickte den Knechten zu, die hier arbeiteten und die Verwüstungen des Vortags beseitigten, so gut es ging.

Hier vollführte er die Scheinangriffe, Finten, Paraden und Mühlen, die ihm Cerrunna seinerzeit beigebracht hatte – und welche Vargen ihn nach dem Verlust seines Arms neu hatte aufzeigen müssen.

Die Schmerzen in beiden Schultern waren nahezu unerträglich, doch der junge Tshar biss die Zähne zusammen. Die körperlichen Übungen leerten den Geist, halfen ihm, sich zu fokussieren. Er ließ die Gedanken zu, unterdrückte nicht, was während seines Waffengangs an die Oberfläche drängte.

Die Männer und Frauen des Bauernrates sahen in ihm

nicht den Mann, der sie von den Unterdrückern befreien würde, so viel war klar.

Wenn ich das hier meistern und Vaistopol befreien will, muss ich mir den Respekt dieser Leute verdienen, dachte Oslic. Der Gedanke stimmte ihn traurig – er hatte in den letzten Jahren viel gegeben, Zeit und Mühen aufgewandt, um seine Erkenntnisse mit der Heimat zu teilen. Eine Haltung, die ihm ein gerüttelt Maß an Ärger mit vielen Kirchenoberen von Doranthar eingehandelt hatte. Doch die Carchadonen sahen einfach nicht, was er für sie getan hatte. Das nagte an dem jungen Tsharen.

Es wurde Zeit, sich dem zu stellen. Er musste lernen. Nicht nur über die Trisketen und ihre Ziele, sondern auch über den Kampf. Den Krieg. Allein die Vorstellung erfüllte ihn mit Abscheu, doch sein Entschluss stand fest: Er würde tun, was nötig war, um seine Heimat zu befreien.

Doch es gab so viele andere Fragen.

Warum war Alheefa wirklich hier? Was hatte es mit dem seltsamen Glimmen auf sich, das er bei Testris Anhänger gesehen hatte? Diese Fragen mussten warten, bis das Wichtigste erledigt war: die selbsternannten Hexer zu vertreiben. Sobald er die Scharlatane der Wahrheit preisgegeben hatte, galt es, Talladeen und seine Brüder zu bestrafen für das, was sie getan hatten.

Nagender Zweifel machte sich wieder einmal in ihm breit. Statt die dunklen Wolken in seinen Gedanken ziehen zu lassen, bis es nur ihn, den Moment und das Schwert gab, ging er ihnen nach. Augenblicklich kam er beim Üben aus dem Takt.

Wieso hatten sie sich den Invasoren nicht widersetzt?

Wieso ließ der Rest des Landes zu, was in Vaistopol geschah? Baron Raumir und der Landstreff – standen sie wirklich unter einer Art von Zauberbann?

Sie schänden Mutters Grab. Warum?

Hatte der Krater diese Blender und ihre Schar von Monstern nur ausgespien, um ihm zu schaden? Er versuchte, diesem Gedanken nicht nachzugeben. Er tat damit denen unrecht, die ihr Leben gegeben hatten, allen, die ebenfalls unter der Knute der Invasoren standen.

Das Blut dröhnte ihm in den Ohren, während der Stahl der Klinge wirbelte.

Die Sonne war nun vollständig aufgegangen, und ihre Strahlen brachten die freiliegende Prothese zum Blitzen. Die Lichtreflexe zerstörten jede Hoffnung auf Konzentration, und die Helligkeit des Lichts ließ zusammen mit den Schulterschmerzen keinen Zweifel daran, dass bald Sehstörungen und Kopfweh folgen würden, wenn er nicht kürzertrat.

Er ging zu einem Fass an der Regenrinne der Scheune, um den Schweiß abzuwaschen, der ihn dampfen ließ. Seine Finger glitten über den leichten Bauchansatz und die knotigen Narben, die den Körper nach dem Sturz damals bedeckten.

Hinter ihm, am Koppelzaun, ertönte ein Geräusch, das kein Pferd verursachen konnte.

»Keine Lust auf einen kleinen Übungskampf?«, fragte er, ohne sich umzudrehen.

»Das wäre nicht fair.« Er hörte, dass Alheefa lächelte, während sie sprach. »Du bist nicht in der Verfassung.«

»Fair.« Er schnaubte, als ausgerechnet sie das Wort benutzte, wechselte aber rasch das Thema. »Diese Leute haben kein Vertrauen zu mir. Sie würden lieber meinen Brüdern folgen, nur weil sie Kämpfer sind. Und das, obwohl die wiederum diesen Scharlatanen folgen.«

»Scharlatane?« Er hörte den Zweifel in ihrer Stimme. »Hast du nicht selbst gesagt, dass der Kerl, der den Affen auf die Witwe gehetzt hat, fliegen konnte?«

»Der Affe war hinter mir her, wenn ich dich erinnern darf. Hätte Vargen nicht den gleichen Schluss gezogen und Hirschfratze das Ganze nicht bestätigt, wäre ich nicht mehr am Leben.« Er schüttelte den Kopf, um das Wasser aus seinem Schopf zu bekommen. Graue Strähnen wirbelten, bevor es ihm gelang, sie zum Pferdeschwanz zu bändigen. »Die haben die Bestie irgendwie bezähmt. Oder von klein auf dressiert, wie die Bären bei fahrendem Volk.«

Er bückte sich nach seinem Bündel und holte Rasierpinsel, Spiegelscherbe, Klinge und Seife hervor. Dann seifte er die feuchten Kopfseiten ein und begann, das Rasiermesser über die Flanken seines Schädels zu führen.

»Früher hast du keinen solchen Wert auf deine Erscheinung gelegt.« Ihr Schmunzeln war unüberhörbar.

»Früher war ich auch kein Dozent.«

»Bist du heute auch nicht mehr.« Er hörte, wie ihre Stiefelfersen gegen den Pferdezaun stießen, auf dem sie saß.

Er zuckte zusammen. »Danke auch.«

»Soll ich dir helfen?«

»Nichts für ungut, Alheefa, aber der Tag, an dem ich dich mit einem Messer an meinen Kopf lasse, wird mein letzter auf Erden sein.«

Das mädchenhafte Beinebaumeln versiegte schlagartig. Da tat ihm seine Bemerkung leid. Er rasierte weiter. Führte die

Klinge methodisch über die Schädelseiten. Reinigte sie an einem Lederriemen. Wiederholte es.

»Du glaubst tatsächlich nicht, dass es Hexenmeister sind, nicht wahr, Oslic? Du hast dich kein bisschen verändert. Dabei hast du doch Erkundigungen über mich eingeholt. Darüber, wie ich in diese Welt gekommen bin?«

Er unterbrach seine Rasur und wandte sich ihr zu. »Das weißt du auch? Was hast du eigentlich in den Jahren nicht beobachtet, was ich gemacht habe?« Er konnte die ehrliche Überraschung kaum verhehlen.

Sie hob den Blick und sah ihm ins Gesicht. Hatte sie zuvor seinen Körper studiert? »Wie ich sagte, ich habe dich nie aus den Augen gelassen, nachdem ich … versagt hatte.« Sie schüttelte den Kopf. »Du hast die Schriften über die verborgenen Prinzenkulte aus den tiefsten Dschungeln gelesen.«

»Du willst mir allen Ernstes erzählen, Alchemisten und Fleischformer erschaffen Homunkuli, künstliche Menschen, in verbotenen Laboren und bilden sie zu Assassinen aus? Alheefa, bitte.«

Sie zuckte mit den Achseln und stieg ab. »Glaub, was du willst.«

Hatte er sie verärgert? Er betrachtete die Art, wie sie auf ihrer Unterlippe kaute. Ja, ganz sicher hatte er wieder Mist gebaut. »So war das nicht gemeint.«

»Wie lange willst du dich noch selbst belügen, während dir die Wunder der Welt, in der du lebst, förmlich ins Gesicht springen? Deine eigenen Worte sind das, doch wenn es um Magie geht, hältst du dich nicht an deine eigenen Regeln!«

»Bitte?«

Doch Alheefa antwortete nicht. Sie ging an ihm vorbei und hakte im letzten Moment ihren Schenkel mit einer Kampftechnik unter eins seiner Beine. Mit beachtlicher Stärke griff sie seinen Arm, senkte die Schultern und hebelte Oslic über ihren Rücken.

Ehe er Zeit hatte zu reagieren, drehte sich die Welt. Der Pferdetrog hieß ihn mit eiskaltem Wasser willkommen. Oslic prustete und schlug um sich – als er sich herausgekämpft hatte, kroch er triefnass auf die Koppel.

Neben ihm stand ein Wallach und vollbrachte das Kunststück, amüsiert auszusehen.

»Was gibt es da so dumm zu glotzen?«

Der Gaul blieb ihm die Antwort schuldig.

Aus den Aufzeichnungen des Ritters:

Es folgten Wochen der Entbehrung und der Geduldsproben auf das Treffen mit der Witwe Vishki, welche nur der Berufssoldat zu ertragen vermag.

Da der Hof und die Dörfer keinen Schutz boten, zogen wir uns mit den Bewohnern in die Tiefe der umliegenden Wälder zurück. Es war eine kluge Entscheidung, denn die Kraterhorden schwärmten einem Schwarm Hornissen gleich aus, dessen Nest man gestört hatte. Sie begannen, die Gehöfte um Vaistopol zu terrorisieren. Dörfer und Kleinstädte bekamen die Grausamkeit der Invasoren in vollem Ausmaß zu spüren. Der Rauch ihrer Opferfeuer erhob sich über den Umlanden, und das Klagen von Witwen, Waisen und vergessenen Hunden vermengte sich mit dem Geheul des einsetzenden Winterwindes.

Der Tag, an dem uns die Verbündeten der edlen Frau Vishki mitteilten, dass die Trisketen Verstärkung aus den Kraterlanden im Osten erhielten, ließ die Bauern, Unfreien und Städte der Umgebung endgültig erwachen. Niemand von ihnen konnte wissen, wann er und seine Lieben die Nächsten waren. Und mit jedem Tag, der verging, wurde der Griff des Winters um das Land eiserner.

Rasch machte von sich reden, dass sich nicht alle der Herren Vaistopols der grausamen Invasion angeschlossen hatten. Jene, die unter der Knechtschaft der Âshkulim hausten und ihrem Zugriff entkommen konnten, flohen und schlossen sich den Freischärlern an.

Der geneigte Leser mag an dem strategischen Wert einer solchen Entscheidung angesichts des nahenden Winters zweifeln. Doch man sollte wissen, dass die Carchadonen durch viele Jahrhunderte im Konflikt mit den Eisernen von Hearne gestählt und vorbereitet waren, und die Kenntnisse der Bewohner Carchadons über die Härte der Elemente der Heimat taten ihr Übriges. Seit langer Zeit legten die Menschen dieses rauen Landes Vorratslager und unterirdische Schutzräume in den weitläufigen Nadelwäldern ihrer Heimat an.

Diese Orte zu finden mochten die unermüdlichen Diener Hornes – gepriesen sei der Name UNSERES HERRN IN EISEN – aus dem benachbarten Hearne mit der Zeit gemeistert haben. Doch die Trisketen und ihre marodierende Horde waren von gänzlich anderer Vorgehensweise und Geisteshaltung als der Erbfeind der Carchadonen.

Dies bestätigten auch unsere Erkundigungen und unermüdlichen Versuche meines Herrn, mehr über die seltsamen Invasoren herauszufinden. Die Hexenmeister hatten kein Interesse an den Bodenschätzen oder anderen Gaben Carchadons. Sie kämpften ebenso wenig traditionell wie unsere Milizen, die wir über einen Zeitraum von mehreren Wochen in den Wäldern ausbildeten.

In all der Zeit gab es halbherzige Versuche der Aschebarbaren, uns aufzuspüren und zu bekämpfen – doch keiner von ihnen gelang. Meist hielten sie sich in Vaistopol auf und verteidigten lediglich die Zuflucht der Trisketen im Tsharenpalast.

Wir schickten unsere Bauern in jene Konflikte, bei denen wir davon ausgehen konnten, dass sie dort den Sieg erringen würden – ich wusste, dass Kampferfahrung einen nicht zu vernach-

lässigenden Faktor bei der Niederschlagung dieses Feindes darstellte.

Ebenso wie mir mit jedem Tag, da es kälter wurde, bewusst wurde, dass uns nach Ausbildung unserer Schar nur bestenfalls Wochen blieben, bis uns der carchadonische Winter auch im besten Versteck den Garaus machen würde. Denn die Trisketen und ihre Horden waren Marodeure und hatten getan, was diese Art der Kriegsführung seit den ersten Tagen der Menschheit auf Syriatis prägt: Sie hatten Vorräte geplündert. Zwar waren wir noch gut versorgt, und unsere Milizen, die ohnehin mit dem Bogen üben mussten, erwiesen sich als geschickte Jäger.

Doch so viele Hundertschaften hungriger Mäuler ließen sich nicht nur mit Wildbret stopfen – und der drohende Skorbut während der kalten Monate war in Carchadon, einem Land ohne Zitrusfrüchte, nur durch Fässer mit saurem Kraut abzuwenden.

So stand nach Wochen der Nadelstiche und kleinerer Schwelbrandkonflikte mit den Âshkulim, in denen sich unsere Freischärler bewährten, ein erstes Ziel für einen wirklichen Überfall mit größerem Aufgebot fest.

Wir mussten die gefrorenen Wasser des Flusses Dobronov überwinden und in einem Streich die Lagerhallen an den carchadonischen Docks nehmen, um so viele Vorräte an uns zu bringen wie möglich – und sie damit dem Feind zu rauben.

Alheefa stimmte der Entscheidung zu. Sie meinte zudem, dass ein solcher Handstreich die Moral der verängstigten Bürger Vaistopols stärken und unserer Schar weitere Zuläufe verschaffen würde.

Meine Zweifel über die Gründe für ihre Anwesenheit konnte sie nicht zerstreuen. Mein Instinkt und eine Schulung als Leibschützer sagten mir, dass die Meuchlerin ihre eigenen Gründe hatte, uns zu begleiten. Und diese hatten, da war ich mir sicher, nichts mit Testris Wünschen gemein. Doch hätte sie meinen Herrn einfach nur töten wollen, wäre sie eine fürwahr schlechte Assassinin. Zu viele Chancen dazu hatte sie verstreichen lassen.

Etwa solche, in denen sie sich mit ihm allein wähnte, wie an jenem Morgen, als ich in der Nähe verborgen bereitstand, während sich mein Herr im Waffengang übte. Sie wusste, dass ich Herrn Oslic nicht aus den Augen lassen würde, ahnte aber nicht, wie nah ich ihm stets war.

Und Testri? Das Leben abseits der Städte tat ihr gut, auch wenn sie sicherlich widersprechen würde, würde sie diese Zeilen lesen. Zunächst langweilte sie sich sehr, doch dies verleitete sie nicht zu Schabernack und allerlei Dummheiten, wie es womöglich bei anderen Kindern der Fall gewesen wäre, sondern zwang sie dazu, sich auf gesunde Weise zu betätigen.

Auf sein Drängen erlaubte ich dem Kinde, am Waffengang teilzunehmen, und sie lernte mehr über die Kriegskunst, deren Grundlagen ich ihr über die Jahre schon beigebracht hatte. Sie pirschte in den umliegenden Wäldern umher und gewann Zuversicht und Vertrauen zu den anderen Kindern des Lagers. Für das Mädchen waren es gute Tage, und nun, da die Stunde meines Abschieds immer näher rückt, zerreißt mir der Schmerz, sie mit in diese Lage gebracht zu haben, beinahe das Herz.

Herr Oslic – ich kann nur hoffen, dass es dem Feind nicht gelungen ist, auch seiner habhaft zu werden. Noch will ich, dass er die gleichen Schuldgefühle erdulden muss, die meine Nächte zu einem erschöpften Taumel der Schlaflosigkeit machen.

Ich weiß, dass diese Hoffnung vergebens ist. Nach unserer Flucht in die Wälder standen meinem Herrn die schlimmsten Tage erst bevor – und es würde mich wundern, würde er unsere

Gefangennahme nicht als sein persönliches Verschulden betrachten.

Dieser Verdacht ist umso schmerzlicher, weil mein Herr Oslic in den ersten Wochen unserer Zeit in den carchadonischen Nadelwäldern solche Fortschritte gemacht hatte.

Es erfüllte mein Herz mit Freude, ihn zu dieser Zeit so zu sehen. Er stellte sich mit dem alten Tatendrang, den ich verloren geglaubt hatte, den Herausforderungen, die vor uns lagen.

Die Trauer und Verzweiflung über den Verlust des Vaters und die Botschaft von der Schändung seiner Mutter Grab hätten ihn brechen können. Doch ich spürte, dass im jungen Herrn trotz seiner Selbstzweifel jene Feuer des Widerstands entfacht wurden, die den wahren Krieger auszeichnen.

Ich hörte ihn nicht nur sagen, dass er den Kampf aufnahm, sondern sah auch, wie er es tat.

Hätte ich nur rascher reagiert. Hätte ich bloß mit mehr Nachdruck darauf geachtet, dass er diesen Gegner nicht unterschätzt. Unbewusst hatte ich längst die Hand des Feindes erkannt. Begriffen, welcher Waffen er sich bediente. Wer außer mir hätte dies sonst wissen sollen?

Wer außer mir hatte im Heiligen Hain meines Ordens dereinst genau solchen Mächten wie beherrschten Tieren und der Gewalt, ganze Sterne fallen zu lassen, gegenübergestanden?

Ich hätte die Selbstüberschätzung meines Herrn nicht nähren dürfen. Ich gebe mich, was dies betrifft, keinen Illusionen hin.

32

Er träumte selten. Und wenn, dann waren seine Träume keine lebendigen, spannenden Angelegenheiten, sondern eher berechenbar. Oft ging es darin um die Projekte, die Oslic beschäftigten. Um die Verarbeitung von Erlebtem. Und vor allem waren sie stets eine einmalige Sache.

Das war diesmal anders. Einmal mehr fand er sich an den schwarzen Wassern wieder, wieder hatte er das Gefühl, dass etwas Gewaltiges in den Tiefen schlummerte. Was es war und was seine Absichten waren, erschloss sich ihm nicht. Doch er spürte namenloses Grauen in sich aufsteigen, wann immer er in der nebeligen Wirklichkeit des Traumes versuchte, mit seinen Blicken die Dunkelheit zu durchdringen.

Eine Stimme erklang. Sie dröhnte auf eine Weise, die Knochen zersplittern konnte, war so laut, dass es kaum zu ertragen war. »Lange habe ich auf dich gewartet. Nach so vielen Jahren offenbarte sich mir etwas, das zu sehen wert war, als sie in mein Exil kam. Dass ausgerechnet sie dich mir schenken würde, ist süße Ironie.«

Bei diesen Worten schreckte Oslic in die Höhe und floh aus seinem Eislager hinaus in die bitterkalte Nacht. Er brauchte Luft und einen Ort, um sich zu sammeln.

Die Feuer brannten in Gruben, um ihren Aufenthaltsort in der Winternacht nicht zu verraten. Die Luft war so klar, dass das Knistern der gefrorenen Fichten, das Fallen der Flocken und das Knirschen seiner Stiefel im Neuschnee die einzigen Geräusche jenseits des Lagers waren.

Der junge Tshar blickte von der Hügelkuppe, die er in den letzten Wochen zu seiner Festung der Einsamkeit erkoren hatte, zu ihrer Truppe hinab. Selbst aus dieser Nähe waren die gut verborgenen Eislöcher und Unterstände im Schnee kaum auszumachen. Dutzende Schemen bewegten sich im Orange der Flammen. Gedämpftes Lachen erfüllte dann und wann die Luft.

Der junge Tshar genoss die Ruhe nach den harten letzten Wochen. Ein Klumpen aus Ungewissheit ballte sich in seiner Magengrube. Seit dem Tag, da der Bojar mit höhnischer Miene verkündete, was die Trisketen in Vaistopol in der Krypta der Boulanthus getan hatten, brannte in ihm das Verlangen, nicht nur Rache zu nehmen, sondern zu erfahren, was die Scharlatane und ihre Aschebrut antrieb.

Mehrfach hatten seine Freunde ihn davon abhalten müssen, auf eigene Faust loszureiten und dieser Sache auf den Grund zu gehen. Er hatte sich gefügt, und an der Seite der Bauern hatte der junge Tshar einmal mehr Vargens harte Kampfausbildung durchlaufen. Sie respektierten ihn nun mehr, da er als einer von ihnen geübt und ihnen Kniffe gezeigt hatte. Oslic fühlte sich gestärkt und bereit, sich der Herausforderung zu stellen.

Der kommende Überfall war eine Gelegenheit. Der junge Tshar würde nicht nur Vorräte für ihre Schar erbeuten, sondern womöglich auch Antworten erhalten.

Schritte näherten sich. Auch in der Einsamkeit am Rande der Lichtung blieb er entspannt.

»Hast du Angst?«, fragte Testri. Sie trat näher und lehnte sich an eine der Fichten auf dem Hügel. So standen sie nebeneinander, gehüllt in wärmende Pelze.

»Dir passiert nichts«, sagte Oslic. »Es sind genug Krieger im Lager, die dich und die anderen beschützen.«

»Bauern mit umgebauten Ackergeräten und Unfreie mit geerbten Waffen«, korrigierte sie ihn altklug. »Ich sorge mich nicht um mich, du Blödmann. Ich mein, ob du dich vor morgen fürchtest.«

Oslic legte gedankenverloren die Hand auf den Bauch. Testri konnte er nichts vormachen. »Schon, ja. Aber ehrlich gesagt mehr vor den Antworten, die ich bekommen könnte, als vor dem Kampf und den Aschebarbaren.«

Er spürte Druck an den Fingern. Testris Hand hatte in dem Fäustling aus Zobelpelz mehr von einer Kugel. Sie drückte die seine.

»Du schaffst das.« Das Mädchen blickte zu ihm empor. »Ich glaube an dich.« Kleine Atemwölkchen umwehten ihr Gesicht.

Da war sie wieder, jene Mischung aus Unbeugsamkeit und Dankbarkeit, die immer in ihrem Blick lag, wenn er im Begriff war, etwas zu tun, an dem er sich verheben mochte.

Er ging vor ihr auf die Knie und legte die Hände auf ihre Schultern. »Der Mann, den Vargen ausfindig gemacht hat, weiß nicht nur, wie man ungesehen zu den Lagern gelangt.«

»Du glaubst, der Kerl kann dir sagen, was die Zauberer vorhaben, nicht wahr?«

Oslic verzog bei ihren Worten das Gesicht, sagte aber nichts. Stattdessen nickte er, dann erhob er sich.

Sie standen eine Weile schweigend nebeneinander. Betrachteten die Milizionäre, die im Winterlager letzte Vorbereitungen trafen. Sie wollten so aufbrechen, dass sie eine Stunde vor Tagesanbruch am Hafen von Vaistopol eintrafen.

»Was machst du überhaupt um diese Zeit hier, Testri? Solltest du nicht im Bett liegen?«

»Ich hab gehört, wie du geschrien hast.« Sie scharrte mit den Füßen Muster in den Schnee. »Ich weiß, wie sich Albträume anhören. Möchtest du darüber reden?«

Er kam sich albern vor. Hier stand er, hatte Nervenflattern wegen morgen und einen schlechten Traum gehabt – und das Kind, das in seinem Leben so viel durchgemacht hatte, bot ihm an, ihm Gehör zu schenken. Er schämte sich.

»Es ist alles in Ordnung.« Eine Lüge. Er wollte nicht eingestehen, wie sehr ihn die Botschaft aus Vaistopol trotz der Fortschritte, die er machte, aus der Bahn geworfen hatte. Wie sehr ihn das Ganze beschäftigte.

»Ich bin hier, wenn du mich brauchst.«

»Und ich bin dir dankbar für das Angebot, Testri. Ich bin mir sicher, es wird sich eine Gelegenheit ergeben, um über alles zu sprechen, was meiner Heimat widerfahren ist – und wie es mir dabei geht. Doch Vargen hat recht, wenn er sagt, dass dies die Zeit des Handelns ist. Und es wäre unklug, jetzt mit dir über Dinge zu reden, die mich bewegen.«

»Du brauchst deine ganze Kraft«, stimmte sie ihm zu. Sie griff nach dem Anhänger um ihren Hals, vollbrachte irgendwie das Kunststück, den Schmetterlingsflügel in ihrem Muff hin und her zu wenden.

Oslic lächelte sie an, befreite seinen Handschuh von

Schneeflocken und strich ihr dann sanft mit dem Handrücken über die Wangen. »Du solltest wieder schlafen gehen, Käuzchen.«

Absichtlich benutzte der junge Tshar den Spitznamen, den sonst Vargen für das Mädchen verwendete, und ohne auf ihre Antwort zu warten, packte Oslic zu und wuchtete das Straßenmädchen auf seine Schultern, so wie früher. Huckepack stolperten sie durch den Schnee.

Sie kamen vier Schritte weit, schlugen der Länge nach hin. Der Schnee badete ihre Gesichter und den Nacken in eisigem Weiß.

Mit einem Prusten kämpfte Oslic sich frei. Testri stellte sich tot. Sie zog eine seltsame Fratze, gab röchelnde Laute von sich und verdrehte den Hals auf eine übertrieben ungesund aussehende Weise.

So packte der junge Tshar sie an der Hand und schleifte die »Leiche« durch den Wald zum Lager, wobei Testri sich extraschwer machte. Sie kicherten, während sie zum Rand des Lagers zurückkehrten.

»Ich schäme mich«, sagte das Mädchen unvermittelt.

»Warum das?«

»Weil ich dich im Stich gelassen habe. In Doranthar, meine ich, damals. Ich war so wütend, weil du nicht auf mich gehört und einfach diesen Diebstahl durchgezogen hast. Dabei wusstest du, dass ich dir hätte helfen können.«

Es fiel ihm nichts ein, was er darauf entgegnen sollte. Also schwieg Oslic.

»Ich war beleidigt. Ich hätte dich eher wecken können an dem Morgen danach. Die Schar deiner Anhänger vom Turm fernhalten, wie sonst auch. Aber ich hab die Leute gewähren lassen, statt ihre Namen aufzunehmen und deine Listen zu führen wie sonst.«

»Es war kein guter Morgen für mich.« Unbewusst lehnte er sich beim Sprechen nach vorn, zu ihr hinab. »Aber so schlimm war es nicht. Nur sehr wenig Schlaf, gepaart mit einem sonnigen Tag. Kopfweh und das Übliche. Ist schon in Ordnung.« Er wuschelte ihr über die Kapuze.

Testri schüttelte vehement den Kopf, und ihre Augen glänzten. »Nein, ist es nicht. Du hast Zeit verloren an dem Tag. Du wärst beinahe getötet worden, nur weil ich so eine dumme Gans war! Jetzt sind andere Leute tot. Dieser nette alte Mann, der dich warnen wollte und alles.«

Er legte die Arme um sie und drückte sie an seine Brust. »Es ist gut. Das sind meine Fehler, ich will nicht, dass du dafür zahlst.« Er schob sie leicht von sich, legte den Zeigefinger aus Stahl unter ihr Kinn. »Nimm dir die Sache nicht so zu Herzen.«

In ihren Augen war die Tiefe ihrer Sorgen, ihrer Schmerzen selbst für einen Mann lesbar, der dampfende Glaskolben und vergilbtes Pergament dem Umgang mit seiner Art vorzog.

»Wenn all das hier vorbei ist«, fuhr er fort, »der Kampf gegen diese Invasion beendet ist, reden wir.«

»Versprochen?«

»Ehrenwort!« Er deutete einen Biss auf seinen Metallzeigefinger an, beschrieb damit ein X über seinem Herzen.

Testri verdrückte einige Tränen und lächelte mit jenem unverbrüchlichen Optimismus, der nur Kindern zu eigen ist.

Nachdem er das Mädchen ins Bett gebracht hatte, gesellte sich Oslic zu den Milizionären. Auf seinem Weg passierte er das Schneeversteck, das Alheefa für sich reklamierte. Seit der Errichtung des Lagers war sie auf Distanz zu jedem gegangen, was den jungen Tsharen einschloss. Vargens drakonischer Drill hatte Oslics Gedanken und Fragen bezüglich ihrer Anwesenheit die meiste Zeit verdrängt. Doch nun betrachtete er grübelnd den von einem Überhang aus eisverkrusteten Sträuchern und erdfarbenen Leder verdeckten Eingang zu ihrem Gelass.

Sollte er sich verabschieden, bevor er auf die kommende Mission zog? Was sollte er ihr sagen? Dass er ihr vergeben hatte, dass sie versucht hatte, ihn zu ermorden? Wenn er sich ihr näherte, rief er unter Umständen nur ihre Mission wach und würde während des gesamten Einsatzes von einer unerbetenen Leibschützerin begleitet. Nicht unbedingt die beste Idee, um den Respekt der carchadonischen Freischärler zu gewinnen.

Er erinnerte sich genau, wann er zuletzt mit einer solchen Sehnsucht auf einen Eingang geblickt hatte, auch wenn dieser kein Ledervorhang gewesen war. In dem Gasthof, kurz nachdem Alheefa ihn befreit, ihn zu Vargen und Testri gebracht hatte.

Mit mehr Mühe, als er sich eingestehen wollte, riss Oslic sich los und stapfte in Richtung des Hauptlagers.

Zwei Dutzend Freischärler, darunter zwei durch den Hunger der Bleichen verwitwete Frauen, die sich freiwillig gemeldet hatten, scharten sich um das Feuer. Ihre Hände waren um Tonkrüge mit heißem Bier gekrallt, das in der Kälte dampfte.

Über wärmenden Pelzen und dicken Steppjacken trugen sie geerbte Lederrüstungen, die vor Fett glänzten. Der eine oder andere wohlhabendere Landwirt besaß sogar ein halbwegs auf Vordermann gebrachtes Kettenhemd und hatte den Rost vergangener Glanztaten seiner Vorfahren abgeschmirgelt.

Oslic tunkte einen Krug in den Bierkessel und gesellte sich zu den Soldaten.

»Herr Tshar«, sagte Karel Vhilnius, einer der Männer, an deren Seite Oslic den Schwertkampf unter Vargens Aufsicht erprobt hatte.

Oslic prostete ihm zu und nippte an dem Bier. Es brannte an den Lippen, aber im Abgang war es eine Wohltat. Heiß und würzig wärmte es die Knochen. Was gut war, denn das Peritus allein wurde nicht mit dem fertig, was die Kälte mit seiner Schulter anstellte.

Vhilnius stand neben den anderen Bauern, die nicht nur wegen der Eiseskälte von einem Fuß auf den anderen trippelten wie eine Bande Novizinnen vor der Tempelschule.

»Möchtest du mir etwas sagen, Vhilnius?«, fragte Oslic.

»Rytshar Vargen sagt, der Feind verhält sich ungewöhnlich und ist verschlagen.« Er benutzte das alte Wort für den carchadonischen Stand der Reiterelite mit einer Ehrerbietung, die Oslic lange nicht mehr vernommen hatte. »Denkst du nicht, dass man uns kommen sieht, Herr Tshar? Dass diese Hexenmeister wirklich unvorbereitet sein werden? Die müssen doch ahnen, dass ihre Vorräte ein lohnendes Ziel für uns sind.«

Oslic blickte Vhilnius nachdenklich an. Mit seinen dichten Locken und dem rundlichen Gesicht hatte der Kopf des Bauern etwas von einem mit Kresse und Moos bewachsenen Felsen. Der junge Tshar wusste, dass Karel einst gedient hatte, einer der wenigen Bauern, die über Kampferfahrung verfügten.

»Rytshar Vargen hat Pläne, Herr Vhilnius. Du musst dir keine Sorgen machen.« Zumindest bei dieser Antwort verspürte Oslic jene Zuversicht, auf die es in seiner Lage ankam. Vargen würde für eine Ablenkung sorgen, die den Âshkulim zu tun geben würde. Das war der Plan, und der junge Tshar setzte großes Vertrauen in den Freund.

Er starrte in die Flammen, und plötzlich war da eine Erinnerung, zum denkbar schlechtesten Zeitpunkt. Eis. Schwarze Wasser. In seinem Traum. Er kehrte einmal mehr zu *jenem Tag* zurück. Hatte er seinerzeit eine Stimme gehört, als er in der eisigen Schwärze trieb, Herz und Atem durch den klirrenden Frost so gut wie zum Stillstand gebracht?

Da war etwas gewesen. Eine Präsenz? Damals hatten alle Erwachsenen seine Rettung wie auch seine Schilderungen den Geistern oder der Hand der Götter zugeschrieben.

Es war sein Freund Espen gewesen, der ihn gerettet hatte. Ihn und den anderen Jungen. Kaidh, den Novizen. Den Sohn des Vorstehers der Kapelle der Fünf. Damals, bevor sein Vater die offizielle Repräsentanz von Doranthar aus Carchadon entfernt hatte. Sie waren unzertrennlich gewesen, der schwachbrüstige Bücherwurm Kaidh, der so sehr sein wollte wie Oslic, belesen und doch groß und stark. Espen, der Oslic einst gehasst hatte, weil er es für seine Pflicht hielt, es Oslics Brüdern nachzutun, bevor Espen und der jüngste Sohn des Tsharen sich letztlich doch zusammenrauften, wie es oft bei jungen Rivalen vorkam.

Als Oslic und Kaidh in das Eis einbrachen, hatte Espen den Jagdaufseher von Tshar Boulanthus gefunden, war gelaufen, als wäre ihm der Widersacher auf den Fersen. Die beiden hatten Oslic und Kaidh dem eisigen Wasser entrissen.

Er kehrte ins Hier und Jetzt zurück und hob den Becher. Zwar prostete er den Männern und Frauen zu, doch im Inneren richtete er seinen Salut an Espen und Kaidh. Espen, der sie gerettet und auch dann noch gegrinst hatte, als sich der Schatten des Bären hinter ihm erhob. Kaidh, der einen Warnruf ausstieß und vor Schreck und Kälte den Atem verlor.

Der Jagdmeister und Oslic waren gleichsam erschrocken gewesen. Den Blick des Bären würde er nie vergessen. Seit er die Affenbestie in der Datschija der Witwe gesehen hatte, waren die Gedanken an den Bären zurückgekehrt.

Oslic schloss die Augen, schmeckte das Bier. Im Knacken des Feuers und dem Murmeln der Milizionäre lag nun nichts Beruhigendes mehr. Er hörte die Schreie durch das Dunkel dringen. Das Brüllen des Höhlenbären. Kaidh, der röchelte, während Oslic seinen halb nackten Körper durch den Schnee schleifte. Weg, nur weg von dem Monstrum, das der Wald ausgespien hatte.

Über den Abgrund der Zeit hinweg konnte der junge Tshar sehen, wie sich die Trichterbrust des Novizen hob und senkte, bevor das Asthma, das Kaidh seit seiner Geburt plagte, die Atemwege verschloss. Die Panik in den Augen des zarten Jungen, der nie auch nur einer Seele ein Haar gekrümmt hatte.

Oslic stürzte den Rest des Bieres hinunter und nahm einen zweiten Becher. Selbst nach all den Jahren standen ihm die Erinnerungen an diesen verhängnisvollen Nachmittag vor Augen. Ein fabelhaftes Gedächtnis war ein Fluch, kein Segen, das begriffen nur jene nicht, die es sich wünschten.

Einzig Oslic hatte den Tag überlebt – etwas, das sein Onkel Talladeen bis heute nicht verwunden hatte. Er also war es gewesen, der die Mörderin gedungen hatte, um sich seines Neffen zu entledigen.

Oslic spürte, dass es Zusammenhänge gab, die sein Geist mit untrüglichem Geschick zu verweben begann. Der schicksalhafte Tag, den von vier Menschen nur Oslic überlebt hatte. Die Ankunft der Trisketen und ihrer Âshkulim, die so gar kein Interesse zeigten, nach der Eroberung der Hauptstadt weiterzumachen und noch mehr Barbarenhorden ins Land zu holen und mit einer stetig wachsenden Armee von Plünderern durch Carchadon zu marodierenden.

Im Gegenteil, es schien so, als würden sie dies mit Bestimmtheit unterbinden. Was hielt andere Âshkulim aus der Kraterödnis davon ab, zu ihren Genossen in Carchadon zu stoßen – wenn nicht ein Befehl dieser selbsternannten Hexenmeister?

Oslic hatte den Sachverhalt erschöpfend mit Vargen und Alheefa erörtert. Die Schar von Aschekriegern war nicht grundlos zum Auftakt des Permafrosts in seiner Heimat eingefallen, wohl wissend, dass der tiefe Winter jede Belagerung zu einem zum Scheitern verdammten Unternehmen machte.

Für den jungen Tsharen stand fest, dass diese Gegner auf der Suche nach etwas waren, das in Verbindung zu seiner eigenen Vergangenheit stand. Warum sonst sollten sie den eigentlich undenkbaren Frevel begangen haben, die Totenruhe seiner Mutter zu stören?

Ein Mann kannte die Antwort. Talladeen Boulanthus.

Oslic erinnerte sich an die Tirade aus dem Thronsaal zurück – nicht nur daran, wie Talladeen behauptet hatte, seinen

Bruder vor der Heirat mit Oslics Mutter gewarnt zu haben. Auch an seine Schilderung vom alten Blut der Winterklingen erinnerte er sich.

Das Ganze klang wie eine Legende, doch konnte sich Oslic beim besten Willen nicht an eine entsprechende Sage erinnern. Dabei hatte er zeitlebens Erzählungen aller Art geliebt und verschlungen. Wenn seine Mutter Mitwisserin eines Geheimnisses gewesen war, warum hatte sie ihn dann nicht eingeweiht?

Oslics Entschluss stand fest: Er musste nicht nur mit dem Spion sprechen, sondern auch seinen verdammungswürdigen Onkel zu packen bekommen. Er würde den Mistkerl zum Reden bringen, notfalls mit einem alchemistischen Gebräu. Sobald sie die Vorräte am Flusshafen an sich gebracht hatten, würde er ihr Kommando teilen und mit einer kleinen Schar Freiwilliger zu einer weiteren Mission aufbrechen.

Ja, so würde er es machen.

Männer erhoben sich, tranken den letzten Schluck Soddekh oder Bier und schleuderten die Becher als Boten des Schlachtenglücks in die Flammen. Feuerzungen loderten empor, wo der scharfe Branntwein flüchtige Nahrung bot.

Der junge Tshar stürzte den Rest hinunter und tat es ihnen nach.

Vhilnius und der Rest der Milizionäre sammelten sich um das Lager, Waffen und Marschgepäck bereit, und deuteten einen unbeholfenen Salut an.

Erst jetzt merkte Oslic, dass Vargen neben ihn getreten war und den Waffengruß der Bauern erwiderte.

»Ihr seid so bereit, wie es eben geht«, sagte der alte Ritter. »Ich würde lügen, würde ich behaupten, eure Mission würde einfach oder gar ohne Verluste vonstattengehen. Doch gebt aufeinander acht und bleibt bei unserem Plan, so könnt ihr euch auf eines verlassen: Mein Trupp wird euch den Rücken freihalten und die nötige Zeit verschaffen.«

Zwei Dutzend Bauern raunten einen Salut und deuteten einen Schlag mit Schwertern oder Ackergeräten an, um nicht zu viel Lärm durch den Wald schallen zu lassen. Vargen nickte den Männern und den beiden Witwen zu. Dann richtete er den Blick auf Oslic. »Herr, seid Ihr sicher, dass Ihr das Kommando nicht lieber einem anderen übertragen wollt? Ist dies wirklich Euer Wunsch, ohne meinen Waffenarm zu reiten?«

»Ich kann mir angenehmere Arten vorstellen, meine Zeit zu gestalten, alter Freund. Doch wenn wir Vaistopol zurückerobern wollen, müssen die Menschen sehen, dass sie uns vertrauen können. Dass wir anders sind als Baron Raumir und der Landstreff, die sie im Stich gelassen haben.« Oslic wandte den Blick in Richtung der Truppe und furchte die Brauen. »Habe ich dir je das Motto meines Vaters gesagt, wenn es um Schlachten ging?«

»Wenn ich mich recht entsinne, Herr, lautet es, nur dann die Führung über Männer in der Schlacht zu übernehmen, wenn man bereit ist, an ihrer Seite als Erster zu sterben.« Die sonst so milden Züge des Veteranen verzogen sich zu einem so raubtierhaften Grinsen, dass einem Alphawolf vor Neid das Fell ausgefallen wäre. »Wobei ich anmerken möchte, dass diese Worte auch als Zitat dem vorletzten Kerfalk zugeschrieben werden. Und auch die Kriegsfürsten von Hearne sind äußerst stolz auf ihre Rhetorik. Herr.«

Der junge Tshar grinste. »Was soll ich sagen, Vargen. Man

kann wohl nicht der Nachbar eines solchen Reiches wie dem der Eisernen sein, ohne dass durch die beständigen Übergriffe irgendwann etwas auf einen abfärbt.«

»Passt gut auf Euch auf, Herr. Und vernachlässigt niemals die wahre erste Regel eines Truppführers.«

»Ich verspreche dir, auf meine Männer besser achtzugeben als auf mich selbst, alter Freund. Wir kehren mit den Vorräten zurück.«

Oslic legte mehr Zuversicht in seine Worte, als er empfand. Die Situation war eine Bürde, und er fühlte sich wie ein Mann, dem die Götter einen Mühlstein um den Hals gelegt hatten.

Er erwog kurz, sich noch einmal von Testri zu verabschieden, und für einen Moment flackerte in ihm erneut der Wunsch auf, Alheefa auf Wiedersehen zu sagen.

33

»Verdammter Winter. Verfluchtes Eis«, murrte Oslic durch zusammengepresste Zähne und rieb sich die tsharische Kehrseite. Jede zweite Bewegung auf dem Eis des Dobronov drohte zu einer schmerzhaften Landung zu werden. Er spürte sein Gesäß kaum mehr, so oft, wie er im Dunkel der Nacht auf der gefrorenen Oberfläche des Flusses ausgeglitten war.

Die Freischärler hatten die Höflichkeit besessen, nicht offen über seine Missgeschicke zu lachen; sie merkten, wie nahe ihr Tshar auf dem Eis einer Panik war.

Oslic ließ den Blick über die Eisfläche schweifen. Die Luft war hier so kalt, dass sie wie eine Klinge aus Frost in die Lunge schnitt.

Vaistopol war in einer Kehre des Dobronov erbaut worden, nachdem der zweite Erzkrieg gegen Hearne die alte Hauptstadt vor mehr als einem Jahrhundert vollständig geschleift hatte.

Die Boulanthus der damaligen Zeit waren Männer und Frauen gewesen, vor denen Oslic nichts als Hochachtung empfand. Sie hatten ihre Stadt nach den seinerzeit modernsten Maßstäben erbaut – jedenfalls nach carchadonischen Verhältnissen –, auch was die Versorgung mit Handelsgütern aus aller Welt sowie das Abwassersystem betraf. Dieser

Mäander des Dobronov hatte entsprechend gewaltige Ausmaße, dabei war ihnen die Stadt vom anderen Ufer aus kaum größer erschienen als ein Silbergulden, den man gegen den Horizont hielt.

Nun, da die Freischärler auf wenige Hundert Schritte an ihr Ziel heran waren, fühlten sie sich entsprechend ausgeliefert auf der freien Fläche. Legenden über die Fähigkeit der Âshkulim, die mit ihren schwarzen Augen angeblich noch im tiefsten Dunkel sehen konnten, machten geflüstert die Runde. Legenden, von denen Oslic aus eigener Erfahrung wusste, dass sie Blödsinn waren.

Eisiger Wind bauschte Kleidung und Haare. Die Böen hatten das Eis von so gut wie allem Schnee befreit, der nicht festgebacken war, und peitschte am Himmel dunkle Wolken vor sich her wie eine Flottille von Totenschiffen. Vereinzelte Haufen aus Harsch ruhten in Form mannshoher Schneewehen auf dem schwarzen Eis und bildeten schlohweiße Kontraste.

Immer wieder ächzte die dicke Eisschicht unter ihrem eigenen Druck, und wenn dies geschah, fuhr Oslic der Schreck in die Glieder. Seine Eingeweide zogen sich bei jedem Knacken zusammen. Der junge Tshar hasste das unberechenbare Eis, sein Knirschen und Klagen. Zu jeder Sekunde sah er sich durch die Schollen brechen, um dann von der Strömung des Dobronov unter die Oberfläche gezogen zu werden. Der Baumeister in ihm wusste, wie absurd diese Vorstellung war. Die Eisplatten hatten eine Dicke, dass man bequem mehrere Pferdefuhrwerke über den Fluss lenken konnte.

Doch als Junge hatte er einst unter der milchigen Platte aus Kristall gestrampelt, während die Sonne wie ein höhnisches

Auge durch den Eispanzer lugte, und wäre beinahe ersoffen. Die unliebsamen Erinnerungen an den Traum vor einigen Stunden krochen wieder aus ihren dunklen Verstecken.

Hinter sich hörte Oslic Vhilnius einen Befehl brummen. Mit einem leisen Scharren von Leder und festgezurrter Ausrüstung gingen die Freischärler zu Boden, als ein Wolkenloch den Mond preisgab.

Oslic spürte einen kurzen Stich verletzten Stolzes. Er hatte den Befehl nicht erteilt, und ein kleinlicher Anteil seiner Persönlichkeit erwog, den Bauern dafür zu rügen. Doch bevor er eine Dummheit begehen konnte, geriet eine der Schneewehen in Bewegung. Sacht, aber genug, dass Oslic sie bemerkte.

Wie Vargen es ihm beigebracht hatte, signalisierte der junge Tshar mit den Fingern nach hinten. Man antwortete ihm mit dem charakteristischen Singen straff gespannter, frisch gefetteter Kurzbogensehnen. Oslic hielt die Hand in der Waage, bereit, sie zum Schussbefehl zu senken. Da war er wieder, der saure Geschmack einer Vorahnung von Gewalt, die kurz bevorstand.

Alles in ihm schrie danach, diesem Ort, seiner Heimatstadt, den Rücken zu kehren, bevor ein weiteres Gemetzel begann. Doch in ihm brannte auch die Neugierde, endlich zu erfahren, warum die Trisketen Vaistopol überfallen hatten.

Das Herz schlug ihm bis zum Hals. In diesem Moment erscholl ganz sacht der heisere Schrei eines Nachtvogels.

Das vereinbarte Signal.

Der junge Tshar entspannte sich. Doch er hatte aus seiner letzten Gefangennahme gelernt und gab noch nicht das

Signal, die Bogen zu senken. Herzschläge später geriet die Schneewehe in Bewegung.

Wie man es ihnen versprochen hatte, war ein Teil des Schneehaufens ein weißes Laken, unter dem mit erhobenen Armen eine Gestalt hervorkroch. Ein Mann, der seine fettige Haarpracht mit einem Stirnband gebändigt hatte. Seine heruntergekommene Erscheinung war in Lumpen gehüllt, zusätzliche Stoffbündel waren über Handschuhe und Stiefel gewickelt. Er hatte die kleinsten Hände, die Oslic je in seinem Leben an einem männlichen Gegenüber gesehen hatte, und der Kerl hatte auch kaum Zähne im Mund.

»Du bist Kolja?«, fragte Oslic leise, der wusste, wie weit der Wind auf dem Eis trug.

Der Fremde richtete beide Daumen auf sich und entblößte seine gelben Zahnstümpfe. »Heute Morgen war ich es noch! Du bist Tshar Oslic?«

»Nein, Herr Kolja. Ich gehe nur gern im Feindesland spazieren, bei Frost, der einem Zehen und Finger schwarz färbt, bevor sie abfallen, und habe dabei zwei Dutzend schwerbewaffnete Freunde bei mir, wenn ich mich mit Fremden auf dem Fluss treffe.«

Koljas Hände beschrieben eine abwehrende Geste. Der Kerl erschien alles andere als vertrauenerweckend. Es gehörte zu Vaistopols weniger angesehener Gesellschaftsschicht, und für einen Moment ertappte sich Oslic bei dem Gedanken, dass er Testri doch gern dabeigehabt hätte, denn sie verstand sich auf Unterredungen mit solchen Gestalten.

Er gab seinen Leuten einen Wink, und zwei Milizionäre hielten ihre Bogen auf den Tunichtgut gerichtet, während andere vortraten und ihn absuchten. Bis auf einen Dolch war

Kolja unbewaffnet. Auch trug er keine Signalpfeifen oder Ähnliches bei sich, was Oslic beruhigte.

Erst danach suchten sie mit dem Mann Schutz hinter der Schneewehe. Rasch ließen sich die Freischärler von ihm die Lage am Hafen berichten. Wie befürchtet bewachten die Âshkulim diesen mit über einem Dutzend Krieger. Die Trisketen mochten Scharlatane sein, aber sie waren gerissene Anführer. Selbst diesen Wilden war klar, dass die Rebellen sich über kurz oder lang der Vorräte bedienen wollten.

Nicht zum ersten Mal war Oslic trotz allem froh, dass Vargen noch an seiner Seite war. Ohne das strategische und taktische Wissen des Ritters wären sie den Aschekriegern in die Falle gegangen.

»Führe uns zu den Lagerhallen«, befahl Oslic.

Geduckt folgten sie Kolja auf dem Weg in Richtung Hafengebiet. Schnee und Eis hatten die Ansammlung von radgetriebenen Lastkränen und Hallen in eine Zauberlandschaft verwandelt. Hier und dort lagen wie verstreutes Spielzeug Boote, bäuchlings und unter Planen. Jenseits der Eisfläche blakte das Weiß des Schnees so hell im immer wieder aufbrechenden Mondschimmer, dass es in den Augen schmerzte.

Schnurgerade wie Sonnenstrahlen standen die Stege von der eigentümlichen Landschaft ab, ragten einige Schritte über dem Eis auf. Die Freischärler versammelten sich darunter, zwischen dicken Stützpfeilern. Eisverkrustete Muschelreste und Tang kündeten davon, wie tief die Anlegestelle normalerweise ins Wasser ragte.

Unaufgefordert deutete Kolja auf die mittlere der drei Lagerhallen. Es waren bauchige, geschwungene Gebäude mit Walmdächern, fünf Stockwerke hoch und überzogen von

Frachtluken und verschlossenen Pforten, sodass sie wie Termitenbauten wirkten. Durch Oslics Entwürfe verbesserte Kräne mit Laufrädern ragten wie bizarre Insektenbeine vor dem Bau auf. »Da drin ist, was ihr benötigt, um Monde zurande zu kommen. Nahrung, Decken, vor allem Getreide und Fässer mit Sauerkraut. So wie mit eurem Ritter ausgemacht. Die Witwe hat mich bezahlt, damit ich euch herbringe und darüber in Kenntnis setze.« Kolja zog hoch und spie etwas ungesund Aussehendes in den Schnee. »Wir sind quitt. Und ihr seid irre.« In der Dunkelheit unter dem Steg glänzten seine Augen wie zwei Stahlkugeln in einem Bottich mit Teer, und sein Blick flog mal hier-, mal dorthin.

Oslic musterte den Kerl. Er machte einen übernervösen Eindruck auf ihn. Andererseits war das nachvollziehbar. Erging es dem jungen Tshar etwa anders? Sein Herz schlug ihm bis in die Kehle, und ihm war vor Aufregung speiübel. Was Oslic schon beim Einbruch in der Akademie gemerkt hatte, verlor seine Gültigkeit auch jetzt nicht: Er war nicht gemacht für solche Aktionen.

»Irre? Du meinst, weil wir uns widersetzen, statt dem Gesindel die Kehle zum Schlachten hinzuhalten?« Der Milizsoldat ballte die Rechte zur Faust.

»Beruhigt euch«, befahl Oslic. »Das hier ist nicht der Ort für Streitigkeiten.« Er blickte den Bauern an. »Die Witwe hat das hier eingefädelt, wir sollten nicht riskieren, alles zu verderben.«

Der Mann sah die Vernunft hinter den Worten. Kolja nickte ebenfalls. Er setzte sich in Bewegung.

»Eine Frage noch.« Oslic legte seine Prothese auf die Schulter des kleineren Verbrechers, bevor der verschwinden konnte.

Der blickte erst von der Stahlfaust zu Oslic, dann wieder zurück. Etwas Bösartiges verfärbte seine Miene. Offenkundig missfiel es ihm, wenn man ihn anfasste.

Oslic ließ die Prothese, wo sie war. Er wollte zumindest nicht dumm sterben. »Man hat mir gesagt, du wüsstest mehr über die Trisketen. Du und deinesgleichen hätten etwas herausgefunden. Was?«

Betont nahm Kolja mit den Fingerspitzen seiner Handschuhe die Prothese auf und entfernte sie so achtsam, als wäre sie ein Hundertfüßer aus den Dschungeln Sidhisids, der vor Blausäure troff. Er schaute Oslic fragend an.

»Die Witwe hat für Informationen bezahlt«, betonte der junge Tshar. »Wer Honorar erhält, sollte liefern, findest du nicht?«

»Scheiße, meinetwegen.« Kolja spuckte abermals aus. »Die drei Hexenmeister … Sie nennen es den Shibolleth. Es ist ein Ritual. Machtvoll.« Er sog Luft durch die Überreste seiner Schneidezähne. »Einer meiner Bundesgenossen schwört, dass er das gehört hat. Von einem der Gefangenen, die mit daran arbeiten müssen.«

»Ein Ritual?« Oslic runzelte die Stirn. Er erinnerte sich an das Wort; es war im Thronsaal gefallen.

»Zauberkunst«, sagte Kolja, und die Wut war aus seinem Gesicht gewichen. Furcht leuchtete in seinen Augen.

»Unfug«, sagte Oslic. »Sie erobern doch keine Stadt, lassen Hunderte umbringen und machen sich im Palast eines ermordeten Monarchen breit, um dann so einen Mummenschanz zu veranstalten. Das ergibt doch keinen Sinn.«

Zwei Dutzend Freischärler drängten sich in der Kälte zusammen. Oslic las auf ihren Gesichtern abergläubische

Furcht. Was er dort nicht fand, war Zustimmung. Einige der Bauern befingerten Ketten mit Amuletten der Fünf oder der Geister des Landes.

»O bitte!« Beinahe hätte Oslic die Arme in die Höhe geworfen, besann sich aber eines Besseren. »Das kann nicht euer verdammter Ernst sein. Ein Ritual? Zaubermacht? Für was?«

»D-die Hexer wollen sich von irgendwas befreien«, stammelte der Informant, »das beschwört meine Quelle. Auf die Leute, mit denen ich arbeite, ist Verlass.«

»Wo führen sie das Ritual durch?«

Kolja antwortete ihm nicht schnell genug. Oslics Mittelfinger bohrte sich mit so viel Nachdruck in die Brust des Mannes, dass der einen Schritt zurücktaumelte.

»An der Baustelle«, presste der Informant hervor.

»Baustelle?« Oslic hatte eine unschöne Vorahnung.

Kolja trat einen weiteren Schritt zurück. Es war offenkundig, dass er den jungen Monarchen vor sich für alles andere als vertrauenswürdig hielt. Es beruhte auf Gegenseitigkeit. »Hinter dem Palast …«, setzte der kleinere Mann an, unterbrach sich aber. Doch mehr brauchte er nicht zu sagen.

Der junge Tshar schüttelte den Kopf. »Sag mir, dass das nicht stimmt.«

»Aber es ist wahr. Jedes Wort. Sie haben den ganzen Friedhof hinter dem Palast aufgewühlt. Grab für Grab. Keine Ahnung, warum. Der, der mir mehr darüber erzählen sollte, ist nicht wiedergekommen.«

Oslic spürte, dass ihm jeden Moment die Beine wegsacken wollten. Da war die Bestätigung dessen, was er bereits vernommen hatte. Diese Brut von Scharlatanen hatte sich nicht damit begnügt, die Asche der Mutter ihrer Gruft zu entreißen und die Bürger von Vaistopol den Flammen der Âshkulim zu übergeben. Nein, sie hatten seine gesamte Familie bis ins letzte Glied ausgegraben, um irgendeinen Zinnober mit den Knochen und dem Staub zu veranstalten, Hokuspokus der barbarischsten Art.

Während er nach Kräften gegen den Taumel ankämpfte, zeigten sich vor seinem geistigen Auge schreckliche Szenen. Aschekrieger, die das Blut getöteter Städter aus den Schädeln von Oslics Vorfahren tranken. Die selbsternannten Hexenmeister, die die Asche seiner Mutter mit Bären- und Hundetalg zu Kerzenfett für Beschwörungen vermengten.

Zu dem Schwindel und dem Unglauben gesellte sich eine Wut, so tief, wie er sie nie zuvor empfunden hatte. Er wollte diese Schweinehunde zu packen bekommen und sie mit seiner Prothese schütteln und bearbeiten.

»Du hast dein Blutgeld«, stieß er unvermittelt hervor, »und du hast uns erzählt, was du weißt. Bring uns jetzt zu der Halle.« Oslic erkannte seine eigene Stimme kaum mehr. Er sprach nicht laut, sondern betont leise und ohne besondere Drohung in der Stimme. Doch der bloße Klang genügte, um nicht nur Kolja, sondern auch die Partisanen schrumpfen zu lassen. Oslics Blick ging in die Runde. »Wir holen jetzt, weswegen wir gekommen sind. Gebt das Signal.«

Die Bauern nickten, die Furcht war verschwunden. Die Milizionäre wollten endlich etwas tun.

Eine der beiden Witwen beförderte eine gefettete Sehne aus einer Bauchtasche und spannte mit Kraftaufwand einen langen Stecken, den sie bei sich trug. Hilfsangebote der anderen Bauern, den Langbogen für sie zu spannen, lehnte die Frau mit stolzem Blick ab.

Sie beförderte einen rotlackierten Pfeil aus ihrem Köcher und entfernte sich ein paar Schritte von der Gruppe, bis sie nicht mehr unter dem Steg stand.

Sie nahm Maß und schoss. Kaum dass sich der Pfeil erhob, setzte ein leiser, doch drängender Klagelaut an. Oslic hatte spezielle Riefen in das Holz geschnitzt und Löcher gebohrt. Die Spannkraft des Langbogens und die Flugkurve taten ihr Übriges. Selbst wenn die andere Gruppe der Partisanen um Vargen das Signal flussabwärts überhören mochte, würde sie kaum übersehen, wie ein roter Blitz Dutzende Meter weit über das Eis schlitterte.

Nun setzte sich die Gruppe der Freischärler in Bewegung. Auf ein Signal von Vhilnius hin schwärmte der Trupp halbmondförmig in loser Formation aus.

Sie glitten in den Schatten von Stegpfosten, drückten sich an den an Land gezogenen, umgedrehten Bootsrümpfen entlang, die wie verendete Walkühe Teile der Uferneigung als auch die festen Kaimauern säumten.

Oslic tauschte einen Blick mit Vhilnius, der einige Schritte entfernt hinter einem Stapel hartgefrorener Seile und einem Haufen Treibgut Deckung gesucht hatte. Eisiger Wind furchte den Schnauzer des Sergeanten. Die Lippen des Veteranen waren in der Dunkelheit kaum zu erkennende Striche. Oslic meinte, die Anspannung bis zu seinem eigenen Versteck hinter einer Gruppe Fässer wittern zu können.

Der Blick des früheren Soldaten war eindeutig. Etwas stimmte hier nicht. Der Mann deutete auf verschiedene Positionen, und einmal mehr war Oslic dankbar für die gute Ausbildung durch Vargen. Selbst ein militärischer Laie wie der junge Tshar begriff, dass Vhilnius Stellen andeutete, die sich als ideale Bereiche für Wachtposten eigneten. War es den Âshkulim so egal, welchen strategischen Vorteil sie verschenkten?

Durch frühere Gespräche seines Onkels mit seinem Vater wusste Oslic, welcher Schwachpunkt der Hafen stets für Vaistopol gewesen war, doch er war für den Handel unerlässlich. War es den Aschebarbaren tatsächlich egal, dass man eine halbe Armee durch ihre Lücke in der Verteidigung schleusen konnte? Oder war dies eine Falle, in die sie gerade spazierten?

Wenn ja, wo waren dann ihre Henker?

Oslic ließ den Blick schweifen. Niemand war zu sehen.

Kolja gab dem jungen Tsharen keine weitere Zeit nachzudenken. Er pirschte von Unterschlupf zu Unterschlupf, nutzte geschickter als die Partisanen jeden Schatten und sah sich immer wieder um.

Die Freischärler folgten dem Informanten. Oslic konnte sich des Gefühls nicht erwehren, dass der Mann seine Vorahnungen teilte. Er machte den Eindruck von jemandem, der wusste, dass sein Arzt ihm eine schlimme Diagnose mitteilen würde – nur wusste er nicht, welche.

Vhilnius warf Oslic einen fragenden Blick zu. Der junge Tshar knirschte mit den Zähnen. Welche Wahl hatte er? Sie brauchten die Vorräte, und er nickte dem Veteranen zu. Der Truppführer gab Handzeichen, und ihr Tross drang weiter vor.

Endlich, nach einer Zeit, die Oslic wie eine halbe Ewigkeit vorkam, erreichten sie das gewaltige Lagerhaus. Der Schatten des Gebäudes verschlang sie. Die Dunkelheit sollte ihnen ein Wohlgefühl vermitteln, endlich aus der Helligkeit des Schnees und damit neugierigen Blicken entkommen zu sein.

Stattdessen erfüllte sie Oslic mit namenlosem Grauen.

»Da wären wir, Tshar.« Der Informant deutete eine Verbeugung an. »Ich wurde bezahlt, und ich habe geliefert. Kann ich gehen?«

»Sobald wir haben, weswegen wir hier sind. Wenn die Schlitten beladen und wir in sicherer Entfernung sind.«

Oslic tauschte einen Blick mit Vhilnius. Die Augen des alten Kämpen weiteten sich. Er riss einen Dolch aus seinem Gürtel und öffnete den Mund.

Kolja war schneller.

Er spuckte ein drittes Mal.

Dann brach die Hölle los.

34

Oslic hätte sich am liebsten gegen die Stirn geschlagen, als er begriff, aber die Zeit blieb ihm nicht. Die schneebedeckten Bootsrümpfe wurden umgeworfen wie Schildkröten, denen man wieder auf die Beine half. Aschfarbene Gestalten erschienen im Schnee wie Phantome. Âshkulim! Sie bleckten die Zähne.

Eine gewaltige Wurfaxt aus Feuerstein und Holz sirrte um Haaresbreite an Oslics Kopf vorbei. Mit einem mörderischen Splitterlaut grub sich die Waffe zwischen seinem und Koljas Gesicht in die Holzbohlen des Lagertors.

»Verdammter Verräter!« Oslic langte nach dem Informanten, doch mit einer geschickten Drehung und einem panischen Aufschrei entzog sich das Wiesel dem Griff.

Er kam nicht weit.

Vhilnius war in seinem Rücken, bevor Kolja reagieren konnte. Er legte ihm einen Arm um die Kehle und griff mit der anderen Pranke nach seinem Kopf.

Oslic wandte den Blick ab, das Knirschen genügte ihm, um zu wissen, was geschah.

Mehr und mehr Aschebarbaren strömten auf die Freischärler zu. Eine ganze Horde brach über die Partisanen herein, die nicht wussten, wie ihnen geschah. Blanke Furcht nagelte Oslics Füße an Ort und Stelle fest. Er musste hilflos zusehen, wie eine der beiden Witwen nur Schritte neben ihm von einem Speer getroffen wurde. Der Schaft vibrierte, als er die Frau förmlich an die Scheune nagelte. Blut rann aus ihren Mundwinkeln, während sie mit müden Bewegungen nach dem tödlichen Geschoss griff und dann erschlaffte.

Der erste Âshkulim kam auf die Freischärler zu. Die andere Witwe schoss ihm einen Pfeil in den Oberschenkel, aber der Aschekrieger ließ nur ein mürrisches Knurren hören, dann zerschmetterte er einem der Milizionäre mit seinem Kriegszepter den Schädel.

Es war Vhilnius, der die tödliche Erstarrung beendete. Er bellte Befehle, und mit zwei, drei ruppigen Kommandos brachte er die Freischärler in Formation. Seite an Seite hoben sie Ackergeräte, Waffen und Schilde, um sich so teuer wie möglich zu verkaufen, während die eisige Nacht Dutzende riesenhafte Gestalten ausspie.

In diesem Moment brach an anderer Stelle des Hafens Tumult aus. Der Donner einer Explosion ließ Schneewechten von Dächern rutschen und Eiszapfen fallen. Eine feurige Pilzwolke rülpste in den Nachthimmel empor.

Vargens Ablenkung!

Bevor Oslic reagieren konnte, gab Vhilnius den Befehl zum Gegenschlag. Wie die Partisanen es geübt hatten, stürzten sie sich zu mehreren auf die überlegenen Barbaren. Unter Stößen mit Jagdspeeren und Hieben mit geerbten Breitschwertern fielen drei der Aschekrieger, bevor die Wilden wussten, wie ihnen geschah.

In dem Moment wurde einer der Bauern aus der Formation gerissen und ging hinter einem hohen Kistenstapel zu Oslics Rechten zu Boden.

Der junge Tshar füllte die Lücke, die der Partisan hinterlassen hatte, und zog sein Bastardschwert. In banger Erwartung blickte er auf den Stapel, bereit, sich dem vermuteten Echsenhund oder einem weiteren Riesenaffen zu stellen, der dort lauern mochte.

Stattdessen flog der Kopf des Bauern aus der Dunkelheit heran, schlug auf vereistem Schnee und schlitterte über den Harsch wie ein Kiesel über einen ruhigen See. Statt Ringe zu werfen, hinterließ er dicke Flatschen aus hellrotem Blut, die auf dem Weiß glänzten.

»Dachtet ihr wirklich, wir würden uns so einfach übertölpeln lassen?«

Oslics Blut gefror. Er sog beim Klang der Stimme scharf die Luft ein.

»Du enttäuschst mich, Neffe«, sagte Talladeen Boulanthus. Er umrundete den Stapel und richtete ein vom heißen Blut des Partisanen dampfendes Schwert auf den jungen Tsharen, den Streitkolben am Gürtel. »Sind wir unter die Freischärler gegangen, Bursche? Sollte doch so etwas wie ein Fünkchen Mumm zwischen all der Scheiße in deinen wertlosen Eingeweiden schlummern?«

Oslics klares Denken setzte aus. Er sah die Âshkulim, die sich berappelt hatten und geschlossen gegen den Schutzwall der Partisanen vorrückten. Die Bauern deckten einander mit den Leibern, achteten auf den Kämpfer zu ihrer Linken und Rechten.

Ein brutaler Nahkampf brach aus, bei dem sich keine der Seiten etwas schenkte, die Gesichter der Freischärler verzerrt vor Verbissenheit und dem Mut der Todesangst.

Sie waren gekommen, um Vorräte zu rauben und ihre Familien über den Winter zu bringen, statt sie der zweifelhaften Gnade der Stadtbesatzer zu überlassen. Jetzt stand ihnen der Tod durch die Waffen der Barbaren vor Augen.

»Kämpft! Tötet diese Hunde, und bringt unseren Familien, was sie brauchen!«, brüllte Vhilnius, als er sich dem größten der Âshkulim stellte. »Nieder mit ihnen!«

Die Freischärler nahmen seinen Ruf auf und hielten dem Aufprall der riesenhaften Wilden stand.

Jemand zog an Oslics Arm, um ihn in die schützende Formation zu holen. Doch die Welt des jungen Tsharen war zu einem Tunnel geschrumpft. Er hatte allein Augen für Talladeen Boulanthus, der ungerührt einige Schritte abseits des Getümmels stand.

Der junge Tshar riss sich los. Irgendwo am Rand seiner Wahrnehmung brüllte Vhilnius abermals – diesmal klang er nicht kampfeslustig, sondern erschrocken. »Nein! Herr, nein! Die Formation! Beibehalten!«

Ein tückisches Grinsen flog über Talladeens Gesicht. »Hast du also deine Klötze wiedergefunden, was, Neffe?« Er schmollte gespielt. »Hätte ja doch was aus dir werden können, wäre die Pferdehure früher verreckt.«

Oslic sah rot. Noch nie im Leben war es ihm so ergangen, nicht einmal als seine Brüder ihn früher gequält und die von ihnen verabscheute Stiefmutter beleidigt hatten, die er so sehr liebte. Er wusste nicht, wie man einer solchen Wut begegnete. Jede mentale Technik war vergessen, alle Vorsicht in den Wind geschrieben.

Mit einem Schrei schwang er das Bastardschwert, zum ersten Mal in seinem ganzen Leben in der klaren Absicht, einen Menschen zu ermorden.

Der Kampferfahrung und körperlichen Überlegenheit des Onkels kam er damit nicht bei. Talladeen parierte den Hieb mit spielerischer Leichtigkeit.

»Sie mögen mir vorerst untersagt haben, dich zu töten«, höhnte er. »Aber niemand hat was davon gesagt, dass ich dich nicht verstümmeln darf.«

Sein Onkel ließ eine Salve von Schlägen niedergehen, um Oslics Verteidigung auf die Probe zu stellen.

Der junge Tshar lenkte den Hagel mit dem Anderthalbhänder ab und ließ Talladeens Schneide über seine Klinge gleiten, um sie mit der Prothese in Empfang zu nehmen. Stoff riss, als Handschuhe und Pelzmantel blanken Stahl preisgaben.

»Ah ja, wieder das Ding.« Talladeen grinste. Ein Faden aus Speichel hing in seinen Bart und gefror dort. »Kann's kaum erwarten, es dir aus dem Fleisch zu reißen, götterverdammter Krüppel!«

Oslic wollte irgendetwas Kluges oder Verwegenes antworten wie all die Helden, von denen er sein Leben lang gelesen hatte. Doch bis auf schwere Atemzüge brachte er nichts hervor. Seine unterkühlte Lippe schmerzte, er war dabei, sie zu zerkauen. Der Kampf erforderte seine ganze Konzentration.

»Wer hat … uns verraten?«, stieß er hervor.

»Schau dich an, Junge. Ein Bild von einem Mann – und doch machst du gegen ein altes Schlachtross keinen Stich. Sieh's ein, das Weib hat dich fürs Leben versaut. Und das andere Weib auch – diese Versagerin hat dich zum Krüppel gemacht.«

»Leck … mich!«

»Oho! Neue Töne, Eure Durchlaucht!« Talladeen wollte Oslic mit einer Finte aus der Reserve locken, die dieser gerade noch durchschaute. Er kreuzte Stahlhand und Bastardschwert, um eine fallende Riposte seines Onkels zu fangen und so zu verhindern, dass ihm die Schulter zerhauen wurde. Funken stoben, während die Waffen sangen.

»Nicht schlecht, Bursche. Wirklich! Glaubst du, wir bräuchten Verräter wie den«, er deutete mit der Schwertspitze auf Koljas Leiche, »um mit euresgleichen fertigzuwerden? Nein, Junge. Die Meister haben gesehen, dass ihr kommen würdet – und wo. Haben es einfach gewusst.«

»Unsere Ablenkung haben deine ›Hexer‹ nicht kommen sehen!«

Oslic nutzte den Seitenblick seines Onkels auf das Glühen am Horizont. Mit unerwarteter Wildheit drang er auf ihn ein.

Der winzige Moment des Zweifels bedeutete den Unterschied. Talladeen Boulanthus riss das Schwert zur Parade hoch – diesmal fiel er auf Oslics Finte herein.

Es klickte, als der die Kletterklauen ausfuhr und damit die Klinge seines Onkels packte. Hundertfach hatte er das Manöver mit Vargen geübt. Es funktionierte.

Mit einem Ruck entwand Oslic dem grimmen Veteranen das Langschwert und stand ihm nun mit zwei Klingen gegenüber. Selbst dieses kurze Manöver war durch die Kälte, die durch den Stahl in seine Knochen kroch, äußerst schmerzhaft. Doch der Anblick des verblüfften Verräters entschädigte für alles Ungemach.

Oslic hielt die Spitze seines eigenen Schwerts gegen den Hals seines Onkels, dem keine Zeit blieb, den Streitkolben zu ziehen. Der Stahl teilte Talladeens Bart wie einen Wasserfall, der einen Felsvorsprung umfloss. Boulanthus schluckte – offensichtlich gegen seinen Willen –, und es ritzte seine Haut. Ein Tropfen Blut quoll hervor und rann an der Schneide entlang.

»Sage deinen Wilden, sie sollen die Waffen strecken! Und dann will ich ein paar Antworten hören, die mich zufriedenstellen.«

»Ist das so?« Talladeen grinste. »Bursche, du wirst mich nicht kaltblütig abstechen. Das hast du nicht in dir. Du bist nicht Manns genug, du Sauhund! Und bevor deine kleine Punze vor Aufregung noch zu zucken anfängt und du mir aus Versehen wehtust, spitzt du vielleicht einmal deine legendär empfindlichen Lauscher!«

Gegen seinen Willen tat es Oslic – man konnte sich kaum dagegen wehren, auf einen Sinneseindruck hingewiesen zu werden, ohne dass dieser sich sofort in das Bewusstsein stahl.

Es war still hinter ihm. Zu still. Oslic versuchte, aus den Augenwinkeln zu erhaschen, was vorgefallen war.

Mehr brauchte Talladeen Boulanthus nicht. Er packte das Schwert mit seinem Panzerhandschuh und ergriff sein eigenes mit der anderen Hand. Zwar reagierte Oslic sofort, doch sein Onkel zog nicht an den Klingen. Stattdessen schoss er vor, die Waffen in den Fäusten, riss sein Knie zwischen Oslics Beinen in die Höhe und stieß zugleich die Stirn gegen das Gesicht des verhassten Neffen.

Weißglut explodierte im Kopf und im Unterbauch des jungen Tsharen. Ein keuchender Atemzug entfuhr ihm. Seine Glieder wurden weich, die Stahlhand krampfte sich zusammen. Ehe er sich versah, drückte sein Onkel die Schwertklingen mit solchem Druck gegen Oslic, dass sie direkt vor seinem Gesicht waren. Erst dann riss er beide Arme auseinander und schlug den Stahl mit solcher Wucht direkt vor Oslics Kopf zusammen, dass die Funken flogen.

In Oslics schmerzfiebrigem Gehirn erklang es wie der Schall einer Höllenglocke. Er taumelte nach hinten, sank auf die Knie und wusste nicht, wohin er zuerst greifen sollte, um seine Marter zu bändigen.

Talladeen Boulanthus umrundete den Neffen mit höhnischer Fratze. Er trat ihm mit Wucht zwischen die Schulterblätter. Die Metallplatte, die die Prothese mit dem Rücken und der Brust verband, ächzte unter seinem Stiefel und sandte mahlende Qualen durch Oslics Oberkörper. Er landete mit dem Gesicht im zertrampelten Schnee.

Talladeen ging neben dem jungen Tsharen in die Hocke.

»Weißt du, Kleiner, ich habe stets angenommen, dass du da unten eine Futt hast. Die ganzen erbärmlichen Jahre, die du mit Lesen und deinen kleinen Basteleien vertan hast und all das. Bevor Emerric dich in die Geiselhaft verschachert hat, hab ich tagtäglich drauf gewartet, dass dein Mondblut zu fließen anfängt und endlich jeder merkt, was mir schon lange klar geworden war.« Er umrundete Oslic, der ihn vor Schmerzen kaum zu erkennen vermochte. »Und jetzt das. Du bist wirklich eine Art Mann.« Er trat ihm mit Wucht in die Rippen.

Talladeen ließ sich auf ein Knie nieder und ächzte, weil das Alter den Tribut von seinen Gelenken forderte. Er packte Oslics traditionellen Kriegerzopf und zog ihn hoch. Mit erbarmungsloser Gewalt drehte er den Kopf des Neffen, sodass dieser sehen musste, was sich hinter ihm abgespielt hatte.

Die Bauern lagen zwischen vereinzelten toten Âshkulim im Schnee. Ihre Körper waren zerhauen, Gekröse war aus klaffendem Fleisch gerutscht.

»Nein«, wollte Oslic sagen, aber es kam kein Ton über seine Lippen.

Vhilnius lag auf der Seite, drei Wurfäxte im Körper. Er starrte Oslic über den Abgrund des Todes aus blicklosen Augen an, eine gefrorene Träne auf der Wange, das blutige Schwert kraftlosen Fingern entglitten. Hinter ihm lag die zweite Witwe, den Rücken vor Pein durchgebogen. Ein Speer war durch ihren aufgerissenen Mund in den gefrorenen Boden getrieben, die Augen hatte sie vor Überraschung oder Schmerz oder Entsetzen weit aufgerissen.

Oslic versuchte vergeblich, den Blick von diesem Schreckensbild zu wenden. Ihm war übel vor Schmerzen, doch die Tränen, die auf seinen Wangen erstarrten, waren die der Scham und der Schande, die sich wie Pranken um seine Kehle legten.

»Ja, schau es dir an! Du warst das. Deine disziplinlose, erbärmliche Art hat diese tapferen Bauern das Leben gekostet. Dein Truppführer hatte mehr Verstand als du. Jetzt sind sie Fraß für die Bleichen. Deinetwegen!« Talladeen erhob sich und stellte den Fuß auf Vhilnius' Brust. »Hat ihm ja viel genutzt, ein ›Kriegsmeister‹ wie du an seiner Seite. Eine götterverreckte Schande. Ich kannte Vhilnius. Der war ein echter Soldat. Klötze aus Stahl. Hat Hornes Eisenfressern ins Gesicht gelacht. Hundert, ach was, tausend von deiner Sorte wert!«

Oslic öffnete den Mund, brachte jedoch nicht mehr als ein atemloses Keuchen zustande. Er hatte helfen wollen, diese Leute – sein Volk – speisen. Doch mit jeder Entscheidung, die er traf, mit jedem Schritt, den er tat, um die Lage zu verbessern, schien er dem teuflischen Gegner in die Hände zu spielen.

Mit verschwommenem Blick besah er sich die Leichen im Eisschnee. Jeder dieser Menschen hatte ihm vertraut. Auf seine Fähigkeiten gesetzt.

Talladeen trat auf seinen Neffen zu. »Scheiß drauf. Die Meister wollen dich lebend. Sollen sie. Aber nicht ohne Lektion.« Er deutete auf einen der Âshkulim. »Du da, mitkommen!«

Der Barbar folgte Talladeen. Talladeen packte seinen Neffen im Genick, schleifte ihn durch den Schnee, fort von der Lagerhalle und an den Kaimauern vorbei bis zur Uferböschung.

Oslic war zu betäubt, um sich zu widersetzen. Jeder Kampfeswille schien so aus seinem Körper gesickert zu sein wie das Blut aus den Leibern derer, die ihm vertraut hatten.

Talladeen Boulanthus deutete auf das Eis und reichte dem Bleichen seinen Streitkolben. Der Aschebarbar hob die Waffe und ließ sie niederfahren. Risse breiteten sich wie Spinnweben aus, dann brach die Kruste.

Erst als das Geräusch brechenden Eises erklang, erwachte Oslic aus seiner Starre. Sie wich einer panischen Furcht. Das Déjà-vu war unerträglich.

»Ich hab lange mit mir gehadert«, brummte Talladeen. »Nachdem diese gedungene Mörderhure bei dem versagt hat, was ihresgleichen doch angeblich am besten kann, meine ich. Ich habe hin und her überlegt, was ich machen würde, wenn ich deinen mageren Arsch in die Pranken bekäme, Junge. Hab Verträge mit fahrendem Volk geschlossen, mit Bärenzähmern. Verstehst du? Ich wollte mir einen halten. Für nur einen Zweck.« Er ließ sich herab und packte Oslics Wangen mit eisernem Griff.

In den Augen seines Onkels erwartete er die Leere eines Mannes zu sehen, der durch einen fremden Willen kontrolliert wurde – ganz so wie bei dem Monster im Haus der Witwe. Stattdessen sah Oslic darin nur allzu Menschliches aufflammen. Da waren Trauer und Schmerz, so tief, dass sie diesem Mann den Verstand geraubt hatten.

»Hab im Krieg Sachen gesehen, die keiner sehen sollte.« Talladeen schüttelte den Kopf. »Männer, die ihre Därme in den Händen halten und damit stundenlang unter ihren Kameraden herumlaufen und vergeblich um Hilfe betteln, ob sie nicht einer zurückstopfen kann. Raub und Blutvergießen und das dauernde Geschände. Nicht, was wir damals sehen mussten, ging uns an die Substanz – sondern das, was wir selbst getan haben. So ist der Krieg. Das macht er mit einem Mann.«

Seine derben Finger fuhren gedankenverloren durch Oslics Haare. »Doch wegen nichts davon hab ich das Saufen angefangen. Keine meiner Schandtaten drüben bei den Eisernen bereitete mir so schlaflose Nächte, dass ich zum Branntwein greifen musste. Ich war immer stärker! Immer, hörst du? Doch dann kommst du Bastard und nimmst mir meinen Espen. Das gab den Ausschlag. Du hast ihn immer gehasst, verdammte Mörderbrut, die du bist!«

»Das ist nicht wahr.« Oslic sprach mit beinahe tonloser Stimme. »Anfangs waren wir Rivalen, ja, aber dann sind wir Freunde geworden.« Ein tiefer Schluchzer entrang sich seiner Kehle. Die Erinnerung an den schrecklichen Tag am See brach sich Bahn.

»Heulen willst du, du Hundsfott? Tränen willst du dir aus den Augen quetschen?« Wie eine Viper schoss Talladeens

Faust vor, und der eiserne Griff schloss sich erneut um Oslics Nacken. Sein Onkel riss ihn nach vorn – und jetzt erkannte Oslic, was ihm blühte.

Zu spät!

»Hier sind so viele eiskalte Tränen, wie du saufen kannst, Bursche! Sie sagen, sie wollen dich lebend. Aber bei Verstand brauchen sie dich nicht!«

Oslic strampelte. Das Eisloch! Die Panik nahm ihm den Atem, raubte jeden klaren Gedanken. Eis, Eis, Eis! Er wollte die Arme vorstrecken, sich gegen den Rand des Loches stemmen, aber das schwarze Wasser, auf dem Schollen trieben, nahm seinen Blick gefangen. Da war nichts als blankes Grauen. Es wurde größer – und verschlang ihn.

Eiswasser umschloss seinen Kopf. Die Brust wurde ihm eng, der Atem blieb weg. Mondtrübes Schwappen um ihn. Es war, als würde sein Kopf in Feuer getaucht. Seine Lunge brannte vor Atemnot. Sein Herz flatterte nicht, es flimmerte. Er strampelte, musste mit aller Macht gegen den Impuls ankämpfen einzuatmen. Mit seinem Strampeln entfachte er einen Sturm aus Blasen, der ihm endgültig die Sicht raubte.

Mit einem Mal war Oslic wieder der Junge von damals, der hilflos unter den Eispanzer glitt, unfähig, sich oder seinem Freund zu helfen.

Ich sterbe! Er bringt mich um!

Er musste sich befreien!

Mit der Erkenntnis erwachte jedes Quäntchen Überlebensinstinkt.

Er fühlte Talladeens Stiefel auf den Schulterblättern, die ihn ohne Gnade unter das Eis pressten – und die Panik machte jeden Plan zunichte.

An der Grenze zwischen Leben und Tod, umgeben von alles verzehrender Kälte und Finsternis, verschwamm Oslics Wahrnehmung. Er wusste nicht mehr, wer er war. Der Junge und der Mann verschmolzen auf dem Zenit des blanken Grauens zu einem.

Er spürte, wie die Kraft aus seinen Gliedern wich.

Er musste einfach nur loslassen.

Sich hingeben.

Es war gut.

35

»Du bist zurück. Es ist lange her – nach deinen Maßstäben.«

Die Stimme erklang so deutlich in seinen Gedanken, als stünde jemand neben ihm und spräche. Sie war volltönend, troff vor Hochmut, aber auch vor Faszination. Katzenhaft.

Er hat es geschafft, dachte Oslic. *Talladeen bringt mich nicht um, aber ich verliere den Verstand.*

Er registrierte beiläufig, dass sein Körper den Kampf so gut wie eingestellt hatte. Ruhe und Klarheit kehrten zurück.

Ich sterbe.

»Es hat den Anschein, junger Freund«, pflichtete ihm die Stimme bei. *»Aber das tat es damals auch – und wir wissen beide, wer dich seinerzeit gerettet hat.«*

Das hier kann nicht echt sein. Das passiert, wenn ein Gehirn stirbt. Hier also war er. Falls sein Onkel ihn aus dem Wasser zog, bevor er starb, würde er ein Leben mit den geistigen Kapazitäten eines Wirsings führen.

»Es ist amüsant, dass du selbst angesichts solcher Umstände noch nachdenkst. Das hat mich an eurer Art schon immer … bewegt. Aber du bist die Ausnahme, die die Regel bestätigt.«

Was sollte es. Wenn er schon den Verstand verlor, konnte er den Ritt auch ebenso genießen. So musste er wenigstens nicht allein in Angst und Panik sterben. *Wer bist du?*

»Du erinnerst dich tatsächlich nicht mehr.« Jetzt lag echter

Zweifel in der Stimme, aber auch ein seltsamer Anklang von Vorfreude. *»Ich glaube, ich sollte mich gekränkt fühlen.«*

Ich verstehe nicht, dachte Oslic.

»Das kannst du auch kaum, in deiner Situation, in dieser Verfassung. Doch es wäre eine Schande, würdest du hier sterben, ein so brillanter Geist. Nein, nein, das können wir nicht zulassen.«

Ich fühle mich sehr müde, dachte Oslic und meinte es so.

»Deinem Gehirn geht die Luft aus, weißt du? Bald beginnt es abzusterben. Die Frage ist dieselbe wie damals, nicht wahr?«

Damals? Die Frage? Was für eine Frage? Wer bist du?

»Möchtest du leben, junger Oslic Boulanthus?«

Der Gedanke kam unerbeten. Der junge Tshar sah sein Leben vor dem geistigen Auge vorüberziehen, eine Ansammlung an Momenten, festgehalten auf dem ölschimmernden Gefieder eines Rabenflügels. Er sah Testri, Alheefa und Vargen. Er sah sich, umgeben von denen, die er liebte.

Verdammt, er wollte erleben, wie aus Testri eine Frau wurde, die ihren Weg ging und das Leben meisterte. Er wollte Alheefa noch einmal wiedersehen. Mit dem alten Ritter ein kühles Glas Wein genießen, irgendwo unter dem Weinlaub des Südens. Trinken und lachen, während sie alle das Band der Monde betrachteten, den Nachtwind auf der Haut spürten und Vargen ihnen Legenden über die Sternbilder erzählte, die sie alle schon hundertmal gehört hatten.

Es war nicht gerecht, dass er hier sterben sollte. Es gab so viel zu sehen, zu erleben. Er wollte Syriatis entdecken, seine Wunder studieren. Den Menschen die Dinge näherbringen, wie er sie sah.

»Ich werte das als ein Ja. Es hätte mich auch gewundert, wenn

du dich diesmal anders entschlossen hättest als bei unserer ersten Begegnung. Ich helfe dir einmal mehr. Aber ich bitte dich um einen kleinen Gefallen.«

Begegnung? Gefallen? Mit jedem Puls seines kämpfenden Herzens fiel Oslic das Denken wieder schwerer. Sein Verstand zerfaserte. *Was für einen Gefallen?*

Die Stimme sagte es ihm.

»Ich denke, wir verstehen einander, du und ich, Prinz. So wie damals.«

Oslic begriff nicht mehr, was die Stimme von ihm wollte. Zu viel, zu dunkel. Er wollte nur noch schlafen.

»Bald, ja. Wenn du errettet bist. Aber dafür musst du den Arm emporheben. Jenes wunderliche Konstrukt aus Stahl, das dein eindrucksvoller Geist ersonnen hat. Einfach in die Höhe damit, wenn er dich herauszieht. Ich habe ihr Pferd zu dir gelenkt.«

Den Arm … ausstrecken … Oslic wandte auf, was noch an Kraft in ihm war.

»Wir sehen uns, junger Boulanthus. Beim nächsten Mal wird es von Angesicht zu Angesicht sein.«

Er hatte das Gefühl, einen Berg heben zu wollen. Am Rand seiner verblassenden Wahrnehmung war ein Überrest von Körpergefühl, der noch nicht von der eisigen Kälte gefangen genommen worden war.

Der Druck zwischen den Schulterblättern löste sich. Oslic wurde in die Höhe gerissen. Gierig sog er die Luft ein, die wie flüssiges Feuer seine Kehle herabrann und die Körpermitte entflammte. Er hustete, und die Qualen waren entsetzlich. Er konnte sich nicht erinnern, Wasser eingeatmet zu haben. Jetzt schoss es mit jedem Krampf aus seinem gebeutelten Leib.

Irgendwo ertönten aufgeregte Rufe in der kehligen Sprache der Âshkulim.

Er tat einen zweiten Atemzug, mit mehr Zuversicht. Das Wenige, was der frostige Hauch ihm an Kraft verlieh, floss in eine einzige Bewegung. Er hatte das Gefühl, als versuche er, mit bloßen Händen einen Berg zu stemmen.

Die Augen seines Onkels weiteten sich überrascht, als Oslic sich aufsetzte. Talladeens Kopf flog herum, denn er hatte in den Augenwinkeln etwas erspähte, das außerhalb des Sichtfeldes des jungen Tsharen lag.

Oslic ruckte vor und streckte den Arm aus.

Erst da vernahm er über das Dröhnen in seinen Ohren hinweg den Hufschlag und das Knirschen von Schnee. Der Schatten eines Pferdes fiel auf ihn. Der Griff einer Hand umfasste das Handgelenk der Prothese. Ein fürchterlicher Ruck ging durch taubes Fleisch und ermattete Glieder. Jemand zog ihn in den Sattel.

Die Luft zischte, als Pfeile abgeschossen, Wurfäxte und Speere geschleudert wurden, doch das Pferd wurde langsamer. Sämtliche Geschosse verfehlten das Ziel, prasselten über den Harsch oder blieben in Schneewehen stecken.

Talladeen Boulanthus fluchte so haarsträubend, dass es den pumpenden Atem des Reittiers übertönte.

Die Gestalt im Sattel vor ihm legte Oslics Hände um ihre Taille. Das Pferd preschte an der Hafenkante entlang, mit den beiden Reitern in die Nacht davon, während Oslic den Nachtwind einsog.

Er hatte nie etwas Köstlicheres geschmeckt.

Oslics nur langsam zurückkehrende Wahrnehmung registrierte erst jetzt, wie schlank die Taille des Retters war.

»Das wird zur Gewohnheit.« Alheefa zog Kapuze und Maske vom Kopf und lächelte, ihre Haare peitschten.

»Wieso?«, lallte Oslic, am Ende seiner Kräfte.

»Ich kann bloß wiederholen, was ich schon einmal sagte: Ich wurde bezahlt. Glaubst du echt, ich lasse dich allein auf so eine Mission ziehen und mich ein zweites Mal beschämen?«

Der junge Tshar sackte mit dem Kinn gegen ihren Rücken, spürte ihre Körperwärme durch die Pelze, und die Welt verlor für dieses eine Mal ihren Schrecken.

36

Die Höhle, in der die militärischen Beratungen stattfanden, lag weitab der Lager. Nach ihrem gescheiterten Überfall hatten die Freischärler begriffen, dass sie die Mächte der Trisketen nicht unterschätzen durften, und es war nicht ausgeschlossen, dass sich Spione in ihrer Mitte tummelten, zumal bei dem täglich größer werdenden Zulauf von Flüchtlingen. Dies waren längst nicht mehr nur Kampffähige, sondern es waren viele Kinder und Alte unter ihnen, die selbst nach den Maßstäben ihres harten Volkes Schutzbedürftige waren.

Die Flut der Flüchtlinge verbrauchte mehr, als sie mitbrachte, und die Ressourcen wurden knapp. Die Schutzkeller und geheimen Unterstände waren nicht darauf ausgelegt, so viele Leute mit den eingelagerten Decken, Brennholzbeständen und Vorräten zu versorgen. Die Witwe Vishki, die Bojaren und auch jene Bauern und Beamten, die in ihrem früheren Dasein Soldaten gewesen waren, wussten, dass eine Panik ausbrechen würde, wenn sich den Menschen offenbarte, was ihren Führern längst klar war. Hunger und Eis mochten Hunderte dahinraffen, wenn sich das Blatt nicht bald wendete.

Talgkerzen tauchten das Innere der Höhle in ein schummriges Zwielicht. Die Gesteinsformationen warfen ein bizarres

Spiel aus Schatten an die Wände. Zuckende Phantome aus Licht und Dunkelheit glitten bei jedem Luftzug, der mit unheimlichem Seufzen durch die Gänge strich, über die Versammelten. Sie tanzten ihren Reigen auf Tropfsteinen, die von der Decke hingen und aus dem Boden wuchsen, hier und dort Säulen bildeten, mannigfaltige Formen und Gestalten. Das Schattenspiel verwandelte sie in Wesen aus Mythen und Legenden.

Oslic wusste, dass es solche Anblicke waren, die in vielen Kulturen den primitiven Glauben an Monster, Geister und Drachen hervorgebracht hatten. Die Âshkulim legten darüber beredtes Zeugnis ab.

Der junge Tshar hatte sich an eine Säule gelehnt, wo Stalagmit und Stalaktit zusammengewachsen waren, und betrachtete traurig den Rest ihrer Versammlung. Man hatte leere Fässer zu einer Gruppe zusammengestellt und mit einigen Holzplatten in einen Tisch verwandelt. Darauf flackerten zu Wachshaufen schmelzende Kerzen.

Sie hatten Karten ausgerollt und mit Dolchen, Navigationsinstrumenten und dem einen oder anderen Schwert festgepinnt oder beschwert. Schachfiguren aus Eisen, Holz und Elfenbein standen darauf. Einige waren mit Kohlestrichen oder Kreide umrandet und stellten strategische Ziele dar. Andere verkörperten die Einheiten, die Vargen und einige Veteranen zusammengestellt und für militärische Zwecke eingeteilt hatten.

Der junge Tshar war seit seinem Scheitern am Hafen außen vor, und im Grunde war Oslic froh darüber. Nach den Ereignissen vor dem Lagerhaus hatte er für sich entschieden, sich herauszuhalten. Nicht länger Teil des Widerstandes zu sein, zumindest nicht als Führer einer Kampfgruppe der Freischärler.

Er schlief schlecht, und seine früher so gut wie traumlosen Schlafphasen wurden von Nachtmahren und Albdruck geplagt. Er wusste selbst nicht zu sagen, was ihm mehr in den Knochen saß – die grässlichen Tode der Männer und Frauen, die er zum Hafen geführt hatte, oder dass Talladeen ihn unter das Eis gedrückt hatte.

Der bloße Gedanke an das, was sich vor einigen Tagen ereignet hatte, schnürte ihm die Kehle zu wie eine Seidenkordel. Er konnte einen Stoßseufzer nicht verhindern und schlang die Arme um seinen Oberkörper.

»Sie haben kein Interesse an Vergeltung«, protestierte einer der Großbauern am Strategietisch als Erwiderung auf etwas, das Vargen gesagt hatte. »Nach der Unternehmung am Hafen wissen sie, dass wir mit dem Rücken zur Wand stehen.«

Vargen schüttelte den Kopf und verschob einige der Miniaturen auf dem Kartentisch, um seine Antwort zu untermalen. »Sie werden mit Sicherheit nicht auf weitere Aktionen von uns warten, sondern mit aller Härte zuschlagen. Es ist unerlässlich, mein Herr, dass wir uns beeilen.«

Eine Diskussion entbrannte, und unschöne Worte fielen, weil die Großbauern uneins darüber waren, wie zu verfahren sei. Oslic bewunderte Vargen dafür, wie er die Zwistigkeiten mit der ihm üblichen Ruhe und Langmut schlichtete. Ihm selbst fehlte es mehr denn je an beidem.

»Streiten sie immer noch?«

»Ich weiß nicht, wie du das immer schaffst«, sagte Oslic. Er war beim Klang von Testris Stimme zusammengefahren. »Ich hätte dich hören müssen.« Er sah sie nicht an, während sie sich neben ihn stellte, doch aus den Augenwinkeln nahm er wahr, dass sie sich in einer mehr als passablen Imitation seiner Haltung an den nackten Fels lehnte.

»Hätte, hätte, rost'ge Kette.« Das Mädchen drehte ihm eine Nase, und augenblicklich wurde Oslics Stimmung besser. »Haste aber nicht. Macht nix, ich bin auch nicht perfekt. Hab nämlich von was anderem keine Ahnung.«

»Von was?«

»Wie Onkel Eule das schafft. Die reichen Pinsel und ihr Geschimpfe, mir wär längst der Geduldsfaden gerissen.« Das Mädchen wickelte eine Haarsträhne um den Finger, zog sie straff und ließ sie schnellen.

Ratlos hob er die Achseln. »Man muss wohl Soldat sein, um das zu können. Mir ist das meiste davon erspart geblieben, als man mich unterwiesen hat. Ich begreife allenfalls die Grundlagen.«

»Mir ist das alles schnuppe.« Testri grinste breit und drehte eine weitere ihrer Locken. »Ich weiß nämlich endlich, was ich werden will, wenn ich groß bin. Ganz bestimmt kein Soldat.«

Er löste den Blick von dem Geschehen am Feldherrentisch und blickte sie an. »Und was wäre das wohl? Jetzt bin ich echt gespannt.«

»Ich werde wie Alheefa«, sagte Testri, bog die Schultern zurück und streckte die Brust vor. »Ich reite durch die Welt, tue, was ich will, und kämpfe. Ich rette die, die mich brauchen, und töte die anderen.«

Sosehr er sich auch bemühte, Oslic konnte nicht verhindern, dass er bei ihren Worten einen Stich der Enttäuschung empfand. Insgeheim hatte der junge Tshar gehofft, sie würde ihm nacheifern, weil er eine Inspiration für sie wäre.

Wie eitel er manchmal sein konnte. Seine Wangen brannten. Aber es passte. War es nicht diese Gefallsucht gewesen, die ihn erst bewogen hatte, sich als Anführer eines Kampftrupps beweisen zu wollen?

»Du weißt, dass das nicht alles ist, was sie ist und tut, oder?«, fragte er, doch er nahm sich vor, ihre kindlichen Träume nicht zu begraben; es war viel zu lange her, dass das Mädchen welche gehabt hatte.

Sie rollte mit den Augen und blies gegen ihre Stirn. »Ja, manchmal tötet sie, weil man sie dafür bezahlt. Aber nur böse Menschen. Genau wie du und Onkel Eule. Ihr habt getan, was getan werden musste.«

Die Erwiderung blieb ihm im Halse stecken. Er wollte dem Kind seinen Irrtum klarmachen, aber er war weder in der Verfassung dazu, noch fielen ihm die richtigen Worte ein.

Was sollte er sagen? *Die junge Frau, die du dir zum Vorbild ausgesucht hast, ermordet ihr Leben lang Menschen, weil sie Teil eines fremdländischen Kultes ist, der Giftspinnen verehrt. Wir haben dich über meinen* Unfall *und meine* Trennung *von ihr belogen. Das Lähmgift an dem Geschoss, das die Frau, die dich so fasziniert, auf mich abgefeuert hat, blockierte meinen Rücken. So konnte ich mich nicht abrollen, als ich über siebzig Steinstufen und eine Tempelmauer an ihrem Ende herunterfiel, bis mich eine Baumkrone auffing, in der ich halb tot hängen blieb, bis Vargen mich gerettet hat.*

Eine Wahnsinnsgeschichte, deren Finale er jeden Tag in schmerzenden Knochen und komplett überfordertem Nervensystem aufs Neue erlebte.

Nein. Ausnahmsweise, einmal in seinem Leben, würde er den Mund halten.

Der Konflikt in seinem Inneren musste sich auf seinen Zügen abgezeichnet haben. Testri musterte ihn mit unverhohlener Skepsis, in der Bewegung erstarrt, einen Korkenzieher aus Haaren auf den Fingern. »Du magst sie immer noch. Ich bin jung, aber nicht blind«, sagte sie schließlich und wandte den Blick wieder dem Tisch zu, so als könne sie seinen Anblick nicht länger ertragen.

Oslic fühlte sich noch schäbiger. Er wollte etwas entgegnen, doch hatte das Mädchen nicht ins Schwarze getroffen? Alheefa hatte ihm zweimal das Leben gerettet. Das – wie überhaupt ihre Nähe – war nicht spurlos an ihm vorübergegangen. Warum war die Assassinin hier? Warum die selbstlosen Einsätze? Gab es noch eine andere Agenda als jene, die sie ihm offenbart hatte? Genügte der Meuchlerin, was immer ihr das Mädchen »bezahlt« hatte? Er wusste, dass Testri ein versierter Langfinger war, aber solche Mengen an Gold, wie eine Assassinin kostete?

Wohl kaum. Abgesehen davon, dass er noch immer erstaunt war, dass die Meuchlerin überhaupt noch lebte. In ihrer Zunft wurde Versagen nicht geduldet.

Seine brennendsten Fragen blieben offen, nicht nur, was Alheefa betraf. Was waren die Pläne der Trisketen? Wie war es ihnen gelungen, den Anschein zu erwecken, die Gabe der Hellsicht zu besitzen? Was für versierte Astronomen mussten sie sein, um den Fall eines Brockens aus dem Mondgürtel und den Ort seines Aufschlags in Vaistopol zu berechnen?

Nichts davon passte zusammen. Er hatte zu viele Fragen und keine Antworten.

Seit dem verhängnisvollen Nachmittag, da er die Entscheidung getroffen hatte, den Zylinder mit der geheimen Formel in seinen Besitz zu bringen, war nichts mehr, wie es einmal gewesen war, und jede noch so kleine Entscheidung, die er traf, zog gewaltige Entwicklungen nach sich.

Mit Mühe und Not konnte er einen weiteren Seufzer unterdrücken. Es bestand kein Grund, Testris Besorgnis zu wecken. Es fehlte gerade noch, dass er die Zentnerlast auf seinen Schultern mit diesem leidgeprüften Kind teilte.

In diesem Moment wurde Oslic zweier Dinge gewahr.

Scheinbar wurden sich die Großbauern, die Witwe Vishki und Vargen einig, wie zu verfahren sei. Er schenkte dem jedoch weniger Beachtung als der Tatsache, dass Testri gedankenverloren ins Leere starrte. Statt mit ihren Haaren spielte sie wie so oft mit dem Schmetterlingsflügel.

Das dunkle, organische Material zog seinen Blick wie magisch an. Es war von der gleichen undurchdringlichen Schwärze wie die Stimme und die Wasser, die er bei seinem Nahtod in den eisigen Fluten des Dobronov wahrgenommen hatte. Seit sie sich kennengelernt hatten, juckte es ihn in den Fingern, das Kleinod näher zu studieren. Der Respekt vor Testris Gefühlen hatte ihn stets davon zurückgehalten.

Oslic hatte jedoch nicht vergessen, dass er während des Kampfes in der Datschija der Witwe ein befremdliches Glimmen an dem Flügel beobachtet hatte. Es war bequem gewesen, das Ganze dem Wüten seines Nervenfiebers zuzuschreiben, der Wildheit des Kampfes.

»Ich habe dich nie gefragt, woher du das hast«, sagte er unvermittelt.

»Hm?« Sie kehrte ins Hier und Jetzt zurück und hob den Anhänger an seiner Schnur, sodass er zwischen ihnen in der Luft stand. »Ach der. Er ist das Einzige, was mir von meiner

Mutter geblieben ist, weißt du? Ich kann mich kaum an sie erinnern. Ich weiß, dass sie ein liebes Gesicht hatte.« Das Mädchen seufzte.

»Da ist sie nicht die Einzige.« Oslic stupste ihr die Nase.

»Blödmann.« Sie steckte ihm die Zunge heraus, doch dann ergriff sie seine Hand. »Du musst dir keine Sorgen machen, Oslic. Du schaffst das. Ich glaube an dich. Und Onkel Eule.«

»Ich meine, mich zu erinnern, dass du so etwas schon mal gesagt hast.«

»Kann ja nicht schaden, es zu wiederholen. Du bist in letzter Zeit echt vergesslich.«

Das wagte er stark zu bezweifeln, und das sagte er ihr.

»Wie kommt's dann, dass du noch immer nicht mehr über diese drei Vogelscheuchen weißt, die das Haus von deinem Vater geklaut haben? Stattdessen biste seit Wochen am Schmollen.« Das Mädchen hob tadelnd einen Finger. Oslics scharfen Augen entging nicht, dass die Nägel zerkaut waren.

»Es ist nicht so leicht, weißt du«, sagte er. Seine Stimme wurde rau. »Ich habe Fehler gemacht.«

»Onkel Eule sagt: ›Fehler zu machen ist kein Zeichen von Dummheit, sondern eine Unausweichlichkeit des Lebens.‹«

Der junge Tshar musste trotz aller Schmerzen und Selbstvorwürfe schmunzeln, als sie eine ihrer versierten Vargen-Imitationen zum Besten gab und dabei ein Auge zukniff und mit gestrenger Stimme sprach.

Sie kicherten, als sie merkten, wie der Veteran über den Feldherrentisch in ihre Richtung blickte und für einen kurzen Moment der gleiche Ausdruck über seine Züge huschte. Das glockenhelle Lachen Testris geisterte durch die Tropfsteinhöhle, brach sich an den Wänden, kehrte verzerrt zurück.

Die Großbauern warfen tadelnde Blicke auf den hochgewachsenen Prinzen und seine für sie so befremdliche Begleiterin. Es war unverkennbar, dass sie das Gefühl hatten, er nähme nicht ernst, was hier geschah.

Sie konnten nicht weiter von der Wahrheit entfernt sein.

»Träumst du von ihnen?«, fragte Testri, die wieder ernst wurde. »Von den Vogelscheuchen, meine ich?«

Oslic, dessen Stimmung sich gerade aufhellen wollte, verspürte einen Stich.

»Warum fragst du das?«

»Ich hab von ihnen geträumt. Ich hab sie gesehen, in dem Haus deines Vaters, weißt du?«

Er spürte die nagende Stimme, die er nicht wahrhaben wollte, in seinem Kopf erstarken. Die, die darauf bestand, dass diese Geschöpfe alles andere als Betrüger waren. Die davon sprach, dass ihre Fähigkeiten echt waren.

Du hast ihn fliegen sehen.

Testri redete unbeirrt weiter, merkte nicht, wie ihn ihre Worte aufwühlten. »Sie standen in einer Halle, die Wände geschnitzt und verziert wie bei der Witwe, aber mit mehr von dem gelben Stein. Und überall waren die Köpfe von Tieren. Es war schrecklich. Der eine trug einen ganz spitzigen Hut, der andere eine Sense, und der Dritte war ein Monster mit einem Tierkopf.«

Woher wusste Testri, wie das Innere des Thronsaals ausgesehen hatte? Hatte er es ihr beschrieben? Bestimmt sogar. Aber mit den Bernsteindetails? Sie hatte Zorathus nie gesehen und, soweit er wusste, während des Kampfes in der Datschija der Witwe nie nach draußen gespäht.

Es kribbelte in dem Geflecht unter seinem Bauchnabel. So

sicher, als hätte er einen Faustschlag auf die Leber bekommen, breitete sich Schwäche in ihm aus. Scharfer Migräneschmerz und ein Flimmern vor den Augen folgten mit grausiger Verlässlichkeit.

»Absoluter Unfug!«

Seine beiden Worte schnitten wie ein Peitschenknall durch die Höhle. Die Bojaren fuhren herum und starrten ihn ebenso entgeistert an wie Testri.

Er erschrak über sich selbst.

»Testri, ich habe nicht dich gemeint.« Er streckte die Hände nach ihr aus. Doch das Mädchen zog sich zurück.

Hilflos blickte Oslic ihr hinterher, dann sah er Vargen und die versteinerten Mienen der Bojaren.

»Wir haben einen Plan, Herr Oslic«, sagte einer der Großbauern. »Wenn Ihr die Güte hättet, uns Gesellschaft zu leisten?«

Der junge Tshar riss sich zusammen und fragte: »Zu welcher Entscheidung sind wir gelangt?«

Der Ritter blickte ihn mit unbewegter Miene an. Im Schimmer seines altersweisen Auges lag höchste Besorgnis.

Es ist gut, gab Oslic dem Veteranen mit einem Wink zu verstehen. Vargen sah nicht überzeugt aus.

»Also, meine Herren, zu welchem Entschluss seid Ihr gelangt?«, fragte er erneut, diesmal mit gespieltem Tatendrang.

Sie blickten ihn mit Mienen an, die verrieten, dass sie ihm den nicht abkauften.

Jetzt war er wieder das Kuriosum. Der Sonderling, der Schmetterlinge zeichnete und Kröten beobachtete, während seine Brüder den Waffengang und die Kriegskunst erlernten.

Einer der Bojaren räusperte sich. »Mein Herr, der edle

Rytshar Vargen hat einen Vorschlag unterbreitet, der für uns alle sinnig klingt.« Der Mann blickte unsicher auf die Witwe und den Großbauern, den Oslic bei dem Streit vor Minuten hatte plärren hören. »Nach … ersten Unstimmigkeiten sind wir zu einer Einigung gelangt.«

Vargen nickte. »Es kommt niemand. Wir erhalten keine Verstärkung. Auf welchen Wegen sich der Feind stärkt, vermögen wir nicht zu sagen, doch wir können nicht riskieren, dass er die Verluste durch weitere Aschebarbaren ausgleicht. Der Informant …«

»… war ein Verräter«, hakte Oslic ein. »Er hat von Anfang an gelogen.«

»Ja, aber wir bezweifeln, dass das auch für seinen Hinweis gilt, was auf dem Ahnenfriedhof Eures Geschlechts vor sich geht, Herr.« Der Redner war ein Bojar mit wässrigen Augen und einer Brosche, die einen jagenden Fuchs darstellte. »Sie schmieden Ränke und betreiben fürchterliches Hexenwerk. Grund genug einzuschreiten.«

Vargen nickte knapp. »Was immer sie anzetteln, es scheint enorm wichtig zu sein.«

Oslic begriff. »Weil sich nie alle drei von dort entfernen, wie ich aus zwei Begegnungen weiß.«

»Es deckt sich mit dem, was uns andere über die Hexer berichtet haben«, bestätigte der Mann mit den wässrigen Augen. »Sie scheinen ihre Kräfte zu spalten und zugleich zu konservieren. Beinahe immer sieht man einen, allenfalls zwei von ihnen, während der Rest ruht. Oder sie gehen im Palast Dingen nach, von denen nur die Götter wissen, was sie sind.«

Er deutete eine Geste an, mit der er Salz über seine Schulter rieseln ließ, um die Geister des Landes zu ehren. Erst dann hob er die linke Hand ausgestreckt vor die Brust und führte die andere dagegen, bevor er beide zum Zeichen der Fünf faltete.

»Wir schlagen der Schlange den Kopf ab. Oder besser: ein bis zwei von drei Häuptern, wenn alles läuft, wie wir uns erhoffen.« Ilja Ilaewitschs grimmige Miene ließ keinen Zweifel daran, dass der Vogt es kaum erwarten konnte.

»Es ist ein guter Plan, Herr«, sagte Vargen, der Oslics besorgte Miene für Skepsis gegenüber der Strategie hielt. »Es geht vor allem darum zu unterbinden, was sie dort treiben«, betonte der Veteran und ballte zur Untermalung die Rechte zur Faust.

»Ich hege daran keine Zweifel, alter Freund.« Oslic ergriff vertrauensvoll seine Schulter.

»Zudem kommen wir Euch damit entgegen, junger Herr«, sagte Ilja Ilaewitsch. »Ihr sagt, wir brauchen mehr Wissen über unseren Feind, wenn wir ihn effektiv bekämpfen wollen. Was das betrifft, stimmt Euch jeder zu, die Herren und die Dame hier wie auch der einfachste Bauer.«

Oslic spürte, dass zumindest der Vogt nach ihrem gemeinsamen Kampf gegen das Ungetüm so etwas wie Respekt vor ihm empfand. Sicher auch, weil er als Steuereintreiber lesen, schreiben und rechnen konnte.

»Was schlagt ihr vor, meine Herren?« Oslic stemmte die Fäuste auf den Kartentisch und blickte in die Runde.

Sie sagten es ihm – und zum ersten Mal, da der junge Tshar in seine Heimat zurückgekehrt war, empfand er echte Zuversicht, dass alles gut ausgehen mochte.

37

Der Wind biss mit jener Schärfe, die der einsetzende Frost wie einen Vorboten mit sich brachte, und peitschte ein Wolkengebirge unter den Sternen vor sich her. Er zerrte an den langen Pelzmänteln der beiden Reiter, ließ Mähnen und Schweife ihrer Pferde wehen. Vereinzelte weiße Flocken trieben durch die Böen.

Sie führten ihre Tiere den Hügel hinauf, der sich weniger als eine Meile nördlich von Vaistopol erhob und Teil des Vorgebirges zu Füßen des Fangs der Welt war, und stiegen ab. Der hart gefrorene Schnee brach unter ihren Stiefeln.

Nach ein paar Schritten hockten sie sich an den Rand einer schroffen Kante. Einer der Reiter schlug die schwere Kapuze zurück, um besser sehen zu können. Alheefa hatte ihre Haare nach hinten gebunden, doch der Wind ließ ihren Zopf hin und her peitschen.

Oslic erging es nicht besser. Die Böen zausten seinen Kriegerzopf, kaum dass er ebenfalls die Kapuze nach unten gezogen hatte. Wirbel aus grauen Strähnen kitzelten ihn. Beinahe war er froh, dass die Nachtkälte sein Gesicht so gut wie taub gemacht hatte.

Die Meuchlerin deutete mit dem Finger von der erhöhten Position aus auf den Norden Vaistopols und den Palast. Sie konnten weit genug blicken.

Doch Oslic erkannte den Norden der Stadt, die er einst Heimat nannte, nicht mehr wieder. Zwar waren der Friedhof und der Palast unangetastet geblieben, doch jenseits davon existierte Vaistopol nicht mehr.

Mit offenem Mund betrachtete der junge Tshar die gewaltige Ödnis, die dort gähnte, wo Reihen bunt bemalter Häuser stehen sollten, wo Kopfsteinpflaster unter Massen aus Weiß liegen, erste Handwerker bald den neuen Tag begrüßen sollten.

Nichts davon gab es noch. Eine mehrere Stadien messende Ausdehnung aus schwarzem Glas schnitt durch die Zivilisation. Wer immer sich in diesem Einschlagskrater befunden hatte, war innerhalb eines Herzschlags verbrannt, wenn nicht verdampft worden.

Unwillkürlich wandte der junge Tshar den Kopf, blickte zu den Bergen, die hinter dem Duo aufragten, hinauf. Nach allem, was er über Brocken wusste, die aus dem Mondgürtel in der Schwärze des Nichts zwischen den Gestirnen auf Syriatis niedergingen, ditschten sie wie gewaltige Kiesel auf, die über einen Fluss hüpften. Nach der Form des Kraters zu urteilen, war der Meteor aus Richtung Nordosten eingeschlagen. Oslic war sich sicher, würden Alheefa und er Meilen in diese Richtung reiten und klettern, sie würden dort einen weiteren, wenn auch weniger gewaltigen Trichter vorfinden.

»Es ist ein Wunder, dass nicht mehr passiert ist.« Der junge Tshar beschirmte das Gesicht mit den Händen. »Die Mutter aller Lawinen hätte sich lösen und unter sich begraben können, was der Krater nicht verschlungen hat.«

Wenn Alheefa sich von dem gewaltigen Naturschauspiel zu ihren Füßen beeindruckt fühlte, so offenbarte die Meuchlerin dies nicht. Mit unbewegter Miene studierte sie das ausgewählte Schlachtfeld zu ihren Füßen.

»Das Gewimmel dort unten dürften ihre Sklaven sein. Was ist, Adlerauge? Kannst du etwas erkennen, das mir entgeht? Siehst du die Hexenmeister?« Sie knuffte Oslic in die Seite.

Er fragte sich, was Vargen gesagt hätte, hätte der sie so gesehen. Der Ritter hatte Einwände erhoben, als es hieß, dass Alheefa Oslic für seinen Teil des Planes begleiten wollte. Doch letztendlich hatte Vargen einsehen müssen, dass die Meuchlerin weitaus bessere Gelegenheiten gehabt hatte, das Leben des jungen Tsharen zu nehmen. Jede einzelne davon hatte sie untätig verstreichen lassen, ihn im Gegenteil immer wieder gerettet, auch wenn sie selbst nicht hatte sagen können, wie ihr Pferd ihn beim letzten Mal gefunden hatte.

»Was denkst du, machen die da?«, wollte Alheefa wissen.

Es war eine Frage, die Oslic ebenso brennend interessierte. Zu gerne hätte er sich noch von Testri verabschiedet und sich bei ihr entschuldigt. Doch Vargens Plan sah vor allem eines vor – eine hohe Geschwindigkeit bei der Ausführung. Es war wichtig, dass sie so rasch wie möglich zuschlugen, bevor ein Vergeltungsangriff der Trisketen und ihrer Âshkulim-Horde Unzählige das Leben kosten mochte.

Statt zu antworten, richtete der junge Tshar den Blick nach Osten, jenseits eines Arms des Dobronov. Dort, verborgen hinter Taigawäldchen und Flusshügeln, versammelte sich eine weitere Gruppe von Gestalten. Trotz der Entfernung war zu erkennen, dass sich die Ankömmlinge um ein heimliches Vorgehen bemühten.

Alheefa folgte seinem Blick, deutete zu einem Punkt westlich des Hügels. Dort zog sich der zweite Trupp zusammen.

Während der im Osten von Ilja Ilaewitsch befehligt wurde, hatte Vargen das Kommando über den Haufen übernommen, dem die wichtigste Aufgabe oblag.

Oslic war kein Experte in strategischen Fragen, begriff aber, dass sich der Veteran und der Vogt mit den Bojaren und den Bauern darauf geeinigt hatten, in einer Zangenbewegung über die Âshkulim herzufallen. Sie hofften, dass der Schock eines Angriffes die Zwangsarbeiter auf dem Friedhof aus ihrer Erstarrung reißen würde und diese als dritte Fraktion in den Kampf eingriffen. So etwas war oft in den vielen Konflikten mit den Eisernen aus Hearne geschehen.

»Du bist dir sicher, dass wir das hinbekommen?« Oslic löste den Blick von den beiden Kriegstrupps, die auf das Arbeitslager zukrochen und es in Minuten erreichen würden. Der Friedhof war von unzähligen Gruben übersät wie ein madenzerfressener Kadaver. Die Zwangsarbeiter hatten so gut wie alle Gräber geöffnet und gewaltige Haufen mit Abraum aufgeworfen.

Alheefa rollte mit den Augen. »O bitte, einen Vorarbeiter aus dem Chaos eines Schlachtfeldes zu verschleppen oder Dokumente zu beschaffen, das ist keine Herausforderung.«

»Deine Sicherheit in diesen Dingen hätte ich gern.« Er musste sich bewusst davon abhalten, mit den Zähnen zu knirschen. Die komplexesten Berechnungen und philosophische Debatten über die Natur der Wirklichkeit bereiteten ihm nicht die geringsten Schwierigkeiten, aber das hier?

Schmerzhaft traf ihn etwas im Nacken, und er begriff, dass Alheefa ihm auf den Hinterkopf gehauen hatte.

»He!«

Die Meuchlerin beachtete seinen Protest nicht, sondern

legte stattdessen einen behandschuhten Finger unter ihr Auge. »Aufgemerkt! Du schweifst wieder ab. Versuch nicht erst, es abzustreiten, ich kenne den Gesichtsausdruck. Ich mochte ihn damals nicht, und jetzt, da ich an deiner Seite mein Leben riskiere, um herauszufinden, was diese Leute in deiner Heimat treiben, will ich ihn noch weniger sehen.«

»Hast du mich gerade wirklich geschlagen?«

»Ich bin bereit, noch viel weiter zu gehen, wenn du wieder mal in Grübeleien verfällst. Die Menschen dort unten verlassen sich auf uns. Ich meine nicht die Gefangenen, die es von diesem grausamen Schicksal zu befreien gilt – die wissen ja noch nichts von ihrem Glück –, sondern die Soldaten. Wir haben keine Zeit, hier oben mit uns zu hadern.«

Statt eine Antwort abzuwarten, wandte sich die Meuchlerin um. Gehockt, um ihre Anwesenheit nicht zu verraten, kehrte sie zu den Pferden zurück.

Nach einem letzten Seufzer, der als Atemwölkchen in den eisigen Wind entwich, pirschte auch Oslic zu seinem Reittier.

Markierungen an vereinzelten Tannen und den Umzäunungen von Hochweiden gaben im tiefsten Weiß der Höhenlagen Auskunft darüber, wo sich Trampelpfade befanden. Geschickt lenkte Alheefa ihr Reittier in die Tiefe, wobei Oslic darauf achtete, sich nicht zu weit von ihr zu entfernen. Die Hufe brachen den Schnee auf, schleuderten Brocken empor.

Gemessen an den gewaltigen Ausmaßen des Weltenfangs war der ausladende Fußhügel ein Zwerg. An seiner Größe gemessen waren die beiden Gestalten, die wie Verlorene auf ihren Pferden die eisigen Flanken hinunterglitten, wiederum Staubkörner, zwei Punkte im grenzenlosen Weiß.

Die wenigen verkrüppelten Tannen und Fichten, die sich

wehrhaft gegen die Elemente in den Hügeln des Weltenfangs stemmten, ächzten und knackten unter ihrer Schneelast im Wind. Myriaden glitzernder Reflexe wie von Metallspänen funkelten, wann immer der Mond durch die Wolken brach.

Oslic kam nicht umhin, die Schönheit zu bewundern. Verblüfft fragte er sich, ob die Bleichen sie überhaupt zu würdigen imstande waren. Andererseits: Diese Âshkulim hatten eine Kultur. Sie pflegten einen – wenn auch primitiven – Glauben, schufen einfache Werkzeuge und hatten – allerdings größtenteils abscheuliche – Riten und Gebräuche, die das Wenige, was die zivilisierten Völker über die Aschebarbaren wussten, Lügen zu strafen schienen. Woher kamen sie? Hatten sie schon immer tief in der Ödnis des Ostens am Hang eines gewaltigen Vulkans gehaust? Waren sie Ureinwohner, oder entstammten sie einem der anderen Kontinente von Syriatis?

»Nicht mehr lange, und wir sind da.« Alheefas Stimme holte ihn aus seinen Überlegungen. Sie lachte leise, nachdem sie ihm einen Blick über die Schulter zugeworfen hatte. »Ich wette, du grübelst gerade wieder darüber nach, ob der Feind nicht doch dein Mitgefühl verdient. Du hast diesen Blick.«

»Ich bekomme das hin.« Er legte so viel Grimm in seine Stimme, wie er vermochte.

»Besser wäre es. Im Gegensatz zu Vargens Königsschlacht-Brettspiel oder den Prüfungen deiner Akademie gibt es hier keine zweite oder dritte Chance. Scheitern wir, dann sterben wir. Ich muss mich auf dich verlassen können.«

Sie kannte ihn einfach zu gut, wusste genau, wie man ihn triezen konnte.

»Du kannst dich auf mich verlassen, Alheefa. Ich werde dir

schon nicht im unpassendsten Moment in den Rücken fallen.«

»Die Leiche willst du ausgerechnet jetzt ausgraben?« Es war ihr anzumerken, dass seine Worte sie getroffen hatten. Es galt nachzusetzen.

»Ich sag ja nur, wenigstens musst du dir keine Sorgen um mich machen, wenn wir dort unten unterwegs sind. Ich habe ja nicht mal eine Armbrust dabei.«

»Ich nehme an, ich habe jedes einzelne deiner Worte verdient.« Alheefas Stimme klang tonlos, und beinahe augenblicklich schämte er sich.

Sie ritten eine Zeit lang schweigend. Immer wieder blickte die Meuchlerin besorgt zum Himmel, um die Lichtverhältnisse zu prüfen. Schließlich erhöhte sie mit Schenkeldruck und einem auffordernden Geräusch das Tempo ihres Pferdes. Oslic versuchte, so gut er konnte, mitzuhalten.

Sie waren nur noch wenige Hundert Schritt vom Kraterrand entfernt, als die ersterbende Nacht an der Schwelle des Morgengrauens urplötzlich von einer Explosion aus Fackelschein und Lärm erschüttert wurde. Verborgen durch eine Verwerfung, die der Meteor bei seinem Einschlag geschaffen hatte, brachten die beiden ihre Reittiere zum Stehen und stiegen ab.

Unter tosendem Donner preschte die erste Gruppe der Freischärler mit Pferden durch ein Bogentor auf den Friedhof. Sie johlten, feuerten Pfeile ab und ließen Fackeln kreisen.

Âshkulim wandten sich den Angreifern zu und brüllten herausfordernd.

Selbst aus dieser Entfernung war Vogt Ilja deutlich auszumachen. Fackelschein tanzte auf der Brustplatte, den Orden und verzierten Epauletten. Hoch zu Ross tänzelte er zwischen riesenhaften Kriegern und ließ seinen Säbel auf und nieder zucken. In der Kälte stieg Dampf auf, wo die Waffen der Angreifer ihr Ziel fanden.

Wegen der Friedhofsmauer war nicht zu erkennen, was im Detail auf dem Friedhof vor sich ging und welche rituellen Vorbereitungen die Âshkulim getroffen hatten. Wohl aber war ersichtlich, dass nun die Aufmerksamkeit der Bleichen auf den ersten Trupp gerichtet war. Zur Zwangsarbeit verdammte Städter, erschöpft von der Eiseskälte und der harten Arbeit, taumelten mehr vor den Kampfhandlungen davon, als wie Menschen in Todesangst zu fliehen.

»Wir müssen uns beeilen!« Alheefa blickte auf eine einzelne Reiterin, die draußen, jenseits der Friedhofsmauern, verloren wirkte. Die Frau saß im Sattel, einen Bogen in der Hand, und nestelte an der Satteltasche. Nicht mehr lange, und sie würde einen Brandpfeil in die Luft feuern, um Vargens Gruppe das vereinbarte Signal zu geben, in die Kampfhandlungen einzugreifen.

Oslic nickte stumm und stieg aus dem Sattel. Alheefa tat es ihm nach. Er ließ der Meuchlerin den Vortritt. Sie prüfte den Sitz ihrer Ausrüstung und vergewisserte sich, dass alles für ein geräuscharmes Vorgehen bereit war.

Er hatte keine solchen Vorkehrungen zu treffen. Alles, was ihm blieb, war, Peritus zu nehmen und die Prothese zu ölen. Das Letzte, was er sich erlauben konnte, war, dass die Stahlklaue einfror.

Als hätte sie seine Gedanken gehört, sagte Alheefa: »Gehen wir es noch einmal durch!«

»Wir finden einen der Hexer, auch wenn ich mich weigere,

sie so zu nennen.« Er klopfte auf seine Prothese. »Du setzt ihm zu, ich entringe ihm hiermit die Waffen, dann legst du ihn durch ein Manöver lahm. Habe ich etwas vergessen?«

»Was machen wir, wenn keiner der Hexer da ist?«

Oslic seufzte. »*Selbsternannte* Hexer. Dann schnappen wir uns einen Vorarbeiter, einen hochrangigen Sklaventreiber der Âshkulim oder zumindest irgendwelche Dokumente, wenn ich die nicht sowieso schon vorher in die Finger bekomme.« Er schickte sich an weiterzugehen.

Alheefa stand bloß da und sah ihn an. Er stockte, konnte nicht umhin, sie trotz seiner widerstrebenden Gefühle mit Bewunderung zu betrachten. Für ihn war sie die schönste Frau der Welt, wie sie so im aschefarbenen Schnee am Rande eines gewaltigen schwarzen Glaskraters stand, während auf dem Friedhof hinter ihr ein Gemetzel stattfand. Sie kam ihm wie die schönste fleischgewordene Todesgöttin vor, die je auf Syriatis gewandelt war.

»Was ist denn?«, fragte er.

»Bist du sicher, dass du mitkommen willst? Ich frage nicht, weil ich nicht glaube, dass du das Ganze meisterst. Es ist nur ... Ich mache mir Sorgen um dich. Hinter diesen Mauern tobt nicht bloß ein weiterer Kampf. Du weißt, was ich meine.«

»Du fragst dich, ob ich wegstecke, Mutters letzte Ruhestätte zu sehen – geschändet und für irgendwelche abergläubischen Riten missbraucht.«

Traurig schüttelte sie den Kopf. »Du wärst nicht der Erste, dem ein solcher Anblick zusetzen würde, weißt du?«

Oslic blickte zwischen ihr und der Krypta seiner Familie hin und her, die auf dem Friedhof aufragte. »Ich bekomme das hin. Ich muss wissen, was dieses Ritual ist. Wir sind der Lösung des Rätsels nicht einen Schritt näher.«

Sie nickte, seinen Entschluss achtend.

Vor ihnen tobte der Kampfeslärm. Männer und Pferde schrien, Âshkulim brüllten. Ab und zu waren Geräusche zu vernehmen, bei denen sich dem jungen Tsharen der Magen umdrehte. Es war das Schmatzen von Fleisch, in das sich Stahl bohrte, das Brechen von Knochen und Schädeldecken.

Oslic lehnte sich mit dem Rücken an eine der Säulen des Nordtores. Alheefa bezog auf der anderen Seite Stellung. Beide hielten Abstand zur Toröffnung – nicht nur um einer Entdeckung zu entgehen. Sie spürten bereits den Donner unter den Füßen, mit dem Vargens Trupp hinter einer halbmondschlammigen Kraterverwerfung auf sie zuhielt. Keiner der beiden hatte Lust, von dem stürmenden Tross niedergeritten zu werden.

Im Gegensatz zum Fußtrupp waren die Bauern unter Vargens Kommando ehemalige Soldaten. Veteranen, von denen viele bei den legendären Ujlanjen, den Kavalleristen der Tsharei, gedient und ein Stück Scholle zum Dank dafür erhalten hatten.

Die Männer und Frauen des Vogtes waren die Ablenkung. Vargens Reiterei war die eiserne Faust, die die Âshkulim hinwegfegen würde.

Der Plan war verwegen und baute darauf auf, dass die Aschebarbaren im Auftrag der Trisketen sämtliche Grabsteine entfernt und den Friedhof so in eine Freifläche verwandelt hatten, um besser arbeiten zu können. Das sollte ihnen nun zum Verhängnis werden.

Die Reiterei preschte in einer Dreiecksformation heran, Vargen an der Spitze. Direkt hinter ihm ritt das halbe Dutzend Männer, das auf echte Erfahrungen mit dieser Art des Kampfes zurückblicken konnte. Die Gesichter der Reiter hinter ihnen waren vor Anspannung zu Grimassen verzogen. Nur Vargen und sein Zirkel von Ujlanjen hatten Flügellanzen, der Rest trug feuergehärtete Speere.

Der alte Ritter hielt den Blick starr nach vorn gerichtet, als der wuchtige Keil an Oslic und Alheefa vorbeidonnerte. Auf den väterlichen Zügen des Veteranen lag eine eigentümliche Mischung aus Pflichterfüllung und Vorfreude. Oslic nickte ihm voller Ehrfurcht zu, doch Vargen reagierte nicht, um die Position der beiden nicht preiszugeben.

Dann flogen sie vorüber, und der Strom der Reiter duckte sich unter dem Friedhofstor durch.

Die Erde erbebte. Die Hufe warfen gefrorenen Schneematsch in die Höhe. Vom Friedhof war ein überraschter Ausruf zu hören. Einen Herzschlag später ging er im fürchterlichsten Laut unter, den Oslic je vernommen hatte. Er drückte die Hände auf die Ohren und wandte sich ab. Dennoch drang der akustische Ansturm bis in seinen Schädel.

Sein Kopf ertrank in einer Kakophonie aus Pferden, die in splitterndem Holz kreischten, und Stahl und Stein, die barsten. Eine Lawine aus Muskeln und Speerspitzen zermalmte unterschiedslos primitive Waffen und ihre Träger, schleuderte vor Oslics geistigem Auge zerschlagene Leiber durch die Luft, zerschmetterte Schädelknochen in einem erbarmungslosen Schraubstock aus Huf und Permafrostboden. Seine Sinne zeichneten gegen seinen Willen ein Bild. Ein Körper rauschte durch die eisige Nachtluft und schlug mit solcher Gewalt auf einem der wenigen verbliebenen Grabsteine, dass seine Knochen splitterten.

Etwas traf Oslic schmerzhaft an der Stirn. Er wandte den Blick zu Alheefa, die im Begriff war, ein weiteres Eisbröckchen aufzuklauben. »Reiß dich zusammen!«, formten ihre Lippen.

Er nickte. Sie mussten weiter, solange der Kampf mit solcher Härte tobte. Bauern und Pferde waren nicht dazu gemacht, endlos einem Heer monströser Kannibalen standzuhalten.

Er wandte den Blick zum Himmel, und obwohl alles andere als ein gläubiger Mensch, schickte Oslic ein Stoßgebet in das Grauschwarz der Wolkenberge.

Dann pirschte er Alheefa hinterher.

Der Anblick war schlimmer als sämtliche Bilder, die sein überscharfes Gehör gezeichnet hatte. Ein Knäuel aus Leibern focht im Pulk in der Mitte des Totenackers. Waffen hoben und senkten sich, Männer und Frauen schrien, Âshkulim brüllten orgiastisch. Der Schnee sog sich voll mit Blut. Ein Pferd stolperte verloren über den Friedhof und versuchte, einem Bauern zu entkommen, der wie wahnsinnig lachte und hinterherrannte. Ihm fehlten beide Hände. Sein Brabbeln ging im Irrsinn des Gemetzels unter.

Der Wind war bislang so winterlich rein gewesen, dass das Chaos unmenschlicher Gerüche auf dem Schlachtfeld den jungen Tsharen wie ein Hammerschlag traf. Sein Magen reagierte prompt. Saure Galle brannte ihm im Rachen, bis er den Drang zu speien niedergerungen hatte.

Oslic ließ die Schultern hängen, während er Alheefa folgte

und hoffte, dass sie nicht gesehen wurden. Im Gegensatz zu ihm verhielt sie sich wie ein Jagdhund, der Beute gewittert hatte. Sie hielt sich dicht am Grund und glitt, kaum dass sie durch das Portal waren, an der Innenseite der Friedhofsmauer entlang. Da, wo sie mit den Schultern an den Stein schrammte, rieselten Schneebrocken und weißes Pulver zu Boden.

Er hielt sich nah in ihrem Rücken. Anders als Alheefa richtete Oslic den Blick unverwandt auf die Âshkulim. Jeden Moment erwartete er, von einem von ihnen ertappt zu werden, doch der Kampf tobte mit der von Vargen prophezeiten Intensität, und niemand achtete auf sie.

Wie Phantome huschten sie an dem frostigen Schlachthof vorbei. Um sie herum rannten Menschen, die meisten nun in kopfloser Panik, andere auf der Suche nach Waffen, um den Kampf zu entscheiden. Männer ergriffen Spaten und Hacken. Andere hockten auf dem Boden, die Hände gegen den Kopf gelegt. Sie versteckten sich hinter den Abraumhaufen oder waren in aufgebrochene Gräber gesprungen.

Mit jedem Schritt rückte die Krypta der Boulanthus näher, ein hausgroßer Säulentempel nach dem Vorbild des alten Fünfglaubens von Doranthar errichtet. Statuen der Fünf flankierten ihn. Die Geister von Erde und Wasser, Himmel und Forst glichen wehenden, gesichtslosen Gestalten aus Marmor, die zwischen den menschlichen Göttern ihre Haare in verzweifelter Totentrauer rauften. Einige von ihnen zerrten flehentlich an den Rockschößen und Togen der Fünfgötter. Es war ein Meisterwerk.

Die Eingangstreppe verlief über einen missgestalteten, gebrochenen Männerkörper aus Marmor, der mit dem Gesicht nach unten wie erschlagen dalag und den Widersacher versinnbildlichte.

»Augenfälliger ging es nicht?« Alheefa zischte. Sie hatte in einer der Gruben vor dem Tempel Stellung bezogen.

Oslic ließ sich neben sie gleiten und verschränkte die Arme. »Hab ich das Teil etwa gebaut? Großvater wollte Besucher aus Doranthar von unserm Glauben überzeugen. Ein bisschen dick aufgetragen.«

Sie deutete auf den Eingang, doch der junge Tshar sah, worauf die Meuchlerin ihn hinweisen wollte. Ein seltsames Halblicht drang aus dem Inneren und leckte wie eine Zunge in das erste Grau des neuen Tages, die Ausläufer zerfasert. Es stanzte sich mit solch ungesunder Intensität in die Wirklichkeit, dass Oslic ein Schauer überlief. Er registrierte, dass es Alheefa nicht anders ging. Es hatte keine Farbe, die er zu beschreiben vermochte.

»Was ist das?«, flüsterte die Meuchlerin.

Erst nahm er an, sie meinte das seltsame Licht, doch sie deutete auf eine ganze Ansammlung von Rinnen am Boden, die sich in konzentrischen Spiralen verjüngten. Im Gemetzel waren sie ihnen nicht aufgefallen, doch aus ihrer neuen Position heraus nahmen die beiden sie deutlich wahr. Wie in einem doranthanischen, der Kontemplation dienenden Sandgarten hatten fleißige Hände in tagelanger Arbeit die Kreise und Spiralen um die Familiengruft gezogen.

In diesem Moment trat ein Âshkulim aus dem Grufteingang, eine gewaltige Steinaxt in den Pranken. Seine Miene verriet, dass er emporgestiegen war, um nach dem Rechten zu sehen.

Oslic erinnerte sich, dass die Krypta weder allzu groß noch

besonders tief war. Wieso wirkte der Mann so überrascht von dem, was er hier vorfand? Er musste doch sicher alles gehört haben?

Die Lippen des Barbaren öffneten sich zu einem Warnruf, den er nie ausstoßen sollte.

Alheefas Linke zuckte vor, so als werfe sie etwas. Das Klacken ihres Armreifs war zu hören. Stahlsehnen schnellten. Die Bewegung des Barbaren erlahmte schlagartig. Die freie Hand wanderte zu seinem Auge und dem Fremdkörper, der darin steckte. Voller Grauen beobachteten sowohl der tödlich Getroffene als auch Oslic, wie eine klare Flüssigkeit Fäden zwischen seinen Fingern zog.

Alheefa hielt sich nicht mit Beobachtungen auf. In der kurzen Zeitspanne war sie wie eine Pantherin aus der Grube geschnellt und tauchte hinter dem Krieger auf, um ihr Stilett in dessen Achselhöhle zu versenken. Gerade noch rechtzeitig sprang sie zurück, bevor Körper und Axt des Hünen sie begraben konnten.

Der Weg war frei.

Oslic kroch aus dem Loch und pirschte im Schutz von Abraumhügeln auf den Eingangsbereich zu. Eine düstere Vorahnung überkam ihn. Was mochten sie dort unten vorfinden?

»Was ist das?« Der alarmierte Tonfall in Alheefas Stimme ließ ihn herumfahren. Er folgte ihrem Blick.

Der Kampf tobte nach wie vor. Zuerst begriff Oslic nicht, was die Meuchlerin meinte – er sah nur, dass mehr Carchadonen aufrecht standen als Barbaren. Er hielt sie für Sklaven, die das Blatt wenden wollten, wie sie es gehofft hatten. Erst dann fiel ihm auf, woher sie kamen – und wie sie ausgerüstet waren.

Es waren Dutzende – keiner von ihnen war mit rostigen Familienerbstücken und dem Sammelsurium an Rüstungsteilen ausgestattet, die die Bauern trugen. Die Männer wateten regelrecht in ihre Truppen hinein, trugen Zweihandschwerter oder Drachenschilde und Speere.

Diese Todbringer fanden ihr Ziel nicht in den Körpern der überrumpelten Âshkulim, sondern drangen mit der gnadenlosen Präzision bestens ausgebildeter Berufssoldaten auf die Bauern ein. Diese sahen sich und ihre Reittiere plötzlich einem Angriff an zwei Fronten ausgesetzt.

Inmitten der Menge konnte Oslic Ilja und Vargen sehen, die Befehle bellten und versuchten, eine Panik zu verhindern. Wie lange sie ihre Truppen würden konsolidieren können, wusste er nicht zu sagen. Er starrte auf die Neuankömmlinge, von denen weitere aus den Krypten auf dem Friedhof gelaufen kamen und ausgeruht und bestens ausgerüstet in das Schlachtgetümmel vorstießen.

Der junge Tshar wollte seinen Augen nicht trauen. Die Waffenröcke der Kämpfer zeigten alle das gleiche Wappen wie Iljas Rüstung: einen Schneeleoparden vor Kreuzleitern. Das Wahrzeichen der Familie Baron Raumirs.

Ilaewitschs Gesicht offenbarte bei diesem Anblick Überraschung – vermengt mit einem so tiefen Schmerz, dass es dem jungen Tsharen beinahe das Herz brach. Dann aber verwandelte sich der Ausdruck in der Miene des Vogtes in den von purem Hass.

In diesem Moment riss Alheefa Oslic herum. »Es wird nicht lange dauern, bis unsere Seite die Flucht antreten muss.« Sie deutete auf den Eingang. »Was immer du da drin suchst, wir gehen jetzt oder nie.«

Sein Blick flog zwischen der Meuchlerin und dem Geschehen auf dem Kampfplatz hin und her. Zorn wallte in Oslic auf, als er seine Brüder ausmachte und sah, wie sie ihre Schwerter in dem Bauern mit den wässrigen Augen versenkten, der Mitglied ihres Kriegsrats gewesen war.

»Verdammt!«, zischte Oslic und riss das Bastardschwert aus der Scheide. Der Drang, die Verräter zu bestrafen, war übermächtig, doch er wusste, dass die Opfer, die dort erbracht wurden, vergeblich waren, wenn seine Mission fehlging.

Ohne ein weiteres Wort zu verlieren, nickte er Alheefa zu. Das Schwert in der Hand tauchte er in die Krypta ein, während der Schlachtenlärm hinter ihnen, vom kalten Mauerwerk gedämpft, mit jedem Schritt leiser wurde.

38

Ein Stöhnen entrang sich seiner Kehle. Sämtliche Gräber, Sarkophage, Grabplatten und Urnen seiner Vorfahren und Verwandten waren zerschlagen worden.

Zersplitterte Überreste lagen überall am Boden, Ascheneste und Gebeine und zerschlagene Töpferwaren. Kein Stein stand mehr auf dem anderen, Haufen lagen kreuz und quer herum. Platten mit gesegneten Inschriften waren zerhauen, Sandgruben für Kerzen der Andacht leergefegt worden.

Oslics Blick wanderte über das Tableau der Vernichtung seiner gesamten Stammlinie und ihres Friedens in einer möglichen Welt nach dieser. Im Halblicht sah er dorthin, wo das Grab seiner Mutter hätte aufragen müssen, ein schwerer Sarkophag, auf dessen reich verzierter Marmorplatte eine schlafende Schönheit als Relief die Jahrhunderte verträumen sollte, doch stattdessen klaffte ein gewaltiges Loch im Boden, und aus ihm drang das falsche Licht und tauchte die Krypta in sein Schimmern.

Er konnte nicht richtig sehen, doch es war nicht der übliche Migräneschmerz, der ihn blendete. Seine ganze Welt verschwamm hinter Tränen, hilflos ballte er die Fäuste, rang die Hände.

Bevor die Meuchlerin reagieren oder ein Wort des Trostes

vorbringen konnte, hüllte sie beide ein seltsamer Singsang ein.

Er erkannte die Stimme von Zorathus, jene Kadenz und den schneidenden Tonfall, der einem Raubvogel mit einem Schnabel aus rostigem Eisen glich.

Jeder Gedanke, jede klare Trennung zwischen Gefühlen und Vernunft war niedergerissen. Da war keine Neugierde mehr in Oslic. Nur der unbedingte Wille nach Vergeltung für das Sakrileg, das ihn umgab. Was draußen geschah, was den Bauern widerfuhr, der eigentliche Grund, aus dem sie hier waren, all das verschwand.

Oslic stapfte auf die Grube zu, erwog nicht mal, ob sie tief sein könnte, sondern sprang hinein. Aus den Augenwinkeln merkte er, dass Alheefa nach ihm zu fassen versuchte, doch mit einer Drehung der Schulter schüttelte er die Hand ab.

Er wusste, was er tun musste, wollte: töten. Den selbsternannten Hexenmeister mit seinem Schwert so verheeren, wie dessen Spießgesellen es mit der Familiengruft der Boulanthus getan hatten.

Er würde die Kreatur bezahlen lassen und mit ihrem abgeschlagenen Kopf unter die Kämpfenden treten – oder bei dem Versuch elend krepieren. Ihm war es einerlei.

Die Luft, die er atmete, war feuriger Sirup, der die Atemwege zu verbrennen schien. Ob es von dem Licht kam oder eine Reaktion seines Körpers war, hätte er nicht zu sagen vermocht, und es war ihm gleich.

Am Fuß der Leiter war ein Korridor aus marmornen Platten. Wäre der junge Tshar klarer im Kopf gewesen, er hätte begriffen, dass diese Bauten ebenso alt waren wie das Grab seiner Mutter. Doch in seiner Verfassung hatte er keinen Blick für den Geheimgang, der sich immer schon unter dem Sarkophag von Nitama aus dem Stamme der Tsouraki befunden hatte.

Sein mörderisches Interesse galt lediglich dem Ende des Korridors, aus dem der Singsang des Hexenmeisters ertönte und der auch die Quelle des nebeligen Lichts war.

In diesem Moment schob sich eine Gestalt in sein Sichtfeld.

»Denk dran, was wir besprochen haben«, hörte er jemanden hinter sich flüstern, doch die rote Wut kannte keine Pläne, keine Vorkehrungen, keine Vernunft.

Unbeeindruckt stapfte der junge Tshar auf den hünenhaften Schemen zu, der den Korridor beinahe zur Gänze füllte.

Zorathus' Stimme ertönte hinter dem Âshkulim, bellte Befehle, die Oslic zwar nicht verstand, deren Tonfall aber wenig Zweifel zuließ. Hinter dem Bleichen spielte sich das wahre Drama ab, der Grund, warum diese Teufel in Oslics Heimat gekommen waren und getan hatten, was sie eben getan hatten.

Er würde sie dafür bezahlen lassen. Zu den Teufeln der Älteren Dunkelheit mit der Vernunft und der Frage danach, was sie planten! Erschlagene verfolgten keine Strategien mehr – war es nicht das, was sein Onkel ihm eingeschärft hatte?

»Sollen die Götter sie aussortieren«, gab der junge Tshar eine passable Imitation von Talladeen Boulanthus zum Besten. Seine Miene verzog sich zu einem sardonischen Grinsen, und er fixierte den Âshkulim vor sich.

An diesem monolithischen Block aus Fleisch, einem Lederschild und einer Kriegskeule führte nur ein Weg vorbei.

Mit einer beiläufigen Bewegung löste er die Prothese vom

Griff des Bastardschwertes, ließ die Klinge mit der Linken über den Boden schleifen, dass die Funken sprühten. Der kalte Kuss des Metalls auf dem Stein hallte in dem Gang wider.

Stahldrähte, Kabel und Gewinde spannten sich, als Oslic einen Teil der Kraft der falschen Hand entfesselte. Es knackte dumpf, als er die Adlerkrallen um den Kopf einer Frauenfigur aus Marmor in einer Wandnische legte und den schlanken, von den Fingern eines vollendeten Kunsthandwerkers geschaffenen Hals brach.

Der bleiche Teufel riss den Schild empor, die schwarzen Augen weiteten sich, und die Selbstsicherheit schwand.

Oslic war sechs Schritte von dem Barbarenkrieger entfernt. Er hatte sich stets zurückgehalten, um nur ja niemanden in Gefahr zu bringen, doch nun legte er sämtliche Kraft, die seine Erfindung in sich barg, in den Wurf und schleuderte den Schädel der Statue.

Der Âshkulim hätte sich ebenso hinter einem Vorhang verstecken können. Der Lederschild zersplitterte wie die Schale eines Eis, und Dutzende Pfund Marmor schlugen in das Gesicht des Bleichen ein. Der Kopf des Mannes verschwand in einer Gischt aus rotgrauer Masse und ausgebrochenen Zähnen, noch bevor der Aschekrieger ein Geräusch von sich geben konnte.

Oslic hörte hinter sich jemanden warnende Rufe ausstoßen. Ein Teil von ihm wusste, dass es Alheefa war, die zur Vernunft mahnte.

Er ignorierte sie.

Stattdessen stieg er über den zuckenden Körper seines Kontrahenten, ohne ihn eines Blickes zu würdigen. Hinter dem Leichnam verbreiterte sich der Korridor und wurde übergangslos zu einer Kammer mit achteckigem Grundriss.

In ihrer Mitte stand die missgebildete Gestalt von Zorathus. Der Boden der Kammer war von silbernen Linien und geometrischen Formen durchzogen, ein siebenzackiger Stern, umgeben von einem Achteck aus Kreidestaub, umfing ein Pentagramm.

Oslics Schädel begann auf eigentümliche Weise zu pochen, als ihm klar wurde, dass die Spitzen des Heptagrammes jeden der inneren Winkel des Achtecks berührten.

Die geometrische Unmöglichkeit, die sämtlichen Gesetzen, aus denen sich die Realität zusammensetzte, ins Gesicht spie, machte ihm zu schaffen. Ihm wurde schlecht, Lichter tanzten vor seinen Augen, und der Zorn wich einem befremdlichen, nagenden Angstgefühl, das den Rücken emporkroch und die Hoden schrumpfen ließ.

Er schüttelte vergeblich den Kopf, um ihn zu klären. Etwas berührte ihn an der Schulter, und er begriff, dass Alheefa die Kammer betreten hatte. Sie reagierte ähnlich auf die Umgebung wie er.

Das Gleißen des Nichtlichts entstammte einer eigentümlich geformten Laterne, die in der Mitte der einander umfangenden Beschwörungskreise stand. Sie pulste in ihrem beständigen, aktinischen Gewitter falscher Farben. Ketten wanden sich wie dicke Schlangen um ihre gläsernen Flanken. Jeder Zoll von Metall und Glas war in arkanen Symbolen graviert, die vor den Augen tanzten und flimmerten wie ein Heer in Flammen stehender Derwische.

Zorathus' bleiche Klauen lagen nicht um das rostige Beil, dessen Griff ragte nunmehr über den Rücken des Hexers. In den Händen des Trisketen ruhte ein gedrechselter Stab, wie Oslic nie zuvor einen erblickt hatte, das Holz – wenn es denn Holz war –, so dunkel wie die Seele des Hexenmeisters.

In diesem Moment erwachte der Schatten in einem Winkel der Kammer zu Oslics Linker zum Leben. Er schmolz zu einem Stoff mit der Konsistenz von schwarzem Sirup, und Oslic gefror das Blut in den Adern, als die schwarze Essenz wie ein lebendiges Wesen erst aus der Ecke und dann über den Boden neben Zorathus kroch.

Ganz wie ein Tintenfisch, der zur Überbrückung einer Ebbe von Pfütze zu Pfütze kroch, formlos, mal mehr Krake, dann wieder haariger Seestern, glitt der Schemen über den Grund. Noch verstörender war, dass er im gleichen Rhythmus, mit dem Oslics Herz gegen seine Rippen hämmerte, zu zerfasern schien, so als reagierte der Schatten auf den jungen Tsharen.

»Mein Bruder, Tsankhanol.« Zorathus kicherte wie ein Greis, der sich den Lebensabend damit versüßt, Kinder zu Tode zu erschrecken. »Meinen Bruder Sarnath hast du, so glaube ich, während eines Intermezzos auf dem Bauernhof kennengelernt, nicht wahr, junger Boulanthus?«

Bei der Erwähnung seines Namens zuckte die Schattenmasse neben dem Hexenmeister und kroch dann in die Höhe, wurde zu einer Säule, formte krude Ausstülpungen, bevor sich die Gestalt mit menschlichen Formen abzeichnete.

Oslic schnappte nach Luft. Er hatte das Gefühl zu ersticken. Unter seinem ungläubigen Blick verdichtete sich der halbfeste Schatten zu Struktur und Substanz, bis ein Wesen neben Zorathus stand.

Dieses Geschöpf ähnelte dem Hexer bis in die Ausformung

der uringelben Klauen, doch die Augen unterschieden den Drilling von seinen Brüdern. Tsankhanols Stieren ließ die endlose Distanz von Zorathus und die intrigante Verschlagenheit von Sarnath, dem Trisketen mit der Hirschmaske, vermissen. Dieser Blick gloste in einem ewigen Zorn, gegen den die schlimmsten Wutanfälle von Onkel Talladeen wie ein laues Lüftchen wirkten. Dieses Geschöpf brodelte in einer unverhohlenen Wut.

Tsankhanol umklammerte einen Stab, der mehr von einem gewaltigen Fischgaff oder einer Sense hatte als von einem Wandererstecken. Die Klinge an seinem Ende war blutbefleckt und von rostigen Pockennarben überwuchert.

Der Schwefelhauch von gleich zweien der Drillingshexer schlug Oslic entgegen. Er konnte es nicht fassen. Der Raum hatte keine weiteren Ausgänge – trotzdem standen gleich zwei der Geschöpfe vor ihm. Alles in ihm schrie auf, drängte ihn, ihre Scharlatanerie aufzudecken, doch er konnte nichts tun, außer in die Augen von Tsankhanol zu blicken. Der Hexenmeister sog Oslics Wut aus dem jungen Tsharen wie Nektar. Schwertarm und Prothese zitterten.

»Dass du gekommen bist, ehrt dich, junger Boulanthus.« Zorathus grinste schief und entblößte dabei ein Bärenfallengrinsen in der Vogelscheuchenfratze. Sinnierend legte er einen Zeigefinger an die Kinnspitze, tippte mit der Klaue gegen einen seiner Fangzähne. »Ehrenvoll – doch letztendlich vergebens. Dir war ein Platz als unser Gast zugewiesen. Doch wie die meisten deiner kurzlebigen Art stemmst du dich gegen das Unvermeidliche, strampelst und sorgst für eine Unruhe, die wir gern vermieden hätten.«

»Du hättest einfach nur Geduld beweisen müssen, Bursche.« Im Gegensatz zu der frostigen, an rostiges Eisen erinnernden Stimme von Zorathus klang sein Bruder nach einem mit Kieseln gefüllten Fass aus verfaultem Holz, das sich um sich selbst drehte. »Nur wenige Nächte, und du hättest es überstanden gehabt.«

Ohne den Blick von Oslic zu lösen, trat Tsankhanol einen Schritt nach vorn. Er ließ die Krallen über die Kriegssense klickern. Sein vernähtes Gewand aus jenem kränklich aussehenden Leder, das auch seine Brüder schmückte, knisterte wie die Flügel Tausender Insekten. Schädelketten klimperten. »Lass mich das Geschmeiß töten, Bruder.«

»Ich wünsche erst noch mit ihm zu sprechen«, sagte Zorathus. »Sieh dir an, wie verwirrt er ist. Er hat nichts verstanden. Sie hat es ihm nicht gesagt, nicht wahr?«

»Oslic. Sie halten dich hin. Vergiss nicht, warum wir hier sind.«

Alheefas Drängen durchbrach seine Starre. Endlich gelang es dem jungen Tsharen, den Blick von Tsankhanol abzuwenden. Die Meuchlerin war neben ihn getreten.

»Ach ja, da ist ja auch das willfährige Werkzeug.« Der Tonfall von Zorathus änderte sich, und er wendete den Kopf gerade so weit, dass er Alheefa betrachten konnte. Seine Bewegungen erinnerten Oslic an die einer Echse oder Schlange.

Ein Schauer überlief ihn bei diesem Gedanken. Es war, als würde etwas in Oslic die Teile eines Puzzles aus der Kindheit zusammensetzen, ohne dass er sich bewusst erinnern konnte.

»Ich glaube, er wird sich allmählich bewusst, wo er hier hineingeraten ist«, sagte Tsankhanol. »Das wäre nicht gut. Gar nicht gut.«

»Was ist dieser Ort? Was soll das alles? Antwortet!« Oslic packte das Schwert so fest, dass seine Knöchel weiß hervortraten, und ballte die Prothesenhand zur Faust. Was immer das für Wesen waren, er war bereit, es mit ihnen aufzunehmen.

»Der Shibolleth? Wir erkaufen ihn mit dem Blutpreis, Boulanthus. Dieses Ritual wird uns befreien.« Zorathus deutete auf den Stab, der sich gegen jede Regel der Vernunft eine Handbreit über der Laterne aufrecht in der Luft hielt.

»Das ist der Shibolleth?«, fragte Alheefa. Mit einem Seitenblick wurde Oslic gewahr, dass sie ihre Klinge gezogen hatte.

Tsankhanol war dies ebenfalls nicht entgangen. Mit amüsiertem Blick studierte er den jungen Tsharen und dessen Begleiterin. »Bitte, mach dich nicht lächerlich, Weibchen. Von Menschen geschmiedeter Stahl vermag uns nicht aufzuhalten. Bruder?«

Zorathus nickte dem vor Hass bebenden Hexenmeister zu. »Wir brauchen sie nicht, Tsankhanol. Nicht wahr, Mädchen?« Er streckte den Arm vor und deutete auf Alheefa, die Klaue direkt auf ihre Stirn gerichtet. »Wir beide wissen, warum du hier bist, Tankgeburt. Weiß es dein Freund? Nun, es ist einerlei. Töte sie.«

»Ich dachte schon, mein Durst würde nie gelöscht«, entgegnete Tsankhanol mit jenem Tonfall, der die Stimme von allen grausamen Dingen färbt, wenn sie etwas Schwächeres zum Quälen gefunden haben.

»Denk dran, wir brauchen nur einen«, sagte Alheefa.

Auf einmal zuckte Tsankhanols Sense vor und hätte die Meuchlerin um Haaresbreite enthauptet.

Zum schmalen Ausgang hin gab es kein Entkommen, also

tauchte Alheefa ab und rollte zwischen den beiden Hexenmeistern hindurch, tiefer in den Raum und den Ritualkreis.

Das holte den jungen Tsharen in die Wirklichkeit zurück. »Rührt sie nicht an! Das ist eine Sache zwischen euch und mir!« Oslic hob sein Schwert.

»O bitte, werd nicht melodramatisch, Tshar. Du klingst wie dein Vater, als er versucht hat, sich unserer zu erwehren.«

Das war zu viel. Mit einem hasserfüllten Aufschrei wollte sich Oslic auf Zorathus werfen, aber der Hexenmeister gab nur ein missbilligendes Geräusch von sich, deutete auf ihn – und schnippte.

Eine Woge blanken Grauens schlug über ihm zusammen wie Eiswasser über dem Kopf eines Ertrinkenden. Unsichtbare Bande legten sich um den jungen Tsharen. Schweiß trat ihm auf die Stirn, als er sich gegen die Kraft einer Faust zu stemmen versuchte, von der er wusste, dass sie bloß in seinem Kopf existierte. Doch Oslic konnte sich nicht eine Handbreit rühren. Hilflos musste er zusehen, wie Alheefa von Tsankhanol durch die Kammer getrieben wurde.

Alle Manöver in ihrem Repertoire, die er selber schmerzlich hatte am eigenen Leib erfahren müssen und die ihr im Kampf gegen die Âshkulim wertvolle Dienste geleistet hatten, versagten bei dem Hexenmeister. Die Sense parierte jeden Hieb mit einer Geschwindigkeit, die Oslic einem solch dürren Geschöpf nie zugetraut hätte. Wurfmesser der Meuchlerin bohrten sich in die Kutte, aber der Trisket schien die Treffer nicht zu registrieren. Auch der Armbrustbolzen, der wie durch Zauberhand aus seinem Oberschenkel wuchs, schien den bleichen Hexer nicht im Mindesten zu stören.

»Die Männer des Barons müssten kurzen Prozess mit eurem Bauernheer gemacht haben.« Zorathus kicherte. Mit einer mütterlichen Geste strich er Oslic eine aus dem Kriegerzopf gerutschte Haarsträhne aus dem Gesicht.

Bei der Berührung des Trisketen packte den jungen Tsharen purer Ekel. Er fühlte sich wie ein Mann, der in seinem Bett eingeschlafen war, nur um in einem modrigen Keller zu erwachen, den Körper bedeckt von Tausenden und Abertausenden wimmelnden Kakerlaken. Dies war nicht bloß Ekel, es war die Essenz allen Ekels.

Ungerührt von den Empfindungen der hilflosen Beute betrachtete der Hexenmeister die grauen Haare. »Wirklich ungerecht, dass es dir niemand gesagt hat. Vielleicht wärt ihr alle besser vorbereitet gewesen, wenn deine Familie ihr damals Gehör geschenkt hätte, nicht wahr?« Er musterte Oslic. »Dein Unverständnis spricht Bände, Mensch. Bedauerlich – und eine gewaltige Verschwendung, wenn du mich fragst. Ein Geist, so brillant wie deiner, und doch hat niemand für nötig befunden, dein wahres Potenzial zu entschlüsseln. Sag mir, junger Boulanthus, plagen dich manchmal Kopfschmerzen? Hörst du Stimmen?«

Die Frage erwischte Oslic kälter als der Anblick Alheefas, die im Hintergrund der Kammer um ihr Leben focht. Während sie Salti schlug und ihr schwerer Atem den Raum erfüllte, sie Hieb um Hieb ausweichen musste, zeigte Tsankhanol nicht die geringsten Anzeichen von Ermüdung. Er führte seine Schläge mit der gleichen, an ein Uhrwerk erinnernden Ökonomie, mit der sich Zorathus bewegte.

Etwas sagte Oslic, dass dem trügerisch dürren Körper ebenso viel Kraft wie Geschwindigkeit innewohnte. Er würde Alheefa erwischen, ihre Eingeweide würden hervorquellen und dieses Monster in Roben aus Menschenhaut in ihrem Blut baden.

»Ja, das wird er wohl«, sagte Zorathus in gespielt traurigem Tonfall. »Doch wie töricht von mir, du hast deine diesbezüglichen Talente und Geisteskräfte ja nie entfaltet, kannst weder mit einer Geistes- noch mit einer Fleischstimme antworten.«

Oslic begriff nichts mehr. Doch er spürte, dass sich der Einfluss um seine Muskeln weit genug gelockert hatte, dass er den Mund bewegen konnte.

»Lasst sie leben. Sie hat nichts mit der Sache zu tun, Zorathus.«

Der Trisket schüttelte den Kopf. »Du weißt leider nicht, wie unrecht du mit dieser Aussage hast, junger Boulanthus. Beleidige nicht meine Intelligenz. Ich begegne dir mit dem Respekt, der einem Geist wie dem deinen gebührt – halte mich also nicht für dumm. Ja, allem Unglauben in deinem Blick und deinem Geist zum Trotz lese ich deine Gedanken. Die Geister des Landes und die Tiere der Wälder haben uns berichtet, dass ihr auf dem Weg hierher wart. Natürlich seid ihr uns abermals in die Falle gegangen.«

Alheefa schrie auf, als ein tückischer Hieb der Sense ihr beinahe die Knie durchtrennte. Beim Versuch auszuweichen stürzte die Meuchlerin hart auf den Marmor.

Oslics Augen glitten durch den Raum, suchten nach einer Waffe, einem Ausweg, irgendetwas, das ihre Lage verbessern mochte.

Der Hexenmeister Zorathus tat einen einladenden Schritt zur Seite. In den Eiskugeln seiner Augen glomm nichts als Hohn. Oslic sollte begreifen, dass es keine Hoffnung gab.

Zum ersten Mal, seit er hier heruntergekommen war, wurde Oslic der Kammer gewahr, des Raums, in dem sie sich befanden. Warum gab es einen solchen Ort unter dem Grab seiner Mutter?

Ein gewaltiges Gemälde bedeckte die marmorne Decke. Es zeigte einen seltsam kantigen Kometen, der aus der Tiefe des Alls zwischen dem Mondgürtel hervorstieß. Er glich einem Flughund, der die Schwingen angelegt hatte und in grünem Feuer brannte, und unter ihm erhob sich eine Bergspitze, die dem Fangzahn eines Hundes glich, umgeben von einem Diadem kleinerer Gipfel.

Oslics Augen huschten über die von Reliefs bedeckten Wände. Sieben der Wände des Achtecks zeigten Gestalten, Männer und Frauen in fremdartigen, schweren Rüstungen, wie er nie zuvor welche gesehen hatte. Weder der Stil, mit dem der Künstler diese Leute auf dem Marmor verewigt hatte, noch die Ausrüstung sagten ihm etwas. Er sah einen Bogenschützen, jemanden mit einer langen Lanze oder einem Jagdspeer, eine Person mit zwei Schwertern und jemanden, der in einer herrischen und an einen Zauberer gemahnenden Geste zwei Finger nach vorn streckte.

Der Anblick rührte an etwas tief in ihm. Dann fiel sein Blick auf die achte Wand.

Dort prangte das Relief eines reptilienartigen Schädels mit vier Hörnern, auf dem sich die Klingen, Schwerter und andere Waffen der sieben Gestalten wie ein Mandala überkreuzten.

»Ich sehe, ein Hauch des Erkennens weht durch deinen Geist, aber es wurde in der Vergangenheit Sorge getragen, dass du nicht begreifst, will mir scheinen.« Zorathus hob die Hand, ballte sie gebieterisch zur Faust. Doch der Befehl galt nicht dem jungen Tsharen. »Warte noch, Tsankhanol. Töte das Weibchen noch nicht. Geben wir dem jungen Boulanthus Gelegenheit, diesen Moment zu genießen.«

Erst jetzt sah Oslic, dass Alheefa endgültig in die Enge getrieben war. Sie blutete aus zwei tiefen Schnitten, die ihre Unterarme aufgeschlitzt hatten. Gesicht und Haare waren in Schweiß gebadet.

»Wartet«, flehte Oslic. »Lasst sie in Ruhe, und ich werde alles tun, was ihr wollt.«

Die Trisketen kicherten in verstörendem Gleichklang. Sie reagierten wie ein Wesen, legten die Köpfe in den Nacken und bleckten die Bärenfallengebisse. »Ihr Menschen. Gefangen in den plumpen Impulsen eurer zerbrechlichen Art. Selbst jetzt, da das Unvermeidliche bevorsteht, fügt ihr euch nicht, sondern wollt feilschen, um das Unglück abzuwenden. Was bedeutet dir das Weibchen, junger Boulanthus? War es nicht sie, die dich in Talladeens Auftrag töten sollte? Und doch bettelst du um ihr Leben?«

Oslics Gedanken rasten. Er sondierte die Augen des Hexenmeisters, suchte darin nach irgendeiner Form von Empathie oder Verständnis, nach einem Ansatz oder Funken, der ihm offenbaren würde, dass sie Alheefa verschonen mochten. Doch nichts stand darin außer dem grausamen Vergnügen eines Kindes, das Fliegen die Flügel ausriss.

Sie lasen seine Gedanken. Es gab nur einen Weg, dies zu verhindern: nicht zu denken!

Die Atemtechnik, die seine Mutter ihn gelehrt hatte, um den Geist zu klären, wenn die Anfälle unerträglich wurden.

»Mach kurzen Prozess, Tsankhanol, wir können nicht noch länger warten.« Der Trisket nickte seinem Bruder zu.

Alheefas Kopf hing herab, den Zopf auf der Schulter, der Atem stoßweise. Vergeblich versuchte sie, ihrem Schicksal auf den Beinen zu begegnen, brach schließlich aber doch zusammen.

Einfach handeln.

39

Zorathus' Kopf ruckte herum, doch zu spät. Er hatte Oslics Muskeln so weit gelockert, dass der den Kopf bewegen konnte. Diesen Spielraum nutzte Oslic, um seine Prothese einzusetzen.

Der Schwung der Sense erreichte ihren Zenit.

Die Stahlfaust schoss vor.

Keine Zeit, keine Chance, die Trisketen zu verwunden.

Die Bande um Geist und Körper zerbrachen. Er krallte die Finger der Prothese um den Stab aus dem schwarzen Material und stieß ihn mit aller Macht nach unten.

Es verfehlte seine Wirkung nicht. Die eigentümliche Substanz vibrierte vor unterdrückter Kraft. Sie summte wie ein gespannter Draht. Die Spitze des Artefaktes drang durch das dünne Messingdach der Laterne, Glas splitterte.

Für einen Augenblick wurde es still in der Kammer. Die Zeit schien in Kristall eingeschlossen zu sein.

Oslics Blick streifte den von Zorathus und seinem Bruder. In diesem Moment begriff der junge Tshar, dass er einen schrecklichen Fehler begangen hatte. Ein Grinsen, geboren aus grausamster Gunst, huschte über die Fratzen der beiden Geschöpfe.

Die Laterne begann zu summen. Der Ton ging in ein hohes Fiepen über wie bei einem Kessel, der im Begriff war überzukochen. Metall und Glas schienen sich gegen jede Vernunft zu dehnen.

Die beiden Trisketen wurden unvermittelt körperlos. Die Pranke von Zorathus schoss ohne Vorwarnung vor, und der Stab wurde dem Griff der Metallhand entwunden.

Dann waren sie fort, Rauch, der wie von einer Windbö verwehte.

Für eine Sekunde stand Oslic mit vor Unglauben geweiteten Augen da.

Alheefa!

Er lief durch die Kammer auf die Meuchlerin zu. Ihr Atem ging flach, die Unterarme waren blutüberströmt. Diesmal war sie es, die auf seine Hilfe angewiesen war. Der junge Tshar warf einen Blick über seine Schulter.

Aus dem Spalt in der Laterne brachen Lichtstrahlen zwischen den Ketten hervor, dann und wann entwich dem zersplitterten Glas ein Laut, der Oslic an das Pfeifen eines Teekessels erinnerte. Von Grauen gepackt, hob er ihre Waffen auf, wuchtete Alheefa in die Höhe und legte sich die Meuchlerin über die Prothesenschulter.

Ihm kam der Gedanke, die Laterne mitzunehmen und irgendwie aufzuhalten, was mit dem Artefakt vor sich ging. Doch als er die Hand an den Tragering legte, stand das Kleinod so unverrückbar wie ein Tempelturm.

In diesem Augenblick begann es. Das seltsame Glühen des Halblichts erlosch. Stattdessen entwich eiskalte Luft wie der Odem eines vorzeitlichen Eisgötzen aus dem klaffenden Blechkrater in der Oberseite.

Der arktische Frosthauch traf Oslic im Gesicht. Er heulte auf, hatte das Gefühl, seine Augäpfel würden eingefroren. Er musste mit aller Macht darum kämpfen, nicht umzufallen und dabei Alheefa fallen zu lassen.

Keuchend taumelte er davon. Er wankte den Gang entlang, Alheefas pendelnder Körper brachte ihn aus dem Takt, seine Lunge brannte vor Anstrengung. Er bekam Vorschub, als ihn eisiger Rückenwind traf. Ein Schulterblick verriet dem jungen Tsharen, dass ein konstanter Eiswind in der Ritualkammer wirbelte.

Am Ende des Korridors führte eine aus Einlassungen im Marmor gearbeitete Leiter nach oben. Oslic ergriff die vierte oder fünfte Sprosse mit der gesunden Hand. In diesem Augenblick war er dankbar dafür, dass die Frau auf seiner Schulter eine trainierte Meuchlerin war, die zeitlebens die Schulung ihres Leibes über alles andere gestellt hatte.

Selbst so waren sein Eigengewicht und ihr Körper mehr, als er gegen die Schwerkraft stemmen konnte. Er nahm Sprosse für Sprosse, verankerte die Klauen der Prothese im Stein und zog sie beide ein Stück weit höher. Dieses Spiel wiederholte sich.

Der Wind von unten wurde immer mächtiger.

Oslic war am Ende seiner Kräfte, als er oben in der Krypta ankam. Mit letzter Kraft wuchtete er Alheefa über den Schlund der Schachtöffnung und zog sich hinterher. Er zog sie bis vor den Ausgang der Familiengruft.

Eine Luftsäule aus arktischen Stürmen, die mit jedem Herzschlag stärker wurde, brach aus der Krypta hinter ihnen hervor. Voller Unglauben beobachtete Oslic, wie Myriaden von Schneeflocken aus der Türöffnung nach draußen fegten. Die Luft war so kalt, dass es ihm den Atem raubte.

Er hatte lediglich eine Laterne zerschlagen, als er mit dem

Stab zugestoßen hatte. Doch was da nun heranschwoll, war ein Blizzard, der mit jedem Herzschlag an Kraft gewann.

Der Sohn des Tsharen lehnte an der Kryptamauer, die Meuchlerin mit den Armen umschlossen und vor der Kälte bergend, so gut er es konnte. Der Kampflärm draußen verebbte, als jene, die noch auf dem Friedhof fochten, das Spektakel mitbekamen. Ihre Rufe gingen im Heulen des Sturms unter.

Ein Schleier aus Frost und Flocken, der aus der Gruft über das Land wehte.

Es war Vargen, der bei dem Anblick die Initiative ergriff und den Bann der Untätigkeit brach. Übel zugerichtet und besudelt vom brutalen Kampf und ebenso erschöpft, hackte sich der Veteran vom Pferderücken aus durch die Truppen des verräterischen Barons, die ihn zu Fuß umringt hatten. Er schleuderte Körper beiseite und trieb sein Tier erbarmungslos durch die Fußtruppen.

Oslic sah nur, dass die Soldaten hinter ihm Befehle riefen und versuchten, eine Verteidigung zu koordinieren, die verhinderte, dass der Ritter entkommen konnte, denn der Lärm des Sturms hatte ein solches Ausmaß erreicht, dass man nur noch sich bewegende Münder sah, aber nichts mehr hörte. Der Blizzard strich mit verheerender Intensität durch die Öffnungen der Gruft. Das Ergebnis war eine kreischende Kakophonie, die nicht nur an Oslics empfindsamen Sinnen zerrte. Überall scheuten Pferde, Männer und Frauen hatten die Gesichter zu Grimassen in stummes Kreischen verzogen und stolperten über ein Schlachtfeld, auf dem die Sicht mit jedem Herzschlag schlechter wurde.

Irgendjemand feuerte einen Pfeil auf Oslic oder Alheefa ab,

doch genauso gut hätte der Angreifer versuchen können, in dem Schneechaos eine Gänsedaune zu werfen.

Ein Schemen wurde inmitten des Schneetreibens sichtbar, ragte hoch über dem Tsharen und seiner Begleiterin auf. Zwei Pferde und ein Reiter.

Obwohl er keine Kraft mehr in sich spürte, stemmte sich Oslic hoch.

Er wollte gerade das Schwert aus der Scheide reißen, als er realisierte, dass es Vargen war.

Der Sturm nahm noch immer an Heftigkeit zu, so als erzürnte ihn die Anwesenheit des Ritters. Er blies mit aller Macht, und Oslic erkannte, dass der Veteran so geschwächt war, dass er vom Pferd zu stürzen drohte. Der Anblick erschreckte Oslic. Er wuchtete Alheefa bäuchlings auf den Sattel des freien Reittiers, bevor er sich dem Reiter zuwandte und die Hand des Freundes ergriff.

Müde, aber mit einem Auge, das vor Nachdruck glomm, drückte der alte Ritter die dargebotene Hand und nickte. Trotz der Verletzungen und der Mischung aus Blutschlamm und verkrustetem Schnee, die ihn bedeckte, strahlte der Templer, während der Sturm seine Kleidung und die Mähne des Pferdes zerzauste, eine stille Würde aus.

So müde, wie Vargen aussah, fühlte sich Oslic. Jetzt war außer dem Wirbel des Schnees nichts mehr zu sehen. Die Schatten von Dachschindeln trieben wie ein Schwalbenschwarm knapp über ihre Köpfe und zerschellten im tosenden Chaos.

Oslic trieb das Pferd an. Im Vorbeireiten ergriff er die Zügel von Vargens Tier und zog es mit sich. Hinter ihnen ging die Welt unter, wie es schien. Oslic warf einen letzten Blick über die Schulter, sah Schnee mit unfassbarer Gewalt wirbeln, und auf einmal begriff er.

Sie hatten versucht, ihn zu entführen, damit er in ihrem Ritual eine entscheidende Rolle spielte.

Das war gescheitert – und doch hatte er ihnen in die Hände gespielt und ihnen genau das gegeben, was sie hatten haben wollen.

40

Die Eiseskälte an den Flanken des Weltenzahns stand der des Blizzards wenig nach. Die Gewalt des Windes war auf den mittleren Höhen des Berges noch immer enorm, die Luft war klar und dünn.

Der Treck der Flüchtlinge schob sich als Band verlorener Gestalten an den eisigen Flanken der Giganten aus Fels und Schnee entlang. Die Höhe machte den Älteren und den Kindern zu schaffen.

Sie wussten, dass die Âshkulim ihre Beute gern zu Tode hetzten, hatten aber keine andere Wahl gehabt. Nachdem feststand, dass Baron Raumir den Landstreff keineswegs gewarnt, sondern stattdessen dafür Sorge getragen hatte, dass der Adel die Füße stillhielt, stand für die Überlebenden des Scharmützels eines fest: Sie konnten nicht wieder zurück ins Landesinnere.

Heftige Diskussionen waren die Folge des Berichts der wenigen Zurückgekehrten an die Bojaren gewesen. Schnell zeichnete sich ab, dass der entfesselte Sturm auch nach Stunden, möglicherweise nach Tagen nicht abschwellen würde. In dem Wissen, dass die Trisketen und ihre Häscher nicht zögern würden, die Angreifer endgültig zu vernichten und sich dabei das Wissen Talladeens und Raumirs zunutze machen konnten, musste eine Entscheidung getroffen werden.

Den versammelten Großbauern war klar, dass weder sie noch Frauen, Kinder oder Alte vor einem solchen Gegner Gnade finden würden, wenn man sie in den Wäldern aufspürte.

Eine letzte Hoffnung lag in den Hochweiden und in den natürlichen Höhlungen des Berges, die über seine Flanken zu erreichen waren. Hier mochten die Flüchtlinge eine Position finden, die sich zumindest besser verteidigen ließe.

Es war eine Verzweiflungstat. Man wollte den Eindringlingen im Land und den Verrätern, die ihnen geholfen hatten, Frauen und Kinder nicht überlassen. Die Männer wollten den Ort wählen, an dem ihrer aller Leben endete.

So ging es hinauf auf den Zahn der Welt. In einem Tross aus duldsamen Gestalten, die sich mühsam vorwärtskämpften, dem Biss des Winters trotzten und wehklagende Kinder auf den Armen oder dem Rücken von Maultieren transportierten.

Schweigend und in höchster Konzentration setzte Oslic einen Fuß vor den anderen. Wie alle achtete er darauf, in den Spuren, die die wenigen verbliebenen Pferde in den Schnee trampelten, zu wandern. Seit Stunden erklommen sie alte Hirtenpfade, orientierten sich an kaum zu erkennenden Landmarken.

Immer schwerer wurde die Steigung zu bewältigen. Es sollte nicht lange dauern, bis der junge Tshar an einer Stelle vorbeikam, an der Leute hockten und einer alten Frau zum letzten Mal die Augen schlossen.

»Das ist ein Albtraum, aus dem es kein Entkommen gibt«, murmelte Oslic.

»Vergeude deine Kräfte nicht.« Alheefa presste jede Silbe durch zusammengebissene Zähne hervor.

Oslic studierte die Meuchlerin, fragte sich nicht zum ersten Mal, warum sie immer noch bei ihm war. Ihr war anzusehen, dass sie Schmerzen litt. Die Sense des Trisketen hatte ihre Unterarme übel gezeichnet.

Jemand rief um Hilfe, und Oslic wandte sich von ihr ab, um zum bestimmt hundertsten Mal seit ihrem Aufbruch nach der Gesundheit eines der Flüchtlinge zu sehen.

Ein Karren war über den Fuß eines Mannes gerollt und hatte Knochen und Sehnen übel zugerichtet. Der junge Tshar schämte sich dafür, doch er war für solche Ablenkungen dankbar. Sie hielten ihn vom Grübeln ab.

Darüber, was auf dem Friedhof geschehen war. Nicht nur die Ereignisse, derer er Zeuge geworden war und die sein Weltbild nachhaltiger erschüttert hatten, als er sich bisher hatte eingestehen wollen. Es ging um die quälenden Fragen zu all den Dingen, die seine Eltern ihm offenbar verschwiegen hatten.

»Worüber denkst du nach?« Testri musterte ihn mit unverhohlener Neugier vom Rande eines Karrens aus, auf dem die Kinder abwechselnd sitzen durften, um die Beine baumeln zu lassen. »Alheefa meint, du sollst das besser lassen.«

»Alheefa ist eine kluge Frau«, murmelte Oslic mit einem Seitenblick zu ihr. Während er ging, zog er medizinische Instrumente methodisch und eines nach dem anderen durch den verharschten Schnee, um sie zu säubern. »Manchmal einen Tick zu klug. Du willst mir nicht zufällig erzählen, was du ihr bezahlt hast, damit sie uns zur Seite steht, oder?«

»Hab mein Ehrenwort gegeben«, sagte Testri im besten Straßenkindtonfall. Er ließ keinen Zweifel daran, dass ihr Kodex jedwede weitere Diskussion über das Thema unterband. Ratten und Verräter überlebten auf der Straße nicht lange, wie sie oft genug erklärt hatte. »Willst du mir nicht sagen, worüber du nachdenkst? Du hast mir immer gesagt, es hilft, wenn man drüber redet, wenn es einem schlecht geht.«

Gegen seinen Willen musste Oslic einräumen, dass er an dem Gedanken nichts Schlimmes mehr fand. Was ihr in wenigen Tagen oder Wochen bevorstand, war schlimmer als alles, womit er sie belasten könnte. Ein Heer aus Verrätern und Aschebarbaren würde sie mit Sicherheit hier oben aufstöbern und erschlagen, wenn sie bis dahin nicht längst alle erfroren oder verhungert waren.

Wieder dachte er an die Erlebnisse vor zwei Tagen zurück, an den Kampf auf dem Friedhof und die Geschehnisse in der Krypta. Er wurde die Bilder einfach nicht mehr los, egal, wie sehr er es versuchte. Das Letzte, was ihre wenigen Quellen den Freischärlern aus der Stadt berichtet hatten, war ebenso beunruhigend gewesen wie die Ereignisse jenes frühen Morgens.

Der Sturm ebbte nicht ab, der Blizzard wütete und schien wie die endlosen Fluten aus einem gebrochenen Damm alles zu überrollen.

Doch bevor er Testri ins Vertrauen ziehen konnte, was das Grab seiner Mutter und die verborgenen Gänge darunter betraf, stöhnte das Mädchen plötzlich auf.

Oslic fuhr herum. Sie saß mit schmerzverzerrter Miene da und nestelte wie verrückt an ihrem Kragen, zog Pelze, Tücher und Schals zur Seite, und mit zappelnden Fingern beförderte sie ihren Anhänger zutage.

Da war es wieder. Der kleine Flügel vibrierte.

»Aua! Das Scheißteil ist verflucht heiß.« Das Mädchen schimpfte und schüttelte seine behandschuhten Finger.

Voller Zweifel trat Oslic einen Schritt an den Wagen heran und griff nach dem Kleinod. Testri ließ ihn gewähren. Er legte die Finger um das Schmuckstück, spürte aber bis auf ein schwaches Kribbeln nichts.

»Ich sage die Wahrheit, ich merke es immer noch!« Testri hielt die Schnur mit dem Anhänger bewusst auf Abstand von ihrem Oberkörper.

Der junge Tshar hatte in seinem Leben genug Kranke gesehen, um zu wissen, wann Schmerzen echt waren. »Ich glaube dir ja.«

In diesem Augenblick hallten gellende Schreie über den Treck. Oslics Zähne fingen zu klappern an, er zitterte am ganzen Körper.

Nein, nicht ich. Die Welt zittert.

Mit vor Entsetzen geweiteten Augen folgte er den Blicken der Flüchtlinge. Erschüttertes Kreischen setzte sich durch den gesamten Tross fort. Frauen pressten ihre Kinder an ihre Körper, Männer riefen verzweifelt die Namen ihrer Lieben und eilten zu ihren Familien.

Vargen und Alheefa kamen auf Oslic und Testri zu.

»Nein.« Nur ein einzelnes Wort, aber all der Schmerz, der Unglauben und das Leid der letzten Wochen waren darin konzentriert. Oslic betrachtete fassungslos, was die Welt so zum Beben brachte, als es den Berghang herab auf sie zuraste.

»Diese Teufel!«, zischte Alheefa.

Testri presste sich an Vargen. »Onkel Eule?«

Der Veteran hatte keine Antwort. Er legte die Arme um das Mädchen.

Es war eine Lawine von einer solch gewaltigen Breite und Kraft, wie der junge Tshar noch keine erblickt hatte. Die unfassbaren Gewalten walzten aus den Höhen herab und begruben alles unter sich, Schollen mit der Größe von Häusern lösten sich von den Flanken des Weltenzahns und rutschten auf die Flüchtlinge zu.

Einige brachen aus der Herde aus und rannten, doch der Großteil der Carchadonen wusste, dass es vor solch einer Naturgewalt kein Entrinnen gab. Schicksalsergeben umklammerten die Menschen einander. Dies war der Moment, an dem alles enden würde.

Oslic spürte, wie ihn absolute Ruhe und Gelassenheit überkamen. Jedwede Furcht war erloschen. Er wusste nicht, was nach dem Tod kommen würde, war zeitlebens ein Mann gewesen, der der Wissenschaft den Vorzug vor den Göttern und dem Glauben gegeben hatte. Doch jetzt war in ihm der Wunsch zu beten. Nicht für sich, sondern für Testri, Vargen und Alheefa, die seinetwegen in diese Lage geraten waren. Nun würden sie alle von den Eismassen begraben werden.

Er gesellte sich zu den Freunden, schloss die Arme um ihre Gruppe und verdammte sein Metallglied dafür, dass er sie durch den Stahl nicht zu spüren vermochte.

»Jetzt kannst du es mir sagen«, schrie Oslic Alheefa zu. »Was Testri dir gezahlt hat!«

Der Donner der Lawine riss die Worte mit sich. Hier standen sie beide, waren wiedervereint, mit Vargen und Testri, eine von vielen Familien, die in diesem Moment alle das Gleiche taten.

Die Meuchlerin schenkte ihm ein trauriges Lächeln.

»Du hast es versprochen«, sagte Testri zu ihr, und Alheefa nickte.

Mittlerweile war kaum noch etwas zu erkennen. Die Welt erzitterte, dass sämtliche Konturen verschwammen. Schneestaub legte sich über alles. Ihnen blieben nur noch Herzschläge.

Es zerriss Oslic die Seele, die Freunde auf so unrühmliche Weise sterben zu sehen. Er wünschte sich, dass die Lawine ihn als Erstes hinwegfegen und den Schmerz beenden würde.

»Du hast es versprochen«, murmelte er.

Mit einem Mal erinnerte er sich, wie er erst vor Tagen dem Tode entronnen war. Sollte es jetzt und hier enden, nachdem ihm gerade erst eine weitere Chance gegeben worden war?

Nein, das würde er nicht zulassen!

»Du hast gesagt, wir sehen uns wieder! Von Angesicht zu Angesicht!«, brüllte er gegen den Donner an. Die Lawine war nur noch wenige Hundert Schritte entfernt. Ihre Ausläufer walzten als zweiter Sturm vor dem endlosen, alles zermalmenden Schlund aus Weiß den Berg hinab, knickten Bäume wie Zahnstocher und bewegten Tonnen von Geröll, als wöge es nicht mehr als Kiesel.

Er erwartete nicht, eine Antwort zu erhalten. Als sie doch in seinen Gedanken erklang, riss es ihn zwischen blanker Furcht und dem Gefühl der Erlösung hin und her.

»Du hast unsere kleine Verabredung also nicht vergessen, junger Boulanthus?«

»Nein!«, rief er, und seine Freunde pressten ihn fester an sich in dem Glauben, er schreie gegen das unvermeidliche Schicksal an.

»Es war mir eine Ehre, Euch dienen zu dürfen, Herr!«, brüllte Vargen.

Oslic nickte nur knapp, zu sehr gefangen von dem Augenblick. Verlor er erneut vor Furcht den Verstand?

»Führe sie in die Ruinen des Alten Varsothyn, junger Boulanthus. Dort, an den Wassern des Haly-Sees, werden sich unsere Wege kreuzen. Willst du mir diesen Gefallen erweisen?«

»Alles! Alles, was du willst!«, rief Oslic. »Nur bitte, rette diese Menschen, so wie du mir im Fluss geholfen hast!«

»So sei es denn«, antwortete die Stimme mit der gleichen katzenhaften Geschmeidigkeit wie damals.

Die Wand aus Weiß türmte sich endlos. Die Flüchtlinge machten sich klein, eine verlorene Ansammlung von Schilfrohren vor dem Donner der einrollenden Brandung. Nur noch Herzschläge, und es würde vorbei sein.

In diesem Moment löste sich der Schatten von der Bergflanke. Urgewaltiger als alles, was die verängstigten Menschen je erblickt hatten, vermochte es seine Masse mit der Lawine aufzunehmen. Der Eissturm, der dem Schneerutsch voranging, machte unmöglich zu erkennen, was es war, doch spreizte es überdimensionale Schwingen, als es sich vom Zahn der Welt stürzte.

Die Flügel des Schemens waren von solch grotesker Größe, dass sie einen eigenen Sturm erzeugten, wenn er damit schlug. Der Schatten legte sie an, und mit der Gewalt eines fallenden Sterns schoss er auf die Lawine zu. Atemlose Schreie erklangen aus dem Tross der Flüchtlinge, so laut, dass Oslic sie selbst über das Donnern der alles zermalmenden Massen hinweg vernehmen konnte.

Die Lawine war bis auf hundert Schritt heran, als der

Schatten sie erreichte. Ein Geräusch wie von Tonnen flüssiger Lava, die an der Meeresoberfläche zischten und brodelten, erfüllte die Luft.

Hitze! Unfassbare Hitze!

Oslic konnte nicht fassen, was er sah. Plötzlich war da Feuer, eine schier endlose Lohe, die in die Flanken der Lawine einschlug, einen Herzschlag, bevor der Titan sich in die Massen bohrte.

Mit angehaltenem Atem starrten die Flüchtlinge auf das Spektakel, als der gewaltige Schatten seine Flügel wie einen Schirm aufspannte und sich zugleich in die felsigen Flanken unter dem Schnee krallte. Dann schien die Welt in Lärm und Chaos unterzugehen, als die Lawine in einer Explosion aus Schneestaub, berstendem Gestein und zersplitterndem Holz an dem lebendigen Wellenbrecher zerschellte.

Hunderte warfen sich zu Boden, rollten sich unter Karren. Schreiende Reittiere warfen sich mit rollenden Augen und gebleckten Zähnen in den Schnee, während ihre Besitzer fassungslos zusahen, wie die Lawine sie alle verfehlte.

Die Schneemassen strömten vor und hinter dem Flüchtlingstreck die Berghänge hinunter, ohne einen Menschen mitzureißen. Immer wieder explodierten Lanzen und Bälle aus Flammen zwischen den Geröll- und Schneemassen, ließen künstliche Flüsse aus kochendem Wasser Furchen durch den Schnee ziehen, so tief, dass man die Felsen darunter sehen konnte.

In dem endlosen Wirbel aus Hitze, Kälte und Dampf war nicht zu erkennen, was es war, das ihnen das Leben rettete. Doch Oslic bemerkte, dass außer ihm nur ein Mann aufrecht inmitten des Chaos stand, während Alheefa Testri unter einem Karren mit ihrem Körper schützte. Daneben ragte Vargen auf, die Fäuste im stummen Gebet auf seinen Eulenwappenrock gelegt.

Sein Auge war offen und starrte den Schemen ihres Erlösers an, ein vierbeiniger, geflügelter Schatten von den Ausmaßen einer Kleinstadt, der sich im Chaos erhob und in ebendiesem Moment abstieß. Zwei träge Schläge seiner Schwingen holten nicht nur Oslic und Vargen von den Beinen, sondern wirbelten Karren um und Körper zur Seite. Bevor jemand einen Blick auf das Wesen erhaschen konnte, das sie alle gerettet hatte, war es fort.

Mit offenem Mund stierte Oslic in Richtung der Stelle, wo der Schatten eben noch gewesen war. Dorthin, wo sich Tatzenabdrücke von unvorstellbarer Größe mit Schmelzwasser füllten und Tümpel bildeten.

Dorthin, wo der Schnee brannte.

41

Gegen Oslics Willen hatten sich die Gerüchte über die Umstände ihrer Errettung wie ein Lauffeuer verbreitet, und die Flüchtlinge betrachteten ihn mit anderen Augen. Nicht dass er sich dagegen wehrte, für die Bojaren und ihre Vertrauten nicht mehr länger der inkompetente Adelsspross aus dem Süden zu sein.

Doch die Blicke, mit denen sie ihn musterten, übten auch einen gewissen Druck auf ihn aus. Jene Art von Erwartungen, die Oslic fürchtete – er hatte nicht grundlos die militärische Führung ihrer Schar in Vargens kundige Hände gelegt. Doch es blieb dem jungen Tsharen keine Wahl. Die Menschen hielten ihn für ihren Erlöser. Oslic III. Boulanthus, dessen graue Haare nun für sie ein Zeichen der Geister des Landes waren, traditionell die Verbündeten der Tsharen. Oslic III. Boulanthus, der das Schwert auf dem Rücken trug, nicht an der Seite, einen Arm von Stahl gefertigt, der den Geistern von Eis und Schnee befahl. Er, der die Flucht ihrer Truppen mit einem Blizzard gedeckt und eine Lawine kraft seines Willens durch ein Untier hatte stoppen lassen.

Oslic hasste jedes einzelne dieser unwahren Gerüchte. Die Menschen vertrauten ihm blind, und ihre Blicke spiegelten dieses Vertrauen wider.

Die meisten wussten nichts von den Ruinen. Oslic hatte

vor langer Zeit von ihnen gelesen, die Geschichte des Ortes hatte ihn zeitlebens fasziniert. Die Höhenwinde zerrten mit eiserner Gewalt an der Stadt, die die Freischärler zum Schutz ihrer Familien aus Trauben lederner Zelte errichtet hatten. Der Wind war unnachgiebig, ebbte zu keiner Sekunde ab.

Oslic hockte auf einem Stapel Decken und Pelze. Er drehte den Daumen im Handschuh gegen das metallische Glied der Prothese, die Hände gefaltet in seinem Schoß. Endlich hätte er nun Zeit gehabt, in Ruhe zu durchdenken, in welche Ereignisse er seit der Ankunft in Carchadon hineingeschlittert war. Doch der junge Tshar wippte stattdessen unruhig vor und zurück.

Morgen würden sie ihre Flucht fortsetzen, und das Ende des letzten Passes würde den Beginn des Endes dieser Odyssee markieren. Doch was erwartete sie oben in den Ruinen von Varsothyn? Was für ein Geschöpf war es, mit dem Oslic gesprochen hatte? Zweifelsohne ein Lebewesen, das sich durch den Einfluss der Wisperflecken auf eine Weise verändert hatte, die ebenso unerklärlich wie ungeheuerlich war. Vielleicht hatte er sogar einen der Alten aus dem Volke der Varsothyn vor sich gehabt.

Es kratzte, und Schnee ging ab, als die Zeltplane aufgezogen wurde und sich ebenso rasch wieder schloss. Eine Gestalt, vor Pelzen kaum zu erkennen, schlüpfte ins Innere, schöpfte aus einem Kessel über der Feuerstelle Kräutertee in einen Holzbecher, fügte ein Stück Butter hinzu und setzte sich im Schneidersitz dem jungen Tsharen gegenüber.

Ungeduldig trommelte der junge Tshar mit seinen Fingern auf den Knien.

»Und?«, platzte es schließlich aus ihm heraus.

Alheefa schlürfte genießerisch. Sie verdrehte die Augen und schmatzte, als sich die wohlige Wärme des Tees in ihr ausbreitete.

»Ja, ja. Ich bin auch glücklich, dass die verdammten Trisketen nichts wussten von den Vorräten auf den Hochweiden und in den Winterverstecken«, presste Oslic hervor, der es nicht mehr aushielt. »Aber ewig wird der Tee nicht reichen, ich wäre dir also für eine Antwort dankbar.«

Sie bedachte ihn mit einem schwer zu deutenden Blick. Betont langsam und mit all der Grazie einer Raubkatze, deren Stimmung kippte, stellte Alheefa den Becher beiseite und sah ihm ins Gesicht.

Ihr Schweigen sprach Bände, und endlich begriff auch Oslic. Er rutschte, von neuerlicher Unruhe erfüllt, hin und her.

»Die Stimmung ist so gut, wie sie unter den gegebenen Umständen eben sein kann, Oslic. Die Menschen in deinem Land sind Leid gewohnt. Das merkt man, sonst hätten sie sich unter diesen Umständen nicht so gut geschlagen.«

»Nicht alle Carchadonen sind so«, sagte Oslic. »Die Leute um Vaistopol herum müssen sich nicht nur mit der Grenze zu Hearne herumschlagen, sondern auch mit Bestien aus Wisperflecken und den Aschebarbaren. Dass man manchmal für Wochen oder Monate in die Wälder fliehen muss, ist für sie normal. Doch danke fürs Umhören.«

Alheefa grinste. »Ist schwer, die Wahrheit aus dem Mund der Menschen zu hören, wenn sie einen plötzlich für ihren Erlöser halten, was?«

Oslic legte die Hände auf die Oberschenkel. »Hör bloß auf. Da ist keiner, der mich nicht anschaut, als wäre mir ein drittes

Auge gewachsen. Mit Vargen redet auch keiner von denen mehr normal, weil er ja meine rechte Hand ist.«

»Und vor Testri sprechen die Leute natürlich anders, weil sie ein Kind ist.« Alheefa nahm einen weiteren Schluck Tee und genoss die würzigen Kräuter. Sie schloss die Augen, die Lippen feucht.

Eine tiefe Sehnsucht überkam Oslic bei dem Anblick. Eine Erinnerung daran, wie sie früher auf der Dachterrasse seines Turms gesessen, Granatapfeltee getrunken und die Sterne betrachtet hatten.

Sie schlug die Augen auf und errötete, als ihr klar wurde, dass er sie beobachtete. »Was? Habe ich was im Gesicht?«

Oslic musste unwillkürlich schmunzeln und schüttelte den Kopf. »Ganz im Gegenteil«, murmelte er und biss sich im gleichen Moment auf die Unterlippe.

Sie kannte ihn besser als jeden anderen, von Vargen abgesehen. Er wusste, dass sie in ihm las wie in einem Buch.

Die Kälte, die Verzweiflung und all die Unwissenheit – und mittendrin Alheefa. Er wusste noch immer nicht, warum sie wieder zurückgekehrt war, spürte, dass es Dinge gab, die sie ihm verheimlichte.

»Wie hast du es geschafft? Wie hast du das Monster gerufen und die Lawine aufgehalten?«, fragte sie.

Sie legte den Finger so zielsicher auf den wunden Punkt, dass er zusammenfuhr.

»Ich habe absolut keine Ahnung«, sagte er. Im gleichen Atemzug beschloss er, zumindest Alheefa reinen Wein einzuschenken. »Ich habe eine Stimme vernommen. So wie Tage davor, als du mich vor meinem Onkel gerettet hast. Ich glaube, es war das Wesen.«

Alheefa lehnte sich vor und schloss vertrauensvoll eine Hand um seinen Unterarm aus Fleisch und Blut. Er spürte, dass ihre Finger selbst in den dicken Handschuhen kalt waren.

Oslic wünschte sich in diesem Moment nichts anderes, als dass seine Prothese wieder ein echter Arm wäre, mit einer echten Hand, die er auf Alheefas Finger legen konnte.

Er betrachtete ihre Hand, und Alheefa wollte sie zurückziehen. Doch er rückte ein Stück vor, auf die Meuchlerin zu, und ergriff mit seiner Prothese ihre andere Hand, damit sie sich ihm nicht entzog. Er konnte an ihrem Hals sehen, wie sich ihr Puls beschleunigte. Er blickte ihr so tief in die Augen, wie er es nicht mehr getan hatte seit jener Nacht, die alles verändert hatte. Die gar nichts verändert hatte. Er roch ihre Haut unter den Pelzen, die süße Würze des Kräutertees in ihrem Atem.

»Wesen.« Sie machte einen abfälligen Laut. »Du fürchtest dich, es beim Namen zu nennen, weil zu viel mit dem Wort verbunden ist. Du hast versucht, mit Vargen darüber zu reden. Aber der alte Uhu schweigt sich aus. Glaubst du, mir ist sein miesepetriges Gesicht nicht aufgefallen, das er zieht, seit er gesehen hat, was uns da gerettet hat? So wie du.«

»Er meint, meine Fragen berühren seinen Eid. Ich spüre, dass er mit sich kämpft. Aber ich brauche Antworten. Ich muss wissen, was es mit alldem hier auf sich hat.« Oslic schüttelte traurig den Kopf. »Er hat an meiner Seite so viel gegeben, so viel durchgemacht. Nur meinetwegen ist er nicht bei seiner Tochter, sondern mit uns hier in dieser Hölle aus Frost und Felsen gestrandet. Ich kann ihm nicht einfach befehlen, mir alles zu offenbaren.«

»Dann sprich wenigstens du es aus, Oslic. Sag, was uns gerettet hat. Ich weiß, dass wir beide dasselbe Wort benutzen würden. Und Vargen auch. Jeder in dieser Kolonne benutzt es, es macht schon die Runde. Die gewaltige Gestalt, die Schwingen, Feuer, das selbst auf Wasser und Schnee brennt. Das ist nicht bloß eine Mutation aus einem Wisperflecken, Oslic.«

Diesmal blickte ihm Alheefa in die Augen, und er spürte, wie die Anspannung aus seinen Gliedern wich.

Drache, dachte Oslic, doch allein das Wort zu denken war anstrengend.

Sie nickte erkennend, teilte diesen Moment des stummen Eingeständnisses mit ihm. Sie drückte seine Hand.

»Warum bist du hier, Alheefa?«

Zur Antwort rückte sie näher. »Hier, bei Vargen, Testri und dir? Ich sagte doch, ich wurde bezahlt.«

»Hier und jetzt, bei mir. In diesem Zelt, meine ich.«

Er wartete nicht, bis Alheefa sprach. Die Antwort stand in ihrem Blick. Mit sanftem Druck zog er sie zu sich, bis sich ihre Gesichter beinahe berührten.

Seine Narben pochten im Einklang, auf ewig verbunden mit der Erinnerung daran, was das letzte Mal geschehen war, als sie sich nahegekommen waren. Ohr und Wange bissen wie frisch verwundet. Zugleich drängte ein bittersüßes Pochen durch seine Lenden, als die Sehnsucht nach ihr sein klares Denken hinwegfegte.

Verdammt sollten alle sein, er musste endlich wieder vertrauen. Wollte vertrauen.

Alheefas Mund war halb geöffnet, ihr Atem strich über seine Lippen. Sie blickte die Narben an, doch er legte die Hand unter ihr Kinn und wandte ihr Gesicht dem seinen zu.

»Ich hätte euch drei fast verloren!«, hauchte er. Ein Ächzen entrang sich seiner Kehle bei der Vorstellung.

»Oslic, ich …«

Sein Mund versiegelte, was immer sie an Einwänden vorbringen wollte. Er küsste sie, lang und innig. Das Gefühl der Verlorenheit wich reiner Nähe.

Sie erhoben sich gemeinsam. Alheefa presste sich an ihn, bis der pochende Schmerz schier unerträglich war. Er schälte sie aus ihren Pelzen, ihren Geruch in der Nase, vergrub das Gesicht in ihrem Haar. Alheefa schnürte sein Hemd auf und küsste seinen Oberkörper mit schmerzhaftem Hunger. Ihre Zähne schrammten die Haut, während ihre Finger seine Wange liebkosten und er ihren Hals küsste.

Das Innere des Zeltes war erwärmt, aber beileibe nicht genug für zwei nackte Leiber. Keiner der beiden spürte die Kälte. Im Stehen hob Oslic Alheefa auf seine Arme. Sie sprang ihm schier entgegen, krallte sich an seinem Prothesenanker fest und knabberte an seinem Ohr.

Er spürte den Schmerz seiner Schulter nicht, ließ sich mit ihr nach hinten fallen, und sie ließ sich auf ihn sinken. Die Glut zwischen ihren Schenkeln raubte ihm den Verstand, dann war er in ihr. Er legte die Lippen um ihre Brustwarze, hörte sie vor Wonne schnurren.

Er nahm sie, und sie nahm ihn, und für kostbare Stunden gehörten sie einander, nicht der Last ihrer Verantwortung.

»Glaubst du, dass es Zufall war, was in deiner Heimat geschehen ist? Oder hängt das alles irgendwie zusammen?« Alheefa strich mit ihren Fingern über seinen Oberkörper, hatte den anderen Arm angewinkelt unter ihren Kopf gelegt und schmiegte ihre Schenkel unter der Decke gegen ihn. Ihr Blick schien Oslics Gedanken zu erforschen.

Der junge Tshar genoss den Moment des Friedens und der Entspannung, die er so lange vermisst hatte. Die Schmerzen in der Schulter waren einem erträglichen, dumpfen Druck gewichen, Wohlbefinden prickelte durch jede Faser seines Körpers. Ihr Geschmack war auf seinen Lippen, der Geruch ihrer erhitzten Leiber lag über ihnen, erfüllte das Zelt.

Schließlich, eine gefühlte Ewigkeit zu spät, registrierte er die Frage. »Ich glaube nicht an Zufälle. Das habe ich nie – und egal, was seit meiner Rückkehr Seltsames geschehen sein mag, all die Dinge, die ich gesehen habe –, daran wird sich niemals etwas ändern.«

Die Meuchlerin nickte. In ihrem gnadenlosen Gewerbe war ebenfalls kein Platz dafür, die Dinge den Unwägbarkeiten des Schicksals zu überlassen.

»Du spielst auf den gemeinsamen Nenner an, der einige dieser Ereignisse miteinander verbindet«, stellte er fest.

»Das Feuer«, sagte Alheefa. »Der Kult der Âshkulim. Die seltsamen Echsenhunde, die trotz der Eiseskälte nicht in Winterstarre verfallen. Wie diese Trisketen aussahen. All das scheint mir irgendwie verbunden zu sein. Und dann, als es aussieht, als wären wir alle am Ende, offenbart sich …«

»Ein Drache. Noch dazu so gewaltig, dass der Anblick mich beinahe den Verstand gekostet hat.« Oslic schüttelte den Kopf. »Als ich noch ein Kind war, habe ich an sie geglaubt, ihre Existenz nicht ins Reich der Märchen verbannt. Mutter hatte unzählige Geschichten über sie. Aber heute? So etwas passt nicht in die Welt, in der ich lebe. Ich glaube an Ingenieurskunst, an Statik, daran, dass sich die Dinge berechnen lassen. Ein so großes Geschöpf sollte unter seinem eigenen Gewicht kollabieren, geschweige denn, dass es fliegen könnte.«

»Warum?«, fragte sie mit gespielter Naivität, so wie früher, als sie die Schreiberin gegeben hatte, der der Gelehrte die Welt erklären sollte.

»Weil es Kräfte gibt, die Syriatis zusammenhalten. Physikalische Gesetzmäßigkeiten. Die Schwere unserer Welt resultiert daraus, dass Syriatis eine gewaltige Kugel ist, die durch die Dunkelheit der Leere rollt. Die auf die Oberfläche einwirkenden Kräfte sind noch nicht ausreichend studiert. Doch es gibt Theorien, dass das Weltenall ein eigenes Gewicht hat, dessen Druck uns an die Welt presst – und zwar je mehr, desto schwerer etwas ist.«

Sie musterte ihn voller Zweifel. Oslic versuchte, den Anblick des Geschöpfes, dessen urgewaltiger Leib die Lawine umgelenkt hatte, in dieses Wissen einzuordnen. Wenig überraschend misslang es.

Er gab seiner echten Hand zu tun, indem er sie über ihre Taille wandern ließ, mit den Fingerspitzen über den flachen Bauch und ihren Nabel fuhr.

Dabei regte sich ein anderer Teil seines Körpers, und Alheefa hieß diese Änderung willkommen.

Nachdem sie sich ein weiteres Mal geliebt hatten, dämmerte Oslic weiter vor sich hin und erlaubte seinen Gedanken zu tun, was ihnen seit Wochen verwehrt gewesen war: ziellos umherzutreiben und sich den Raum zu nehmen, um im Hintergrund des bewussten Denkens Verbindungen zu ziehen, die jenseits des Offenkundigen lagen.

Er fasste einen Entschluss.

»Was immer wir oben in den Ruinen vorfinden, ich bin mir sicher, dass ich dort meine Antworten entdecken werde. Doch zuerst muss ich helfen. Ich muss tun, was ich viel zu lange aus den Augen verloren hatte.«

»Hm?« Alheefa war eingedöst. »Was denn?«, murmelte sie schlaftrunken.

»Ich muss den Menschen helfen. Nicht nur, dorthin zu gelangen, ich muss auch dafür Sorge tragen, dass es sicher für sie ist. Dass sie Zugang zu Wasser und Nahrung haben.«

»Wo?«

»In Varsothyn«, sagte er, und zum ersten Mal, seit er Doranthar verlassen hatte, klang sein Tonfall wieder wie der eines Entdeckers.

Alheefa hörte ihn nicht mehr.

Aus den Aufzeichnungen des Ritters:

Viel ließe sich schreiben von dem beschwerlichen Weg unseres Trosses in die Berge. Von den Nadelstichen, die uns die Verfolger zufügten, und von den Bemühungen meines Herrn, für Sicherheit und Transport für so viele zu sorgen.

Auch sollen die Ängste und Nöte nicht unerwähnt bleiben, die Oslic in diesen Tagen plagten, wohl wissend, dass sich sämtliche Flüchtlinge auf ihn verließen. Niemand vermochte zu sagen, wohin er uns führte und was dort auf uns wartete, doch in den Menschen war nichts als blindes Vertrauen. Auch ich spürte, dass mein Herr wieder mehr dem jungen Mann glich, der mir einst das Augenlicht zurückgegeben und dem ich ewige Gefolgschaft geschworen hatte.

In den anfänglichen Tagen der Flucht setzten uns die Âshkulim zu, doch bald verlor der Feind jedes Interesse, hatte er doch erreicht, was er wollte. Der Widerstand war im Keim erstickt, und jene, die ihn geführt hatten, mussten nach Meinung unserer Feinde in den eisigen Gestaden der Berge einen schmählichen Tod sterben.

Ich muss zugeben, dass ich die Gedanken der Gegner zu diesem Zeitpunkt unseres Abenteuers teilte. Auch spürte ich, dass das Entdeckerfeuer meines Herrn zwar wieder mit Inbrunst loderte, doch entgingen mir seine Selbstzweifel nicht.

Ein Mann muss nur alt sein, nicht zwangsläufig ein alter Krieger, um durch die Lehren des Lebens zu begreifen, dass es diese Art von Zweifel ist, die über Wohl und Wehe eines Daseins zu entschei-

den vermag. Ich sah zu viele Männer mit diesem Blick in den Augen und vorgetäuschter Stärke in die Schlacht ziehen, nur um nie wieder heimzukehren.

Ich will nicht verhehlen, dass es für mich keine einfache Zeit war. Ich wusste, dass Herr Oslic große Stücke auf meinen Ratschluss hielt, und wollte auf keinen Fall riskieren, sein neu erwachtes Selbstvertrauen zu untergraben. Mein Dilemma fußte darauf, dass in mir mehr als nur ein leichter Verdacht gewesen war, als ich die Hexer und ihr Wirken zum ersten Mal sah.

Das, was sich uns am Tage der Lawine enthüllt hatte, erfüllte mich mit Grauen, denn die Bestie, die sich offenbart hatte, ist dem Orden wohlbekannt.

An diesem Tag betete ich zu den Fünfen und zum mächtigen Hüter meines Haines, dem ewigen Ethlanoth, und die größte Schande lud ich durch die Worte auf mich, die ich sprach. Denn ich betete nicht, weil mich der Anblick eines Drachen, noch dazu dieser Größe, überraschte oder gar aus der Fassung brachte.

Schande lud ich auf mich, weil ich sah, wie Testri und Alheefa litten. Wie die Gesichter der Menschen um mich vor Grauen verzerrt waren vor Furcht, von einer Lawine lebendig begraben zu werden – und ich um genau diese Gnade flehte.

Ich bettelte um einen raschen Tod für uns alle. Zermalmt unter der Urgewalt von Fels und Schnee, auf dass uns erspart bliebe, was Syriatis durch die Rückkehr dieses Untiers noch an Schrecken drohen mochte. Denn endlich meinte ich zu erahnen, welche Plage das Heimatland meines Herrn heimsuchte.

So schleppte ich mich mit den anderen die Berge hinauf. Bis Oslic an einem verhängnisvollen Morgen kundtat, dass es einen anderen, einen geheimen Zugang zu jenem Ort geben sollte, den er aufzusuchen gedachte, um uns alle in Sicherheit zu führen.

Jetzt offenbarte er, dass wir auf dem Weg zu den Ruinen des alten Volkes der Varsothyn waren – und bei dem Klang des Namens jener vergessen geglaubten Hochkultur erfasste mich blanker Schrecken vor den kommenden Tagen. Doch es waren die Eide der Ritterschaft, geschworen vor meinem Patron Ethlanoth und launenhaft mit meinem Schicksal verwoben, die einmal mehr meine Zunge in Eisen legten.

Der Schwur, den ich ihm gegenüber abgelegt hatte, als ich meine Schwertweihe im Heiligen Hain meines Ordens erhielt, ist bindender, als ein Uneingeweihter es sich vorzustellen vermag, bildete er doch die Quelle unserer Kraft.

Einst, vor Jahren, hätte ich ihn beinahe gebrochen. Allein die Andeutungen, die ich machte, straften meinen Körper mit jener Blindheit, die mein Herr gerade noch zu stoppen vermochte.

Ich wusste sehr wohl, was mit mir geschehen würde, sollte ich das volle Ausmaß des Erahnten offenbaren und dabei die Geheimnisse des Ordens preisgeben.

So war ich gefangen in einer Zwickmühle, aus der es kein Entkommen gab, und blind für die Wunder der Tage, die auf den Aufstieg durch geheime, eisverkrustete Tunnel folgen sollten.

Unseren Aufstieg in die längst vergessene Totenstadt Varsothyn auf dem Fang der Welt, nach der so viele Forscher und Schatzjäger gesucht hatten, ohne auch nur Zugang zu Schriften zu erhalten, in denen sie verzeichnet war.

Als wir den Eishöhlen entstiegen, offenbarte sie sich uns in ihrer ganzen Pracht, aufragend an den Ufern des Sees von Haly. Doch ich hatte nur Augen für die dunklen Wasser des Sees, weil ich wusste, wer sich in seinen Tiefen eingenistet hatte und seit Jahrtausenden Ränke wob.

42

Oslic lehnte auf dem steinernen Geländer des Balkons, so wie in jener Nacht vor so vielen Wochen, als er neben Vargen in Doranthar gestanden und auf die Weinberge hinausgeblickt hatte. In der Nacht des Diebstahls, als sie über Alheefa und Testri gesprochen hatten, jene Mädchen, die nun bei ihm und zum ersten Mal seit langer Zeit in Sicherheit waren.

Der junge Tshar seufzte erleichtert und gedankenschwer zugleich und sog genießerisch die würzige Luft ein. Wärme kitzelte die Härchen seines Unterarms. Der Geruch von Wildkräutern verlieh dem Wind eine einzigartige Note.

Die Luft sollte so dünn sein, dass das Atmen schwerfiel, doch nichts konnte an diesem Ort unwahrer sein. Getreide wogte, rauschte bei jeder Brise. Dann und wann erfüllte das Summen einer Biene die Luft.

Oslic hatte wie die anderen vor zwei Wochen am Ausgang des Eistunnels gestanden. Es war eine reine Verzweiflungstat gewesen, nach dem Ort zu suchen, an den er sich aus den Unterweisungen seiner Mutter erinnert hatte. Erst spät, in den letzten Tagen, war ihm aufgegangen, dass es unmöglich hätte sein müssen, dass eine Mardiroi von einem solchen Geheimnis in den Bergen Carchadons wusste. Noch dazu, da das Volk seiner Mutter keinerlei Schriftzeugnisse hatte, sondern Wissen nur mündlich weitergegeben wurde.

Oslics Gedächtnis arbeitete perfekt, wenn es um diese Dinge ging. Als in ihm der Plan gereift war, die Vaistopoler zu retten, hatte er alles auf eine Karte gesetzt in dem Glauben, die Ruinen des alten Varsothyn mochten Schutz vor den Unbilden der Witterung bieten. Zumal sie für jene, die die alten Zugänge nicht kannten, entweder Legenden waren oder als absolut unauffindbar galten. Mit dem, was sie am Ende des Zugangstunnels erwartete, hatte auch er nicht gerechnet.

Er hatte eine verkrustete Eishölle aus primitiven Gebäuden erwartet, die wenig mehr als Windschutz und ein Versteck vor den Âshkulim boten. Doch erwartet hatte sie stattdessen eine verwaiste Metropole aus Glas.

Er ließ den Blick über Varsothyn schweifen.

Der Ort hatte auch nach Wochen nichts von seiner Faszination eingebüßt. Er umfriedete einen gewaltigen, nierenförmigen See, dessen warme Fluten sich sacht kräuselten und immer wieder von aufsteigenden Dampfwolken durchbrochen wurden.

Die Häuser an seinen Gestaden spotteten jeder Beschreibung, sahen aus wie gedrehte, tropische Muscheln aus Glas, zwischen denen gewaltige Zitadellen und Minarette aus dem gleichen Material emporragten wie Speere.

Ein sanfter Summton hatte sie alle willkommen geheißen. Er lag als beständige, beruhigende Note unter dem Flüstern eines Ozeans aus Wildgetreide, der alles bedeckte, was nicht von der Stadt oder von dichten Wäldern bedeckt war.

Niemand aus Oslics Welt, kein einziger der Autoren, deren Werke er je gelesen hatte, hatte echte Kenntnis von diesem Ort. Die Carchadonen waren keine Wissenschaftler, ihre Interessen zu rustikal und zu schwerpunktmäßig an militärischen Geheimnissen oder Bodenschätzen orientiert, um Varsothyn je zu erkunden. Der Zugang erschien ihnen für ein paar vermeintliche alte Steinhöhlen zu gefährlich, die ihn umgebenden Wisperflecken zu tödlich. Die vergessene Stadt ruhte im Inneren einer gewaltigen Caldera, wurde von der Kraterwärme mit allem gespeist, was ein fruchtbares und sicheres Leben garantierte.

Oslic musste schmunzeln, während er den Blick von dem Balkon seines zeitweiligen Refugiums über die Straßen schweifen ließ und Bauernkindern beim Spielen zusah. Dieser Krater bildete trotz der ähnlichen Herkunft das genaue Gegenteil zu dem Loch, in das der fallende Stern das Vaistopol seines Vaters verwandelt hatte. Ganz zu schweigen von der Heimat der Âshkulim in den verderbten Öden des Ostens, wo es nichts gab außer Magma, Schwefel und einen grausamen Tod unter den Feuersteinmessern der Bleichen.

Die Freischärler hatten damit gerechnet, hier oben einen schrecklichen Hungertod zu sterben oder zu erfrieren. Stattdessen hatten sie ein Refugium gefunden, das weit mehr war als nur ein höchst wundersamer Ort. Ein Mysterium mit so vielen Schichten, dass es den jungen Tsharen in den Fingern juckte wie ein quälender Ausschlag.

Varsothyn war ein Ort der Hoffnung für die Flüchtlinge aus dem Umland von Vaistopol, die den Aufstieg und die Strapazen des Trecks überlebt hatten.

Es gab Gerüchte, dass sich viele der Bauern entschlossen hatten, die vergessene Stadt zu taufen. Diese Menschen hatten keinerlei Bildung, kannten den Namen des Ortes nicht, ja wussten nicht einmal, dass er einst einen gehabt hatte. Den jungen Tsharen wurmte, was er hörte, aber er konnte wenig dagegen unternehmen, dass einige ihr Refugium »Oslic« nennen wollten.

Mit einem erneuten Seufzer, der diesmal nicht der Erleichterung entsprang, löste sich Oslic vom Balkongeländer und trat in den Raum zurück. Die Kammer war gewaltig und lag auf der mittleren Ebene des Turms, den er sich als Rückzugsort erwählt hatte. Wie jedes Gebäude von Varsothyn war auch dieses voll möbliert. Ähnlich wie die Wände der Schnörkelbauten bestand das Mobiliar aus einem harten und leichten, an Flaschenglas erinnernden Material. Wer immer die Einwohner der vergessenen Stadt gewesen sein mochten, die alten Varsothynen standen den Âshkulim nach ihren Möbeln zu urteilen in Sachen Größe in nichts nach.

Dies war jedoch das Einzige, was sie mit den Aschebarbaren verband. Denn wo die Monster aus dem Osten bleich, kahl und haarlos waren, schienen die Einwohner Varsothyns Wert auf ihr Haupthaar gelegt zu haben. Dies folgerte Oslic, wann immer er die Wände betrachtete, auf denen Gestalten in Form fein herausgearbeiteter Reliefs festgehalten waren. Sie alle waren im Seitenprofil dargestellt, nahmen fremdartige, verwinkelte Körperhaltungen ein und gingen Tätigkeiten nach, die alltägliche Verrichtungen zu sein schienen.

Oslic hatte diesen Raum gewählt, weil die Menschen an den Wänden – so sie welche gewesen waren – scheinbar Dinge niederschrieben. Da es weitaus mehr Platz als Flüchtlinge in Varsothyn gab, hatte ihm niemand das Zimmer abspenstig gemacht. Wären Alheefa, Vargen und Testri nicht, er hätte den ganzen Turm für sich allein gehabt.

Egal, wie oft Oslic in den letzten Tagen durch die schier endlosen Kammern gewandert war, um die Eindrücke dieses vergessenen Ortes in sich aufzunehmen, er wurde nicht müde, sie zu betrachten: den Schlummer der unzähligen geheimen Säle; die Wunderwerke, die von ihren Besitzern scheinbar achtlos zurückgelassen worden waren; die Machart von Gebäuden und Objekten. Noch immer war das Ganze eingehüllt in einen Schleier der Unwirklichkeit.

Während er durch Hallen, Kolonnadenhöfe und Räume mit einzigartiger Akustik gegangen war und seine Gedanken dem Hall seiner Schritte gefolgt waren, hatte sich Oslic bei der Idee ertappt, er könne tot sein. Dass er dort unten auf dem Berg zusammen mit den anderen der Lawine zum Opfer gefallen war, nur um an diesem Ort zu erwachen.

Selbst ein Mann seiner Größe hatte arge Probleme, den schweren, scheinbar nahtlos aus dem Glasboden hervorgewachsenen Stuhl zu erklimmen. Er ließ sich an seinem halbmondförmigen Schreibtisch aus grünschwarzem Material nieder. Die Finger der echten Hand wanderten zum ungezählten Mal über die makellose Oberfläche. Oslic kannte keinen Glasbläser dieses Zeitalters, der in der Lage gewesen wäre, ein solches Wunderwerk zu vollbringen – doch hier saß er.

Ein Großteil der Tischplatte verschwand unter einer Unzahl an Pergamenten und Papyri. Oslic hatte die Dokumente mit Glasobjekten beschwert, über deren Herkunft und Zweck er sich nicht im Klaren war. Allein diese Spielereien und Alltagsgegenstände der Kultur von Varsothyn zu betrachten, sie zu katalogisieren und ihren Sinn in das moderne Syriatis einzuordnen war eine Aufgabe, für die es Hunderte Gelehrte und noch mehr Mannstunden gebraucht hätte.

So hatte Oslic in den letzten Tagen wenig anderes getan,

außer zu zeichnen und Pläne aufzustellen. Tage, in denen Vargen und Alheefa vornehmlich damit befasst gewesen waren, zusammen mit den Partisanen das Areal und die Umgebung zu sichern und Sorge zu tragen, dass keine bösen Überraschungen auf die Flüchtigen warteten.

Es grenzte an ein Wunder, dass die Gipfel rings um das vergessene Reich geradezu durchseucht waren mit Wisperflecken, sich aber innerhalb des Kraters keine Gefahren zeigten. Beim Aufstieg hatten sie Leute durch die Angriffe fremdartiger, wilder Kreaturen verloren, von denen sechsbeinige Schneeleoparden mit unangenehm menschenähnlichen Gesichtern das kleinste Übel gewesen waren.

Er hatte mit Vargen darüber sprechen wollen. Doch der Ritter schien seit dem Tag der Lawine nicht mehr der Mann zu sein, den Oslic kannte, so als habe der drohende Verlust Testris, die Möglichkeit, die geliebte Tochter nie wiederzusehen, etwas in dem Ritter aus Sidhisid verändert.

Jemand kam. »Onkel Eule sagt, du musst runterkommen, denn es gibt ein Problem.« Testri musterte Oslic mit diesem viel zu erwachsenen Ausdruck in den Augen.

Er sah, dass sie nicht mit leeren Händen erschienen war.

Sie hatte einen der Holzteller aus ihrem Gepäck dabei, gefüllt mit einem großen Haufen Haferbrei nebst etwas Dörrfleisch und Käse. Bis auf das Getreide Vorräte, die sie mitgebracht hatten. Verhungern würden sie in den nächsten Monaten nicht, denn neben den gegen jede Natur überbordenden Getreidefeldern waren die Wasser des Sees voller Fisch.

»Doch bevor du irgendwohin gehst, isst du erst mal etwas«, gab das Mädchen im Leibwächtertonfall zum Besten.

»Wie spät ist es?« Oslic nahm zögerlich den Teller entgegen. Es war ihr altes Ritual. Er war in einem Labor und vergaß die Zeit, sie brachte ihm Essen und sämtliche notwendigen Informationen, um den Alltag zu bestreiten.

»Schwer zu sagen. Onkel Eule meint, wegen der Kraterlinsen und all dem Nebel lässt sich das nur schwer sagen. Später Nachmittag vielleicht.«

Oslic kaute und nickte zustimmend. Es war nur Haferschleim, aber er schmeckte fantastisch. Die Getreidekörner waren gehaltvoll, der Brei war mit Honig aus den Wäldern dieses Tals gesüßt und mit einer Prise Zimt verfeinert. Beinahe war er versucht, das Fleisch liegen zu lassen, bis er den tadelnden Blick des Straßenmädchens bemerkte.

Ihm entging nicht, dass da eine gewisse Reserviertheit in ihrer Stimme war. Hatte sie ihm noch nicht verziehen, dass er sich ihr gegenüber im Ton vergriffen hatte? Es gab so viel, dass er wiedergutzumachen hatte – nicht nur dem Volk gegenüber.

»At er ge'agt, waf er vil?«, fragte er mit vollen Wangen.

»Mund zu beim Essen!«, befahl sie. »Nee, hat er nicht. Er meint, es sei wichtig.«

Oslic beeilte sich. Er schlang das Essen wie viel zu oft hinunter und stellte den Teller ab, ohne darauf zu achten, wohin.

Testri reichte ihm ein Tuch, damit er sich den Mund säuberte. Danach machten sie sich durch weiträumige Treppenhäuser auf den Weg nach unten.

»Gefällt es dir hier?«, fragte er. Selbst in der Tiefe des Gebäudes fiel durch die Wände genug Licht, um gut sehen zu können.

Alles in Oslic sträubte sich, Vargen gegenüberzutreten und sich mit dem herumzuschlagen, was er sein Leben lang als »Herrscherprobleme« bezeichnet hatte. Verantwortlichkeiten.

Testri legte den Finger in die Wunde. Wie immer tat sie es so punktgenau, dass es Gedankenlesen gleichkam. »Wann wirst du mit ihm sprechen? Die Bauern reden von nichts anderem. Sie sind gespannt, was mit uns allen werden wird.« Sie fing zu summen an, hüpfte neben ihm durch den Korridor, durch gedachte Rechtecke und über Hindernisse, die einzig ihrer Fantasie entstammten.

»Mit wem?« Oslic verfluchte sich im gleichen Augenblick. Er wollte das Wort nicht ausgesprochen hören, nicht schon wieder. »Nein, sag es nicht, ich weiß, von wem … von *was* die Rede ist.«

»Alheefa meint, du musst es hinter dich bringen, weil es sonst wehtun wird wie ein schlimmer Zahn, wenn man sich vor dem Bader drückt.«

Oslic seufzte. »Ich denke, ich habe keine Wahl, oder? Weißt du, oft schieben Erwachsene Dinge, die ihnen unangenehm sind, endlos vor sich her. Aus Angst oder Starrsinn. Weil sie einfach nicht wollen. Und manchmal ist es dann zu spät – weil man zu lange gewartet hat.«

»So wie bei dir und Alheefa.« Testri drehte den sprichwörtlichen Dolch in der Wunde.

Oslic blieb stehen. »Bitte?«

»Ihr habt euch auch so lange gedrückt, dass es beinahe zu spät war«, sagte das Mädchen mit einem Achselzucken, summte dann wieder und hüpfte wieder.

Sie erreichten das Erdgeschoss des Turms, eine gewaltige Gewölbehalle aus Glas von einer Farbe, die an flache, tropische Wasser gemahnte. Sonnenflecken tanzten auf dem Boden, das Tagesgestirn schnitt ein Rechteck aus dem Torbogen der Halle auf den Grund im Inneren.

Testri blieb in dem Lichtfleck stehen und legte genießerisch den Kopf in den Nacken. Oslic betrachtete sie mit einem traurigen Lächeln. Kinder wussten nicht, wie gut sie es hatten.

Er trat ins Freie, und anders als auf dem Balkon war der Kontrast zu dem, was sie umgab, ungleich stärker. Die Caldera lag umfriedet von den Schneemassen des Hochgebirges, die Steilwände wie der von Frosthauch umwehte Rand einer atemberaubend gewaltigen Schüssel. Unter seiner Krümmung wiegten sich Bäume im Wind, und Gräser flüsterten das Lied des Frühsommers, und das mitten im Winter.

43

Der junge Tshar blickte auf die Wasser des Sees Haly. Er beobachtete, wie der Wind auf ihnen spielte und für Wellengang sorgte, der hier und dort den dunklen Spiegel zerriss. Das Gewässer bildete das Zentrum von allem hier, doch nicht zum ersten Mal hatte Oslic den Verdacht, dass er etwas Entscheidendes übersah.

Er blieb an einer Kaimauer stehen. Die Wasser des Sees wogten gegen das Glas, leckten darüber, und Tausende Reflexe tanzten auf der Oberfläche und stachen wie Nadeln in seine Augen.

Der junge Tshar schlug sich so laut vor die Stirn, dass das Geräusch Umstehende zusammenzucken und herumfahren ließ. »Natürlich! Was bin ich nur für ein Idiot!«

Bäuerinnen und Partisanen huschten auseinander, als er durch die glasartigen Gassen von Varsothyn stapfte.

Wie hatte er so blind sein können? Es war keine Caldera. Nicht in dieser Form, nicht mit der zweiten, wassergefüllten Vertiefung in der Mitte und zugleich einem solch wulstigen Kraterrand.

Schritte hinter ihm. Eine Hand legte sich auf seine Schulter. Alheefa war so amüsiert, dass sie übers ganze Gesicht grinste.

»Es ist kein Krater«, sagte er. »Also es ist schon einer, aber nicht tektonisch, vulkanisch oder wie auch immer.«

»Aha«, machte Alheefa. »Faszinierend.« Tonfall und Ausdruck der Meuchlerin ließen keinen Zweifel, dass sie das genaue Gegenteil meinte.

Oslic blieb stehen. Diesmal war er es, der ihre Schultern ergriff. »Die offenkundigen Parallelen können doch nicht bloß mir aufgefallen sein.«

Sie stemmte die Hände in die Hüften, sah ihn fragend an.

Oslic beschrieb mit der Prothese eine Geste, die den See und den ganzen Ort hinter ihnen einschloss. »Das alles hier hat einen anderen Ursprung.«

Alheefas Blick folgte dem Fingerzeig. Ein langsames Nicken, als sie begriff, was er meinte. »Ein fallender Stern?«

»Ja. Ein Motiv, das sich auch auf den Glasarbeiten von Varsothyn wiederfindet.«

»Nicht nur dort«, sagte Alheefa. »Die Âshkulim verehren Feuer, das vom Himmel fiel!«

»Natürlich!« Oslic schlug sich mit der Prothesenfaust in die Handfläche der gesunden Faust und bereute es sogleich. »Autsch.« Er schüttelte die schmerzende Hand. »Es war ein fallender Stern, der diesen Ort erschuf. Ähnlich dem, der Vaistopol traf, nur viel größer. Im Gegensatz zur Stadt ist der hier nirgends abgeprallt – die Kraterform zeigt, dass er senkrecht eingeschlagen ist wie ein Bolzen oder ein anderes Geschoss.« Gedankenverloren nestelte er an einer Gürteltasche und nahm etwas Peritus, das er mit einem Schluck aus einer Feldflasche hinunterspülte. Dann fuhr er fort. »Es muss so lange her sein, dass es in keiner Chronik verzeichnet steht. Zumindest in keiner, die ich gelesen habe.«

»Meinst du, man hätte es im Umland mitbekommen, wenn so etwas geschieht?« Alheefa blickte sich skeptisch um.

»O ja. Die Erde muss für Tage gebebt haben, der Rauch und Staub des Aufpralls werden für Wochen, Monde den Himmel verdunkelt haben. Eiseskälte, Dunkelheit und damit verbundene Missernte wären die Folge gewesen. Aber ich glaube nicht, dass eine Chronik des Fünfglaubens das Ganze aufführt, egal, wo ich danach auch suchen würde.«

»Weil es lange geschah, bevor sich die Fünf dem Blinden Seher eröffnet und damit das Zeitalter der Eisenzähmung eingeleitet haben?« Sie grinste. »Guck nicht so überrascht, auch in Sidhisid lernt man einiges über die Fünf. Wir sind nicht alle Barbaren, die an Goldmünzen und Spinnen glauben.«

Oslic räusperte sich. »Epikast, der Blinde. Ihm erschien Horne der Eisenvater und schenkte den Menschen durch den Propheten die Geheimnisse der Metallverarbeitung. So endete das Zeitalter von Knochen und Herde.«

»Schön auswendig gelernt.« Alheefa deutete einen spöttischen Applaus an. »Wirklich, mein Herr, Ihr versetzt mich stets aufs Neue in Erstaunen.«

»Ich versetze Eure ansehnliche Kehrseite gleich erst in schmerzhaftes Glühen und dann in nasse Kühle, wenn ich Euch dem See anvertraue, edle Dame, so es Euch noch länger anficht, mich zu verhöhnen.« Oslic schenkte ihr eine vollendete höfische Verbeugung. »Aber nicht jetzt. Ich muss zu Vargen, es hinter mich bringen. Weißt du, was er von mir will?«

»Sie haben eine Bedrohung ausgemacht. Mehr hat er nicht gesagt. Er klang geheimnistuerisch, aber das muss nicht an dem liegen, was er gefunden hat. Er hasst mich.«

»Er hasst dich nicht. Er liebt dich wie eine Tochter, und das, was damals passiert ist, hat dem Uhu beinahe das Herz gebrochen.«

Alheefa antwortete nicht. In ihrer Miene arbeitete es, und er beschloss, es auf sich beruhen zu lassen.

»Essen wir heute Abend zusammen? Nur wir beide?«, fragte sie. »Wir könnten einen … Nachtisch nehmen.« Sie errötete.

Das Kribbeln in seinem Bauch lenkte ihn von den aufkeimenden Kopfschmerzen ab. »Gerne. Ich mag … Nachtisch.« Er nahm ihre Hand, genoss die Wärme ihrer Haut. Eis und Kälte schienen nur Erinnerungen zu sein.

Sie wandten sich zum Gehen, ließen den Kai hinter sich. Bald tauchten sie in den Schatten der zyklopischen Bauwerke ein. Während sie dazwischen durch menschenleere, gewaltige Alleen schlenderten, wurden die Fremdartigkeit und das Wunder ihrer Erschaffung noch deutlicher.

Es waren künstliche Gipfel. Errichtet zu der Zeit, als die Menschheit noch im Zeitalter der Hirtenkulturen lebte. Nichts von dem, was die Kirche über die Epochen von Syriatis zu sagen hatte, passte zusammen.

Doch es war eine Sache, eine solche Ungereimtheit in einem Buch zu lesen. Eine andere war es, zwischen Gebäuden zu wandeln, die errichtet worden waren, lange bevor die Menschheit vermeintlich vom Gott des Krieges und der Schmieden gelernt hatte, Messing und Bronze zu schmelzen.

Oslic erinnerte sich der Berichte über Mardiros und jene Ruinenstädte der von den Fünf überwundenen Träumenden Götter. Angeblich waren die Mardiroi Nachfahren eines geheimnisvollen Volkes, das die schlafenden Hüter der Träumenden Götter bis zum Zeitpunkt ihres Erwachens beschützte. Für das Speervolk hatte das Zeitalter von Knochen und Herde nie geendet. Es verwendete zwar Metalle für Waffen und Werkzeuge sowie Rüstungen, lebte ansonsten aber wie einst.

Seine Mutter hatte ihm so viel über sie erzählt. Er erinnerte sich. Er saß am prasselnden Kaminfeuer und lauschte ihren Geschichten, während Carchadons Winter vor den Fenstern heulte.

»Wusstest du, dass die Mardiroi die Ruinen der Träumenden Götter bewachen?«, fragte er. »Weil darin ihre Stellvertreter auf Syriatis schlummern sollen. Bis heute.«

»Ich habe so etwas gehört.« Sie konnte ihre Skepsis nicht verhehlen.

»Aber weißt du auch, wer diese Stellvertreter sind?«

»Niemand außer den Mardiroi weiß es, und jeder, der die Steppenkrieger und ihre Nachtmahre einmal aus der Nähe erlebt hat, ist klug genug, sie nicht zu fragen.«

»Es sind Drachen«, sagte Oslic.

Alheefa blieb stehen. »Du nimmst mich auf den Arm.«

»Nein. Meine Mutter war die Tochter eines ihrer Bannerlords. Sie hat mir viel über ihre Heimat erzählt.«

»Schon damals habe ich deine Geschichten über sie geliebt. Sie muss eine tolle Frau gewesen sein.«

Er lächelte. »Sie war eine Kriegerin durch und durch, kein Püppchen wie die Adelstöchter aus Doranthar und schon gar keine dekadente Irre wie die Amazonen aus dem Purpurnen Optimarchat. Ich werde mich immer an den Stolz erinnern, der sie umgab.«

»Und sie hat dir gesagt, dass Drachen die geheimen Hüter der Träumenden Götter sind?« Alheefas Miene wurde plötzlich von einer tiefen Traurigkeit erfüllt, so als erinnerte sie sich an eine unangenehme Pflicht. »Hat sie je einen von ihnen gesehen?«

»Nein. Mutter sagte mir, dass ihr Schlummer Jahrtausende währt. Sie warten auf die Rückkehr ihres Erzfeindes.«

»Sie hat nicht zufällig erwähnt, wer das ist? Und warum es Drachen braucht, um ihn zu bekämpfen?«

»Nein«, sagte Oslic. Der Blick, mit dem Alheefa zu jener Stelle zurückblickte, wo sie vor Wochen beinahe von der Lawine zermalmt worden wären, entging dem jungen Tsharen. »Dafür hat sie mir beschrieben, wie die Häuser und Türme der Ruinen von Mardiros aussehen. Später habe ich alles dazu gelesen.«

»Und?«, fragte Alheefa, die nicht zu bemerken schien, worauf er hinauswollte.

Statt zu antworten, drehte sich Oslic auf der menschenleeren Prachtstraße und deutete auf ihre Umgebung. »Auch die Türme der Ruinen von Mardiros sind aus Glas. Das Dienervolk der Träumenden Götter waren die Varsothyn. Das ist zumindest meine Hypothese.«

»Ich begreife nicht, warum du nicht endlich mit unserem Retter sprichst«, sagte Alheefa. »Ich kenne dich doch, Neugier ist für dich so quälend wie für andere eine Brandwunde.«

»Gewiss.« Verschwörerisch blickte sich Oslic um. Er grämte sich, es zu sagen, aber wenn er ihr nicht vertrauen konnte, wem dann? »Aber ich habe Angst davor.«

»Weil er alles widerlegt, was du dein Leben lang studiert und für wahr gehalten hast.« Sie verschränkte die Arme.

»Es gibt keine Magie, nur die Gesetze der Wissenschaft

und Vernunft.« Er senkte den Kopf. »Zumindest habe ich das stets geglaubt.«

Sie erreichten das Hauptquartier, in dem sich die Bojaren und Vögte niedergelassen hatten. Einst mochte das diskusförmige, mehrstöckige Gebäude aus schwarzem Glas ebenfalls ein militärischer Stützpunkt gewesen sein. Wehrhafte Brüstungen und dicke Mauern verliehen ihm ein trutziges Aussehen, wie der Panzer einer uralten, grausamen Schnappschildkröte.

Alheefa küsste ihn lange auf den Mund, wobei sie sich auf die Zehenspitzen stellen musste. »Wir reden heute Abend weiter«, sagte sie.

»Sicher.«

Sie ging. Er blickte ihr eine ganze Weile hinterher, dann trat der junge Tshar mit einem schweren Seufzer an zwei Freischärlern mit Speeren vorbei durch den Eingang.

44

»Also, was haben wir?«, fragte Oslic.

Vargen und die überlebenden Bojaren, unter ihnen die Witwe Vishki, hatten ihn in einem Raum erwartet, der als einer von vielen von einer zentralen Haupthalle abzweigte, über der sich Freitreppen kreuzten.

»Probleme«, murrte einer der Großbauern, die Fäuste auf den wuchtigen Tisch gestemmt, der ihnen als Plantisch diente. Seit sie ein Dach über dem Kopf und Schutz vor ihren Verfolgern hatten, färbte Oberwasser wieder den Tonfall der wohlhabenden Kaste des Vaistopoler Umlands. »Du hast dir Zeit gelassen, Herr Tshar.«

»Geschäfte.« Seine Antwort kam eine Spur ungehaltener, als er es beabsichtigte. »Sagt mir jemand endlich, was los ist?«

Vargen musterte den jungen Tsharen mit jenem sorgenvollen Ausdruck, den er sich angeeignet hatte, seit Oslic den Zylinder gestohlen hatte. Darunter brodelte eine kaum verhohlene Wut, die der junge Tshar nicht zu deuten wusste.

Statt zu antworten, stapfte der Ritter kurzerhand aus dem Raum und kehrte kurz darauf zurück.

Er stieß einen Mann vor sich her, abgerissen und am ganzen Körper übel zugerichtet. Zudem war er gefesselt, die Stricke saßen so fest, dass sie einschnitten. Seine Augen waren aufgerissen. Mit der Panik eines gequälten Tieres darin huschte sein Blick von einer Ecke des Raumes zur anderen, doch mied er es, die Anwesenden direkt anzuschauen. Der Mund des Mannes war vor Hass verzogen.

»Kennst du diesen Mann, Herr Tshar?«, fragte ein anderer Bojar, dessen zurückweichende Haarlinie und gekrümmte Nase ihm etwas Raubvogelhaftes verliehen.

»Sollte ich, Herr Antonjev?« Oslic war der Spielchen überdrüssig, und sein Tonfall ließ daran keinen Zweifel.

»Er arbeitet für Euren Onkel, Herr«, sagte Vargen. »Der Mann ist ein Spion.«

Oslics Zorn über die schlechte Behandlung eines Gefangenen war noch nicht verraucht. Doch statt etwas zu entgegnen, ging er auf den vermeintlichen Spitzel zu. »Wie ist dein Name?«

Der Geruch des Mannes nach Angstschweiß und abgestandenem Blut vermengte sich mit dem Aroma seines ungewaschenen Leibes. Oslic hätte am liebsten gewürgt.

Auf seine Frage bekam der junge Tshar keine Antwort. Stattdessen spuckte ihn der Kerl an. Er grinste wie ein toller Hund und fletschte Zähne, die aus Scheiden aus Zahnstein ragten.

Der junge Tshar zückte ein Taschentuch, blickte zu Vargen. »Das ergibt doch keinen Sinn. Warum sollte sich ein Spion mit hier hochquälen? Was hätte er den Trisketen schon zu berichten?«

»Wer weiß schon, was sie ihren Knechten mit auf den Weg geben, Herr?«

»Bist du sicher, dass du uns nicht verraten willst, warum du hier bist und was deine Aufgabe ist?«, fragte Oslic den Mann. Mitleidige Blicke von den Bojaren, die seine Freundlichkeit für Weichheit hielten. Er blickte in die Runde. »Wissen wir mit absoluter Sicherheit, dass der Mann nicht einfach bloß ein Bauer ist? Wurde er auf frischer Tat ertappt? Was macht euch alle sicher, dass wir es bei ihm mit einem Agenten meines Onkels zu tun haben?«

»Er hat sich bei den Kindern aufgehalten«, antwortete Antonjev, der Großbauer mit dem Falkengesicht. »Hat Fragen gestellt, sie ausgehorcht. Insbesondere hat er deinem Mädchen nachgestellt, Herr Tshar.«

»Testri?«, fragte Oslic. Mit einem Mal verstand er Vargens Wut.

»Er hat unablässig Zeit in der Nähe der Kinder verbracht. Einige der Bauern waren aus anderen Gründen besorgt deswegen, wenn du verstehst.« Der Bojar zeigte eine finstere Miene. »Schließlich wurde allzu deutlich, dass er sie aushorchte. Über das Mädchen.«

»Ist das wahr?« Oslic war herumgefahren und fasste den Gefangenen ins Auge, bevor er sich selbst dessen überhaupt gewahr wurde. Der Mann grinste nur weiterhin.

»Was willst du von ihr?«, fragte Oslic. Er stieß den künstlichen Zeigefinger mit solcher Heftigkeit in Richtung des Mannes, als wollte er ihn durchbohren. Irgendetwas in Tonfall und Verhalten des Tsharen wischte das höhnische Grinsen aus dem Gesicht des Spitzels. Er schluckte, schwieg aber beharrlich.

»Ist sie in Sicherheit?«, fragte Oslic über seine Schulter.

»Ich habe zwei Männer abgestellt, die sie im Auge behalten, so gut das eben geht, Herr«, antwortete Vargen. »Ihr wisst selbst, wie sie sein kann. Aber sie sollte einstweilen sicher sein.«

»Der Bursche hier sieht das anscheinend anders«, sagte einer der Bojaren. Er trat vor und versetzte dem Mann eine so schallende Ohrfeige, dass dessen Kopf herumflog. Frisches Blut spritzte, aber der Kundschafter griente noch breiter. Es war augenfällig, dass er in einer anderen Wirklichkeit unterwegs war als sie alle. Stand er wie Oslics Onkel unter dem Einfluss der Hexer?

Der Bojar ballte die Faust, um dem Spion erneut ins Gesicht zu schlagen, doch Oslic hob gebieterisch die Hand. Es war ein Reflex, aber er verfehlte die Wirkung nicht. Der junge Tshar studierte den Gefangenen aufmerksam, damit ihm kein Detail entging. Schweißtropfen perlten dem Mann auf der Stirn, der doch wissen musste, dass es für ihn aus dieser Lage ohne Oslics Wohlwollen kein Entkommen gab. Im Gegensatz zu ihm zögerten die Bojaren nicht, wenn es um die Durchsetzung ihrer Ziele und die Bestrafung jener ging, die sich ihnen in den Weg stellten.

»Du wirkst ungewöhnlich gelassen«, murmelte Oslic. Die Großbauern hörten ihn nicht, wohl aber Vargen.

Der Veteran nahm ihren im Raum stehenden Gefangenen näher in Augenschein.

Der junge Tshar und sein alter Freund tauschten einen Blick, als sie zeitgleich begriffen. »Er arbeitet nicht allein!«, sagte Oslic.

Das Hohngrinsen des Verräters wich einer Fratze des Triumphs. »Hab euch lang genug hingehalten, dass mein Kumpan mit Vorräten und einem Gaul durch ist. Den kriegt ihr nicht mehr. Der ist längst über alle Berge. Den Berg runter, mein ich.« Er lachte, bis einer der Bojaren ihm die Faust mit solcher Wucht in den Magen trieb, dass der Spitzel zusammensackte.

»Lasst das«, befahl Oslic.

»Der andere darf auf keinen Fall entkommen. Er wird uns an sie verschachern. Er wird diesen Ort verraten!« Antonjevs Mundwinkel zuckten.

Vargen nickte.

»Ich werde ihn mit ein paar Männern verfolgen«, sagte Oslic. Er würde nicht zulassen, dass diese Geschichte tragisch für die Bauern von Vaistopol endete.

Nicht schon wieder.

»Mit Verlaub, Herr. Ich bin der bessere Reiter und erfahrener in der Wildnis. Mit zwei der Ujlanjen bin ich schneller, und jede weitere Diskussion kostet Zeit. Gewährt mir, den Hund zu verfolgen und zur Strecke zu bringen.« Vargens Hand lag an der Streitaxt, sein Auge glomm vor Eifer.

Oslic haderte mit sich. Er wollte die Dinge anfassen, von diesen Leuten nicht bloß als der gescheiterte Sohn des Tsharen betrachtet werden. Doch er erkannte die Vernunft, die in den Worten des Ritters lag. Vargen hatte sein Leben lang im Sattel gekämpft, er war Berufssoldat durch und durch.

Oslic nickte knapp. Der Veteran deutete einen Salut an und stapfte davon. Der junge Tshar blickte dem Leibwächter hinterher. »Gib auf dich acht, alter Freund.«

»Ich nehme an, du willst diesen Teufel selbst der Gerechtigkeit des Tsharenschwertes zuführen, mein Herr?« Großbauer Antonjev sah Oslic auffordernd an. Erst jetzt wurde der gewahr, dass alle Männer und Frauen im Raum diesen Blick hatten.

Er konnte sich nicht entsinnen, wie oft er seinen Vater dabei beobachtet hatte, wie er Recht sprach. Wie oft der seine drei Söhne zu solchen Gelegenheiten mitgeschleppt hatte, um sie Zeuge eines Richterspruchs und der Vollstreckung der Strafen werden zu lassen. Besonders gewichtige Fälle hatte Tshar Emerric selbst geschlichtet. Er war sich nie zu fein gewesen, seine Amtsklinge als Richtschwert zu benutzen, wenn es der Untermauerung seiner Ansprüche diente.

Geschockt begriff Oslic, dass diesmal er es war, von dem die Bojaren ein solches Handeln erwarteten. Bei der Vorstellung, einen gefesselten Mann zu durchbohren oder zu enthaupten, selbst wenn dieser Testri bedroht hatte, wurde Oslic mulmig.

Die Großbauern blickten die Witwe Vishki an. Die resolute Frau schenkte Oslic ein Lächeln, bei dem er am liebsten vor Scham im Boden versunken wäre. Er hob die Hand, um zu insistieren, da gab sie dem Mann mit dem Faltengesicht ein Zeichen.

Oslic wollte aufschreien, brachte jedoch keinen Ton heraus, als Antonjev mit einer beiläufigen Bewegung den Säbel in das Herz des Spions stieß, als würde er einen Kuchen anschneiden.

Fassungslos starrte Oslic auf das Schauspiel. Das Gefühl, nicht mehr atmen zu können, wurde übermächtig. Vor seinen Augen flimmerte es, und die Wände des Raums schienen auf ihn zu zu rücken. Er wollte nur nach draußen.

Der junge Tshar stürmte aus dem Raum und durch die Straßen.

Nachdem sich Oslic beruhigt hatte, schluckte er etwas Peritus und machte sich auf die Suche nach Testri.

Er fand sie. Mit geweiteten Augen starrte sie ihn an, als er sich vor ihr auf ein Knie niederließ, um sie dann in die Arme zu schließen. Er hielt das Mädchen einfach nur fest – und war sich nicht mehr sicher, ob es zu ihrem oder zu seinem Wohl geschah.

»Ich werde niemals zulassen, dass dir ein Leid geschieht«, schwor Oslic. »Und Vargen und Alheefa auch nicht.« Er küsste sie auf die Stirn und ging so rasch, wie er gekommen war, während sie perplex dastand und ihm hinterhersah.

Er hatte erkannt, für was – für wen – er wirklich kämpfte. Sollten die Bojaren ihre politischen Spielchen treiben. Ihm war es gleich, ob er am Ende Oslic III. Boulanthus war oder Oslic der Gelehrte, der seinen Forschungen nachging.

Jeder dieser Oslics musste seine Freunde schützen.

Mit einem Mal wusste er, was er zu tun hatte.

45

»Ich bin hier!« Oslics Stimme hallte über die Wasser des Sees und verlor sich im Lied der Wellen. Allein stand er auf einer Landzunge, die bis ins Zentrum des nierenförmigen Gewässers ragte.

Der Silberglanz auf dem Dunkel der Wogen schwappte unaufhörlich gegen den Steindamm. Mit einem Mal begriff Oslic, dass die Landzunge kein natürliches Phänomen, sondern aufgeschüttet worden war. Er beobachtete, wie der Wind den See kräuselte.

Eine Böe traf ihn.

Er war sich nicht sicher, womit er gerechnet hatte, kam sich albern vor, auf einen leeren See hinauszubrüllen, auf dem weit und breit kein Boot zu sehen war und in dem offenkundig auch niemand schwamm. Trotzdem wiederholte er seinen Ruf.

Der Wind peitschte stärker über den See, dass die Wellen Schaumkämme bildeten. Zwischen den dicken Steinbrocken der Landzunge gurgelte und schäumte es.

Da sah Oslic den Schatten, und es gab keinen Raum mehr für Zweifel.

Nichts, was er je zuvor im Leben gesehen hatte, war derart gewaltig und in seiner Form so unverkennbar. Es war ein Schemen, wie die Natur keine hervorbrachte – mit sechs

Gliedern, vier Beinen und zwei angelegten Schwingen. Wie ein Alligator von der Größe eines Dorfes glitt der Schatten unter der Wasseroberfläche aus größter Tiefe empor, den schlangenartigen Hals vorgestreckt und mit pendelnden Bewegungen eines ebenso langen Schwanzes.

Oslic spürte eine seltsame Mischung aus Gefühlen: den blanken Schrecken, ein urgewaltiges Raubtier auf sich zuhalten zu wissen, das wachsende Misstrauen, noch immer irgendeinem Betrug zu erliegen – und den Unglauben, jene charakteristische Silhouette in der Tiefe zu erkennen, die Holzschnitte, Kupferstiche und Bücher ins Reich der Märchen verwiesen.

Der Schemen wurde zunehmend gewaltiger, und Oslic schnappte unvermittelt nach Luft, als ihm aufging, dass er das Atmen eingestellt hatte.

Unverhofft änderte der zyklopische Schatten unter Wasser die Richtung, schlug Haken wie ein Aal und hielt in einer direkten Linie auf die Landzunge zu.

Plötzlich verschwand der Koloss wieder in der Tiefe. Oslic kniff die Augen zusammen, um die auf den Wassern tanzenden Lichtreflexionen mit seinem Blick zu durchstoßen und das Geschöpf wiederzufinden.

In diesem Moment schien die Welt unterzugehen. Ein Guss aus warmem Nass tränkte seinen ganzen Körper. Es donnerte und rauschte. Heißer Wind ließ durchtränkte Gewänder flattern und hüllte ihn in einen eigentümlichen Geruch. Ein Gestank von Moschus und Raubtier, vermengt mit der fauligen Hitze von Schwefel schlug über ihm zusammen.

Ein Grollen, so tief, dass es hinter Oslics Rippen resonierte und den Magen zum Flattern brachte, markierte unüberhörbar einen einzelnen, mächtigen Atemzug.

Geplagt von Ängsten und Zweifeln, stand Oslic mit hängenden Schultern da. Er konnte seinen Herzschlag als Pochen der Zunge wahrnehmen, so sehr raste sein Puls. Mit einem Mal verdunkelte sich die Sonne.

Drei Mannshöhen über ihm ragte der Schädel des Ungetüms aus den Wassern. Schwarz war der Drache, dunkler als der Nachthimmel, dunkler als jeder alchemistische Stoff, jeder Samt, den Oslic je gesehen hatte, die Schuppen wie aus dem Glas von Varsothyn und von gewaltigen Narben überzogen. Das Seewasser rann durch die perfekten geometrischen Kanäle dazwischen.

Unter den wulstigen Lefzen entblößte das Ungetüm rasiermesserscharfe Fänge mit der Länge von Speeren, zwischen denen eine gespaltene Zunge hervorstieß und sich entrollte wie ein Teppich. Giftiger Seiber rann von den Reißzähnen und dampfte in der Luft.

Das Haupt der gewaltigen Echse war gekrönt von sechs Hörnern, vier, die sich wie ein Geweih nach hinten gabelten, sowie zwei, die ähnlich den Beißzangen einer Ameise seitlich der Schnauze des Ungetüms verliefen.

Das Gesicht des Drachen war über eine endlos lange Zeit zu einer Platte aus Knochen verhärtet, die ihm zugleich das Aussehen einer Katze verlieh, deren Züge zu der eines Totenschädels gefroren waren. Das Ehrfurchtgebietendste aber waren die Augen, blaue Kugeln, in denen das Eisfeuer der arktischen Tundra für alle Zeiten bewahrt zu sein schien, mit geschlitzten Pupillen, die den katzenhaften Eindruck des Titanen unterstrichen.

Oslics Beine knickten unter ihm weg, er musste die Hände auf die Knie stützen, um ein Umfallen zu verhindern. Die Welt schwanke, und ihm drohten die Sinne zu schwinden.

»Oslic III. Boulanthus«, sagte der Drache mit einer Stimme, die im Donner fremder Silben ertönte, die aber in Oslics Kopf zu verständlichen Worten geformt wurden. Jedes Wort, das das Ungetüm sprach, wehte den jungen Tsharen beinahe von den Füßen. Die Stimme war so laut und zugleich so tief, dass die Knochen vibrierten und Oslics Zähne aufeinanderschlugen.

Er tat das Erste, was ihm in den Sinn kam. Er verbeugte sich vor dem titanischen Wesen. »Ich habe Wort gehalten«, rief er. »Ich bin zu dir gekommen, aus Dank für die zweimalige Hilfe.«

Die so steif wirkende Miene verzog sich auf eine selbstzufriedene Weise, die den katzenhaften Eindruck endgültig perfekt machte. »In der Tat«, sagte der Drache. »Doch wir wollen unsere Unterhaltung nicht auf so unhöfliche Weise beginnen. Ich nenne mich Rurriranth.«

Die Bestandteile des Namens erschollen als ein Trompeten, das die Oberfläche des Sees erbeben ließ und drohte Oslic den Schädel zu sprengen. Das Flimmern vor seinen Augen war unerträglich. Er presste die Hände auf die Ohren.

»Bitte, könntest du leiser sprechen? Mein Kopf ist dafür nicht gemacht!«

Die Bestie antwortete nicht. Sie senkte den Schädel stattdessen herab, bis er auf einer Höhe mit dem jungen Tsharen war, und ließ ihren Schlund geschlossen. Wie zuvor erklang ihre Stimme nun wie ein sanfter Wind, der durch Oslics Gedanken wehte. *»Ist es so besser, junger Boulanthus?«*

»Viel besser.« Oslic kam zur Ruhe.

Langsam, beinahe huldvoll, nickte Rurriranth. *»Gut, gut.«* Das Wasser schien zu explodieren, als eine der Vorderpranken des Drachen, mit gewaltigen Schwimmhäuten und Klauen von der Länge eines Pferdefuhrwerks, gedankenverloren das von Flechten bewachsene Kinn des Titanen rieb.

Die überraschend menschliche Geste ließ abermals Seewasser auf den jungen Tsharen niedergehen und fegte ihn von den Beinen.

Die Augen des Drachen verengten sich. Er betrachtete Oslic, wie dieser eine Maschine oder einen unbekannten Text studieren mochte. Ein Mysterium.

»Verzeih mir meine Unhöflichkeit, junger Boulanthus. Lange musste ich jeder Gesellschaft entbehren. Es geht dir doch gut?«

Es war lange her, dass man Oslic dies so offen gefragt hatte. »Nicht wirklich, nein.« Er war überrascht, wie leicht ihm die Aussage über die Lippen ging. »Meine Heimat ist besetzt, mein ältester Freund jagt gerade einen Spion, der uns alle bedroht, und das Volk, das ich hierhergeführt habe, ist in höchster Not.«

Rurriranth nickte langsam und wissend.

»Alles in allem waren es die schlimmsten Wochen meines Lebens, könnte man sagen«, fügte Oslic hinzu.

»Mit Volk meinst du nicht zufällig diese Gemeinde dort?« Der Kopf des Ungetüms ruckte zum Strand.

Zu seinem Schrecken musste Oslic erkennen, dass sich dort eine Menschenmenge gebildet hatte und seine Zwiesprache mit der Kreatur beobachtete. Überall knieten Vaistopoler am See, hielten sich an den Händen, schienen einer Panik nahe oder waren erstarrt vor Ehrfurcht, ihren gewaltigen Retter zu sehen.

»Nun, junger Boulanthus, ich verstehe nicht viel von der Welt, der du entstammst. Doch wie ich dir bei unserem letzten Gespräch mitteilte, ist dein Geist dem meinen verwandt. Es ist lange, lange her, dass ich eine fruchtbare Unterhaltung geführt habe.«

»Da bist du nicht der Einzige, Rurriranth.«

»So willst du mir vielleicht von Anfang an berichten – und dann werden wir schauen, was wir für dich tun können.« Als spürte der Drache Oslics Zögern, fügte er hinzu: *»Sieh mich als zusätzlichen Berater.«*

Der junge Tshar zuckte mit den Achseln. Was sollte es. Testri war zu jung, Alheefa in staatsmännischen Dingen ebenso unbewandert wie er – und Vargen weder vor Ort noch gewillt, gewisse Kenntnisse mit ihm zu teilen, da ihn seine Eide banden.

Oslic sah zur Küste hinüber, zu den Menschen, die in den kommenden Tagen der Hilfe bedurften. Das Wesen hatte sie alle schon einmal gerettet.

Der junge Tshar setzte sich und überkreuzte die Beine. Der Drache sank noch tiefer, sodass nur die Oberseite des Kopfes und seine Hörner wie Hafenmasten aus den Wassern ragten. Nun konnte Oslic sprechen, ohne das Haupt in den Nacken legen zu müssen.

So begann er, sich alles von der Seele zu reden. Nur den Diebstahl des Zylinders ließ er aus – er hatte einst gelesen, dass Rurriranths Art Dieben nichts abgewinnen konnte. Mit jeder Silbe, die seinen Mund verließ, fühlte Oslic sich gestärkt und von einer Zentnerlast befreit. Zum ersten Mal, seit er Doranthar verlassen hatte, war Zeit für seine Sorgen und Nöte. Mit jedem Wort verblasste die Tatsache, dass es ein Geschöpf war, dessen Existenz er ein Leben lang verlacht hatte, bei dem er sich aussprach. Wie Oslic war auch dieser Rurriranth alleine. Wie lange hatte der Titan in der Einsamkeit des Berges gehaust, in den Wassern dieses Sees?

Schließlich, nach einer gefühlten Ewigkeit, endete Oslic. Sein Mund war trocken, und das Licht, das unter dem Kraterrand hervordrang, malvenfarben.

»Eine wahre Zwickmühle, in die ihr Menschlein da geraten seid.«

»Ich muss tun, was ich kann, um die Eindringlinge zu vertreiben«, erklärte Oslic. »Doch was ich kann, ist so wenig.«

Der Drache erhob sich ein wenig aus den Fluten, und ein geheimnisvolles Lächeln schwang in seiner Gedankenstimme mit. *»Mit keiner Einschätzung könntest du mehr danebenliegen, junger Boulanthus. Du hast im Gegenteil sämtliche Vorteile auf deiner Seite. Hier, in den Ruinen des alten Varsothyn, liegen Schätze des Wissens verborgen, wie selbst du sie nicht zu ermessen vermagst.«*

»Die Geheimnisse des Alten Varsothyn«, murmelte Oslic. »Die Scharlatane und Geomanten meiner Welt sprachen und schrieben stets von der ›Magick‹ der Glasmeister, von den arkanen Maschinen, den fliegenden Schiffen und all den anderen Dingen, die sie angeblich gehabt haben sollen.« Er schnaubte verächtlich, doch zugleich konnte er nicht verhindern, dass seine Stimme bei der Schilderung solcher Wunder zitterte.

Was, wenn es stimmt?

»Jedes Wort ist wahr«, entgegnete Rurriranth. Er erhob sich zur Untermauerung seiner Worte noch mehr aus den Wassern, sodass sein Schlangenhals hervorragte.

Oslic erschauerte vor Ehrfurcht. Er spürte, dass der Körper

eines Menschen nicht dafür gemacht war, einem solchen Wesen zu lange nahe zu sein. Es stellte etwas mit seinem Kreislauf an, brachte sein Zwerchfell zum Flattern.

»Verzeih, es fällt mir schwer, mich daran zu gewöhnen, dass du echt sein sollst. Meine Mutter sprach stets von Drachen, aber ich dachte, das wären bloß Geschichten.«

»Tat sie das?«

»Ja. Sie stammte aus Mardiros. Einem Land im Westen, weit von hier. Dort liegen Ruinen, von denen behauptet wird, dass sie von den Varsothyn stammen. Sie dienten den Träumenden Göttern und ihren Hütern. Schlafenden Drachen. Der Legende nach.«

»Der Legende nach«, brummte Rurriranth und schmatzte, als hätte er einen schlechten Geschmack auf der Zunge.

»Rurriranth, ich war ehrlich zu dir, schon als Dank für die Hilfe. Aber ich habe Fragen.«

»Das ist, was dich auszeichnet, junger Boulanthus.«

Oslic überging die Schmeichelei. »Als du in meinem Geist gesprochen hast, während mein geschätzter Onkel dabei war, mich zu ersäufen, sprachst du von ›damals‹. Von dem See. Wie du mir schon einmal geholfen hast. Auch die Trisketen deuteten an, es gäbe mehr, das ich eigentlich wissen sollte.« Er betrachtete Rurriranth mit forschendem Blick, doch der Leib des Drachen lag unbewegt da, die Miene interessiert und neugierig wie zu jeder Sekunde ihres Gespräches. »Wer war meine Mutter? Unter ihrem Grab liegt eine geheime Kammer mit Basreliefs und Artefakten aus Stein. Die Trisketen vollzogen dort ihr Ritual. Ich weiß einfach, dass es da eine Verbindung gibt, die sich mir jedoch nicht offenbaren will.«

Langsam nickte das gewaltige Untier, schloss auf beinahe obszön langsame Weise die Augen und öffnete sie ebenso bedächtig wieder.

Erst jetzt ging Oslic auf, dass er Rurriranth zum ersten Mal blinzeln sah. Und dass, obwohl er bestimmt über eine Stunde berichtet hatte.

»Deine Mutter war Teil eines uralten Geheimbundes, der mit meinem Volk zu tun hatte, junger Boulanthus.« Der Drache klang, als würde er jedes Wort, das seinen Geist verließ, genau abwägen. Oslic wusste nicht zu sagen, ob es Misstrauen war oder der Versuch, ihn vor Wissen zu schützen, das seiner Seele schaden konnte.

Oslics Puls beschleunigte sich. Offensichtlich hatte das uralte Geschöpf die Antworten, nach denen es ihn verlangte. »Du kannst offen sprechen, Herr des Berges. Ich halte mehr aus, als es den Anschein hat. Gerade wenn es um verbotenes Wissen geht, bin ich kein Zauderer.«

Langsam, abwägend nickte Rurriranth. *»Nun gut. Man nannte sie die Winterklingen.«*

Oslic fiel ein Stein vom Herzen. Endlich jemand, der etwas wusste. »Das Wort haben die Hexer benutzt. Und mein Onkel, so als wüsste auch er, was mir ein Leben lang vorenthalten wurde!«

»Es ist ein sehr altes Wort und in der Sprache der Doranthani nur entlehnt«, erläuterte Rurriranth. *»Eshkathone'vel kann bei den Varsothyn wahlweise bedeuten ›das Schwert, das den Winter bringt‹, aber eben auch ›die Klinge, die den Winter vertreibt‹.«*

Mit pochendem Herzen lauschte der junge Tshar den Ausführungen des Drachen und rutschte dabei unruhig hin und her. Endlich bekam er Antworten, noch dazu waren sie mit den ältesten Mysterien verbunden. »Was war die Aufgabe dieses Bundes?«

Die Antwort Rurriranths ließ auf sich warten. Er betrachtete Oslic, die arktisblauen, gewaltigen Augen umwölkt wie von Stürmen. *»Sie waren Jäger. Zauberkundige«*, sagte er schließlich.

»Hast du dich deshalb gescheut, mir zu antworten? Weil du wusstest, dass ich nichts von solchen Dingen halte?«

»Mja«, schmatzte Rurriranth, und seine zuvor katzenhafte, schmeichelnde Stimme nahm den Tonfall eines alten Lehrers an; der Drache klang in Oslics Gedanken wie Vargen. *»Ich wusste nicht, wie du auf eine solche Einlassung reagieren würdest, junger Boulanthus.«*

»Verstehe«, sagte Oslic, doch er spürte, dass Rurriranth ihm nicht alles offenbarte.

»Einige von ihnen waren wahre Magi«, sagte das Untier und erschauerte, was für sich schon unheimlich war. *»Erfüllt von gewaltigen Kräften, bewaffnet mit den mächtigsten Klingen, die selbst den härtesten Panzer zu durchdringen vermochten.«* Der See geriet in Aufruhr, als der Drache gedankenverloren unter Wasser eine Stelle des Titanenleibs berührte, ganz so wie Oslic seine Narben kratzte, wenn er sich erinnerte.

»Du hattest Streit mit ihnen – und hast für diesen gezahlt.«

Rurriranth legte den Kopf schief wie ein Hund. *»Was hilft es, es zu leugnen. Ja. Ihre Klingen brandmarkten mich einst, vor geraumer Zeit. Ich war danach nie wieder derselbe.«*

»Was hast du getan, dass sie so verärgert waren?« Oslic erschauerte beim Gedanken an Krieger, die vermochten, ein Wesen wie den Drachen zu verwunden.

»Das lässt sich nur schwer erklären, junger Boulanthus. Zumin-

dest in der kurzen Zeitspanne deiner Art.« Der Drache hob den Kopf und blickte in das Firmament. »*Es wird dunkel. Deinesgleichen sieht nicht gut bei Nacht. Doch wir werden in den kommenden Wochen Zeit haben, miteinander zu sprechen.*«

»Warte. Bitte. So wie du sie beschreibst, könnte es bedeuten, dass ihre Grabbeigaben oder Reliquien gewisse Kräfte bergen.«

»Das ist eine kluge Folgerung. Wie, sagst du, hieß das Ritual der Drei?«

»Shibolleth«, sagte Oslic, froh über sein gutes Gedächtnis.

Das Untier nickte. *»Die Sprache des alten Varsothyn, kein Zweifel. Es bedeutet so viel wie Zerschlagung, Befreiung, steht als Zeichen für das Sprengen von Ketten. Es ist mir vertraut.«*

Oslic wollte nachhaken, als die Menge am Strand in Aufruhr geriet. Er sah, was los war. Drei Pferde kehrten durch die Eistunnel in das vergessene Tal zurück – doch nur eines davon trug einen Reiter.

Die Gestalt fiel aus dem Sattel und stürzte zwischen die Versammelten.

»Vargen!«, rief Oslic.

Er preschte los. Die Halbinsel flog unter seinen Füßen dahin. Sein trockener Mund brannte.

Oslic durchstieß den Kreis der Schaulustigen, der sich um die Pferde gebildet hatte. Die Tiere scheuten, rollten mit den Augen und zeigten Spuren von Misshandlung.

Neben seinem Rappen, der als einziges Tier ruhig blieb und über seinen Reiter wachte, lag Vargen. Ein Dolch steckte in seinem Unterleib, sein Kettenhemd war an zwei Stellen beschädigt. Dunkles und helles Blut vermischten sich aus klaffenden Wunden in seinem Bauch.

Oslic brach bei dem Anblick das Herz.

In diesem Moment zerriss ein gellender Schrei das Gemurmel der carchadonischen Freischärler.

Testri. Mit vor den Mund geschlagenen Händen stand sie da und zitterte am ganzen Leib, die Augen riesig und feucht glänzend. Der kleine Körper bebte.

Alheefa tauchte neben ihr auf. Bevor Testri auf den bewusstlosen Vargen zustürmen konnte, legte die Meuchlerin ihre Arme um sie.

Bring sie weg, bring sie um der Fünf willen sofort von hier weg, sagte Oslics Blick.

Alheefa zog das Mädchen eng an sich, Testris Widerstand nützte nichts. Die Meuchlerin nahm sie mit sich, und die beiden verschwanden hinter den sich schließenden Reihen der Menschenmenge.

Oslic wandte sich Vargen zu und ließ sich neben ihm auf ein Knie fallen. Der Atem des Ritters ging flach. Die Stirn war benetzt mit winzigen Perlen aus kaltem Schweiß, die auch das Barthaar tränkten. Die Lippen des Kriegers waren blau, die Augen zuckten unter den Lidern, so als würde er wilde Träume haben. Ab und zu entrang sich der Kehle ein Stöhnen.

Oslic stieß einen Fluch aus. Die kundige Nase des Heilers hatte gerochen, was er befürchtet hatte. Die Dolchwunde schien Organe und Schlüsselpunkte des Körpers verfehlt zu haben, doch der faule Latrinengestank, der aus der Wunde emporstieg, sagte Oslic, dass die Eingeweide zerschnitten waren.

Es gab keine Hoffnung. Betäubende Kälte schien sich von der Hand des Freundes, die der junge Tshar hielt, durch seinen Körper auszubreiten, als die Erkenntnis in seinen Verstand sickerte.

»Ich kann nichts tun«, flüsterte Oslic, der spürte, wie ihm Tränen über die Wange rannen.

Verdammt! Er schmetterte die Prothese mit solcher Gewalt in den Glasboden, das Schmerzen vom Anker bis in die Rückenmuskeln ausstrahlen.

»Ich kann deinem Freund helfen.« Rurriranths schmeichelnde Stimme war wieder in seinem Geist, obwohl sich der Drache nicht blicken ließ. *»Du siehst, dass er im Sterben liegt, junger Boulanthus. Ich kann ihn retten, doch alles hat seinen Preis, und nicht ich bin es, der ihn fordert. Begreifst du das?«*

»Was immer es ist, ich zahle es, wenn du Vargen das Leben rettest. Nur meinetwegen ist er in dieser Lage.«

»Ganz wie du meinst. Dann vernimm meine Bitte. Sie mag dir angesichts der Lage seltsam erscheinen, doch mir ist sie wichtig. Todernst, könnte man sagen. Wirst du mein Freund sein? Lobst du mir die Treue?«

In einem Wechselbad der Gefühle wurde Oslic nicht nur von den Sorgen um den Vertrauten gemartert. Komplett verdattert starrte er auf den See hinaus, wo er das Untier vermutete. War das ernst gemeint? Was wollte Rurriranth? Was verstand ein Wesen wie er unter Freundschaft?

Oslic senkte den Blick. Vargens Zustand verschlechterte sich mit jeder Sekunde. Er musste handeln.

»Ja«, flüsterte Oslic. »Du hast mir bereits zweimal geholfen. Ich gelobe dir die Treue und will dein Freund sein.«

Ein seltsames Kribbeln rieselte ihm über Hals und Nacken, eine Emotion, wie Oslic sie erst einmal verspürt hatte. Damals, als sich Testri an ihn geklammert hatte, während er sie an der Spitze einer Meute von Kindern aus jenem schrecklichen Ort trug, dem Vargen und er sie entrissen hatten.

»Leg deine Hände auf seine Brust, lass sie daran herunterwandern und führe sie in die Wunde ein. Konzentriere dich ganz auf dein Innerstes und meine Stimme. Gemeinsam werden wir deinen alten Diener retten und deinem Reich Frieden schenken.«

Die Stimme des Drachen strahlte nichts als reines Selbstvertrauen aus, die alle Zweifel des jungen Tsharen ohne jede Mühe beiseiteschob. Oslic sah seinen Händen zu, als wären sie Fremdkörper, während sie sich über den Leib des Freundes bewegten.

Es rumorte in Oslics Innerem, als sich die Stimme des Drachen in einen sonoren Singsang verwandelte, in einen Tidenhub aus Basstönen und Energien, die Oslics Rückgrat zucken ließen wie der Schlag eines Zitteraals. Seine Muskeln kontrahierten, sodass sich sein ganzer Körper aufrichtete.

Dann führte er die Hände in Vargens Wunde. Er spürte das heiße Blut, das Pochen des Herzens, das sich durch bebende Eingeweide unter seinen Fingern fortsetzte. Knisternde Energien sprudelten unter Oslics ungläubigen Augen seine Arme hinab wie Katarakte, wanderten über die Finger, Spinnen aus Wärme und Licht gleich, die an seinen Armmuskeln hinunter in die Wunden flossen und ihr Werk aufnahmen.

Ein zweiter Schlag fuhr durch seinen Körper. Er spürte etwas, eine Art Transfer von Energien, nur dass jetzt etwas von Vargen zu Rurriranth ausging, etwas, das Oslic als Mittler und Boten verwendete, ohne ihm Einblicke zu gestatten. Es kam ihm intim vor, was dort geschah, etwas, das er nicht zulassen wollte, doch welche Wahl hatte er?

»Das sollte genügen«, sagte der Drache. *»Nun bist du dran, Freund.«*

Schlagartig zogen sich die Energien aus Oslic zurück und gaben sein Bewusstsein frei. Für eine Sekunde flackerte ein Bild durch seinen Geist. Eine Turmkammer, eine Kugel wie das Schwarz der Älteren Dunkelheit, umfangen von Klauen aus Gold und Glas auf einer Standsäule.

Atemlos und geschwächt fiel er aufs Gesäß und starrte auf den alten Ritter. Die Wunde war fort, nicht zugenäht, nicht vernarbt, sondern weg, keine Spur einer Verletzung. Der Atem des Freundes ging regelmäßig und gesund. Kraftvoll.

Oslic taumelte in die Höhe, fiel aber zurück. Seine Beine waren so kraftlos wie die eines neugeborenen Fohlens. Jubel brandete über ihn hinweg, Dutzende, Hunderte hatten gesehen, was vermeintlich er vollbracht hatte. Die Menge skandierte seinen Namen.

Drachenprinz. Der Mann, der Wunder vollbrachte.

Er hörte es nur mit einem Ohr. Die ganze Welt hatte eine unwirkliche, nebelige Qualität.

Er zog sich mit aller Macht an einem Partisanen in die Höhe. Hände wurden ihm entgegengestreckt. Er schob sie beiseite, ließ Vargen, wo er war.

Langsam taumelte Oslic die Straße hinunter, die johlende Menge hinter ihm richtete den Ritter auf. Für einen Moment trafen sich ihre Blicke, als Oslic über die Schulter sah. Dann riss der Kontakt ab.

Der junge Tshar wusste, was er zu tun hatte. Er spürte den Drang des Drachen wie eine führende Hand in seinem Geist. Wie ein Schlafwandler taumelte Oslic durch die Straßen des alten Varsothyn, bis der höchste Turm in Sicht kam.

Mit jedem Schritt, den er machte, verloren sich klares Denken und Erinnerungsvermögen, sein Geist wurde zum reinen Zweck. Er erklomm die Stufen des Turms, bis er sicher war, dass sein Körper an der Aufgabe zerbrechen musste, und erreichte doch die Kammer, die ihm Rurriranth gezeigt hatte.

Das Portal war versiegelt, ein summendes Feld aus Energien schützte den Raum. Oslic schritt hindurch, wissend, dass er schadlos hineingelangen konnte.

Die Kammer ähnelte auf merkwürdige Weise den Tiefen unter dem Grabmal der Mutter, doch wie der Schläfer den Albtraum nicht zu beeinflussen vermag, wusste Oslic mit dieser Tatsache nichts anzufangen.

Er trat auf die Säule zu.

Er vernahm den Willen des Drachen.

Oslic schloss die echte Hand um die Kugel und spürte einen Ruck solch gewaltiger Energien, dass er fürchtete, es würde ihm den Arm abreißen.

Dann drückte er zu. Kristall ächzte, Risse wanderten über die Sphäre. Und die Welt versank in Dunkelheit.

Aus den Aufzeichnungen des Ritters:

Der Tag, an dem mein Leben gerettet wurde, markierte für die Partisanen einen Neubeginn. Es war mir gelungen, den Spion aufzuhalten, bevor er mit der Kunde unseres Verstecks und über die geheimen Eistunnel, die dort hinaufführen, zu seinen Meistern gelangen konnte.

Ich wünschte beinahe, er wäre mir entronnen.

Ich wünschte, ich hätte stärker auf meinen Herrn vertraut, ihm zugetraut, mit dem Verräter fertigzuwerden. Er war nicht mehr der Junge von einst, der mein Augenlicht gerettet hatte.

Ich wollte Gefahren von einem erwachsenen Manne fernhalten, da er mir wie ein Sohn war, doch damit besiegelte ich den Bund zwischen ihm und dem Drachen.

Als die Bestie erschien und uns rettete, als ich sah, wie urgewaltig sie war, die Schwärze ihres Schuppenkleids, hätte ich handeln müssen.

Doch ich lag im Sterben, als die Bestie meine Geheimnisse raubte. Rurriranth – in seiner Anmaßung trägt das Ungetüm noch immer den Namen, der überliefert ist in den ältesten Schriften der Templer des Hains.

Die Welt mochte den Stammvater der Verderbnis vergessen haben, doch wir nicht. Ethlanoth, unser Patron – gesegnet sei sein Name –, warnte jeden Eulenritter, dass der Sohn der Lüge noch immer durch Syriatis kroch.

Doch es ist eines, von einer solchen Bestie aus dem Schatten der Sterne zu lesen, und eine andere, sie vor sich zu sehen. Mehr noch, zu spüren, wie diese Kreatur einem nicht nur gegen den eigenen Willen das Leben rettet, sondern wie sie mit den gierigen Fingern eines Trödlers auf der Suche nach Geschmeide in einer Kiste durch den eigenen Geist fährt und jedes Wissen über die Welt jenseits des Berges an sich reißt.

Oh, er war lange auf dem Gipfel gefangen, daran bestand kein Zweifel. Jahrhunderte, Jahrtausende?

Als ich erwachte, hatte sich alles geändert.

Mein Herr war von einem neuen Vorhaben erfüllt, und das war wie ein Fieber, das ihn zu verschlingen drohte. Tag und Nacht studierte er, eignete sich das Wissen des Alten Varsothyn an. Die Bestie lenkte seine Schritte, war stets da und »beriet« ihn. Mit der Geduld ihres verderbten Geistes schmeichelte sie und offerierte ihm »Weisheiten«.

Der Schmerz in mir – es beschämt mich, es zuzugeben – war durchdrungen vom bitteren Geschmack des Neides. Einst war ich es gewesen, der für meinen Herrn diese Aufgaben erfüllte, ihm stets mit Ratschluss zur Seite stand. Doch es gab Geheimnisse, die ich Herrn Oslic nicht offenbaren konnte – die Eide des Ordens, die Gelübde, die ich ablegte, sind stärker selbst als die Lebensschuld, die ich niemals werde bei ihm abtragen können.

So mehrte der Moloch sein Wissen – und der junge Prinz, wie sein Gefolge ihn nannte, las, ersann und konstruierte.

Er wählte die Kundigen aus – Bojaren, Vögte, Handwerker und nicht zuletzt mich, sobald ich wieder genesen war – und hieß uns, andere zu unterweisen. Die Verteidigung der Stadt wurde ausgebaut, die Tunnel mit Fallen durchzogen. Gemeinsam mit den Wisperflecken des Gipfels und den alten arkanen Anlagen, die Nebel um die Bergspitzen woben, ward die neue Heimat vor den Nachstellungen durch unsere Gegner geschützt. Die neue Heimat, die von ihren Einwohnern gegen seinen Willen »Oslic« geheißen wurde.

Mehr noch, wir setzten dem Feind zu, kamen aus den Bergen, fügten ihm schmerzhafte Nadelstiche zu und verschwanden wieder im Gewirr von Eis und Schnee, bevor der Gegner vergelten konnte. Die Âshkulim-Barbaren waren nicht gemacht für ernsthafte Kriegsführung und listenreiche Überfälle, deren Urheber nicht sie selbst waren. Nichts von dem, was sie taten, bewährte sich auf Dauer.

Doch das war auch nicht nötig. Mit jedem Tag, der verging, schwollen nicht nur die Zahlen der Flüchtlinge an, die sich in die Berge begaben, aus Furcht, die Aschekrieger mochten Vaistopol verlassen und sich anderen Städten und ländlichen Dörfern widmen; beunruhigende Neuigkeiten erreichten uns, dass sich aus den Kraterlanden des Ostens weitere Horden näherten.

Mit jedem Tag, den mein Herr forschte, lernten wir, mehr von den uralten Techniken und dem kriegerischen Wissen der Varsothyn zu nutzen.

Doch auch die Macht der Trisketen wuchs mit jedem Tag – die Legende dessen, was auf dem Friedhof geschehen war, verbreitete sich über Wochen und stellte die Hexer in den Mittelpunkt. Niemand sprach davon, dass es Oslic gewesen war, der das Artefakt der Trisketen beschädigt hatte. In den Augen der Carchadonen im Land waren es die Hexenmeister gewesen, die die Büchse der Verderbnis geöffnet hatten, um ihre Heimat unter dem Leichentuch ewigen Winters zu ersticken. Panik griff um sich, doch auch Gerüchte machten die Runde – von einem sagenhaften Land, wo Milch und Honig im Überfluss die Ufer der Gewässer übertreten ließen und ein Bauer zum Kriegsfürsten aufsteigen könne, unter der Führung eines weisen, alten Ritters aus dem Westen.

All das wäre höchst unterhaltsam gewesen, wäre die Lage nicht so ernst gewesen. So blieb mir nichts, als meinem Herrn, so gut ich konnte, zur Seite zu stehen, doch der listenreiche Einfluss des Untiers hing über ihm wie eine unauslöschliche Wolke aus Geschmeiß über dem Aas.

Nicht ein Tag verging, an dem er nicht auf den See hinauswanderte, um Zwiesprache mit dem Drachen zu halten. Nicht ein Tag, an dem sich nicht der Eindruck des Volkes verstärkte, dass Oslic die Bestie unterworfen hatte und ihr Meister wäre.

All dies sah ich mit Sorge. Ich war mir seit dem Tag meiner Erweckung auf dem Sterbebett gewiss, dass die Bestie für meine Rettung eine Besiegelung von meinem Herrn verlangt hatte, so wie mein Patron Ethlanoth einst von mir.

Doch wann immer ich Oslic darauf ansprach, schwieg er – und mit jedem Tag, der dahinging, war ich mir sicherer, dass er verdrängte, was er für Rurriranth getan hatte.

Von meinem Krankenlager aus konnte ich kaum mehr tun, als mich mit Testri und der für mich noch immer undurchsichtigen Mörderin zu beraten, und auch später war ich zu schwach, um mich durchzusetzen. Als ich schließlich an einem Morgen in den Kriegsrat Oslics berufen wurde, offenbarte uns einer unserer Späher das ganze Ausmaß dessen, was in Carchadon vor sich ging.

Es bleibt mir nicht mehr viel Zeit zu schildern, was uns widerfuhr.

46

»*Was* wollen sie!?« Oslic stemmte die Hände auf den Tisch und ließ den Blick durch die Runde schweifen. Die Vögte, Bojaren und all die Männer und Frauen, die er mit tragenden Rollen versehen hatte, mieden es, ihn anzusehen.

Der Fallensteller, der seine Mütze in Händen hielt, starrte zu Boden.

»Du bist dir ganz sicher?«, fragte Oslic.

»Ich war dort, Herr Tshar«, sagte der Mann. »Ich habe den ewigen Winter gesehen und mit denen gesprochen, die die Hauptstadt meiden. Sie sagen alle dasselbe. Ohne Ausnahme.«

»Sie herrschen immer noch über Vaistopol?«

»Ja, Herr Tshar. Und noch immer wehen Frostwinde aus dem Friedhof über den Norden. Es ist der kälteste Winter, der Carchadon je heimsuchte.«

Oslic schüttelte den Kopf. Er hatte so sehr gehofft, die Trisketen würden weiterziehen, sobald sie hatten, was sie wollten. So wie sie gegrinst hatten, als er für sie entfesselt hatte, was immer die Laterne enthielt.

Er rieb sich die Schläfen. Das Flimmern vor seinen Augen war an diesem Tag schlimm.

»Was treiben sie?«, fragte Bojar Antonjev. Auch Ilja Ilaewitsch machte den Eindruck, als würde ihn die Frage geradezu bedrängen.

»Sie haben viele aus Vaistopol und dem Umland, die nicht hierher geflohen sind, in die Minen geschickt.« Das Gesicht des Trappers wurde so grimmig, dass Oslic erschauerte. »Sie lassen sie Erz fördern, nachdem alle Kumpel verreckt sind. Es ist ein Höllenloch, Herr Tshar, du machst dir keine Vorstellung. Weiber, Bälger, Alte – wer Eimer tragen kann, muss sich zu Tode malochen.«

»Sie fördern Eisen?« Unglaube schwang in Oslics Stimme mit.

»In rauen Mengen. Und das ist nicht alles.«

Erwartungsvolles Schweigen lag über dem Kriegsrat, unterbrochen von einem Räuspern hier und dort. Die Gesichter der Versammelten verfinsterten sich. Der Pelzjäger war es offensichtlich nicht gewohnt, vor Herrschaften frei zu sprechen. Er wrang die Mütze mit solcher Intensität, dass Oslic sich nicht gewundert hätte, wenn Sturzbäche von Wasser aus dem Pelz geschossen wären. Der Trapper schwitzte, seine Kleidung war viel zu warm für die paradiesischen Zustände in der Vergessenen Stadt.

»Sie haben ein Bündnis geschlossen«, sagte er nach einer gefühlten Ewigkeit. Er kaute auf Lippen, so ledrig und wettergegerbt wie der Rest seiner Erscheinung.

»Lass dir nicht jedes Wort aus deinem Zinken ziehen, Mann!« Vogt Ilja stapfte in nervöser Wut durch den Raum, der glasartige Boden schien unter seinen Absätzen zu quietschen. Er verhehlte nicht, dass ihn eine üble Vorahnung plagte – die Oslic teilte. So wusste der junge Tshar auch, in welche Richtung sein Einwurf abzielen würde, noch bevor er Iljas Lippen verließ: »Ihr Bündnis – es ist nicht zufällig ein Nichtangriffspakt mit dem Landstreff?«

Es wurde schlagartig still im Raum, während die Anwesenden schockierte Blicke teilten. Oslic hingegen genügte der Ausdruck auf dem Gesicht des Pelzjägers, um zu wissen, dass Ilja ins Schwarze getroffen hatte.

Der Trapper schnaubte. »Die Hexer haben Bleiche zu jeder größeren Burg und jedem Hof geschickt.«

»Und die Botschaft lautete: Fügt euch, lasst uns gewähren und rückt uns nicht auf die Pelle, oder der ewige Winter droht auch euren Untertanen und euch.« Die Anwesenden drehten sich in Vargens Richtung, als seine Stimme von der Tür erscholl.

Oslic musterte den alten Freund voll Sorge, wie er im Türrahmen stand und nur von dem kurzen Weg von seiner Ruhebank draußen am See, auf die er bestanden hatte, bis zum Versammlungsraum flach atmete. Er war noch immer nicht völlig gesundet.

Bei der Vorstellung, dass sein Freund möglicherweise nie wieder der Alte werden mochte, weil Oslic ihn auf diesen Spion angesetzt hatte, breitete sich Kälte in ihm aus.

Ilja Ilaewitsch ließ dem jungen Tsharen keine Zeit zum Brüten. Die Faust des Vogts klatschte mit solcher Wucht in die Handfläche, dass alle im Raum ihn ansahen. »Wir müssen handeln, mein Tshar. Wir müssen jene befreien, die in den Minen arbeiten, und so viel wie möglich von dem, was sie dort nutzen, unbrauchbar machen.«

»Was wollen sie mit dem Erz?«, fragte einer der Bauern, der andere in den letzten Wochen im Bogenschießen unterwiesen hatte.

Viele Männer und Frauen zuckten mit den Achseln und tauschten verunsicherte Blicke.

Die Witwe Vishki tippte sich mit zwei Fingern gegen das Kinn, das Oslic an die Pelle einer Kartoffel nach zu vielen Jahren im Keller erinnerte. »Das ist nicht schwer zu erraten. Der größte Vorteil, den eine konventionelle Streitmacht gegenüber den Aschebarbaren hat, ist die überlegene Ausrüstung, nicht wahr?«

Dies rief erneut sorgenvolle Mienen hervor. Traditionell lehnten die Âshkulim alles als Schwäche ab, was nicht aus Feuerstein, lauterem Erz oder Holz oder vulkanischen Ursprungs war. Oslic war nicht der Einzige, dem es bei der Vorstellung der hünenhaften, bleichen Barbaren in geschmiedeter Ausrüstung und mit Metallwaffen grauste.

»Das kann nicht alles sein«, sagte Alheefa, was für Gemurmel sorgte. Sie lehnte an einer Wand, hatte bislang geschwiegen und wirkte nicht sonderlich interessiert – ein Eindruck, der täuschte. »Soweit ich weiß, ist eure Heimat voller Erze, und die Rüstkammern von Vaistopol enthalten mehr als genug Waffen. Wie viele Soldaten sind bei dem Fall des Sterns gestorben und haben Ausrüstung zurückgelassen. Bestückte Wehrtürme, Waffenkammern und so weiter.«

»Ganz zu schweigen davon, dass Talladeen Boulanthus, Raumir und das andere Verrätergesindel ihnen mühelos Zugang zu Nachschub auch von Waffen von Händlern sichern könnten.« Antonjev knirschte vor unterdrückter Wut mit den Zähnen.

»Es könnte abermals einen rituellen Zweck haben«, überlegte Vargen laut und trat vollends in den Raum. Respektvoll machten die Versammelten ihm Platz, beinahe jeder der Anwesenden hatte an seiner Seite gefochten. »Oder aber es ist eine Kriegslist, um uns aus der Reserve zu locken. Es sähe den Âshkulim und ihren verdrehten Meistern ähnlich, einen Angriff zu forcieren und dafür Sklaven als Köder einzusetzen.«

Dies brachte dem Veteranen zustimmendes Nicken von vielen Seiten ein.

»Mag sein«, wandte Ilja Ilaewitsch ein. »Aber das ändert nichts daran, dass sich Vaistopoler in den Minen zu Tode schuften, Falle hin oder her. Wir können unser Blut nicht im Dunkel verrecken lassen, während wir hier oben Weizen ernten und Quellwasser trinken.«

Oslic nickte. »Es wäre unmenschlich, nicht zu helfen. Wir sollten so rasch wie möglich handeln.« *Außerdem brauchen wir Handwerker und andere Spezialisten*, fügte er in Gedanken hinzu und schämte sich im selben Augenblick dafür. Wann war er ein so kalt berechnender Mensch geworden?

»Das Lager wird schwer bewacht«, gab der Pelzjäger zu bedenken. »Dort sind viele der Barbaren, soweit ich es beurteilen kann.«

Vargen tippte mit dem Finger auf den Glastisch, bis er die Aufmerksamkeit auch des Letzten im Raume hatte. »Die Erzminen waren unter den Zielen für einen Angriff auf Vaistopol. Wenn sie seit unserem Rückzug in die Berge noch stärker bewacht werden als zu carchadonischen Zeiten, wird es schwer, dort mit ein paar Partisanen einzudringen. Das Gelände ist unwirtlich, die Täler, in denen sie liegen, sind schroff und klamm. Wenige Männer können dort mit Speeren, Schilden und Bögen ein Heer stoppen und sie unter Erdrutschen und Felsen begraben.«

»Hearne hat schon immer auf unsere Erzvorkommen geschielt.« Antonjev sah aus, als würde er am liebsten speien.

Die Nennung des Erzfeindes ließ seine Raubvogelzüge grausam hart werden. »Es war notwendig, die Minen so zu errichten, dass sie gut zu verteidigen sind, um das Raubgesindel der Eisernen von Dummheiten abzuhalten.«

Zustimmendes Gemurmel im Raum. Auch Oslic nickte unbewusst. Beinahe jeder im Raum dachte über die Implikationen eines Angriffs auf die carchadonischen Eisenminen nach.

Es war Vogt Ilja, der aussprach, was sie alle dachten: »Wir würden unfassbare Verluste erleiden – wahrscheinlich würden mehr von uns ihr Leben verlieren, als wir überhaupt aus den Klauen dieser Nachgeburten retten. Ganz abgesehen davon, dass Rytshar Vargen recht hat: Es könnte eine Falle sein, was unseren Blutzoll noch schlimmer machen würde.«

Alle Augen richteten sich auf Oslic. Er spürte das Gewicht des Zugzwanges, unter dem sie standen, nahezu körperlich. Eine Zentnerlast, die auf Schultern und Rücken drückte.

»Was ist mit Eurer Bestie, Herr Tshar?«, fragte der Bogenschützenausbilder in die Stille. Jedes Wort hatte für Oslic die Wirkung einer Ohrfeige, doch die Gesichter der meisten anderen Anwesenden hellten sich schlagartig auf. Einzig über Vargens Züge huschte ein Schatten, und der bloße Anblick genügte Oslic, um ihn ungehalten zu machen. Er hatte genug von den Unkereien und Warnungen des alten Freundes, die Vargen beständig äußerte, seit er im Krankenbett erwacht war. Es war die Undankbarkeit des Veteranen seinem Lebensretter gegenüber, die ihn aufregte.

»Rurriranth ist weder meine noch überhaupt eine Bestie, Mann!« Oslic sah, wie der Bauer aus Angst vor ihm zusammenzuckte, darum milderte er sofort seinen Tonfall. »Aber ich kann ihn fragen.«

Es war das erste Mal, dass er den Namen des Drachen offenbarte. Irrte er sich, oder lag ein Ausdruck des Erkennens in Vargens Augen? Kurz erwog der junge Tshar, den alten Freund zu fragen, verwarf den Gedanken aber wieder. Der Veteran würde sich nur einmal mehr auf seinen Glaubenseid berufen.

»Wenn es wirklich eine weitere Teufelei ist, Hexenwerk, für das sie das Eisen brauchen, dürfen wir nicht länger zögern, Herr.« Ilja Ilaewitsch ballte die Schwerthand zur Faust, dass die Knöchel weiß hervortraten.

»Wir können eine konventionelle Lösung finden«, warf Vargen ein. »Wir sind weit gekommen und haben die Möglichkeiten dieses Refugiums. Es erscheint mir nicht weise, übereilt zu handeln. Ich verstehe, dass ihr alle den Menschen eurer Heimat helfen wollt, doch Besonnenheit könnte nun unser größter Nutzen sein.«

Oslic atmete langsam durch die Nase aus und schürzte die Lippen. Wie lange wollte Vargen, dass er in seinem Schatten stand, während ihn doch sein Volk so dringend brauchte? »Ich werde ihn fragen, ob er uns helfen mag«, sagte der junge Tshar, bevor noch jemand etwas einwerfen konnte.

Erleichterung machte sich auf den Gesichtern breit. Beinahe jeder im Raum war am Tag ihrer Rettung zugegen gewesen und hatte erlebt, welche Gewalten Rurriranth entfesseln konnte. Was mochte erst dem Gegner drohen, wenn der Schwarze seine Macht offenbarte?

Vargen musterte seinen Herrn mit unverhohlener Schwermut. War es Enttäuschung? Der Blick genügte, dass Oslic sich schäbig vorkam, ohne recht zu wissen, warum. Röte legte sich auf sein Gesicht. Er seufzte.

»Er ist neidisch.« Rurriranths Stimme war unvermittelt in seinem Geist.

»Hast du alles gehört, Schwarzer?«, fragte Oslic leise, noch während er den Raum verließ.

»Du kannst nicht auf Zauderer hören, wenn du dein Reich von den Unterdrückern befreien willst, junger Boulanthus.«

»Ich schulde ihm so viel, doch geht es um seine Dogmen, unterscheidet sich der alte Uhu nicht von den überkommenen Fossilien des Fünfglaubens und der Akademie.« Traurig schüttelte Oslic den Kopf. »Ich verstehe, dass ihn Rittereide binden, aber alles, was Vargen sagt, seit wir in meiner Heimat sind, ist so kryptisch, wenn es um die Trisketen geht. Manchmal habe ich das Gefühl, dass er mir nicht mehr traut.«

»Wem traust du, Tshar?«

»Euch vieren. Sonst niemandem. Vargen. Testri. Alheefa. Und dir. Du hast viel riskiert, als du uns gerettet hast. Dein Exil von der Welt beendet, dabei weißt du sicher besser als ich aus den Legenden, was dein Auftreten auf den Plan rufen könnte.«

»Ich fürchte menschliche Jäger nicht. Es gibt wenig, was mir noch Angst machen könnte, junger Boulanthus. Aber dein Vertrauen ehrt dich und bereitet mir Wohlgefallen. Ich danke dir.«

»Es ist aufrichtig gemeint«, sagte Oslic in die leeren Korridore der gläsernen Halle und trat auf ebenso verwaiste Straßen hinaus. Der Bergwind strich über das glatte Material und wisperte Oslics scharfen Sinnen zu.

Er blickte zu den Sternen auf; der Himmel über dem Gipfel war klar. Es erinnerte Oslic daran, wie er einst Stunden mit Vargen über die Sterne nachgesonnen hatte. Über den Mondgürtel und die Bedeutung der Leere zwischen den Körpern des Himmelsgewölbes – und die Ältere Dunkelheit im theologischen Sinne.

Oslic seufzte. Ihm fehlte die gewohnte Vertrautheit mit dem Veteranen.

Er schluckte beiläufig etwas Peritus, um dem aufkeimenden Druck in seinem Kopf etwas entgegenzusetzen.

»Du solltest akzeptieren, was du bist, junger Boulanthus.« Die Stimme des Drachen klang amüsiert. *»Du brauchst dieses Zeug nicht. Es schränkt deine wahren Talente ein. Was du empfindest, ist Geburtsschmerz. Dein altes Ich stirbt, und ein neues tritt in diese Welt, gemeinsam mit der Rolle als Herrscher. Du hast die Auswirkungen der schlimmen Wunden längst hinter dir, auch wenn du es nicht wahrhaben willst.«*

»Ich brauche mein Peritus«, widersprach Oslic. »Gerade jetzt. Beinahe jeden Tag muss ich Entscheidungen treffen, die viel mehr Leben betreffen als mein eigenes. Ich kann weder Migräne noch Rückenschmerzen brauchen. Der Druck …«

»… wird aufhören, sobald du dich den Realitäten stellst. Zumindest, was das betrifft, stimmen dein Ritter und ich überein.«

»Du nennst ihn immer so, Rurriranth. Du sagst nie Vargen zu ihm, er ist immer nur ›mein Ritter‹ für dich. In den Legenden sind es vor allem die mächtigsten Krieger der Stämme und später Ritter, die euch in euren Höhlen nachstellen. Liegt es daran?« Oslic erreichte eine der Kaimauern und stützte sich auf eine Brüstung. Der See lag vor ihm wie ein schwarzer Spiegel unergründlicher Tiefe, unter dessen Wasserlinie das kalte Feuer der Sterne zu glimmen schien. Das Mondband lag auf diesem Samtteppich ausgerollt wie Kleinodien auf dem Tisch eines Juweliers.

»Du solltest aufhören, mich mit dem zu vergleichen, was du

kennst oder gelesen hast. Ich sprenge solche primitiven Konventionen.«

»Es liegt mir fern, dich zu beleidigen, Schwarzer. Was wir dir schulden, werde ich dir niemals vergelten können. Doch du sagst, du kennst und verstehst mich. Dann wirst du begreifen, dass es nicht nur meine Art ist, die Dinge einzuordnen. Wir Menschen haben Systeme, Kontexte, in die wir alles einbetten, was in unserer Welt neu ist. Doch mir scheint, dass ich in den letzten Wochen alles andere als gut darin war.« Oslic rieb sich die Augen mit den Knöcheln seiner echten Hand, bis das Blitzen hinter den Lidern von dem des Fingerdrucks überlagert wurde und sich Linderung einstellte.

Er hätte sich am liebsten hingelegt.

Da war das Wispern einer inneren Stimme. Sie wollte ihn an etwas erinnern, was er seit Wochen vorgehabt hatte. Sie mahnte ihn, dass Rurriranth ihm etwas vorenthielt. Es gab Fragen, die Oslic stellen wollte – und Antworten, die versprochen waren. Doch wann immer es dem jungen Tsharen gelang, sich auf diese einstige Klarheit des Geistes zu besinnen, schien sich der Uralte zu entfernen, oder es kam etwas dazwischen.

»Ich werde deine kleinen Freischärler begleiten, Freund. Das ist doch die Hilfe, die du im Sinn hattest?«

»Dir entgeht wenig, nicht wahr?« Oslic lächelte. Er hatte schon wieder vergessen, was er den Schwarzen hatte fragen wollen.

Aus dem Tonfall milden Amüsements wurde echte Belustigung. *»Sagen wir es mal so: Ich habe gute Ohren, und der Wind trägt mir so manche Unterhaltung zu, selbst bis in die Tiefen meines Exils.«*

»Zumindest darin unterscheidest du dich nicht von den Schilderungen, die ich über euresgleichen gelesen habe.« Oslic schmunzelte. »Drachen wählen sich Orte in der Einsamkeit und herrschen von Gipfeln und Höhlen aus«, zitierte er seine Mutter.

»Ich mag dieses Wort nicht. Art.« Mit einem Mal war Rurriranths Stimme kalt wie die umgebenden Gletscher und Felsgrate. Das Äquivalent eines Schnaubens brandete gegen Oslics Geist. *»Ich bin mit nichts vergleichbar, was es in dieser Welt gibt. Ich denke, wir sind für heute fertig.«*

»Ich wollte dich nicht verärgern, Rurriranth. Ich bin keine Gesellschaft gewohnt, in deren Umgebung ich aufpassen muss, was ich sage. Bitte verzeih.«

Der Drache ging nicht auf die Entschuldigung des jungen Tsharen ein. *»Sage deinen kleinen Menschen, dass ich ihnen helfen werde. Aber ich habe eine Ergänzung zu dem Plan.«* Es lag etwas Verschlagenes in dem Vorschlag, das Glimmen purer Gier unter einem dünnen Firnis aus zivilisierter Sprache. *»Wir werden Beute machen, nicht nur deine kleinen Zwangsarbeiter befreien.«*

»Beute? Was schwebt dir vor?«

»Denke nach, junger Boulanthus. Das alte Varsothyn hat Schmieden, und du hast in den letzten Wochen kundige Hände unterwiesen, nicht wahr?«

»Wir haben keine Bergarbeiter hier, Rurriranth.« Plötzlich begriff Oslic. Der junge Tshar tat einen Schritt von der Brüstung zurück und verschränkte die Hände hinter dem Rücken. »Du willst Erz hier hochschaffen. Natürlich! Wir können unsere Truppen bewaffnen, die Bauern müssen nicht mehr in rostigen Erbstücken in die Schlacht ziehen. Wir tun, was die Trisketen mit den Barbaren vorhaben.«

»Ich bezweifle, dass selbst ein Genie wie du die wahre Größe meines Kompliments zu ermessen vermag, doch auch auf dieses Risiko hin spreche ich es aus: Wenn es einen Menschen gäbe, der auch nur den Hauch einer Wahrscheinlichkeit birgt, mir zu ähneln, so wärst du es.«

Oslic wollte zu einer Entgegnung ansetzen und hob den Finger, doch er spürte, dass sich Rurriranth plötzlich zurückzog.

Schritte erklangen hinter ihm. Er brauchte sich nicht umzudrehen, seine Ohren verrieten ihm, dass es Alheefa und Testri waren, die auf ihn zutraten.

Ein Straßenmädchen und eine Meuchlerin aus dem schwülwarmen Sidhisid – dies war seine kleine Familie, und Vargen war stets ihr Großvater gewesen. Doch etwas hatte den Veteranen verbittert. War es die Erfahrung des nahen Todes gewesen? Oslic mochte sich nicht vorstellen, wie es war, mit zerschnittenen Eingeweiden am Boden zu liegen und absolut machtlos gegen das Kommende zu sein. Aber musste ein Ritter nicht jeden Tag darauf gefasst sein?

»Wir wollen dich zum Abendessen holen!« Testri blieb neben ihm stehen. Die entbehrungsreichen Wochen hatten das wenige Kinderfett, das noch in ihrem Körper gewesen war, aufgezehrt. Sie sah schlanker und erwachsener aus als zum Anbruch ihrer Reise. Sie würde eines Tages eine schöne Frau sein – und Oslic schwor sich, alles zu tun, damit dieser Tag Wirklichkeit würde.

Alheefa bemerkte, wie er das Mädchen musterte. Ein warmes Lächeln huschte über ihr Gesicht, als ihre Blicke sich trafen.

»Testri hat für dich gekocht«, sagte die Meuchlerin und streckte Oslic die Hand entgegen.

»Wahrscheinlich wird es der leckerste Getreidebrei mit Honig sein, den ich in den letzten Wochen genießen durfte«, witzelte der junge Tshar. Er hätte sich über eine gewisse Abwechslung in ihrem Speiseplan gefreut.

Testri nahm den Seitenhieb mit Humor und grinste bis über beide Ohren. »Wir könnten danach Königsschlacht spielen. Alheefa hat mir gezeigt, wie man die Optimarchin ziehen muss, wenn man die Ritter und die vielen Bauern auskontern will. Das nennt man Roulade, man kann sie tauschen.« Sie blickte den jungen Tsharen in vorfreudiger Erwartung an.

»Rochade«, korrigierte Alheefa. Als sie Oslics fragenden Blick bemerkte, fügte sie hinzu: »Vargen hat ein Brett aus Spaltholz gebaut und aus kaputtem Glaszeug in der Stadt Figuren geschnitzt. Er hatte auf dem Krankenlager ja genug Zeit. Er hat sogar weißes und schwarzes Buntglas gefunden, sodass man beide Parteien unterscheiden kann, ohne dass man sie bemalen muss. Also was ist, kommst du?«

»Später.« Oslic schüttelte den Kopf. »Ich muss in den Kriegsrat zurück, entscheiden, wann wir losschlagen. Ich werde die Aktion gegen die Minen von Vaistopol persönlich anführen.«

Das Mädchen und die junge Frau tauschten einen unsicheren Blick, der Oslic stutzig machte. »Was? Was ist denn?«

»Sie dachten, deine Entscheidung wäre getroffen – und bereiten bereits Truppen vor.«

»Was?« Oslics Tonfall war mit einem Mal so schneidend, dass Testri zusammenzuckte. »Wer?«

»Vargen und Vogt Ilaewitsch haben mit Antonjev und der Witwe debattiert. Am Ende sind sie übereingekommen, dass es weise wäre, sofort loszuschlagen. Die lange Reise durch die Täler, die geheimen Pfade und so weiter … Sie meinen, dass es dein Dekret war.«

»Mein Dekret?«, fragte Oslic. Er hasste es, wie wütend und zugleich unsicher er klang. Hinter seinem rechten Auge begann es auf eine Weise zu pochen, die sich vom Nerv bis in sein Bein zog. Er musste um Haltung kämpfen.

»Du hast gesagt, wir müssten so rasch wie möglich handeln«, sagte Alheefa, »und sie nahmen dich beim Wort.«

»Hat sich keiner gefragt, ob ich nicht gedenke, eine so entscheidende Aktion persönlich anzuführen?« Er presste jede Silbe durch die Zähne hervor.

»Doch, schon«, sagte Testri. Beide wandten sich ihr zu. Niemand war verwundert, dass das Mädchen den Kriegsrat belauscht hatte. »Aber Onkel Eule hat gesagt, dass du zu wichtig bist, um dein Leben zu riskieren, und alle haben dem zugestimmt. Also wollten sie sogar ohne Drachen los. Weil sie wussten, dass du den hinterherschicken würdest, um Leben zu retten.«

Oslic musste gegen den Drang ankämpfen, mit den Zähnen zu knirschen. »Hat er das?«

»Ich glaub eher, er wollte nicht, dass dir was passiert. So wie immer.«

»Ich sagte dir ja, dass er neidisch ist.« Rurriranths Stimme kam unvermittelt, mit der seidigen Textur einer Schlange, die durch Laken aus Satin kroch. *»Er fürchtet, dass dein junger Ruhm seinen alten Glanz überstrahlen könnte. Es ist das vielleicht älteste Lied der Welt. Mein Vater war auch so.«*

»Das wollen wir doch mal sehen«, murmelte Oslic. »Dies ist meine Heimat. Ich bin der Tshar von Vaistopol, Bruder und Neffe von Verrätern. Mein Thron. Meine Gesetze.«

»Was?«, fragten beide Mädchen im Chor.

Doch Oslic wandte sich von ihnen ab und dem See zu. »Ich werde sicher nicht hier sitzen und mir den Hintern plattdrücken, während diese Leute schon wieder ihr Leben für einen Plan in die Waagschale werfen, an dem ich beteiligt war. Ich habe geschworen, Vater zu rächen und die selbsternannten Hexer vom Thron Vaistopols zu verjagen.«

»Was wirst du also tun, junger Boulanthus?«

»Kannst du mich dorthin bringen?«, fragte er Rurriranth und ignorierte die verwirrten Blicke der beiden, die nur seine Hälfte des Gesprächs vernahmen.

»Bedauere, aber dies ist kein Märchen. Was erwartest du? Dass du wie eine weißhaarige Prinzessin aus einem fernen Reich auf meinem Rücken hockst, während ich die Feinde deiner Herrschaft zu Asche verbrenne? Ich bin kein Ackergaul, junger Boulanthus. Der Heerführer muss sich schon selbst zur Schlacht begeben, will er zum Helden werden. Auch das ist Teil des alten Liedes.«

»Scheiß auf das alte Lied«, zischte Oslic und zuckte zusammen. Er konnte sich nicht entsinnen, wann er zuletzt geflucht hatte.

»Oslic?«, fragte Testri mit besorgter Miene und trat neben ihn.

»Alles gut.« Er legte beruhigend die Hand aus Fleisch und Blut auf ihre Schulter.

Sie war beunruhigt, holte den Schmetterlingsflügel hervor und ließ ihn an der Schnur tanzen.

Beinahe augenblicklich spürte Oslic eine Veränderung. Der Geist des Drachen zog sich aus seinem Verstand zurück, richtete sich wie ein fingerdünner Strahl auf das Mädchen.

Doch der junge Tshar war mit den Gedanken woanders. Er wollte – musste – Vargen und den Bojaren zeigen, aus welchem Holz er geschnitzt war, oder man würde ihn niemals ernst nehmen.

»Rurriranth?«

»Junger Boulanthus?« Präsenz und Stimme kehrten zurück. Irrte Oslic, oder lag eine Spur von Sorge im Tonfall des schwarzen Uralten?

»Alheefa«, sagte Oslic, ohne den Blick von Testri zu nehmen. »Wirst du mich begleiten?«

»Wohin du willst«, sagte die Meuchlerin, und er spürte, dass sie es wortwörtlich meinte. Zwischen ihnen gab es keine Geheimnisse mehr, dessen war sich Oslic sicher. Keine geheimen Pläne. Sie war sein, so wie er ihr gehörte. »Aber willst du wirklich dein Leben riskieren?«

Er nickte voller Grimm. »Diese Männer und Frauen sind es, die ihr Leben riskieren. Ich habe ihnen Wassermühlen und Erdbohrer gebracht – und was hat es ihnen genützt? Sie krepieren im Kampf gegen die, die ihre Heimat unterdrücken. Ich muss den Trisketen Einhalt gebieten.«

Die Andeutung eines Nickens. »Ich halte dir den Rücken frei, dafür hat Testri schließlich bezahlt!« Alheefa schenkte dem Mädchen ein aufmunterndes Lächeln.

Oslic sah, wie sehr der Zwist und die Uneinigkeit Testri zusetzten. »Wieso bist du wütend auf Onkel Eule?«, fragte das Mädchen. Ihre Unterlippe bebte.

»Das bin ich nicht.« Die Lüge kam viel zu leicht über seine Lippen. »Wir sind nur unterschiedlicher Meinung, wie die Dinge gehandhabt werden sollten.«

Was ist nur mit mir los?

»Du willst doch gar keine Soldatensachen entscheiden!« Testri verschränkte die Arme vor der Brust. »Oder wohl?«

»Du wirst zum Mann, junger Boulanthus«, sagte Rurriranth mit einer Stimme, die vor Schmeichelei troff. *»Nicht länger treffen andere die Entscheidungen für dich. Nicht die Bojaren, nicht dein Ritter – niemand.«*

»Zerbrich dir darüber nicht den Kopf, Liebes.«

Es wurde Zeit, den Trisketen eine Lektion zu erteilen.

47

Vogt Ilja und seine Kriegstrupps begrüßten letztendlich die Gelegenheit, wieder an der Seite ihres Tsharen in die Schlacht zu ziehen. Zwar war deutlich zu spüren, dass sie lieber mit Vargen geritten wären, doch darauf kam es für Oslic nicht an.

Er grämte sich, dass er sich nicht mehr anständig von dem versehrten Ritter verabschiedet hatte, bevor er mit der Meuchlerin dem Tross durch die geheimen Zugangstunnel Varsothyns nachgeritten war. Doch das war jetzt nicht zu ändern.

Die Gelegenheit, mit Alheefa wieder unter freiem Himmel zu reiten, wahre Freiheit zu genießen und nachts mit ihr ein Lager zu teilen vertrieb schon bald jeden Groll. Genau wie die lange Zwiesprache, die Oslic mit Rurriranth hielt.

Dann und wann fiel der gewaltige Schatten seiner Schwingen auf die Freischärler. Es schien dem jungen Tsharen, als tauchte der Schwarze stets in den Momenten auf, in denen die Moral beim Abstieg durch die eiskalten und tückischen Berge besonders niedrig war. Dann wurden die Männer und Frauen der Anwesenheit eines Geschöpfes aus den Legenden gewahr und begriffen, dass sich ihnen keine Macht von Syriatis entgegenstellen konnte, ohne verheerenden Schaden zu nehmen.

Zudem hatte es sich ausgezahlt, dass alte Späher der carchadonischen Armee und Pelzjäger mit den vielen Flüchtlingen in ihre Reihen übergetreten waren. Das dringend benötigte Wissen dieser Männer war es, das in diesen Bergen unter dem Weltenzahn den Unterschied machte.

Dieses Mal war es kein hilfloses Herumstolpern verstörter Bauern, die von einem Feind in eine tödliche Falle gelockt wurden. Die Partisanen umschlichen geschickt die Patrouillen der Âshkulim und vermieden es, die Barbaren zu töten, um ja keinen Hinweis ihrer Anwesenheit im Tiefland zu hinterlassen.

Als sie schließlich nach Wochen den Fuß der Berge erreichten, bekamen die Anhänger Oslics einen Vorgeschmack auf die Schrecken, die die Trisketen über ihre Heimat gebracht hatten. Die Winter Carchadons waren gefürchtet, doch jene verwaisten Dörfer, durch die sie ritten, kamen nichts gleich, was sie je gesehen hatten.

Die Gewalt der natürlichen kalten Jahreszeit war mit der Kälte aus dem Artefakt zu einer Macht verschmolzen, die Bäume, Scheunen und Häuser ohne Unterschied mit einem Panzer aus trübem Eis überzog. Die Landschaft, durch die sich die Kriegstrupps bewegten, hatte mehr von einem wundersamen Skulpturengarten als dem Land, das sie kannten.

Blankes Grauen zeigte sich nicht nur in den Augen der Bauern unter den dicken Pelzkapuzen. Oslic wollte nicht glauben, dass dies das Umland von Vaistopol war. Eine tote Ödnis aus endlosem Weiß, nur unterbrochen von diesen seltsamen Formationen.

Die Kälte wurde durch die Prothese in sein Fleisch gelenkt, egal, wie dick er sie einpackte und wie gut er sie mit den kostbarsten Ölen aus seiner Habe behandelte, damit sie ihm den Dienst nicht versagte. Er wusste, dass er sich mit diesem Problem befassen musste, wenn er seine Gesundheit auf Dauer nicht ruinieren wollte.

Der Wind fegte über ein Land, in dem selbst die harten, an die carchadonischen Winter angepassten Pflanzen unter der Kruste aus weißem Tod erstickt und erfroren waren. Die Kälte dieser neuen Eiszeit biss mit solcher Gewalt, dass die Pferde ächzten. Jeder Schritt wurde zur Qual.

Es zeichnete sich bald auch für den größten Skeptiker ab, dass Vaistopol die Quelle des Frosthauches war.

Sie erreichten eine Anhöhe und übersahen die Landschaft. Wie eine Ansammlung von Puppenhäusern lag die Hauptstadt am Horizont, und Eiswinde stießen jenseits ihrer Mauern sichtbar und gegen jede Natur in die Höhe empor.

Selbst aus dieser Entfernung hatte das Ganze mehr Ähnlichkeit mit dem Palast einer sagenhaften Eisfee als mit der Stadt, die Oslic seit Kindertagen kannte, die Häuser überkrustet mit blankem Frost.

Fassungsloses Gemurmel wurde unter den Bauern und ihren Anführern laut. »Was, beim Zorn der Erdgeister, fressen die überhaupt bei dem Wetter?« Vogt Ilja bibberte wie der Rest von ihnen.

Oslic blickte den Trapper an, der mit der Kunde zu ihnen gekommen war. »Du weißt, was du zu tun hast. Vielleicht lassen sie dich nicht gehen. Vielleicht ist dein Lohn für diese Tat ein grausamer Tod.«

»Ich bin bereit, Herr. Der Tod begleitet mich, seit ich in den Bergen und auf der Woblasz jage. Aber ich denke, sie werden mich gut bezahlen. An Jägern haben sie einen Narren gefressen.«

»Dann geh. Merke dir jedes Detail, so wie wir es besprochen haben«, befahl Vogt Ilja.

Der alte Pelzjäger tippte sich an seine Nerzkappe. Er kniff die Augen zusammen, als er sich in Richtung der erfrorenen Hauptstadt und ihrer unnatürlichen Eiswinde wandte.

Sie ritten weiter, Ilja an der Seite seines Tsharen. »Glaubt Ihr wirklich, dass sie die Toten essen, Herr?«, fragte er Oslic nach einer Weile des Schweigens. Wie alle war er durch die Schals und Pelztücher vor seinem Mund nur schwer zu verstehen. Mit jedem Wort entwich die Wärme seines Körpers als Dampf durch den Stoff.

»Die Toten. Die Lebenden.« Oslic schüttelte sich. »Ich habe eine Zeit lang in ihrer Gefangenschaft verbracht, dennoch maße ich mir nicht an, auch nur im Ansatz zu begreifen, wie ihre Kultur funktioniert. Aber ich habe erkannt, dass sie die Welt und das Leben nach einfachen Kategorien ordnen.«

»Inwiefern?« Iljas Augenpartie über dem Kälteschutz zeigte sein Interesse, und nicht zum ersten Mal hatte Oslic das Gefühl, in ihm eine verwandte Seele zu haben.

»Weil sie alles, was ihnen begegnet, in drei simple Konzepte unterteilen«, sagte Alheefa, und beide Männer blickten die Meuchlerin überrascht an, die ihr Pferd an Oslics andere Seite gelenkt hatte. Sie zuckte mit den Schultern, und einmal mehr wurde sich Oslic bewusst, dass sie nicht nur eine begehrenswerte Frau war, sondern eine bestens ausgebildete Mörderin, die jedes Ziel, jede Umgebung ebenso sorgfältig studierte wie er seine Schriften. »Sie gliedern alles danach, ob es ihren finsteren Feuergeistern einen Preis zahlen kann.«

»Blut, Fleisch oder Seele«, murmelte Oslic, und daraufhin

war es Alheefa, die nickte. »Die ganze Welt besteht für sie nur aus dem Nutzen, den etwas oder jemand für sie hat.«

»Leben nicht die meisten Leute so?«, fragte Vogt Ilja.

Oslic verneinte. »Das mag oft so erscheinen, aber niemand ist darin so konsequent wie die Âshkulim. Zumindest ist mir noch niemand begegnet, der die Welt so skrupellos danach einteilt, was man anderen nehmen kann, und dabei so weit geht, sie zu Nahrung zu erklären.«

Es dauerte einige Stunden, die einstigen Ebenen der Steppe Woblasz zu überqueren. Mit jedem Schritt, den sie sich weiter von der Hauptstadt entfernten, lösten sie sich aus den Klauen der gnadenlosen, übernatürlichen Eiszeit. Die wurde mehr und mehr durch die natürliche Kälte Carchadons zu dieser Jahreszeit ersetzt. Der Wind trieb Eisfahnen vor sich her, und obwohl der Himmel klar war, war dadurch die Sicht so weit im Osten der Stadt miserabel.

Schließlich stieg das Gelände wieder an. Es wurde mit jeder Minute hügeliger, bis es zerklüfteten Felsen wich, die sich zwischen verzweigten Wäldchen gruppierten und zu einer Landschaft anwuchsen, die im Sommer von den Grabhügeln und Menhiren des alten Carchadon bestimmt wurde. Im Winter jedoch glich sie einer Ansammlung endloser weißer Decken, die sanft rollten.

Doch der verträumte Eindruck täuschte, wie der junge Tshar nur zu gut wusste. Irgendwo dort vorn, verborgen zwischen den einstigen Heiligtümern der wandernden Stämme und Rentierjäger, lag eine gewaltige Senke. Seit vielen Jahrzehnten diente sie dem jungen Vaistopol nicht nur als Steinbruch. Schon früh hatten Prospektoren des ersten Tsharen Boulanthus erkannt, wie ähnlich der Untergrund dem des Reiches Hearne war. Die Grauen Gestade, wie die meisten Außenseiter das Reich der Eisernen nannten, stellten einige der mächtigsten natürlichen Erzvorkommen von Syriatis. Doch wo genau die Grenzen von Hearne endeten und die von Carchadon begannen, war ein Streitpunkt zwischen den beiden Nationen und die Quelle endloser Kriege, Übergriffe und Scharmützel um Bodenschätze.

Oslic wusste, dass die nach den Zeitmaßstäben von Ländern taufrisch erschlossenen Minen östlich von Carchadon dem Zweikönigsstaat aus dem Westen vielmehr eine begehrte Beute als nur ein Dorn im Auge waren.

Der Wind verriet, wo die gewaltige Senkgrube im endlosen Winter gähnte. Sie wirkte wie der Rand eines riesigen Topfes, in dem die Naturgesetze aufgehoben waren, denn an seinem Rand fiel der Dampf nach unten. Wolken aus Pulverschnee und Eisstaub rannen über die Begrenzungen in eine Tiefe, die sich ansonsten durch kein einziges Merkmal von der Umgebung unterschied, und verrieten nur so, wo der künstliche Krater gähnte.

Sie ließen sich aus dem Sattel gleiten. Der Wind heulte mit der Intensität einer Heerschar gemarterter Seelen über das Land, biss frei und ungezügelt in jeden Spann freier Haut. Er fuhr durch die winzigen Spalten und Risse im Eispanzer der Grabhügel, brach sich klagend am Stein, an den Augenhöhlen der ewig Schlummernden, bevor er aus den Steinhügeln und Trilithen der Grabmäler pfiff.

Mit einem Blick in die Runde vergewisserte sich Oslic, dass er nicht der Einzige war, den bei dem Geräusch das blanke Grauen packte.

Vereinzelt war ein schwaches Knallen in dem heulenden

Eiswind zu vernehmen, das rasch von den Klauen des Windes zerfetzt wurde.

»Peitschen«, sagte Ilja Ilaewitsch unnötigerweise.

Sie ließen die Pferde als dichtgedrängte Traube wärmender Körper mit Hafersäcken vor den Nüstern zurück. Geduckt pirschten die Kriegstruppen auf den Rand der Grube zu. Erst als sie näher kamen, war zu erkennen, wie gewaltig das Areal war, das in seiner Größe selbst den See Varsothyns in den Schatten stellte.

Sie krochen bis an den Rand der Vertiefung, winzige Schemen in einem Fluss aus Eisstaub, wie Kiesel in einem Bach.

Unter ihnen zogen sich verschneite Serpentinen an den Flanken der Grube entlang. Vom Sand und den Steinbrüchen war unter den Schneemassen nichts mehr auszumachen.

Einzig die unterste Ebene war belebt, ein Gewimmel aus Körpern, die Säcke trugen, Loren schoben und Abraum schaufelten. Aus dieser Höhe waren wenig Details zu erkennen, doch eine Tatsache stand unmissverständlich fest.

»Nein«, sagte Ilja Ilaewitsch und brachte damit auf den Punkt, was sie alle empfanden. Selbst Alheefa, die eindeutig abgehärteter war als die meisten der Freischärler, schüttelte voller Unglauben den Kopf.

»Wie halten sie das aus?«, fragte einer der Bauern. Zustimmendes Gemurmel von seinen Kameraden.

Es war unwirklich. Auf einigen der höheren Ebenen der Grube standen Âshkulim an neuralgischen Punkten Wache. Keiner der Männer und Frauen trug Pelze – ebenso wenig wie die Aschebarbaren am Boden der Grube, die aufgrund ihrer fahlen Haut, ihrer Größe und der Peitschen, die sie schwangen, deutlich zu identifizieren waren.

»Das ist Hexerei!« Ein Bojar und altgedienter Veteran wühlte allem schneidenden Wind zum Trotz in seinen Pelzen, bis er polierte Knochen und Münzen an einer Lederschnur zutage gefördert hatte, um die Geister des Landes um Beistand zu bitten. Viele taten es ihm nach.

»Da muss ein Trick dabei sein«, murmelte Oslic. Ihm entging der Blick nicht, mit dem ihn jene Männer und Witwen, die ihn gehört hatten, musterten.

»Das sind ganz schön viele«, murmelte jemand, ganz offensichtlich gegen seinen eigenen Willen beeindruckt.

»Wir arbeiten uns vor«, befahl Vogt Ilja. »Auf mich macht es nicht den Eindruck, als gäben sich die Wachen auf den Windungen der Grube gegenseitig Zeichen oder Mühe, Sichtkontakt zu halten.«

»Drei Trupps, aber nur ein Zugang – und Abseilen dürfte bei diesem Wetter lebensgefährlich sein«, gab Alheefa zu bedenken.

»Wir teilen uns auf, sobald wir die erste Rampe hinunter sind und die oberste Ebene genommen haben. Doch bevor es so weit ist, bringt es nichts, mit ein paar Dutzend Mann dort runterzugehen.« Iljas verkniffene Augenpartie sprach Bände.

Oslic wandte sich Alheefa zu, um zu fragen, wie ihr Angriff am besten zu bewerkstelligen sei – doch dort, wo die Meuchlerin gerade noch gelegen hatte, klaffte eine Lücke in ihrem Bund.

Als dem Rest von ihnen aufging, dass die Frau aus Sidhisid das Kunststück vollbracht hatte, sich aus einer Gruppe von zwei Dutzend Freischärlern unbemerkt davonzuschleichen, brummten die Versammelten.

Unter ihnen auf der obersten Ebene des Serpentinenpfades

bewegte sich etwas. Schnee färbte sich rot, als Alheefa hinter einer der Âshkulim-Wachen auftauchte und ihr Dolch sein Ziel in deren Nacken fand.

»Ich will verdammt sein, Tshar, dein Weib möchte ich nicht zur Feindin haben«, murmelte Vogt Ilja.

»Du hast ja keine Vorstellung«, sagte Oslic und betastete die Narbe an seiner Wange. Einmal mehr wurde ihm klar, wie viel Glück er gehabt hatte. Nein, kein Glück – wenn sie wirklich gewollt hätte, wäre er seit jenem Tag nicht mehr am Leben.

Sie folgten der Spur der Meuchlerin in die Tiefe. Wie es ihre Art war, hatten sich die Âshkulim vor allem auf den natürlichen Vorteil der Landschaft verlassen, die die Grube verbarg. So hatten sie keine Wächter auf der verschneiten Steppe postiert, und mit dem Tod des Postens auf der obersten Ebene war der Weg für die Freischärler frei.

Sie arbeiteten sich über den serpentinenartigen Weg in die Tiefe vor. Jene Bleichen, die nicht Alheefas Künsten mit Dolch und Würgedraht zum Opfer fielen, wurden von Pfeilen oder Wurfäxten niedergestreckt, die sie so schnell und präzise aus dem Weg räumten, dass keiner von ihnen noch einen Laut hervorbringen konnte. Der Windschutz in der Grube kam den Partisanen recht, die vollen Nutzen von der soliden Fernkampfausbildung machen konnten, für die Vargen gesorgt hatte.

Einmal mehr war der junge Tshar mit den Realitäten des Krieges konfrontiert. Einmal mehr packte ihn angesichts des Kupfergestanks von Blut und der erstarrten Fratzen der getöteten Barbaren, deren schwarze Augen in den Himmel stierten, das Grauen.

Es galt jedoch, sich den Respekt der Leute zu verdienen. Als ein Pfeilschuss das Herz eines Barbaren verfehlte und offenbar wurde, dass der Getroffene überlebt hatte, war es Oslics Klinge, die den Bleichen zu seinen Feuerteufeln sandte, auch wenn er selbst sich dagegen innerlich sträubte. Das anerkennende Nicken seiner Begleiter änderte nichts daran.

Die Trisketen mochten Erze für eine optimale Ausrüstung ihrer Barbarenkrieger fördern lassen, ausgebildet in konventioneller Kriegskunst hatten sie die Âshkulim jedoch nicht. Selbst Oslic war den Aschekriegern mit seinen vage vorhandenen Kenntnissen aus den Unterweisungen seiner Jugend überlegen.

Niemand im Kriegstrupp, der die Verheerungen von Eis und Schnee in Vaistopol gesehen und die Geschichten über den Kannibalismus der Bleichen gehört hatte, schenkte ihnen Gnade. Die Trupps arbeiteten sich mit grausamer und dennoch lautloser Effektivität durch ihre Feinde und nahmen dabei deutlich an Tempo auf.

Nicht nur Vogt Ilja war klar, dass die Âshkulim mit jeder vergehenden Minute eine größere Gefahr darstellten. Irgendwann würde es einen Wachwechsel auf den Serpentinen geben – und spätestens dann war entschlossenes Handeln gefragt.

48

Schließlich erreichten sie die letzte Windung der Grube. Unmittelbar unter ihnen schwangen vier Âshkulim die Peitschen. Die Sklaven – mehr waren die Gefangenen für die Bleichen nicht – waren ausgemergelt und von der Sehnigkeit der Hungrigen, die gerade genug erhalten, um arbeitsfähig zu bleiben.

Mit geballten Fäusten verfolgten Oslic und seine Mitstreiter, wie zwei der Sklaven die Leiche eines älteren Mannes in einem der zahlreichen dunklen Grubeneingänge ablegten. Er war nicht der Erste, davon kündete ein Haufen Leiber – doch wenn es nach den Partisanen ging, die das Ganze mit angehaltenem Atem verfolgten, würde er der Letzte sein.

Immer wieder waren wütende Rufe und das Knallen der Bullenpeitschen aus dem größten Hauptstollen zu vernehmen, wo sich weitere Âshkulim und ihre Gefangenen befinden mussten. Es war der einzige der Stollen, in dem das unstete Licht von Grubenlampen flackerte. Der konstante Strom der Zwangsarbeiter schob Loren mit Abraum oder schleifte ohne die Hilfe von Lasttieren Säcke mit Erzbrocken herbei. Ohne Mitleid fuhr die Peitsche auf taub gefrorenes Fleisch herab, wenn die gequälten Gestalten ihren Peinigern nicht schnell genug arbeiteten.

Sie gaben alles – nicht nur um der Strafe zu entgehen, sondern um gegen die beißende Kälte anzuarbeiten. An einer Flanke des Lagers wachten zwei weitere Âshkulim über eine Gruppe Frauen, die in einem Kessel rührte. Wahrscheinlich war es eine Suppe – Oslic hatte eine gute Vorstellung davon, was in diesem Eintopf als Fleischeinlage diente.

Einer der Aschekrieger packte in diesem Moment eine der Frauen und schleifte sie mit eindeutigen Absichten auf einen Höhleneingang zu.

Neben Oslic knirschte Alheefa mit den Zähnen, spannte ihren Körper, wollte aufspringen. Er legte eine Hand auf ihre Schulter und schüttelte den Kopf. Wenn sie unbedacht handelten, würde der Bleiche Alarm geben und die Barbaren die Minenarbeiter als Geiseln einsetzen können.

»Wir müssen uns an den Plan halten«, flüsterte Oslic. »Erst die draußen töten und dann die Brut aus den Minen ins Freie treiben. Hat jeder sein Bündel und weiß, was er zu tun hat?« Alle um ihn herum nickten, die Gesichter vor Wut verzerrt. Die Schreie der Frau waren deutlich aus dem Schacht zu hören, und einige der Bleichen feixten.

Bist du hier, Schwarzer? Ich kann dich nirgends sehen. Oslic ließ den Blick über den Himmel schweifen.

»Wie versprochen, junger Boulanthus. Ich warte auf dein Zeichen, um meinen bescheidenen Beitrag zu leisten.« Rurriranth klang anders als sonst, geradezu überschwänglich – wie ein Mann am Tag seiner Entlassung aus dem Kerker.

War da noch etwas anderes? Hörte Oslic Vorfreude in der Gedankenstimme des Ungetüms? Wie lange war es her, dass dieses mächtigste aller Raubtiere gejagt hatte? Was hatte Rurriranth dort oben auf dem Berg überhaupt gefressen? Unwirsch vertrieb der junge Tshar den Gedanken mit einem derart resoluten Kopfschütteln, dass ihn die Partisanen befremdet musterten.

»Es geht los«, zischte er, um ihnen etwas zu tun zu geben. Das Martyrium der Menschen hatte lange genug gewährt.

Zwei der Trupps blieben zurück, während Oslic, Ilja und Alheefa mit einigen Leuten die Flanke einer Windung herabrutschten und Schutz hinter einer Bauhütte suchten. Sie pressten sich gegen das Holz, dessen Kälte durch die Pelze strahlte. Oslic robbte zur Ecke der Hütte. Er achtete darauf, nicht zu atmen, um sie nicht durch die Wölkchen der wärmeren Luft aus seinem Mund zu verraten.

Niemand im Lager hatte sie bemerkt.

Er ließ den Blick zu den Serpentinen emporwandern und sah, dass die anderen Trupps sich beeilten, ihre Positionen einzunehmen.

In diesem Moment blickte einer der Âshkulim bei dem Suppenkessel auf, und seine Haifischaugen verengten sich.

Er hatte eine Bewegung auf den Windungen wahrgenommen und stieß einen Ruf in der kehligen Sprache seines Volkes aus.

»Wir können nicht länger warten«, zischte Oslic, und Ilja nickte. Er gab den Befehl.

Dicht am Boden preschten die Partisanen in ihren weißen Pelzen über den Schnee auf die Sklaventreiber zu und versuchten, möglichst viel Distanz zu überbrücken, ehe sie bemerkt wurden. Hinter Loren, Abraumhaufen und Schneewehen fanden sie Deckung.

Eine der Gefangenen sah sie, reagierte jedoch umsichtig genug und wandte den Blick der müden Augen rechtzeitig ab, um den Kriegstrupp nicht zu verraten. Eine Âshkulim wertete die Geste als Arbeitsverweigerung. Sie schlug die Frau mit solcher Wucht in den Bauch, dass sie zusammenbrach.

»Die da gehört mir«, zischte Oslic, und Ilja nickte erneut, mit Eis im Blick.

In diesem Moment wuchs dem Aschekrieger bei dem Kessel ein Pfeil aus dem Auge. Er stürzte mit dem Gesicht in die kochende Flüssigkeit, sodass der andere Âshkulim herumfuhr. Zwei Freischärler auf der Serpentine jagten ihm Pfeile und Armbrustbolzen in den Rücken, die ihn gegen das Kupfer des Kessels nagelten. Kochende Suppe und rotes Blut vermischten sich und erfüllten die Luft mit Dunst.

Wie erwartet wirbelten die anderen Sklaventreiber zu dem Geschehen herum.

Oslic und Ilja gaben das Zeichen, ohne sich abgesprochen zu haben. Totenstill sprangen die Partisanen aus ihren Verstecken und fielen über die Barbaren her.

Oslic schoss nach vorn, und die ganze Wut, der aufgestaute Zorn brachen sich Bahn. Die Sklavin krümmte sich auf dem Boden, ihre Peinigerin drehte sich um.

Zu spät.

Der Tshar ignorierte den Kälteschmerz in seiner rechten Schulter, die Schwüre waren dahin. Mit einem Klacken schloss er die Prothese zur Faust und katapultierte sich mit der ganzen Masse, die ihm Größe und Schwung verliehen, in die Bleiche hinein. Jetzt war er es, der ihr einen Hieb in die Magengrube verpasste. Angewidert verzog Oslic das Gesicht, als er spürte, wie etwas im Körper der Âshkulim unter seiner Stahlfaust riss.

Er rollte mit ihr in den Schnee, und für einen Moment sah

er, wie der Barbarin die schwarzen Augen so weit aus dem Kopf quollen, dass man die untätowierten Flanken des Augapfels sehen konnte. Das Maul aufgerissen wie ein Katzenhai, Speichel zwischen den Meißelfängen, schnappte sie nach Luft. Er gab ihr keine Zeit, zu Atem zu kommen, sondern rollte sich auf ihre Brust und trieb ihr das Schwert durchs Herz, dass die Spitze den hartgefrorenen Boden traf.

Hinter Oslic bewegte sich etwas, er wirbelte herum und parierte noch im Aufstehen mit der Stahlfaust den ungestümen Angriff eines Barbaren. Feuerstein und krudes Holz splitterten in der Eiseskälte.

Für einen Herzschlag glotzte der Barbar verdutzt, dann wuchs ihm Alheefas Halbmondsäbel aus der Brust.

»Du wirst besser«, sagte sie und glühte vor Lebensfreude und Kraft. Sie riss die Waffe aus dem Gegner und sah dabei zu, wie er in sich zusammensackte.

Oslic lächelte zurück und nickte knapp. Er ließ den Blick über den Kampfplatz schweifen, wo die Freischärler die Gefangenen davon abhalten mussten loszujubeln.

»Jetzt, die Päckchen, rasch!«, befahl Vogt Ilja.

Befreiungskämpfer machten sich auf den Weg zu den Stolleneingängen. Sie hockten sich hin und packten die böse Überraschung für die Âshkulim aus.

»Wie viel Zeit haben wir noch?«, fragte Oslic.

Alheefa sah zum Himmel. »Nur noch Minuten. Sie müssten bald hier sein.«

»Wir können nur hoffen, dass sie ihm geglaubt haben!« Ilja wischte seinen Säbel mit angewiderter Miene an einem Toten ab.

Schweigend beobachteten sie, wie die Bauern die gut isolierten Bündel in die Mineneingänge legten. Sie entzündeten den Inhalt, Baumwolle, getränkt mit Öl und Wasser und mit feuchtem Blattwerk dazwischen. Oslic hatte noch einige alchemistische Substanzen hinzugefügt.

Den Rest besorgte der Luftzug der Minenschächte. Die meisten Lüftungsschlitze waren zugeschneit oder mit Eis verkrustet, sodass der Qualm nicht abziehen würde. Doch an einem Durchzug zwischen den Hauptstollen und Arterien herrschte kein Mangel. Schon bald quoll fetter Qualm aus den Ritzen der Pakete, trieb wie Bodennebel in die Stollen.

Ilja, Alheefa und Oslic suchten gemeinsam mit ihren Truppen ein Versteck auf, während der Rest der Partisanen die geschwächten und ungläubigen Minenarbeiter in Sicherheit brachte. Kaum dass die Freischärler sich verborgen hatten, waren die ersten Hustenanfälle zu vernehmen.

Ein Âshkulim stolperte aus dem Hauptschacht ins Freie, weitere folgten, ihnen dichtauf die Arbeiter, die kein Gramm Fett mehr auf den Knochen hatten.

Bevor sich hier draußen eine Übermacht an Âshkulim ansammeln konnte, gab Vogt Ilja das Zeichen. Er stieß einen kurzen Pfiff aus, und die Partisanen fielen über ihre Feinde her. Es war kein Kampf, sondern das, was Oslic Söldner hatte »Messerarbeit« nennen hören. Stahl hob und senkte sich, nasses Gurgeln, Pfeifen und Röcheln erfüllte die Luft.

Die Barbaren mochten dem durchschnittlichen Carchadonen körperlich überlegen sein, doch von Hustenanfällen gebeutelt, leisteten sie nur schwachen Widerstand. Das Gemetzel währte Herzschläge, dann war es vorüber.

Der Rauch begann sich zu lichten. Auf Iljas Kommando hin teilte sich der Partisanentrupp. Eine Hälfte brachte die

Gefangenen zu den anderen im Schutz der größten Hütte. Ein weiterer Jagdtrupp drang in die Tunnel vor und löschte letzte Widerstandsnester aus.

Die Männer und Frauen kehrten gerade mit blutverschmierten Waffen und vereinzelten Arbeitern aus den Stollen zurück, als in der Ferne ein Hornstoß erklang. Der Ton wehte über das Land wie eine Erinnerung an primitivere Zeiten; Oslic konnte sich gut vorstellen, wie sich geschärfte Zähne und dünne Lippen um ein Instrument aus Knochen und dem Horn eine Bestie legten.

»Er hat es geschafft«, sagte Alheefa.

Oslic nickte. »Vargen setzt große Stücke auf den Mann, und offenbar hat er sich nicht in diesem Trapper geirrt.«

»Dafür, dass die Hundsfötter Gäule verachten, sind sie ganz schön schnell.« Iljas Blick huschte über die Flanken der Grube, suchte den Rand ab, so als erwartete der Vogt jeden Moment das Auftauchen der Aschebarbaren.

»Entspann dich, Ilja Ilaewitsch«, sagte Oslic mit einer Ruhe, die er nicht empfand. Sie standen noch immer im Zentrum der Minengrube. Er legte dem Vogt die Hand auf die Schulter. »Diesmal sind wir es, die die Falle zuschnappen lassen. Wir werden ihnen eine böse Überraschung bereiten, nicht umgekehrt.«

Der Schnurrbart des Carchadonen zuckte. Oslic sah, wie Ilja mit einer Anstrengung des Geistes jedes Zaudern vertrieb.

Der Vogt nickte. »Alle auf ihre Positionen!«, befahl er. »Jeder Mann, jedes Weib weiß, was besprochen wurde. Wir lassen die Kiefer unserer Falle erst zuschnappen, wenn ihnen der Rückweg verwehrt ist!«

Ein Johlen der Zustimmung von den Freischärlern. Sie stürmten die Serpentinen hinauf, bis sie die Mitte der Grube, Mannshöhen über ihrem Boden, erreicht hatten. Einige verteilten sich dort, andere formierten sich zu einer Streitmacht, die vom Rand der Grube aus unübersehbar war.

Alheefa und Oslic begaben sich zu einer Position, die zwar auf gleicher Höhe lag, von der Eingangsrampe des Minenlagers aber nicht einsehbar war. Oslic vernahm das Knirschen von Schnee und einer Vielzahl von Füßen. Es war eine kleine Armee von Âshkulim, die sich dort näherte, nur noch Minuten entfernt.

Der junge Tshar holte mit den Armen aus und gab dem Vogt und seiner Köderstreitmacht das vereinbarte Zeichen.

49

Sie hatten oft genug erlebt, wie die Âshkulim kämpften. Sie hatten die Verschlagenheit von Raubtieren, das Selbstbewusstsein jener, die in ihrer Umgebung die Stärksten sind. Doch sie waren keine Narren. Die Bleichen würden nicht einfach blind den Aufgang herunterstürmen, nur weil sie die Ködertruppe sahen. Vielmehr hoffte Oslic, dass das Manöver sie auf die erste Serpentine brachte, an ihm und Alheefa vorbei. Von dort aus hätten die Barbaren den Höhenvorteil, um Iljas Trupp mit Speeren und anderen Wurfgeschossen einzudecken. Zugleich aber waren sie weit genug entfernt von seinen Leuten für das, was kommen würde. Darum ging es.

Oslic sah, wie der Vogt unter seinen Kämpfern umherwanderte. Selbst aus dieser Entfernung war an seinen Gesten zu erkennen, dass er auf die Wichtigkeit hinwies, warum sie sich an der Rampe zur nächsttieferen Serpentine stationiert hatten. Dies war das entscheidende Element des Plans.

»Ich hoffe, unser neuer Verbündeter hält, was er dir versprochen hat«, sagte Alheefa. Sie zog Oslic näher zu sich, in die Ecke neben der ersten Rampe. Der Winkel würde es den Aschebarbaren unmöglich machen, die beiden von oben zu sehen.

»Das Weibchen braucht sich nicht zu sorgen«, raunte Rurriranth. *»Ich halte meine Versprechungen immer. Würdet ihr mich*

länger kennen, wüsstet ihr das. Doch was bedeutet lange schon für euch, nicht wahr?«

Kein Grund, ungerecht zu werden, dachte Oslic zurück. Er verspürte die Entgegnung eines Lächelns in seinem Kopf. Es gab eine unleugbare Chemie zwischen ihm und dem gewaltigen Raubtier.

»Sie werden das Feuer bekommen, das sie so lieben«, flüsterte die Meuchlerin. Oslic konnte den Puls ihrer Herzen durch Lagen von Pelzen spüren. Irgendwo darunter lag Alheefas geschmeidiger Körper. Er schüttelte den Kopf, die ganze Situation war unwirklich. Und doch, die Grube war voller toter Barbaren, und erfüllt von Abscheu über sich selbst, musste sich der junge Tshar eingestehen, dass ihn die Allgegenwart des Todes dem Leben entgegentrieb.

Ihr entgegen.

»Hey. Dafür ist später Zeit«, sagte Alheefa mit einem Tadel im Tonfall, der es nicht bis auf ihr Gesicht schaffte. Sie glühte.

»Ist das immer so?«, fragte Oslic. »Dein ganzes Leben, jagen und töten und kämpfen? Fühlt es sich so an?«

Sie antwortete nicht, sondern küsste ihn lange und intensiv. Beide grinsten, als sie sich voneinander lösten.

Über ihnen wartete der Tod – und er kam so leise wie das Erfrieren im tiefsten Frost.

Die Aschebarbaren schlichen die Rampe hinunter, beinahe lautlos, doch eine solche Streitmacht entging Oslics und Alheefas Sinnen nicht. Er lehnte sich aus seinem Versteck und gab Ilja das Zeichen.

Augenblicklich setzte sich der Partisanentrupp in Bewegung. Männer grinsten und feixten und vermittelten die Ausgelassenheit von Siegern, die jede Vorsicht außer Acht ließen.

Kehliges Geflüster und Zischen der Âshkulim verrieten Alheefa und Oslic, dass die Aschekrieger den Köder geschluckt hatten. Jetzt beeilten sie sich, die Rampe hinunterzukommen. Bald sahen die Meuchlerin und der junge Tshar die ersten bleichen Rücken mit den schnörkeligen Brandmalen.

Geduckt und mit der Geduld meisterhafter Jäger schlichen die Âshkulim wie erwartet auf die nächste Rampe zu, um auf eine Serpentine über den Köpfen der Freischärler zu gelangen.

Da presste sich Alheefas Hand in Oslics Schlüsselbein. Sie deutete auf etwas. Als der junge Tshar ihrem Blick mit dem seinen folgte, erstarrte er.

Trotz der Eiseskälte wurde die Kohorte der Âshkulim von einigen ihrer Echsenhunde begleitet. Oslic wusste, dass dies unmöglich sein müsste – nach allem, was er wusste, ließ Kälte Reptilien in einen Winterschlaf fallen oder brachte sie sogar um.

Doch diese Exemplare der Bestien lasen scheinbar nicht die gleichen Enzyklopädien wie der junge Tshar – quicklebendig und eindeutig auf der Jagd zweigte ein Trio ab.

Als wäre das nicht schlimm genug, reagierte ein Jagdmeister der Aschebarbaren auf seine Schoßtierchen. Er grunzte den anderen zu, und zwei Krieger lösten sich von der Meute. Zu dritt folgten sie den Echsen.

»Das schaffen wir nie«, zischte Oslic.

Selbst diese leisen Worte ließ einen der Echsenhunde aufblicken. Er blinzelte mit trüben Nickhäuten, die sich horizontal über seinen Augäpfeln schlossen.

Alheefa nickte. Sie deutete mit den Augen auffordernd zum Rand der obersten Serpentine. Oslic musste schlucken, wusste aber, dass sie keine Wahl hatten. Die Meuchlerin hob fünf Finger vor sein Gesicht, zog mit der anderen Hand den Säbel. Ihr Daumen senkte sich in die Handfläche.

Vier. Dann ein weiterer Finger. Drei.

Oslic spannte sich an. Jede der Serpentinen maß mehr als zwei Mannshöhen. Er wusste, dass der Schnee einen Teil des Sturzes abfedern würde, doch er war verharscht und mit Eis überkrustet. Es würde schmerzhaft werden – aber nicht so sehr, wie zwischen den Kiefern dieser Bestien zu sterben.

Alheefa schloss die Faust – und sie sprinteten los.

Die Echsenhunde erschraken, als der Schnee vor ihnen explodierte und die Meuchlerin und den Tsharen ausspie. Alheefa ließ den Halbmond im Vorbeilaufen auf den Schädel einer der Bestien niederfahren, Oslic an der anderen Hand.

Der Jagdmeister der Âshkulim schrie auf. Zu spät. Noch während die Aschebarbaren ihre Speere hoben, hechteten die beiden auf den Rand der Serpentine zu. Alles in Oslic versteifte sich gegen seinen Willen, er wusste, dass er gerade jetzt den Körper lockern musste. Zeit floss zäh, als die Kante des Abgrunds auf ihn zuschoss.

Seine Schulter heulte in Phantomschmerz auf, als er in seiner Erinnerung erneut die Mauern in Doranthar hinabstürzte.

Dann war kein Boden mehr unter seinen Füßen, und er fiel für einen Herzschlag. Instinktiv hielt er sich, wie Vargen es ihn gelehrt hatte. Ein harter Stoß ging durch seine Beine, jagte schmerzhaft die Hüfte empor. Oslic ließ es zu, lockerte den Rumpf und die Schenkel und fiel in den Sturz hinein, um sich über die Schulter abzurollen.

Es gelang ihm sicherlich nicht so elegant wie Alheefa, erfüllte aber seinen Zweck. Der Schmerz im rechten Bein war erträglich, maximal eine leichte Verstauchung.

Noch während er hochkam, warf sich die Meuchlerin gegen ihn. Dort, wo er eben auf Händen und Füßen gelegen hatte, knirschte das Eis, und ein Speer vibrierte.

In diesem Moment ertönte Lärm, als die vermeintlich vollkommen überraschten Partisanen von Ilja die Angreifer über sich bemerkten. Sie reagierten augenblicklich und zerstreuten sich.

Die Luft zischte, als Speere und Pfeile hinter Oslic und Alheefa aus dem Boden sprossen. Die Meuchlerin und der junge Tshar wetzten zwischen den Geschossen hin und her. Über seiner Schulter sah Oslic, dass die Âshkulim und ihre Echsenhunde nicht den Weg zur Rampe über ihnen antraten, sondern es ihnen nachtaten.

Die Bestien sprangen ohne Mühe in die Tiefe, überwanden die Strecke und landeten keine zwei Dutzend Schritte hinter dem Duo auf dem Schnee. Auch der Jagdmeister und seine beiden Krieger kamen unten an.

»Weiter!«, befahl Alheefa.

Atemlos wetzte Oslic versetzt hinter ihr los. Die eisige Kälte schnitt in seine Lunge, das Atmen fiel ihm schwer, und die Hunde waren so viel schneller als sie beide. In dem Moment sah der junge Tshar, dass die Meute der Âshkulim dort war, wo Ilja und er sie haben wollten.

»Jetzt, Schwarzer! Jetzt!«, rief Oslic und war sich nicht sicher, ob er laut brüllte oder nur in seinem Kopf.

»Zu spät, junger Boulanthus.« Oslic hörte die Stimme erst, als er den Luftzug spürte. Ein gewaltiger Schatten legte sich über die drei Âshkulim-Verfolger und ihre Echsenhunde. Sie

wurden wie defektes Aufziehspielzeug langsamer, stockten und blieben stehen.

Die Jagdbestien der Aschebarbaren gaben Laute von sich, die irgendwo zwischen einem Winseln und einem Zischen angesiedelt waren. Die Aschekrieger drehten sich mit der Langsamkeit von Männern um, hinter denen überraschend ein Turm explodiert war. Ein Geräusch ertönte, das eine solche Explosion in den Schatten gewiesen hätte. Eis und gefrorene Erde splitterten in einem gewaltigen Radius, der Boden erbebte wie vom Einsturz einer Kathedrale. Eisstaub wirbelte.

Rurriranth hockte am Rand des Kraters, die Schwingen gespreizt wie die Hauptsegel zweier Kriegsschiffe. Seine mitleidlosen Augen blitzten auf die Âshkulim und ihre Kreaturen nieder mit der Grausamkeit einer Katze, die eine Maus in die Ecke getrieben hatte. Die Bleichen warfen sich auf die Knie, während ihre Hunde den Schnee besudelten und die messerscharfen Schweife einzogen.

»Wie wir es besprochen haben, junger Boulanthus.«

Oslic nickte. Mit einem Blick versicherte er sich, dass die Meute der Âshkulim bemerkt hatte, was hier oben vor sich ging. Er schalt sich einen Narren, denn das Krachen von Rurriranths Landung musste in ganz Vaistopol zu hören gewesen sein. Tatsächlich stand das Heer der Bleichen in Schockstarre und glotzte voller Unglauben zum Rand der Grube empor.

War da noch mehr? Oslic glaubte, in den Gesichtern der Âshkulim so etwas wie religiöse Verzückung zu erkennen.

»Oslic, jetzt oder nie!«, raunte Alheefa. »Es war dein Plan!« Die Meuchlerin nickte ihm aufmunternd zu.

Er hasste, was er jetzt tun musste, nicht nur in einer Hinsicht.

Mit theatralischer Geste macht Oslic einen einzigen Schritt nach vorn und deutete auf die gewaltige Gestalt des Uralten, so als geböte er dem Schwarzen. Doch damit begnügte er sich nicht. Er erinnerte sich an die Scheiterhaufen von Vaistopol und ließ seine Stimme über das Tal hallen, als er einer Eingebung folgend das Âshkulim-Wort aussprach, dass er aufgeschnappt hatte.

»Fleischpreis«, brüllte Oslic III. Boulanthus dem Drachen zu – und entfesselte die Hölle auf Erden.

Rurriranth brüllte so laut, dass Oslic das Gefühl hatte, seine Knochen würden zu Glasstaub zermahlen. Der Raubtieratem des Monsters fegte nicht nur ihn und Alheefa von den Füßen. Die knienden Âshkulim auf ihrer Ebene und ihre Schoßtiere wurden beiseitegeschleudert wie Spielzeug.

Wie ein grausames Kind, das in eine Kiste langte, ließ Rurriranth seine gewaltige Pranke vorschießen.

Es gab nicht mal einen Schrei. Bloß ein Geräusch, bei dem sich Oslic und ihrer Miene nach auch Alheefa fast der Magen umdrehte, als sich die Raubvogelklauen des Schwarzen um zwei ihrer Jäger und die Hunde schlossen. Im nahezu gleichen Moment schoss die Zunge des Drachen vor wie eine gewaltige Peitsche und wand sich um den Überlebenden, der laut kreischend zwischen Rurriranths Kiefern verschwand, lebendig verschlungen wie die Holzfigur im Märchen vom Wal.

Alle in der Grube – Freischärler, Âshkulim, Alheefa und Oslic – lauschten mit fasziniertem Grauen, wie die Schreie des Barbaren immer leiser wurden, während er den Drachenhals in dessen Leib hinunterrutschte, bis sie schließlich verstummten.

Das löste die Erstarrung der Âshkulim-Horde, die sich auf die Beine rappelte. Rurriranth tat einen einzigen Schritt vor, stieß sich scheinbar gähnend langsam vom Rand der Grube ab und spreizte die Flügel.

Mit erschreckender Beiläufigkeit rauschte der unfassbare Schatten über die Meute der Aschekrieger hinweg und weidete sich an ihrer Angst. Ohne Mühe packte er mit der hinteren Tatze eine Handvoll Barbaren und schraubte sich mit den schreienden Menschen in die Höhe.

»Es ist lange her, dass ich so viel Spaß hatte«, hörte Oslic das Ungetüm in seinem Kopf. Stumm streckte er die Hand aus und spürte, wie Alheefa seinen Griff erwiderte. Fassungslos sahen die beiden zu, wie der gewaltige Schemen des Schwarzen am Himmel mit schlagenden Schwingen innehielt wie ein Greifvogel.

Da öffnete Rurriranth seine Tatze, und die Schreie der in den Tod stürzenden Âshkulim gellten über die Mine. Das Geräusch, mit dem die Körper auf dem hartgefrorenen Boden aufschlugen, würde Oslic bis in sein Grab verfolgen.

Was immer die Âshkulim bis dahin empfunden haben mochten, was immer Oslic bisher gesehen hatte, jetzt wich es blanker Panik. Die Barbarenmeute preschte vor Rurriranth davon wie Feldmäuse vor dem Schatten der Schleiereule.

Vergeblich.

Der Drache stieß auf sie herab, tauchte seine Seeadlerpranken in die Gruppe der Fliehenden und fegte die Ruinen verwüsteter Körper beiseite. Als die Überlebenden in die andere

Richtung flohen, knickte er eine Schwinge ein, wendete in einer Bewegung von atemberaubender Eleganz.

Er landete hinter dem Rand der Grube über den Âshkulim, sodass sein Kopf gerade noch zu sehen war, und zog die Lefzen zurück wie ein Dobermann. Gewaltige Kiefer teilten sich, und orangeroter Donner schwoll in seiner Kehle an, stieg empor wie Magmaglut aus der Tiefe des Meeres. Ein Zischen wie von tausend Schlangen erfüllte die Luft. Dann brandete eine Lohe direkt vor dem Drachen in den Schnee. Eine Lawine aus scharfkantigen Eisbrocken, kochendem Wasser und siedendem Dampf ergoss sich als Erdrutsch über die Aschebarbaren, deren bleiche Leiber krebsrot und von der Flut hinweggerissen wurden.

Oslic hatte in seinem Leben nie zuvor solche Schreie vernommen und betete, dass er es nie wieder musste.

Es dauerte, bis sie endeten.

Als das Gemetzel vorüber war, dem kein einziger Freischärler zum Opfer gefallen war, legte Rurriranth einen Überlebenden vor Oslic ab, dessen schwarze Augen vom Schock gezeichnet waren.

»Sag ihnen, was hier geschehen ist!«, sagte der junge Tshar. »Verlasst Vaistopol! Wer nicht geht, dem blüht das Gleiche.«

Er ließ den Blick und seine Prothese über das Grauen schweifen. Ilja bog den Kopf des Aschekriegers in Richtung eines in der Luft erstarrten Wasserfalls voller Âshkulim-Leichen, der von den Elementen bis zum Boden der Grube getragen wurde.

Als wäre das Panorama nicht grausam genug, verschlang Rurriranth dort die gewaltigen Erzlager, indem er die Hütten wie Keksdosen aufbrach und sich an dem Metall satt fraß.

Oslic bezweifelte, dass der Krieger seine Worte verstand, wohl aber den Sinn dahinter. »Die Trisketen verlassen Vaistopol, oder der Zorn Oslics kommt über sie!«, sagte der junge Tshar.

Ein Spalier aus Freischärlern trat auf den einzigen Überlebenden ein, während er floh. Oslic wollte es verbieten, senkte aber die bereits erhobene Hand. Die Âshkulim hatten Vaistopol auch keine Gnade zuteilwerden lassen.

Zu keiner Sekunde löste der Barbar den Blick von der gewaltigen Gestalt des Schwarzen. Doch in den Augen des Mannes stand nichts als Bewunderung.

Aus den Aufzeichnungen des Ritters:

Die Zeit wird knapp. Ich höre Aufruhr draußen vor den Toren, den selbst das Heulen des Froststurms nicht zum Verstummen zu bringen vermag. Das Licht der Kerzen genügt weder, um die Kälte in dieser Kammer zu vertreiben, noch hilft es mir, mit einem Auge niederzulegen, was geschrieben werden muss, bevor es zu spät ist.

Wir nähern uns dem unausweichlichen Punkt, da meine Schilderungen enden müssen – mit der Hinrichtung, die uns erwartet. Oder was immer die drei teuflischen Bestien sonst mit uns vorhaben mögen. Denn Alheefa und Testri sind an meiner Seite in die Klauen der Trisketen geraten, und die Sorge um den Kauz raubt mir beinahe den Verstand.

Doch halt, ich muss die Feder niederlegen. Schritte nähern sich. Geben die Fünf, dass ich berichten kann, was berichtet werden muss.

Jede Hoffnung ist dahin. Mit Vergnügen haben sie mir erzählt, was geschehen wird. Diesmal waren sie zu dritt. Nie habe ich mehr als zwei von ihnen auf einem Fleck gesehen.

Sie haben offenbart, was ich lange vermutet habe. Das Vermächtnis der Vergangenheit ist der Grund für all das hier. Jene uralte Blasphemie, welche mein Orden aus ältesten Tagen kennt und bewahrt – selbst gegen den Willen der anderen Diener der Fünf.

Die Hexer und ihr Raubgesindel wären längst fort gewesen,

nachdem sie erreicht hatten, was sie erreichen wollten – Freiheit, wie die Trisketen es nannten. Aber dann wurden sie einiger Dinge gewahr.

Sie standen in meiner Kammer und berichteten mir in allen Einzelheiten, was nun geschehen soll. Die Falle, die sie vorbereitet haben, um meinen Herrn der Sammlung ihrer Beute hinzuzufügen. Sie genossen es, mir unsere Hilflosigkeit und Schwäche in diesen Belangen zu offenbaren. Sie wissen, dass es kein Entkommen mehr gibt.

Ihr einziger Antrieb ist der Hohn, einem alten Ritter, einem Diener der Götter, deren Feinde sie sind, bewusst zu machen, dass er nicht mehr ist als Fleisch. Speck in einer Mausefalle, die sie aufgestellt und gespannt haben.

Für meinen Herrn, Tshar Oslic III. Boulanthus, den zu warnen ich versäumte. Ich habe ihm nicht das ganze Bild dessen offenbart, was sich hier zutrug. Wir haben diesen Feind unterschätzt. Gewaltig unterschätzt. Er misst sich nicht an syriatischen Maßstäben.

Doch wie hätte ich einem jungen Mann, der für nichts als die Wissenschaft und die Vernunft brennt, klarmachen können, wer Rurriranth ist? Was der Schwarze ist? Steht der Drache doch für alles, was mein Herr ablehnt. Wenn die Mutmaßungen der Hexer wahr sind, so ist auch Oslic nicht, was er zu sein glaubt.

Ich muss einen Weg finden, ihm dies bewusst zu machen. Herr, so Ihr diese Zeilen lest: Im Folgenden findet Ihr, verschlüsselt in der Sprache, die Ihr einst aus reiner Freude an solchen Dingen ersonnen habt und die ich aus ebendiesem Vergnügen erlernte, alles, was ich über Rurriranth und die Trisketen vermute. Ich hänge es in einem separaten Dokument an diesen Text und werde alles am Leib verbergen, sodass Ihr es finden könnt, sollte ich die kommenden Stunden nicht erleben.

Wisset, dass der Eid meines Ordens im Eulenhain ein düsteres Geheimnis birgt. Wisset, dass dieses Wissen Teil eines Bundes ist, der durch mächtigste Magie besiegelt wurde. Wenn ich jemandem berichte, was ich weiß, meine Eide gegenüber meinem Patron breche, werde ich sterben. Der Zauber wird den Schlag meines Herzens beenden.

Ich kann aufschreiben, was ich weiß – doch der erste Mensch, dessen Augen über den Text huschen, der nicht ich oder ein anderes Mitglied der Ritterschaft des Hains ist, wird mich töten.

Geben die Götter, dass Ihr mir vergeben werdet, Herr. Verzeiht einem alten Narren, der Euer dankbarster Freund war.

Doch zurück zu meiner Chronik der Ereignisse. Ich erlaube mir ein paar literarische Freiheiten, um zu rekonstruieren, wie Ihr zurückgekehrt seid. Ich fülle sie mit dem, was meine Häscher und die Vertreter Eurer – vergebt mir – verkommenen Familie mit höhnischer Fratze in meine Ohren flüsterten, um damit Salz in meine Wunden zu streuen.

Vielleicht ist uns allen das Schicksal noch hold, wenn Ihr ihnen nur nicht in die Arme lauft. Die Fünf wachen über uns. Geben sie, dass ich diesen Bericht dereinst bearbeiten und ergänzen kann.

50

Es gab nichts außer Schnee und Druck. Druck und Schnee. Nie war etwas dunkler gewesen als dieses Eis. Er konnte sich nicht erinnern, wann Kälte und das Weiß des Frosts je etwas Dunkles gewesen waren. Sie pressten mit solcher Gewalt auf seine Lunge, dass jeder Atemzug mühevoll war.

Wo war er? Was war geschehen?

Sein Kopf klingelte wie wahnsinnig. Zwischen den panischen Atemzügen, die nichts als schneidende Kälte ohne Erlösung zu bringen schienen, stiegen Erinnerungsfetzen empor. Sie hatten die Grube gemeistert, ihren Feinden einen verheerenden Schlag beigebracht und waren sicher wieder aus den Landen um Vaistopol entronnen. Rurriranth war zurückgeflogen, den Wanst voller Erze. Erze, die er nicht nach Art der Seinen behalten, sondern in den Dienst ihrer Sache stellen wollte.

Was war dann geschehen? Wo war Alheefa? Wo waren die anderen?

Dies waren nicht die Kopfschmerzen, die ihn üblicherweise plagten. Etwas hatte ihn übel erwischt, das spürte er. Doch er konnte keinen Finger rühren, um seine Wunden zu prüfen. Er konnte nicht einmal das Gesicht bewegen, das Dunkel schloss sich so kompakt um ihn wie ein gefrorener Schneeball um einen Kiesel.

Er musste hier heraus!

»Lawine«, ächzte Oslic, als Erinnerungsfragmente wie Blitzfinger durch das Dunkel fuhren. Sie waren auf dem Rückweg in die verlorene Stadt Varsothyn gewesen. Schreiende Pferde, Männer, Frauen. Ein Wirbel aus Schmerz und Bewegungen, Donner, der einen Mann für den Rest seines Lebens in den Wahnsinn treiben konnte.

Mit dem Denken und der bewussten Erinnerung kam die Panik. Sie kroch nicht, sondern biss zu wie ein bösartiges Tier.

Dunkelheit und Kälte konnten nur eins bedeuten.

Ich bin lebendig begraben, begriff Oslic.

Da war der übermächtige Wille, zu strampeln, um sich zu schlagen, zu schreien. Doch der junge Tshar wusste, dass dies sein endgültiger Untergang gewesen wäre. Jede Bewegung mochte den Schnee zum Rutschen bringen, verbrauchte Luft.

Nein, er musste ruhig bleiben und so wenig wie möglich von dem kostbaren Element verbrauchen. Doch er wusste, dass die Kälte ihn einschläfern würde, bevor ihn der Luftmangel umbrachte.

Ein lang gezogener Schluchzer entrang sich seiner Kehle, als Oslic mit einem Mal begriff, dass er nicht der Einzige sein konnte, der unter den Schneemassen beerdigt war.

Alheefa!

Auf einmal galt seine ganze Panik der Meuchlerin. Wie er lag sie irgendwo unter einer dicken Kruste aus Eis und Geröll. So wie all die anderen Freischärler, ihre Pferde.

Diesmal konnte er nicht auf Rurriranth hoffen. Der Schwarze war viel schneller als sie und hatte Tage Vorsprung vor ihrer Kriegsbande.

Der Gedanke an Alheefa und die Vorstellung, ohne sie ein letztes Mal zu sehen in diesem Dunkel zu krepieren, gaben den Ausschlag. Mit schierer Willensanstrengung rang Oslic die Panik nieder. Er besann sich der Dinge, die er über Eis und Schnee wusste. Wer unter solch einer Masse begraben war, hatte kaum Aussicht auf Rettung. Doch anderen Menschen gegenüber war der junge Tshar im Vorteil.

Er richtete ein Stoßgebet an die Fünf, bevor er es wagte, die Finger seiner rechten Hand zu öffnen. Ein Schockmoment, als Seilzüge und Gewinde nicht reagierten, wie er erwartet hatte. War die Prothese beschädigt worden? Eingefroren?

Dann hörte er das Kratzen von Eis, spürte Vibrationen in seine Schulter wandern, als er den Zeigefinger bewegte. Schnee knirschte. Mit den mentalen Techniken seiner Mutter zwang sich Oslic, Atem zu sparen. Ruhig und konzentriert, ein und aus, während er Finger für Finger der Prothese befreite. Mit jedem Zoll, den er errang, gewann die Hand an Spielraum und konnte die ihr innewohnenden Kräfte besser einsetzen.

Ein Funke Hoffnung erblühte im Dunkel, als Oslic sein Handgelenk zum Kreisen brachte. Methodisch und mit größter Vorsicht wendete er es nach oben, so als kraulte er den Bauch eines Hundes. Er spreizte die Hand, bis er das befriedigende Klacken verspürte, mit dem die verborgenen Kletterklauen ausfuhren. Wie einen Rechen bewegte er sie in dem größer werdenden Spalt um seinen Unterarm, hörte das Ächzen, mit dem Schnee in Brocken fiel.

Es war ein Kampf des Willens. Alles in Oslic schrie, sich zu beeilen, sich zur rettenden Luft und dem Licht der Sonne zu graben. Doch er wusste, dass Hast den Eispanzer aufbrechen und die Massen dazu bringen konnte nachzurutschen. Dies galt es, um jeden Preis zu vermeiden.

Er arbeitete konzentriert. Mit jeder Bewegung spürte er, wie ihm leichter und leichter im Kopf wurde. Ihm ging die Luft aus. Bald würde er müde werden und einfach einschlafen. Er war wieder jung, gefangen in den Tiefen eines zugefrorenen Gewässers und dem Tode geweiht. Er sollte loslassen, besser einfach aufgeben.

Nein, dachte er verbissen. *Nicht bevor ich Alheefa und die Freischärler gerettet habe!*

Die kompakte Finsternis, die ihn umklammerte, nahm ihm jede Vorstellung von Zeit und Raum. Oslic war sich nicht einmal sicher, ob er sich überhaupt nach oben arbeitete. Er hatte Geschichten von verwirrten Perlentauchern gehört, denen die Tiefe dermaßen zugesetzt hatte, dass sie unten und oben nicht mehr zu unterscheiden vermochten. Er verließ sich einzig auf seine Intuition und sein Bücherwissen.

So schob sich Oslic III. Boulanthus wie ein Wurm durch einen selbstgeschaffenen Schacht aus Schnee, drückte kleinere Felsbrocken aus dem Weg und zermalmte Eis, um sich Raum zu schaffen.

Dann, erlösend, zischte es leicht, als seine Faust eine Wand aus Eis durchstieß und sich ein größerer Hohlraum auftat.

Er wusste nicht, ob er je etwas so Süßes gekostet hatte wie die Eisluft, die sich ihm unsichtbar aus der Tasche im Packschnee entgegen ergoss. Sie kitzelte den Bartschatten auf seinem Gesicht, streichelte die Lippen wie die Finger einer Liebenden.

Ich komme, Alheefa! Ich hole dich!

Frische Luft drang in seine Lunge, eiskalt, aber zum ersten

Mal, seit er sich entsinnen konnte, erquickend. Er nahm das Geschenk dankend an, pumpte sich voll, spürte, wie es ihm neue Kraft verlieh. Die Luft und der Gedanke an die Meuchlerin.

Belebt schob sich Oslic in den Hohlraum vor. Die Tasche war groß genug, um darin zu hocken. Mit aller angebrachten Vorsicht wendete der junge Tshar seinen Körper. Erst als er sich wieder sicher war, wo oben und unten waren, setzte er die Anstrengungen fort.

Er arbeitete ohne jedwede Vorstellung, ob und wann er das Dunkel verlassen würde. Er sparte, was an Luft vorhanden war, schabte, stieß und grub.

Da griff seine metallene Faust ins Leere.

Er sah kein Sonnenlicht, daher glaubte Oslic, einen weiteren Hohlraum entdeckt zu haben. Da erblickte er einen silbrigen Schimmer und begriff, dass das Band der Monde über ihm erstrahlte.

Unterkühlung und Entkräftung konnten nicht verhindern, dass Zuversicht durch jeden Muskelstrang, jeden Nerv rann.

Der junge Tshar musste sich bezähmen, nicht laut zu jauchzen und wie verrückt nach Art eines Hundes zu buddeln, um sich in die Freiheit zu ziehen. Er wollte nicht jetzt, da er das Ziel vor Augen hatte, lebendig begraben werden – doch es fiel ihm schwer, seine Freude zu zügeln.

Endlich, mit einer letzten Kraftanstrengung, zog sich Oslic in die Höhe, heraus aus einem Loch, dass er mit zwei gesunden Armen niemals hätte verlassen können. Gegen jede Vernunft küsste er seine Prothese und riss sich dabei die Lippen an dem eiskalten Metall auf.

Der junge Tshar rollte sich auf den Rücken und blieb liegen. Seine Brust pumpte, über ihm der freie Himmel. Myriaden von Sternen und das Band der Monde, dessen schillerndes Gleißen sich über das endlose Weiß der Berge ergoss.

Nur für einen Moment die Augen schließen und dem Wind lauschen. Nur für einen Moment Kraft tanken, dachte Oslic.

Alheefa!

Sein Körper bestand aus nichts als Kälte und Schmerz. Dennoch wuchtete er das Bleigewicht der Glieder in die Höhe. Wie lange hatte er nicht mehr gestanden? Wie lange war er dort unten gewesen?

Er ließ den Blick schweifen. Er befand sich auf einem gewaltigen Schneefächer an der nackten Felsflanke eines der Gipfel, die den Weltenzahn umgaben. Man sah auf den ersten Blick, dass raue Mengen an Schnee und Geröll von der Kante des Berges gerissen waren.

Seine Hoffnung sank. Er ließ den Blick über die Eisödnis schweifen. Rief Alheefas Namen. Rief nach Vogt Ilja.

Niemand antwortete. Vereinzelt lagen Dinge im Schnee. Kleidungsfetzen. Eine verlorene Waffe. Oslic hob einen Rucksack auf, gegen jede Vernunft auf Proviant hoffend.

Nichts.

Keine Spur von der Meuchlerin. Kein einziger Freischärler war zu sehen.

»Alheefa!« Umsonst gemahnte ihn die Vernunft, dass es nach dem Abgang einer Lawine im Gebirge eine alles andere als kluge Idee war herumzuschreien. »Alheefa! Alheefa, bitte!«

Nur das Heulen des Windes antwortete ihm, seine eigene Stimme als höhnisches Echo mit sich tragend.

Mit zugeschnürter Kehle ließ sich Oslic auf die Knie fallen. Er stieß die Hände in den Schnee. Schaufelte, grub, angetrieben von der blanken Hoffnung, irgendjemanden lebendig bergen zu können.

Nichts.

Ausgehöhlt sank er auf das Eis.

Was er benötigte, war ein Plan. Eine Strategie, Luft in die Tiefen der Lawine zu befördern. Doch er hatte nichts davon. Auch die gewaltige Kraft des Drachen würde ihm in seiner Situation nichts bringen. Etwaige Überlebende würde der Koloss beim Graben mit den Pranken zerfetzen – und seine Flammen würden jene kochen, die im Eis auf ihre Rettung warteten.

Alheefa.

»Was soll ich nur tun?«, fragte Oslic in die Leere. »Was mache ich jetzt? O ihr Götter, Alheefa.«

Der junge Tshar erwartete nicht, eine Antwort zu erhalten. Niemand war überraschter als er, als es geschah.

»Hallo? Ich bin hier! Hier unten!«, ertönte eine kraftlose Stimme.

Oslic schoss in die Höhe. Für einen Augenblick redete er sich ein, die Stimme der Meuchlerin zu hören – doch es war ein Mann, den er am Fuß des Lawinenfächers vorfand.

Über die Freude, einen anderen Menschen zu hören, vergaß er jede Vorsicht. Er rutschte die Schneeschwemme hinunter, wäre um ein Haar gestürzt und die Bergflanke hinuntergerollt. Während er schlitterte, hielt er sich mit der Prothese an Dingen fest, die auf den ersten Blick an winzige Fichten gemahnten. Tatsächlich waren es die Spitzen größerer Bäume, die aus der Lawine ragten.

Er kam neben einem Freischärler zum Halt. Ein Blick genügte dem jungen Tsharen, um zu sehen, dass die Tage des alten Bauern gezählt waren. Es grenzte an ein Wunder, dass der Mann noch lebte – drei Pfeile steckten in seinem Körper. Sein Atem ging flach und stoßweise, wahrscheinlich hatten Oslics Schreie ihn aus einem entkräfteten Schlummer, der dem Tod vorausging, geweckt.

Er warf sich neben dem Mann auf die Knie und ergriff die Hand des Alten. Sein Bart war zu einer Skulptur aus Rot und Weiß verkrustet, die Kältewolken seines Atems stanken nach Metall, und hellrote Tröpfchen sprühten auf Oslics Pelze.

»Haben … versucht … sie aufzuhalten, Tshar … Ich und andere … versucht!« Die Kehle des Freischärlers, dessen wettergegerbte Miene ihn als einen weiteren Pelzjäger unter ihren Kundschaftern preisgab, klickte bei jedem Atemzug, so ausgedörrt war sie.

Oslic hätte ihm gern zu trinken gegeben, doch fehlte die Zeit, Schnee zu tauen. Erst da merkte er, wie durstig er selbst war.

»Sie? Wer bist du, alter Mann?« Langsam sickerte in Oslics Bewusstsein, dass er den Mann noch nie gesehen hatte. Er war nicht Teil ihres Trupps aus der Grube.

»Wir … sie … Wir haben sie verfolgt. Sie verfolgt … Zu spät. Kamen um die Flanke des Berges und sahen deinen Tross, Tshar.«

»Bitte, mein Freund. Du musst versuchen, dich zu sammeln. Hast du eine junge Frau gesehen? Meine Frau, die Kriegerin aus Sidhisid? Du weißt, wen ich meine!« Oslics Stimme war nahe daran, sich zu überschlagen. Verzweiflung schnürte ihm die Kehle zu.

So sanft er konnte, barg er den Kopf des Sterbenden auf seinen Oberschenkeln, und er drückte ihm die Hand.

»Meine Frau … Gretna … schon … lange fort. Bald … sehen … sehen wir uns wieder.« Der Mann lächelte. Seine verbliebenen Zähne waren rosa. Dunkle Ströme liefen über beide Mundwinkel. Sein Blick ging in die Ferne, kehrte schlagartig zurück. Mit einem Aufbäumen und einer Kraft, die nur Sterbende aufbringen, packte er Oslic am Kragen und zog den jungen Tsharen zu sich herab. Der Alte nahm einen tiefen Atemzug und krallte sich in den Pelz. »Sie … Sie waren oben in der Stadt, Herr. Deine Brüder und dein Onkel. Wir hatten unser Kommando, und die hatten ihres. Dein Weib ist bei ihnen. Sie sind alle bei ihnen …«

Dann sackte der Pelzjäger zurück. Ein quälend langer Seufzer entrang sich seiner Kehle. Sein Blick brach und verlor sich an den frostklirrenden Gipfeln. Der Kampf dieses Mannes war vorbei.

Oslic ließ den Körper von seinen Schenkeln rutschen. Mit einem Knirschen von Eis glitt er auf das mondbeschienene Weiß zurück. Wenigstens ihm konnte der junge Tshar die Augen schließen. Behutsam erhob er sich, um die Ruhe eines weiteren Toten, den der Berg und der Kampf gegen die Trisketen gefordert hatten, nicht zu stören.

Voller Verzweiflung ließ Oslic den Blick über den gewaltigen Schneefächer und Hunderte Tonnen an Geröll schweifen. Selbst mit drei Dutzend Helfern, Schaufeln, Eimern und anderem Arbeitsgerät würden sie Tage brauchen. Und er hatte weder Helfer noch Hunde.

Ein dumpfer Schmerz, nichts Körperliches, sondern aufsteigend aus der Tiefe seiner Seele, breitete sich in Oslics

Brust aus. Er wusste, wie es war, dort unten begraben zu sein, auf Hilfe zu hoffen, die völlig unwahrscheinlich war. Alles in ihm schrie danach, auf die Knie niederzugehen und die Kraft seiner Prothese zu nutzen, um zu graben.

Sein Körper tat gegen seinen Willen einen Schritt in Richtung Berggipfel, weg von den vielen Begrabenen. Irgendwo dort unten lagen Ilja Ilaewitsch und Antonjev, der Bojar mit dem Falkenblick, gemeinsam mit all den anderen Freischärlern, an deren Seite er zur Grube aufgebrochen war. Doch ihn zog es zum Gipfel, und die Sorge um seine Freunde, um Vargen und Testri brachte ihn beinahe um den Verstand.

Ein weiterer Schritt trug ihn in die Gegenrichtung, wo Vaistopol lag. Irgendwo dort war Alheefa in den Klauen der Trisketen, vorausgesetzt, der Pelzjäger hatte nicht im Wahn eines Verblutenden gesprochen.

Wie angestochen stapfte Oslic umher. Wem sollte er helfen? Was sollte er tun? Er hatte das Gefühl, von drei Monstern mit gewaltiger Kraft zerrissen zu werden.

Der Mann in ihm wollte zu Alheefa, der Freund und Ziehsohn zu Vargen, der Ziehvater zu Testri. Doch der junge Tshar war nun ein Herrscher, und die Lektionen des Vaters, einstiger Berater und des ritterlichen Freundes hatten ihre Spuren hinterlassen. Dort oben waren Hunderte, die mehr denn je seiner Führung bedurften.

Er war es gewesen, der die Trisketen unterschätzt hatte. Er hatte geglaubt, das geheime Reich genügend abgesichert zu haben.

»Sie sind alle bei ihnen«, murmelte Oslic. Ein Stoßseufzer entrang sich seiner Kehle. Hatten sein Onkel und seine Brüder es geschafft, nicht nur Alheefa zu verschleppen? Nein!

Nein, das durfte nicht sein. Begreifen sickerte in sein Bewusstsein, die Worte des Pelzjägers ergaben plötzlich einen Sinn, dem er sich bislang verweigert hatte. »Rurriranth. Hörst du mich?«

Die Antwort ließ so lange auf sich warten, dass der junge Tshar schon glaubte, der Drache sei außer Reichweite ihres Bandes. Eines Bandes, das Oslic ebenso zu studieren versäumt hatte wie die Fähigkeiten seiner Gegner. Vollkommen erschöpft ließ er sich auf die Brust fallen, hämmerte die Fäuste gegen die Schneedecke. Er schob sich in die Höhe und starrte zum Mondenband hinauf.

»Ich bin hier, junger Boulanthus.« Die Stimme des Drachen klang abgelenkt, beschäftigt.

So wie ich, wenn ich in Gedanken bin, dachte Oslic, und nicht zum ersten Mal bemerkte er jene Verwandtschaft des Geistes zwischen ihnen, von der Rurriranth oft sprach.

»Ist es wahr? Haben sie ein Kommandounternehmen in die Stadt geführt, während wir dachten, wir wären es, die ihnen einen Stich versetzen?« Der Klang von Oslics Stimme halte höhnisch durch die Berge, und erst da begriff er, dass er vor Wut und Verzweiflung geschrien hatte.

»Deine Menschen sind in Aufruhr, Prinz. Ich weiß allerdings nicht, warum, und ich war beschäftigt. Warte einen Augenblick, ich werde schauen, was ich herausfinde.«

Du warst beschäftigt, dachte Oslic. *Zu beschäftigt, um zu helfen? Womit?* Er schüttelte den Kopf.

Eine Migräneattacke kam so plötzlich wie der Zweifel. Oslic förderte eine Prise aus seinem schrumpfenden Peritusvorrat zutage. Die Linderung setzte langsam ein, Erschöpfung und Eiseskälte forderten ihren Tribut. Eine Entscheidung musste getroffen werden, er brauchte Bewegung, musste einen Unterschlupf finden.

Schneebedeckte Tannen rauschten, und der Wind klagte an den Höhlungen und Graten der Berge. Die schroffen Felszähne schienen sich wie ein Maul um den einsamen jungen Tsharen zu schließen, um in der Dunkelheit ihrer Umarmung jede Hoffnung zu ersticken.

Er zuckte zusammen, als sich Rurriranths Präsenz unerbeten in seinen Geist stahl und schlagartig die Seidenklinge seiner Stimme ertönte. *»Es gab einen Übergriff«*, teilte der Drache ihm mit. *»Deine beiden Brüder und dein Onkel führten ein Kommandounternehmen an.«*

Eine Pause folgte, dann sagte der Schwarze: *»Die Witwe sowie der Rest deines Beraterstabes wurden getötet.«*

Wieder ging Oslics Faust auf den Schnee nieder. Er spürte Wut wie nie zuvor in seinem Leben. »Was ist mit Vargen? Testri?!«

»Nach dem, was ich hörte, leben deine Freunde noch, wurden aber verschleppt.«

Die letzten Quäntchen von Kraft wichen aus Oslics Gliedern. Er sank in sich zusammen.

Seine Freunde, seinen Ziehvater, die Liebe seines Lebens und sein kleines Mädchen – mit einem einzigen Handstreich hatten die Monster aus dem Osten und ihre Brennerbrut ihm alles genommen, was er liebte.

»Ich muss … ich sollte …«

»Besonnen handeln«, ermahnte ihn die Stimme des Drachen. *»Sie werden sie nicht töten, nicht einfach so, sonst hätten sie es hier getan, in Varsothyn.«*

Oslic kam sich wie ein Mann vor, dem die Aufgabe übertragen worden war, eine Düne Wüstensand mit einem groben Sieb zu bewegen. Er fühlte sich endlos überfordert.

Die gewaltige Präsenz des Schwarzen stand so sicher neben ihm wie ein Freund, der einem die Hand auf die Schulter legt. Seltsamerweise ließ sie den jungen Tsharen erschauern. *»Du bist nicht allein. Ich bin an deiner Seite. Du hast mein Exil beendet und mir trotz aller Vorbehalte die Gnade deiner Gesellschaft erwiesen. Mein Einsatz in der Grube hat es dir längst noch nicht vergolten. Erlaube mir, dir zu helfen.«*

Unschlüssig blickte der junge Tshar zwischen dem Pass, der zurück nach Vaistopol führte, und dem Weltenzahn hin und her. Er wusste, dass er von hier aus ohne Reittier noch mindestens eine Woche brauchen würde, um in das verlorene Tal zurückzukehren.

Eine Woche voller Entbehrungen und Gefahren, in der ihn jeder Schritt von seinen Freunden forttreiben würde.

»Ich muss zu ihnen, Rurriranth. Ich muss die anderen retten.«

»Es ist dieses Denken, auf das deine Gegner setzen, junger Boulanthus. Sie wollen, dass du diesen Fehler begehst, damit auch du ihnen in die Hände fällst. Nur deswegen sind sie noch dort.«

»Aber was wollen sie von mir? Nach allem, was ich gehört habe, habe ich ihnen doch schon genug geholfen.«

Der Schwarze überging die Frage. *»Wir haben jetzt Erz, junger Boulanthus. Die Geheimnisse des Alten Varsothyn und mein Wissen. Vertraue mir. Sie werden deine Freunde nicht anrühren, ohne dir Forderungen zu stellen. Doch zuerst werden sie dich schmoren lassen. Willst du mir wirklich sagen, dass du als Mitglied des Adels nie von solchen Geiselnahmen gehört hast? Warst du nicht selbst eine?«*

Alles in Oslic schrie danach, die Argumente des Drachen zurückzuweisen. Er konnte nicht ertragen, dass seine Freunde in den Klauen dieser Monster schmorten, aber er konnte der Logik in den Worten des Geschöpfs nicht beikommen. »Falls sie überhaupt wissen, dass ich noch lebe«, folgerte er.

Der Drache schien über den Gedanken nachzusinnen. *»Es kann nicht im Sinne der Trisketen gewesen sein, dass die Lawine dich erwischt hat, junger Freund. Das dürfte ihnen kaum gefallen.«*

»Dann bin ich in einer schlimmeren Zwickmühle als gedacht.« Oslic verbiss sich einen derben Fluch. »Wenn sie denken, dass ich tot bin, haben sie keine Verwendung mehr für ihre Geiseln.«

»Ein Grund mehr, dass wir eine wehrfähige Streitmacht aufstellen.« Vorfreude färbte die Stimme des Schwarzen.

Oslic nickte. »Wenn ich ihnen formell den Krieg erkläre, wissen sie, dass ich noch lebe. Dann sind meine Freunde sicher.«

»Aber das kannst du kaum tun, indem du ins Tal hinuntergehst und dich in ihre Stadt begibst, junger Boulanthus. Sie werden dich sofort in Eisen legen und deine Freunde vor deinen Augen töten. Kehre zurück.«

»Die Gefahren auf dem Weg. Die Wisperflecken …«

»… werden dich nicht behelligen. Dieser Berg beugt sich meinem Willen seit Zeitaltern, und die Kinder der Wildnis sind mein Heer. Nichts wird dich anrühren, und ich werde dir Jagdbeute zuführen.«

»Ich wüsste nicht, was ich ohne dich tun sollte, mein Freund«, sagte Oslic.

»Ich weiß«, antwortete der Schwarze, und der junge Tshar konnte seinen Tonfall nicht deuten.

51

Der Weg durch die Berge war so anstrengend, wie Oslic ihn vom letzten Mal in Erinnerung hatte, aber damals hatten sie Pferde gehabt. Es waren die schlimmsten Tage seines Lebens.

Von Sorgen um die Freunde zerfressen und körperlichen Härten ausgesetzt, die alles überstiegen, was er sich bisher hatte vorstellen können, stellte er sich mit wenigen Dingen, die er aus der Lawine geborgen hatte, der Herausforderung. Doch mit jedem Schritt, den er den Pässen abtrotzte, stieg die Klarheit seiner Gedanken, mit jedem Atemzug dünner werdender Frostluft stählte sich der Wille des jungen Tsharen.

Rurriranth hatte recht. Oslic würde sich seine Antworten holen und dieses Puzzle endlich zusammenfügen. Es gab Bausteine, die er noch zusammensetzen musste, doch er hatte auf dem Weg in die Höhe viel Zeit. Es war an einem Nachmittag, klar und rein, drei Tage nach dem Unglück, als ihm die Erkenntnis kam.

Er passierte eine Felsflanke vulkanischen Ursprungs, in Gedanken bei dem kleinen Waisenmädchen, das er liebte wie eine Tochter. Zwischen Basaltblasen und grauem Fels glomm Obsidian, Vulkanglas, rasiermesserscharf und schwärzer als die Nacht.

Der Anblick rührte an etwas tief in ihm. Vor seinem inneren Auge erschien das Schuppenkleid seines schwarzen Gönners. Das Material des Anhängers, den Testri trug, hatte bestechende Ähnlichkeit mit den Panzerplatten des gewaltigen Drachen – und dann war da der Stab, den er durch die Laterne getrieben hatte.

Ein seltsames Misstrauen stieg in Oslic auf. Er folgte dieser inneren Stimme, nutze die Einkehr des eiskalten Pilgerpfades zurück in das verborgene Reich. Mit der Meisterschaft seiner mentalen Techniken verschloss er seinen Geist vor der Umgebung, aber auch vor dem Drachen, um zu denken.

Ein Teil von ihm schämte sich, seinen Gönner derart zu hintergehen, doch ein anderer Anteil seiner Persönlichkeit spürte eine unerwartet heftige Reaktion. Oslic vertraute Rurriranth, aber er wusste auch, dass dieser Titan, über den er absolut nichts wusste, über einen brillanten strategischen Geist verfügte und eigene Pläne verfolgte.

Wann immer Oslics Gedanken diesem Thema näher kamen, endete seine Konzentration, und eine Hand schien durch seinen Geist zu fahren und sorgfältige Überlegungen zu zerstreuen. Mehrfach hatte er sich dabei ertappt, schlicht vergessen zu haben, worüber er gerade noch in höchster Versenkung sinniert hatte.

War da nicht etwas gewesen, das Testri ihm hatte erzählen wollen? Scham brannte auf seinen Wangen, als er sich erinnerte, wie er das Mädchen abgekanzelt hatte. Sie hatte etwas in ihren Träumen gesehen, nicht wahr? Was war es gewesen? Welche Rolle spielte ihre Halskette?

Er wanderte einsam durch die Berge, aber er war nicht allein. Eine Legion Bedenken wandelte an seiner Seite. So erreichte er nach vielen Tagen der Entbehrungen das verlorene Tal von Varsothyn.

Oslic fand den Schwarzen zu seiner Überraschung nicht in den Tiefen seines Sees vor. In der Mitte der Glasstadt ragte ein gewaltiges Gebäude auf, nicht minder geheimnisvoll als der Rest. Die Stufenpyramide glänzte in der Sonne des frühen Nachmittags. Ein Bau von solcher Größe, dass sich ein Mensch auf die Schultern eines Helfers stellen musste, wenn er die Finger auf die nächsthöhere Stufe legen wollte. Greifvögel kreisten über dem gewaltigen Schatten, der dort oben ruhte.

Der junge Tshar ging direkt auf das Gebäude zu. Freischärler, Frauen und ihre Kinder, Kundschafter, Jäger und Handwerker. Sie alle bestürmten ihn mit ihren Fragen und Nöten. Mit einer Zuversicht, die er nicht empfand, beruhigte er die Menge – niemand war verblüffter als Oslic, dass die Leute sich tatsächlich zurückzogen und ihn gewähren ließen.

Sie vertrauten ihrem Prinzen, auch und gerade nachdem er wie durch ein Wunder als Einziger lebendig zurückgekehrt war und sein Rat nicht mehr existierte. Etwas, wovon sich Oslic nach seinem Gespräch mit dem Drachen persönlich überzeugen würde.

Doch die gewaltige Gestalt bequemte sich nicht zu ihm herunter. Vielleicht schlief die Bestie?

So musste Oslic eine Rampe deutlich kleinerer Stufen erklimmen, die er überhaupt nur bewältigen konnte, weil er über lange Beine verfügte. Wie alles im Reich der alten Varsothynen waren ihre Treppenstufen der Größe ihres Volkes angemessen.

Als Oslic die Stufen betrat, überkam ihn heftiger Schwankschwindel. Es gab kein Geländer, keine Plattformen, die jemanden auffingen, der auf dem Glas ausrutschte. Er zögerte kurz – sein Aufstieg durch die Berge hatte ihn über weitaus glattere und gefährlichere Hindernisse als eine steile Treppe ohne Handlauf geführt. So nahm er allen Mut zusammen und erklomm die Stufenpyramide, bis er nach einer gefühlten Ewigkeit die Spitze erreicht hatte.

Wie ein Denker, der an seinem Schreibtisch über der Arbeit vor Erschöpfung zusammengebrochen war, ruhte die Gestalt der Bestie, den Schlangenhals unter eine gewaltige Schwinge gefaltet, während das obere Drittel des Körpers und die beiden Vorderbeine auf der Stadien messenden Dachterrasse des Prachtbaus lagen.

Bin ich der Prinz, und er ist der König?, fragte sich Oslic nicht zum ersten Mal. *Hat sich überhaupt nichts geändert, und ich stehe wieder im Schatten eines »Vaters«?*

Schläfst du, Rurriranth?, dachte Oslic.

»Immer und niemals«, antwortete der Drache. *»Im Gegensatz zu den Vertretern deiner kurzlebigen Rasse vermag ich beides zugleich.«* Er öffnete das gewaltige Auge, ohne den Schädel zu rühren, hüllte Oslic in das blaue Glühen seines Blicks.

»Du wolltest mir helfen, mein Freund«, sagte der junge Tshar. »Du wolltest mir offenbaren, wer die Trisketen sind.«

»Sie sind wahre Hexenmeister, junger Boulanthus.«

»Du hast so etwas erwähnt.«

»Ja, aber du hast es dir nicht bewusst gemacht. Du glaubst es noch immer nicht. Ich spüre deinen Zweifel selbst jetzt, da sie Vergeltung an dir genommen und ihre Chimären auf dich gehetzt haben.«

»Dir entgeht wenig«, stellte der junge Tshar fest. Er tigerte vor der gewaltigen Knochenfratze des Drachen auf und ab.

»Wenig«, sagte Rurriranth mit mehr als nur einer Spur

Sarkasmus. Er nutzte seine Stimme, und obwohl es nur ein Raunen war, fegte der Wind der Silben den jungen Tsharen beinahe zu Boden.

»Was wollen sie?«, fragte Oslic.

»Was wollen wir alle?«, erwiderte Rurriranth mit der Andeutung eines Zuckens in seinen gewaltigen Schultern.

»Du hast gesagt, du würdest mir offenbaren, was sie sind. Wer sie sind?«

»Ich halte mein Wort, junger Boulanthus. Du wirkst mit einem Mal ungemein misstrauisch auf mich.«

»Es war ein harter und langer Weg«, sagte Oslic. »Ich habe viel nachgedacht.«

»Ah ja.« Rurriranth klang amüsiert. Seine Lefzen hoben sich, gaben den Blick auf Zähne wie Tempelsäulen frei.

»Bitte, Schwarzer. Sie haben meine Freunde.«

»Es war eine ernst gemeinte Antwort, Prinz. Was wollen wir alle? Selbstverwirklichung? Anerkennung? Respekt?«

Oslic war verblüfft. Die Gedanken des Titanen benutzten diese Konzepte, betonten sie, wie ein Mensch es getan hätte. Empfand Oslic selbst so?

»Ich hatte einen Vater.« Es lag Bitterkeit in Rurriranths Stimme. *»Er war nicht zufrieden mit mir. Wir teilen dieses Gefühl, mein junger Freund.«* Bevor Oslic einhaken und ihn unterbrechen konnte, hob der Drache eine gewaltige Klaue wie ein Schulmeister. *»Sie wollen Freiheit. Ein machtvoller Fluch bindet sie. Du hast ihn gebrochen und damit ihre Ketten gesprengt.«*

»Woher weißt du das?«

»O bitte, du hast deine Wege, und ich habe die meinen. Möchtest du Antworten oder nicht?«

»Weißt du, Rurriranth, ich hatte auf dem Weg nach oben

wahrhaftig viel Zeit zum Nachdenken. Das Grab meiner Mutter, all das. Warum ich? Warum haben sie nicht selbst die Laterne zerschlagen?«

Ein weiteres, kaum wahrnehmbares Achselzucken ging durch den Titanenleib. *»Es ist ein Ritual. Das Wort mag für Laien vieles bedeuten, aber jene, die kundig sind, begreifen, dass ein Ritual genauen Abläufen unterliegt. Das ist seine Natur. Ich habe eine Theorie, warum sie dich dafür genutzt haben. Du bist der Herrscher eines Landes, mit dem sie im Krieg liegen. Vielleicht sind sie durch Eide gebunden – und du hast die Ketten dieser Eide, dieses Bandes zerbrochen. Du bist als Tshar nach den Regeln des Alten Bundes der Herr von Carchadon, auch seiner Geister, seiner übernatürlichen Kräfte, nicht wahr? Wer also wäre besser geeignet?«*

»Das ist die Floskel bei der Krönung, ja. Uralter Aberglaube.« Oslic schüttelte den Kopf. Abermals spürte er den Impuls, seine Zweifel vor dem Drachen zu verhüllen. »Du vermutest also, dass sie aus meiner Heimat stammen? Sie sehen weder wie echte Menschen aus, noch tragen sie die Zeichen der Âshkulim.«

»Sie sind alt. Älter, als du dir vorzustellen vermagst. Der Geruch alten Zaubers umweht sie.« Rurriranths Augen verengten sich, so als lauerte er bei seinem Gegenüber auf eine Reaktion.

»Jedenfalls stammen sie von hier«, fuhr der Drache fort.

Oslic wusste nicht, ob das Wesen damit Carchadon meinte oder Varsothyn, beschloss aber, nicht nachzuhaken. Rurriranth verströmte seltsame Reizbarkeit und Ungeduld.

»Sie sind also Zauberer, die einst Teil des Landes waren. Und weil sie nach den Regeln des alten Aberglaubens meiner Heimat von hier stammen, sind sie an die Geister des Landes, der Luft und so weiter gebunden«, schlussfolgerte Oslic.

»Du solltest diese Dinge nicht so abtun«, mahnte Rurriranth. *»Du hast eine Sicht auf diese Dinge, die man wohl modern nennen muss. Deine kurzlebige Rasse scheint viel von dem vergessen zu haben, was sie einst ausgezeichnet hat.«* Der Drache klang nicht im Mindesten unglücklich darüber.

»Sie sind also mit ihren Knechten aus dem Osten gekommen – über Nacht, scheinbar grundlos, aus den Kraterlanden. Nie zuvor haben wir oder unsere Spione an der Grenze zur Ödnis der Âshkulim von diesen drei Gestalten gehört, doch da sind sie. Sie überfallen Vaistopol wie aus dem Nichts, töten meinen Vater und unzählige andere und opfern in einem finsteren Ritual die Seelen all der ermordeten Unschuldigen. Dabei setzen sie eine Form von … Energie frei, die Grundlage des Rituals.« Der junge Tshar ging vor dem Drachen auf und ab, lief eine Acht über den gläsernen Untergrund, während er mit dem Zeigefinger der Prothese gegen seine Unterlippe tippte. »Sie locken mich in eine Falle, nutzen meine Wut über die Schändung des Grabes meiner Mutter und die notwendige Hast, sie davon abzuhalten. Ich spiele ihnen in die Hände, indem ich die Laterne durchstoße. Habe ich das alles präzise zusammengefasst?«

»Beinahe«, wandte der Drache ein. *»Du bist nahe dran. Sie sind nicht grundlos über Nacht gekommen. Sie wurden gerufen, junger Freund. Von jemandem aus deiner Heimat, ich weiß nicht, wer. Doch ich vermute, dass deinen Onkel oder einen deiner Brüder die Machtgier gepackt hat. Sie fanden wohl, es sei an der Zeit für einen Herrscherwechsel.«*

Oslic dachte über diese Worte nach. Seinen Onkel schloss er aus, der Alte war von Gram gezeichnet und von einer angeborenen Bösartigkeit, die durch Jahre des Krieges geschliffen worden war wie eine Rasierklinge. Er hasste die Âshkulim seit dem Tag, da er ein Schwert halten konnte. Seine Brüder ebenso. Doch im Gegensatz zu Talladeen Boulanthus mangelte es ihnen an der Geduld eines Raubtiers – und an Vernunft.

»Talladeen hätte gewusst, dass die Âshkulim jedes Wort gegenüber schwächlichen Stadtbewohnern brechen. Dass sie sich in den Mauern Vaistopols wie Tiere aufführen und die Leute jagen würden, die ihn auf den Thron setzen sollten. Es sei denn …«

Der Drache hob eine Augenbraue, zugleich verengte sich seine mannshohe Pupille zur Breite einer angelehnten Tür. *»Ja?«*

»Es sei denn, er und meine Brüder hatten einen Plan in der Hinterhand gehabt, der zwar die Âshkulim mit einschloss, aber nicht die Trisketen.« Der junge Tshar vollführte mit den Händen Bewegungen in der Luft, als nagelte er Dokumente auf ein Korkbrett, das nur er sehen konnte, und würde die Fakten mit Fäden verbinden. »Der Landstreff. Baron Raumir. Das Zögern, die ausbleibende Hilfe, obwohl sich Gerüchte über den Angriff auf Vaistopol bis in den tiefsten Süden von Carchadon herumgesprochen hatten. Sie alle waren irgendwie von Anfang an Teil davon.«

»Die Trisketen haben dem Adel deines Landes Flausen in den Kopf gesetzt und zugleich Illusionen gewoben«, sagte Rurriranth.

»Viele von ihnen haben meinen Vater gehasst, unsere Dynastie, die so lange den Thron innehatte. Der Wiederaufbau Vaistopols im Norden, nahe am Stammsitz meines Geschlechts, war ihnen ein Dorn im Auge.«

»Undank ist der Welten Lohn!«, zischte Rurriranth, und Oslic

zuckte zusammen angesichts des Gifts, das aus den Worten troff. Der Drache sprach aus Erfahrung, und entgegen seiner sonstigen Vergnügtheit gab er sich die Blöße.

»Sie alle haben diese Hexer unterschätzt, ob ich nun an ihre angeblichen Kräfte glaube oder nicht. Sie sind meisterhafte Manipulatoren. Strippenzieher und Puppenspieler, die es irgendwie vollbracht haben, Vaistopol zu isolieren, auch wenn ich die Details nicht begreife.« Oslic biss die Zähne zusammen, bis es schmerzte, und atmete lange durch die Nase aus. Seine Freunde waren ausgerechnet in den Klauen dieser Drei.

Der Drache brauchte keine Gedanken zu lesen, das Gesicht des jungen Tsharen genügte ihm. *»Sie sind ein mächtiges Unterpfand, junger Prinz. Deine Sorge ist berechtigt.«*

»Sie sind meine Freunde!«, sagte Oslic so laut, dass es über die Dächer von Varsothyn hallte.

»Natürlich. So wie ich ein Freund von dir bin. Genau deshalb brauchen wir einen guten Plan, um sie zu retten.« Die Pranke des Drachen löste sich in einer allzu menschlichen Geste vom Dach, die Innenfläche dargeboten wie die Handfläche eines Helfers, dem winzigen Menschen entgegengestreckt.

Das war der Moment, in dem Oslic es sah – doch er verstaute dieses Wissen in dem gesicherten Raum seines Geistes, als es die Oberfläche seines Denkens streifte.

In Rurriranths Pranke klaffte eine Narbe, an der einige Schuppen fehlten, die einem Ritterschild Ehre gemacht hätten. Im Vergleich zu der Tatze war die gezeichnete Stelle lächerlich klein, aber aus dieser Nähe war sie unübersehbar. Auch eine der Sichelklauen des Drachen war von einer Riefe durchzogen und ihrer Länge nach gesplittert. Zudem war der Graben in der Krallenflanke eindringlich geformt. Oslic kam es vor, als hätte er diese Form schon einmal gesehen.

»Was also tun wir?«, fragte er.

»Du bist hin- und hergerissen, junger Boulanthus. Sei unbesorgt, wir werden deine Freunde retten und dem Feind einen Schlag versetzen, von dem er sich nicht mehr erholen wird.« Die Stimme des Schwarzen legte sich wie ein Balsam über Oslics Zweifel, lullte ihn ein.

Er nickte, seine Zuversicht kehrte zurück. Er konnte sich nicht erinnern, warum er derart aufgebracht hier hochmarschiert war.

Sie würden das Hexertrio lehren, was es bedeutete, der Macht des Tsharenthrons von Carchadon zu trotzen. Sie würden all die Toten rächen.

»Ja«, bekräftigte der junge Tshar. »Wir haben das Erz und die Handwerker und der Feind nur ein paar ungeschlachte Krieger und Chimären.«

»So ist es«, sagte Rurriranth. *»Du weißt, was wir nun tun müssen. Wir haben Tage, bestenfalls Wochen, bis diese Emporkömmlinge ihre Forderungen stellen werden.«* Ekel troff aus jeder Silbe seiner Stimme.

Oslic wandte sich den Stufen zu. »Ich muss mich vom Aufstieg erholen. Dann werde ich den Schmied und die Helfer versammeln.«

»Sei auf dem Weg in die Tiefe vorsichtig, Oslic«, mahnte Rurriranth. Seine Augen loderten im blauen Kaltfeuer toter Sterne. *»Er ist schlüpfrig.«*

Der junge Tshar konnte das Lächeln nicht sehen, das die knöcherne Miene des Drachen zu einer grausamen Fratze verzog, und ebenso wenig, wie das Grinsen gleich darauf wieder erlosch.

Die Bestie bettete ihren Hals samt Schädel neben dem Rumpf und faltete das schützende Dach ihrer Schwinge darüber. So schlummerte sie, wie sie es seit jenem Tag tat, der sie hierher verschlagen hatte, in diese Welt, an diesen Ort.

Unter dem unzerstörbaren Schirm ledriger Flughäute verborgen vor dem brennenden Auge der Götter und dem Band der Monde, träumte die Bestie von einer Welt in Flammen.

52

»Wiederhol es noch einmal, es übersteigt noch immer mein Begriffsvermögen.« Oslic stand in dem leeren Versammlungssaal, eine Gruppe Freischärler hinter sich.

»Es ist über eine Woche her, Herr Tshar, ich bin mir nicht sicher, ob ich alles so wiederzugeben vermag, dass es deinen Ansprüchen genügt.« Die Stimme des Veteranen Iakubh, jetzt der dienstälteste und ranghöchste ihrer Soldaten, zitterte.

Oslic vermochte nicht zu sagen, ob es nur der Zorn und die Scham des Mannes waren, die seinen Körper beben ließen, oder ob sich weitere alberne Gerüchte vom »Drachenprinzen« herumgesprochen hatten.

»Lass das meine Sorge sein, Iakubh. Ich bin mir sicher, du und deine Männer, ihr habt alles getan, um dies zu vereiteln. Es ist keine Kritik an dir, noch habe ich vor, irgendwen zu maßregeln. Ich versuche nur zu verstehen, was hier vorgefallen ist.«

Seine scharfen Ohren vernahmen, wie sich der vierschrötige Mann hinter ihm aufrichtete und Haltung annahm.

»Sie kamen durch den Zugang bei den Drillingen, Herr – das sind die Steindolmen, direkt hinter einer der Eishöhlen, die vom Pass heraufführen.«

»Die kenne ich. Von dort kam auch ich, Iakubh. Du vergisst,

dass mir dort eine Falle gestellt wurde.« Oslic ließ den Blick über das Glas der Kammer wandern. Blut und Leichen waren entfernt worden, die Leere des Ortes gähnte in seinen Ohren. Er blickte auf die Plätze, wo einst die Witwe Vishki, Ilja und der falkengesichtige Antonjev gesessen hatten. Er hätte sich nicht gewundert, auf dem Glas höhnische Fratzen grinsen zu sehen, die die Verzweiflung seiner Lage verspotteten.

»Verzeiht, Herr. Es kommt nicht wieder vor.«

»Ich habe dir gesagt, dass sie Zauderer sind, junger Boulanthus, dein Vargen und die meisten dieser Leute«, schnurrte Rurriranth.

»Ich hätte auf dich hören sollen, mein Freund.« Oslic räusperte sich, um die Drahtschlinge loszuwerden, die sich beim Anblick des Raumes in seine Kehle zu schneiden schien. Vergeblich.

»Wie meinen, Herr?«

»Schon gut, Iakubh. Ich habe bloß laut gedacht. Fahre fort.«

»Sie haben die Wächter am Ausgang des Tunnels getötet, Herr. Dann sind sie durch die leeren Passagen der Stadt, wie wir vermuten. Wir fanden nur wenige Spuren.«

»Ich nehme an, mit den Gardisten des Konzils hatten sie ebenso leichtes Spiel?«

Der tiefe Atemzug des Mannes sagte Oslic alles, was er wissen musste, doch der Veteran fügte hinzu: »Einer von ihnen war übel zugerichtet, aber lange genug am Leben, Herr. Er war es, der den Bruder des Tsharen … den Bruder deines Vaters und seine Neffen erkannt hat. Sie marschierten hier herein und hielten Blutgericht unter dem Rat.«

»Und zeitgleich marschierte eine zweite Gruppe in den Turm, mitten in Vargens Krankenrevier. Sie fanden meinen

Mentor und Testri beim Königsschlacht-Spiel vor – und haben sie verschleppt.«

»So reimen wir es uns zusammen, Herr Tshar«, sagte der Veteran. Seine Scham war unüberhörbar.

Oslic schüttelte traurig den Kopf und ging durch den Raum. Die Finger der gesunden Hand wanderten über die Rückenlehnen der geschwungenen Sitzmöbel jedes einzelnen verwaisten Platzes. Er starrte auf den Tisch, auf dem noch immer die kruden Karten und Figuren lagen, die den Strategiesitzungen dienten.

Hier und dort hatten sich Flecken von Most und anderem über dem Pergament verteilt; niemand hatte es für nötig befunden, den umgekippten Kelch aufzustellen oder wegzubringen.

Der junge Tshar blickte unvermittelt auf und sah dem Veteranen tief in die Augen. Sie waren von einer Vielzahl von Lachfalten umgeben, sodass sie Sturmwolken ähnelten, um die Blitze zuckten.

»Sind alle Vorbereitungen getroffen, Iakubh? Wird alles nach meinen Anweisungen verrichtet?« Oslic bemühte sich, seinen Tonfall nicht zu hart klingen zu lassen, doch er wusste, dass ihre Zeit zur Neige ging. Für Tage hatte er sich im Turm eingesperrt, sich nur mit dem Schwarzen, ihrem Schmied und den Handwerkern beraten. Es machte ihn wahnsinnig, dass die Trisketen keine Forderungen stellten. Dass sie ihn »garkochten«, wie Rurriranth es auszudrücken pflegte.

»Ja, Herr Tshar. Jeder, der nicht mit der Nahrungsversorgung beschäftigt ist oder Wache im Tal hält, steht bereit. Der Schmied, der Bogner, der Harnischmacher … Sie alle warten, dass es beginnt.«

»Ich werde selbst helfen, Iakubh. Doch zuvor muss ich etwas erledigen.«

»Du willst schmieden, Herr?« Der Veteran war so erstaunt, dass er mit offenem Mund dastand.

»Das verwundert dich?« Der junge Tshar hob die Hand, dass sein Hemdsärmel zurückrutschte und der graue Stoff die Prothese freigab. »Wer, glaubst du, hat dies hier geschaffen?«

Iakubhs Adamsapfel hüpfte. »Du musst ein kundiger Schmied sein, Herr«, sagte er in bewunderndem Tonfall, während er die künstliche Gliedmaße betrachtete.

»Ich bin so manches.« Traurigkeit färbte Oslics Stimme, der beide Hände um die Kopfstütze des Stuhls legte, in dem einst die Witwe gesessen hatte. »Denkst du das Gleiche wie ich, Iakubh?«

»Herr?«

»Verrat. Wir haben eine Natter in unserer Mitte.« Oslic besah sich den Veteranen bei seinen Worten genau.

Der Soldat wurde rot – es war unterdrückte Wut wegen der bloßen Andeutung. »Wer sollte so töricht sein, Herr? Wir alle sind hierhergeflohen. Jeder Einzelne von uns und den Neuankömmlingen verdankt dir sein Leben. Die Bauern draußen auf den Feldern, jene von uns, die die Sense wieder gegen Schwert und Hellebarde tauschten – niemand von uns wäre ohne dich hier.«

»Ich glaube dir, Soldat – aber es muss dir aufgefallen sein.« Oslic deutete um sich, seine Hände schlossen erst den Raum und dann ihre Umgebung ein.

Der wache Blick des Veteranen folgte seiner Geste. Der Mann wandte sich um, betrachtete den Eingang des Raumes. Schließlich nickte er, und der junge Tshar sah das Begreifen in Iakubhs Augen. »Die Stadt ist leer«, sagte Iakubh. »Es gibt mehr Gebäude hier, als ich auf zwei Feldzügen sah, alle verwaist bis auf die, die wir bezogen haben. Trotzdem hat die feige Mordbrut genau gewusst, wohin sie musste, um zuzuschlagen. Ganz genau.«

»Ja.« Oslic schnalzte mit der Zunge. »Mal abgesehen davon, dass sie den geheimen Passweg unter einem Dutzend fallengespickter Eishöhlen und Sackgassen gefunden haben. Um jeden Wisperflecken herumgekommen sind, obwohl es unsere Leute waren, die die Zonen mit den Zeichen dieser Stadt nur für kundige Augen markiert haben, wie Vargen sie angewiesen hatte.«

»Ein gutes Stichwort ist er, dein zaudernder, alter Freund, nicht wahr, junger Boulanthus?«

Was meinst du?, antwortete Oslic im Geiste.

»Er wurde schwer verletzt, daran gibt es keinen Zweifel. Aber er ist auch ein alter, stolzer Mann. Wer sagt dir, dass er den zweiten Spion eingeholt und bezwungen hat? Vielleicht war die Schmach zu schlimm, dass er ihm unterlegen war? Vielleicht entkam der Spitzel?«

»Niemals. Vargen würde mich nie hintergehen.« Blanker Unglauben ließ Oslic heftig den Kopf schütteln, was ihm einen fragenden Blick des Veteranen einbrachte. Doch die Saat des Misstrauens schlug gegen seinen Willen Wurzeln.

»Nicht aus böswilliger Absicht, das will ich gerne glauben.«

Der junge Tshar verwarf den Einwand des Schwarzen. »Du hast deine Befehle, Iakubh. Gib den Handwerkern Bescheid, mit der Arbeit zu beginnen, ich werde ihnen bald beiwohnen. Doch erst werde ich der Sache nachgehen. Wir finden den Verräter, dessen bin ich mir sicher.«

Der Soldat schlug die Hacken zusammen und salutierte, bevor er auf der Stelle kehrtmachte und davonstapfte. Oslic betrachtete das rostige Kettenhemd des Mannes, seine antike Ausrüstung. Bald schon würden er und die anderen Partisanen bessere Waffen und Rüstungen besitzen.

»Du bist dir sicher, dass es gutes Erz ist?«, fragte Oslic in den leeren Raum. Ihm war klar, dass die Frage etwas spät kam, die Vaistopoler verhütteten bereits seit Tagen.

»Ich vergebe dir die Unwissenheit, junger Boulanthus. Erze und Mineralien sind sozusagen eine Leidenschaft von mir. Ich weiß, was ich in meinem Wanst mit hierhergebracht habe.«

»Einmal mehr kann ich dir nicht genug danken, Rurriranth. Deine Hilfe für unsere Jägertrupps ist unbezahlbar gewesen, all die Tiere, die du vor ihre Bogen getrieben hast, damit wir Fleisch und vor allem das Leder haben.«

Oslic spürte das geistige Gegenstück zu einer Verneigung. *»Mein bescheidener Beitrag, um einem Freund zu helfen, der meine Einsamkeit gelindert und sein Volk zu uns gebracht hat.«*

»Uns?«

»Verzeih, wenn ich mich ungenau ausdrücke, auch für mich waren es anstrengende Tage, Freund Oslic.« Der Drache machte eine lange Pause, so als sammelte er seine Gedanken oder seinen Mut. *»Was hast du jetzt vor? Ich spüre Gram. Ist es wegen deines Schwurs?«*

»Nicht nur«, sagte Oslic traurig. »Es ist wahr, ich habe einst gelobt, dass ich keine Waffen mit meinem Wissen herstellen würde, allenfalls Rüstungen. Und jetzt muss ich diesen Eid brechen.«

»Aber da ist mehr?« Die Stimme des Schwarzen war voller Verständnis.

»Ich werde in den Turm gehen.«

»Du willst die Zimmer deiner Freunde sehen, um einen schlimmen Verdacht auszuräumen.«

»Eine ziemliche Untertreibung«, sagte Oslic traurig. »Ich schnüffele denen, die mich am meisten brauchen, hinterher. Aber ich tröste mich damit, dass ich weiß, was für eine gute Beobachterin Alheefa ist. Vielleicht führt sie Tagebuch oder etwas in der Art. Sie hat sich ja lange als Schreiberin ausgegeben. Vielleicht ist ihr etwas aufgefallen, das uns nützt.«

»Ich bin mir sicher, du findest etwas, das dir Aufschluss über deinen zukünftigen Kurs gibt, junger Boulanthus«, sagte der Drache. *»Ganz sicher sogar.«*

53

Zum vielleicht hundertsten Mal drehte er das Pergament zwischen seinen Fingern. Endlich legte er die Rolle auf das Lager. Alheefa und er hatten ihre Schlafsäcke auf den Betten der Varsothyn ausgebreitet, die Mulden auf Stelzen ähnelten. Sie waren bei diesem abgehärteten Volk nur wenig bequemer als der Boden, sie schliefen buchstäblich auf Glas.

Der junge Tshar kaute auf seiner Unterlippe, der Widerstreit der Gefühle machte ihm zu schaffen. Es war ein fürchterliches Gebräu aus Neugierde, Scham und einer üblen Vorahnung, die nicht mehr verschwinden wollte.

Er hatte aus einem Impuls heraus zuerst Vargens Zimmer durchsucht und wenig gefunden außer dem Tagebuch des alten Freundes, sich aber nicht überwinden können, es zu öffnen, zu groß erschien ihm der Vertrauensbruch. Testris Unterschlupf war eine verborgene Kammer in den Tiefen der Lüftungsschächte des Turms, ein Verteiler mit vier Ein- und Ausgängen, den das Mädchen durch Decken, Pelze und Zierrat in ein Heim verwandelt hatte. Wenig überraschend hatte Oslic dort nichts aufgespürt.

Blieb nur der Schrieb.

Alheefa hatte ihn in ihrer Satteltasche aufbewahrt. Am Grund des Leders verbarg sich ein doppelter Boden, der

Wurfmesser, eine weitere Würgeschlinge und ein Giftfläschchen preisgab. Und eine Dokumentenhülle aus Leder.

Das Siegel, mit dem das Schreiben verschlossen war, zeigte eine Spinne, an deren acht Beinen menschliche Hände saßen. Auf dem aufgedunsenen Hinterleib prangte ein Schädel, der aus seltsamen Zeichen zusammengesetzt war.

»Ich spüre, dass dir dieser Fund zusetzt.« Rurriranth klang redlich besorgt.

»Noch so eine hübsche Untertreibung«, sagte Oslic.

»Ich verstehe deine Vorbehalte nicht, dies Schreiben einfach zu lesen.«

»Das hatten wir schon bei Vargens Tagebuch.« Der junge Tshar schüttelte den Kopf. Der Klang seiner Stimme an den Wänden, ohne dass ihm Alheefa Antwort gab, ohne das Gefühl, jemanden körperlich in der Nähe zu wissen, dem man vertrauen konnte, schmerzte. »Es ist schwer zu erklären, Schwarzer. Wir Menschen haben gewisse Ebenen des Vertrauens.«

»Die das Weibchen gebrochen hat, wenn sie etwas vor dir verborgen hält, oder irre ich?«, bohrte der Drache nach.

»Sie hat ihr eigenes Leben, ihre eigenen Regeln, auch wenn wir Gefährten sind. Es steht mir nicht an, darin zu wildern.«

Er spürte das Unverständnis eines gewaltigen Raubtiers, das an der Spitze von allem in seiner Umgebung stand. Der Drache nahm sich, was er wollte, daran gab es keinen Zweifel. Er kannte solche Vorbehalte nicht.

»Was befürchtest du, könntest du finden? Hast du nicht gesagt, dass dein Weibchen eine Jägerin ist, die für Geld tötet? Dass der Nestling sie angeheuert hat, um dich zu beschützen – eine Aufgabe, bei der sie übrigens bemerkenswert gescheitert ist, wenn ich mir den Hinweis gestatten darf.«

»Du darfst nicht«, sagte Oslic mit scharfer Stimme. Er räusperte sich, biss sich so fest auf die Unterlippe, dass es schmerzte. Was nichts gegen das Pochen hinter den Augenlidern, gegen das wandernde Silberflackern war, das über sein Sehen hinwegflirrte. »Man kann kaum erwarten, dass sie eine Lawine mit bloßen Händen stoppt. Schon gar nicht, da niemand von uns sie erwartet hat.«

Er spürte, dass dem Drachen eine Erwiderung auf seiner gespaltenen Zunge lag, doch der Schwarze verbiss sich einen weiteren Kommentar zu Alheefa. *»Es kann nicht schaden, sich einen Überblick zu verschaffen, nicht wahr? Was ist das überhaupt für ein Dokument, das dich so mitnimmt?«*

»Ein Kontrakt.« Oslic drehte die Pergamentrolle abermals. Beobachtete das Spiel des Lichts auf dem Siegelwachs. »Ein bindender Schrieb, der einem Zunftmitglied einen Auftrag erteilt und es an bestimmte Regeln bei der Erfüllung bindet.«

»Ich weiß, was ein Kontrakt ist.« Das amüsierte Schnurren war in die Stimme des Drachen zurückgekehrt. *»Besser, als du vielleicht ahnst. Mir war nur neu, dass sich auch die Mörder unter den Menschen organisieren. Zu meiner Zeit gab es bestenfalls Logen von Jägern und Hexern unter euresgleichen. Zünfte, Gilden, diese Worte sind mir neu.«*

Oslic seufzte. »Darf man fragen, was dich so zum Schmunzeln bringt?«

»Eure Angewohnheit, euch wie Ameisen zu tummeln und für alles zusammenzutun, finde ich putzig. Dass sich bei euch sogar die Mörder organisieren … Nun, eigentlich ist es nicht verwunderlich.«

»Freut mich, dass wir dich noch überraschen können. Du wirst entschuldigen, wenn mir nicht nach Lachen zumute ist.

Das Siegel, der Kontrakt … Ich hatte geahnt, dass an den Gerüchten über die Mörderprinzen von Sidhisid und ihre Todeshände mehr dran ist, und auch angenommen, dass Alheefa zu dem Verein gehört. Doch es so vor mir zu sehen, das ist etwas anderes.«

»Ich verstehe. Was ich hingegen nicht verstehe, ist dein Zögern. Der Nestling hat sie angeheuert, und nach dem, wie ich deine Gilden begreife, musste er dafür einen Gegenwert leisten. Für so einen Auftrag unterschreibt man. Warum also nicht das Dokument öffnen und Gewissheit erlangen? Du fürchtest etwas anderes, nicht wahr, junger Boulanthus? Dass sich noch etwas hinter dem Schreiben verbergen könnte?«

Oslic schüttelte den Kopf, weil es dem Ungetüm so leichtfiel, in seinen Gefühlen zu lesen, aber innerlich nickte der junge Tshar. »Mann kann dir nichts vormachen«, raunte er.

»Ich habe Ähnliches schon vernommen.«

Oslic brauchte die Gewissheit. Die Sorge um die Freunde und der nahende Konflikt, dem er sich nicht gewachsen fühlte, all das fraß ihn auf. Alheefa galt sein Herz, seine Loyalität. Doch da war stets ein Zweifel gewesen, bestärkt durch so manche Ungereimtheit. War sie aus reiner Liebe zu ihm zurückgekehrt? Warum nicht zu der Zeit, als er noch der stadtbekannte Erfinder in seinem Turm gewesen war?

Er murmelte vor sich hin wie ein Mann, der kurz davor war, den Verstand zu verlieren. »Nur die Unterschrift. Bloß Testris Signatur in Augenschein nehmen, damit klar ist, dass ich Gespenster sehe. Mehr nicht.«

Er brach das Siegel mit Daumen und Zeigefinger der Prothese. Es klickte, dünnes Metall zerbrach an seiner gepanzerten Hand, ohne Schaden anzurichten. Oslic hatte mit so etwas gerechnet. Er starrte auf die abgebrochene Spitze einer Nadel auf seinem Schlafsack. Rauch kräuselte sich, wo sie auf den Pelzen lag und sich eine klare Flüssigkeit hindurchfraß. Er hustete und wedelte die Rauchfäden fort.

»Eine Giftnadel. Ich mag, wie diese Leute denken«, sagte Rurriranth mit echter Anerkennung. *»Sie verteidigen ihren Besitz und ihre Geheimnisse. Das verdient Respekt.«*

»Respekt? Vielleicht. Bewunderung? Eher nicht.«

»Freund Boulanthus, wirst du der übersteigerten Moral deiner modernen Menschenwelt nicht langsam überdrüssig? Mich wundert, dass du dich bewegen kannst, ohne vor Schuldgefühlen zu vergehen, weil du ein paar Ameisen zertreten könntest. Auf deinen Schultern lastet mehr Gram und Verdruss über all eure Regeln, als selbst die meinen stemmen könnten. Und bemessen an euch bin ich ein Gott.«

»Es gibt keine Götter«, murmelte Oslic und versuchte, die Blitze hinter den Augen durch Blinzeln zu vertreiben. Er nahm Peritus, um sich zu stärken.

Vorsichtig entrollte Oslic das Pergament. »Die Unterschrift, mehr brauche ich nicht«, murmelte er. Nicht dass er mehr lesen könnte. Er war des Sidhisidischen nicht mächtig und hätte wetten mögen, dass der Kontrakt in einer Geheimsprache verfasst war.

Zoll für Zoll wanderte das Pergament seine Oberschenkel empor, als er den unteren Rand des Schriebs entrollte. Die dunkle Vorahnung wurde unerträglich, körperlich.

Schließlich schoben sich die beiden Zeilen in sein Blickfeld, die von Klient und Ausführendem unterschrieben waren, um den Auftrag zu besiegeln. Oslics Augen verengten sich.

Er fühlte sich seltsam schwerelos, hatte das Gefühl, nach vorn zu fallen. Sein Blick trübte sich noch mehr als sonst.

»Du erkennst beide Unterschriften? Die eine ist von deinem Weibchen. Doch wer ist Vhaelysander Gudbrandh? Und warum trifft dich der Name so?«

Die Kopfschmerzen des jungen Tsharen brandeten mit solcher Stärke, dass der Drang, sich zu übergeben, beinahe unerträglich wurde. Es wurde ihm schwarz vor Augen. Hatte Alheefa ihn belogen? Gab es einen anderen Grund ihrer Anwesenheit? Er roch an dem Vellum. Der Tintengeruch war für seine Sinne noch auszumachen, das Dokument kaum verfärbt. Es war erst Wochen, allenfalls Monde alt.

»Er ist der Quintarch«, sagte Oslic. »Der Oberste Stellvertreter des Fünfglaubens auf Syriatis.« Sein Oberkörper wankte hin und her. Wie betäubt entrollte er auch den Rest des Pergaments.

Inmitten der schnörkeligen Schrift der Heimat der Händlerprinzen prangte ein Emblem, so als diene es einer Erläuterung dessen, was im Text stand. Daneben, eingebettet in eine Passage, die den Satzzeichen nach ein Absatz mit Anweisungen war, standen wenige Worte in der Gemeinsprache Doranthani.

Eigennamen und ein Begriff, für den es im Sidhisidischen keine Entsprechung gab, beide nicht zu übersetzen und so belassen, wie sie waren:

Oslic III. Boulanthus.

Vargen Delreth.

Testri.

Winterklingen.

54

Der Schmiedehammer tanzte mit Wucht über das Eisen. Er wusste nicht, wie lange schon. Zeit machte keinen Unterschied mehr, war bedeutungslos. Die Rechte fuhr auf und nieder, die orangerote Glut des Rohlings ließ Funken sprühen. Schweiß rann in Sturzbächen seinen Oberkörper hinab, reinigte jede Pore der Haut unter der dicken Lederschürze.

Das monotone Zischen des Blasebalgs und die Klänge der Schmiede hatten etwas Hypnotisches. Beruhigendes. Er hätte am liebsten gejauchzt. Wie lange war es her, dass Oslic III. Boulanthus etwas mit eigenen Händen erschaffen hatte. Etwas von Dauer und Wert.

Mit der Linken packte er die Zange, betrachtete den Rohling. Die orangerote Glut in der Esse und das Glosen des Stahls vor seinem Gesicht strahlten wie Sonnenschein auf den Wangen, brannten in den Augen.

Zufrieden mit dem Ergebnis tunkte er den Stahl in ein Ölbad. Es zischte, Qualm breitete sich aus. Er holte den Rohling aus dem Warmöl und tauchte ihn ins Wasserbad. Dampfwolken raubten ihm für einen Moment die Sicht. In der ganzen Schmiede, die sie am Fuße einer ihrer zum Lagerhaus umfunktionierten Hallen errichtet hatten, roch es nach dem Härtemittel. Ein Betrachter hätte bei dem Geruch den Eindruck gewinnen mögen, in eine Backstube zu blicken, in der Krapfen frittiert wurden.

Helfer wuselten umher, lieferten Kohle, Stahlrohlinge, Barren und Werkzeug, transportierten Resultate ab.

Der Schmied war ein rotbärtiger Hüne namens Edhfrid mit verblüffend langem und intaktem Haupthaar, das ihm etwas von einem Löwen verlieh. Er und der junge Tshar schufteten nach Leibeskräften, hatten ein Dutzend Männer eingearbeitet, die Tag und Nacht im Schweiße ihres Angesichts jene Schritte versahen, die auch ein Laie vollbringen konnte, um sie zu entlasten.

Edhfrids Tochter Faladha stammte wie ihr Vater aus Hearne. Wie ihn betrachteten die Carchadonen sie seit ihrer Geburt mit Misstrauen. Was nicht zuletzt der Tatsache geschuldet war, dass sie mit ihren mächtigen Armen und einer ebensolchen Statur ohne Probleme als Weib in seine Dienste treten konnte. Sie bearbeitete an der dritten Esse den Stahl. Mit einem feuchten Tuch wischte sie sich die Stirn, als sie fertig war.

Oslic besah sein eigenes Ergebnis und reichte es zur Weiterverarbeitung an Faladha. Er legte den Stahl auf ihren Amboss und ergriff mit der Zange den nächsten Rohling.

Seit Tagen ging es so; wie viele Rohlinge es schon waren, wusste er nicht. Er arbeitete, bis er zu müde war, ging zu Bett. Er stand auf, aß und schmiedete weiter. Weder der Respekt, den er von seinen Getreuen dafür erhielt, noch dass er Waffen und Rüstungen fertigte, scherten ihn.

Es ging nicht um das Warum, es ging um den Akt an sich. Darum, etwas zu erschaffen, Hände und Geist zu beschäftigen. Er wollte nicht denken. Er wollte alles andere, nur nicht denken.

Wieder ließ er den Hammer auf dem glühenden Metall tanzen, die Glockenklänge in den Ohren, den Gesang des Stahls. Er arbeitete, etwas entstand. Seine Hände bewegten sich, und etwas trat in die Welt. Es gab kein besseres Gefühl.

Er wollte kein anderes Gefühl zulassen.

»Ich sagte dir, wir sind verwandte Seelen, junger Boulanthus.«

»Das sagtest du.« Oslic unterbrach die Arbeit nicht einmal für eine Zwiesprache mit dem Schwarzen. Der Hammer fuhr nieder, wurde emporgerissen. Hoch und runter. Funken stoben, Schweiß rann.

»Auch mich hat man betrogen. Auch ich wurde verstoßen und von denen hintergangen, denen ich am meisten vertraute. Ich weiß, du bist zornig, doch ich will, dass du weißt, dass ich für dich da bin. Ich lasse dich nicht im Stich.«

Er wollte nicht antworten, doch die Ungewissheit kehrte zurück, kaum dass die Arbeit durch bewusstes Nachdenken unterbrochen worden war, eine dissonante Note in einer elegischen Melodie.

»Danke. Denkst du, der Vertrag ist, was ich vermute, Rurriranth?«, fragte Oslic schließlich. »Ist es ein Mordauftrag der Kirche?«

»Du kennst die Antwort selbst, mein Freund. Warum sollte diese seltsame Kirche der Fünf die Hand über dich halten? Sie verachten dich, deine Thesen, deine Neuerungen. Deine … Blasphemie.«

Oslic wusste darauf nichts zu entgegnen, was die Aussage hätte entkräften können. Er ließ den Hammer abermals niedersausen und über den Rohling wandern. Seine Schulter war taub, sämtliche Verbindungen des Ankers im Fleisch wund. Er biss die Zähne zusammen und arbeitete.

Es gab keine Kopfschmerzen, kein Flimmern vor den Augen, wenn er in seinem Element war.

»Ich werde auch damit fertig«, presste er durch die Zähne hervor. »Ich dachte jahrelang, dass sie hinter Alheefas Attentat auf mich stecken. Dann war es mein Onkel. Jetzt sind es doch wieder sie. Aber mein Tod reicht ihnen nicht. Sie wollen sich auch an Vargen vergreifen. Und an Testri!«

Der Hammer fuhr mit solcher Gewalt nieder, dass er den Rohling verformte und unbrauchbar machte. Oslic schleuderte ihn in die Flammen und nahm den nächsten.

»Sie wird mir Rede und Antwort stehen. Ich habe viel zu lange viel zu sanft agiert. Es wird Zeit, dass ich die Lektionen meines Vaters beherzige. Wie soll ich erwarten, dass mich die Trisketen respektieren, wenn selbst unter meinen Freunden solche sind, die meine Autorität untergraben und mich belügen?«

»Einsame Entscheidungen sind das Los des Herrschers«, sagte Rurriranth mit jener Schwere, die seinen Ton färbte, wenn er durch ein Tor in die Vergangenheit zu blicken schien.

»Ich vermute, du hast Erfahrung damit?«

»Ich war einst der König unter den Königen.« Jetzt klang der Drache regelrecht berauscht. *»Ein Gottkaiser, dem Himmel und Gestirne untertan waren. Das Band der Monde beugte sich mir.«*

»Was ist geschehen?« Neugierig geworden ließ Oslic den Hammer ruhen und blickte aus der Schmiede auf den See. Seine Wasser lagen still, der Wind trieb eine kühlende Brise durch die Ruinen Varsothyns. Sie strich über Oslics Stirn, linderte das Glühen auf seiner Haut.

»Nichts, was du nicht kennen würdest, junger Boulanthus. Wie ich sagte, auch ich wurde verraten.«

»Wenn mich Alheefa denn verraten hat.« Gedankenverloren zog Oslic den Arbeitshandschuh von seiner gesunden Hand und streichelte den kühlen Stahl des Ambosses.

»Sie hat dich belogen. Genügt dir das nicht?«

»Für Lügen kann es Gründe geben, die nicht gleich Verrat sind. Vielleicht hat man sie unter Druck gesetzt. Vielleicht tut sie das nicht freiwillig. Sie hatte viele Möglichkeiten, sich meiner zu entledigen, hat aber keine davon genutzt. Wir wissen nicht, was in dem Kontrakt steht.« Der junge Tshar schüttelte den Kopf. »Kein Widerspruch?«

»Wenn es dein Wunsch ist, die Usurpatoren anzugreifen, aber die Verräterin zu verschonen, wer wäre ich, gegen deine Entscheidung zu stehen?«

»Seit den Tagen meiner Kindheit wachst du über mich, und ich weiß so gut wie nichts über dich. Wenn du von den drei Thronräubern sprichst, so kann ich mich des Gefühls nicht erwehren, dass du ihren Tod beinahe ebenso willst wie ich.«

»Seit ich dich zum ersten Mal in den Wäldern vor meinem geistigen Auge sah, wusste ich, dass du einst als König deines Volkes auf dem Thron sitzen würdest. Sie stehen diesen Ambitionen im Weg. Sie wollen verhindern, dass du deine wahre Größe erlangst, junger Boulanthus. Mehr steht nicht hinter meinem Wunsch. Ich will dich als Herrscher sehen, dein Blutrecht erfüllt.«

Oslic räusperte sich. »Worauf ich keinen Wert lege.«

»Ämter haben die Angewohnheit, ihren würdigen Träger zu erwählen, selten ist es umgekehrt. Wir sind Freunde, und du bist, was einer Familie in der Einsamkeit meines Exils so nahe kommt, wie es nur geht.«

Es war das erste Mal, dass der junge Tshar das Gefühl hatte, dass in Rurriranths Worten keine verborgene Botschaft lag, kein doppelter Boden verborgen war. Oslic konnte seine Verblüffung nicht verhehlen. »Das bedeutet dir etwas?«

»Ich bin einzigartig. Ich bin der Erste und der Mächtigste. Ich habe keine Gefährten, nichts bindet mich an andere.« Eine tiefe, unumwundene Traurigkeit färbte die Stimme des Drachen, eine schwere Melancholie, die die Sonne zu verdunkeln vermocht hätte. *»Es kann eine Bürde sein. Doch du hast meine Ketten gelöst – und ich pflege, meine Schulden zu begleichen.«*

»Da wären wir schon zwei. Bei all dem Schlimmen, was meinem Volk widerfahren ist, kann ich mich trotz aller Sorgen nicht beklagen. Ich habe nicht nur einen Mentor, sondern gleich zwei. Einen neuen Freund.«

»So wollen wir gemeinsam dafür Sorge tragen, dass jene, die dir wichtig sind, von der Bürde ihrer Gefangenschaft befreit werden.«

Oslic nickte. Mit grimmiger Miene arbeitete er weiter. Die Zeit für Worte war vorbei, was noch zu besprechen war, konnten sie später klären. Er würde es sich und ihnen allen beweisen. Er würde den Trisketen eine Überraschung bescheren, die diese Monster nicht vergessen würden.

Sein Freund und er würden sie das Fürchten lehren.

55

Eine Hand aus Eis legte sich um sein Herz, so klamm, dass es sich anfühlte, als würde es nicht mehr schlagen. Oslic riss die Augen auf, desorientiert und unsicher, wo er sich befand. Bis auf den schwachen Schimmer des Mondlichts jenseits der Glaswände war es dunkel um ihn.

Er richtete sich auf. Er war schweißgebadet. Rinnsale flossen seinen Nacken hinab und auch am Hals entlang. Sein Haar war wirr und klatschnass, die Finger der echten Hand glitten hindurch wie durch ölige Wasserpflanzen.

Erst dann gewahrte er das Glühen, das einen Teil des Raums in ein ungesundes Licht tauchte. Es ging von einer Gestalt aus, die wenige Schritte über dem Boden waberte, am Fuße seines Bettes, umspielt von Mondlicht, das durch das Glas Varsothyns fiel und den unwirklichen Eindruck verstärkte.

Es war Zorathus!

Er bleckte die uringelben Zähne zu einem hässlichen Grinsen, das einem Hexenkürbis alle Ehre gemacht hätte.

»Du bist nicht hier«, sagte der junge Tshar. Abscheu und Unglaube färbten seine Stimme. Zugleich fühlte er sich seltsam benommen. Alles hatte eine unwirkliche Qualität.

»Richtig. Und falsch, du Tor.« Zorathus kicherte, ein rachitisches Husten. »Du hast mich erwartet.«

»Du wirst meine Freunde gehen lassen. Sie haben nichts mit alldem zu tun.« Er warf den Schlafsack beiseite und erhob sich, trat dem Trisketen mit nacktem Oberkörper entgegen. Wochen an der Esse hatten seine Muskeln gestählt.

»Du könntest nicht mehr irren. Du weißt, dass er dich benutzt, nicht wahr? Er wird sich deiner entledigen, wenn du ihm nicht mehr von Nutzen bist. Glaube mir, ich spreche aus Erfahrung.«

»Sag, was du zu sagen hast – und dann verschwinde. Ich lasse nicht zu, dass ihr Teufel mir das Schicksal meiner Freunde vor der Nase baumeln lasst wie dem Maultier die Mohrrübe.« Oslic ballte die Prothese zur Faust.

Zorathus musterte die Geste mit einem spöttischen Zug um seine an verrottete Weintrauben erinnernden Augen. »Wir denken, du verkennst deinen Handlungsspielraum. Wir lassen dir keine andere Wahl. Streck die Waffen und komme zu uns.«

»Ich werde kommen. Aber ich werde meine Waffen mitbringen«, sagte Oslic. »Ich wurde gewarnt, dass ihr mir ein Ultimatum setzen würdet.«

»Gewarnt.« Der Hexer kicherte so lange sein rostiges Gurgeln, dass es einem Erstickungsanfall gleichkam. »Du denkst, das Dunkel wäre auf deiner Seite. ER benutzt dich nur, solange es opportun für IHN ist. SEINE Schuppen sind so schwarz wie SEINE Seele. Niemand wüsste das besser als wir.«

»Wer? Rurriranth? Ihr wisst von ihm?«

Bei der Erwähnung des Drachen zuckte der Hexenmeister zusammen wie unter einem Hieb. »Wir wissen alles. Wir wissen nichts.«

»Sein Feuer hat euch bereits einmal Respekt gelehrt. Eure Barbaren bestraft. Dafür, dass sie mein Volk als Sklaven genommen haben. Er wird mir auch diesmal zur Seite stehen. Ihr werdet ihn nicht kommen hören. Nicht sehen, bis es zu spät ist.«

»Wir fürchten das Feuer der Gottbestie nicht, junger Narr. Es kann uns nichts anhaben – und ihr Menschen vermehrt euch wie ein Rattenschwarm. Für einen Âshkulim, den er verdampft, erstehen zwei neue aus den aufgedunsenen Leibern eurer Weiber.« Zorathus bleckte erneut die Zähne, zugleich blitzte ein Ausdruck in den Augen des Hexers auf. Furcht?

»Ihr habt keine hohe Meinung von uns, was auch immer ihr sein und wo ihr herkommen mögt. Wo sind deine beiden Brüder? Verkrochen, vor Scham und Furcht?«

»Vorsicht, Welpe. Du verstehst nichts von dem, was hier geschieht.« Zorathus' Schlangenzunge leckte flüchtig über seinen Lippenschlitz und verschwand ebenso rasch wieder.

»Was ihr nicht müde werdet zu betonen«, sagte Oslic. »Mittlerweile verliere ich die Geduld. Ich werde kommen – und mir meine Antworten holen!« Er richtete den Zeigefinger der mechanischen Faust auf den Hexer. »Ihr werdet meine Freunde nicht anrühren! Ich warne dich!«

»Du könntest alle Antworten haben, Welpe. Wir könnten dich befreien, du hast uns geholfen.«

»Weil ihr mich in die Falle gelockt habt!«

Zorathus' Grinsen erlosch. »Du bist ihm ebenso verfallen wie Varsothyn. Du trägst den Fluch in dir. Das, was erschaffen wurde, um seine Brut zu tilgen, meistert er, um es gegen die Welt zu wenden.«

»Genug von dem kryptischen Gewäsch! Was wollt ihr?«

»Du hast deine Wahl getroffen, wie ich höre, Welpe. Sag hinterher nicht, wir hätten dir die Chance vorenthalten, dir all dies zu ersparen!«

»Ersparen?« Bilder flammten vor Oslics geistigem Auge auf. Die Stadt in Trümmern. Der Schädel seines Vaters. Die Lawine, unter der Ilja und all die anderen tapferen Kämpfer lagen. Der Scheiterhaufen, auf dem er den Inneren Zirkel der Bojaren als Funken zum Firmament hatte emporsteigen sehen. »Ihr habt mein Volk verbrannt und seine Stadt geschleift!«

»Ein großes Feuer, um Ketten zu schmelzen, erfordert große Glut«, zischte der Hexenmeister.

»Was redest du?« Oslic verzog das Gesicht. »Was für Ketten?«

»Die mächtigsten. Ketten von Herkunft und Blut«, sagte Zorathus, die Schlitzpupillen zu Strichen verengt und die Miene von Ehrfurcht gezeichnet. »Eine Winterklinge sollte das verstehen.«

»Wieder dieses Wort. Was sind Winterklingen?«

»Knie. Um des Lebens deiner Gefährten willen. Beuge dich uns. Komme nach Vaistopol, und du sollst all deine Antworten erhalten. Aber nicht hier oben. Nicht, wo ER regiert. Du hast bereits mehr Fehler begangen, als dir klar ist. Mehr offenbart. Was denkst du, warum ich jetzt und hier mit dir spreche, jenseits von Syriatis, an der Schwelle zwischen Traum und Wirklichkeit? Nur hier kann ER uns nicht belauschen. Doch ER spürt, dass du unruhig schläfst.«

»Knien?« Oslic glaubte, nicht recht zu hören. »Ich soll vor euch knien, nach allem, was ihr getan habt? Nein, mein Vater hatte von Anfang an recht, ich habe mein Erbe als Staatsmann verleugnet, doch das tue ich nicht mehr. Ich lasse mich nicht erpressen. Ihr werdet vor mir niederknien und mir meine Antworten geben. Ich werde mein Volk von eurer Knechtschaft befreien.«

»Und Syriatis einer anderen ausliefern. Wie du meinst, junger Narr. Wie geht es deinem Kopf? Hat das Nasenbluten begonnen, oder plagt dich nur das Flimmern?«

»Was?« Oslics gesunde Hand wanderte unwillkürlich zu seinem Gesicht.

Der Hexenmeister antwortete nicht. Er blickte sich auf einmal um, so als hätte er etwas bemerkt. Für einen Herzschlag legte sich ein Schatten über seine glühende Gestalt wie der einer Eule auf eine Maus. Er beschrieb eine Geste mit der Hand und verschwand.

Oslic schreckte hoch. Sein Puls raste, er war desorientiert und unsicher, wo er sich befand.

Er richtete sich auf. Er war schweißgebadet. Rinnsale flossen seinen Nacken hinab und auch am Hals entlang. Sein Haar war wirr und klatschnass, die Finger der echten Hand glitten hindurch wie durch ölige Wasserpflanzen.

»Alles gut, mein Freund?« Rurriranth war da, wie ein Vater, der über ein schlafendes Kind wachte.

Selbst in intimsten Momenten.

»Ein Albtraum«, sagte Oslic. So musste es gewesen sein. Sein Schädel pochte wie wahnsinnig. Er griff nach dem Peritus. Bald würde er neues herstellen müssen.

»Der Tag bricht bald an. Wirst du noch einmal schlafen, junger Boulanthus?«

Oslic schüttelte den Kopf. »Ich habe lange genug geschlafen.«

Aus den Aufzeichnungen des Ritters:

Das Rumoren vor meiner Tür lässt mich hochschrecken. Die barschen Stimmen der Âshkulim sind gefärbt. Von der Vorfreude auf ein Festmahl, wie ich vermute. Ich habe eine recht klare Vorstellung, was auf ihrer Speisekarte steht. Wenn ich nur eine Waffe hätte. Dieses Mal würde ich nicht den Weg des Feiglings wählen, nicht schweigen, nicht zögern.

Vielleicht werde ich einen von ihnen mit dieser Feder blenden, wenn sie nach mir greifen. Ihm die Augen ausstechen. Ihm die Waffe entreißen. Testri und Alheefa suchen.

Für einen Moment habe ich mich der Fantasie hingegeben, wie es mir doch noch gelingt, die beiden Mädchen zu befreien und zumindest ihnen die Freiheit zu schenken. Ihnen das grausige Ende zu ersparen.

Doch ich bin Realist. Ich werde die Feder nicht nutzen. Die Gedanken, die in mir kreisen, erfüllen mein Herz mit dem größten Schrecken. Solche Furcht hatte ich nicht mehr, seit meine Tochter mit dem Fieber darniederlag und ihr Schicksal in den Händen der Götter.

Das Letzte, was Testri in dieser Welt sehen soll, wird mein Gesicht sein, nicht das dieser barbarischen Hunde, die sie zur Schlachtbank oder in den Ritualkreis der Hexer führen. Nein, mein Plan steht fest: Ich werde die ultimative Gnade, den schlimmsten Verrat über das Mädchen bringen. Ich werde Testri den Hals bre-

chen, wenn ich die Gelegenheit dazu bekomme, um ihr weiteres Leid zu ersparen, ehe ich zulasse, dass diese Monster ihr etwas antun.

Geben die Fünf, dass mein Herr Oslic einem alten Narren seine Torheit verzeihen und dieses Schreiben gemeinsam mit meinen Notizen den Weg zu ihm finden mag. Ich wünschte, ich könnte das Gesicht des Mädchens noch dieses eine Mal fröhlich und ausgelassen sehen.

Sie war mir wie eine zweite Tochter, doch die Trisketen haben Pläne mit ihr. Mit ihr und Oslic – und wenn ich sie richtig verstehe, brauchen sie mich nicht mehr, weil ich zu alt bin.

Mit dem Alter kommt die Weisheit, sagt man. Mir wurde gerade genug davon mitgegeben, um endlich, nachdem ich mit ihnen gesprochen habe, alles zu begreifen. Von Anfang an.

Herr Oslic muss den Anhang bekommen. Doch wo soll ich ihn verbergen? Ich kenne diesen Palast nicht, weiß nicht, welche Kammer er aufsuchen würde.

Es bleibt mir nichts, als ihn am Leibe zu verbergen. Die Barbarenbrut sieht keinen Nutzen im geschriebenen Wort. Vielleicht bleibt genug von mir, dass jemand dies findet.

Es ist Lärm an meiner Tür.

Es beginnt.

Es endet.

Jemand kommt.

56

»Willst du da noch lange herumkrakeln?«

Voller Unglauben musterte er den Neuankömmling. Er starrte auf den Körper des Âshkulim, der vor der Pforte in einer Blutlache zuckte. Der Knauf eines Wurfmessers ragte aus dem Auge des Barbaren, hatte das Schwarz in rinnenden Dotter verwandelt. Der Sterbende brabbelte in seiner Sprache, bis seine Lippenbewegungen verebbten.

Kaltblütig zog der Neuankömmling die Klinge aus dem Kopf der Leiche. Für eine Sekunde trafen sich die Blicke des Mannes und des Mädchens.

»Kauz?« Vargen erhob sich von dem Stuhl seiner Zelle. Sein Atem dampfte in der Kälte.

Sie stampfte mit dem Fuß auf. »Machst du bitte hin, Onkel Eule? Es ist arschkalt, und ich würd gern hier raus.« Ein breites Grinsen zierte ihr Gesicht, als sie über den Toten stieg und seine Kammer betrat. »Ich weiß, wo dein Zeug ist.«

»Mein … Zeug.« Vargen neigte den Kopf.

»Dein Rüstzeug?«

»Kind, du hast einen Mann getötet.« Endlich gelang es ihm, sich zu fassen. Er ging auf Testri zu und schloss sie in die Arme, hielt sie fest, als wäre Syriatis an ihr verankert und fiele aus den Fugen, wenn er sie losließ.

»Um den war es nicht schade. Lump, elender.«

»Wie bist du entkommen? Was haben sie mit dir gemacht? Wohin haben sie dich gebracht?«

»Onkel Eule.« Das Mädchen betrachtete ihn mit Nachdruck und Tadel.

Sofort kehrte der Instinkt des lebenslangen Berufssoldaten zurück. Vargen wandte sich kurz von Testri ab. Ungesehen verdrückte er eine Träne. Erst jetzt nahm er vom Tisch, was genommen werden musste – und faltete es, so klein es eben ging.

Bevor Testri ihren kindlichen Unmut äußern konnte, sank er auf ein Knie. Er ignorierte die Schmerzen in den alten Knochen und packte sie bei den Schultern. »Du hast uns vielleicht alle gerettet.«

»Ich hab bloß gemacht, was Oslic und du auch für mich getan haben«, sagte sie mit einem Schulterzucken. »Ach ja, Alheefa ist auch hier. Anderswo.«

»Ich werde versuchen, sie zu retten. Du hast alles vollbracht, was man von dir verlangen könnte, Käuzchen. Aber eine Sache gibt es noch, bevor wir aufbrechen.«

Er sagte es ihr. Ihre Augen weiteten sich. Vargen schob das Bündel in die Hände unter ihren Tüchern.

»Es ist in unserer Sprache verfasst. Meiner, deiner und Oslics. Er muss es lesen, falls … falls wir getrennt werden, du, ich … und Alheefa. Niemand sonst darf es lesen, auch du nicht. Versprich es mir. Schwöre es!«

Sie sah ihn mit großen Augen an, vernahm die Lüge eines Erwachsenen so sicher, wie es nur ein Kind vermochte. Sie spürte aber auch die Bürde, die er trug. Mit strichdünnen Lippen nickte Testri. »Hmhm. Ich pass drauf auf. Nur für Oslic, Onkel Eule.«

»Gut. Jetzt holen wir meine Axt, und dann machen wir, dass wir hier herauskommen.«

Wortlos reichte das Straßenkind dem alten Ritter ein Wurfmesser. Er besah es. Es stammte aus jenem Satz, den er ihr einst geschenkt hatte, nachdem sie sich als gelehrige Schülerin erwiesen hatte.

Sie schlüpften aus der Kammer ins Freie. Hatte er gedacht, dass der Raum kalt war, wurde er auf dem Flur eines Besseren belehrt. Die nackten Steinmauern des Tsharenpalastes waren ohne die einstigen Täfelarbeiten eisig. Sie sogen Wärme und Leben förmlich aus dem Gebäude.

Vargen berührte den Âshkulim. Lauwarmes Fleisch lag unter der Asche seiner Haut. Die Indizien, was für eine Magie die Bleichen bei dieser Kälte auf den Beinen hielt, hatten die ganze Zeit auf der Hand gelegen. Er musste Oslic um jeden Preis warnen.

Er erhob sich, die Klinge wurfbereit zwischen klammen Fingern.

»Hier lang, Onkel Eule!« Testri huschte vor ihm durch den Korridor und um eine Biegung herum.

»O Kind.« Vargen brach es das Herz. Eine weitere Âshkulim, selbst noch ein junges Mädchen, lag zusammengesackt da. Der alte Ritter legte seiner Schutzbefohlenen die Hände auf die Schultern. *Als ich ihren Anhänger zum ersten Mal sah, damals, in diesem Bordell, das sie nicht hat brechen können, hätte ich auf meine innere Stimme hören müssen.*

»Hab sie kaltgestellt«, sagte Testri. »So wie du es mir gezeigt hast.«

Er starrte auf die klaffenden Wunden in den Augenhöhlen der Frau. Er hatte Testri den Umgang mit den Wurfklingen gelehrt, damit sie nie wieder hilflos wäre. Insgeheim hatte er stets gehofft, sie würde sie nie einsetzen müssen.

Eine Träne gefror unter seinem Auge. Er wischte sie fort. Vargen brauchte keine weiteren Beweise mehr, wer Testri war. *Was* sie war.

Alles fügte sich.

Das Mädchen führte den Veteranen in einen Saal. Der Raum war angefüllt mit Hunderten, wenn nicht Tausenden Dingen, die die Aschebarbaren ihren Opfern entrissen hatten. Keine Edelmetalle oder Wertsachen, aber Gegenstände des täglichen Gebrauchs, die sich nicht zerschlagen ließen. Aus blankem Aberglauben und mit ebensolchem Respekt hatte die Teufelsbrut sie hier hinterlegt, so als fürchte sie die Rache der Geister Carchadons. Besteck lag neben Bärenfallen, Sensen hingen reihenweise von den Wänden, Eisenkisten standen am Boden, randvoll mit Kerzenleuchtern und anderen Objekten.

Auf einem der vielen Tische lag das, was man ihnen abgenommen hatte und für die Âshkulim keinen Wert hatte. Es war das Letzte, was man in diesen Raum gepfropft hatte – und leicht zu finden. Selbst Vargens Metallwaffe verabscheuten sie als Zugeständnis an die Zivilisation.

Der Ritter legte sein Kettenhemd an, zog die Pelze darüber, befestigte Axt und Schild in seinem Wehrgehänge. Mit harter Miene ging er zu einer der Wände.

Er nahm eine Armbrust samt Spannfuß von der Mauer. Er prüfte die Sehne aus gedrehtem Eisen und Hirschsehnen und stellte zu seiner Befriedigung fest, dass die Kälte ihr zwar zugesetzt hatte, sie aber noch ein paar Schuss durchhalten würde. Rasch schnappte er sich einen Köcher voller Bolzen und sprach mit grimmiger Miene: »Eine Jagdwaffe, zu ehrlos für einen Ordensritter, um sie im Kampf zu benutzen. Aber die hier sind wilde Tiere, da werde ich eine Ausnahme machen.«

Nicht dass es noch etwas bedeutete. Er würde bald vor seine Götter treten und ihr Urteil hinnehmen. Es galt, Testri und Alheefa hier herauszubringen, nichts anderes zählte.

Mit ernster Miene, die keinen Widerspruch duldete, wandte er sich dem Mädchen zu. »Das, was ich dir gegeben habe, muss zu Oslic. Um jeden Preis. Es wird ihm die Augen öffnen, so es nicht schon zu spät ist. Und du nimmst noch das hier.« Er schob ihr ein Bündel hin.

»Aber ich bleibe doch bei dir, Onkel Eule! Du schickst mich nicht fort!«

»Nur wenn es nicht anders geht. Wir bleiben zusammen, Käuzchen. Nur vergiss nicht …«

Vargen konnte den Satz nicht beenden, denn ein Dröhnen ließ den Palast erzittern, und ein Stimmengewirr erfüllte die Reste der Stadt, das nicht einmal das Grabtuch aus Schnee und Eis ersticken konnte.

Schritte hallten durch Korridore, Schatten huschten über die Wände. Vargen lauschte. Zwar verstand er die Sprache der Âshkulim nicht, aber der Tonfall war unmissverständlich. Draußen ging etwas vor sich, die Stadt wurde angegriffen.

Er wäre am liebsten auf die Knie gefallen, um den Fünfgöttern für die unerwartete Gnade zu danken.

»Oslic! Oslic kommt«, flüsterte Testri. »Ganz bestimmt, Onkel Eule. Wer soll es sonst sein?«

Vargen nickte dem Mädchen zu. »Weiter. Wir müssen Alheefa holen, bevor die Hexer und ihre Knechte ihr ein Messer an den Hals setzen und sie als Druckmittel gegen den Herrn missbrauchen.«

Sie eilten durch ein Gewirr aus Korridoren. Einzig wenn Testri eines Hindernisses gewahr wurde, hielten sie sich im Schatten verborgen. Die Sinne des Mädchens waren beinahe so scharf wie die des jungen Herrn, und nicht zum ersten Mal begriff Vargen, dass es nicht der Zufall gewesen war, der sie drei damals zusammengeführt hatte.

Sie umgingen Patrouillen der Barbaren. Testri führte Vargen durch das Gewirr der Gänge, ihr Orientierungssinn so sicher wie der unerschütterliche Glaube, dass der junge Herr kommen und sie drei retten würde.

»Wie bist du entkommen?«, fragte Vargen, der Mühe hatte, mit dem Mädchen mitzuhalten. Die Kälte, das Halbdunkel der Korridore und nicht zuletzt sein Alter setzten seinen Sinnen und seinen Knochen zu. Nacktes Mauerwerk und vereinzelte Talglichter in roten Laternen flogen an ihnen vorbei. Vielerorts hatten die Barbaren ganze Wände von Holz befreit und Möbel mitgenommen. Der Hunger ihrer Scheiterhaufen war unstillbar.

»Wir haben später Zeit, über alles zu sprechen«, äffte sie seine Stimme nach.

Trotz der Anstrengungen und ihrer Lage musste der Ritter schmunzeln.

Sie hatten eine Chance.

»Dort vorn«, zischte das Mädchen und wollte um die Ecke flitzen.

Er legte ihr eine Hand auf die Schulter und hielt inne. Dann spannte er die Armbrust und nockte einen Bolzen auf. Testri trat hinter ihn. Er wandte sich ums Eck, ließ den Blick durch den Korridor huschen.

Dies waren die Flügel der Tsharenfamilie, soweit er sich erinnern konnte. Mit einem Mal stahl sich eine dunkle Vorahnung unter seine Freude über die Befreiung. Konnte es sein …?

Zwei der Âshkulim hockten auf dem Boden vor der Pforte und warfen Knochenwürfel in einem Kreis aus Salz, um sich die Zeit zu vertreiben. Eindeutige Geräusche drangen durch die Tür hinter ihnen. Voller Abscheu beobachtete der Ritter die Männer.

»Was tun wir?«

Er beantwortete Testris Flüstern nicht, legte einen Finger an die Lippen.

Du tust gar nichts mehr. Nicht solange ich atme. Deine Hände haben schon zu viel Blut vergossen, Kind. »Warte hier«, sagte Vargen.

Er sprang um die Ecke, und bevor die beiden Âshkulim reagieren konnten, handelte er. Die Bewegungen waren tausendfach geübt, und Gicht oder Kälte nahmen ihnen nichts von ihrer Effektivität. Er schoss einem der Bleichen kurzerhand in den Mund, der mit gesplitterten Zähnen zu Boden ging, während die Spitze des Bolzens aus seinem Nacken ragte.

Der andere wollte sich erheben, da ließ Vargen die Armbrust fallen, griff zu seinen Wurfmessern. Ein, zwei, drei Klingen wuchsen aus dem Oberarm des Aschekriegers.

Der schien es gar nicht zu bemerken, stapfte auf Vargen zu, den Speer in den Händen, doch als er die Waffe hochbringen wollte, zischte er vor Schmerz und stockte, die Arme zitterten kraftlos.

»Blockierte Muskeln.« Vargens Miene war ein freudloses Grinsen. Mit einer flüssigen Bewegung riss er die Axt aus ihrer Lederschlaufe und spaltete den Krieger vom Scheitel bis zur Brust. Der Ritter stieg über den Leichnam hinweg und riss die Waffe wie beiläufig wieder frei. Er hasste diesen Teil seiner Berufung.

Wie erwartet flog die Tür, vor der die beiden Wache gestanden hatten, auf, und ein Mann taumelte ihm entgegen, hager, halb nackt, nur in Pelze gehüllt und umweht vom Dunst von Soddekh. Das Auge des Adeligen weitete sich, als er den kleineren Ritter mit der blutigen Axt erkannte.

Vargen brauchte das komplett zerkratzte Gesicht des Kerls nicht zu sehen, um zu wissen, was sich hinter diesen Türen abgespielt hatte. Es gab kaum Familienähnlichkeit zu Oslic, auch wenn er ahnte, wer der Mann war.

Vargen war Vater einer Tochter, also gab es kein Zögern.

Noch während der junge Adelige nach dem Schwert nestelte, trieb der Ritter ihm das Axtblatt in den Schritt und beförderte ihn nach hinten in den Raum. Er prallte gegen einen wuchtigen Schreibtisch. Der Kerl – einer von Oslics Brüdern, Vargen kannte die Beschreibung – wollte schreien. Er presste die Hände zwischen seine Beine, wo aus der gekappten Männlichkeit das Blut wie heiße Blitze über seine Finger schoss.

Der Veteran beendete das Schmerzgeheul, bevor es begann. Mit der Axtseite drosch er zu. Es knackte wie eine Stiefelferse, die durch Eis brach. Das übrig gebliebene Auge wurde erst rot wie ein Wachssiegel und starrte in die Ferne, bevor es sich nach oben drehte.

Aelfric Boulanthus saß auf dem Boden in einer Lache, wie

ein Junge, der sich eingenässt hatte. Ein Ausdruck blanker Überraschung lag auf seinen Zügen.

Vargen schüttelte traurig den Kopf. Einen Augenblick später verflog jede Trauer darüber, dass er einen Blutsverwandten des jungen Herrn hatte töten müssen. Die Kammer war bestens eingerichtet und geheizt.

Der Ritter blickte über den Schreibtisch, an dem der tote Bursche lehnte, auf das Bett. Er brauchte einen Moment, um die misshandelte Gestalt in den Fesseln zu erkennen.

Was immer er über sie dachte, was immer zwischen ihnen gewesen war, dies war zu viel. Er hatte vermutet, dass sich Oslics Brüder in ihrem Schreckensregiment mit Unfreien und Mägden die Zeit vertrieben, wie Lumpen ihrer Art es zu tun pflegten.

»Alheefa«, wisperte Vargen und rief im gleichen Moment nach hinten: »Du bleibst da, Testri! Komm nicht her, halte Wache!«

Die Meuchlerin war übel zugerichtet. Die Lippen waren aufgeplatzt, ein Auge zugeschwollen, ein Schneidezahn fehlte. Eine Menge gelber und grüner Stellen an den Teilen ihres Körpers, die er unter dem Bärenfell herausragen sah, offenbarte, dass sie bereits mehrere üble Behandlungen erfahren hatte.

Der schlanke Körper war mit Seilen am Bett fixiert, die tief in die Haut einschnitten.

Vargen bebte vor Wut. Wo einst Zorn auf die junge Frau gewesen war, die seinen Herrn fast umgebracht hatte, gärte nun Wut über die Behandlung, die ihr widerfahren war.

Alheefa öffnete das nicht verschwollene Auge. Es verengte sich, dann entspannte sie sich, als sie erkannte, wen sie vor sich hatte.

»Sie haben … es versucht. Aber ich … hab ihnen so zugesetzt, dass es … ihnen das dann doch nicht wert war.« Das leise Nuscheln war bei den Gesichtsverletzungen kein Wunder. »Ging nie um mich. Sie wollten … ihn bestrafen. Oslic. Für früher.«

»Hat nicht funktioniert«, sagte Vargen, der wusste, dass es wichtig war, Haltung zu wahren. Für Alheefa und Testri. »Er hat bekommen, was ihm zusteht.« Er schnitt die Meuchlerin los und stützte sie. Behutsam setzte er sie auf. »Warte hier.«

»Hab ich eine Wahl? Schade, ich … hätte das gern selbst besorgt. Hatte ihn fast so weit, dass er sich noch mal getraut hätte.« Vargen folgte Alheefas Blick zu dem reglosen Aelfric.

»Es ging schnell.« Er zuckte mit den Achseln. »Der kann von Glück sagen, dass er dir nicht in die Hände gefallen ist, was?«

Sie setzte ein mattes Lächeln auf, die Haare strähnig.

Der Veteran eilte zu Testri zurück, die hinter der Mauer aufgeregt von einem Fuß auf den anderen trippelte und ihn beäugte. »Alles gut, Onkel Eule? Geht es ihr gut?«

»Den Umständen entsprechend. Aber sie lebt, und das ist die Hauptsache. Erschrick bitte nicht, Kind. Du weißt, wie Männer sein können. Gib mir das Bündel.«

Testri wurde bleich, nickte aber.

Vargen nahm das Bündel entgegen. Er vergewisserte sich, dass niemand auf sie aufmerksam geworden war. Draußen brandete Kampflärm gegen die Palastmauern. Waffen klirrten, gedämpfte Schreie drangen an sein Ohr.

Irgendwo dort draußen war der junge Herr und brauchte ihn.

Mit dem Bündel eilte er zu Alheefa zurück, die immer noch auf der Bettkante hockte. Unbewegt, noch immer nackt bis auf ein Bärenfell.

»Ich habe hier ein paar Dinge, die du vermisst haben dürftest.« Vargen reichte ihr das Bündel. Die Scheide mit dem Talwar-Säbel, die Lederrüstung und Alheefas Hosen. »Dachte mir, du könntest das brauchen. Ein bisschen Vergeltung heilt die Seele nicht, das wissen wir beide. Aber sie kann einem ein wenig Linderung verschaffen.«

»Ich habe das nicht verdient.« Sie schüttelte traurig den Kopf. Das unversehrte Auge füllte sich mit Tränen. »Dich. Testri.« Sie seufzte. »Oslic.«

»Sei nicht albern. Es ist nicht deine Schuld, dass du in ihre Hände gefallen bist.«

»Das meine ich nicht.« Der Blick der Meuchlerin ging ins Leere.

»Kommt ihr? Wir müssen hier raus!« Testris Stimme erklang von der Tür. Sie stürmte ins Zimmer und warf sich mit solcher Kraft gegen Alheefa, dass die vor Schmerzen stöhnte.

»Ich sagte dir doch, du sollst draußen warten«, tadelte Vargen das Kind, obwohl er wusste, dass Testri schon Schlimmeres gesehen hatte als ein paar Leichen.

Die beiden jungen Frauen schwankten in ihrer Umarmung. Der Anblick setzte ihm zu, er wandte sich ab und zur Tür, um sie zu bewachen, und musste gegen den Drang ankämpfen, dem toten Aelfric ins Gesicht zu spucken.

Müde Knochen, ermattetes Herz. Der Veteran gestattete sich einen Moment der Schwäche, ohne es an Wachsamkeit mangeln zu lassen. Er lehnte sich in den Türrahmen, sodass er beide Seiten des Flurs im Blick hatte. Eine Weile würde er den Mädchen gönnen, doch sie mussten hier raus. Mit jedem Augenblick stieg die Wahrscheinlichkeit, dass die Trisketen sich ihrer Gefangenen erinnerten.

In diesem Moment vernahm er das Brüllen. Oder besser: Es erfüllte ihn bis in jede Faser seines Leibes, ließ Zähne schmerzen und die Augen in ihren Höhlen vibrieren. Das Dröhnen der Posaune des Weltenendes.

In der ganzen Stadt barsten die Fensterscheiben, die der fallende Stern nicht schon zerstört hatte. Der Eispanzer um den Palast erbebte, und Schnee riss in Wechten und Schollen von den Dächern.

Ein orangerotes Glühen fiel in den Korridor.

Vargen trat an eines der Fenster und blickte hinaus. Vier Feuerblumen wuchsen empor, Orchideen aus Glut, jede groß wie ein Kirchturm, und der Schatten des Schwarzen zog wie ein mythischer Donnervogel über die Stadt, der Luftwirbel hinter ihm deckte Dächer ab. Gebäude und jene, die zwischen ihnen kämpften, waren Winzlinge unter dem kreisenden Ungetüm. Als hätte ein Gebirge das Fliegen erlernt. Ungläubig starrten die winzigen Gegner ihrer Sache, Landstreff-Verräter wie Âshkulim, zum Himmel empor.

Da wendete Rurriranth für einen weiteren Überflug, und das Frostblau seines Blicks schien für einen Moment dem Vargens zu begegnen. Selbst aus dieser Entfernung war der Drache so urgewaltig, dass der Veteran Details ausmachen konnte.

Hatte er sich geirrt? Grinste das Ungetüm, weil es ihn erspäht hatte? Nein, es war kein Irrtum. Der gewaltige Leib knickte eine Schwinge ein, glitt mit majestätischer Langsamkeit über die Stadt und auf den Palast zu!

Welches Spiel trieb er? Kam er, um sie zu retten? Es lag nichts als blanke Tücke im Blick der Kreatur.

Vargen eilte vom Fenster fort, in Aelfrics Kammer zurück, als er die Feuerbahnen sah, die der Schwarze aus den Nüstern hinter sich herzog.

Die Gottbestie kam. Sie brüllte.

Auch der Ritter tat es, als er begriff: »Wir müssen fort von hier! Jetzt!«

57

Der Treffer schmerzte, hatte aber keine ernsten Verletzungen zur Folge. Voller Unglauben starrte die Âshkulim-Kriegerin auf das, was von ihrem Handbeil aus Holz und Feuerstein übrig war. Sie hatte sich rituell selbst die Nase abgeschnitten, um ihre Fratze einem Totenschädel ähnlicher zu machen.

Oslic erfüllte ihr ihren Wunsch, dem Tod zu ähneln, und stieß ihr das Bastardschwert ins Herz.

Erst dann fuhr seine Hand zu der Brustplatte, die er sich geschmiedet hatte. Unter den von den Angriffen zerschnittenen Pelzen war der Stahl intakt. Der junge Tshar sah zum Himmel auf. Die Finsternis unnatürlicher Schneewolken brodelte über Vaistopol wie ein Kessel. Sie waren im Morgengrauen angekommen, waren jedoch in eine ewige Nacht hineingeritten. Vor dem Tableau kreiste der Schwarze, so als hätten die Wolken des Blizzards ihn geboren.

Die gewaltige Gestalt des Drachen schleuderte Feuerbälle in die Straßen und verbrannte mit jedem Treffer Dutzende Feinde. Die Glut verdampfte Verräter und Bleiche, bevor sie schreien konnten. Der Drache schmolz Ritter und Fußtruppen Raumirs, verkochte Fleisch und ließ Stahl schmelzen.

Wie hatte es so weit kommen können? Wieso hatten sie ihn so weit treiben müssen?

Im Schneegestöber war am Boden kaum etwas zu erkennen. Kampflärm und derbe Flüche erfüllten die Luft. Oslic gewahrte zwei Schatten in seiner Nähe und ging, eine Hand vor den Augen, darauf zu.

Voller Zorn drang der junge Tshar auf einen Aschebarbaren ein, der einen Steinhammer hob, um ihn auf eine gestürzte Witwe aus Oslics Kontingent niedergehen zu lassen.

»Das lässt du schön bleiben!«, rief Oslic und hackte nach dem Krieger.

Der Âshkulim war katzenhaft schnell. Er bleckte Fangzähne und blockte den Schlag mit dem verstärkten Stil des Hammers. Beinahe augenblicklich raste Taubheit Oslics unterkühlten Waffenarm empor.

Er ließ die Prothese vorschießen, packte die Barbarenwaffe.

Sein Gegner war stärker als erwartet, ließ nicht locker, doch plötzlich erschlaffte sein Arm, und er blickte an sich herab. Oslic folgte seinem Blick. Das brandneue, frisch geschmiedete Kurzschwert der gestürzten Vaistopolerin steckte in dem Oberschenkel des Bleichen, trennte ihn auf wie einen Theatervorhang, während die Frau wie eine Furie brüllte.

Oslic hieb dem Barbaren die Klinge über den Nacken, bevor der reagieren konnte. Geschockt griff der Âshkulim nach der Wunde. Die Freischärlerin riss das Kurzschwert heraus und stach wieder zu. Als sich der Stahl in seine Eingeweide grub, begann der Âshkulim zu quieken wie ein Schwein und sackte in sich zusammen.

Oslic half der Frau auf. Mit einem von Blut verfärbten Grinsen deutete sie auf ihre Brustplatte, die sie über dem dicken Winterpelz trug, und auf die gewaltige Beule darin.

»Ohne deine Rüstung wäre ich tot, Schwerterprinz«, sagte sie. Ihr Atem hing hektisch.

»Wo nehmt ihr nur diese Namen her?« Oslic grinste zurück und schüttelte ihr die Hand. Sie verschwand im Wirbel der Flocken, der Schnee knirschte unter ihren Füßen, und stieß zu den anderen aus ihrem Trupp. Oslic warf einen Blick auf den Âshkulim. Wie viele waren gestorben? Wie viele starben in diesem Augenblick unter Rurriranths Feuerstößen?

»Ich muss das Gemetzel beenden«, murmelte er. Die Trisketen waren das Ziel. Sein Onkel. Seine Brüder.

Er folgte der Partisanin ins Getümmel. Es fiel so viel Schnee, dass jedes Geräusch gedämpft an die Ohren drang. Die Flocken tanzten auf hypnotische Weise, sie löschten jedes Konzept von vor und zurück, nah und fern aus. Es lullte ein – kein Zustand, in dem man sich während einer bewaffneten Konfrontation befinden wollte.

Es waren nicht seine Reflexe, die Oslic das Leben retteten: Einer der Freischärler riss einen Schild hoch. Ein Wurfspeer, der aus der Ferne herangerast war, blieb zitternd darin stecken.

Dankbar nickte Oslic dem Bauern zu und rutschte neben dem Mann über den festgebackenen Schnee hinter einen Karren. Der stand mitten auf der Straße – die Âshkulim hatten sich nicht die Mühe gemacht, Hindernisse und Straßenbarrikaden zu beseitigen. Für sie war die Stadt nichts, was es zu bewahren galt. Vaistopol verfiel unter ihrer Ägide.

Den Partisanen konnte es recht sein, so hatten sie Deckung und Schutz vor den Wurfgeschossen der Aschebarbaren.

»Wie weit zum Palast, Herr?«, fragte Iakubh. Der gewaltige Schnauzer des alten Soldaten war mit Schnee verkrustet und sah wie eine Schuhbürste aus, an der Pudding klebte. Unter anderen Umständen hätte es lustig gewirkt, doch der Blutstaub auf den Zügen des Veteranen sorgte dafür, dass Oslic das Lachen im Halse stecken blieb.

»Wenn die Gegenwehr so heftig bleibt, wird es zu lange dauern. Wir müssen versuchen, um die Kampfhandlungen herumzukommen. Das Problem ist, dass der endlose Schneefall die Seitenstraßen verstopft hat.«

Oslic erhob sich ein Stück weit und ließ sich sofort wieder fallen, weil die Barbaren blindwütig Wurfgeschosse auf jede Bewegung schleuderten. Karren und Schneewehe erbebten unter harten Einschlägen.

Der junge Tshar riskierte erneut einen Blick. Noch immer zeichneten sich die glühenden Teile der Stadt gegen den Himmel ab. Er hatte Rurriranth ersucht, beim Einsatz der Flammen Umsicht walten zu lassen, denn er wollte seine Heimat nicht niederbrennen sehen. Anscheinend war das nicht gelungen.

Vielleicht konnte der Schwarze für sie die Straßen räumen. Vorausgesetzt, eine solche Bitte war nicht unter seiner Würde. *Wo bist du, Rurriranth?* Der junge Tshar suchte den Himmel ab, der Drache war nicht mehr dort, wo er zuletzt gekreist hatte. Es kam so viel Weiß herunter, dass selbst ein Geschöpf seiner Größe darin verschwand.

»Ich bin hier, junger Boulanthus. Ich bin gerade beschäftigt und nehme mir einige … Probleme vor.« Der abwesende Klang des Drachen unterstrich seine Worte.

Was für Probleme?

»Nichts Ernstes, nur ein paar Wanzen, die mich stören. Ich

werde sie bald ausgetilgt haben, aber ich fürchte, mir ist ein kleines Missgeschick unterlaufen.«

Oslic konnte nicht von sich behaupten, dass ihm der Tonfall des Drachen gefiel. »Missgeschick?« Die Frage brachte ihm neugierige Blicke von den Bauern ein. Wie sie drückte er den Rücken gegen den Karren und schob ihn einige Schritte auf die Front der Barbaren zu.

»Die Trisketen haben mich angegriffen. Ich musste mich wehren, und einer meiner Flammenstöße hat einen Flügel des Palastes erfasst. Bitte verzeih.«

Seine Freunde waren in dem Gebäude, ebenso wie die Verräterin. Augenblicklich schnürte Oslic Sorge die Kehle zu. *Kannst du von deiner Position aus die Straßen um den Palast ausmachen?*, fragte er das Geschöpf in Gedanken.

»Mühelos.«

Gut. Eine von ihnen krümmt sich wie ein halbes Hufeisen, eine Nebenstraße, die quasi das architektonische Gegenstück zur Schlinge des Dobronov darstellt. Ich werde zwei Trupps dorthin führen – kannst du den Stein von Eis befreien?

»Kannst du atmen, ohne darüber nachdenken zu müssen?« Der amüsierte Tonfall des Schwarzen war nicht zu überhören.

Wir sind unterwegs, Rurriranth. Bitte, wenn deine Möglichkeiten es irgendwie zulassen, verhindere, dass der Palast abbrennt. Vargen, Testri und Alheefa sind dort.

»Was ich entzünde, vermag ich auch wieder zu löschen. Doch du weißt, dass du wahrscheinlich genau das tust, was die Hexer wollen, junger Boulanthus?«

Was mir geschieht, ist mir nicht so wichtig wie das Wohlergehen meiner Freunde. Und dazu zähle ich dich. Wir stoßen zu dir, damit sie von dir ablassen. Halte durch!

Oslics Partisanen waren weder so stark noch so wild wie die Bleichen, doch sie kämpften verbissen, und wie der Drache und der junge Tshar es geplant hatten, gab die bessere Ausrüstung den Ausschlag. Die Barbaren blickten zudem immer wieder empor zum Himmel, wenn das Brüllen der Bestie über Vaistopol hallte. Wann immer Lawinen von den Dächern abgingen, Fenster zerbarsten und Schnee explodierte, jubelten sie in religiöser Verzückung der Bestie zu, statt ihren Zorn zu fürchten.

Genau dann schossen die Freischärler vor und nutzten ihre neuen Waffen – Speere, die sich in speziell konstruierte Schilde einlegen ließen, sowie Kurzschwerter für den Nahkampf. Es war ein Gemetzel.

Doch die Kraterlande hatten Hunderte Âshkulim ausgespien, und so tobte die Schlacht weiter.

Der junge Tshar führte seine Trupps um das Herz der Kampfhandlungen herum. Auf halber Strecke rauschte die Luft am Himmel vor ihnen. Der gewaltige Schatten des Drachen glitt über die Straße, die Oslic benannt hatte, die geflügelte Kreatur eine Silhouette von der Größe eines Waldstücks, den Verstand sprengend in ihrer Pracht. Diesmal waren es keine Feuerbälle – der feurige Odem schoss als Lanze herab. Ein Wirbelsturm aus Flammen, der mit Präzision vom Himmel durch die Gasse leckte.

Den Freischärlern und Oslic stand der Mund offen, als sie die alles verheerende Macht des heißen Elements herabfahren sahen, einem Lebewesen gleich, das sich seinen Weg voll bösartiger Intelligenz zu suchen schien. Für einen Atemzug waren Schreie der Landstreff-Verräter und ehrfurchtsvolle Rufe der Âshkulim aus der Straße zu vernehmen. Sie gingen im schmerzhaft hohen Donner der erhitzten Luft unter. Der Feuerstoß verdampfte, was immer auf der Hufeisenstraße Lebendiges war.

Rurriranths gewaltige Gestalt flog eine enge Kehre, bei der er eine Schwinge wie einen geschlossenen Ellenbogen an seinen Körper presste. Unvermittelt spreizte er beide Flügel zu voller Breite und bog gleichzeitig den gesamten Rumpf durch.

Wie ein Greifvogel, der in der Luft stand, bewegte er die gewaltigen Glieder auf und nieder, ohne sich eine Handbreit von der Stelle zu rühren. Ein neuerlicher Sturm fegte durch die Hufeisenstraße. Die aufgepeitschte Luft der Flügelschläge brachte die Flammen zum Verstummen, bevor die ungeheure Hitze auf die Häuser übergreifen konnte.

Der junge Tshar und seine Mitstreiter preschten auf die gekrümmte Straße. Das Feuer des Drachen hatte gleichsam Schnee und Barrieren weggeschmolzen, der Windstoß alles hinweggefegt und das Kopfsteinpflaster durch die Hitze jenen Charakter geschmolzenen Glases angenommen, der auch Varsothyn auszeichnete.

»Vorwärts!« Oslic führte seine Mitstreiter in die Gasse. Der Luft, die in ihre Lunge drang, haftete selbst bei diesem Schneechaos der Geschmack von Feuer und Asche an.

Sie folgten der Krümmung der Straße. Vor ihnen schälte sich der Palast aus dem weißen Wirbel. Oslic erblickte die Schäden, die Feuer und Löschen dem kunstvollen Gebäude zugefügt hatten. Gold, Messing und Kupfer des östlichen Zwiebelturms über dem Familienflügel der Boulanthus waren geschmolzen und über das Holz geflossen. Dessen Mantel war von einem tiefen Schwarz, das mit noch immer roten

Einsprengseln glühte. Bernstein und Glas waren zerlaufen und hatten sich wie eine Kruste aus Sirup über die Brände gelegt. Mit den intakten Türmen, der Brandkruste und dem zerflossenen Türmchen erinnerte das ganze Gebäude an eine missratene Festtagstorte, die ein grausamer Gast entzündet hatte.

Der Anblick trieb dem jungen Tsharen die Tränen in die Augen, er knirschte mit den Zähnen. Doch er wusste, dass ihn ein schlimmerer Anblick erwartete, wenn er zögerte. Er gab seinen Kohorten das Zeichen, sich aufzuspalten.

Vielfaches Klappern hallte durch die leergefegte Straße – Speere wurden in die Schilde eingelegt und beim zweiten Trupp hinter dieser Phalanx Bogen gespannt.

Eine tödliche Mondsichel, die dem Feind ihre Wölbung entgegenstreckte, rückte über den Platz am Ende der Allee vor. Wilde Brände leckten wie von Sinnen im Eiswind, wo die Totems, Scheiterhaufen und früheren Barrikaden unterschiedslos in Rurriranths Flammen loderten.

»Ich sehe niemanden«, sagte Oslic.

»Oh, täusche dich nicht, sie sind hier. Sie haben sich nur verborgen.« Die Stimme des Drachen war von etwas wie Respekt erfüllt.

»Sie sind unsichtbar? Wohl kaum!« Oslic konnte ein ungläubiges Schnauben nicht aus Geist und Tonfall heraushalten.

»Sie haben sich und ihre Leute vor deinem und meinem Geist verborgen, doch der Palast und die überfrorenen Gärten wimmeln nur so von ihnen, und ich kann sie wittern. Kannst du es nicht – oder willst du es nicht begreifen, junger Boulanthus? Die Macht, die sie nutzen, sie ist so echt wie ich und du.«

Oslic überging die Bemerkung. An der Seite seiner Freischärler arbeitete er sich über den Platz vor. Die Hitze der allgegenwärtigen Feuer legte sich auf sein Gesicht, war durch die Pelze spürbar. Die Elemente fochten ihren Kampf aus, Wind zerrte an den Flammen, Schneeflocken verloschen über den brennenden Schutthaufen, ohne den Boden zu berühren. Kleineren Bränden ging die Nahrung aus. Der Eiswind erstickte sie.

Sie rannten über die Freitreppen zu den Hauptpforten des Palastes. Im Schatten des Portals gaben jene Partisanen mit den Schilden den anderen Deckung, dann warfen sie sich an Oslics Seite gegen die schweren Bohlen, aber bis auf die rieselnde Schneekruste bewegte sich nichts.

»Herr, sieh doch, dort vorn!« Iakubh deutete auf die vom Feuer unberührte Westflanke des Prachtbaus.

Oslic folgte seinem Fingerzeig. Ein einzelnes Eisengatter zu den Parkanlagen schlug im Wind hin und her.

»Selbst mir ist klar, dass dies eine Falle ist«, knurrte Oslic.

»Eine Annahme, die ich nur bestätigen kann. Es sind viele Menschlein in diesem Garten. Einige der Bleichen, aber auch Leute in schwerer Rüstung. Einige riechen wie du, junger Boulanthus.«

Der junge Tshar brauchte einen Moment, um zu begreifen, wie das gemeint war. Er verengte die Augen. Talladeen und Oslics Brüder waren im Lustgarten.

Dies gab den Ausschlag.

58

»Soll ich den Garten in Brand setzen?« Die Vorfreude des Schwarzen war kaum zu überhören.

»Auf gar keinen Fall.« Oslic hatte Mühe, die Panik aus seiner Stimme zu verbannen. »Meine Freunde könnten dort sein. Siehst du sie?«

»Ich sehe dort unten nur Feinde.«

»Ich habe gesehen, wie gezielt du deine Flammen zu lenken vermagst. Aber ich wage zu bezweifeln, dass vom Palast meiner Stammväter viel übrig bleiben wird, wenn du deine Macht unkontrolliert entfesselst. Sind die Trisketen dort?«

»Nicht dass ich wüsste. Sie scheinen sich vorerst zurückgezogen zu haben oder halten sich noch immer vor mir verborgen.«

Sie halten ihre Trümpfe in der Hinterhand, wir die unseren, dachte der junge Tshar. *Halte dich bereit, Schwarzer. Ich werde nach dir rufen, sollte ich deine Hilfe benötigen.*

»Ganz wie du meinst, o Schwerterprinz.« Der Spott war unüberhörbar.

»Lass das.« Oslic ignorierte den fragenden Blick seines Adjutanten. »Wir folgen der Einladung, Iakubh. Aber ich möchte doch bezweifeln, dass wir die höflichen Gäste sein werden, die in die Falle zu locken das Gesindel im Park erwartet, nicht wahr?«

Der Veteran grinste seinen Tsharen so breit an, dass die

Schneekruste auf dem Schnurrbart auseinanderbrach. »Denke mal, wir werden uns auf dieser Feier ein wenig danebenbenehmen, Herr. Da wird einer hinterher tüchtig aufräumen müssen.«

Iakubh gab einem der Bogenschützen ein Zeichen. Der Mann befingerte seinen Köcher und förderte einen der Signalpfeile zum Vorschein, die ihnen bereits zuvor vortreffliche Dienste geleistet hatten.

Schweigend sahen die beiden Trupps zu, wie die Korbspitze mit dem Alchemistengebräu durch den Eissturm trudelte, um dann sonnenhell in unmöglichen Farbtönen aufzulodern.

»Fünf von euch bleiben hier und halten die Stellung am Parkeingang. Ihr weist unsere Leute ein, sobald sie hier ankommen. Der Rest mir nach!« Oslic setzte sich in Bewegung, der Pforte entgegen. Die Freischärler bekräftigten ihren Gehorsam mit einem kurzen Ausruf und schlugen Schulter an Schulter mit der Faust auf ihre frisch geschmiedeten Brustplatten.

»Du bist dir bewusst, dass du genau das tust, was dein Onkel und deine Brüder wollen, nicht wahr, junger Boulanthus? Sie warten nur auf einen Fehler von dir.«

Sollen sie. Es knirschte, als sich Oslics Finger am Griff seines Schwertes versteiften. *Sie erwarten schlecht ausgerüstete, unterernährte und verängstigte Bauern. Was ich ihnen entgegenwerfe, ist eine von Vargen und Veteranen gedrillte, gut gerüstete Truppe, satt und zugleich doch hungrig darauf, ihre Heimat zurückzuerlangen.*

»Die gegen nicht minder gut ausgestattete Berufssoldaten antritt.«

»Auf welcher Seite stehst du eigentlich?«, flüsterte der junge Tshar gereizt.

Der Schwarze gab keine Antwort.

Sie schritten durch das gusseiserne Tor wie in den Rachen eines Hais, dessen Schlund mit Eiszapfen statt mit Zähnen gefüllt war. Dahinter war der Wind gedämpfter, doch die gewaltigen Hecken aus Immergrün, Vogelbäder, Statuen und Bänke waren vollständig zugeschneit, und das Gartenlabyrinth hatte sich in eine fantastische Landschaft verwandelt. Wann immer das Licht der Monde durch die Wolkendecke lugte, glitzerten Myriaden Eiskristalle auf und machten den Anblick noch unwirklicher.

Ungebeten kam Oslic sein seltsamer Traum in den Sinn. Das Gespräch mit Zorathus, die Vorstellung, noch immer zu wenig zu wissen. Konnte er überhaupt jemandem vertrauen, da doch Rurriranth seine Geheimnisse für sich bewahrte, die Hexenmeister Oslics Heimat verheert und ihm erst dann die Wahrheit angeboten hatten? Nun, da Alheefas Karten gegen ihren Willen auf dem Tisch lagen?

Er war dabei, sich für diese Leute in die Höhle des Löwen zu werfen – und nun, da er die Bestien wittern konnte, plagten ihn Zweifel.

Es war der denkbar ungünstigste Moment für solche Gedanken.

»Obacht, Leute! Achtet genau auf jede Schneewehe. Ihr wisst, was sie am Hafen getan haben.« Auf Oslics Befehl hin rückten die Freischärler zu einem wehrhaften Pulk zusammen, die Schildträger außen, die Schützen als Kern. Iakubh deckte seinen Tsharen mit dem Körper, hielt einen schweren Kriegshammer mit beiden Händen umklammert. Die wachen Augen des alten Kämpen suchten beständig den Garten ab.

Sie konnten den Hinterhalt beinahe schmecken. Oslic tastete in Gedanken nach der beruhigenden Präsenz ihres mächtigsten Verbündeten.

Nichts.

Er verbarg seine aufkeimenden Ängste hinter einer starren Miene vor seinem Gefolge. Die Bauern folgten den Tsharen Carchadons, leisteten unbedingten Gehorsam – doch dafür verlangten sie eine kompetente Führung in Notzeiten. So war es stets gewesen. Wenn daran Zweifel aufkamen, würden sie Oslic den Rücken zukehren.

Mit einem Mut, der aus der Verzweiflung geboren war, schob sich der junge Tshar vor den Veteranen. Die Augen des Soldaten weiteten sich, doch Oslic fand, dass genug Leute ihr Leben für seine Familie gelassen hatten.

Er führte sie tiefer in den Garten oder das, was er davon erkennen konnte. Mit dem Palast als Landmarke kamen sie gut voran, auch wenn sie bis zur Gürtellinie im Schnee steckten und sich vorarbeiten mussten.

Sie erreichten die Westterrassen des Palastes und versuchten, an seiner schneeverkrusteten Flanke einen Eingang zu erspähen, als sich die Schlinge um ihren Hals schloss.

Das Verderben kündigte sich an wie das kratzende Gefühl von Schnee im Auge. Der Wind wehte hier, nahe dem Friedhof, wieder mit ungeheurer Intensität, sodass man sich gegen ihn stemmen musste.

Oslic blinzelte – und zuckte zusammen. Plötzlich standen sie vor ihnen. Hinter Schneewechten und Statuen ragten sie auf. Keine Âshkulim, sondern Carchadonen. In Pelze gehüllt und schwergerüstet, knapp doppelt so viele Männer, wie er Freischärler ins Feld führte. Rosshaarbüsche auf den Helmen, Pelzumhänge und Wimpel schlugen im Eissturm um die unbewegten Leiber. Drachenschilde und Langschwerter, Gassenhauer und zweihändige Stabäxte mit Handgriffen im Blatt lehnten zwischen den Füßen der fleischgewordenen Statuen auf dem Schnee.

Ein Dutzend Ritter, aufgetaucht aus dem Nichts.

Das konnte nicht sein!

Der Kopfschmerz traf den jungen Tsharen, als würden ihm Stricknadeln durch die Augen ins Hirn getrieben.

Zwischen den Männern, die Visiere geöffnet, standen Talladeen Boulanthus und Roderic. Der Hohn auf ihren Gesichtern war unübersehbar, um die Lippen spielte ein grausamer Zug.

Oslic blickte zum Himmel.

»Gib dir keine Mühe, Neffe. Dein Helfer wird nicht kommen. Die Drei haben vorgesorgt. Er wird dich nicht hören und unsere Zusammenkunft hier nicht stören.« Talladeen Boulanthus spuckte einen gelben Klumpen in den Schnee. »Du und dein Pöbelhaufen, für euch endet die Reise hier.«

»Darauf freue ich mich schon so lange.« Roderic zog einen Morgenstern mit kurzer Kette und ließ ihn kreiseln. Die Hängewangen des Tsharensohns bebten vor Vorfreude, Kiefermuskeln arbeiteten.

Er trat einen Schritt vor, doch Talladeen legte eine Hand auf seine Brust und stoppte ihn.

Es rasselte ringsum, als Oslics Männer ebenso in Stellung gingen wie die Kämpfer des Landstreffs.

Roderic begehrte auf, seine Stimme überschlug sich wie

bei einem quengelnden Kind. »Was!? Du hast gesagt, er gehört mir!«

Talladeen ignorierte ihn, löste den intensiven Blick keinen Herzschlag lang von Oslic. »Hast du echt gedacht, du läufst hier groß auf, Junge? Kleidest deinen Haufen in Stahl und Pelze und schleppst dein Schoßtier an – und das war es? Wenn du auf uns triffst, plaudern wir, dann marschierst du hier ab, deine Freunde im Schlepptau?«

»So in etwa, ja.« Es brachte Oslic aus der Fassung, dass sich weder Talladeen noch Roderic um den gewaltigen Schwarzen sorgten, der über der Stadt kreiste. Hielten die Drei Trümpfe in der Hand, von denen Oslic nichts ahnte? »Sei vernünftig, Onkel. Wenigstens du. Dein Leben lang hast du gegen Hearniten im Westen und die Bleichen der Kraterlande gekämpft – und jetzt machst du dich mit denen gemein? Nur weil du mich auf den Tod nicht ausstehen kannst? Und du, Roderic? Willst du auf einem verbrannten Thron sitzen, vor einer Bande Barbaren, die einen Dreck auf deine Herrschaft geben und dich verlachen, statt dir zu folgen?«

Für einen Augenblick sah Oslic es erneut, das Flackern in den Augen der Verwandten, das ihm verriet, dass sie unter fremdem Einfluss standen, so wie die Ritter ringsum. Sie sahen die Vernunft in seinen Worten, fochten innere Kämpfe aus. Hatte man ihnen etwas eingeflößt? Waren die Hexer in der Lage, ihre Opfer zu beherrschen wie den Riesenaffen?

Er fuhr fort, um den Bann zu brechen. »Und meine Freunde? Es kann euch doch nichts geben, sie gefangen zu halten. Sie haben nichts mit dem zu schaffen, was hier vor sich geht!« Er steckte das Schwert ein, hob in einem waffenlosen Appell die Hände.

Eine Welle aus Tücke, die keines Banns bedurfte, zuckte über Roderics feiste Züge und ließ die Wangen erneut schwabbeln. »Von denen haste nicht mehr viel, Kanaille. Die Kleine gehört den Hexern, der Alte ist hin, und deine Hure … Sagen wir mal, Aelfric hatte in den letzten Tagen eine vergnügliche Zeit.«

Die Nadeln in Oslics Hirn wuchsen zu den Zinken einer Forke. Er musste gegen den Drang ankämpfen, loszupreschen und den älteren Bruder umzureißen. Mit ihm den Boden zu wischen und in den Palast zu stürmen. Seine Friedensgeste wurde zu einem Knirschen, als er ruckartig die eiserne Faust schloss. Die Kletterklauen schnappten hervor und machten unmissverständlich klar, wie er empfand.

»Sag, dass das nicht wahr ist, wenn dir dein Leben lieb ist, Roderic.« Oslics Stimme war tödlich leise geworden, sodass er sich selbst kaum zu hören vermochte. Beiläufig registrierte er, wie sich alle um ihn herum anspannten. Selbst die Ritter des Landstreffs betrachteten ihn mit neu gewonnenem Respekt. Sein Schädel stand so dermaßen unter Druck, als wolle er jeden Augenblick platzen.

Er tat einen Schritt vor.

Die Tücke in den Augen seines Bruders war einem Flackern der Verunsicherung gewichen. Roderics Blick huschte zwischen Oslic und seinem Onkel hin und her. Talladeen befingerte den Griff des Streitkolbens und leckte sich über die Lippe.

»Seine Augen. Onkel Talla, was passiert – Scheiße noch mal! – mit seinen Augen!?« Roderic winselte wie ein Küchenhund.

Die Blicke der Versammelten richteten sich angstvoll auf Oslic.

»Deine Hure von Mutter hat immer behauptet, dass an dir mehr dran sei, als das Auge sieht«, knirschte Talladeen. »Jetzt weiß ich, was sie gemeint hat. Wärst du doch nur ersoffen, und würde mein Espen noch leben.«

»Hexenbrut!«, zischte Roderic und schwang den Morgenstern.

Oslic hörte nicht mehr, was sie sagten. Er stampfte auf seine Verwandten zu, in sich eine Wut, wie er sie noch nie zuvor empfunden hatte, seine Adern in Flammen. Er hob das Schwert.

Genauso zielgerichtet, wie er sich vorwärtsbewegte, riss Oslic die Prothese empor. Er fing Kugel und Kette des Morgensterns so mühelos wie den Ball eines Kindes, wischte den Hieb beiseite.

Sie hatten nie ernst genommen, zu was Oslic fähig war. Sie meinten, ihn aus der Reserve locken zu können. Doch Roderic hatte den Bogen überspannt. Vor Oslics innerem Auge zeigten sich Bilder. Grausame Momente, vom Künstler in ihm mit meisterhaften und grauenerregenden Details ausgeschmückt.

Vargens von den Âshkulim abgenagter Körper.

Testri, die zwischen den drei Hexenmeistern in einem ihrer Kreidekreise auf dem Boden hockte und weinte und vergeblich nach Oslic rief.

Alheefa, nackt und geschändet, während sein Bruder …

Das Schwert spaltete Roderic nur deshalb nicht, weil der feiste Bruder mit verblüffendem Geschick auswich.

Etwas traf Oslic in die Flanke, und die Brustplatte heulte auf. Metall verbog, und der Schmerz in den Rippen holte den jungen Tsharen in die Wirklichkeit zurück.

Er lag auf dem Schnee, hatte Schwierigkeiten zu atmen, und sein Speichel schmeckte nach Blut. Mindestens eine Rippe war geprellt, wenn nicht angebrochen.

Verdutzt schaut Oslic nach oben. Talladeen Boulanthus hielt mit einem triumphierenden Grinsen den Streitkolben erhoben, um seinem Neffen das Ende zu bereiten.

Auch in Roderics Auge war die alte Selbstgefälligkeit zurückgekehrt. Er ließ den Morgenstern kreiseln. Wie Hyänen, die ein Löwenmännchen in ihrem Revier gestellt hatten, umkreisten sie Oslic.

Erst da, in dieser Lage, setzte das Begreifen ein. Nun verstand Oslic zum ersten Mal, dass die Männer, die er sein Leben lang gekannt, die er Bruder und Onkel genannt hatte, ihn wahrhaftig töten würden.

Am Rand seiner Wahrnehmung bekam Oslic mit, dass seine Vaistopoler und die verräterischen Truppen des Landstreffs aufeinanderprallten. Das Klirren von Stahl erfüllte die Winterluft. Schreie, Schnauben und Keuchen vermischten sich mit dem Heulen des weißen Sturms.

Ihm blieb keine Zeit, die Eindrücke zu verarbeiten.

Mit wuchtigen Schlägen hieben Roderic und sein Onkel im steten Wechsel auf ihn ein. Er konnte nur Prothese und Schwert immer wieder emporreißen, um die Schläge abzufangen, und hatte das Gefühl, in einen der wassermühlengetriebenen Hämmer geraten zu sein, die Grobschmiede verwendeten.

Schwertarm und rechte Schulter wurden taub. Das Metall der Prothese heulte protestierend. Es war ein Angriffsrhythmus, bei dem selbst ein voll ausgebildeter Berufssoldat Schwierigkeiten gehabt hätte.

Oslic war kein vollendeter Kämpfer. Mit einem verzweifelten Aufschrei ließ er das Schwert kreisen, um sich Raum zu verschaffen und nach hinten zurückzuziehen.

Es war der Moment, auf den Talladeen gewartet hatte. Sein Onkel nickte Oslics Bruder zu, und der nutzte die größere Reichweite der Kettenkugel, machte dem jungen Tsharen Druck von rechts. Funken stoben, als ein weiterer Streiftreffer über die Prothese kratzte. Durch sein Schultergelenk bis in den Knochen konnte Oslic spüren, dass etwas in der Mechanik zerbrach. Der Treffer brachte ihn aus dem Tritt.

Talladeen hieb von der anderen Seite mit dem Streitkolben zu. Oslic vermochte so eben, das Bastardschwert hochzureißen – und es zerbrach!

Talladeen fegte Oslics Arm beiseite und schmetterte seinen Kolben gegen dieselbe Stelle der Brustplatte, die er bereits beschädigt hatte.

Der junge Tshar hatte das Gefühl, ein Streitross hätte ausgetreten. Gerade erst in die Höhe gekämpft, wurde er wieder zu Boden gerissen. In dem Moment ging ein fürchterlicher Ruck durch seinen Körper. Die Kette des Morgensterns hatte sich um die Prothese gewunden. Roderic zog sie straff, und der Schwung aus zwei Richtungen wirbelte den jungen Tsharen herum. Mit dem Gesicht voran schlug er in den gefrorenen Schnee.

Oslic heulte auf. Seine Unterlippe platzte, als sich seine Vorderzähne hineingruben. Blut und Eis füllten seinen Mund, und einem Instinkt folgend, warf er sich mit letzter Kraft zur Seite.

Neben seinem Kopf fuhr der Streitkolben herab wie ein Fallbeil, ließ Eis und Schnee bersten.

Er hatte keine Energie mehr, um noch einem Angriff auszuweichen, bekam keine Luft. Myriaden winziger Sterne zogen Schlieren vor seinen Augen, jeder Atemzug war die Klinge eines gezackten Dolches, die innen wie außen über die Rippen schrammte. Sein Körper versagte ihm den Dienst, war taubgeprügelt.

»Du bist am Ende, Wurm. Jetzt schicken wir dich zu der Metze, die dich in die Welt geschissen hat.« Heißer Speichel sprühte aus Roderics Mund, sein Gesicht eine Fratze des Hasses.

»Hände weg von dem Balg, Neffe!«, grollte Talladeen. »Der Sohn dieser Hure gehört mir! Das schulde ich meinem Espen! Und meinem Bruder! Ohne den Bastard dort wären wir alle nicht hier.«

Der Streitkolben sauste herab.

Oslic legte an Kraft in seinen Arm, was möglich war. Er hob die Prothese, um den Treffer abzufangen, und seine Zähne schlugen schmerzhaft aufeinander, als Metall mit ungeheurer Wucht auf Metall traf. Ein schwarzer Blitz aus konzentrierter Pein explodierte im Schulteranker. Metall ächzte und splitterte, Finger und Zahnräder flogen umher, Metallsplitter bohrten sich in die taube Wange.

Talladeen taumelte zurück und griff mit der freien Hand nach seinem Gesicht. Blut quoll zwischen den Fingern hervor. Eine Stahlsehne aus der Mechanik hatte ihm einen Striemen gepeitscht und dabei knapp den noch verbliebenen Augapfel verfehlt.

»Nachgeburt, verkrüppelte!« Es war kein Ruf, kein Schrei, sondern ein Gellen reinsten Wahnsinns. Oslics Onkel hob die Waffe abermals. Zu einem Schlag, der alles beenden würde.

Oslic schloss die Augen und hielt den Atem an. Die Verzweiflung umfing ihn. Seine Freunde waren verloren.

Da schrie Talladeen Boulanthus auf, und der Streitkolben sauste nach unten.

59

Talladeens Schrei gellte so laut, dass die kämpfenden Parteien für einen Moment den Blick von ihren Gegnern nahmen und zu dem alten Schlachtross sahen.

Oslic öffnete die Lider.

Talladeen Boulanthus hatte die Augen so weit aufgerissen, dass sie aus den Höhlen quollen. Der Streitkolben steckte schief im Schnee wie die Fahne einer Gruppe von Kolonisten, die ein neues Stück Land in Besitz genommen hatten.

Fassungslos beobachteten Oslic, Roderic und die umstehenden Kämpfer, wie sich der Onkel auf unfreiwillig komische Weise langsam um sich selbst drehte und dabei mit müden Bewegungen nach seinem Rücken langte. Nach dem dritten Mal hatte er geschafft, was er vorhatte. Er zog mit Kraft und förderte zwei blutige Wurfmesser hervor. Mit vor Unglauben geweiteten Augen starrte Talladeen die Klingen an, die seine Wirbel knapp unterhalb des Nackens getroffen hatten. Der alte Kämpe schüttelte sich.

Oslic wusste, dass Taubheit durch Talladeens Glieder fuhr, weil Nerven verwundet worden waren. Doch der junge Tshar hatte nur Augen für die Form der Messer.

»Vargen«, flüsterte er.

Zwei weitere Klingen rasten aus dem Schnee heran – doch

Talladeens Brustplatte stoppte sie. Der hohe metallische Klang, mit dem sie abprallten, war wie ein Weckruf.

Der Kampf zwischen den Parteien setzte wieder ein. Auch Roderic hatte sich der Quelle der Messer zugewandt, stellte sich schützend vor den Onkel. Er mochte ein Dreckschwein sein, aber er hatte sich nach Jahren als Soldat scheinbar gewisse Prinzipien bewahrt.

Oslic kniff die Augen zusammen, Schmerz und Schnee raubten ihm die Sicht. Es dauerte einen Moment, bis er die beiden Gestalten erkannte, die aus einem im Dunkel liegenden Seitenflügel des Palastes hervortraten, Seite an Seite, einander Deckung gebend.

Ein müder Pfeil taumelte durch den Wind auf Vargen zu und blieb vibrierend in seinem Schild stecken. Er kappte ihn mit der Axt. Alheefa hielt sich im Schatten der mächtigen Schultern, den Talwar in der Hand. Sie sah mitgenommen aus. Hinter den beiden huschte Testri umher, ihre Haare wirbelten im Schneesturm wie eine lebende Flamme.

Oslic schöpfte Hoffnung. Seine Freunde preschten vorwärts.

Talladeen und Roderic sahen die drei wie sturmgeborene Phantome auf sich zurennen.

»Wo ist Aelfric?« Die Stimme seines feisten Bruders schlug ins Weibische um.

»Macht ein Nickerchen.« Bei der rauen Note in Alheefas Stimme zuckten Oslic und Roderic gleichsam zusammen. »Die lange Sorte.«

»Du Futt! Dafür schneid ich dich!«

Talladeen stieß einen Warnruf aus, doch Roderic wollte nicht hören. Er preschte auf die Ankömmlinge zu.

Alheefa löste sich aus dem Trio und rief Testri etwas zu. Widerwillig hielt das Mädchen sich im Hintergrund. Roderic hieb nach der Meuchlerin, doch ebenso gut hätte er versuchen können, den Wind mit bloßen Händen zu fangen. Sie schlug eine Mühle, wirbelte um ihre Hüften und ließ den Talwar kreisen, als wäre dies kein Kampf auf Leben und Tod, sondern ein Säbeltanz am Hofe eines sidhisidischen Prinzen.

Nie hatte Oslic sie schöner gefunden. Er stemmte sich in die Höhe, als sich Talladeen wieder in seine Richtung wandte. Doch ein weiterer Messerwurf Vargens zwang den Kämpen, vom verhassten Neffen abzulassen.

Dann krachten die beiden Veteranen aufeinander, der kleinere dunkle Schemen Vargens in den hünenhaften Talladeen. Vargens Axt schnappte zu wie eine Viper und leckte nach dem Gesicht des Gegners. Doch der tänzelte behände außer Reichweite, nutzte die überlegene Länge des zweihändigen Streitkolbens, um den Ritter auf Abstand zu halten und ihm zuzusetzen. Es donnerte, wann immer Vargens mitgenommener Schild die Hiebe von Oslics Onkel empfing.

Oslic musste etwas tun. Er konnte nicht zulassen, dass die Freunde seine Kämpfe für ihn fochten. Verzweifelt langte er nach den Gürteltaschen unter der Brustplatte. Allein diese Bewegungen nahmen ihm so viel Kraft, dass er am liebsten die Augen geschlossen hätte, doch schließlich krallten sich seine Finger um das, was er so verzweifelt gesucht hatte.

Für einen Augenblick erwog er die Konsequenzen. Er hatte keine Zutaten, wahrscheinlich keine Möglichkeit, neues Peritus zu fertigen. Doch was nützte ihm die Arznei, wenn er krepierte? Kurzerhand riss er den Beutel hervor und schob sich in den Mund, was er bekommen konnte. Es waren einige letzte Dosen auf einen Streich.

Beinahe augenblicklich wurden Taubheit und Schmerzen auf ein erträgliches Maß gedämpft. Kraft flutete in die Glieder zurück.

Der junge Tshar wusste, was er zu tun hatte, von tödlicher Ruhe und dem Scharfsinn eines besänftigten Geistes gelotst. Seine Finger schlossen sich mit aller Macht um den Griff des zerbrochenen Anderthalbhänders.

»Onkel!« In Oslics Stimme lag kein Zaudern, keine besonnene Erwägung wie sonst. Er warf sich nach vorn. Talladeen Boulanthus verschaffte sich mit einem Hieb Raum. Er wandte sich der Bewegung im Rücken zu.

»Herr, nicht!«

Oslic ignorierte den Leibwächter. Gemeinsam mit seinem Arm, den Wunden und der Sorge um die Freunde war etwas in ihm zerborsten. Oslics Körpergewicht trieb die Spitze der Bruchstelle des Bastardschwerts durch einen Spalt an Talladeen Boulanthus' Rüstung. Der sog die Luft ein. Ihre Gesichter waren sich nahe wie das Antlitz zweier Liebender.

»Es tut mir leid, Onkel. Ich wollte ein Leben lang bloß deine Achtung. Aber ich kann nicht zulassen, dass ihr meinen Freunden wehtut.«

Talladeen versuchte, etwas zu sagen, brachte aber bloß Schlucklaute hervor. Sein Mund füllte sich mit Blut, das wie Sirup durch seinen Bart rann und im Wind in Fäden kreiselte. Stecknadelpupillen bohrten sich hasserfüllt in Oslics Augen. Plötzlich weiteten sie sich, Begreifen setzte ein. Der Bann fiel von Talladeen Boulanthus ab.

»Oslic?« Die Stimme seines Onkels klang selbst durch das

Blut und die Taubheit des Todes verwirrt. Der Blick seiner Augen wanderte zu dem Schwert, zur Hand des Neffen. Oslic folgte dem Blick. Angewidert von sich selbst ließ er die Klinge los, als wäre sie glühend heiß.

Talladeen versuchte, etwas zu sagen, doch er öffnete und schloss nur den Mund, wie ein Lachs, den ein Bär auf Land geschleudert hatte. Betäubt und von einem Strom widerstreitender Emotionen überwältigt, sah Oslic seinem Onkel beim Sterben zu.

Alheefa kreischte im Hintergrund wie eine Furie. Sie hatte Roderic zu Boden gezwungen, der Morgenstern lag im Schnee. Oslics Bruder umklammerte einen üblen Schnitt in seiner Hand. Die Meuchlerin hob den Talwar, um der Sache ein Ende zu machen.

»Alheefa, nein! Es reicht.« Oslic schüttelte den Kopf.

Tatsächlich hörte und sah sie ihn. Ihr Blick fiel auf den toten Onkel, und sie begriff. Mit einem brutalen Drehtritt in sein Gesicht schmetterte sie Roderic in die unverdiente Gnade einer Ohnmacht.

Oslic hatte erwartet, dass der Verlust ihrer Rädelsführer die Kampfmoral der Landstreff-Verräter brechen würde. Doch die verstärkten ihre Anstrengungen. Einige kämpften sich ohne Mühe von seinen unterlegenen Bauern frei und kamen auf den jungen Tsharen zu.

In diesem Moment zerriss ein Laut die Luft, der alles übertönte. Er brandete aus dem Himmel auf sie herab.

60

Oslic blickte nach oben, die Gegner kaum mehr fünf Schritte von ihm entfernt. Eine elektrisierende Kraft erfüllte die Luft. Ihm bot sich ein verstörendes Schauspiel. Der Winterhimmel war schlagartig zu einem bizarren Wetterleuchten verkommen, erfüllt von tiefhängenden, aufgeblähten Wolken in unnatürlichen Farben.

Rurriranth kämpfte sich mit zuckenden Schwingen und Klauen durch diese Nebel. Wie klebriger Saft, eine Membran aus vielfarbenen Energien, hafteten sie an dem Drachen. Sie hinderten ihn, tiefer zu gehen, legten sich um ihn, griffen wie Hände und Fangarme zu, schlossen sich, wo er Löcher riss, und zwangen den Drachen, sich nach unten vorzuarbeiten. Wie ein tollwütiger Hund schnappte der gewaltige Schwarze um sich, ein Sternbild, das zu kämpfen gelernt hatte, gefangen in einem Netz widernatürlicher Kräfte.

Die Landstreff-Krieger trauten ihren Augen kaum bei dem Anblick, was ihnen zum Verhängnis wurde. Die Bauern kannten die Pracht und Größe von Oslics Verbündetem. Die Überlebenden nutzten das Moment der Überraschung, stießen mit Lanzen und Kurzschwertern zu und hielten blutige Ernte.

Als sich die Männer vor Oslic ein Herz fassten, war es für sie zu spät. Aus einer seiner Nüstern schnaufte der am Himmel gefangene Schwarze eine Feuerkugel, geradezu lächerlich winzig. Sie fiel wie eine gestaltgewordene Sonne vom Firmament und verheerte das Quartett. Die Hitze war so gewaltig, dass der junge Tshar das Gesicht abwenden musste, die Augenbrauen versengt.

Endlich hatten die Freunde ihn erreicht. So müde war Oslic, so ausgepumpt, dass er Alheefa gestattete, ihn in die Arme zu schließen. Sie und Testri klammerten sich an ihn.

Vargen schenkte seinem Dienstherrn ein erleichtertes Nicken. Dann gesellte er sich zu den Partisanen, um ihre Anstrengungen zu koordinieren, hieb mit seiner Axt auf die Verräter ein.

Der junge Tshar hielt beide Mädchen in der Beuge des gesunden Arms.

»Wir dachten, wir hätten dich verloren.« Alheefa hauchte ihm Küsse auf die Wange.

Er wollte antworten, konnte jedoch nicht. Seine Augen waren starr in den Himmel gerichtet, auf die Gestalt des Drachen, der gegen die widernatürlichen Wolken kämpfte, die keine waren. Ein Leimtuch, so als wäre Rurriranth nicht mehr als eine Fliege. Was geschah hier?

Wie kann ich dir helfen, Schwarzer?

Zum ersten Mal erhielt Oslic keine Antwort, er spürte bloß die reine, tierhafte Wut. Der Drache war jenseits von Denken und Sprache, ganz Raubtier. Er brüllte, und endloser Zorn lag in diesem Laut. Der junge Tshar suchte nach der Quelle dieser Wut und erhielt eine Antwort, auf die er lieber verzichtet hätte.

»Du kannst ihm gar nicht helfen. Die Magick meines Bruders gebietet über den Zorn der Bestie und mein anderer Bruder über ihre tierhafte Seite.«

Oslic und die jungen Frauen fuhren zusammen.

Zum ersten Mal, seit er mit ihnen konfrontiert war, tauchten die Trisketen gemeinsam auf. Wie aus dem Nichts waren sie erschienen, keine zehn Schritte von Oslic entfernt, umgeben von einem Ring aus vielen Dutzend Âshkulim, die ihre Beute stumm aus schwarzen Augen musterten. Schwefelwolken umwehten die Menschenansammlung mit dem Gestank von faulen Eiern. Echsenhunde pirschten zwischen den Barbaren und züngelten.

Wie ein Mann ging der Ring aus Aschebarbaren in einer Zurschaustellung perfekter Uniformität auf ein Knie nieder und beugte das Haupt, die Rücken zu ihren drei Herren, ein Spalier in der Mitte.

Zorathus trat einen Schritt vor durch die Gasse aus Körpern, und seine Arme umfassten die beiden Begleiter in einer ausholenden Geste. »Du kennst meinen Bruder ja schon. Tsankhanol, ihn, der zürnt. Und Sarnath, die bindende Zunge, ist dir ebenfalls begegnet, wie ich wohl weiß.«

Oslic schluckte. Zum ersten Mal sah er alle drei beisammen, den vertrauten Zorathus, Tsankhanol, das Monstrum mit der Sense – und Sarnath, jenen Hexer, der den Angriff auf das Haus der Witwe koordiniert hatte. Er neigte spöttisch das Geweihhaupt und grinste hinter seiner Maske. Der Sensenmagus hob die Waffe und bebte vor Wut. Doch sie war nicht auf Oslic gerichtet, sondern zum Himmel. Oslic begriff, dass es die Gesten mit der Sense waren, die es dem Drachen unmöglich machten, sich zu befreien.

»Das kann nicht sein.« Seine Stimme war kaum mehr als ein Murmeln.

Dennoch schien Zorathus ihn gehört zu haben. »Hilf unserem Bruder!«

Auf seinen Befehl hin wob Sarnath mit den Händen Zeichen in die Luft, den Blick zum Drachen gerichtet. Fassungslos starrten Bauern und Landstreff-Truppen ebenfalls zum Firmament und beobachteten den Kampf der Bestie gegen den Willen der beiden Hexenmeister.

Testri verbarg sich hinter Oslic. Vargen wollte sich nähern, doch eine Handbewegung des jungen Tsharen hielt ihn zurück. »Testri, geh zu Onkel Eule.«

»Aber …«

»Keine Widerworte. Dies eine Mal nicht.«

Testri löste sich zögerlich von Oslic und rannte zu dem Veteranen.

Alheefa spannte sich, machte Anstalten, sich auf die drei Hexer zu stürzen, nun, da zwei von ihnen abgelenkt waren. Oslic schob sich vor sie. Was immer sie tat, was immer in dem Vertrag stand, sie war seine Freundin, seine Liebe. Er wollte sie nicht verlieren. Er würde sich Zorathus stellen, wie es seine Aufgabe als Tshar von Carchadon war.

»Ach ja, der menschliche Impuls, eure Weibchen zu schützen, nicht wahr? Stets aufs Neue faszinierend.« Zorathus keckerte. Er sah dem Kind nach. »Das bringt nichts, sie gehört uns, so sicher, wie der Tag der Nacht gehört.«

»Warum sagt ihr nicht endlich, was ihr wollt? Warum martert ihr uns so? Niemand hier, niemand aus Vaistopol, hat euch etwas getan.« Oslic wollte eine Waffe greifen, auf sie zustürmen, doch er war so müde und ausgebrannt, verwundet und schwach, dass er nichts tun konnte, als hilflos aufzubegehren.

Jetzt wusste er, wie es war. Jetzt ahnte er, wie sich Patienten im Moment der Diagnose fühlen mussten, wenn er ihnen offenbarte, dass er nichts mehr zu tun vermochte.

Schlimmer konnte es nicht mehr kommen.

Er wusste nicht, wie sehr er irrte.

Zorathus grinste so tückisch, dass sich selbst die Kälte des endlosen Frosts dagegen ausnahm wie ein Frühlingstag. »Unser großmütiges Angebot für Schutz und Antwort hast du in deinem menschlichen Hochmut abgewiesen. Wir wollen dich nicht mehr. Du hast deinen Teil beigetragen, die Gottbestie zu uns gebracht, in unsere Falle.« Der Hexer blickte ohne Mitgefühl auf die Leiche von Talladeen und auf den bewusstlosen Roderic.

Oslic spürte die Bürde des Herrschers, von der sein Vater stets geredet hatte. »Wartet. Lasst sie gehen. Meine Freischärler, die Leute aus Vaistopol. Tut mit mir, was ihr wollt. Ich gebe mich im Austausch für sie auf.«

»Du scheinst nicht begriffen zu haben, dass wir an dir nur so lange ein wirkliches Interesse hatten, wie wir unfrei waren. Sicher, es wäre gut, eine der Winterklingen auf unserer Seite zu wissen, für das, was unvermeidlich kommen muss. Aber dein Balg wird reichen. Sie ist formbarer, wenngleich noch aufsässiger als du. Was den Versager betrifft …« Zorathus gab einem der Âshkulim ein Zeichen.

Der Mann erhob sich, einen schweren Steinhammer in den Pranken, und stapfte auf den bewusstlosen Roderic zu.

»Nein.« Oslics Stimme war so tonlos, dass er sich im Heulen des Windes kaum selbst hören konnte. Was immer Roderic war, was immer er, Talladeen und Aelfric getan hatten, jetzt war er bloß ein bewusstloser Mensch – und sein Bruder.

»Nein!« Der junge Tshar machte einen Schritt auf den Aschebarbaren zu.

Weiter kam er nicht. Zorathus vollführte eine Geste mit der freien Hand, schloss die Faust, und Oslic hatte das Gefühl, dass sich Bänder aus Stahl um seinen Leib legten. Er konnte die Hand als gewaltige Klammer spüren. Die Augen des jungen Tsharen traten hervor.

»Das … ist nicht echt! Wie … in der Gruft.« Er musste die Worte hervorpressen.

»Wie in der Krypta, ja. Magie, du Narr«, sagte Zorathus. Ganz sacht hob er die Hand und ließ zugleich den Kopf des jungen Tsharen locker, dann bog er mit unsichtbaren Kräften Oslics Nacken nach vorn, sodass er nach unten sehen musste.

Er schwebte. Hing wahrhaftig eine Handbreit über dem Boden. Unvermittelt ließ Zorathus den jungen Tsharen los.

Seine Beine trugen Oslic nicht mehr, und so fiel er der Länge nach hin. Fassungslos blickte er erst den Hexer, dann Alheefa an. In ihren Augen stand nichts als Mitgefühl. Sie hatte ihm stets gesagt, dass er irrte, wenn er Magie und Zauberkräfte ins Reich der Fantasie verwies, und nun zerbrachen sämtliche Regeln, alle Fundamente, auf denen sein Dasein bisher fußte. Er wollte etwas sagen, konnte es jedoch nicht. Er wollte etwas tun, doch sein Körper gehorchte nicht mehr, seine Seele gebrandmarkt von einer Realität, die er nicht mehr erkannte.

Verliere ich den Verstand?

Hatte ich ihn je?

In diesem Augenblick schwang Tsankhanol die Sense wie zum Angriff. Über ihnen ertönte Gebrüll wie das eines Kindes, das sich zum ersten Mal im Leben die Hand verbrühte.

Rurriranth kostete zum zweiten Mal in seinem endlosen Dasein echten Schmerz.

Mit aller Anstrengung, die er aufbringen konnte, blickte Oslic zu dem Schwarzen auf.

Zorathus lachte wie im Wahnsinn, während Sarnaths lippenloser Mund in den Himmel heulte. »Flieh, Wyrmvater! Flieh, Erster! Krieche zurück unter deinen Stein. Nicht länger bannt uns deine Macht! Wisse, dass wir dich töten können!«

Auf seine Worte hin riss die Wolkendecke auf. Das Kreischen aus Rurriranths Maul war weder von dieser Welt noch von einer, die je einen Menschen hervorgebracht hatte. Eine Scharte klaffte in seiner Flanke, ein Schnitt, der sich wie eine Ackerfurche durch Panzerplatten und Fleisch grub.

Der Schwarze zog eine Blutfahne hinter sich her, die dem Strom aus Rot in den Achterwellen eines Walfängers glich, und das Blöken des Drachen ließ die Knochen jedes Menschen in der Stadt erbeben.

Mit einem Urschrei drückte sich Rurriranth von der verhexten Wolkenkuppel über Vaistopol ab und flog davon.

»So viel zu deinem Patron, Tshar!« Oslic wusste nicht, was schlimmer war, der unüberhörbare Triumph in Sarnaths Worten oder das manische Grinsen auf den Fratzen seiner Brüder.

»Oslic, wir müssen hier weg!«, raunte Alheefa. »Die packen wir nicht. Niemand kann das, nicht so. Denk an Testri.«

Er wusste, dass sie recht hatte. Er wollte alles tun, was sie sagte. Sich neu ordnen. Doch da war kein Antrieb mehr in ihm. Kraftlos versuchte der junge Tshar, sich in die Höhe zu stemmen. Ihm war so übel, und er wusste nicht mehr, wo oben und unten war. Was war geschehen? Wann hatte sich die Welt so verändert?

»Oslic!« Jetzt war der Tonfall der Meuchlerin drängend.

»Ihr geht nirgendwo hin. Nicht ohne euren verdienten Lohn zu erhalten, wart ihr beide es doch, die uns von seinem Einfluss befreiten!« Zorathus hob die Klauenfinger und richtete Oslic aus einigen Schritten Entfernung auf, als zöge er an unsichtbaren Schnüren. »Nun, da deine Hoffnung zerbrochen ist, nehmen wir deine Seele, Oslic Boulanthus. Wisse, dass du es warst, der uns befreite und unsere Herrschaft über diese Welt gebracht hat. Die Wurzeln eines neuen Zeitalters, die du gehegt hast. Die Geschichte wird dein Opfer nie vergessen.«

Irgendwo weit hinter sich, in einer anderen Welt, hörte der junge Tshar Vargen rufen. Eine kleine Gestalt schoss an Oslic und Alheefa vorbei, stellte sich vor die beiden. Der Veteran eilte Testri hinterher, doch er war zu langsam.

»Ich weiß, was du tun wirst!« Die Stimme der Waisen war von einer tödlichen Ruhe erfüllt. »Ich weiß auch, wofür ihr mich braucht. Doch ich weigere mich.«

Es war seltsam. Oslic spürte, wie der Druck auf seinen Körper nachließ, als sich das Kind zwischen ihn und Zorathus schob. »Testri, geh weg von ihm!«, wollte er sie warnen, doch es kam bloß ein heiseres Krächzen aus seiner Kehle.

Zorathus betrachtete das Mädchen. Seine Augen blitzten in einem Vergnügen, das Oslic nicht zum ersten Mal an Rurriranth erinnerte. Aber es lag etwas darunter. Furcht?

Der Hexer wich einen Schritt zurück.

»Ich weiß, dass du mir nichts tun kannst«, behauptete

Testri. »Zumindest nicht mit deinem Hexenwerk!« Sie trat einen Schritt vor und richtete einen Finger auf den Hexer.

»Tötet ihn! Lehrt das Weibchen, was Aufruhr für einen Preis hat!« Die Stimme des Hexers überschlug sich. Seine Augen waren urplötzlich geweitet vor Furcht vor dem Kind.

Oslic sah, dass es Alheefa wie ihm erging: Beide konnten sie sich wieder bewegen.

Sie tauschten einen Blick, nur für einen Moment, und es lag eine Bitte um Verzeihung in den Augen der jungen Frau. Ein Flehen und ein Wissen, das über Oslics Kenntnisse hinausging. Dann führte sie mit einer übermenschlichen Anstrengung die Hand zum Mund und schluckte etwas.

Eine Kampfdroge?

Er wollte den Kopf schütteln, etwas sagen. In diesem Augenblick wurde er gewahr, wie Tsankhanol die Sense hob und Sarnath seine Glefe auf ihn richtete.

»Alheefa, nein!«, krächzte Oslic.

Die Meuchlerin legte ungeheure Anstrengung in ihre Bewegung. Er konnte sehen, wie die Muskeln am ganzen Körper hervortraten, wie in der Eiseskälte Schweiß aus ihren Poren trat. Dann schoss Alheefa nach vorn. Sie war ein Greifvogel, ein Geschoss. Mit einem Tritt nach hinten beförderte sie Testri in Oslics Arme, und beide taumelten gegen Vargen, der seine Schützlinge auffing.

Noch während Oslic fiel, vergrub die Mörderin die Spitze ihres Halbmondsäbels in der Brust von Zorathus. Zugleich feuerte sie einen Bolzen aus ihrer Armbrustmanschette in die Visage von Sarnath. Mit einem Gurgeln taumelte der Hexer zurück, schwarzes Blut – viel zu wenig Blut! – sprudelte aus der Wunde.

Alheefa flog weiter, und Oslic sah, wie sie in einem Wirbel aus meisterhaften Bewegungen an dem Verwundeten vorbeischoss, um auch Tsankhanol niederzustrecken.

Die Kreatur schnippte – und eine Vielzahl von Âshkulim erhob sich aus ihrer Erstarrung. Alheefa ließ den Säbel vorzucken, und noch nie in seinem Leben hatte Oslic eine solche Zurschaustellung von Schwertkunst gesehen.

Ein Wirbel aus blitzenden Hieben, ein Funkengewitter aus Stahl und reiner Bewegung, ging auf den Hexer mit der Sense nieder, der Mühe hatte, die Schläge zu parieren. Doch seine Kraft war ihrer Geschmeidigkeit überlegen.

Erst in diesem Augenblick registrierte Oslic, dass Vargen ihn vom Schlachtfeld zog.

»Nein, Uhu, nein! Bitte!« Er strampelte, flehte. Doch der Veteran war unerbittlich, und Oslic hatte ihm nichts entgegenzusetzen. Jeder Schritt entfernte ihn von dem grausamen Schauspiel, das er in der Krypta bereits einmal erduldet hatte.

»Dafür habe ich sie bezahlt«, flüsterte Testri und schluchzte.

Die Barbaren verfielen in einen Trab, auf ihre menschliche Beute zu.

Da erhob sich Zorathus, umwirbelt von Schneeflocken, die Wunde schon wieder verschlossen. Er reckte die Faust vor, riss sie in einer Parodie von Oslics Adlerklaue auf, schloss sie wieder.

Alheefas Schwerttanz wurde abrupt gestoppt. Sie verlor den Boden unter den Füßen, erhob sich in die Luft. Zorathus drehte sie mit einer Handbewegung.

»Vargen, du Hund!«, schrie Oslic. »Lass mich los! Lass mich!« Er kämpfte mir allem, was er hatte, doch das reichte nicht, um Testris Griff zu sprengen.

»Holt mir das Mädchen! Junger Boulanthus, du gibst sie uns und opferst dein Leben, wenn du dein Weibchen retten willst.« Auf einen Wink von Zorathus hin hoben die beiden anderen Hexer ihre Waffen, richteten sie auf Alheefas Körper.

Eine Sichel von Landstreff-Verrätern und Barbaren formierte sich. Unerbittlich schloss sie sich um die Fliehenden. Es gab kein Entkommen.

Oslics Blick war auf Alheefa gerichtet.

»Seht weg, Herr!«, rief Vargen ihm zu. »Das wollt Ihr nicht mitbekommen. Ich flehe Euch an!«

»Zum Widersacher mit dir!« Oslic brüllte und konnte den Blick nicht von der Meuchlerin lösen. »Wie kannst du das zulassen? Sie töten sie. Sie bringen sie um!«

Alheefa hing wie eine ertrunkene Ballerina am Grund eines gefrorenen Sees in der Luft. Ihr Blick traf den von Oslic. Mit so viel Kraft, wie sie aufbringen konnte, flüsterte sie, und er las es von ihren Lippen.

»Ich liebe dich auch«, hauchte er.

»Das. Ist. Mein. Geschenk.« Sie nickte Vargen zu. Dann begann sie, Worte zu murmeln, die etwas Formelhaftes hatten.

Ungesehene Tätowierungen in ihrer Haut blitzten auf, erglommen in metallischen Flammen. Oslic kannte die Gerüchte über die tankgeborenen Meuchler aus Sidhisid, die selbst ein Versagen noch zum Erfolg machen konnten, wenn sie ihr Leben gaben.

»Nein! Alheefa, nein!«

Doch die verbotene Alchemie ihrer Heimat entfaltete bereits ihre grausige Wirkung. In ihr vermischten sich Stoffe, die auf arkane Weise voneinander getrennt gehalten worden waren, bis ein Katalysator sie aktivierte.

Oslic schrie auf, das Grauen verwandelte das Blut in seinen Adern in schwarzes Eis. Sie hatte keine Kampfdroge geschluckt. Es war ein Anreger für die Synthese.

Ein Blubbern lief über das Fleisch der Schönen, Dampf quoll ihr aus den Tränendrüsen, den Ohren, aus dem Mund. Der erbebte und zuckte in spasmischen Krämpfen. Die Hexer wandten sich ab.

Testri warf sich an Oslics Brust, und Vargen riss den Herrn herum, um sie alle mit dem Schild auf dem Rücken zu schützen.

Die Explosion war dumpf, wie von etwas, das unter Lagen von Schnee hochging. Oslic konnte nicht sehen, wie es die Schlachtmeute der Âshkulim und die Verräter von den Beinen fegte, doch er hörte die sterbenden Echsenhunde fiepten, und Männer und Frauen schrien, durchbohrt von Schrapnell. Splitter von Alheefas Knochen. Zähne aus Alheefas Mund, der sich nie wieder öffnen, nie wieder sprechen, nie wieder lachen würde. Eine lebendige Bombe.

Oslic schwanden die Sinne. Die Gnade der Ohnmacht riss ihn davon, bevor er den Fehler begehen konnte, die Augen zu öffnen. Er spürte Vargens Hände unter den Achseln.

Von seinem Freund getragen, gab er sich dem Vergessen hin.

Aus Vargens Anmerkungen:

Ein kurzer Hinweis für Euch, wer auch immer Ihr sein mögt, die Ihr diese Zeilen lest: Ich bezweifle, dass ich weitere Einträge schreiben kann, daher soll dieser letzte die Bühne bereiten für das, was vor mir liegt.

Wir sind sicher in den Ruinen von Varsothyn angekommen. Wenig überraschend hat der feige Wyrmvater sein Haupt nicht abermals erhoben, er ist nicht hier – und wenn, dann ruht er in den tiefsten Wassern des Sees Haly oder den verborgenen Kraterhöhlen.

Alheefas Opfer hat uns gerettet, doch für mich ist es nur ein Aufschub. Ich werde meinem Herrn alles berichten.

Ich habe Testri die Notizen abgenommen in dem Wissen, dass das Mädchen sie nicht gelesen hat. Ich wüsste, wenn es so wäre. Ich wäre dann nicht mehr hier.

Sie hat zu viel durchgemacht, so wie mein Herr Oslic. Unermessliches Leid liegt hinter den beiden, doch ich befürchte, dass ihr weiterer Weg noch schlimmer wird.

Bewusst schreibe ich »ihr« und nicht »unser«. Meine Reise wird bald vorbei sein.

Noch einmal will ich betonen, dass das, was ich tue, im Einklang mit meinen innersten Überzeugungen geschieht. Spätere Tage mögen mich als Verräter brandmarken, und ich befürchte, in den Augen des Ordens werde ich nichts anderes sein, selbst falls niemals jemand von meinem Geständnis erfahren sollte.

Ich wusste von der Existenz der Drachen. Und ich weiß, was Rurriranth ist, die Bestie aus den Tiefen der Älteren Dunkelheit, und wonach sie giert. Die alte Schlange!

Zu lange habe ich dieses Wissen vor meinem Herrn verborgen, und mein ehreheischendes Klammern an die Regeln der Bruderschaft, meine Rittereide, hat mich vergessen lassen, wem meine wahre Treue gebührt.

Dies wird mein letzter Gang und zugleich der letzte Preis, den ich Oslic und Testri nach unserem tragischen Verlust Alheefas abringen muss.

Wie ich in meinen Aufzeichnungen aus der Zeit meiner Gefangenschaft andeutete, hat die Bruderschaft des Eulenhains klare Regeln. Mein Bund mit unserem Gönner und Mentor ist mystischer Natur, und öffnen sich meine Lippen, um auszusprechen, was verborgen bleiben muss, oder lesen fremde Augen diese Zeilen, so wird mich mein Schicksal ereilen. Ein Todesfluch.

So lege ich nun den Federkiel nieder und verschließe das Tintenfass, die lange Nacht erwartet mich. Schon vernehme ich den Ruf der Stille der Ebenen der Dämmerung, hinter denen mich das Gericht der Fünf erwartet.

Möge mich Tran'khuil, der Vater der Letztstille und Gnadenvollster der Fünf, in seine Arme schließen und die Flügel des Nachtfalters über die Seele eines alten Narren betten.

61

Er war wie betäubt, und er hatte jedes Zeitgefühl verloren. Oslic hockte in seiner Kammer aus Glas. Sonne gab es draußen nicht. Zwischenzeitlich war jemand in den Raum geeilt und hatte Kerzen entzündet.

Er hatte sie wieder gelöscht, spürte kaum das dumpfe Pochen der Brandwunde auf seiner Handfläche. Es war ihm einerlei, wie lange er hier schon saß und den trüben Tagen beim Vorbeifliegen am Krater zugesehen hatte.

Er wollte niemanden hören. Keinen sehen. Die einzigen Momente, in denen sich sein Blick von dem Fenster löste, galten dem zerborstenen Arm. Er sah in dessen zerstörtes Inneres, betrachtete zerfetzte Drähte und gebrochene Zahnräder. Sie hingen aus den Bruchpunkten der Gelenke, aus dem Stumpf.

Er war nicht ohne Antrieb. Nein. Eine Stimme in ihm rief ihn sogar zur Verantwortung. Er wusste, dass seine Ohnmacht Tage zurücklag. Dass die Hexer an einer Form von Vergeltung arbeiten würden, um den jungen Tsharen nach seiner Flucht zu greifen, zu bestrafen und Testri an sich zu reißen.

Er wusste, dass er sich hätte aufraffen müssen, um mit ihr Richtung Doranthar zu fliehen oder nach Hearne, in eine wehrhafte Zivilisation, dem alten Aberglauben unverhaftet und flexibler als die Carchadonen, die sich von einer Meute Barbaren und drei Scharlatanen hatten überrennen lassen.

Aber sie waren keine Scharlatane!

Er hatte seine Trauer tausendfach betrachtet, sie durchgekaut, seine Arme um sie gelegt, sie gewürgt und geschüttelt, mit ihr gerungen und sich mit dem Verlust in seinem Geist gemessen. Alles in dem Glauben, Alheefas Tod wäre der Grund für seine Lähmung.

Das war er nicht.

Es war die Leichtigkeit, mit der Zorathus und seine verderbten Brüder Oslics Weltbild in Scherben gehauen hatten. Schlichtweg nichts war mehr von dem jungen Gelehrten übrig.

»Was für ein Narr ich doch war.« Sein Flüstern gemahnte an ein vergessenes Schlossgespenst, das Selbstgespräche führend durch gähnende Korridore schwebte.

Hatte er tatsächlich gehofft, Carchadon retten zu können? In seine alte Heimat einzureiten, wo man ihn als Erlöser feiern würde, nachdem er die Unterdrücker freundlich gebeten hatte, die Segel zu streichen und das Land zu verlassen? Was für ein Kind fasste solch einen Plan? Was für ein törichtes Balg musste man sein, um nicht zu sehen, was doch deutlich vor einem lag?

Das Gesicht von Alheefa tauchte vor seinem geistigen Auge auf, so deutlich, dass er meinte, es im Fenster wie ein Porträt zu sehen, von kalten Sternen umrahmt.

Alles in ihm schrie danach, sich in seiner Trauer zu bemitleiden. Ihren Verlust mit lauter Stimme zu beklagen, zu winseln und sich Gehör zu verschaffen, sich die Haare zu raufen. Doch dieser Instinkt verblasste, trat hinter die Selbstvorwürfe und die Erkenntnis zurück, dass Syriatis nicht nach den Gesetzen funktionierte, die Oslic stets als unumstößlich erachtet hatte.

Nein, er hatte sich gegen das Offensichtliche gesperrt, sich geweigert, die Realität anzuerkennen. Jetzt saß er hier, bedeckt von Verbänden, erfüllt von einer tiefen Erschöpfung.

Es war in diesem Augenblick, dass Oslic begriff, dass er seit Tagen kein Peritus mehr genommen hatte. Seine Verletzungen waren dennoch erträglich, und von Kopfschmerzen und Augenflimmern keine Spur.

Hier saß er, zum ersten Mal, seit er sich entsinnen konnte, frei von Brummschädel und Ohrensausen, doch Freude empfinden konnte er darüber nicht. Seine Hand ertastete Schlafsack und Nackenrolle der Meuchlerin. Er zog Pelze und Leder zum mit Sicherheit tausendsten Mal seit seiner Rückkehr zu sich.

Seine Sinne nahmen den Duft der Geliebten auf, vervollständigten ihr Porträt aus Sternen im Fensterrahmen zu einem Gesamtbild. Ein Hauch von Rosenwasser, umwogt vom süßen Duft ihres Körpers.

Ein tiefer, unendlich gequälter Laut entrang sich seiner Kehle.

Oslic wusste nicht, was schlimmer war – der Selbsthass aufgrund seiner Naivität oder die Verachtung, die er für sich empfand, weil er wegen eines Stücks Pergament an der Freundin gezweifelt hatte.

Das Gefühl, verlassen worden zu sein, in dieser dunkelsten Stunde, weil Rurriranth vom Schlachtfeld geflohen und nicht zurückgekehrt war, wurde unerträglich. Ohne den Schwarzen waren sie nichts gegen die Hexerbrut und eine Armee von Âshkulim. Der Berg würde sie nicht ewig vor

Männern schützen, die über wahrhaftige Zauberkräfte verfügten.

Aber wenn der Feind sie hier aufspüren und vernichten konnte, warum hatte er es nicht längst getan?

Schritte erklangen auf der anderen Seite des Ledervorhangs, den Alheefa vor ihrem Schlafzimmer in die Türöffnung gehängt hatte. Oslic wusste, dass es Vargen war, er hätte ihn aus einer Menge von tausend Menschen heraushören können.

»Herr?«

»Ich hatte Anweisungen gegeben, nicht zu stören!« Oslic erschrak darüber, wie barsch seine Worte waren, doch konnte er sie nicht mildern. »Ich weiß, dass ich als Tshar wenig tauge, aber soweit ich mich entsinne, folgt man den Befehlen des Lehnsherrn, dem man Treue gelobt hat.«

»Dann ist das der zweite Schwur, den ich brechen muss.« Es lag eine tiefe Traurigkeit in der Stimme des alten Ritters. Wie ein glühendes chirurgisches Instrument hebelte sie unter den Panzer aus Leere und widerstrebenden Gefühlen.

Gegen seinen Willen wandte Oslic sich um und brachte irgendwie die Kraft auf, Vargen entgegenzutreten. Zu seiner Überraschung war es der alte Freund, der sich setzte. Der Ritter tat einen Atemzug, rau vor Nervosität und Anspannung. Er öffnete und schloss die Hände, als wüsste er nicht, was er mit ihnen anstellen sollte. Schließlich faltete er sie über dem Schoß, um sie ruhigzustellen.

Noch nie hatte Oslic den Veteranen in so einer Verfassung gesehen – nicht einmal als der junge Tshar mit zerschlagenen Knochen und blutendem Gesicht, von Alheefas Attentat gezeichnet, in die Tiefe gestürzt war.

»Ist was mit Testri? Götter, Vargen, sag bitte nicht, dass sie sich wegen Alheefa etwas angetan hat. Das würde ich nicht verkraften.«

Für einen Augenblick befürchtete Oslic, er hätte mit seiner Vermutung ins Schwarze getroffen. Vargen sah erschrocken aus, sein dunkles Gesicht nahm die Farbe alter Herdasche an.

Doch Vargen schüttelte den Kopf. »Es ist etwas mit Testri und mit Euch, Herr – aber nicht, wie Ihr denkt. Bitte beruhigt Euch.«

»Ich mich? Hast du dich angesehen, Vargen?« Oslic setzte sich dem alten Freund gegenüber auf das Bett, scherte sich nicht um die Gepflogenheiten.

»Ich habe Schuld auf mich geladen, Herr«, sprach Vargen. »Ich habe Euch, die Freischärler und nicht zuletzt Testri und Alheefa belogen. Die Gram, die Ihr fühlt, sie ist die meine. Ihr solltet sie nicht tragen, Ihr solltet nicht für meine Verfehlungen leiden. Hört auf, Euch selbst zu zürnen. Ihr wurdet genarrt. Wir alle wurden es.«

»Ich bin nicht sicher, ob ich recht verstehe. Ich bin so müde, Vargen, so entsetzlich müde, aber ich kann nicht schlafen. Ich will mir nichts anmaßen, aber ich glaube, so hast du dich gefühlt, als deine Tochter fieberte.«

Vargen antwortete nicht. Stattdessen griff er hinter seinen Rücken und holte mit der einen Hand einen Stapel Unterlagen hervor, während er mit der anderen ein einzelnes gefaltetes Pergament auf das Bett legte.

Oslic erkannte beides. Das eine waren Tagebuchseiten des alten Ritters, das andere war …

»Die Formel!«, rief der junge Tshar. Jenes Objekt, mit dem

das Unglück angefangen hatte. Er spürte einen Impuls, den antiken Fetzen zu ergreifen und ihn in Brand zu setzen.

»Das wäre ein großer Fehler.« Es war, als lese der alte Freund seine Gedanken. Mit einem traurigen Lächeln tippte Vargen mit der Spitze des behandschuhten Zeigefingers gegen das Dokument. »Wir waren nicht mehr im Ostflügel des Palastes, als das Inferno ausbrach. Es war Testris Wunsch. Wobei das ein zu schwaches Wort ist – es war ihre *Vision*, dass es um jeden Preis zu Euch zurückgelangt. So wie es auch kein Zufall war, dass es seinerzeit überhaupt erst durch Eure Hand gestohlen wurde. Eine fixe Idee, so nanntet Ihr den Diebstahl selbst, glaube ich.«

»Ihre … Vision.« Oslic kaute eine Weile auf dem Wort.

»Ich werde alles erklären, Herr. Zumindest das, was ich mir während unserer Reise und meiner Gefangenschaft zusammenreimen konnte. Ihr werdet sehen, warum es meine Schuld war. Sie könnte noch leben, wenn ich nicht so lange gezögert, meine Eide nicht über euer aller Wohlergehen gestellt und geschwiegen hätte.« Die Stimme des Veteranen bebte vor Trauer.

Oslic konnte sich kaum vorstellen, wie sich sein alter Freund fühlen musste. Einst hatte er Alheefa wie eine Tochter geliebt, dann vor Zorn über ihren Verrat fast den Verstand verloren – und jetzt war sie tot, bevor die beiden hatten reinen Tisch machen können.

Alheefa war tot. Oslic schnürte es die Kehle zu. Sie war fort, und er gab sich die Schuld, so wie sich sein Wächter die Schuld an ihrem Tod gab.

»Vargen, es mag dich überraschen, dass ich das sage, aber Alheefa … Sie ist nicht mehr, weil sie ein Leben gelebt hat, das aus nichts anderem bestand als dem, wobei wir sie verloren haben. Kampf.« Er dachte an den Tag in der Grube zurück. An den Gesichtsausdruck der Geliebten, als der brutale Hinterhalt gegen die Âshkulim begann. »Sie hat für diese Dinge gelebt. Mord, Totschlag, Intrigen ... Sie war dafür gemacht. In mehr als einer Hinsicht.«

Vargen blickte auf und sah Oslic direkt ins Gesicht, was der Etikette wegen selten vorkam. Es stand nichts als Überraschung in seinem heilen Auge.

»Nicht du hast sie getötet, Vargen. Ich war es. Ihr alle habt versucht, mir behutsam zu helfen, erwachsen zu werden. Aufzuwachen. Mir klarzumachen, dass es Dinge gibt, die meine Schulweisheit nicht erfassen kann.« Oslic erhob sich. Er fühlte sich unendlich müde, doch da war ein Drang, sich zu bewegen, der ihn stets überkam, wenn er tiefe Gedanken hegte.

»Ich bin stolz auf Euch, Herr, und dankbar, dass Ihr mir helfen wollt. Aber ich befürchte, es gibt noch mehr, was ich Euch mitteilen muss und was die Mauern Eurer Schulweisheit noch mehr ins Wanken bringen wird.«

Eine Mischung aus Schnauben und müdem Lachen drang gegen seinen Willen aus Oslics Kehle. Er wollte Vargen nicht verlachen. »Ich möchte berechtigte Zweifel anmelden, alter Freund. Denn diese Mauern sind längst eingerissen und nur noch Trümmer.« Er griff nach dem Pergament. »Ich wundere mich nur, was du noch mehr zu enthüllen hast, das mit dem Ding hier zu tun hat.«

Der alte Veteran tat einen schweren Atemzug. Oslic mutmaßte, dass so der Atem eines Mannes beim Gang aufs Schafott klang.

»Sei unbesorgt, alter Freund«, sagte er deshalb. »Ich mag mich vor Gram verzehren, aber ich werde mich dem stellen, was du zu erzählen hast.«

Vargen antwortete nicht sofort. Der alte Ritter senkte den Blick, schaute auf seine Hände. Öffnete und schloss sie. Das gab Oslic Zeit, den zweiten Stapel Unterlagen zu betrachten.

»Und die hier?« Oslic ging zum Bett und tippte mit dem Zeigefinger auf die herausgerissenen Papiere.

»Ihr müsst sie nach meinem Geständnis lesen, Herr. Vertraut mir, Ihr werdet sie unmittelbar danach brauchen.«

»Mit jedem Satz wird mir das Ganze unheimlicher, alter Uhu. Du kommst her, machst ein Gesicht, als wärst du zur eigenen Beerdigung erschienen. Du deutest mir Dinge an, als wärest du der schlimmste Verräter der Welt, und die Klarheit, die du schaffen wolltest, will sich nicht einstellen. Ich weiß nicht, wie ich damit umgehen soll. Ich bin es gewohnt, die Dinge zu begreifen, weißt du.«

Auch der alte Ritter erhob sich. Wortlos und ohne Vorwarnung trat er auf Oslic zu und schloss ihn in die Arme.

Der junge Tshar wurde von der Gefühlsregung kalt erwischt. Sein Zwerchfell flatterte. Es schnürte ihm die Kehle zu. Sacht löste er sich von Vargen und tat einen Schritt zurück, um den alten Freund zu betrachten.

»Ihr werdet auf sie aufpassen, wenn alles hier vorbei ist, Herr, nicht wahr?«

Ein Blick auf Vargen genügte Oslic, um zu wissen, dass dieser nicht nur Testri meinte, sondern auch von seiner Tochter sprach.

Plötzlich meinte der junge Tshar zu begreifen, was den Freund plagte. »Du bist krank. Bei allem, was ich über die

Heilkunst gelernt habe, verheimlichst du ausgerechnet mir das? Was ist es? Ein Geschwür? Was hast du vor unserer Abreise erfahren, dass dich so ängstigt, Uhu?«

Das milde Lächeln war auf die Züge zurückgekehrt, die Sommersprossendreiecke unter Vargens Augen zuckten schelmisch. »Das ist es nicht, junger Herr. Im Gegenteil, mein Ende wird schnell und gnadenvoll sein. Doch ich schwor meinem Mentor einen heiligen Eid, niemals die Geheimnisse meiner Zunft an einen Außenstehenden zu verraten.«

»Seit Jahren deutest du die Dinge nur an, die da in eurem Forst vor sich gehen, und lässt es so wirken, als hinge dein Leben davon ab.«

»Weil es so ist, Herr.« Vargen setzte sich wieder. »Wer den Orden verrät, wer offenbart, welche Geheimnisse er hütet und welcher Patron uns unsere legendäre Kampfkraft durch ein Seelenband verleiht, der ist des Todes. Unser Mentor spürt, wenn wir seine Natur offenbaren. Er entzieht uns seine Gunst, und wenn dieses Band reißt, zerstört dies die Seele des menschlichen Trägers. Unwiederbringlich. Wahnsinn und Tod sind die Folge.«

»Dann will ich es nicht wissen. Ich pfeif auf dein Geheimnis, auf deine Schuld!« Oslic machte eine wegwischende Handbewegung. »Was nützt es mir, Antworten zu erhalten, wenn ich noch einen Freund zu Grabe tragen muss?«

Vargens Miene verfinsterte sich. »Dass Ihr und Testri überleben könnt! Dass ihr dann das Wissen habt, das euer beider Zukunft sichert! Wissen, das euch die Macht verleiht, die Drei zu bezwingen! Erinnert Euch, Herr! Wer hatte Alheefa angeheuert! Wer hat sich zwischen Euch und Zorathus gestellt?«

Oslic öffnete den Mund – und schloss ihn wieder. Er wollte nicht an den Tag ihres Todes zurückdenken. Nicht so. Doch er tat es. Zwang sich dazu, und heiße Röte stieg ihm in die Wangen, hervorgerufen von der Schmach, versagt zu haben, besiegt am Boden zu hocken, während seine Frau, seine Liebe, den Kampf für ihn führte.

Dann fand er die Erinnerung, von der Vargen sprach.

»Testri. Sie hat sich vor den Hexer gestellt. Sie hat ihm offenbart, seine Zauberkunst könne ihr nichts anhaben.« Augenblicklich stellte Oslic die Verbindung her. »Sie hat das Pergament wieder zu mir gebracht. Sie hat Alheefa angeheuert. Die Hexer wollten sie. Alles dreht sich um sie, um unser Geheimnis.«

»Ich flehe Euch an, Herr, so schwer es wird: Hört mir zu, lasst mich berichten, was ich zu berichten habe. Ihr seid das Jetzt und Hier. Ich bin die Vergangenheit, ein alter Mann. Doch Testri … Sie ist die Zukunft. Das Erbe, das Ihr und sie in euch tragt, ist zu wichtig. Ich habe vieles zusammengefügt und glaube, auch den Rest zu begreifen. Ihr müsst es hören.«

Oslic schwieg und dachte nach. Erneut überkam ihn Gram. Wenn stimmte, was Vargen sagte, würde er binnen kürzester Zeit nicht nur seine Liebe, sondern auch den ältesten Freund und Vertrauten verloren haben.

Wie konnte die Welt ihm eine solche Bürde auferlegen? Wie konnte ein einzelner Mensch diese Last tragen? Er fühlte sich nicht dazu bereit.

Doch da betrachtete Oslic den alten Freund. Die Falten, die so viele Jahre in Vargens Züge gegraben hatten. Stand nicht jede davon auch für einen Kameraden, den er im Krieg verloren hatte? Für die Frau, ihm geraubt von Zeit und Krankheit? Wer war er, Oslic Boulanthus, privilegiertes Kind eines Hochadeligen, sich zu beklagen? Wie viele Frauen und Männer, Söhne und Töchter waren dort draußen in Varsothyn unter seinem Turm oder in Vaistopol, die wie Tiere litten? Denen die Trisketen alles geraubt hatten?

Hier hockte er, wie ein Prinz in einem Märchen, so wie er auch in Doranthar gesessen hatte, beschützt in einem anderen Turm. Über den Dingen, über allem schwebend, fern von denen, die er regieren und beschützen sollte. Vor ihm Vargen, der ihm endlich die Antworten liefern wollte, die er seit Beginn seiner Reise selbst zu ergründen versucht hatte. Bevor seine Lässlichkeit ihn dann fortwährend vom Kurs abgebracht hatte.

Diesmal nicht.

»Für Testri, Herr.« Vargen war anzusehen, dass er den Sinneswandel Oslics erkannt hatte; seine Züge wurden weicher.

»Du wirst mir fehlen, alter Freund.« Oslic schüttelte den Kopf. All das war so schwer wahrzuhaben. »Aber ich werde nicht allein dastehen. Alles, was du mir beigebracht hast, wird bei mir sein. Ich war nur zu blind, es zu sehen.« Er hielt Vargen die Hand hin.

Verdutzt ergriff der Ritter sie. »Ihr ehrt mich, Herr. Ich bin stolz, dieses letzte Opfer in Eure Dienste geben zu dürfen.«

»Bitte hör auf, Vargen. Es wird schwer genug für mich. Sei unbesorgt, ich werde auch auf Periadne achtgeben. Sollte ich das hier überleben, kehre ich nach Doranthar zurück, um dort meinen Namen reinzuwaschen.«

»Einmal mehr zeigt sich, dass ich mich nie in Euch getäuscht habe. So wie auch Testri nicht. Ihr mögt es nicht sehen, junger Herr, doch wir tun es. Ihr werdet dieses Zeitalter verändern. Noch in tausend Jahren wird man von Euch sprechen.«

»Findest du nicht, dass du etwas dick aufträgst, Uhu? Was macht dich dessen so sicher?«

»Weil unsere Freundschaft auf einer Lüge gründet, junger Herr. Weil unsere Begegnung kein Zufall war – so wie es kein Zufall war, dass wir Testri aus diesem Sündenpfuhl gerettet haben.« Der Ritter nahm einen tiefen Atemzug, doch die nächsten Worte hauchte er dennoch nur. »Ich wurde entsandt, um Kontakt zu Euch aufzunehmen.«

Das Geständnis traf Oslic beinahe so heftig wie der erlittene Verlust. »Willst du etwa sagen, dass du halb blind und ausgestoßen vor meinem Turm gesessen hast, war eine Lüge?«

»Ja und nein, junger Herr. Ich war geächtet, musste meinen Ritterorden verlassen, und meine Gesundheit war angeschlagen; ich verlor das Augenlicht. Ihr wart es, der meinen Star heilte. Doch selbst meine Ordensbrüder wussten nicht, dass ich eine zweite, geheime Mission hatte, und dies von Anfang an.«

Oslic hatte das Gefühl, eine geheimnisvolle Kraft zöge ihm den Boden unter den Füßen weg. Er musste sich setzen und wollte nicht mehr hören, was Vargen zu sagen hatte. Wenn ihm schon die Einleitung solche Furcht bereitete, was kam dann noch auf ihn zu? Doch die Neugier obsiegte wie sooft in seinem Leben.

»Sie wurde dir in deinem Heiligen Hain übertragen. Von dem mysteriösen Mentor der Ritter des Eulenordens.« Oslic zwang sich zu einem Grinsen. »Nun schau nicht so, alter Uhu, vergiss nicht, mit wem du hier sprichst. Ich mag momentan nicht meine Glanzzeiten erleben, aber mein Kopf funktioniert.«

Vargen nickte, zog die Mundwinkel langsam nach oben. »Habt Ihr noch mehr erraten, Herr?«

»Bei all dem Gewese, das du um deinen Mentor machst, gepaart mit dem, was hier vor sich geht … wie du auf die Beschreibung des Grabes meiner Mutter reagiert hast … wie du unseren Retter in der Not seinerzeit betrachtet hast, als er uns vor der Lawine bewahrt hat … Ja, das lässt mich noch mehr erraten und erahnen. Ich glaube, der Meister deines Ordens ist ein Drache.« Mit Befriedigung genoss Oslic das Gefühl, dass es erstmals seit ihrem Aufbruch aus Doranthar der Mund des alten Ritters war, der vor Ratlosigkeit offen stand. »Mehr aber weiß ich mir nicht zusammenzureimen. Doch ich denke, es wird Zeit, dass du das änderst. Berichte mir also alles von Anfang an. Das ist ein Befehl deines Herrn, Vargen! Möglicherweise der erste und letzte, den ich dir je erteilt habe. Ich befehle dir, mir zu sagen, was du weißt, hörst du?« Seine Augen wurden feucht, doch Oslic sprach unverwandt weiter. »Ich fordere einen Eid von dir ein, der schwerer wiegt als der deinem Mentor gegenüber. Du schuldest mir dein Augenlicht, dein Leben – nun lass mich dir noch diesen Gefallen tun: Ich befehle dir, mir alles zu verraten. Ich bringe dich unter Zugzwang, ich verdamme dich zur Wahrheit – sodass du nicht freiwillig dein Wort gegenüber den Rittern deines Ordens und deinem Mentor gebrochen hast. Also sprich, Vasall! Dass du wortbrüchig wirst, nehme *ich* auf mich!«

Vargen legte eine Hand auf Oslics Schulter. Er drückte dankbar zu, und in seinem Blick lag ebenso der Abschied, den sie nehmen mussten, wie Dankbarkeit. Dann schloss er sein verbliebenes Auge und tat, wie ihm geheißen.

Oslic III. Boulanthus lauschte jeder Silbe mit wachem Verstand, und mit jedem Wort, das der Ritter sagte, verfinsterte sich die Miene des jungen Tsharen.

Er wusste nun, was er war.

Was zu tun war.

Nachdem er geendet hatte, sackte der Ritter in sich zusammen.

Oslics Herz sank. Dies war nicht, wie es hätte enden sollen.

62

Sie saßen sich gegenüber an einem Tisch aus Glas.

Testris Gesicht war ernst, der Ausdruck darin konzentriert. Sie starrte Oslic an, und Falten zogen sich durch ihre Miene, die bleiben würden, wenn sie noch länger so sinnierte. Kein Kind sollte in so jungen Jahren so alt aussehen. Kein Kind sollte gezwungen sein, in die Geschehnisse eines Krieges hineingezogen zu werden.

Mal abgesehen davon, dass kein Kind die Bürde tragen sollte, die, die es liebt, zu verlieren.

»Das hat er gesagt?« Unglaube färbte jede ihrer Silben, und ihr Stirnrunzeln ließ die Sommersprossen tanzen. Die Augen schimmerten feucht. Wie Oslic litt sie.

Er nickte. »Jedes Wort. Das ist, was wir sind. Deshalb haben wir uns gefunden. Und er hat von Anfang an über uns gewacht.« Oslic wuschelte ihr über den Kopf.

Mit gespielt böser Miene schob sie seine Hand weg und strich sich das Haar glatt. Er wusste, dass ihnen noch härtere Zeiten bevorstanden; es schadete nichts, sie ein wenig aufzumuntern.

»Es war also kein Zufall, dass ihr mich gerettet habt?« Testri verschränkte die Arme.

»Ja und nein. Ich praktizierte damals schon hier und dort für jene, die meine Hilfe brauchten. Es war nur Monde, nachdem ich Vargen behandelt hatte. Eine aufgelöste Frau berichtete uns, dass eine Geschwulst ihr erst den Mann genommen hatte und dann auch noch ihr Sohn verschwunden war. Sie flehte mich an, ihr zu helfen. Die Wache in Doranthar scherte sich nicht um die Belange der Armen, ein vermisstes Armenkind war ihnen egal.«

»Also sind Onkel Eule und du losgegangen, um den Jungen zu retten.«

Er räusperte sich. »Wir kamen einem Ring von Kindsräubern auf die Schliche. Dabei stießen wir auch auf dich, und etwas an dir erinnerte mich an meine Mutter, glaube ich. Da war ein Impuls, ein innerer Drang, für dich da zu sein, dich zu beschützen.« Oslic errötete. Es war das erste Mal, dass er vor ihr über all die Gefühle sprach, die er an diesem Tag erlebt hatte. »Jetzt wissen wir, warum wir uns alle so verbunden fühlen.«

»Weil es seit jeher die Aufgabe von Menschen mit unseren Eigenschaften ist, aufeinander aufzupassen.« Sie nickte mit einer Miene altkluger Entschlossenheit.

»Deshalb hat Alheefa gegen ihre eigenen Regeln verstoßen und die ihrer Zunft gebrochen.« Er musste einen schweren Seufzer unterdrücken, denn nur ihren Namen auszusprechen tat weh. »Sie hat sich bedenkenlos geopfert, weil sie uns liebte. Aber beschützt hat sie uns auch wegen der Kraft, die dich und mich verbindet. Sie wusste davon.«

»So wie Onkel Eule zu dir gezogen wurde. So wie es dich zum Grab deiner Mutter gezogen hat, nach Hause, Hals über Kopf.«

»Ja.« Oslic nickte. »Ich würde mir gern einreden, dass mein überstürzter Aufbruch nur der Sorge um meine Heimat galt, aber wie wir jetzt wissen, waren andere Mächte am Werk. Vargen wusste, dass wir diese Dinge erfahren mussten. Um jeden Preis.«

»Preis?« Testri wurde hellhörig. »Ist was mit Onkel Eule?«

»Nichts, weswegen du dich sorgen müsstest. Er ist sehr müde und musste sich hinlegen.«

Ihre Augen wurden noch größer. »Du meinst …«

»Was ich sagte und nicht mehr. Er hat sich hingelegt, nachdem er mir alles erzählt hat. Er war überzeugt, gegen seine Eide zu verstoßen würde ihn nicht nur in Schande stürzen, sondern töten. Wie es aussieht, hat er sich ausnahmsweise geirrt. Deswegen stand er seit Wochen unter unglaublicher Anspannung. Endlich konnte er loslassen, und jetzt schläft er.« Oslic lächelte. »Alles ist gut. Er wird wieder.«

»Ist er auch … Ist er wie wir?«

»Soweit er weiß, nein. Ich glaube es auch nicht.« Oslic betrachtete das Mädchen, dessen Gesicht wieder einen Ausdruck tiefer Konzentration angenommen hatte. Testri zupfte an ihrem Sammelsurium aus Tüchern herum. »Es tut mir leid. Hätte ich eher die Zusammenhänge begriffen, hätte ich dir schon eher etwas gesagt und dich niemals da hereingezogen. Dich und … sie«, sagte er.

»Weißt du denn jetzt alles?« Abrupt sprang sie auf und tigerte durch das Zimmer. Es war offenkundig, dass sie sich bewegen musste, um all das zu verarbeiten, was er ihr binnen der letzten Stunde erzählt hatte.

Der junge Tshar musste bei dem Anblick der perfekten Imitation seiner Verhaltensweisen schmunzeln. So also sah das für die anderen aus. »Nein, nicht alles. Vargen hat viel erzählt, manches habe ich mir zusammengereimt, aber die zentralen Säulen, die diese ganze Sache tragen, die fehlen mir.«

Ebenso schlagartig, wie sie aufgestanden war, blieb Testri stehen. Sie fischte ihren Anhänger hervor. »Und das hier? Ist es Teil davon?«

»Ich bin mir sicher, ja. Wer immer deine Eltern waren, sie müssen etwas von deinem Erbe gewusst und dir das Amulett gegeben haben.« Oslic dachte an die Konfrontation mit den Trisketen. »Woher wusstest du, dass es sie aufhalten kann?«

Sie zuckte mit den Achseln und schnippte einen Fussel von den Karos ihres Brusttuchs. »Ich hab es gespürt. Aber es war nicht in dem Anhänger, das war ich selbst, glaub ich.«

»Anzunehmen. Dennoch scheint er eine Macht zu bergen, die über unser Verständnis geht. Wieso haben sie ihn dir gelassen?«

»Sie haben versucht, ihn mir wegzunehmen, aber keiner von den Dreien hat sich getraut, ihn anzufassen. Also haben sie den bleichen Leuten gesagt, sie sollen ihn nehmen. Die haben geschrien, als hätten sie sich die Flossen verbrannt. Ich fand das komisch, wo die sich doch dauernd selbst wehtun mit Feuer und all das.«

»Es gibt noch immer zu viel, was wir nicht wissen. Aber mir reichen die Grundlagen, um zu handeln. Sie sind mit ihren Horden noch nicht hier hinauf, um uns umzubringen. Und das, obwohl der Schwarze weg ist. Ich vermute, sie haben Angst. Ich habe das Gesicht von Zorathus gesehen, als du seinen … seinen Zauber gebannt hast.«

Sie gaffte ihn voller Unglauben an. Grinste wie ein Honigkuchenpferd. »Was hast du gerade gesagt?«

»Du hast mich verstanden. Aber gut, wenn du es genauso

hören musst wie Vargen: Die Trisketen sind echte Hexenmeister. Sie beugen die Wirklichkeit, wie ich sie kenne. Ich weiß nicht, wie sie es tun, doch die Grenzen des Machbaren in Syriatis gelten für sie nicht.« Oslic faltete die Hände zwischen den Oberschenkeln.

»Wahrscheinlich so, wie es in Onkel Eules Geschichten steht: Vom Band der Monde, auf dem der Rücken des Widersachers vom zweigesichtigen Agamman gebrochen wurde, ergießt sich das Feuer der Sterne aus seiner ewigen Wunde – und die, denen ein Splitter Sternenfeuer innewohnt, vermögen es, mit ihrem Willen den von Syriatis zu beugen.« Sie hob ihren Finger wie ein Schulmeister.

Oslic konnte sich ein Grinsen nicht verkneifen. »Ich hätte Vargen untersagen sollen, deinen Kopf mit diesen Tempelmärchen vollzustopfen.«

»Du weißt ja jetzt, dass es keine sind.«

Jetzt war es an ihm, im besten Dozententonfall zu sprechen. »Liebes Kind, es ist eine Sache, dass ich mich mit der Existenz von Zauberkräften abgefunden habe – eine ganz andere ist es, ohne jede Hypothese oder fundierte Grundlagen eine Behauptung darüber aufzustellen, woraus sich diese speisen mögen.«

»Hä?«

Der junge Tshar räusperte sich. »Nicht so wichtig. Fest steht, dass wir Gegenmaßnahmen treffen müssen. Eine Strategie – und dieses Mal muss sie wasserdicht sein. Oder noch besser: feuerfest. Ich habe das Pferd bisher von hinten aufgezäumt, aber jetzt nicht mehr.«

Testri blickte zweifelnd drein. »Was willst du machen? Du kannst ja nicht zaubern, oder?«

»Wenn ich Vargen richtig verstanden habe, ist genau das der Punkt. Anscheinend kann ich es. Nur anders, als man sich das gemeinhin vorstellt.« Statt auf ihren fragenden Blick zu antworten, holte er hervor, was all diese Ereignisse ausgelöst hatte.

Mit einem dumpfen Geräusch rollten der Zylinder und sein Inhalt über das Bett und verfingen sich dort, wo die Pelzdecken Falten warfen. »Ich kann schmieden. Konnte es schon immer, habe eine Liebe dazu, die an Wahn grenzt. Seit Kindertagen.« Er hob die verstümmelte Prothese. »Ich habe nie Kopfschmerzen gehabt, wenn ich an der Esse stand oder etwas erfand. Wenn ich meine Projekte hatte. Ich habe auch jetzt keine.«

»Du bist geheilt?«

»Nein. Ich war nie krank.« Oslic tippte sich gegen die Stirn. »Meine körperlichen Beschwerden rührten daher, dass ich nicht im Einklang mit mir selbst war. Der Sturz hatte mich zerrüttet, mein Denken verheert. Den Rest hat besorgt, was wir hier erlebt haben. Ich habe mich so gegrämt, wollte so dermaßen nicht wahrhaben, was hier geschah, dass es mich zerfressen hat. So wie ich damals nicht wahrhaben wollte, dass ich Alheefa geliebt habe. Meine Weigerung, mein innerer Kampf dagegen anzuerkennen, was sie mit mir gemacht hatte – ihr Verrat löste eine Spaltung von Körper und Geist aus.«

»Das hat Onkel Eule immer gesagt!«, rief sie dazwischen.

»Ja. Aber ich war nicht bereit, ihm zuzuhören. Jetzt aber hat er mir viel erklärt, und ich begreife, dass es von Anfang an darum ging, was ich bin. Was *wir* sind, du und ich. Vielleicht war Alheefa auch wie wir, doch wir werden es nicht mehr erfahren. Was ich aber weiß, ist, dass der Zylinder wichtig ist, so wie auch der Text, den du aus dem Palast geholt hast.«

»Das Gekrakel«, sagte sie. »Ich hab einfach irgendwie gewusst, dass du es noch brauchen wirst.«

»Weil nichts von alldem aus Zufall geschehen ist«, sagte er voller Überzeugung. »Von Anfang an nicht. Die ganze Zeit habe ich mich gefragt, was für dumme Invasoren sich mit einer Stadt zufriedengeben, statt ihren doch erfolgreichen Eroberungszug weiterzuführen, und die auch nicht verschwinden, wenn sie denn haben, was sie wollten. Aber sie konnten nicht anders.«

»Ich bin mir nicht sicher, ob ich das alles verstehe.«

Wieder hatte er vergessen, dass sie noch ein Kind war. Er sprach stets mit ihr wie mit einer Erwachsenen.

»Wie nennt man Leute wie uns noch mal?«, fragte sie.

»Wir sind Winterklingen. Und ich bin ein Schmied dieser uralten Zunft.«

63

Zu dritt hockten sie auf Oslics Bettstatt und starrten auf das Pergament. So ging es seit Stunden, sie konnten sich kaum noch konzentrieren.

»Ich hab Hunger«, maulte Testri.

Oslic seufzte und streckte sich. »Ich habe es als Unfug abgetan. Das Geheimnis dessen, was uns hinterlassen wurde. Wenngleich es andere Schriftzeichen sind, bin ich mir sicher, dass die Formeln für den Federstahl ebenso Teil des alten Varsothyn sind wie die Ruinenstadt, die uns umgibt. Aber ich kann sie einfach nicht lesen. Ich werde nicht schlau aus diesem Zeug.«

»Jep, reines Gekrakel.« Testri verzog das Gesicht.

»Kauderwelsch.« Vargen zwinkerte ihr großväterlich zu.

»Ihr seid alles andere als hilfreich, wisst ihr das?« Trotz der ernsten Lage, in der sie sich befanden, musste Oslic schmunzeln. »Was hat dein Kontrollgang ergeben, Uhu?«

»Wir haben schwere Verluste erlitten, Herr. Viele, die es noch zurück in die vergessene Stadt geschafft haben, erlagen hier ihren Verletzungen. Wir sind definitiv nicht in der Verfassung, den Konflikt gegen die Âshkulim zu führen. Schon gar nicht ohne Eure … Verstärkung.«

»Du meinst IHN, der uns so schmählich im Stich gelassen hat.« Ein gefährlicher Glanz blitzte in Oslics Augen auf. »Er wird sein Wunder ebenso erleben wie die Hexer. Doch dafür muss ich dieses Wunder schaffen.«

»Wenn es stimmt, was Ihr über das Dokument und seinen Inhalt sagt, Herr, wird das mit dem Schmieden eine weitere Herausforderung darstellen. Ich meine, was die Esse betrifft.«

»Ich weiß, worauf du anspielst, alter Freund, aber wenn wiederum stimmt, was du über Testri und mich zu wissen glaubst, wird sich der Federstahl unter meiner Hand trotz seiner Härte normalen Flammen beugen, wenn ich den Hammer schwinge.«

»Geben die Götter, dass Ihr recht habt, Herr.«

»All die Carchadonen. All die Freunde, die wir verloren haben. Es wird Zeit, dass die Hexer ihre gerechte Strafe ereilt«, grummelte Oslic. »Doch dafür müssen wir schlau aus dem Dokument werden.«

Testri faltete die Hände unter dem Kinn und starrte das Pergament so konzentriert an, als könne sie die Glyphen mit einem Blick aufbrechen, damit sie ihre Geheimnisse preisgaben.

Vargen nahm die Texte, drehte und wendete sie auf der Suche nach Spuren. Es war das sicher hundertste Mal, dass sie so verfuhren. Die Symbole auf dem Pergament und die Lücken, die zwischen ihnen klafften, schienen den brillanten Geist des jungen Tsharen zu verlachen. Sie glichen an vielen Stellen der toten Sprache, die sie überall in der Stadt vorfanden.

Frustriert stand Oslic auf und tigerte im Raum auf und ab. Hin und wieder warf er den Freunden, die auf seinem Bett saßen und versuchten, dem Mysterium auf die Schliche zu kommen, einen Blick zu. Es war verblüffend für ihn, dass sich noch immer kein Kopfschmerz einstellte, obwohl er sich das Hirn zermarterte.

»Kopfweh, Herr?« Vargen studierte seinen Schützling mit der alten Sorge in der Miene.

»Im Gegenteil, Vargen. Keine Spur von Augenflimmern, kein Kopfschmerz. Ich betrachte die Dinge wieder, wie ein echter Wissenschaftler es sollte. Als Herausforderung, der ich mich stellen muss, um sie aus jeder Perspektive zu studieren, wertungsfrei und …«

Oslic hielt inne. Ein plötzlicher Eifer breitete sich in ihm aus, ein Flächenbrand, der sein Herz gegen seinen Willen und seine Trauer zum Jubilieren brachte. Konnte es sein? Er blickte den Zylinder an. Hatten sie es die ganze Zeit vor Augen gehabt?

»Perspektive«, murmelte der Sohn des Tsharen. »Testri, sei so lieb, hol mein Tintenfass und Pergament. Vargen, Löschsand aus meinem Rucksack. Viel. Alles. Schnell, schnell.« Oslics Tonfall verwandelte sich in den unbeherrschten Befehl des Kreativen, des Küchenchefs, der seine Untergebenen für ein Festmahl umherscheuchte.

Seine Freunde kannten ihn, wenn er so war. Begeistert sprang Testri auf und tat, wie ihr geheißen, und Vargen verließ den Raum.

Der junge Tshar wischte alles vom Bett, was seine Anstrengungen behindern mochte. Er ließ sich von dem Mädchen Papyrus reichen und breitete einen Bogen auf dem Glasbett aus, fixierte ihn mit Gewichten. Vargen kam zurück und stellte eine Holzschatulle mit Löschsand ab.

»So dumm.« Oslic schlug sich gegen die Stirn. »So dumm, ich hatte es die ganze Zeit vor Augen.«

»Herr?«

»Die Trisketen haben das Dokument verlacht. Auch den Zylinder. Sie haben keinen Sinn darin gesehen, obwohl ich so sicher war, dass die Formel mächtig sein muss. Ich dachte, sie scheren sich nicht um Stahl. Es hat damals ja auch gepasst, sie und ihre Âshkulim sind ungerüstet. Was für ein Narr ich war.«

»Weil das Dokument gar nicht echt ist?«, fragte Testri.

»Ja und nein.« Oslic grinste. Er starrte den Zylinder an. »Er ist nicht aus dem Federstahl, da bin ich sicher. Zu schwer. Warum sollte man etwas so Kostbares wie diese Rezeptur nicht mit dem besten Schutz versehen? Und sein Geheimnis zeigt er dort, wo es niemand findet. Vollkommen offen, wo keiner danach sucht.«

»Ich maße mir an, mich als belesenen Mann zu bezeichnen.« Vargen runzelte die Stirn. »Ich bin aber nicht sicher, ob ich in diesem Fall begreife, junger Herr.«

Oslic antwortete nicht. Er nahm das Tintenfass und schüttete die Eisengallustinte auf das Glasbett. Eine dicke Lache breitete sich aus.

»Vargen, wenn du eine Rezeptur für ein Metall ersonnen hättest, das die Welt, die nach deiner Hochkultur kommen wird, zu den alten Standards von Wohlstand und Macht zurückführen könnte … einen Stahl, der jede Armee deiner Zeit über ihre Feinde erhöht, weil er konventionelle Waffen schneidet und Rüstzeug hervorbringt, an dem ihre Klingen zerbersten … Wo würdest du eine solche Formel festhalten? Auf etwas so zerbrechlichem wie Pergament, das dem Odem der Zeit nicht trotzen kann? Auf plumper Tierhaut? Nein!«

Testri sog scharf die Luft ein und schnippte mit dem Finger.

»Sie hat es«, sagte Oslic und nickte dem Mädchen zu.

Testri ergriff den Zylinder und legte ihn in die Pfütze. Als sie ihn dann behutsam anhob, sahen sie alle, wie sich die Eisentinte an den Reliefs sammelte und die Zwischenräume füllte.

»Schwach magnetisch wie Eisensteine. Aber nicht stark genug, um mir an der Prothese je aufgefallen zu sein.« Oslic nickte dem Mädchen zu.

Testri tippte das Metall an. Der Zylinder rollte durch die Tintenlache.

Jetzt war Vargen es, der hörbar die Luft einsog. »Unfassbar.«

Gebannt beobachteten alle drei, wie die Flüssigkeit nicht einfach wieder von den Reliefs floss.

»Die Eisenbestandteile der Tinte haften an den Erhöhungen. Es ist kein Zylinder, sondern eine Walze.« Oslic spürte jene Befriedigung, die sich stets in ihm ausbreitete, wenn er einem Rätsel auf die Schliche kam. »Jetzt sieht das Ganze gleich anders aus, nicht wahr?«

Er nahm die Rolle, platzierte sie präzise am Rand des vorbereiteten Papyrusbogens. Gleichmäßig und mit der Ruhe des Handwerkers rollte Oslic sie über den festen Untergrund.

Danach trat er zurück, und seine Freunde taten es ihm gleich. Wie der Direktor eines Wanderzirkus seine Attraktionen präsentierte Oslic das Ergebnis ihrer Bemühungen mit den Überresten der Prothese. Es war ein Schriftstück.

Vargen runzelte die Stirn. »Das unterscheidet sich deutlich von dem Dokument im Inneren.«

»Weil das, was im Innenleben platziert wurde, nur dazu dient, einen auf die Spur des wahren Rätsels zu bringen.« All der Trauer zum Trotz musste Oslic breit grinsen. Er schlug Vargen die Hand auf die Schulter.

»Soll das heißen, was in dem Rohr war, ist wertlos? Es ging die ganze Zeit nur um das Ding selbst?« Testri kicherte.

Oslic schüttelte den Kopf. »Eben nicht. Der Zylinder ist Teil des Rätsels, Teil der Irreführung. Doch ich glaube nicht wirklich, dass die seltsamen Zeichen, die auf dem Pergament stehen, echt sind oder irgendeinen Nutzen erfüllen. Wie ich damals sagte: Mummenschanz.«

Oslic nahm eine Handvoll Löschsand und streute ihn behutsam über den Papyrus, so als würde er ein Gericht würzen. Er ließ die Substanz ihre Wirkung verrichten, dann pustete und schüttelte er mit ebenso großer Vorsicht den Sand auf den Boden.

Zögerlich betastete er die Schrift. »Trocken.«

Es hatte ihn Geduld und Disziplin gekostet. Er hatte sich zurückgehalten. Doch jetzt war es damit vorbei. Begierig ließ Oslic den Blick über die Zeichenfolge wandern.

»Kannst du es lesen?« Skeptisch beäugte das Mädchen die Symbole. »Hättest du nicht auch lesen müssen, was außen auf der Rolle war?«

»Kluges Kind.« Er boxte sie leicht gegen die Schulter. »Nein, hätte ich nicht. Auch auf der Rolle waren sie so lange unvollständig, bis Eisenspäne nebst einer Flüssigkeit zum Einsatz kamen. Erst jetzt bildet sich das notwendige Relief, das als Stempelmaske dient.«

»Aber lesen kannst du es?« Sie sah nicht überzeugt aus. Dann aber trat ein eigentümliches Begreifen in ihren Blick.

Oslic nickte wissend. Sein Blick huschte von Symbol zu Symbol. Er sog die Bedeutung geradezu in sich auf. Jedes Zeichen barg nicht nur Informationen, sondern stand für ganze Sätze.

»Welche Sprache ist das, Herr?«, fragte Vargen. »Ich erkenne kein Wort.«

»Wirklich nicht, Onkel Eule? Aber es steht doch alles da. Siehst du?« Testri deutete auf eine Glyphe und sprach langsam und betont: »Zur Härtung des Stahls bedarf es einer Mischung jener Öle, welche auch beim gewöhnlichen Widerpart Verwendung finden.« Es stand eine seltsame Gier in ihren Augen. Sie sah aus wie ein Mensch, der vor der Erfüllung seines größten Traumes stand. Es war kein Gesichtsausdruck, den ein Mädchen ihres Alters zur Schau stellen sollte.

Oslic runzelte bei ihrem Anblick das Gesicht, sagte aber nichts. Er hatte eine Ahnung, was vor sich ging.

Vargen schüttelte den Kopf. »Ich sehe nur Männchen, Sterne und wirre Linien, die alles miteinander verbinden. Wenn ihr beide darin mehr erkennen könnt, beweist dies nur meine Theorien, was euch betrifft.«

Oslic hatte Mühe, sich vom geschriebenen Wort loszureißen, um den Veteranen zuzusehen. »Dass wir Winterklingen sind?«

»Ist es eine Schrift, die Ihr kennt, Herr? Gleicht sie auch nur einer der Sprachen unserer Welt?«

»Keiner.«

»Und doch vermögt Ihr jedes Wort zu lesen. Wie ich vermutet hatte. Ihr habt nach diesem Zylinder nicht nur aus Neugierde gesucht, es war ein inneres Bedürfnis. Weil er Teil Eures Erbes ist.«

Mit einem Mal machte Testri große Augen.

»Du hast es also auch gelesen«, sagte der junge Tshar zu ihr. »Die letzte Passage. Den Zweck, dem die Waffen und Rüstungen dienen, die ich hiermit zu fertigen vermag.«

Mit offenem Mund blickte Testri zwischen Oslic und Vargen hin und her. »Damit jagt man Drachen«, sagte sie schließlich.

»Das ist, was die Winterklingen sind«, Vargens Stimme war belegt. »Das ist, was sie tun. Seit Anbeginn der Menschheit. Drachentöter. Sieben Champions aus der Mitte der Völker. Erwählt, den Zorn der Menschen zu den Sachwaltern der Götter zu tragen. Zu denen, die einst im Namen der träumenden Vorläufer der Fünf über Syriatis wachten.« Er raunte jedes Wort. »Der junge Herr weiß nun alles von mir, Kind. Du wirst dich noch etwas gedulden müssen, bevor wir Zeit finden, dir alles zu offenbaren.«

Testri erweckte nicht den Eindruck, als würde sie diese Aussage zufriedenstellen, doch sie nickte.

»Ich habe lange nachgedacht. Darüber, warum ich mich überhaupt auf die Suche nach der Rolle gemacht hatte«, sagte Oslic. »Nach den Geheimnissen der Kirche, die sie vor den Augen der Fünfgläubigen verborgen in ihrem Giftschrank aufbewahrt. Alles scheint mir wie im Nebel zu liegen.«

»Herr?«

Oslic winkte ab. »Ich habe einen Verdacht, doch das hat Zeit. Jetzt gilt es, eine einzige Sache zu vollenden. Meine Heimat zu befreien, ein für alle Mal.«

»Wirst du wieder mit deinen Soldaten in die Schlacht ziehen?« Der Gedanke schien Testri weniger Sorge zu bereiten, als bei einem Kind ihres Alters angebracht gewesen wäre.

Oslic schüttelte den Kopf. Sinnierend strich er mit den Fingern über den Papyrus. »Wir haben ihnen Respekt eingebläut. Den Trisketen, meine ich. Bevor sie sich sammeln können, werde ich ihnen eine Lektion erteilen, die sie nicht vergessen. Alheefas Opfer wird nicht vergebens gewesen sein. Das darf es nicht. Aber nein, Testri. Keine Soldaten, keine Freischärler, keine Witwen und alten Männer. Ich hätte das von Anfang an allein tun müssen. *Wir* hätten das gemusst, meine ich. Wir drei. Ich hätte euch nie zurücklassen dürfen.«

»Ich stehe Euch zur Verfügung, junger Herr. Mir wurde nunmehr ein drittes Leben geschenkt. Ich stelle es zum zweiten Mal in Euren Dienst. Gebietet über diesen Waffenarm.« In einer feierlichen Geste ließ sich Vargen auf ein Knie nieder und stemmte sich auf Axt und Schild.

Oslic hatte nie viel von derartigen Zurschaustellungen von Gefolgschaft gehalten. Diesmal jedoch nickte er. »Erhebt Euch, Ritter Vargen. Ich werde Euch in meine Pläne einweihen, und Ihr werdet mich begleiten.«

Gehorsam stand der alte Ritter auf und schlug Axtblatt und Schild aneinander.

»Ich will auch mit!« Testris Miene und Tonfall ließen keinen Widerspruch zu.

Oslic hatte längst erwogen, was sie sagen würde. Er dachte über Schwüre nach. Die von Vargen. Seine eigenen. Wie weit sie sie gebracht hatten – und wann sie unsinnig geworden waren. »Du hast kein sicheres Leben, solange die Hexer atmen, Käuzchen.« Er nickte ihr knapp zu. »Bereits mehrfach haben uns deine Gaben geholfen, und was immer diese drei Teufel gegen uns auffahren, ich bin sicher, dein

Amulett und jene Macht, die in dir schlummert, werden uns beistehen.«

Das Mädchen grinste, noch immer mit dem Ausdruck selbstzufriedener Gier in den Augen.

»Habt Ihr Befehle, Herr?«

Vargens Miene strahlte eine solche Bedeutungsschwere aus, dass der junge Tshar nicht anders konnte, als voller Grimm zu antworten: »Ja, Ritter, die habe ich. Ihr beide werdet mich in die verborgenen Tiefen der Ruinenstadt begleiten, hinab zu den Essen der Varsothynen. Es gilt zu schmieden.«

Aus Vargens Anmerkungen:

Ich kann dem geneigten Leser meine seltsame Mischung aus Verwirrung und Freude kaum beschreiben. Nicht weil ich noch unter den Lebenden weile und daher diese Zeilen verfassen darf.

Wir sind frei, mein Herr lebt, und nach einer Zeit, die dem Herzen eines alten Mannes wie eine Ewigkeit erschienen ist, ist er wieder der Oslic III. Boulanthus, den ich kenne und verehre. Seine Verstocktheit und Verweigerung gegenüber der Wirklichkeit sind gewichen, die Selbstüberschätzung, mit der er sich den Herausforderungen der Heimat stellte, ist ein Phantom der Vergangenheit.

Ich konnte meinen bescheidenen Beitrag zu seinem Erwachen leisten. Ich konnte meinem Herrn offenbaren, was ich wusste, all die Gedanken mitteilen, die mich seit dem Tag unserer Ankunft in Carchadon plagten. Die Zweifel. Die Unabwägbarkeiten. Doch vor allem die Dinge, die einfach nicht zusammenpassen wollten, egal, wie oft man sie drehte und wendete.

Eines davon war der alte Herold des Tsharen, der sich bis nach Doranthar vorgekämpft hatte, anscheinend gehetzt von seinen Feinden und den Schrecken in Vaistopol und mit vermeintlich geheimem Wissen. Doch kaum hatten wir Carchadon erreicht, schienen viele zu wissen, zumindest Gerüchte zu kennen, was in der Stadt vor sich ging.

Wieso also hatte der alte Mann solche Strapazen auf sich genommen, um ausgerechnet Oslic zu verständigen? Sicher, es mochte die

Loyalität eines Vasallen gewesen sein, schließlich treibt auch die mich an. Doch die Kunde hätte Oslic gewiss auch ohne ihn erreicht, denn nicht einmal die drei Teufel konnten verhindern, dass sich das Wissen in Carchadon und darüber hinaus verbreitete.

Mein wahres Misstrauen erwachte mit der Rückkehr der jungen Falkin. Es beschämt mich, zugeben zu müssen, dass ich zuletzt ihre Sachen durchwühlte, kaum dass sich die Gelegenheit bot, doch es galt, Testri und den Herrn vor ihren Ränken zu schützen. Ich fand einen Kontrakt der Kirche der Fünf über die Bewahrung des Winterklingengeheimnisses, und in diesem Moment waren mir die Scheuklappen von den Augen genommen.

Ich war ein Junge, als ich die Schwertweihe erhielt. Dort, im Eulenhain, als mein Lord, der machtvolle Ethlanoth, einen Teil seiner Macht auf mich übertrug, so wie er es seit Jahrhunderten mit jedem aus unserem Orden tut. An diesem Tage der Weihe erhält jeder frisch gekürte Kauz der Eulenwacht seinen Auftrag, seine Queste, seine Fahrt. Die meine ist es, Oslic III. Boulanthus zu bewahren, im Namen meines Herrn und wider den Willen der Kirche der Fünf. »Hüte ihn gut«, so sprach mein Lord, »denn das Vermächtnis der Winterklingen wird im jüngsten Erben des Throns von Carchadon schlummern. Die anderen sechs wird er um sich sammeln, wenn die Zeit gekommen ist. Wappne dich, denn es wird jene geben, die ihn zu vernichten trachten.«

Mit dem Diebstahl des Zylinders war Herr Oslic in den Blick seiner Feinde innerhalb der Kirche der Fünf geraten – die junge Falkin Alheefa berichtete mir, dass die Kirche ihre nicht unbeträchtliche Macht in die Waagschale geworfen hatte. Ihr Angebot: Alheefas Ansehen innerhalb ihrer Mörderzunft wiederherzustellen und ihr zu altem Rang zu verhelfen.

Ich konnte nicht glauben, was sie mir sagte. Die Väter jenes

Glaubens, für den ich ein Leben lang stritt und Feldzug um Feldzug gegen die Reiter des Westens führte – jene Mardiroi, die über die schlummernden Drachen wachten, denen letztlich auch mein Lord Ethlanoth entstammt! Worte können nicht beschreiben, wie verraten ich mich fühlte.

Doch Alheefa gelang es, mich von der Redlichkeit ihrer Absichten zu überzeugen. Testri hatte sie lange aufgespürt, bevor es der Kirche gelungen war. Die beiden waren Freundinnen geworden.

Mir wird das Herz schwer, während ich von der Falkin schreibe. Der Herr leidet innerlich wie ein Hund, das spüre ich. Doch sein Pflichtbewusstsein und seine Verpflichtung seiner Mutter gegenüber, seinen Schwüren – sie sind vorbildlich. Er wird zu gegebener Zeit erst die volle Tragweite seines Verlustes ermessen. Auch ich verlor das Weib, das mir die Welt war. Es ist eine Wunde, die ewig klafft.

Vorerst bleibt keinem von uns Zeit zu trauern, selbst dem Käuzchen nicht. Wir haben zu tun. Niemand von uns weiß, ob der Schwarze zurückkehrt, wenngleich ich mich vor dem Tag fürchte, da sein Schatten wieder auf den Herrn fällt.

Mein Herr verlässt seine Werkstatt kaum noch. Er schmiedet und konstruiert Tag und Nacht, lässt Freischärler seltsame und arkane Dinge in sein Refugium schaffen, selbst bemessen nach den ohnehin ausgefallenen Maßstäben der Alchemie.

Bei Vollmond zerriebene Pulver. Das Blut von Bestien aus den zahlreichen Wisperflecken um die Bergflanken und anderes. Dann und wann zieht er sich mit Werkzeugen und verhüllten Bündeln für Stunden oder einen ganzen Tag in die Gluthöhlen des Vulkans zurück.

Mir bleibt keine Zeit, weiter über sein Ansinnen zu grübeln. Ich habe eigene Aufgaben zu erfüllen und stehe vor einer neuen Herausforderung.

Ich verfasse dies in dem Wissen, dass ich vielleicht nicht zurückkehren kann. Einmal mehr verlasse ich die verborgene Stadt, einmal mehr muss ich es allein tun. Mein Herr Oslic hat einen Plan, doch er will seine Strategie erst formulieren, wenn er alles über den Feind weiß. Er spricht mit niemandem außer mir, selbst vor Testri verbirgt er seine Gedanken.

Ich soll eine Frau finden. Eine Kriegerin der Âshkulim.

Herr Oslic ist überzeugt, dass uns dieses ungeschlachte Weib jene Antworten liefern wird, die er benötigt.

Er beteuert, diese Barbarin spreche Doranthanisch. Ich werde sie fangen und auf den geheimen Pfaden nach Varsothyn schaffen.

64

Es waren drei, die die Bergflanken herunterritten. Sie reisten in aller Heimlichkeit. Verstohlen und ohne Pferde glitten sie durch dunkelste Nacht und den Schneefall des Tages. Sie waren vermummt, sodass sie Phantomen glichen. Wiedergängern, die ein längst verfallener Grabhügel Carchadons ausgespien hatte.

Doch sie waren flink, sie bewegten sich geschickt. Und nicht nur das hatte etwas Gespenstisches an sich. Auch die Landschaft, durch die sie huschten, war so verwaist und von der kalten Hand des Todes berührt wie eine Spukvilla. Die frostige Ödnis war so kalt, lag so still, dass die Luft selbst zu knirschen schien. Die Bäume, an denen die drei Schemen vorüberhuschten, waren nicht mehr als Ruinen, jeder Tropfen in ihnen so hartgefroren, dass die Rinde geborsten war. Das Weiß des Schnees hier und dort war gesprenkelt von erstarrten Harztropfen und bestäubt mit Holzmehl.

Die Häuser standen leer. Nicht einmal Fensterläden klapperten im Wind. Der Frost hatte jedes Brett, jedes Scharnier in seinem Todesgriff. Außer dem endlosen Säuseln der Ausläufer des unnatürlichen Eissturms, den Atemzügen der Drei und dem Knirschen von Schneeschuhen gab es keinerlei Geräusch.

Keine Patrouillen der Âshkulim behelligten das Trio.

Die Trisketen ahnten nicht, dass ihr Verderben auf dem Weg zu ihnen war. Nun, da Testri und Oslic auch nur den Ansatz dessen zu ermessen wussten, wer sie selbst waren, besannen sie sich auf die Geistesgaben, die ihnen das Erbe der Winterklingen zuteilwerden ließ. Testri hatte die Kräfte der Hexer schon einmal zu bannen vermocht. Diesmal, so war Oslic sich sicher, würden die Hexenmeister ihn nicht nahen spüren.

»Für den Mund konntest du nichts erfinden? So kalt, dass einem die Lippen zusammenfrieren.« Testris Stimme durchbrach, durch etliche Tücher gedämpft, die eisige Schwermut der Ödnis von Vaistopols Vororten.

Oslic zuckte mit den Achseln. »Ich musste mit dem arbeiten, was ich hatte. Mit genug Zeit fiele mir gewiss etwas ein.« Er war nicht in der Stimmung, über Triviales zu debattieren. Der Anblick der endlosen Ödnis, in die das Friedhofsritual seine Heimatstadt verwandelt hatte, schmerzte ihn. »Dass der Federstahl die Körperwärme annimmt und ihm selbst eine wundersame Wärme innewohnt, ist doch ein angenehmer Nebeneffekt, oder nicht? Das soll uns einstweilen genügen. Was sagst du, alter Freund?«

Vargen, dessen Gesicht ebenso wie Oslics und das des Mädchens durch Schals und verdunkelte Sichtgläser unkenntlich war, hob den Daumen. Er öffnete die Hand und bewegte sie, um anzuzeigen, dass es trotz der lebensfeindlichen Kälte keine Spur von Gelenkschmerzen gab. »Ich kann nicht klagen, junger Herr.« Es gelang ihm nicht, das Grinsen aus seinem Tonfall herauszuhalten. Falls er es überhaupt versuchte.

»Was hat sie dir erzählt? Die von den Bleichen meine ich?«

Die Unschuld in Testris Stimme sollte ihre Neugierde ebenso übertünchen wie die Tatsache, dass sie den jungen Tsharen löcherte, seit Vargen die Kriegerin angeschleppt hatte. Wieder lag jener Tonfall unstillbarer Gier so deutlich im Tonfall des Mädchens, dass es Oslic schauderte.

Er hatte die Aschebarbarin verhört – wobei *Gespräch* der bessere Begriff war. Die Barbarin hatte keinerlei Vorbehalte gehabt, Lücken zu füllen, die in seiner Perspektive der Dinge klafften, nachdem sie erst einmal sein Angebot vernommen hatte.

Er hob lediglich einen behandschuhten Finger, so wie die letzten Male. Er würde sein Wissen hier draußen nicht preisgeben, nicht einmal Testri gegenüber, nichts mitteilen oder auch nur andeuten. Er wollte den wahren Kräften, die von Anfang an die Strippen gezogen hatten, nichts offenbaren. Zu viele waren gestorben, zu viele – nicht zuletzt Alheefa – ins Messer gelaufen. Er würde diese Opfer würdigen.

Der Wind frischte auf, während sie sich Vaistopol näherten, wobei die Orientierung in dieser verfremdeten Landschaft immer schwerer fiel.

Seit dem letzten Angriff auf die Stadt war alles so dermaßen überkrustet, dass Wegweiser und Landmarken kaum zu erkennen waren. Das Land ertrank in Weiß, und Oslic fragte sich, ob der Effekt auch auf den Rest von Carchadon übergreifen würde, wenn er keinen Weg fand, dem Frosthauch Einhalt zu gebieten.

Einen Schritt nach dem anderen.

Er blickte nach unten, auf seine Schneeschuhe, deren Sehnengitter mit geometrischer Exaktheit Würfel in den Schnee stanzten.

»Jeder weiß, was er zu tun hat?« Der junge Tshar stellte die Frage, ohne aufzublicken. »Wir gehen erst zum Angriff über, wenn meine Fragen beantwortet sind. Das ist unumgänglich.«

»Kurzen Prozess mit den Waffen der Drei machen, dann der Rest des Plans.« Vargens Stimme war deutlich anzumerken, dass ihm nicht schmeckte, wie sie vorgehen mussten. Oslic hatte Testri nicht erklärt, warum sie die Hexer nicht töten würden. Noch nicht. Es geschah aus demselben Grund, aus denen sie sich bei Nacht und Nebel aus Varsothyn fortgeschlichen hatten. Er wollte den wahren Architekten von alldem hier nicht warnen.

Sie erreichten den Stadtrand und die Gehöfte, die sich an die Mauern schmiegten, und suchten Windschutz im Schatten einer Scheune, die vor Eiszapfen beinahe nicht mehr zu erkennen war.

»Du bist sicher, dass es funktionieren wird, alter Freund? Es ist unsere einzige Chance.« Oslic deutete auf Testri und ihr Amulett.

»So sicher man unter diesen Umständen sein kann. Wir sprechen von einer Legende, Herr.«

»Und doch haben wir alle gesehen, was Testri beim letzten Mal vermocht hat.« Oslic hätte am liebsten laut aufgelacht. Hier stand er und gab den Anwalt für Zauberkunst und magische Kräfte.

»Es wird funktionieren.« Die Stimme des Mädchens war gefärbt von der Unumstößlichkeit ihrer Entscheidung. »Sie haben Angst vor mir. Vergesst nicht, wen sie eigentlich opfern wollten.«

Oslic griff in seinen Rucksack und reichte Dörrfleisch herum. Sie tranken Wasser aus einer Feldflasche.

Skeptisch betrachtete Vargen den Proviant. Er war nicht gefroren. »Ich bin immer noch verblüfft.«

»Es waren ein paar Fäden Federstahl übrig, also habe ich sie in den Rucksack eingezogen. Genau wie bei den Schlafsäcken.«

»Ihr erwähntet es während des Abstiegs, Herr. Dennoch, dass es selbst nach Tagen im Frost immer noch währt, hat mich … kalt erwischt – wenn Ihr mir das Wortspiel verzeihen wollt.«

Testri gab ein gespielt schmerzvolles Ächzen von sich. »Wirklich, Ritter? Ausgerechnet heute entdeckst du deinen Sinn für Humor?«, fragte sie.

Der Veteran zuckte mit den Achseln. »Wer weiß, ob sich mir je wieder eine solche Gelegenheit bietet. Ich wollte es zumindest probieren.«

»Bewahr dir ein paar von den richtig miesen Schenkelklopfern auf.« Oslic grinste. »Vielleicht können wir unsere Feinde damit lähmen, und die Sache wird einfacher als erwartet.«

Sie schmunzelten, kauten das salzige Fleisch und tranken das Wasser. Danach verstauten sie den Proviant bei den Schlafsachen im Rucksack. Sie würden ihn hier abholen, wenn alles vorbei war.

»Bereit?« Oslic richtete die Frage an beide, blickte aber nur Testris verhüllte Gestalt an.

Das Mädchen nickte. Es stopfte die Pelzfäustlinge unter seine Kleidung, hantierte eine Weile. Als Testri sie wieder hervorzog, lag der Schuppenflügel darin.

Das Mädchen bettete ihn wie ein Heiligtum zwischen den Händen. Selbst die Vielzahl an Schals und Tüchern vermochte nicht, die tiefe Konzentration auf Testris Zügen zu verschleiern.

Oslic spürte abermals das Kribbeln, das er bei der letzten Konfrontation mit den Trisketen in ihrer Gegenwart gefühlt hatte.

Sie machten sich auf den Weg.

Drei, die aufbrachen – um drei zu stellen.

65

Sie betraten die Stadt – oder das, was der Zorn der Barbaren und der Fraß des Winters davon übrig gelassen hatten. Den Häusern und anderen Gebäuden war es nicht besser ergangen als den Wäldern. Pflaster und anderes Gestein waren vom Frost gesprengt. Kaum eines der Pfeilspitzendächer der Stadt war noch vorhanden, Balken, Sparren und Schindeln waren in den Opferfeuern der Âshkulim gelandet.

Sie waren überall, eine Plage aus bleichem Fleisch, wider die Natur und immun gegen die unfassbare Kälte. Kaum dass sie durch das Zwingertor von Vaistopol getreten waren, hatten Oslic und Vargen ihre Antwort, warum der Angriff auf die verlorene Stadt Varsothyn bislang ausgeblieben war. Die bleiche Horde war ein Schwarm, eine endlose Flut aus Körpern. Es waren mehr, als je einer von ihnen an einem Ort gesehen hatte, mehr, als jeder Bewohner der zivilisierten Welt sich vorzustellen vermochte.

Berge aus geschwärzten Knochen erhoben sich auf der Chaussee hinter dem Zwingertor und jenseits davon. Schweine, Hunde, Pferde und Menschen. Männer, Frauen und Kinder. Unterschiedslos waren sie den Flammen geopfert worden, und seit ihrem letzten Besuch in Vaistopol hatten sich die Haufen noch verdoppelt.

Zaghaft schritten Oslic und Testri auf die Chaussee hinaus.

Doch Vargen trat, von blankem Glauben an seine Thesen und Testris angeborene Kräfte erfüllt, offen auf die Straße, in Sicht einer der unzähligen Gruppen, die im Schnee um die Feuer hockten. Die Barbaren sprachen, lachten, feilten ihre Zähne und trieben es zwischen den Überresten der früheren Einwohner Vaistopols.

Zwischen all denen, die ich nicht retten konnte, dachte Oslic erschüttert. Auf einer bewussten Ebene war ihm klar, dass dies nicht sein Werk war, dass Baron Raumir und die anderen Verräter ebenso Schuld daran trugen wie die Kleinstaaterei in Carchadon, die einer Stadt die Hilfe versagte. Doch es machte nicht besser, wie er sich fühlte. Die Schädel auf den Beinhaufen und jene, die man an die Wildtiertotems genagelt hatte, starrten ihn an.

Es war eine groteske Szenerie, wie die Feuerzungen der Opfergruben gegen den Eiswind anpeitschten, ein ewiger Kampf der beiden widerstreitenden Elemente, umgeben von schwarz verbranntem Gebein und den zuckenden Körpern der barbarischen Wilden.

Eine der Gruppen befand sich so nahe, dass Oslic meinte, nur den Arm ausstrecken zu müssen, um die Haut eines der Âshkulim unter den Fingern zu spüren. Tatsächlich waren es keine drei Schritte, die ihn und seine Getreuen von den Kriegern trennten.

Die Barbaren mussten das Trio sehen. Doch sie hockten nun beisammen, rissen rohes Fleisch zweifelhafter Herkunft mit den Feilzähnen entzwei, sprachen, lachten, feixten mit Vergnügtheit in den Augen – und der schwarze Blick der Barbaren ging durch ihre Gruppe hindurch, als wäre sie aus Luft.

Selbst Testri, das Gesicht angespannt vor Konzentration, eine Hand um das Amulett geklammert, blickte voller Unglauben auf die Szenerie. Vorsichtig hob sie die freie Hand und wedelte damit vor den Augen der Wilden herum.

Keine Reaktion.

Mahnend schüttelte Vargen den Kopf und deutete zum Palast. Der junge Tshar und das Mädchen nickten wie eine Person und folgten dem Ritter.

Oslic hätte nie für möglich gehalten, dass die Abenteuer, die er seit seiner Rückkehr aus Doranthar nach Carchadon erlebt hatte, noch unwirklicher werden könnten. Ein Irrtum. Hier waren sie, drei Fremde in einem Albtraum aus Frost, Tod und unmenschlichen Feinden, auf dem Weg, sich mächtigen Zauberwirkern zu stellen, und niemand nahm sie wahr. Sie schritten wie Gespenster durch die dicht gedrängten Reihen der Invasoren, ohne dass diese ihrer gewahr wurden. Den dreien kam es vor, als seien sie wahrhaft unsichtbar.

Erst als sie eine Gasse erreichten, in der ein halbes Dutzend der menschlichen Bestien ihr Lager aufgeschlagen hatten, sollte sich das ändern.

66

Die Veränderung kam so überraschend, dass Testri zurückschreckte, und beinahe fiel die Konzentration des Mädchens in sich zusammen, als ihr der Schock in die Glieder fuhr.

Im Gegensatz zu Vargen, der sofort zu ihr stürzte, nahm Oslic wahr, was sie so erschreckt hatte. Einer der Âshkulim war aufgestanden. Er bewegte sich zuckend und tastend, auf jene Weise, die bleichen Spinnen zu eigen ist, die in den Winkeln von Kellern und gefliesten Räumen hausen.

Es waren seine Augen. Sofort begriff Oslic, dass es einmal mehr Sarnath war, der durch die Sinne eines anderen Geschöpfs wahrnahm. Der Hexer durchstieß die Gasse mit dem Blick eines Mannes, der wusste, dass er einen Dieb im Haus hatte, diesen aber nicht finden konnte. Noch nicht.

Die anderen Barbaren beobachteten verstört, wie einer aus ihrer Mitte aufstand und sich auf diese seltsame Weise verhielt. Sie sprachen ihn an, verstummten aber sofort, als der Blick des Hexers auf sie fiel. Sie wollten sich zu Boden werfen und ihrem Meister Reverenz erweisen. Doch Sarnath zischte ein paar Silben durch den Mund seines Wirts, und daraufhin nahmen sie an seiner Seite die Suche auf.

Bei dem Anblick rann Oslic blankes Eiswasser über den Rücken. Doch statt sich den Tatsachen zu verweigern, reagierte der junge Tshar. Er verstellte Sarnath den Blick auf

Testri – oder besser: dem Mädchen die Sicht auf den Hexer. Augenblicklich beruhigte sie sich. Die Glättung ihrer Geisteswogen hatte zur Folge, dass das beruhigende Gefühl, unter einer Tarnkappe verborgen zu sein, sich abermals einstellte.

»Er kann uns nicht sehen«, zischte Oslic ihr zu.

Als hätte der Hexer die leisen Worte vernommen, ruckte der Kopf des besessenen Bleichen herum. Vargen gemahnte mit einem Blick zur Eile.

Den Barbaren mangelte es an Disziplin, an System. Sie stapften ziellos durch die Gasse, statt sie gründlich zu durchkämmen. Geschwind schlüpfte das Trio durch die klaffenden Lücken in der losen Formation der Âshkulim und setzte den Weg fort.

Der Palast zeigte die überdeutlichen Spuren des letzten Angriffs. Oslic sah den eingefallenen, verbrannten Ostflügel seines Elternhauses.

»Ihr seid sicher, dass Ihr bereit seid, Herr?« Vargen hatte seine Axt gezogen und deutete durch das Schneetreiben auf den Palast. »Der Anblick wird gewiss grausamer sein als alles, was Ihr bislang erdulden musstet.«

»Sie sind dort drinnen. Jetzt gerade. Ich weiß es, Uhu.« Oslic verengte die Augen zu Schlitzen. »Jede weitere Minute, in der ihre Schritte den Boden der Hallen meiner Familie besudeln, jeder Augenblick, in dem ihre bleichen Finger die Geheimnisse meiner Mutter betasten, ist einer zu viel. Wir ziehen das jetzt durch.« Die Wut, die aus den Worten troff, war kälter als der sie umgebende Frost.

Vargen und Testri nickten voller Grimm, dem Ordensritter war anzusehen, dass Oslics Miene seine Bedenken zerstreut hatte. Noch in Varsothyn hatten sie beschlossen, den umgekehrten Weg zu wählen, auf dem Vargen und Testri entkommen waren, denn der verbrannte Ostflügel war der geeignetere Ort für ein Eindringen. Doch Oslic war sich sicher, dass er durch Wachen verstärkt worden war.

Der junge Tshar warf einen Seitenblick auf Testri. Das Mädchen sah erschöpft aus. Sie drei vor den Augen und mystischen Sinnen der Hexenmeister zu verhüllen kostete eine Menge Kraft. Darum drängte er darauf, dass sie den Weg fortsetzten. Als sie seinen Blick bemerkte, nickte sie tapfer.

Stolz wallte in ihm auf. Er würde das Geschenk ihrer Gabe nicht schröpfen, bis sie ausbrannte. Er gab ihr mit einem Wink zu verstehen, sie solle die Verhüllung fallen lassen, doch Testris einzige Reaktion bestand darin, ihre Konzentration zu intensivieren.

Da konnte er es wirklich spüren, es war nicht länger eine unterschwellige Einbildung. Die Härchen auf seinen Armen und im Nacken richteten sich auf, die Nervenenden in Oslics Zähnen schienen zum Klang einer unhörbaren Musik zu summen wie unter Spannung stehende Drähte. Dies also war Magick.

Wie zu erwarten war der Garten von den Barbaren nach der Schlacht nicht weiter beachtet worden. Von den Toten des Gemetzels auf beiden Seiten war nichts geblieben – sie hatten zweifelsohne einem ebenso profanen wie grausigen Zweck gedient. Oslics Blick wanderte über den Ort, an dem er als Kind gespielt und gute Zeiten verbracht hatte. Hier hatte er Bienen und Hummeln zugesehen, das Treiben von Ameisen und Singvögeln beobachtet.

Entschlossen riss er den Blick von der Verwüstung, durch die sie gingen. Am Tor standen zwei der Barbarenkrieger Wache. Vargen und der junge Tshar ließen Sarnath keine Zeit, überhaupt erst in einen von ihnen zu fahren. Schwert und Axt machten kurzen Prozess mit den Âshkulim. Oslic registrierte, wie leicht es ihm mittlerweile fiel, seinen Körper zu solchen Bluttaten zu bewegen, doch innerlich fühlte er sich so elend wie beim ersten Mal. Jene, die behaupteten, es würde mit jedem Mal leichter, wussten nicht, wovon sie sprachen, oder waren aus einem anderen Holz geschnitzt als er.

Sie zogen die dampfenden Leichen hinter das Heckenlabyrinth. Der Neuschnee würde in Minuten die Blutspuren verdecken.

Als Vargen die Finger auf die Klinke der Seitentür des Westflügels legte, legte ihm Oslic die Hand auf die Schulter. Der junge Tshar blickte erst ihm und dann Testri in die Augen. »Ihr müsst das nicht tun, das wisst ihr. Wir sind weit genug gekommen.«

»Ein Grund mehr, den Rest des Weges gemeinsam zu gehen, Herr.«

Das Straßenmädchen blieb stumm, das Lächeln einer erwachsenen Frau auf den kindlichen Lippen, ihre Miene ließ keinerlei Widerspruch zu.

»So sei es denn.« Der junge Tshar drückte Vargen mit Bestimmtheit zur Seite und öffnete die Tür.

Der Anblick der geschändeten Stadt und des von dem Kampf gezeichneten Gartens hatte ihm bereits zugesetzt, ihn jedoch nicht auf das vorbereitet, was im Palast geschehen war. Die Âshkulim hatten Oslics Elternhaus regelrecht entkernt. Kunstvolle Holzarbeiten und Bernsteinzierrat waren verschwunden, übrig geblieben waren nackte Steinwände und tragende Pfeiler. In ihrem unstillbaren Appetit nach

Brennmaterial hatte die Horde wie ein Schwarm Termiten gewütet und alles abgerissen, was sich verfeuern ließ.

Sie kamen an Wänden vorbei, die ohne Wandteppiche kalt und abweisend wirkten, passierten leere Räume, in denen nur Sonnenschatten an den Mauern darauf hinwiesen, wo einst Himmelbetten oder Möbel gestanden hatten. Selbst die Bodendielen fehlten, der blanke Estrich war so grau wie Asche.

»Nur um überall diese Riesenfeuer zu machen?«, flüsterte Testri. Sie sah beinahe so geschockt aus, wie Oslic selbst sich fühlte. Dunkle Schatten lagen unter ihren Augen.

Vargen schüttelte den Kopf. »Das hier hat andere Gründe. Es ist, wie der junge Herr annimmt, Käuzchen.«

»Geben deine Götter, dass du dich irrst, alter Freund«, sagte Oslic. Mit einem Seitenblick auf das Mädchen fügte er hinzu: »Gehen wir weiter.«

Sie durchquerten den Palast und wichen den wenigen Patrouillen der Bleichen aus, die sich durch das geschändete Gebäude bewegten. Keinem der drei entging, dass die sonst so gleichgültigen und todesverachtenden Barbaren verängstigt wirkten. Es schien, als könnten selbst sie die Nähe ihrer Herren kaum ertragen.

Als das Trio schließlich an einer Hauptkreuzung unter einem eisernen Kronleuchter ankam, schlug Oslic den Weg Richtung Osten ein. »Das reicht«, sagte er zu Testri. »Du hast dich genug verausgabt, Kleines.«

Sie warf ihm einen unsicheren Blick zu, sein aufforderndes Nicken hin unterbrach sie ihre Konzentration. Ein erleichterter Seufzer wie nach einem langen, harten Tagwerk entfuhr ihr.

Im gleichen Moment spürten sie überdeutlich, was bislang, unterdrückt durch Testris instinktive Kräfte, nur am Rande ihrer Wahrnehmung existiert hatte. Ein dumpfer Druck, der den ganzen Palast zu erfüllen schien. Ein Vorbote, wie der Umschwung der Luft und der trockene Geruch, die einem Sommergewitter vorausgingen, doch brodelte darunter etwas Dunkleres. Oslic hatte das Gefühl, seine Trommelfelle würden flattern. Testri sah aus, als stünde sie kurz vor dem Erbrechen. Auch Vargen schien wahrzunehmen, was sie beide plagte, aber seine Reaktion glich eher dem Verhalten der Âshkulim-Patrouillen, die ihnen begegnet waren. Er packte Axt und Schild so fest, dass Oslic die Wickelung am Schaft knirschen hörte, und eine Schweißperle trat auf die Stirn des Ritters.

»Warum nach Osten?«, wollte das Mädchen wissen.

»Sie sind nicht im Thronsaal. Nichts könnte sie weniger scheren.« Oslic deutete auf den verwüsteten Teil des Palasts, der einst die Gemächer seiner Familie beherbergt hatte. »Denk dran, was wir besprochen haben, Testri.«

»Wir sollten den Zeitvorteil nicht verschenken, Herr. Sie wissen bald, dass wir hier sind. Schlagen wir zu, solange sie uns noch nicht entdeckt haben.«

Oslic nickte. Sie beschleunigten ihre Schritte und erreichten jenen Teil des Tsharenpalastes, aus dem Vargen und Testri erst vor Kurzem geflohen waren. Oslic entging nicht, wie das Mädchen bei jedem Schritt in diesen Bereich des Gebäudes angespannter wurde. Als sie seinen Blick bemerkte, straffte sie sich, und der Ausdruck in ihren Augen wurde verschlagen.

Mit jedem Fuß, den sie vorankamen, wurde das seltsame

Dröhnen in der Luft deutlicher, steter. Sie spürten, dass sie ihrem Ziel näher kamen. Sie waren nun beinahe da. Gemischte Gefühle schwappten durch Oslics Geist. Die dunkle Vorahnung dessen, was ihnen bevorstand. Darunter eine tiefe, melancholische Sehnsucht, als sie sich nach dem Erklimmen einer Treppe unweigerlich einem Raum näherten, den er allzu gut kannte.

Der Kemenate seiner Mutter.

Eisiger Wind preschte ihnen von oben entgegen, wo das Loch im Dachstuhl klaffte.

Vargen entledigte sich der Pelze und Tücher, kaum dass er den oberen Treppenabsatz erreichte. Als Oslic neben ihm ankam, sah er die Âshkulim. Sie waren zu viert, ihre bleichen Leiber statt der üblichen Brandmale und Narben mit Ehrenmalen übersät.

Die Gruppe der Aschekrieger zischte wie ein Nest Vipern, als das Licht des Feuerkorbs vor der Tür über den alten Ritter tanzte. Über Federstahl. Ein voller Gestechpanzer, nicht schwerer als ein leichter Kettenumhang, von Oslic auf beinahe verschwenderische Weise mit Eulenmotiven verziert.

Der Veteran betätigte ein verborgenes Scharnier unter den Metallplatten. Es rasselte, als sich eine Halsberge und Lamellen aus den Tiefen der Rüstung schoben und sein Gesicht unter einem Helm, der dem Kopf eines fauchenden Uhus glich, verbargen.

Der junge Tshar ließ die rechte Faust vorzucken, und die neue Prothese entblößte mit einem Klacken rasiermesserscharfe Greifvogelklauen aus dem Wundermetall. Oslic schnitt sich damit die einengenden Pelze vom Leib. Keiner von ihnen brauchte sie hier, die Rüstungen wärmten sie, und die Zeit der Tarnung im Schnee war vorüber. Oslic hatte Hunderte Plättchen zu einem Schuppenpanzer aus rotgoldenem Federstahl gehämmert, der beinahe reptilienhaft anmutete. Er zog sich die Kapuze aus dem gleichen Material über, die einem weit zum Gebrüll aufgerissenen Drachenschädel glich.

Die Bleichen bewegten sich auf sie zu. In aller Gemütsruhe zog Oslic sein neues Bastardschwert aus der Scheide auf seinem Rücken. Er spürte das Gewicht beinahe nicht, so leicht war der magische Stahl. Die Klinge sang wie ein Windspiel aus Metallrohren, als sie aus dem Futteral glitt.

Ein kleineres Kettenhemd schlummerte verborgen unter Testris Pelzen. Das Mädchen grinste, als auf der Straße erworbene Instinkte zum Leben erwachten und Wurfmesser aus dem gleichen Material wie die Zauberrüstungen, Oslics Schwert und Vargens Schild in ihre Hand flogen.

Instinktiv spürten die Aschebarbaren, dass sie es hier mit einem neuen, selbstsicheren Gegner zu tun hatten, und empfanden so etwas als Herausforderung – und das wurde ihnen zum Verhängnis. Als der erste Krieger mit einer Keule aus einem Flaschenkürbis und einem mit Blei ausgegossenen Totenschädel zuschlug, gab es einen Donnerhall, dem eine Staubwolke und ein verzerrter Todesschrei folgten.

Die Waffe war an Vargens neuem Schild zerplatzt, die Splitter des holzharten Kürbisses hatten das Gesicht des Âshkulim verheert. Vargens altgediente Axt kappte die Schreie des Bleichen so sicher wie seine Rippen, als sie sich in die Brust des Mannes grub.

Ein Messer witschte an Oslics Kopf vorbei und grub sich zielsicher in die Kehle einer mit einem Speer bewaffneten

Barbarin, gerade als der junge Tshar mit einem anderen der Âshkulim zusammenprallte.

Mit gebleckten Feilzähnen schwang der Krieger eine Feuersteinaxt. Oslic hieb sein Bastardschwert durch die Schneide, den Eichenschaft sowie Arm und Gesicht hinter der herabsausenden Waffe, als bestünden sie nur aus Reisigbündeln, und schlug dem Barbaren den Kopf oberhalb der Lippen sauber durch.

Angewidert tanzte der junge Tshar um den Sterbenden weg und wandte sich dem letzten Bleichen zu. »Für die hier gilt der alte Schwur nicht!«, rief er und hob die tödliche Adlerklaue.

Der Âshkulim zischte Oslic an und stieß mit seinem Speer zu. Die Waffe zersplitterte an der Brust des Tsharen, und Oslic schlug mit der Prothese zu wie ein erzürnter Raubvogel. Von vier grausamen Schnitten gezeichnet, brach der Barbar zusammen. Heißes Leben schoss in Schüben aus seinem zerfetzten Leib.

»Schwerterprinz«, flüsterte Testri. In ihren Augen stand eine an Begierde grenzende Ehrfurcht.

Oslic lächelte ihr zu. Sie starrte wie gebannt auf die kunstvoll gearbeitete Klinge, den Schuppenpanzer, die bluttriefende Stahlpranke.

Oslic gab Vargen den vereinbarten Wink. Mit einem Ausdruck von Schmerz und Reue in den Augen schlug der Ritter zu. Seine Faust traf das Mädchen an der Schläfe – hart, aber nicht so hart, dass sie Schaden nehmen konnte. Sie brach bewusstlos zusammen, und Vargen fing sie, bevor sie aufschlug.

»Hat sie dich gesehen?« Eine unnötige Frage, Oslic wusste, dass dem nicht so war.

Vargen schüttelte den Kopf. »Nein, Herr. Aber ich verstehe immer noch nicht …«

»Das wirst du, alter Freund. Rasch, wickle sie warm ein und verberge sie, dass niemand sie findet, bis das Werk getan ist.«

Der Veteran tat wie geheißen. Behutsam versteckte er das vermummte Mädchen unter einem Stapel geschundener Vorhänge.

»Bereit?« Oslic umfasste den Griff der Klinge mit beiden Händen und richtete den Anderthalbhänder auf die Tür.

»Ein Ritter sollte stets bereit sein, dem Tode ins Auge zu blicken, Herr.«

»Aphorismen, Vargen? Jetzt? Du enttäuschst mich.« Oslic grinste so breit, dass seine Lippen in der Kälte schmerzten. »Ich hatte mit einer Rüge oder wenigstens einer Warnung gerechnet.«

»Es gibt nichts mehr, was ich Euch beibringen, noch Erziehung, die ich Euch angedeihen lassen könnte, Herr.« Weiße Zähne blitzten in den väterlichen Zügen des Freundes auf.

»Dann diesmal als Gefährten – Seite an Seite.« Oslic packte Vargens Unterarm mit der Klaue und der Veteran den Unterarm der Prothese zum Kriegergriff, ganz wie früher, als sie noch gemeinsam geübt hatten. Es sprach für den Ritter, dass er nicht einmal zuckte, als sich die rasiermesserscharfen Klauen um seinen Unterarm legten.

»Waffengefährten«, sagte Vargen, stieg über die Leichen der Barbaren hinweg und trat die Tür ein.

67

Das durchfrorene Holz barst, und mit erhobenem Schild stapfte Vargen in die Kemenate. Die Klinge von Tsankhanols Sense kreischte wirkungslos über den Federstahl, den Oslic mit Meisterhand geschmiedet hatte, und grub sich dann in den von Feuer gezeichneten Boden.

Das Gesicht des Hexers verzog sich vor Hass. Sein Körper war noch immer entstellt, seine Roben wie die seiner Brüder löchrig und zerfetzt von dem Schrapnell aus Alheefas Knochen und Zähnen.

»Herr! Jetzt!«

Oslic trat hinzu, seine Prothese schoss vor, umfasste den Schaft der Sense, bevor der Hexer sie wieder emporreißen konnte, und ließ das Bastardschwert auf den Stecken der Waffe niedersausen.

Tsankhanol kreischte auf, als wäre es nicht seine Waffe, sondern sein Körper, den Oslic durchschlagen hätte. Er taumelte nach hinten, tiefer in einen Raum, den Oslic nicht mehr wiedererkannte.

Alles in der Kemenate der Mutter war verbrannt vom Feuer des Drachen oder verheert vom Raubbau der Barbaren. In der Mitte des Saals stand Sarnath, dem das Grinsen in dem Moment aus dem Gesicht fiel, als Vargen die stumpfe Seite der Axt gegen das Gesicht seines zornigen Bruders hämmerte. Reißzähne prasselten wie Holzperlen auf den verbrannten Boden.

Rasch fasste sich der zweite Hexenmeister, hob einen Finger und sprach ein Wort, dessen Klang die Schöpfung selbst schändete. Oslic spürte ein kurzes Kribbeln, dann wurde seine Rüstung warm. Der Federstahl glomm auf, die Zeichen, die er in jede einzelne Schuppe sowie Vargens Brustplatte eingearbeitet hatte, leuchteten wie Herdglut.

Der Zauber Sarnaths verfehlte seine Wirkung. Fassungslos ließ der Hexer mit dem Geweih die vorgestreckte Klaue sinken, den Mund vor Unglauben aufgerissen.

Der junge Tshar schoss an dem kämpfenden Vargen und Tsankhanol vorbei, auf Sarnath zu. Da geriet er ins Wanken, denn er sah, was in der Mitte der Kemenate auf dem Boden lag. Kreise und komplexe Beschwörungszeichen aus weißer Kreide hoben sich deutlich vom schwarzen Holz ab, glichen jenen, die er vor vielen Wochen im Grabmal erblickt hatte.

Im Inneren ruhte eine Abscheulichkeit.

Dort lag, ohne Haut, die rohen Muskeln bloßgelegt wie ein anatomisches Schaubild und mit leeren Augenhöhlen, ein Leichnam. Ein gelbliches Grinsen bleckte zu Oslic empor, die Nase ein fleischiges Loch inmitten von all den roten Muskelsträngen, weißlichen Sehnen und dem Gelb des Fetts.

Die Hüfte deutete ebenso auf den Körper einer Frau hin wie die Brüste. Doch es gab keine Spur von Blut oder Haut, nicht ein Tropfen war im Ritualkreis der Hexenmeister zu entdecken. Am Unterschenkel entlang bewegte sich wie von einer unsichtbaren Hand geführt eine Nadel, an der wie ein Faden ein einzelner roter Strang Muskelfleisch hing. Es war, als würde eine jenseitige Kraft diesen Körper langsam zusammennähen, und nach der Geschwindigkeit zu schließen, ging es seit Wochen so. Irgendwann würden Haut, Augen und Haare folgen.

Das neuerliche Grauen brachte Oslic aus dem Konzept, sodass Sarnath beinahe die Oberhand gewann. Der Hexenmeister wartete nicht, bis sich der junge Tshar gefasst hatte. Er ließ seine Stabwaffe vorschnellen, um Oslic das Gesicht zu zerschlagen. Mit Mühe und Not konnte dieser die Prothese noch emporreißen und den Schlag umlenken.

»Was treibt ihr Teufel hier?« Innerlich tobte er, doch seine Stimme verkündete nichts von diesem Zorn, blieb gefährlich leise und eiskalt.

»Weißt du es denn noch immer nicht, du Narr?«, kreischte Sarnath. »Gefällt sie dir nicht? Du solltest sie doch erkennen, gewiss freust du dich über euer Wiedersehen, auch wenn es für dich sicherlich unerwartet ist.«

Es kostete den jungen Tsharen eine übermenschliche Anstrengung, dem Drang, die Gestalt näher zu studieren, nicht nachzugeben.

»Der Blutpreis. Der Fleischpreis«, knurrte Oslic. »Ich dachte, ihr Teufel hättet eure Barbaren all die Menschen opfern lassen, um eure verderbte Laterne mit Macht zu füttern. Aber ich fürchte, ich begreife jetzt.«

Sein Bastardschwert leckte nach der Brust von Sarnath, eine Finte. Mühelos parierte der Hexenmeister den Hieb.

Der junge Tshar sah aus den Augenwinkeln, dass Vargen Tsankhanol in die Ecke getrieben hatte. Ohne ihre übernatürlichen Kräfte, ihre Magie, waren die teuflischen Geschöpfe weitaus weniger gefährlich – zumal das dritte wie so oft fehlte.

Gleich war es so weit. Der Plan konnte in die Tat umgesetzt werden.

»Schläft ein Bruder mal wieder?«, fragte Oslic voller Hohn. »Diesmal der mächtige Zorathus selbst? Kein Wunder, bei eurer Abstammungslinie – irgendeine der Schwächen eures wahren Meisters müsst ihr ja abbekommen haben.«

Sarnath schreckte zurück, als wäre er mit kochendem Wasser übergossen worden. Ein zweites Mal innerhalb kürzester Zeit entgleisten ihm die Züge. Der Hexenmeister zischte wie ein Reptil und bleckte die Zähne.

»Ja, ich weiß es.« Wieder hieb Oslic mit der Klinge nach ihm, täuschte an, tänzelte, stieß zu. »Ich weiß, was ihr seid. Ich weiß, wer euch gemacht hat und wofür. Ihr hättet abreisen und eure neu gewonnene Freiheit genießen sollen, solange es ging.«

Sarnath kreischte vor Wut und stieß mit seiner Glefe nach dem jungen Tsharen. Doch Oslic war auf den Angriff gefasst, der in seiner animalischen Rohheit dem Tsankhanols glich. Der junge Tshar tänzelte zur Seite, schnappte mit der Prothese zu und entwand dem Hexenmeister die Waffe.

Dann sauste sein Anderthalbhänder auf den Hexer herab. Sarnath kreischte vor Furcht, schlug die Hände über dem Kopf zusammen.

Holz splitterte, als Oslic die Klinge im Boden vergrub. Absichtlich.

Der Trisket öffnete die Augen und sah, wie der junge Tshar hinter seinen Rücken langte.

»Vargen, jetzt!«

Der Veteran griff in einer fließenden Bewegung in seine Lendengegend, und ebenso wie Oslic beförderte er ein glitzerndes Bündel zutage, das er nach vorn schnalzen ließ wie eine Peitsche.

Die Raubtieraugen der beiden Hexenmeister weiteten sich, als sich Wurfnetze aus Federstahl, beschwert mit ringförmigen Gewichten, um ihre Körper schlossen. Vargen hämmerte Tsankhanol ein zweites Mal die stumpfe Seite der Axt gegen die Stirn, während Oslic die Prothese zur Faust ballte und Sarnath einen brutalen Schlag versetzte.

Die beiden Hexer gingen zu Boden. Sie kreischten und stießen röchelnd Verwünschungen aus. Die Netze knisterten und funkten wie feuchte Tannenzapfen in einem Lagerfeuer, doch die Magie der Hexenmeister hatte dem gewobenen Stahl der Winterklingen nichts entgegenzusetzen.

Endlich, nach Wochen und Monaten des Leids, war es Oslic, der die Oberhand gewonnen hatte.

»Und jetzt, junger Herr?« Vargen stellte den Fuß auf den entmachteten Tsankhanol.

»Wir müssen nicht mehr lange warten, alter Freund. Zorathus wird bald erwachen. Ich bin mir sicher, sie geben ihr Bestes, um ihren Drilling zu wecken. Aber du weißt ja, wie es um ihren Schlaf bestellt ist. Sie brauchen ihn so sehr, dass sie nur selten zu dritt auftreten.«

»Was machen wir damit?« Der Veteran richtete die Axt auf den Leichnam im Ritualkreis.

»Ich fürchte, ich weiß, wer das war.« Es schnürte Oslic die Kehle zu, auch nur daran zu denken. »Wer das wieder werden soll.«

»Herr?«

»Meine Mutter, Vargen. Deshalb sind sie geblieben. Ich dachte, sie wären meinetwegen in Carchadon, um meiner oder Testris habhaft zu werden. Doch es ging ihnen um etwas anderes. Ich werde Mutters Körper verbrennen, wie Vater es damals getan hat, wenn das hier vorbei ist. Das hat sie verdient.«

»Das wagst du nicht, du sterblicher Narr!« Sarnath tobte in seinem Netz, spie Gift und Galle und zappelte wild.

»Ich wage viel mehr, Reptil.« Oslic folgte einer Eingebung, ließ sich auf ein Knie nieder und drückte seinen Daumen auf die Stirn des Hexers. Dann konzentrierte er sich, ganz so, wie es früher den schlimmsten Kopfschmerzattacken vorausgegangen war. So wie er auch Kontakt zu Rurriranth aufgenommen hatte.

»Denk auf keinen Fall an deinen Bruder Zorathus.« Oslic befahl dies in dem klaren Wissen, dass kein denkendes Geschöpf das Wunder vollbringen konnte, oberflächliche Gedanken nicht sofort auf etwas zu richten, das gerade angesprochen wurde. Wie oft hatte er mentale Übungen durchführen müssen, in denen die flinke Cerrunna ihm untersagt hatte, einen blauen Elefanten zu visualisieren – nur um erleben zu müssen, wie genau dieser in sein Denken trat und trompetete. Dann hatte sie ihn mit dem Holzschwert vertrimmt, weil er unaufmerksam war.

Da war ein kurzes Brennen und Ziehen zwischen ihnen. Oslic zog den Daumen zurück, schnürte das Netz seines Gefangenen straffer und hieß Vargen, dasselbe beim anderen Hexenmeister zu tun.

Der Veteran blickte seinen jungen Herrn verwundert an, als dieser Sarnath auf den Ausgang zuschleifte.

»Komm, alter Freund«, sagte Oslic. »Ich weiß, wo Zorathus ist.«

Sie fanden den Hexer in tiefer Kontemplation versunken in den Katakomben unterhalb des Friedhofs, unweit der Laterne, die noch immer ihren frostigen Hauch aussandte und es wohl für alle Zeiten tun würde. Verkrustet mit Schnee und Eis hockte Zorathus inmitten des Ritualkreises und sammelte Kräfte, die Augen geschlossen.

Verzweifelt und zappelnd versuchten die beiden Hexenmeister in ihren Netzen, ihn zu erwecken, doch der Federstahl der Winterklingen versah weiter seinen Dienst. Glyphen glommen darauf auf und unterbanden jeden Versuch, ihren Bruder durch Telepathie zu erreichen.

»Hochmut kommt vor dem Fall, Zorathus«, sagte Oslic laut. »Deine Brüder hätten dich wecken sollen, du kannst dich bei den beiden dafür bedanken!«

Damit schleuderte er das dritte Stahlgewebe über Zorathus, während Vargen den Hexenmeister mit einem brutalen Fußtritt tiefer in die Umarmung der Maschen trieb. Zorathus erwachte erst, als sich das Netz um ihn geschlossen hatte. Er bleckte die Zähne und zischte wie eine Schlange, vollkommen überrascht und im Würgegriff der Panik verfrühten Erwachens.

Seine Brüder hatten die Explosion der Meuchlerin besser überstanden. Zorathus schien den Großteil abbekommen zu haben. Sein ohnehin unansehnliches Gesicht und sein Leib waren von Wunden und Schnitten von Splittern gezeichnet, die entstellt hatten, was nicht ohnehin unerträglich hässlich gewesen war.

Der Schock des verfrühten Abbruchs der Trance endete und wurde durch die Erkenntnis ersetzt, seinem Feind in die Hände gefallen zu sein. Seine Augen weiteten sich, und mit kaltem Lächeln genossen Oslic und Vargen, wie auch der dritte der Trisketen sämtliche Schritte durchlief, die mit der Weigerung, sein Schicksal anzunehmen, einhergingen. Hilflose Wut, machtloser Zorn und wie ein Zündholz verpuffende Zaubermacht wechselten sich im Inneren des Netzes ab, bis auch Zorathus wie seine Brüder schwieg und lediglich Hass und Zorn aus seinen Augen versprühte.

Es war an der Zeit, es zu Ende zu bringen.

Oslic langte in seinen Beutel und förderte zutage, woran er neben den Rüstungen gearbeitet hatte. Es war eine zylindrische Apparatur, bedeckt von komplexen Anbauten, Messfühlern und Röhren.

Wie drei hypnotisierte Schlangen blickten die Trisketen auf das Artefakt. Wiedererkennen trat in Zorathus' Blick.

»Ah, ich sehe, du erinnerst dich an den Zylinder.« Oslic ließ ihn vor dem Hexer nach links und rechts pendeln. »Weißt du, ich habe mich lange gefragt, warum ihr drei Teufel nicht einfach abgehauen seid. Aber ich denke, das konntet ihr ebenso wenig wie ER, oder? Hättest du doch nur schon bei unserem ersten Treffen im Thronsaal gewusst, welche Rolle ich einst spielen würde. Bedauerlicherweise könnt nicht einmal ihr die Zeit umkehren.«

Oslic stellte den Zylinder auf dem Boden ab und zog sein Schwert.

»Du brauchst uns!« Sämtliche Hexer sprachen auf einmal mit einer Stimme. »Du kannst ihn nicht töten, aber wir wissen, wie man ihn verwunden kann. Wir wissen, wie du ihn vertreiben kannst.«

»Vertreiben?« Oslic lachte. »Ich habe nichts dergleichen im Sinn. Ich habe meine Pläne mit ihm, so wie er sie mit mir hatte, und ihr spielt darin eine entscheidende Rolle. Wenn auch nicht, wie ihr es euch ausgemalt habt. Seid versichert, dass ihr drei mein absolutes Mitgefühl genießt. Er hat euch ebenso benutzt wie mich, das ist mir klar.«

Sie antworteten, und er ließ sie schwätzen und betteln, ohne es in die Länge zu ziehen. Oslic III. Boulanthus war kein Mann, dem es Genuss bereitete, jene zu quälen, die er bezwungen hatte.

Als er sich hinhockte und den Zylinder auf den Boden vor den Hexern stellte, endete ihr Lamentieren. Zorathus' Augen weiteten sich, denn er hatte sich einen Reim auf die Bauteile gemacht, aus denen Oslics Apparatur bestand.

Bauteile aus meergrünem Glas, die teils die geschwungenen Formen einer Kugel hatten, der man neue Gestalt verliehen hatte.

»Die Bannsphäre der Winterklingen von Varsothyn. Du … du hast ihre Wirkung umgekehrt«, stammelte der Trisket, und Oslic nickte. Es sollten die letzten Worte des Hexenmeisters sein.

Der junge Tshar hieb ihm den Kopf von den Schultern, während Vargen die anderen beiden Hexer enthauptete.

Ihre Herrschaft verging, wie sie begonnen hatte.

In Wolken aus Schwefelqualm und Feuer.

68

Am liebsten hätte Oslic die grimme Pflicht, die vor ihm lag, Vargen überlassen. Doch der Ritter beharrte darauf, dass es wichtig war, wer den Palast verließ – und auf welche Weise. Oslic wusste, dass er recht hatte; es war sein eigener Plan, und es kam auf das theatralische Element an.

So stapfte der junge Tshar in das Grau des Morgens hinaus vor den Palast von Vaistopol, die grausige Fracht an der Prothese verankert. Oslic war froh, dass er sie nicht mit der gesunden Hand schleppen musste.

Vargen schritt hinter ihm, Testri auf den Armen, die noch immer bewusstlos war.

»Du wirst mit ihr fliehen, falls das Ganze schiefgeht.« Oslic wollte eine Feststellung äußern, doch in der Anspannung kam sie als Befehl über seine Lippen.

»Es wird nichts schiefgehen, Herr.«

Es waren Hunderte, die sich ihnen zuwandten, als sich die Palasttore lautstark hinter dem Duo schlossen. Die Âshkulim starrten die beiden Fremden an, die so vorwitzig waren, sich ihrer Übermacht offen zu stellen.

Ihre Menge teilte sich.

Sie hatte Wort gehalten. Mit einem Grinsen auf den Feilzähnen schritt Vaarne aus der Menge. Jene Frau, die für Oslic bei seiner Gefangennahme gedolmetscht hatte. Jene Frau, die

Vargen für ihn gefangen und der er den wahnwitzigen Plan erläutert hatte – bevor sie das Risiko eingegangen waren, sie wieder freizulassen.

Sie stellte sich vor Oslic und Vargen auf. Mit einer Mischung aus kaum verhohlener Blut- und Neugier blickten die Âshkulim zu dem gerüsteten Tsharen und seinem Begleiter. Vaarne nickte ihnen zu.

»Dann nehmen wir ihm mal, was er am meisten begehrt«, murmelte der junge Tshar.

Oslic ließ das Netz fallen und hob in einer feierlichen Geste die Arme. »Ich bin Oslic III. Boulanthus, Sohn von Emerric und Nitama aus dem Stamm der Tsouraki. Ich bin der Herr von Vaistopol! Ich stehe hier vor euch, einer Armee, weil ich euch nicht fürchte!« Seine Stimme hallte durch die eisige Morgenluft und brach sich an den verwaisten Gebäuden. »Hundert eurer Art habe ich getötet, und eine Vielzahl davon werde ich töten, wenn ihr euch mir widersetzt. Ihr seid meine …« Er legte eine Kunstpause ein, bevor er auf die Menge deutete und das Wort aussprach. »… Ereshtu!«

Die Barbaren raunten, etliche lachten sogar, doch Oslic zögerte nicht. Alles kam auf die richtige Ausführung an, auf den richtigen Moment.

Er stapfte zum größten Freudenfeuer, das er finden konnte. Mit einem sanften Ruck zog er den Schuppenhandschuh des Panzers von der Hand. Die Hitze der glosenden Scheite biss selbst in dieser Kälte gegen sein Gesicht. Der junge Tshar richtete ein Stoßgebet zum Himmel.

Dann stieß er die Finger in die Flammen!

Schweiß trat auf Oslics Stirn. Die Hitze war enorm.

Fleisch zischte, Härchen kräuselten sich und schmolzen.

Fett rann aus Poren und tropfte in die Lohe. Wölkchen stiegen empor.

Der junge Tshar biss die Zähne zusammen, während die Hand bis zur Unkenntlichkeit verbrannte. Er hielt sie empor, zeigte sie den Barbaren.

Anerkennendes Nicken und Raunen gingen durch die Menge. Vaarnes Augen waren riesige schwarze Gruben.

»Ich mache bei deinem lächerlichen Plan mit, Ereshtu«, hatte sie ihm gesagt, nach ihrer Gefangennahme. »Ich will sehen, wie die drei Söhne des Feuers über dich richten. Und selbst wenn du ihnen entkommen solltest, musst du meinem Volk deinen Mut beweisen und dich den Flammen stellen. Du wirst versagen wie schon einmal, als wir dich zur Feuerprobe luden, um deinen Wert zu beweisen – und ich werde abermals lachen, kleiner Mann.« Doch selbst sie war jetzt eines Besseren belehrt, das sah Oslic ihr an.

Er stapfte zurück zu Vargen, der unbeweglich wie eine Metallstatue im Winterwind stand und das Pelzbündel mit Testris bewusstlosem Körper hielt. Zu keiner Sekunde senkte Oslic die verbrannte Hand, als er sich bückte und das Netz mit seinen grimmigen Trophäen so hob, dass die Âshkulim es deutlich sehen konnten, sehen mussten.

Oslic ging unter den ungläubigen Blicken der Bleichen zum Feuerkorb hinüber. »Diese drei gehören mir. Sie haben mir den Blutpreis, den Fleischpreis und vor allem ihren Seelenpreis gezahlt! Sie sind nicht länger euer Herr, ich bin es, denn ich bin mächtiger als sie!«

Vaarne starrte ihn ebenso ungläubig an wie die versammelte Menge der Bleichen.

»Übersetz es, bevor ich mir deinen Kopf als nächsten

nehme!«, zischte Oslic. Die Barbarin zuckte zusammen wie unter einem Peitschenhieb. So allmählich bereitete ihm diese Scharade Spaß.

Mit versteinerten Gesichtern nahmen die Âshkulim zur Kenntnis, was Oslic gesagt hatte. Dann kippte er den Inhalt des Netzes in die Flammen, und Funken stoben auf, als die Köpfe der Trisketen einer nach dem anderen in die Glut rollten.

Mittlerweile waren mehrere Tausend der Bleichen versammelt. Die Âshkulim wechselten unsichere Blicke – der richtige Moment für jene Diplomatie, in der man ihn einst instruiert hatte. Zeit, sein Versprechen zu halten.

»Eine unter euch ist mächtiger als ihr alle. Für mich seid ihr nur Würmer, doch einst war es ihr gelungen, mich gefangen zu setzen, während all eure Schläue und Kampfeskraft versagt hatten. Vaarne heißt diese, ich war ihr Ereshtu! Jetzt ist sie meine, und damit verfüge ich über ihr Leben.«

Die Züge der Barbarin verfinsterten sich, doch bevor ihre Stimmung kippen konnte, erhob Oslic erneut die Stimme und beschrieb dabei eine weitschweifige Geste mit dem verbrannten Arm.

»Sie soll belohnt werden. Sie wird mit euch zurückkehren in eure Heimat in den Kraterlanden. Dort werden sie und ihre Nachkommen über euch herrschen, weil sie stärker ist als ihr. Ich, Oslic III. Boulanthus, werde nach euch schicken, wenn ich euer bedarf. Sehe ich ansonsten einen von euch innerhalb der Grenzen Carchadons, so wird euer ganzes Volk mein Ereshtu, und die Feuer werden lodern, bis auch der Letzte von euch verbrannt ist. Ich werde prüfen, ob man eure Efreeti nicht doch sättigen kann!«

Er riskierte ein Zwinkern in Richtung seiner Dolmetscherin. Sie antwortete mit einem Grinsen. Jetzt war der Punkt gekommen, ihre Loyalität zu testen. Würde sie ihn verraten, nachdem seine Kriegslist in die Tat umgesetzt war? In Varsothyn hatte er sie ihre Waffen an dem Prototyp von Vargens Brustplatte, den er versteckt getragen hatte, prüfen lassen. Sie war in den Bergen von seiner vermeintlichen Unverwundbarkeit beeindruckt gewesen.

Hielt das noch immer an?

Der junge Tshar hielt den Atem an. Vaarne zischte und bellte den Âshkulim Befehle zu, und Hunderte reagierten prompt, ohne zu hinterfragen, was gerade auf dem Platz geschehen war. Für die Wilden war der Wille ihrer hungrigen Feuerteufel Fleisch geworden, erst durch die Trisketen, dann durch den Auftritt Rurriranths. Nun war es Oslic, der sie unterworfen hatte. Sie skandierten seinen Namen. Einige riefen Fragen in Richtung ihrer neuen Anführerin, die sich schon bald brutalen Kämpfen um die Rangfolge ausgesetzt sehen würde. Doch jetzt grinste Vaarne bloß selbstzufrieden.

»Was wollen sie wissen?« Oslic deutete auf die Männer und Frauen, die ihre Fragen in seine Richtung stellten.

»Sie wollen wissen, ob du einen Kriegsnamen hast oder ob dein Friedensname Oslic reicht.«

»Er ist der Schwerterprinz von Carchadon.« Vargens Stimme hallte voller Stolz über den Platz. Erst da bemerkte Oslic, dass sich der Krieger auf ein Knie niedergelassen hatte, Testri an seine Hüfte gelehnt und er selbst auf Axt und Schild gestützt, um Oslic Respekt zu zollen.

»Ja«, sagte Oslic, »das bin ich.«

Er blickte den Mengen der Bleichen hinterher, die aus jedem Winkel des verwüsteten Vaistopols strömten und wie ein Schwarm Termiten ihrer neuen Königin folgten.

Er hätte sich am liebsten der Müdigkeit hingegeben, die sich in seinen Gliedern ausbreitete. Jetzt, da die Stadt vollkommen leer war, der verwaiste Schatten einer einst blühenden Hochburg mittlerer Größe, vom Sturz eines Feuerballs und der Flut barbarischer Horden verheert, heulte der Wind gespenstisch durch hohle Häuser. Mit dem Weggang der Âshkulim und der Erkenntnis, dass hier nichts mehr zu retten war, breitete sich die Schwere in Oslics Seele aus.

Doch er konnte nicht nachlassen. Es lag eine letzte Aufgabe vor dem Schwerterprinzen, bevor er zu jenen, die zu retten ihm gelungen war, zurückkehren konnte.

Vargen trat auf ihn zu. »Sie wird bald aufwachen. Dann sollten wir nicht mehr hier sein, wenn Ihr ihn nicht warnen wollt.«

Oslic nickte. Er schickte sich an, sich auf den Weg zu machen.

»Seid Ihr sicher, dass Ihr das da anbehalten wollt?« Der Veteran langte in sein Bündel und beförderte die Adlerklaue aus Federstahl zutage. Die Finger seiner anderen Hand deuteten auf Oslics Prothese.

Gedankenverloren starrte Oslic auf das verbrannte Fleisch. Nach dem Weggang der Âshkulim hatte es sich so gekräuselt, dass das Metall darunter sichtbar wurde.

Die Mägen der beiden Männer knurrten vernehmlich beim Anblick der verbrannten Finger und des aufgeplatzten Unterarms. Oslic musste zugeben, dass der Anblick gewöhnungsbedürftig war, der Geruch hingegen verlockend. Er konnte sich nicht erinnern, wann er zuletzt mit wirklichem Genuss und wachen Sinnen gegessen hatte.

Ehe er etwas entgegnen konnte, riss Vargen einen Streifen Hammelfleisch von der falschen Hand, die sie in Varsothyn vorbereitet hatten. Der väterliche Freund ließ es zwischen seinen Zähnen verschwinden und grinste dabei über beide Wangen.

»Ihr wisst, wo er ist, junger Herr?«

»Ich weiß, wo ich ihn finde, ja.« Oslic klopfte auf den Zylinder. »Meine neueste Errungenschaft ist auskunftsfreudig. Geradezu geschwätzig.«

69

Er tauchte in das Dunkel ein, wohl wissend, dass er in der Finsternis unterlegen sein würde, des Sehsinns beraubt. Andererseits: Ein einzelner Mensch bedeutete dem Schwarzen so viel wie eine Laus, selbst ein Mann, der so viel ausgestanden hatte wie Oslic. Und das Gehör des Schwerterprinzen war so scharf wie seit Jahren nicht mehr. Darauf setzte er – und auf den Hochmut des einstigen Freundes.

Langsam zwängte sich Oslic durch den Spalt. Rurriranth würde längst wissen, dass der Schwerterprinz auf dem Weg zu ihm war. Er konnte Oslics Puls rauschen hören, bevor sein Herz den nächsten Schlag vollendet hatte.

Schmerzhaft schabte der Fels der Spalte über Oslics Wange, während er sich durch die Kluft schob. Die Dunkelheit wurde mit jedem Schritt intensiver, die Kälte des Hochgebirges wollte in seine Gebeine sickern, vermochte den Schuppenpanzer aus Federstahl aber nicht zu durchdringen.

»Du gibst dir nicht einmal Mühe zu schleichen«, schnurrte die Dunkelheit. »Ich bin enttäuscht, junger Boulanthus. Das könntest du besser.«

»Nenn mich nicht so. Du bist nicht mein Freund, die Anrede lautet Tshar.«

Das Dunkel in der Kaverne gluckste kehlig. Rurriranth benutzte nicht mehr die Gedankenstimme, und selbst das Flüstern des Schwarzen brachte nun jeden Knochen in Oslics Körper zum Beben. Die Adlerklaue summte leise, der Federstahl vibrierte im Timbre der monolithischen Stimme des Drachen, und das Zittern setzte sich bis in den Schulteranker fort.

Der Fels grollte im Gleichklang, so als teilten das äonenalte Massiv und der erste Schatten einen intimen Scherz.

»Eine Höhle?«, fragte Oslic. »Warum hast du deinen See verlassen? Warum tauschst du eine Finsternis gegen die andere, Rurriranth?«

Irgendwo am Ende der Kaverne blitzten die Augen des Schwarzen amüsiert wie die einer riesigen Katze. Oslic hatte gewusst, dass die Höhle gewaltig war. Doch wenn sie dem ganzen Leib des Ungetüms Platz bot, überstieg ihre Größe seine Vorstellungen.

»Ein Dunkel ist so gut wie das andere«, sagte Rurriranth. Er lächelte, und seine Zähne blitzen als hausgroße Sichel Hunderte Schritte entfernt in der Finsternis auf. Es sah aus, als habe jemand den Mond an einen Turm gehängt.

Es war ein falsches Lächeln, das Oslic nicht täuschen konnte. Er hörte den Zorn in den Worten des Schwarzen. Das Timbre der Enttäuschung. Die widerstrebenden Gefühle. Sie lagen ausgebreitet vor dem Schwerterprinzen wie Duellklingen auf einer Samtdecke.

Der Reptiliengeruch des Drachen füllte die Höhle und wurde eine Nuance schärfer, wie um seine Worte zu untermauern. Oslic konnte das ätzende Gift von Rurriranths Odem darunter wittern.

»Du hattest es überwunden, Erster. Du warst ihm entstiegen«, rief Oslic. »Wir hatten eine Zukunft vor uns. Als Freunde. Du warst doch mein Freund?«

»Anmaßender, kleiner Sterblicher«, zischte der Schwarze. »Ich war es, der dich aus dem Vergessen dorthin führte, wo du jetzt bist. Du schuldest mir Dank.«

Die Höhle bebte, als Rurriranth sich erhob. Das Geräusch, mit dem seine turmschildgroßen Schuppen in der Dunkelheit über den Fels kratzten, war lauter als tausend Klauen, die über tausend Tafeln fuhren. Oslic spürte die Luftverwirbelungen, als Rurriranth die Kaverne mit wenigen Schritten durchmaß. Seine Klauen hämmerten gegen den Fels wie steinerne Säulen, dabei schlich das Ungetüm nur heran.

»Ich kann dein Herz hören«, raunte der Drache. »Bist du sicher, dass du zu Ende führen kannst, was du begonnen hast? Ich muss mich bloß herabbeugen, und dein Leben ist vorbei.«

Die Stimme ertönte irgendwo in der Finsternis über dem Schwerterprinzen, in der Höhe eines Turmes, und der Odem des Schwarzen strich über ihn hinweg wie ein höllischer Wind. Er konnte nicht mehr in Oslics Gedanken sprechen, seit der Schwerterprinz gelernt hatte, sie abzuschirmen.

Oslics Finger strichen über das Objekt in seiner Manteltasche. Er musste Rurriranth beschäftigen, ihn ablenken, wenn er lebend von hier entkommen wollte.

»Du hast es anfangs nicht gewusst, nicht wahr? Dass die Drei deinem Einfluss entronnen waren?« Der Schwerterprinz legte den Kopf in den Nacken, obwohl es vergeblich war, den Schwarzen über sich erspähen zu wollen.

Eine Böe verdrängter Luft warf Oslic beinahe zu Boden – er zuckte zusammen, bereit, einem Hieb auszuweichen. Stattdessen öffneten sich die Augen des Schwarzen auf Höhe von Oslics Brust. Eisblau funkelnd und groß wie Mühlsteine, wie bei ihrer ersten Begegnung. »Entspann dich, kleiner Tshar. Würde ich deinen Tod wollen, stündest du nicht hier, und zudem würde er dich auf eine Weise ereilen, die du nicht würdest kommen sehen.« Die Lefzen des Drachen zogen sich zurück und gaben den Blick auf sein Katzengrinsen frei. »Es schmerzt mich, diese Schwäche einräumen zu müssen, aber in unser beider intimen Kreis bleiben Geheimnisse todsicher gewahrt. Ja, bis ich sie leibhaftig sah, wollte ich nicht glauben, dass sie es sind. Aber du hast die Drei nicht getötet. Ich spüre sie noch immer, im Land, wo sie sich vor mir zu verkriechen suchen. Weißt du, wo sie sind, kleiner Boulanthus?« Echtes Interesse lag in seiner Stimme.

»Ich will jetzt keine Debatte mit dir über die wahre Natur des Lebens beginnen, Schwarzer. Nur so viel: Man kann nicht töten, was nie wirklich gelebt hat.« Oslics Entgegnung wurde von einem Achselzucken begleitet, von dem er sich sicher war, dass der Drache es sehen konnte, als wäre die Höhle taghell.

»Soll es wirklich so enden, Oslic? Bewerfen wir uns mit Spitzfindigkeiten, nach allem, was ich für dich getan habe?«

»Du meinst wohl eher, was wir füreinander getan haben, nicht wahr?«, sagte der Schwerterprinz. »Nein, das soll es nicht. Ich bin nicht hier, um dich zu verhöhnen. Ich appelliere ein letztes Mal an deine Vernunft.«

Die Höhle erbebte wieder, ein Grollen breitete sich aus, und Oslic musste sich die Hände auf die Ohren pressen, um den Schmerz in seinen Gehörknöchelchen auf ein erträgliches Maß zu dämpfen. Ihm wurde klar, dass Rurriranth ihn auslachte – und Zorn stieg in ihm auf.

»Vernunft? Vernunft?«, höhnte der Schwarze. »Hast du

eine Vorstellung, wie lächerlich dieses Menschenwort für mich klingt? Du weißt nicht, mit wem du es hier zu tun hast, du Narr!«

»Eigentlich weiß ich alles«, entgegnete Oslic. »Sie haben es mir verraten, Rurriranth. Ich weiß, wessen gefallener Sohn du bist. Ich weiß, was du erlitten hast. Ich weiß vom Shibolleth. Was er war. Welche Ziele er verfolgte und …«

Die Luft rauschte, als Rurriranths Pranke zum tödlichen Schlag vorschoss. Eine der gewaltigen Tatzen, die Âshkulim ausgelöscht, die etliche Leben beim Zerstreuen einer Lawine gerettet hatten. Der junge Tshar blieb ungerührt stehen.

Die speerlangen Klauen krachten um ihn nieder wie ein Käfig. Die Augen des Ungetüms waren geweitet, die geschlitzten Pupillen verengt. »Du … lügst«, presste der Drache hervor. »Du weißt gar nichts!«

»Mach dich nicht lächerlich, Schwarzer. Sicher, du könntest mich töten. Aber du wirst es nicht.«

»Was sollte mich davon abhalten, Oslic? Dein Leben ist für mich Staub. Ein Schatten, der vorbeifliegt. Deine kurzlebige Art, ihr Menschen, ihr seid nur ein Hauch, was kümmert mich da ein einziges Leben?«

Oslic lächelte. Es war eine wissende Miene, die er zur Schau stellte. »Ich habe dir nichts entgegenzusetzen. Aber wer schmiedet dir dann deine Waffen, Rurriranth?«

Die Eisglut der Augen des Drachen beleuchtete seine Züge, als selbst das uralte Geschöpf, der Verschlagenste seiner verschlagenen Art, sein Erstaunen nicht zu maskieren vermochte. »Woher … Wie weißt du davon?«

»Ich hatte Zeit zum Nachdenken, während du dich vor den Dreien verkrochen und deine Wunden geleckt hast. Du hast an unseren Schnüren gezogen, an ihren, an meinen, aber du hast die Fäden am Ende zu locker gelassen. Das war nicht weise. Es war ein geschickter Schachzug, Besitz von Testri zu ergreifen, um mich aus der Ferne verborgen beobachten zu können. Wirklich. Ruchlos und verkommen. Sie ist wie ich eine Winterklinge, nur kontrollierte sie unsere noch unbekannten Fähigkeiten ein wenig zu gut. Hat sie nur Visionen oder tatsächlich das Talent, Magie zu bannen? Ich vermute, das stammt von dir.«

»Rudimentär ist es vorhanden.« Rurriranths Stimme war wieder gedämpft. »Ich habe es verstärkt, nachdem die Drei mich vertrieben hatten, um euch aus der Ferne zu helfen.«

Es war deutlich zu vernehmen, wie schwer es dem Drachen fiel, sich zu bezähmen. Wie die meisten Geister, die von Größenwahn zerfressen sind, trachtete er danach, der Welt sein Manifest mitzuteilen. Seine Pläne vor den Beteiligten auszubreiten, ihnen klarzumachen, dass sie für ihn nichts als Spielfiguren waren. »Ich nehme an, du betrauerst sie. Wurde sie beim Eindringen in den Palast Opfer eines der Bleichen?«

Oslic schüttelte den Kopf. »Vargen hat sie niedergeschlagen. Ich habe sie mit Arzneien in einen heilsamen Schlummer versetzt, damit du keinen Zugriff mehr auf die höheren Ebenen ihres Bewusstseins hast. Zu ihrem Denken, ihren Sinnen.«

»Gerissen, wirklich. Ich habe mich nicht in dir getäuscht.« Unter der Wut des Schwarzen gärte wieder echte Anerkennung. »Was hat mich verraten?«

»Du warst nicht subtil. Es gab Phasen, in denen sie wütend mit mir war, wegen meiner raschen Aktionen in Doranthar. Hier, in der vergessenen Stadt, haben wir uns sogar gestritten. Dann wieder benahm sie sich, als wäre zwischen uns gar nichts vorgefallen. Aus Andeutungen über schlechte Träume, die sie hatte, wurde plötzlich eine meisterhafte Beherrschung eines seit Jahrhunderten vergessenen Talents. Außerdem mochte ich ihren Blick nicht. Er erinnerte mich an die Trisketen. Und an dich. Zu gierig. Das konntest du nicht vermeiden. Deine Abneigung gegen Vargen ist dir aus ihrem Mund rausgerutscht. Das war leichtsinnig, sie liebt ihn abgöttisch. Ich nehme an, du weißt, was ich meine?«

Das gewaltige Geschöpf ließ die gespaltene Zunge vorschnellen, wie sich ein nervöser Mensch am Kopf kratzen mochte. »Du bist dem Geheimnis der Winterklingen auf die Schliche gekommen. Dem Geistesbund.«

Oslic nickte. Sinnierend tippte er sich mit der Spitze der Adlerklaue ans Kinn. »Vargen hat mir einiges offenbart, den Rest habe ich in den Tiefen von Varsothyn entdeckt. Piktogramme und Reliefs aus grauer Vorzeit, die einen mystischen Bund von sieben Jägern zeigen, der magische Waffen gegen die alten Echsen deiner Art erhebt. Drachenjäger, durch den Geistesbund uralter Magie zu einem Jagdtrupp verbunden, der sich wie ein einzelner Kämpfer verhält. Das Einzige, was eurer Art gefährlich werden kann.«

Rurriranth schnaubte. »Mach dich nicht lächerlich. Wir haben die Winterklingen seinerzeit vernichtet, und den Rest hat eure Kirche der Fünf besorgt. Die lächerlichen Pfaffen, die auf den Knien vor Göttern herumrutschen, die Syriatis längst vergessen haben. Sie predigen das Ende der Magie seit Anbeginn, weil es ihren politischen Zielen nützt, ein Wiedererstarken alter Magick in Syriatis um jeden Preis zu vereiteln. Glaubst du, sie hätten sonst deine kleine Mörderin Alheefa gedungen, wenn sie nicht realisiert hätten, was du da aus der Akademie gestohlen hast? Ich bin beeindruckt, kleiner Boulanthus. Mit welcher Offenheit du plötzlich über Dinge sprichst, die du bei unseren ersten Begegnungen noch ins Reich der Fantasie verwiesen hast.«

»Ich habe gelernt. Magie, Technik, sie sind je nach Perspektive nur zwei Seiten ein und derselben Medaille.« Oslics Tonfall wurde ablehnender. »Sag mir, hast du mich erst entdeckt, als ich über die Grenzen nach Carchadon gekommen bin? Oder warst du es, der mir überhaupt erst eingeimpft hat, den Zylinder zu stehlen, um mich auf die Fährte zu bringen?«

Rurriranth lachte erneut, und Schwefelschübe trafen Oslic. »Das Band zwischen uns entstand viel früher, junger Oslic. Lange noch bevor ich dich vor dem Ertrinken gerettet habe. Denkst du wirklich, dein Vater hätte sich mit deiner Mutter, einer Mardiroi, nur eingelassen, weil er in Liebe entflammt war und diplomatische Beziehungen pflegen wollte? Nein, mein Junge. Zu Teilen war er eingeweiht. Es war deine Mutter, die verlangt hat, nach Carchadon mitgenommen zu werden, wohl wissend, dass die Stadt der Boulanthus-Familie im Schatten ihrer varsothynischen Vorfahren schlummerte.«

»Jener frühen Zivilisation, die die Winterklingen hervorbrachte. Harpunier, Magier, Krieger, Stratege, Fährtenleser, Meuchler und Schmied. War es eine solche Gruppe eingespielter Drachentöter, die dich zeichnete?«

»Wirklich, ich würde applaudieren, wenn es dein schwaches Fleisch nicht zerfetzen würde, kleiner Boulanthus.«

»Ich nehme an, nachdem sie dich verwundet und vertrieben hatten, arbeiteten sie Artefakte aus dem Teil des Körpers, den sie verstümmelt hatten.« Der Schwerterprinz deutete im schwachen Schimmer der Drachenaugen auf die tiefere Riefe in Rurriranths Pranke, die ihm seinerzeit aufgefallen war. »Ein Schmetterlingsflügel aus einer Schuppe und eine Art Stecken oder Speer aus dem rasiermesserscharfen Material deiner Klaue. Jener Stab, mit dem ich Narr für die Trisketen ihren Shibolleth-Ritus durchgeführt habe.«

»Ich erwachte vor Jahrzehnten, allein und vertrieben in der Dunkelheit des Sees, dort, wohin sie mich verbannt hatten, weil sie meiner ebenso wenig Herr werden konnten wie mein Vater.« Der Schwarze klang, als spräche er im Schlaf, während er durch Erinnerungen wandelte. »Ich spürte das Mädchen, Testri. Irgendwie müssen ihre Familienmitglieder trotz der Auslöschung durch die Kirche der Fünf noch immer Überreste von Geheimnissen bewahrt haben, denn jemand hatte ihr die Kette mit meinem Schuppensplitter umgehängt, und so fand ich sie.«

»Und über sie mich. Durch das geistige Band eingespielter Jäger, das zwischen allen, die reine Winterklingen sind, besteht, wie Vargen mir erklärt hat.« Oslic biss die Zähne zusammen. Er wollte dem Drachen nicht die Befriedigung verschaffen, dass er selbst sich wie eine Marionette in einem Spiel fühlte, doch es ließ sich nicht vermeiden.

»Ich konnte mein Glück nicht fassen. Der Junge, der im Schatten meines Berges, meines götterverfluchten Kerkers gespielt hatte. Jener brillante Geist, der einst zu einem Schmiedepriester der Winterklingen werden sollte – zum Greifen nahe. Mir war klar, dass eure gierigen Pfaffen niemals sämtliche Geheimnisse des Jägerbunds vernichtet hatten, warum sonst hätten sie ausgerechnet dich von deinem

Vater als Geisel verlangen sollen? Irgendwo war das Geheimnis des alchemagischen Stahls begraben, und du würdest es für mich finden. Deinen kreativen Geist, deine Träume auf der Suche nach einer besseren Welt zu beflügeln war für mich mit meinen Geistesgaben selbst aus so großer Entfernung ein Kinderspiel. Wer die Leere zwischen den Sternen bereist hat, den scheren eure Meilen nicht.«

»Ich wollte die Welt verbessern, ja. Aber du hattest nur eines im Sinn: endlich von den Bergen entkommen, die dich hielten. Die Kugel, die meine Vorfahren geschmiedet hatten, hatte dich durch die Macht ihres Zaubers an den Weltenfang gekettet. Doch hattest du mich erst einmal hier oben, nachdem du uns nobel gerettet hattest, war es ein Leichtes für dich. Du hast mich gezwungen zu zerstören, was nur ein Schmied der Winterklingen vernichten konnte. Du hast mich wie im Traum zu der Kugel geschickt und meine Erinnerungen verwischt. Wann immer ich versucht habe, mich zu besinnen, hast du meine Gedanken verwirrt.«

»Der Rest war so einfach.« Der Drache schwärmte wie ein verliebter Chorknabe.

Oslic schnaubte. »Alles wurde von dir so eingefädelt, dass mir gar keine Wahl blieb, als meine Partisanen mit etwas auszustatten, das unserer Feinde Herr werden könnte.« Der Schwerterprinz achtete darauf, den Satz auf eine Weise ausklingen zu lassen, die den Drachen animieren sollte, seinem Drang, sich zu brüsten, nachzugeben.

»Jene Orte, die ihr Wisperflecken nennt. Sie sind der Urquell des Chaos, die reine Kraft der Älteren Dunkelheit«, erklärte Rurriranth, »vergossen als mein Blut, als ich wie ein Stern auf diese Welt niederstürzte. Ich vermag, sie zu kontrollieren, zu erschaffen oder verschwinden zu lassen. Grenzen zu öffnen. So habe ich deinem Onkel und deinen Brüdern mit ihrem Kriegstrupp den Weg nach Varsothyn geebnet.«

»Du musstest mich motivieren, damit ich mich mehr ins Zeug lege. Damit ich Testri aus dem Palast der Trisketen retten wollte – und um sie überhaupt hineinzubekommen. Das war übrigens ein weiteres Mal, als du meinen Verdacht geweckt hast. Bevor sie Vargen befreit hat, fand sie noch Zeit zu stehlen? Lächerlich.«

»Ich entsandte sie Kraft meines Geistes, dein Artefakt zu holen. Währenddessen habe ich mich nach Kräften gemüht, deinen kleinen Südländer und dein Weibchen zu rösten, indem ich den ganzen Ostflügel in Brand gesteckt habe. Aber deine Mutter, möge sie und ihr ganzes Winterklingen-Geschlecht auf ewig verflucht sein, hatte die Heimstatt ihrer Familie bei ihrem Einzug ohne mein Wissen in die Siegel ihrer Drachenjägermagie gehüllt. Mein Feuer war nicht so effektiv, wie ich erhofft hatte. Magie, die sich aus einem Tod speist, als letztes Opfer eines Lebens gegeben, ist mächtig.«

»Du warst es von Anfang an. Du hast nicht nur mich genarrt und manipuliert – aus einem jungen Tölpel mit Idealen, der geschworen hat, mit seinen Fähigkeiten niemals Tod zu bringen, hast du einen Waffenschmied gemacht –, nein, auch Baron Raumir, der Landstreff, sie alle waren deinen Kräften verfallen, geködert von Macht und Einfluss. So wie vor Jahrtausenden, als du auf Syriatis niedergegangen bist, als Erster deiner Art. Damals warst du es, der die Âshkulim erschaffen hat, dessen bin ich mir sicher.«

»Ich verhehle nicht, dass sie mir am Herzen liegen. Glücklicherweise sind sie wie Ungeziefer, sodass es nicht schlimm war, dass ich einige von ihnen vernichten musste, um dich zu täuschen. Ein ganzes Volk, das die Flammen liebt. Ihren Schamanen erschien ich einst, indem ich Tiere befehligte oder meinen Geist in brennende Bäume projizierte. Bis heute opfern sie mir als ihren Efreeti. Ich denke, ich hätte etwas subtiler auftreten sollen, als ich dir half, den Steinbruch und die Minen zu erobern, hm, ja.«

Oslic lächelte. »Wie sie sich auf die Knie geworfen und auf dich reagiert haben, auch das nährte meinen Zweifel. Du bist ihnen im Geist von Tieren erschienen, die du wahrscheinlich so leicht deinem Willen unterwerfen kannst wie uns Menschen.« Er atmete einmal betont ein und aus, um sich zu wappnen. »Auch … Bären?«

»Ah, du hast es begriffen.« Rurriranths Stimme troff vor eitler Freude, erklang wie ein adeliger Geck, der vor Vergnügen in die Hände klatschen wollte.

»Onkel Talladeens Hass auf mich, der Tod von Espen. Welche Gefahr war er für dich?«

»Er stand dir zu nahe. Der Tag sollte kommen, da durftest du nur *einem* Vertrauen schenken. Wir sind schließlich Freunde, du und ich, nicht wahr?« Die Stimme des Drachen wurde auf eine ganz und gar widerwärtige Weise warmherzig.

»Was Jahrtausende in der Finsternis und Einsamkeit einem Geist anzutun vermögen«, murmelte Oslic.

Wenn der Schwarze es gehört hatte, so ging er nicht darauf ein. »Gestattest du mir auch eine Frage, junger Boulanthus? Ich muss zugeben, dass ich begierig bin, etwas zu erfahren.«

Der Schwerterprinz nickte. »Es fällt dir nicht mehr leicht, es in meinem Geist zu lesen, nicht wahr? Du hättest etwas bedachter vorgehen sollen, als ausgerechnet Vargen als dessen Patron in seinen Träumen zu erscheinen. Vielleicht hätte er sich dann nicht solche Mühe gegeben, mir alles beizubringen, was sein einem Drachen höriger Orden noch an Geheimnissen über die Winterklingen hütet. Er hat mir geholfen, die ohnehin schon durch meine Mutter vermittelten Techniken der Geistesruhe und Wappnung zu perfektionieren.«

Rurriranth grollte, ein unendlich tiefer, bedrohlicher Laut wie aus der Kehle eines riesigen schwarzen Hundes. »Ich habe den kleinen Südling unterschätzt. Ein Fehler, den ich nicht zu wiederholen gedenke. Aber gut, er ist ein welkes Blatt – so oder so wird er kein Problem mehr sein. Es war ein Fehler, dein Vertrauen gewinnen zu wollen, indem ich dir weismachte, du hättest nach dem Angriff des Spions sein Leben gerettet, indem ich meine Kräfte durch deine Hände wirkte.«

»Deine Frage, Rurriranth?«

»Hast du verstanden, wer die Trisketen sind? *Was* sie sind? Ich wette, damit kann ich dich noch überraschen.«

»Wohl kaum.« Oslic gab sich desinteressiert. »Sie sind deine Knechte. Oder besser, sie waren es. Bevor sie sich erhoben und Verrat begingen, nicht wahr? Es sind ihre Augen, die sie preisgegeben haben, Schwarzer. Das Stieren, ihre Chimären aus den Wisperflecken, Drachenhunde und all das. Wie begierig die Âshkulim jedem ihrer Befehle gehorchten. Fehlt noch etwas?«

Der Drache bleckte die Zähne. »Das kannst du besser, Junge.«

Oslic spielte mit und dachte eine Weile nach. Er stellte sich die Trisketen vor, ihr Aussehen, ihr Verhalten, und rief sich all die Andeutungen in Erinnerung, die sie ihm gegenüber in all der Zeit gemacht hatten.

Schließlich nickte der Schwerterprinz. »Sie sind du. Sie sind ein Teil von dir. Der Schwefelgeruch. Dass mindestens einer von ihnen jedes Mal geschlafen hat, wenn wir uns begegnet sind, und sie zu dritt nie ganz bei sich zu sein schienen. Ihre endlose Gier, ihr Zorn, ihre Macht über Getier. Drei Aspekte derselben Sache: eines Drachen. Aber warum hast du sie erschaffen?«

»Ich schlief Jahrhunderte. Erwachte. Träumte wieder. All die Zeit kreisten meine Gedanken darum, diesem verfluchten Berg entrinnen zu können. Mit einem Mal begriff ich, dass mir die Winterklingen die Fähigkeit, meinen Geist hier auf dem Gipfel zu manifestieren, nicht geraubt hatten. So verdichtete ich den Willen, Freiheit zu erlangen und meine Knechte zu mir zu rufen. Die Âshkulim. Doch mit ihnen teile ich kein Geistesband wie mit einer Winterklinge. Wie mit dir. So formte ich aus der Not heraus drei Stimmen, Botschafter meines Trachtens in dieser Welt. Aus meinem Zorn, dem angeborenen Willen zur Macht als edelstes Geschöpf unter den Sternen und … einer weiteren Kraft.«

»Tsankhanol und Sarnath.« Der Schwerterprinz verzog angewidert das Gesicht. »Und Zorathus, den stets die Furcht aller umgibt.« *Er besteht aus deiner Furcht, Rurriranth*, dachte Oslic. *Aus deiner Einsamkeit, deinen Ängsten. Du hast deinen drei schlechtesten Eigenschaften Leiber verliehen.* »Aber etwas lief nicht nach Plan. Sie erkannten, dass sie unfrei sind, nicht wahr?«

Die gewaltige Kreatur schüttelte langsam den Kopf, doch ihr Tonfall enthielt nichts als Zustimmung. »Sie wurden sich ihrer selbst bewusst. Sie wollten sich von mir befreien. Etwas, das du ihnen zum Teil ermöglicht hast.«

»Der Shibolleth. Deswegen musste es mit dem Speer aus deiner Klaue vollführt werden. Eine … Freundin unter den Bleichen hat mir berichtet, wie sie an ihn gelangt sind. Es war eine vergessene Waffe, die die Âshkulim nach der Vernichtung der Winterklingen durch den Klerus in den Kraterlanden als Reliquie ihrer Feuergötzen verwahrt hatten. Der Ritus musste im Grab meiner Mutter durchgeführt werden, wobei die Magie einer von meinem Vater verbrannten Nachfahrin der Winterklingen genutzt wurde.«

»Ich habe die Trisketen zu ihnen gesandt, und mit meiner Macht taten sie die Wisperflecken im Osten auf, um die Bleichen zu mir zu führen. Dabei brachte ihnen einer der Schamanen der Âshkulim die Waffe als Opfergabe und Beweis der Treue, die sie den Efreeti über so lange Zeit gehalten hatten. Als Zorathus ihn berührte, diesen von den dreimal verfluchten Winterklingen aus meinem Fleisch geschmiedeten Stab, zerriss mein Band zu ihm und seinen Brüdern. Wir wurden getrennt, aber nicht so, wie die Drei es gern gehabt hätten. Seitdem sind wir Pole, wie Magneten, sie und ich. Wir kommen nicht voneinander los.«

Oslic schenkte dem Drachen bei diesen Worten ein vielsagendes Lächeln. »Und während sie in der Stadt an ihrer Befreiung gearbeitet und ihre eigenen Ränke geschmiedet haben, warst du durch den magischen Anker der Drachenjäger, die dich nicht hatten töten können, an den Weltenfang gekettet. Du konntest deinen Geist über Syriatis entsenden wie früher und dich im Gebirge bis zu einem bestimmten Grad bewegen, aber das war es. Der mächtigste Gefangene der Welt.«

»So lange, bis du sie mir erneut zugänglich gemacht hast, junger Boulanthus. Das Wissen, das ich mir durch deinen und Testris Geist nicht aneignen konnte, holte ich mir an anderer Stelle.« Der Drache grinste mit der alten Heimtücke, und gedankenverloren schrammten seine gewaltigen Klauen über seinen Bauch.

»Der Âshkulim aus dem Steinbruch, den du scheinbar gefressen hattest.« Oslic schnalzte mit der Zunge. »Er wird sein kurzlebiges Glück kaum begriffen haben, als du ihn hochgewürgt hast, um ihm Fragen zu stellen und seinen Geist zu sondieren. Bis du ihn doch wieder verschlungen hast.«

»Er hatte seinen Nutzen.« Die Luft rauschte, als der Drache eine verblüffend menschliche, wegwerfende Geste mit der Pranke beschrieb. »So wie deine Berater für dich.«

»Bis du ihren Mördern den Weg auf den Berg geebnet hast, so wie deine Trisketen es für die Âshkulim mit den Wisperflecken des Ostens taten.« Oslic hätte am liebsten ausgespien.

»Ob du es glaubst oder nicht, alles geschah zu deinem Besten, junger Boulanthus. Ich war dein Freund, als du noch jung warst, und bin es bis heute. Wir haben unsere Meinungsverschiedenheiten, wie das eben so ist bei Gefährten.«

Oslic musste die Lippen zusammenpressen, um nicht laut herauszuprusten. Der Ton des Drachen ließ keinen Zweifel daran, dass er es ernst meinte. Der Schwerterprinz blickte nach unten. Im Dunkel der Höhle, erleuchtet von den Augen der Bestie, spiegelte sich der Schemen ihres gewaltigen Schädels auf dem von trüben Tropfwasserpfützen bedeckten Boden.

Mit einem Mal begriff der Sohn des Tsharen, warum der Drache ihn für eine verwandte Seele hielt. So lange hatte niemand Oslic verstanden, von seiner Mutter und Espen abgesehen. Er hatte seine Kindheit als Genie umgeben von Menschen verbracht, die seinen Geistesgaben mit Misstrauen, wenn nicht gar mit offener Ablehnung begegnet waren.

Hier, in der Finsternis, hockte ein Geschöpf, dem es eine Ewigkeit lang ähnlich ergangen war, isoliert von der Welt, isoliert von wirklich allem, was existierte. Ein Leitwolf ohne Rudel, das perfekte Raubtier, aber mit einem Verstand, der sich unweigerlich nach Gesellschaft sehnen musste.

Rurriranth hatte Jahrtausende in der Finsternis gehaust, inmitten schwarzer Wasser und unterirdischer Kavernen. Seine Sterne waren die Gemmen und Juwelen der Tiefe, das Band seiner Milchstraße und Monde die Erzadern, deren Glanz seine Art womöglich deswegen so liebte.

Wie ein Krebsgeschwür hatte der Drache aller Drachen, der Urvater ihres Geschlechts, unbemerkt im Dunkel gehaust und war gewuchert und ins Maßlose angewachsen, hatte verdorben, was ihn umgab – doch Zwiesprache hatte er stets nur mit dem eigenen Antlitz gehalten.

Rurriranth hatte den Verstand verloren, so er denn je in seiner unermesslichen Existenzfülle bei Sinnen gewesen war. Ein brütender Avatar gestaltgewordenen Wahnsinns, wie ein Stern aus der Sphäre des Weltengefüges und der Älteren Dunkelheit auf die Welt gestürzt, ausgebracht wie die Saat eines rasenden Gottes, um einen Acker mit dunkler Frucht zu verseuchen.

Wie um Oslics Gedanken zu bestätigen, ließ der Drache die Pranke niedergehen, um das Ebenbild in der Pfütze zu zerstören, so als könne er den Anblick seiner Fratze nicht ertragen.

70

»Wir sind Gefährten, Rurriranth, das räume ich ein. Schicksalsgefährten.« Oslic nickte langsam, er meinte seine Worte ernst. »Doch du bist auch ein Drache. *Der* Drache. Du hast mein ganzes Dasein beeinflusst, als wäre ich dein Eigentum. Wie ein Vater, der seinen Sohn zu seinem Ebenbild erziehen will.«

Ein kehliges Grollen entrang sich dem Schlund der Bestie, und heißer Schwefelwind erfüllte wieder die Finsternis. »Und? War ich dir kein guter Vater? Habe ich dein Leben nicht so oft gerettet, dass ein gemeiner Bauer es nicht einmal zu zählen vermag?«

Der Schwerterprinz wusste, dass er jedes Wort sorgfältig abwägen musste, das er sprach, um den aufgestauten Zorn des Schwarzen nicht zu entfesseln. »Du hast mich geformt, ja. Aber für deine eigenen Zwecke. Du wusstest, dass nur ein Nachfahre der Winterklingen, einer ihrer Schmiede, dir ihr kostbares Metall zugänglich machen könnte. Das ist es, worum all dein Denken kreist. Doch verrate mir: Wofür brauchst du es? Hast du nicht in deinem endlos langen Dasein bereits jeden Reichtum angesammelt, den man sich vorstellen kann?«

»Sag du es mir, junger Boulanthus.«

Oslic ging einige Schritte zurück, wie um den Schwarzen

in seiner ganzen Größe sehen zu können. Erst als er sich eines gewissen Abstandes sicher war, wollte er anheben zu sprechen. Es war eine hilflose, allzu menschliche Geste angesichts der Bestie.

»Dein Puls geht schneller, Oslic. Fürchtest du, ich zermalme dich, wenn mir deine Rede nicht gefällt?«

Oslic lächelte. »Der Gedanke ist mir gekommen.«

»Also?«, fragte Rurriranth.

Oslic schnaubte. »Ich muss gar nicht raten. Die Trisketen waren freigiebig mit ihrem Wissen. Sie meinten, du wolltest die Âshkulim neu formen. Zu einer Armee, gerüstet mit Waffen und Ausrüstung. Einer Armee, die nichts und niemand zu stoppen vermag – und die dir zu Gehorsam verpflichtet ist. Aber es war nur ein Vorwand. Wäre das dein Ziel gewesen, hättest du die Drei gewähren lassen können. Sie hätten ihr unheiliges Werk vollendet und sich durch ihre Erweckung die Geheimnisse meiner Mutter vollständig einverleibt.«

Das Monstrum gluckste. »Aber dann hätten sie den Stahl nutzen können, um mich zu töten. Sie hätten eine Armee mit Lanzen und Speeren aufgestellt, die mir Schaden hätte zufügen können. Das wollte ich selbstredend nicht.«

»Ich weiß, du nimmst mich nicht für voll, weil ich nur ein Mensch bin.« Der Schwerterprinz schnaubte. »Aber verkaufe mich nicht für dumm. Es war die Lawine, die mir zu denken gab. Das hat dich letzten Endes verraten.«

»Ach ja?« Die Frage war wie das akustische Gegenstück zu einer gehobenen Augenbraue.

»Vielleicht war eine Armee aus stählernen Bleichen zur Unterwerfung von Syriatis sogar dein ursprüngliches Ziel«, sagte Oslic. »Doch brauchst du die? Wohl kaum. Da fiel mir auf, wie die Menschen am Ufer des Sees Gaben ablegten. Wie sie dich für ihre Rettung ansahen.«

Es knackte in der Kaverne, als sich die gewaltigen Schuppen des Geschöpfs zusammenzogen, weil es jeden Muskel anspannte. Für Oslic der Beweis, dass er mit seiner Vermutung richtiglag. Unbeirrt fuhr er fort. »Du würdest die Welt vor einer zweiten, weitaus verheerenderen Lawine retten. Im Gegensatz zu den Fünf ein Gott, der antwortet. Fleischgeworden, Schuppe und Klaue. Die Menschen, die du so sehr verachtest. Zugleich sehnst du dich nach ihrer Verehrung. Und da ist sogar noch mehr. Neid.«

Rurriranth zischte vor kaum gebändigter Wut. »Was solltet ihr Gewürm haben, was ich nicht besitze?«

»Freundschaft. Familien. Zusammenhalt. Die Liste ließe sich beliebig fortsetzen.« Oslic spürte einen Stich aus Mitgefühl, doch er unterdrückte ihn. »Du konntest meine Liebe zu Alheefa nicht ertragen, meine Freundschaft zu Vargen, dass mir Testri wie eine Tochter ist. Du beneidest uns. Du bist einsam, Schwarzer. Du hast es selbst gesagt. Niemand ist wie du. Nichts.«

Die Augen des Monstrums wurden zu Schlitzen. Die Luft brüllte in Oslics Ohren, als sie sich in Rurriranths Schlund entfachte. Schlitzförmige Drüsen in der Kehle des Drachen begannen in orangefarbener Glut zu flirren.

Dies war der Moment. Die Zeit kulminierte zu einem Teilchen, das auf einer Nadelspitze Platz fand. Wenn die Krönung von Oslics Plan nicht gelang, war es um ihn geschehen.

Der Schwerterprinz langte in seine Tasche nach dem Zylinder und spürte das Metall in seinen Fingern. Er sandte seinen

Geist nach dem aus, was der Zylinder nun enthielt, legte die Macht seines geistigen Erbes um die Energien der Teile der magischen Kugel, die er mit dem Objekt verschmolzen hatte.

Dann spürte er es. Spürte die Präsenzen der Trisketen im Inneren des Zylinders. Die Drei kauerten sich hasserfüllt unter seinem Willen zusammen. Sie glommen im Dunkel seiner absoluten Konzentration auf wie lumineszierende Fische unter Wasser, die aus der trüben Ferne herandämmerten, gegen ihren Willen von der Macht von Oslics Willen angezogen wie Motten vom Licht.

Er sah sie.

Spürte sie.

Ergriff sie.

71

»Halt«, sprach der Schwerterprinz, streckte die Hände vor und ließ die Macht der Trisketen, jener drei, deren Kräfte er in seine Schöpfung gebannt hatte, in die Stimme einfließen.

Der Drache hielt inne. Er verharrte in der Bewegung, lodernder Speichel floss über seine Lefzen wie Petroleum, und Rurriranth knurrte unwillig wie ein bissiger Hund, dessen Meister an der Kette geruckt hatte.

Und wie ein solcher folgte der titanische Leib des Schwarzen der Geste von Oslics Hand. Jenes geistige Band, das die Winterklingen und die Brut des Schwarzen für immer als Jäger und Gejagte aneinanderkettete, die Macht, die Rurriranth gegen den Schwerterprinzen eingesetzt hatte – nun wurde sie dem Drachen zum Verhängnis.

»Du hättest nicht drei Aspekte deiner selbst erträumen und als Geister über das Land senden sollen, Schwarzer. Nach dem Konkordat des Alten Bundes meiner Heimat herrscht der Tshar absolut. Das wusstest du doch? Die Geister des Landes, des Wassers, der Luft und der Wälder sind ihm untertan. Scholle und Wind, Strauch und Grind.«

Rurriranth brüllte, dass die Höhle einmal mehr erbebte und Oslics Trommelfelle erzitterten, bis sie beinahe rissen. Doch jetzt war es keine Machtdemonstration, sondern blanke Machtlosigkeit.

»Lass das! Ertrage dein Schicksal mit der Würde, die wir kleinen Menschen jeden Tag aufbringen müssen, wenn das Leben uns mit Verlust, Leid und Krankheit martert. Für dich waren wir Spielzeug. Statisten in Träumen von Allmacht, die du auf der Bühne deiner Begierden herumgeschoben hast, wie es dir beliebte. Doch damit ist nun Schluss. Jetzt bist du es, der meinen Zwecken dienen wird.«

Flammenschübe leuchteten das Höhleninnere aus, die als Lohen aus Lefzen und Nüstern hervorzüngelten. Wie ein Strafgefangener, den Ketten an eine Wand geschmiedet hielten, richtete sich die Bestie zu voller Größe auf, um sich nach vorn fallen zu lassen und Oslic mit ihren Pranken zu zermalmen.

Der Schwerterprinz griff nach der Macht von Zorathus, nach jenem der Trisketen, von dem Oslic wusste, dass er die Ängste und das Grauen, das der Schwarze verbreitete, widerspiegelte – aber auch jenes, das die Bestie selbst erfüllte.

Er entfesselte dessen eigene Ängste gegen den Drachen.

Rurriranth schlug die gewaltigen Pranken vor seine Augen, als Oslic ihm, gefiltert durch die Macht von Zorathus, das eigene Antlitz offenbarte. Er ließ den Wyrmvater sehen, wie der Rest allen Lebens seine Fratze wahrnahm.

Der Effekt war durchschlagend. Der Drache stürzte nieder, dass die Höhle erbebte und Staub wallte. Er winselte, verkroch sich tiefer in die Finsternis der Kaverne, fort von Oslic, von der Welt, wo er seit Anbeginn der Zeit gehaust und gegärt hatte wie eine verborgene Geschwulst, gemästet mit dem Geschmeide der Unterwelt und der Dunkelheit, in die man ihn verstoßen hatte.

Die Klagen des Drachen, sein Ekel vor sich und seine

Furcht vor dem eigenen Antlitz trafen Oslic bis ins Mark. Bei aller Befriedigung, die er verspürte, versetzte ihm das Leid des Ungetüms auch einen Stich. Der Schwerterprinz kam sich vor wie ein Mann, der ein Kind misshandelte. Unerwünscht und fortgeworfen hatte Rurriranth im Dunkel gelitten, verstoßen von einer Welt, die seinesgleichen seit uralten Zeiten jagte und fürchtete, geächtet von den Göttern und dem Licht.

»Ich weiß, wer du bist, Rurriranth. Vargen weiß wie jeder gelehrte Mann, dass den Legenden mehr als ein Kern Wahrheit innewohnt. Du bist der gefallene Stern aus den Schriften des Ordens der Eulenritter, die Doranthar gern unterdrückt sähe. Du bist der Wermut, der Wasser und Land vergiftet hat.«

»Sprich es nicht aus, Boulanthus!« Die Stimme des Drachen war ein Flehen. »Wir sind doch Freunde, mein lieber, guter Junge.«

»Wir hätten es werden können, Rurriranth. Doch du bist, was du bist, Gottbestie.«

»Schweig, ich flehe dich an.«

»Ungewollter Sohn des Ophidion, Schlangengeborener! Gezücht des Erzfeinds«, stieß der Schwerterprinz hervor.

Der Drache jaulte, von den Worten getroffen wie von Hieben. Er scharrte an den Wänden, hämmerte auf sie ein, um sich zu befreien.

Oslic dauerte das Leid der Bestie, doch er wusste, dass es keinen anderen Weg gab, der Menschheit Frieden zu schenken und die Vaistopoler in Varsothyn und den Rest Carchadons vor dem Drachen zu schützen. »Lass das, Brut des Widersachers. Mein Wille gebietet dir.«

Der Boden der Höhle erbebte, als sich der Drache niederließ. »Dafür, Boulanthus, finde ich dich.« Die Augen der Bestie glommen wie Juwelen aus Kaltfeuer in der Finsternis. »Ich werde dich vernichten. Und wenn nicht dich, dann deine Nachfahren. Ich werde alles auslöschen, was du je geliebt hast. Alles, was du je lieben wirst. Ich werde …«

»Du wirst schweigen und meinem Geist durch die Macht deines eigenen Willens unterworfen sein. Ich untersage dir, diese Höhle jemals zu verlassen, gleichwohl in welcher Form. Du wirst deine Sinne, deine Macht, deinen Willen niemals wieder aus diesen Gestaden erstrecken, es sei denn, ich oder einer meiner Nachfahren befiehlt es. Dein Dienst unter meinem Befehl wird der Grundstein einer gerechten, besseren Gesellschaft, die ich mit den Meinen in diesen Bergen errichten werde. Diese Kavernen sind fortan dein Kerker, Varsothyn der Ort, an dem du Abbitte tun wirst, bis du geläutert bist für all die Toten, die du zu verantworten hast – oder bis alle Zeiten enden. Das Wissen, dass der Schwerterprinz über deine Macht gebietet, wird die Gierigen und Ruchlosen und die Hunde der Kirche aus meiner Heimat fernhalten – oder ich werde deinen Zorn und den der Drei entfesseln.«

Oslic spürte den Druck um seinen Schädel wie ein eisernes Band. Es war der Wille des Drachen, sich zu befreien, seine Gier, den Inhalt des Zylinders an sich zu reißen, eins zu werden mit den Aspekten seines Selbst.

Ungeachtet dessen fuhr der Schwerterprinz fort. »Die Trisketen sind meinem Wort ebenso unterworfen wie du. Du dachtest, du kannst mit uns spielen, mit ihnen, mit mir. Es ist dein Hochmut, der dich zu Fall gebracht hat, Rurriranth. Du dachtest, du schmiedest aus meinem Erbe deine Zukunft.

Doch du hast den carchadonischen Boden unterschätzt, Schwarzer, wie auch seine Menschen. Deine drei Geister des Landes – sie sind nun die meinen. Du konntest nicht aus deiner Haut, alte Schlange. Scheinbar bist du deinem Vater doch ähnlicher, als du bisher angenommen hast.«

Die Augen des Drachen verengten sich vor Hass und dem Schmerz der Erkenntnis, wie recht Oslic mit seiner Aussage hatte. Doch der Schwerterprinz las darin mehr. Eine Andeutung, die nur ihm galt.

Du bist deinem auch ähnlicher, als du wahrhaben willst, junger Erfinder. Du hast mich wie der geborene Staatsmann übertölpelt.

Dies las der Schwerterprinz in dem eisigen Blau ferner Sterne, das durch Rurriranths Augen trieb wie Wolken vor dem Firmament.

»Du magst mir grollen, mich hassen. Aber im Gegensatz zu allen, die dir je begegnet sind, Schwarzer, halte ich mein Wort«, sagte Oslic. »Du magst mich benutzt und manipuliert haben, aber ich gab dir ein Versprechen – und ich gedenke, mich daran zu halten.«

Der Schwerterprinz stellte die Erfindung auf den Boden. Die Augen des Drachen hafteten daran, machtlos, in hilflosem Zorn.

Oslic tippte mit dem Finger dagegen. »Ich habe das Artefakt, mit dem meine Vorfahren dich an den Berg gekettet haben, verbessert. Es ist nicht nur ein Zwinger, der deine drei Aspekte einkerkert und ihre Energien nutzt, um dich zu binden. Ich gewähre dir damit die Fähigkeit, einen winzigen Teil von dir an mich zu entsenden, wann immer dir der Wunsch danach steht, dass wir uns unterhalten. Zudem wird diese Erfindung dich und die Trisketen auf ewig aneinanderketten.

Doch sie soll dir auch ein Tor zum Frieden sein. Wenn deine Wut verraucht ist und du reden willst, rufe mich. Im Gegensatz zu allen, die dich in deiner endlosen Existenz verstoßen haben, werde ich dich nicht allein dem Dunkel überlassen.«

Mit diesen Worten hockte sich der Schwerterprinz neben den Apparat und berührte einige Symbole. Ein goldenes Licht ergoss sich weich und wohltuend für die Augen aus den glasartigen Anteilen der Konstruktion. Es erhellte schwach die Wände und die Decke der Höhle, wo mineralische Einschlüsse, Erze und Edelsteine hundertfach aufglommen wie Sterne. Ihre Feuer spiegelten sich auf dem Schwarz der Schuppen des Drachen und in seinen Augen.

»Ich weiß, dass man dir die Sterne genommen hat, als du geboren wurdest, Rurriranth«, sprach Oslic weiter. »Dass du seitdem nur jene begehrst, die unter der Erde funkeln. Möge dir mein Licht, das auf ihnen tanzt, Heilung spenden. Mögest du genesen, so wie all meine Patienten. Wann immer du reden willst, werde ich da sein. Aber verwechsele meine Großmut nicht mit Schwäche. Mein Vertrauen wirst du nie wieder genießen.«

Damit verließ der Schwerterprinz die Höhle und überließ die Bestie ihren Gedanken. Rurriranth blieb zurück, gebunden von dem Hass und dem Neid seiner Trisketen und in dem unerträglichen Wissen, dass der junge Mann, den er seit dessen Kindheit gelenkt und beschützt hatte, ihm ein Freund gewesen war.

Der Verlust schmerzte die Gottbestie mehr als alles andere.

72

Oslic trat aus der Höhle. Die Sonne ging gerade über den Bergen auf.

»Erledigt, Herr?«

Er hatte Vargen erst gar nicht bemerkt, so erschlagen war er. »In jeder Hinsicht.«

Der Ritter stand auf einem gewölbten, von Moosen überwucherten Felskeil. Hinter ihm trat eine Gestalt hervor und warf sich Oslic an den Hals.

Der Schwerterprinz drückte Testri an sich. Beide hatten heiße Tränen in den Augen. An ihrer Schläfe prangte ein Hämatom, wo Vargens Schlag sie getroffen hatte.

Oslic wollte sie gar nicht mehr loslassen. Er konnte spüren, dass der Damm kurz davor stand zu brechen. Dass er weinen würde, um alle, die sie verloren hatten, um Alheefa, aber auch um seinen Vater, seine Brüder und seinen Onkel. All jene, die Rurriranths Spiel das Leben gekostet hatte.

Mit einer Anstrengung reiner Willenskraft schluckte er den Schmerz hinunter, teilte nur ein Quäntchen davon mit seiner Ziehtochter. Das war Testri, wie ihm nun klar war. Sie war es immer gewesen. Er würde alles tun, damit sie in einem Land, einer Welt aufwuchs, in der jene Prinzipien galten, nach denen er sein Leben stets ausgerichtet hatte. Nur mit einem Hauch mehr Offenheit gegenüber den verborgenen Kräften, die hinter den Gefügen der wahrnehmbaren Wirklichkeit wirkten. Die Varsothynen hatten viel über Magie gewusst – in ihren Ruinen würde Oslic noch einiges von diesem Wissen entdecken und sich aneignen können, da war er sicher.

»Ihr solltet ein Bad nehmen, Herr. Ihr seht, mit Verlaub, besch…eiden aus.« Vargen zwinkerte mit seinem schlimmen Auge.

»Und schlafen, vergiss schlafen nicht.« Testri grinste breit. »Ich könnte eine Woche durchpennen.«

»Du warst doch so lange weggetreten!« Verlegen grinste der Schwerterprinz.

Das Mädchen warf Vargen einen gespielt bösen Blick zu.

Sie gingen den Berg hinunter, in den Anbruch eines neuen Morgens. Die Sonne blinzelte über die Gipfel der Berge hinweg und warf Strahlen göttlicher Schönheit über das Land, die sich den Weg durch die Nebel der eisigen Höhen bahnten.

Die drei hingen ihren Gedanken nach.

»Wann werden wir nach Hause zurückkehren, Herr?«, fragte Vargen schließlich. »Wenn Ihr alles geregelt habt, wie ich annehme.«

Oslic sah den alten Freund nicht an. Er hatte Vargen noch nichts von seinen Plänen verraten.

»Ich weiß gar nicht mehr, wo das eigentlich ist.« Testri kickte ein Steinchen vor sich den Weg hinunter. Es rollte, hob an und fiel ohne ein Geräusch über eine Felskante in die Tiefe. »Zu Hause, meine ich. Aber wir können so oder so noch nicht weg hier.«

»Zu Hause ist für mich, wo ihr beide seid.« Oslic meinte es so, wie er es gesagt hatte. Das sonst so vertraute Glühen auf den Wangen blieb ebenso aus wie die Migräne, während Sonnenstrahlen in seine Augen blinzelten. Der Schwerterprinz ließ den Blick über die gläsernen Dächer der verlorenen Stadt schweifen. Über den Grundstein der neuen Ordnung, die er hier zu errichten gedachte. Erst da begriff er, was Testri gerade gesagt hatte. »Wie meinst du das, wir können hier noch nicht weg?«

»Die Leute sind auf dem Weg. Als Onkel Eule mir so eins auf die Fresse verpasst hat, dass mir Hören und Sehen verging, habe ich sie gesehen.«

Vargen räusperte sich verlegen, die Scham über die Tat stand deutlich in seinen Zügen.

Testri missverstand seine Reaktion als Rüge ihres Wortschatzes. »Als Onkel Eule mich bewusstlos geschlagen hat«, korrigierte sie sich.

»In deinen Träumen? Welche Leute? Sind weitere Flüchtlinge aus dem Umland von Vaistopol unterwegs?« Oslic bezweifelte, dass jemand den ewigen Winter überlebt hatte. Eine weitere titanische Aufgabe, vor der er stand. Dem Ritual des Shibolleth musste Einhalt geboten werden. Er seufzte.

Testri schüttelte den Kopf. »Nee. Die, von denen ich geträumt hab, haben zu mir gesprochen. So richtig, nicht wie bei den anderen Visionen. Sie haben sich angekündigt und gesagt, der Schmied solle sich bereithalten, es gäbe Arbeit. Da war ein Kerl wie ein Bär, eine Rothaarige mit üblen Narben und zwei Messern, so ein Dürrer mit einem Kampfhund und andere.«

»Du sprichst in Rätseln, Käuzchen.« Vargen legte ihr eine Hand auf die Schulter.

Oslic blieb stehen und ließ sich vor dem Mädchen auf ein Knie nieder. »Haben sie gesagt, wer sie sind?«

»Ja.« Testri setzte eine gewichtige Miene auf. »Sie sagten, die Winterklingen hätten den Kriegsruf des neuen Zeitalters vernommen.«

Aus den Apokryphen der Eulenritter des Hains über die ersten Tage der Schöpfung:

Als aber der Widersacher, er, der da Ophidion geheißen wird, Erbfeind der Fünf, der Zerschlagene, der Narbenträger, als dieser aber seiner Brut angesichtig ward, die aus dem Schoße der Leibschwester gekrochen, nachdem ihr letzter Atemzug versiegt war, da packte ihn ein Grauen über seine Tat. Das Grauen aber war nicht von dieser Welt und auch nicht von den Fünfgöttern, die alles Gute und Rechtschaffene sind jetzt und für immerdar. Es hielt ihn in seinem Würgegriff und ließ nicht eher los, als bis der Widersacher, der da Ophidion geheißen wird, einen Entschluss gefasst hatte.

Und so die Schlangenbrut kam, den geliebten Vater zu umarmen, noch nass vom Nektar aus dem Schoß der Leibschwester des Widersachers, die dieser ins Felde geführt und bei ihr gelegen und sie hernach geschieden hatte vom Leben, nachdem der Akt vollzogen, da trat und stieß er zu, dass die Brut zurückstürzte in die Arme der Älteren Dunkelheit. Doch auch dort war sie nicht willkommen, und so sandte der Widersacher, der da Ophidion geheißen wird, den verschmähten Knaben aus diesem seinem Heim fort, bis die Brut niederfiel aus dem Gefüge des Firmaments.

Und der Sohn ward geheißen Wyrmvater und Wermut, was nicht sein wahrer Name ist, denn keines Menschen Zunge hat seinen wahren Namen seit vielfach hundert Jahren geführt, er, der fallende Stern, der da alles vergiftet. Und viele Tiere und was da so kreucht und fleucht, starb von den Landen und den Wassern, auf die er fiel, und sein Blut benetzte die Welt wie Tau und machte mehr Bestien, und sein Gezücht beherrschte das Land, weil am Himmel kein Platz für es war und auch nicht unter den Menschen, die auf immerdar seiner Nachkommenschaft zum Fraße und Spiel hingeworfen.

Unter ihnen aber waren solche, die Knechte zu sein, nicht länger hinzunehmen gewillt waren – und vom Grimm des Winters waren sie erwählt, seiner Brut mit Eisen und Hoher Kunst das Ende zu bereiten zum Wohle der Fünf, gepriesen seien ihre Namen.